U0093142

全新譯校 經典新版世界名著 18

Le Comte de Monte-Cristo

基督山恩仇記

〈下〉

〔法〕大仲馬 著
赫易、王琦 譯

經典新版　世界名著

閱讀經典名著確實是不一樣的宴饗。人們對於經典名著，不會只說「我讀過」，而是說「我又讀了」。事實上，我每次去讀它，都會讀出新的東西，新的精神。

——當代義大利名作家、後設小說大師卡爾維諾（Italo Calvino）

真正的光明，絕不是永遠沒有黑暗的時候，只是永不被黑暗掩沒罷了。真正的英雄，絕不是永遠沒有卑下的情欲，只是永不被卑下的情欲所征服罷了。閱讀經典名著，永遠可以使人自我昇華，不陷於猥瑣。

——法國名作家、諾貝爾文學獎得主羅曼羅蘭（Romain Rolland）

閱讀文學經典、世界名著，能夠滋潤現代人的心靈，使人對世事、愛情與人性重新有一番體悟。

——美國現代名作家、諾貝爾文學獎得主海明威（Ernest Hemingway）

台灣曾出版的世界名著與文學經典可謂汗牛充棟，然而，細察譯文品質與內容，大多是三十至五十年代大陸譯者的手筆，其行文用語的方式與風格，早已與當代讀者的閱讀習慣、閱讀趣味脫節，以致不再能喚起讀者的關注。這一套「經典新版　世界名著」是全新譯本，行文清晰、流暢、優雅，用語力求充分符合當代人的品味。故而，是「後真相時代」中尋求心靈滋養者最適切的選擇。

目錄
Contents

目錄

Contents

chapter 74

維爾福家族的墓室

兩天以後，十點鐘光景，一大群人聚集在維爾福先生府邸的門前。一長列喪車和私家馬車從聖・奧諾路陸續一直伸展到庇比尼路。

在這眾多的馬車中，有一輛馬車與眾不同，好像經過長途跋涉。那是一種帶篷的運貨大車，車身全部漆成黑色，是最先抵達的送葬的車子之一。

經過瞭解，得以確認正是這輛馬車當時裝載聖米蘭侯爵的遺體，這真是奇怪的巧合，來參加聖米蘭侯爵葬禮的人們不得不參加夫婦兩個人的喪事。

葬禮上的人數眾多。聖米蘭侯爵是路易十八國王和查理王十世的最狂熱的追隨者和忠實高官，他的朋友很多；這些，再加上出於社會禮節要跟維爾福拉關係的人，組成了龐大的人群。

兩件喪事同時舉行，是得到當局允許的。第二輛柩車卻裝飾得極其華麗，車一到維爾福先生的門口，靈柩從驛站那輛運貨車搬到當做柩車的四輪華麗馬車裡。

維爾福先生早就在拉雪茲神甫墓地造好一座墳，準備接待他的家屬，這兩具遺體就要去埋葬在那兒。

在這座墓穴裡已經安放了可憐的麗妮的遺體，十年的分別以後，她的父母就要來與她團聚了。

巴黎人永遠是好奇的，他們總為看到的喪葬活動觸動感情。帶著宗教的靜默。他們觀看壯觀的送葬行列經過，這個行列跟隨著古老貴族中的兩個姓氏，走到他們最後的歸屬地——兩個以最忠實可靠、最堅守傳統習慣和信仰最頑固著稱的古老家族。

波香、阿爾培和夏多・勒諾坐在同一輛送殯的馬車裡，正談論著侯爵夫人突如其來的去世。

「去年在馬賽我還見過聖米蘭夫人，」夏多・勒諾說，「那時我剛從阿爾及利亞回來；她的身體棒極了，頭腦還是那麼機敏，活力驚人，像她這樣的人是該活到一百歲的。她有多大歲數了？」

「六十六了，」阿爾培回答說，「弗蘭士跟我說的準沒錯。她並不是因年老而死，而是死於悲痛傷心，侯爵的死使她非常悲痛，看來，侯爵去世使她精神受到了強烈打擊，從此再也沒能精神起來。」

「那她的死因到底是什麼？」波香問。

「好像是腦溢血，或者是一種突發性中風。是不是同一回事？」

「差不多吧。」

「中風？」波香說，「這可難以叫人相信。聖米蘭夫人，我也曾見過一兩次，身材很矮很瘦，是高於神經質類型的人而不是多血質的人。像聖米蘭夫人這樣的體質，是不大可能因悲哀過度而中風的。」

「無論如何，」阿爾培說，「不論她死於疾病還是庸醫，維爾福先生，說得準確些，凡蘭蒂小姐——或說得更準確些，我們的朋友弗蘭士，總之繼承了一筆很可觀的遺產，我相信他因此每年可多有八萬利弗爾的收益了。」

「等那位老雅各賓派諾梯埃一死，這筆遺產幾乎還要再增加一倍。」

「那可是位生命力頑強的老先生，」波香說，「是位意志堅強的人。我相信，他同死神打過賭，他要埋葬他所有的繼承人。他是會的。他很像一七九三年的一位老國民議會議員，他在一八一四年對拿破崙說：

「『您之所以失敗，因為您的帝國是一株幼小的植物，由於生長得太快，以至莖子特別脆弱。還是恢復共和國，在它的呵護下，我們會恢復力量，重回戰場，我保證您可以擁有五十萬軍隊，取得另一個馬倫戈之役和第二個奧斯特利茨大捷。信念永不熄滅，陛下，信念有時會沉入夢鄉，但在完全睡熟以前，卻會更有力地甦醒過來。』」

「也許對他來說，」阿爾培說，「對他來說，人如同信念，只有一件事令我不安，放著這麼位整天離不開他的妻子的老爺爺，弗蘭士・伊辟楠這日子可怎麼過呀。哎，弗蘭士現在在哪兒？」

「他跟維爾福先生一起在第一輛馬車裡，維爾福先生已經把他當做家庭的一員了。」

在所有送葬的馬車裡，人們都進行著類似的談話。兩個死訊突然到來，又相互接連，使每個人都很震驚；但誰都不曾懷疑到阿夫里尼先生在黑夜裡告訴維爾福先生的那種可怕的秘密。

前進了大約一個小時，隊伍停在墓園門口：天氣溫和而晦暗，與葬禮的氣氛很相配。在擁向家墓的人群中，夏多・勒諾認出了摩賴爾，他是獨自乘著一輛輕便馬車來的。他孤零零走著，臉色十分蒼白，正在默默地沿著那條兩旁水松夾持的小徑走。

「您也在這兒！」夏多・勒諾說，上前挽住年輕上尉的手臂，「這麼說您也認識維爾福先生囉？可我怎麼從沒在他府上見過您呢，這究竟是怎麼回事？」

「我認識的不是維爾福先生，」摩賴爾說，「我認識的是聖米蘭夫人。」

這時，阿爾培領著弗蘭士走了過來。

「這個場合不適合介紹，」阿爾培說，「不過也沒關係，我們都不迷信。摩賴爾先生，請允許我給你介紹弗蘭士・伊辟楠先生，我周遊義大利時的出色夥伴。親愛的弗蘭士，這位是瑪西米蘭・摩賴爾先生，你不在時我結識的一位極其出色的朋友。以後，只要我想證明到友愛、機智或和藹的時候，你便可以聽到這個名字出現在我的談話中。」

摩賴爾猶豫了一會兒。他在考慮，這個人是他內心的敵人，這樣與他友善的結識，是否證明自己的偽善；但他又想起他的諾言和這種嚴重的局勢，就勉強掩飾住他的情緒，向弗蘭士鞠了一躬。

「維爾福小姐一定很傷心吧，是嗎？」狄佈雷對弗蘭士說。

「哦！先生，」弗蘭士回答，「悲傷得難以形容。今天早上，她那憔悴的模樣真讓我差點兒認不出她了。」

這幾句聽起來很簡單的話刺痛了摩賴爾的心。那麼，這個人曾見過凡蘭蒂，而且還和她說過話！這時，鬥志昂揚的年輕軍官需要竭盡全力才能頂住毀掉誓言的願望。他挽起夏多・勒諾的手臂，轉身向墳墓走去，送喪的人已經把那兩具棺材抬進墳墓裡面去了。

「真是壯麗宏偉的住宅，」波香瞥了一眼氣勢壯觀的墓室說，「這是一座冬夏兼宜的宮殿。會有一天，他也要住進去的，我親愛的伊辟楠，因為你不久就要成為那個家庭的一分子了。我呢，作為哲學家，我寧願要一間鄉下小屋——就在那些樹底下結一間茅廬，不要這麼多的方石壓在我可憐的身體上。臨死的時候，我要對我周圍的那些人說一句伏爾泰寫給庇隆[1]的那句話，『到鄉下去吧，一了百了』。但是別去管這許多，弗蘭士，鼓起勇氣來，您的妻子要繼承遺產呢。」

「說實在的，波香，」弗蘭士說，「你真讓人無法忍受。政治已使你對一切都採取嘲笑的態度，處理實際事務的人具有多疑的習慣。但當你有幸和普通人在一起，僥倖離開一下政治，就盡力撿回您的

1. 十八世紀法國詩人和劇作家。

心吧，你在到眾議院或貴族院去的時候，大概把它和你的手杖一同遺落在那兒了。」

「唉，我的上帝啊！」波香說，「生命是什麼？面對神之前的短暫停留。」

「我討厭波香。」阿爾培說著，拉著弗蘭士走開幾步，讓波香繼續跟狄佈雷去高談闊論他的哲學。

維爾福的家庭墓室地面是由白石組成的一個正方形，墓高大約二十英尺，內部用隔牆隔開，分別屬於聖米蘭和維爾福兩家，每間都有各自的出入口。

別人家的墓穴是由不起眼的抽屜構成一個疊著一個，讓死者節省空間，抽屜上貼著死者的標籤，就像博物館裡的標本。這裡可不是這樣，通過青銅的大門，只能看到一間陰沉的大廳，由一面牆隔開。

前述的那兩扇門位於墓壁的中央，一扇開入維爾福家的墓穴，一扇開入聖米蘭家的墓穴。

在這裡內心的悲痛可以任意地宣洩，不受到來拉雪茲基地附近野餐的遊人們打擾，也不會被來這裡幽會的情人們妨礙到。

兩口棺材抬進了右邊的墓室放在了提前準備好的支架上，那裡是聖米蘭家族的墓室。維爾福、弗蘭士和其他幾位近親進入墓穴深處。

宗教的儀式都已在門口完成，也沒有人致詞，隨即來賓們各自散開；夏多・勒諾、阿爾培和摩賴爾走一條路，狄佈雷和波香走另外一條路。

弗蘭士和維爾福先生一同留在墓地門口。摩賴爾藉故逗留了一會兒，他看到弗蘭士和維爾福先生一同走進一輛喪車，他便想到這一次會面預示著自己的壞運氣。他返回到巴黎去，儘管他與夏多・勒諾和阿爾培同坐在一輛馬車裡，一路上兩個年輕人的談話他一句也沒聽見。

就在弗蘭士剛要跟維爾福先生分手的當口，維爾福先生對他說：

「子爵先生，我什麼時候可以再見到您？」

「您願意的任何時間，先生。」弗蘭士回答說。

「盡可能早。」

「我聽候您的吩咐，先生。您願意我和您一起回去嗎？」

「假如這不打擾您的話。」

「完全沒有。」就是這樣未來的翁婿登上了同一輛馬車。摩賴爾瞧見他倆上車時心裡感到不安，當然也不是沒有來由的。

維爾福和弗蘭士回到了聖・奧諾雷區。

檢察官既不去見自己的夫人，也沒去看自己的女兒，就徑直把年輕人帶進了書房，讓他在一張椅子上坐下。

「伊辟楠先生，」他對年輕人說，「請允許我在這一時刻提醒您，現在並不像乍看之下所認為的那樣不是時候，因為服從死者的意願應該是我們獻於他們墓前第一件祭品呀——所以，允許我提醒您聖米蘭夫人在她的靈床上所表達的意願，這就是凡蘭蒂的婚事不能拖延。您知道，死者的事務是辦理得井井有條的，她的遺願是把所有聖米蘭家的財產遺贈給凡蘭蒂；公證人昨天把那些文件給我看過了，這樣我們可以立即草擬婚約。您可以去見公證人，以我的名義看看這些文件。公證人就是聖・奧諾路波伏廣場的狄思康先生。」

「先生，」伊辟楠回答說，「現在也許不是做這些事情的時候，凡蘭蒂小姐此刻正陷於極度悲痛之中，對她來說，考慮找個丈夫，說真的，我怕……」

「凡蘭蒂，」維爾福先生打斷他的話說，「她最迫切的願望，就是實現她外祖母的遺願。因此這不是障礙，我可以向您擔保。」

「既然如此，先生，」弗蘭士回答說，「那麼在我這方面也不會有任何障礙，您儘管安排好。我說過的話是算數的，我不僅願意，而且非常樂於兌現我的承諾。」

「那麼，」維爾福說，「再不需要什麼了。婚約本來是該在三天前簽署的，一切早就準備停當了。今天就可以簽約。」

「但是大家還在服喪呢？」弗蘭士遲疑著說。

「請放心，先生，」維爾福接著說，「舍下對於禮制是絕不會忽視的。在服喪的三個月期間維爾福小姐可以蟄居在她的莊園裡──我說『她的莊園』，從今天起她繼承了那座莊園。那麼幾天以後，假如您願意的話，可以在那裡悄無聲息，不大事鋪張，也不講究排場，舉行非宗教婚禮。聖米蘭夫人希望她的外孫女兒在那裡結婚。婚禮完畢以後，閣下，您就可以返回巴黎，留下您的妻子和她的繼母一同在那裡度過她守制的時間。」

「就聽您的安排，先生。」弗蘭士說。

「那麼，」維爾福先生接著說，「煩請您在這兒等半小時。凡蘭蒂會下樓到客廳來。我派人去請狄斯康先生來，在我們今晚告別之前我們一定會宣讀和簽署婚約。然後，維爾福夫人就陪凡蘭蒂去莊園，一星期之內，我們再去會合她們。」

「先生，」弗蘭士說，「我只有一個要求。」

「什麼要求？」

「我希望阿爾培・馬瑟夫和夏多・勒諾能來出席簽約儀式。您知道，他們是我的證婚人。」

「半個小時就可以通知到他們，您願意親自去，還是派人去請他們呢？」

「我想親自去一趟，先生。」

「那麼我等您半個小時，子爵。半小時後凡蘭蒂也該準備好了。」

弗蘭士向維爾福先生鞠躬告退。

街門剛一關上，維爾福就打發僕人去通知凡蘭蒂，讓她半小時後下樓到客廳去，因為到那時律師和伊辟楠先生的證婚人也都到了。

這個突如其來的消息轟動了全家，維爾福夫人不肯相信，凡蘭蒂猶如遭了雷擊。

她環顧周圍，希望找到幫助她的人。

她本來打算下樓到她祖父的房間裡去，但她在樓梯上遇到維爾福先生，後者挽住她的手臂，領她到客廳裡去。

在候見室裡，凡蘭蒂遇到巴羅斯，對老僕投去絕望的一瞥。

一會兒以後，維爾福夫人帶著她的小愛德華進客廳來了。很明顯她也分擔了家裡的悲傷，因為她的臉色蒼白，神態很疲倦。

她坐下來，把愛德華抱在她的膝頭上，時常把孩子緊摟在胸前，好像她的全部感情都投注在這個孩子身上。

不久，傳來兩輛馬車駛進院子的聲音。

其中一輛是律師的馬車，另一輛則是弗蘭士和他那兩位朋友的馬車。

片刻過後，客廳裡人都到齊了。

凡蘭蒂的臉色是如此的蒼白，可以看到她的雙鬢的藍色血管出現在眼睛周圍，並且血液沿著臉頰流動。

弗蘭士也不由得被深深地感動了。

夏多．勒諾和阿爾培驚訝地對望了一眼。他們覺得，剛才結束的那個儀式，似乎並不見得比將要開始的這個儀式更為憂鬱。

維爾福夫人坐在一幅天鵝絨帷幕的陰影裡，由於她不斷低頭看孩子，很難從她臉上看清她心中的所想所思。

維爾福先生跟平時一樣，臉上毫無表情。

公證人員按照司法人員的習慣，先在桌子上擺好文件，然後在圈手椅裡坐定，扶好眼鏡，這才轉向弗蘭士。

「您是弗蘭士．奎斯奈爾，伊辟楠子爵嗎？」他問道，雖然他對這一點知道得一清二楚。

「是的，先生。」弗蘭士回答說。

公證人欠了欠身。

「那麼我要告知您，先生，這是應維爾福先生的要求，」他說，「您和維爾福小姐這件計畫中的婚事，改變了諾梯埃先生對他孫女兒的情感，他完全剝奪了本該遺贈給她的財產。但我有必要在這裡補充一句，」律師繼續說，「立遺囑人僅有權取消部分財產的繼承權，而全部剝奪，遺囑就經不起抨擊，會被宣佈完全無效。」

「是的，」維爾福說，「不過我要事先告訴伊辟楠先生，只要我在世，我父親的遺囑決不允許受到抨擊，我的地位不容許家門中有絲毫損害名譽的事情發生。」

「先生，」弗蘭士說，「當著凡蘭蒂小姐的面，提出這樣的問題，我對此深表遺憾。我從來不曾關注她的財產的數目，這筆財產不管減少到什麼程度，都會大大超過我的財產。對於這次聯姻，我的家庭所求的是關心；而我所求的只是幸福。」

凡蘭蒂做了個極其細微的表示感激的動作，兩滴眼淚順著她的臉頰無聲地流了下來。

「另外，先生，」維爾福對未來的女婿說，「除了在您預期的財產數目上有所損失以外，在各個意料不到的地方遺囑絲毫沒有什麼傷害到您本人，這全都是由於諾梯埃先生在年老體弱腦力衰竭所導致的。他生氣的並不是因為凡蘭蒂小姐要嫁給您，而是凡蘭蒂小姐要出嫁這件事，她嫁給任何人都會使諾梯埃先生產生同樣的憤怒。

「老年人是自私的，閣下，維爾福小姐能忠實地陪伴諾梯埃先生，而一旦她成為伊辟楠男爵夫人就不可能做到了。家父的情形很令人同情，由於他的頭腦衰弱，不能充分理解許多事情，別人很少跟他談正事，我確信在目前這個時候，雖然諾梯埃先生知道自己的孫女快要結婚，但他甚至把他未來孫女婿的名字都忘記了。」

維爾福先生剛說完這番話，客廳的門打開，巴羅斯出現在門口。

「各位先生，」他口氣很堅決地說，在這樣莊重的氣氛中僕人對主人們說話，這種口氣確實是異乎尋常的，「各位先生，諾梯埃・維爾福先生希望立刻和弗蘭士・奎斯奈爾先生，伊辟楠子爵談話。」

他也跟公證人一樣，為了不致讓任何人有可能誤解，說出了未婚夫的全部頭銜。

維爾福打了個哆嗦，維爾福夫人一鬆手，讓兒子從膝頭滑了下來，凡蘭蒂站起身來，面色蒼白，無法言語像一尊雕像。

阿爾培和夏多・勒諾再次交換了眼色，比第一次更為驚奇。

公證人望著維爾福。

「這是不可能的，」檢察官說，「在目前這個時刻，伊辟楠先生不能離開客廳。」

「我的主人諾梯埃先生，」巴羅斯以同樣堅決的口氣說，「正是希望在這個時候跟弗蘭士•伊辟楠先生談一件非常重要的事情。」

「那麼諾梯埃爺爺，他現在能說話啦？」愛德華帶著往常的那種放肆態度問。

但對這句玩笑，就連維爾福夫人也沒笑一下。大家都在忙於思考，場面顯得很莊重。

大家驚訝到了極點。

一抹笑容難以察覺地出現在維爾福夫人的臉上，凡蘭蒂情不自禁地抬眼向著天花板，感謝上天。

「凡蘭蒂，」維爾福先生說，「你去看一下，你的爺爺又有什麼新的怪念頭了。」

凡蘭蒂急忙向門口走去，但沒等她走上幾步，維爾福先生改變了主意。

「等一下，」他說，「我陪你一起去。」

「對不起，先生，」輪到弗蘭士說，「既然諾梯埃先生讓人請的是我，我就應該應他的要求。而且，我也很高興向他表示我的敬意，因為我還沒有機會得到這份榮幸。」

「喔！我的上帝！」維爾福帶著明顯的不安神情說，「請不必勞駕吧。」

「原諒我，先生，」弗蘭士語氣堅決，「我希望我能不致錯過這個機會來向諾梯埃先生證明，他對我的反感是大錯特錯了，而且不論他對我厭惡到什麼程度，我還是決心以忠心耿耿來取勝他，所以我不願意喪失這個解釋的機會。」

弗蘭士不再聽維爾福接下來的說話，起身跟在凡蘭蒂後面往外走，這時凡蘭蒂正懷著海難倖存者伸手觸到岩礁時的那種喜悅心情在走下樓梯。

維爾福先生跟著兩個人後面。

夏多•勒諾和馬瑟夫交換了第三次目光，驚訝程度不斷增加。

chapter 75 會議記錄

諾梯埃已經準備停當，一身黑衣，端坐輪椅上等著他們。

當他打算見的這三個人進門後，他望了望房門，男僕立即就把門關上了。

「聽著，」維爾福低聲對凡蘭蒂說，她掩飾不住心中的喜悅，「如果諾梯埃先生要對你談拖延你的婚事的內容，我不許你領會他的意思。」

凡蘭蒂的臉漲紅了，但沒有回答。

維爾福來到諾梯埃近前。

「弗蘭士・伊辟楠先生來了，」他說，「您要見他，先生，他應邀而來。當然，我們早就期待這次會見了，如果這次見面向您證明，您反對凡蘭蒂的婚事是完全沒有道理的，我會很高興。」

諾梯埃的回答是向他瞥了一眼，這一眼使維爾福的血液徹底涼透。

老人用眼睛做了個表示，讓凡蘭蒂走上前去。

由於她習慣用這種方式跟祖父交談，所以很快她就理解了他所要的是一把鑰匙。

然後他的眼光又停留在兩個窗口之間的一只小櫃的抽屜上。

她拉開抽屜，果然在裡面找到了一把鑰匙。

她知道老人要的正是這把鑰匙，接著凡蘭蒂再次探詢老人的目光，這一次癱瘓老人的目光移向一張舊寫字台，這張寫字台早就不用了，大家都以為其中只是放著些沒用的文件。

「要我打開這張寫字台嗎？」凡蘭蒂問。

「是的。」老人表示說。

「要打開抽屜嗎？」

「是的。」

「兩邊的抽屜嗎？」

「不是。」

「中間的這個？」

「是的。」

凡蘭蒂拉開當中的抽屜，取出一卷文件。

「您要的是這個嗎，爺爺？」她說。

「不是。」

她相繼取出一份接一份的其他文件，直到抽屜空了為止。

「沒有文件了。」她說。

諾梯埃的眼睛盯在辭典上。

「噢，爺爺，我明白您的意思，」少女說。

逐一指出每一個字母，到了S，諾梯埃示意她停住。她翻開辭典，一直找到「暗格」這個詞。

「噢！有個暗格？」凡蘭蒂說。

「是的。」諾梯埃示意。

「那誰知道這暗格在哪兒呢？」

諾梯埃望著僕人剛才出去的那扇門。

「巴羅斯？」她說。

「是的。」諾梯埃表示。

「要我去叫他來嗎？」

「是的。」

凡蘭蒂走到門口去叫巴羅斯。

這段時間裡，維爾福心焦氣躁額頭淌著汗珠，而弗蘭士看得瞠目結舌。

老僕走進來了。

「巴羅斯，」凡蘭蒂說，「我祖父讓我從這張桌子裡取出了這把鑰匙，打開寫字台和這只抽屜。現在這個抽屜上有個暗格，看來您知道它在哪兒，請你打開。」

巴羅斯望著老人。

「照她說的做。」諾梯埃用睿智的目光表示說。

巴羅斯服從了。一道暗格移了開來，露出一卷文件，用黑綢緞紮著。

「這就是您想要的東西嗎，先生？」巴羅斯問。

「是的。」諾梯埃說。

「要我把它交給維爾福先生嗎？」

「不是。」

「給凡蘭蒂小姐嗎？」

「不是。」

「給弗蘭士・伊辟楠先生？」

「是的。」

弗蘭士驚愕萬分，往前走了一步。

「是給我的，先生？」他說。

「是的。」

弗蘭士從巴羅斯的手裡接過文件，看著封面念道：

在我死後，這包東西將要交給杜蘭特將軍，他死後會將這包東西留給兒子，囑其妥為保存，裡面有一份非常重要的文件。

「嗯！先生，」弗蘭士問，「您要我如何處理這份文件呢？」

「當然是要您原封不動地保存起來。」檢察官說。

「不，不。」諾梯埃急切地表示說。

「也許您是要這位先生把它讀一遍嗎？」凡蘭蒂問。

「對。」老人回答說。

「現在您明瞭？先生，我祖父請您讀一下這份文件。」凡蘭蒂說。

「那麼大家還是坐下吧，」維爾福不耐煩地說，「因為這要拖一段時間。」

「請坐吧。」老人的目光說。

維爾福在椅上坐下了，但凡蘭蒂仍站在祖父旁邊，靠在他的輪椅邊上，弗蘭士則站在他面前。

他手裡拿著那份神秘的文件。

「請念吧。」老人的目光說。

弗蘭士打開封皮，房間裡非常安靜。他在這片寂靜中開始念道：

摘自一八一五年二月五日聖・傑克司街拿破崙黨俱樂部會議錄。

弗蘭士停住了。

「一八一五年二月五日！我父親在這一天被暗殺！」

凡蘭蒂和維爾福都沒作聲，只有老人用目光指示：「請往下念。」

「家父就是在離開這個俱樂部後失蹤的！」弗蘭士繼續說。

諾梯埃的目光仍在催促說：「往下念。」

他往下念道：

證人炮兵中校路易士・傑克・波爾貝，陸軍準將艾蒂安・杜香比及森林水利部長克勞特・李卡波宣稱：

一八一五年二月四日，接到厄爾巴島送來的一封信，向拿破崙黨俱樂部推薦弗萊文・奎斯奈爾將軍，他自一八〇四年到一八一四年間為皇帝效力，路易十八最近雖封他為男爵，並賜以伊辟楠采邑一處，但據說他仍舊忠心於拿破崙皇朝。

因此，已向奎斯奈爾將軍發出一信，請他出席第二天（五日）的會議。信上沒有指明舉行會議那座房子的街道和號碼，也沒有署名，只是通知將軍，請他在九點鐘的時候準備好，自會有人來拜訪他。

會議從晚上九點開到子夜。

九點鐘的時候，俱樂部的主席親自前去拜訪，將軍已經準備好了。主席通知他，帶他去赴宴有一個條件，就是他絕不能知道開會的地點，他要讓人蒙上眼睛，發誓絕不撕開綁帶。

奎斯奈爾將軍接受了這個條件，並以人格擔保絕不想去發現他們所經的路線。

將軍已叫人備好馬車，但主席告訴他，不能使用他的馬車，因為假如車夫能張大著眼睛辨認他所經過的街道，那麼綁住主人的眼睛就是多餘的事情了。

「那怎麼辦呢？」將軍問。

「我的馬車在這兒。」主席說。

「那麼，您竟這樣信任您的僕人，把秘密告訴他，而認為告訴我的車夫是不謹慎的嗎？」

「我們的車夫是俱樂部的一個會員，」主席說，「給我們驅車的是一位國務顧問呢。」

「那麼我們另有一種危險，」將軍大笑著說，「就是翻車的危險。」

我們記下這句玩笑話，作為證明，將軍絕不是被迫參加會議的，而是他自願來的。

他們坐進馬車以後，主席向將軍提醒他自己的誓言，要把他的眼睛綁住，將軍毫不反對這種程序：馬車上為此準備了一條薄綢，把眼睛蒙上了。

路上，主席好像看見將軍有移動那條手帕的企圖，就提醒他的誓言。

「不錯。」將軍說。

馬車停在聖・傑克司街的一條小巷前停住。將軍扶著主席的臂膀下車，他不知道主席的身分，還以為他只是俱樂部的一個會員；他們穿過那條小弄，走上二樓，進入會議廳。

討論已經開始。俱樂部成員得到通知，今晚要介紹新人，全部到齊。到了房間中央，他們請將軍解除他的綁帶，他立刻照辦。頓時驚訝地看到，他至今甚至沒有想到會存在這個團體，現在卻見到有那麼多熟悉的面孔。

他們問他的政見，但他只是回答說，那封厄爾巴島來的信應該已經通知他們了——

弗蘭士停頓了一下。

「家父是一個保王黨人，」他說，「他們不必問他的政見，這是眾所周知的了。」

「正因如此，」維爾福說，「我才會跟令尊常有交往，親愛的弗蘭士先生。政見相同，容易結交。」

「念下去。」老人的目光仍然這麼說。

弗蘭士接著往下念：

於是主席要求，要將軍坦露得更明白一點，但奎斯奈爾先生回答說，他希望先知道他們要他做些什麼事情。

於是他們就把厄爾巴島來的那封信的內容通知他，這封信把他作為可以信賴的人推薦給俱樂部。其中有一段講到波拿巴的回來，並且說另外還有一封更詳細的信託法老號帶回來，那艘船是屬於馬賽船商摩賴爾的，便可知道更詳盡的情況，這位船主完全忠誠於皇帝。在這期間，這位他們把他當做一個可資依賴的兄弟般帶來的將軍，開始在讀這封信時，將軍卻相反地作出明顯不滿和反感的表示。

當那封信讀完的時候，他依然緊皺著眉頭，默默地一言不發。

「嗯，」主席問道，「您怎麼看這封信，將軍？」

「我說，我在不久以前才宣誓效忠路易十八，不能為了前皇帝的利益而破壞這個誓言。」

這個答覆是太明顯了，他的政見已不再有絲毫懷疑的餘地。

「將軍，」主席說，「對我們來說，沒有路易十八國王，也沒有前皇帝，而只承認被暴力和叛逆逐出他的法蘭西帝國的聖上陛下，由於暴力和叛逆，離開他的國土法蘭西已有十個月了。」

「原諒我，諸位，」將軍說，「對你們來說，可能沒有路易十八國王，但是我卻承認，因為他封我做男爵和元帥，我永遠不能忘記我所以能獲得這兩個頭銜，得歸功於他的榮歸法國。」

「閣下，」主席一本正經地站起來，「您說話得小心，您的話明明白白告訴我們：厄爾巴島那方面誤解了您，而且我們也受騙了。讓您看這封信是由於對您的信任，因此是由於給您帶來榮譽的政見。現在我們發覺我們錯了。一個頭銜和一次晉級已使您依戀於我們希望推翻的那個政府。我們不會強迫您幫助我們，我們不會讓任何人違反心願參加進來，但我們要強迫您做光明正大的舉動，即使您本來不願意那樣做。」

「您把瞭解你們的密謀而不洩露出去稱作光明正大，但我以為這樣做法，就成了你們的同謀犯。您瞧，我可比您坦白。」

「哦！父親，」弗蘭士停住不念，說道，「我終於知道你為什麼遭到刺殺了。」凡蘭蒂禁不住瞥了一眼弗蘭士。兒子對於父親的熱愛之情寫滿在他的臉上，使他看上去很英俊。維爾福在他後面踱來踱去。諾梯埃注視著每個人的表情，保持高尚的威嚴態度。弗蘭士的目光回到文件上，繼續往下念：

「閣下，」主席說，「我們請您參加聚會，絕對沒有硬將您拉來。我們提議要您綁住眼睛來，您接受了。當您同意這雙重要求時，您一清二楚：我們並不希望保障路易十八的王位，否則我們就不必這樣小心來躲避警務部的監視了。您戴上一個假面具來發現我們的秘密，然後又撕下那個假面具，要摧毀信任您的那些人，假如我們讓您那樣做，那未免太寬大了。不，不，您必須首先宣誓，您究竟忠於眼下在位的、碰巧當上的國王，還是效忠於皇帝陛下。」

「我是一個保王黨，」將軍答道，「我曾宣誓盡忠於路易十八，我要遵守誓言。」

這幾句話引起了全場的騷動；從許多俱樂部成員的目光中可以看出，他們在討論這個問題：如何讓他後悔這番魯莽的話。

主席又站起來，在恢復了肅靜以後，說：

「閣下，您是個嚴肅聰明的人，絕不會不明白我們目前形勢的後果，而您的坦率又告訴我們，只有向您提出如下的條件。所以，您得憑您的人格發誓，絕不洩露您所聽到的一切。」

將軍用手握著劍柄，喊道：

「假如你們講到人格，首先就不要破壞人格的基本條件，不要通過暴力來強加於人。」

劍，這是我給您的一個忠告。」

「而您，閣下，」主席很鎮定地說，但他的鎮定比將軍的憤怒更可怕，「不要去碰您的劍，這是我給您的一個忠告。」

將軍帶著略感不安的態度向四周環顧；但他仍不屈服，鼓起他的全部勇氣。

「我不發誓。」他說。

「那麼，先生，您要送命的。」主席平靜地說。

伊辟楠先生的臉色變得非常蒼白。他第二次向四周環顧；有幾個俱樂部的會員在交頭接耳地竊竊私議，在大氅底下摸他們的武器。

「將軍，」主席說，「放心吧，您處在品格高尚的人們中間，我們在採取最後的極端措施以前，要先用各種方法來說服您；但正如您說的，您又是處在密謀者中間，您掌握著我們的秘密，您必須把它交還給我們。」

這幾句話後面帶來了一片意義深長的靜寂，因為將軍並沒有答覆。

「把門通通關上。」主席對守門的人說。

這句話以後依舊是死一樣的靜寂。

然後將軍走前幾步，竭力控制他自己的情感。

「我有一個兒子，」他說，「我處在暗殺者中間時，應該想到他。」

「將軍，」大會的首領帶著一種高貴的神氣說，「一個人可以侮辱五十個人，這是弱者的特權。不過，眼下他用錯了這個權利。聽從我的忠告，發誓吧，而且不要再侮辱我們。」

將軍的銳氣又被首領的威儀挫折了，他遲疑了一會兒，然後走到主席台前。

「用什麼形式？」他說。

「是這樣的：

『我憑我的人格發誓，決不向任何人洩露我在一八一五年二月五日晚上九時至十時所見所聞的一切。如違此誓，甘願身死。』」

將軍打了一個神經質的寒戰，在幾秒之內無法回答；然後他克服他那種表示得很明顯的厭惡感，念出那個所需要的誓言，但聲音非常低，大家勉強聽得到，以致大多數會員都堅持要他清清楚楚重說一遍，他也照辦了。

「現在我可以自由退席了嗎？」他說。

主席站起來，指定三個會員陪他，先綁住他的眼睛，然後同將軍一起登上馬車。那三個會員之中，有一個就是為他們驅車到那兒去的車夫。

其他俱樂部人員默默地分手。

「您希望送您到什麼地方？」主席問。

「只要能擺脫您的地方。」伊辟楠先生回答。

「請您明白，閣下，」主席答道，「您已經不是在會場裡了，現在大家都是個人，如果您不想為侮辱負責，請不要侮辱他們。」

但伊辟楠先生不聽這些話，繼續說：

「您在您的馬車裡跟您在俱樂部中始終一樣耀武揚威，因為你們還是四對一。」

主席喊住馬車。

他們這時已到奧米斯碼頭，那兒有石級通到河邊。

「你們為什麼在這兒停車？」伊辟楠問。

「因為，閣下，」主席說，「您侮辱了一個人，如果那個人不光明正大地向您提出彌補，就不願意再前進一步了。」

「又是一種暗殺的方法嗎？」將軍聳聳肩說。

「不要嚷，閣下，如果您不想讓我把您看做剛才您所說的那種人，就是說以弱者作為擋箭牌的懦夫。您只有一個人，對付您的也只有一個人。您身邊有一把劍，我的手杖裡也有一把。您沒有證人；這幾位先生之中有一位可以做您的證人。現在，假如您高興的話，請除掉您的綁帶吧。」

將軍馬上拉下蒙著眼睛上的手帕。

「我終於可以知道我的對手是誰了。」他說。

他們打開車門，四個人都走出來。

弗蘭士再次停下來，擦去額頭上的冷汗，自己父親去世時的詳細過程一直不為人所瞭解，現在由自己這個做兒子的口中大聲地說出來，實在是件可怕的事。

凡蘭蒂緊握著她的雙手，像是在祈禱。

諾梯埃帶著鄙視和高傲的表情，望著維爾福。

弗蘭士繼續念道：

我們前面說過，那天是二月五日。三天來，天氣非常寒冷，石級上結著一層冰。將軍又高又胖，主席讓給他有欄杆的一旁，使他可以扶著欄杆下去。

兩個證人跟在後面。

天空漆黑。從石級到河邊的這一段地面上蓋滿了雪和霜。濕漉漉的，可以看到河水幽深、發黑，奔流而過，席捲著冰塊。

陪證人之一到附近的一隻煤船上去借了一盞燈籠，借著燈光，檢查武器。主席的那把劍很簡單，正如他所說的，不過是套在拐杖裡的一把劍；他的劍比將軍的短五寸，而且沒有護手把。

將軍提議抽籤選劍，但主席說，他是挑釁的一方，而且當他挑釁的時候，就認為各自使用自己的武器。

兩個證人極力堅持抽籤，但主席吩咐他們不要多說話。

燈籠放在地上，兩個對手各站一邊，決鬥開始了。

燈光使那兩把劍看來像是電光的閃耀。

至於人，只能隱約見到，黑暗實在太濃了。

伊辟楠將軍原被公認為陸軍中最好的劍手之一，但一開始攻擊時他便被逼得很緊，只得後退，後退時他摔倒了。

證人們以為他死了，但他的敵手知道自己的劍沒有刺中他，就伸手去扶他起來。這種情形非但沒有使將軍平靜下來，而且反倒激怒了他，輪到他撲向對手。

但他的對手寸步不讓，用劍朝他刺去。將軍三次中劍，三次後退；他覺得自己被迫得太緊，就再度採取攻勢。

攻到第三劍，他又跌倒了。

他們以為他又是像第一次那樣滑跌的，但兩位證人看到他沒有站起來，就走近去想扶他起來，但去抱他身體的那一位證人覺得他的手上黏到一種溫熱潮濕的東西——那是血。

將軍幾近昏厥，這時恢復了知覺。

「啊！」他說，「他們派了一個劍術大師來和我決鬥。」

主席並不回答，走近那個提燈籠的證人，撩起他的衣袖，挽起他的袖子，露出刺中了兩劍的手臂；然後解開他的上裝，解開背心的紐扣，露出身側所受的第三處創傷。

但他甚至沒有呻吟一下。

將軍開始垂死掙扎，五分鐘以後，伊辟楠將軍死了。

弗蘭士念到最後幾句話時聲音已經哽咽，大家幾乎聽不清楚了。念完後他停住了，用手在眼睛上抹了一下，像是要驅散一片雲；

但在片刻的寂靜過後，他又繼續往下念：

主席把劍插入他的手杖，又登上石階；一道鮮血隨著他的腳步滴在白雪上。他還沒有到石階上頭，便聽到一下沉重的濺水聲，那是將軍的屍體所發出來的聲音，兩個證人證實他死了以後，就把他拋入河裡。

所以，將軍是在一場高尚的決鬥中被殺死，而不是被冷箭暗殺的。

為了弄清真相，我們簽署這卷文件，以明真相，以防有朝一日這可怕的一幕中的某個角色被指控為蓄意謀殺或幹了玷污榮譽法則的壞事。

波爾貝
杜香比
李卡波

弗蘭士念完了這份對一個兒子來說如此殘酷的會議紀要，凡蘭蒂情緒激動，臉色發白地拭著眼淚。維爾福渾身顫抖，蜷縮在一個角落裡，努力地用無助的目光望向老人，乞求風暴減少它的威力。

「先生，」伊辟楠對諾梯埃說，「既然您對這件事的詳細過程十分清楚，文件上證人又都是知名人士，既然您對我非常關注，您所給我的只是悲痛——請不要拒絕給我最後的滿足，告訴我那個俱樂部的主席叫什麼名字，讓我知道殺死我可憐的父親的人。」

維爾福暈頭轉向地去摸房門的把手。凡蘭蒂比任何人都快地意識到老人的答案。因為她常常見到他右前臂上的那兩個劍傷的疤痕，這時她往後退了一步。

「看在上帝的分上！小姐，」弗蘭士對他的未婚妻說，「幫我一道來弄明白究竟是誰讓我在兩歲就成為孤兒的吧。」

凡蘭蒂一言不發，一動不動。

「夠啦，先生，」維爾福說，「請相信我，別讓這可怕的場面再持續下去吧。那些人的名字是故意隱瞞起來。家父也並不知道這個主席是誰，就算他知道，也說不出來，人名是沒法在辭典中查到的。」

「哦！我多麼不幸啊！」弗蘭士喊道，「支持著我讀下去，並給我力量讀到底的唯一希望，就是希望至少可以知道殺死我父親的那個人究竟是誰！先生，先生！」他轉身向著諾梯埃喊道，「看在老天的分上！請您……求求您設法給我指點，告訴我，讓我知道……」

諾梯埃做了個肯定的表示。

「呵，小姐，小姐，」弗蘭士喊道，「您爺爺表示他可以告訴我……那個人……幫個忙……您明白他的意思……請幫幫我吧。」

諾梯埃望著辭典。

弗蘭士拿起字典神經質地顫抖，逐個往下背字母，一直到M。

聽到這個字母，老人做了個肯定的表示。

「M！」弗蘭士重複了一遍。

年輕人的手指滑過字典上的每一個詞，但諾梯埃都予以否定。

凡蘭蒂的頭埋在自己的雙手裡。

弗蘭士終於指到「我」那個字。

「是的。」老人說。

「您！」弗蘭士喊道，頭髮直豎了起來，「您，諾梯埃先生！刺死我父親的就是您嗎？」

「是的。」諾梯埃回答說，用凜然的目光凝視著年輕人。

弗蘭士無力地倒在一張扶手椅裡。

維爾福打開房門，悄悄溜了出去。因為他的腦子一閃念，竟想除去那老人心裡殘剩的一點生命。

chapter 76 小卡凡爾康得的進展

且說老卡凡爾康得已經回去報到，但不是到奧地利皇帝陛下的軍營，而是到盧卡澡堂的輪盤賭場，他是這種賭博最勤勉的朝拜者之一。

他將這次遠行為了扮演莊嚴的父親角色所得到的報酬全部用光。

在他出發的時候，安德里先生拿到了證實自己榮幸的身為巴陀羅米奧侯爵和奧麗伐・高塞奈黎侯爵夫人之子的所有文件。

巴黎社交界本來極其歡迎外國人，並且並不以這些人的真實身分對待他們，相反，是按照這些人的願望對待他們的，正因如此，安德里先生已經為巴黎社交界欣然地接納了。

而且，一個年輕人要有什麼條件才能生活在巴黎呢？只要求他們的法語讓人能聽得懂，穿著講究，是一個賭場好手，而且用現金付帳，僅此而已。

人們對外國人必定不像對巴黎人那樣挑剔。

就這樣，安德里只花了兩個星期就取得了不錯的地位。他被人稱為伯爵；人們說他的年收益有五萬利弗爾；而且大家還談論他父親的巨大財產，據說這筆財產埋藏在塞拉維柴的採石場裡。

對於最後這一項，起初人們並不十分相信，可是不久一位學者宣佈說他曾親眼見過人們質疑的採石場，現在這一說法披上了真實的外衣。

這裡所描述的就是當時巴黎社交界的狀況。有一天晚上，基督山前去拜訪鄧格拉司先生，不巧鄧格拉司先生出門去了。但是男爵夫人發出邀請要見見基督山，伯爵同意了。

自從去阿都爾別墅赴過晚宴，隨後又發生了一系列事件以來，鄧格拉司夫人每次聽到基督山的名字總不禁要打一個神經質的寒戰。一旦說出他的名字後，伯爵不出現，她的痛苦感就變得格外強烈；要是他來了，則他那高貴的面貌、他那明亮的眼睛、他那親切的態度以及他對男爵夫人表示的關懷，就會立刻驅走她最後的一絲恐懼。在男爵夫人看來，這樣一個和藹可親的人是不可能對她有任何傷害的。而且，懷有壞心思的人只有在對滿足自己欲望的時候才會做壞事，沒人會平白起害人的念頭。

當基督山踏進女賓室——這裡我曾經為讀者們介紹過一次，在這裡男爵夫人在欣喜畫作，這畫作是歐琴妮小姐和卡凡爾康得先生一同欣賞過的，男爵夫人被伯爵的名字弄得有點張惶失措，但她依舊帶笑接待伯爵。

後者在一瞥之下就把這整個場面一覽無遺。

男爵夫人平躺在一張鴛鴦椅上，歐琴妮坐在她的身邊，卡凡爾康得則站著。

卡凡爾康得一身黑色服裝，就像歌德筆下的人物，穿一身黑，穿著黑漆皮鞋和鏤花的白絲襪，一隻相當好看的雪白的手插在他那淺色的頭髮裡，一顆鑽石在頭髮中閃閃發光，儘管基督山伯爵曾加以勸阻，愛虛榮的年輕人還是頂不住將它戴在小指上的欲望。

除了這個動作以外，不停地拋送誘人的眼波並歎息連連，引人同情。

鄧格拉司小姐還是老樣子——冷淡、美麗和喜歡諷刺，安德里的眼波和歎息她都沒有放過；但那種眼光和歎息可說是落到了司藝女神密娜伐的盾牌上面，有的哲學家認為，這護胸甲有時遮蓋住薩弗的胸口。

歐琴妮冷淡地向伯爵鞠了一躬，趁寒暄之機退回她的練習室。不久，那邊伴隨著鋼琴的音律，兩個歡快的歌唱聲傳了過來。基督山如此便知道，鄧格拉司小姐更喜歡跟她的音樂教師羅茜・亞密萊小姐待在一起，而不喜歡他和卡凡爾康得先生的陪伴。

那時，伯爵一邊和鄧格拉司夫人談話，並表現出對談話非常感興趣的樣子，另一邊注意安德里・卡凡爾康得先生所關心的事情，那種傾聽他不敢進去的那扇門裡傳來的音樂的態度，以及他那種欽慕的表示。

不久，銀行家回來了。他首先注意到了基督山，接著才看向安德里。

至於他的妻子，像有些丈夫那樣，他向妻子鞠了一躬，這種態度是未婚男子所不能理解的，必須要借助一部關於夫婦生活的內容廣泛的法典。

「兩位小姐沒有邀請您去跟她們一起唱唱歌嗎？」鄧格拉司問安德里。

「唉！沒有，先生。」安德里說著歎了口氣，歎息聲比之前更加沉重了。

鄧格拉司當即走到小客廳跟前，一把拉開那扇門。

只見兩位少女並排坐在鋼琴前面的椅子上。她們每人用一隻手伴奏，她們出於怪念頭，習慣這樣練習，配合非常默契。

從門口這裡望進去，亞密萊小姐和歐琴妮構成了一幅德國人非常喜愛的生動畫面。亞密萊小姐的美貌十分引人注目，可以說是溫柔可愛。她身材瘦小，金黃色的大綹鬈髮垂到她的脖子上（那條脖子有點太長了，好像庇魯傑諾所雕塑的某些仙女一樣），眼睛疲乏無神看上去像個仙女。據說她的胸部很弱，將來有一天，會像《克里蒙的小提琴》[2]中的安東妮那樣死於歌唱。

基督山向這間內室投去迅速而好奇的一瞥，他常在這個家裡聽人說起亞密萊小姐，可這還是第一回見到她。

「怎麼！」銀行家問他的女兒說，「我們這些人都被排斥在外嗎？」

說完，他領著年輕人走進小客廳裡。也許是不經意，也許是故意地安德里進去後使房門半開著，基督山和男爵夫人從所坐的地方什麼也看不到。不過，因為銀行家是跟安德里一起進去的，所以鄧格拉司夫人似乎沒怎麼在意。

不久，伯爵聽見安德里的聲音，在鋼琴的伴奏下，唱起一首科西嘉的曲子。

歌聲傳到耳畔，伯爵微笑起來，這歌聲使他忘記安德里，想起貝尼台多，鄧格拉司夫人這時向基督山誇獎她丈夫的意志堅強，當天早上，由於米蘭一家銀行的破產，他損失了三四十萬法郎。

這樣的誇獎真是名副其實，要不是伯爵從男爵夫人那裡聽到，或者通過其他無所不知的管道知道這件事，單從男爵的臉上，他絲毫看不出任何跡象。

「好呀！」基督山心想，「他已經在隱瞞自己的損失了，可一個月以前他還拿自己的損失到處在吹噓呢。」

隨後他大聲說：「喔！夫人，鄧格拉司先生對於證券交易十分在行，他在別處的損失一定不久就可以從這上面補回來的。」

「我看您和其他人一樣，判斷錯了。」鄧格拉司夫人說。

2.《克里蒙的小提琴》是德國音樂家兼小說家霍夫曼（一七七六至一八二二）的小說，安東妮是小說的女主人公。

「怎麼錯了呢？」基督山問。

「就是認為鄧格拉司先生在做證券交易。其實相反，他根本不做。」

「噢！是的，發生什麼事了夫人，我想起來了狄佈雷先生告訴過我……順便問一下，狄佈雷先生發生什麼事了？我已經有三四天沒見著他了。」

「我也一樣，」鄧格拉司夫人的鎮靜讓人吃驚，「可您剛才想說的那句話還沒說完呢。」

「哪句話？」

「您說，狄佈雷先生告訴過您……」

「噢！沒錯。狄佈雷先生告訴過我，您在投機生意上損失頗多。」

「有一陣我對投機生意挺有興趣，這我不否認，」鄧格拉司夫人說，「但現在沒有了。」

「這您就錯了，夫人。運氣是靠不住的。假如我是一個女人，又幸運地成為一位銀行家的太太，那麼無論我對丈夫的好運多麼信任——因為在投機事業方面，您知道，一切取決於運氣好壞——嗯，我是說，不論我對丈夫的好運多麼信任，我還是要有一筆財產與丈夫毫不相關，哪怕我獲得這筆財產要把我的利益放在瞞過他的人的手裡。」

鄧格拉司夫人仍不由自主地漲紅了臉。

「噢，」基督山說，彷彿沒注意到鄧格拉司夫人的神志，「聽說那不勒斯債券昨天漲得厲害呢。」

「我沒有那種債券，」男爵夫人急忙說，「我從來沒有過，說實話，這樣談論證券交易讓人厭煩了，伯爵先生，聽上去咱們倒像是兩個證券經紀人啦。咱們還是談談可憐的維爾福那一家子吧，眼下他們正忍受厄運的殘害呢。」

「他們出什麼事啦？」基督山一副茫然不知的樣子。

「可您應該知道的呀，聖米蘭先生動身才三四天就去世了。侯爵夫人到巴黎後三四天，也離開了人世。」

「噢！是啊，」基督山說，「這我是知道的。但是，正如克勞狄斯對哈姆雷特所說的，『這是一條自然定律，他們的父母死在他們的前頭，他們哀悼他們的逝世，他們死在兒女之前，他們的兒女也會痛哭流涕』。」

「可是事情還沒完呢。」

「怎麼還沒完?!」

「還沒完呢。他們要把女兒嫁出去……」

「嫁給弗蘭士·伊辟楠先生……難道婚事吹了嗎？」

「昨天早上，弗蘭士好像已經謝絕婚約了。」

「啊！真的……知道原因了嗎？」

「不知道。」

「我的上帝！瞧您給我說的這些，夫人……維爾福先生，他怎麼受得了接二連三的倒楣事呢？」

「他還是跟往常一樣，抱著哲人的態度。」

這時，鄧格拉司一個人回來了。

「哎！」男爵夫人說，「您就留下卡凡爾康得先生跟您女兒待在一起啦？」

「亞密萊小姐在呢，」銀行家說，「您把她當什麼啦？」

隨後他轉身向著基督山：

「卡凡爾康得親王難道不是個可愛的年輕人嗎，伯爵先生？……不過，他真是親王嗎？」

「這我可說不上來，」基督山說，「別人把他的父親作為侯爵介紹給我，那麼他就應該是伯爵。不過我想他本人似乎並不很想要有這個頭銜。」

「那為什麼啊？」銀行家說，「要是他是親王，他就應該讓人們知道。每個人都有自己的權利嘛。我可不喜歡人家否認自己的出身。」

「哦！您這真是個道地的民主派啊！」基督山笑吟吟地說。

「可您，」男爵夫人說，「想想您會惹什麼麻煩吧。要是馬瑟夫先生碰巧上這兒來，他看到卡凡爾康得先生現在待的那個房間是他自己這個歐琴妮的未婚夫都不曾進去的房間，那您該怎麼辦呢？」

「『碰巧』這兩個字還真說對了，」銀行家接口說，「因為，說實在的，很少看到他來，可以說他到我們家確實是巧合。」

「不管怎麼說吧，假如他來了，又看到這個年輕人在您女兒身邊，他十有八九會不高興的。」

「他？哦！我的上帝！您弄錯了，阿爾培先生才不會給我們這種榮幸去嫉妒他的未婚妻，他愛她還根本達不到這一步。再說，他高興不高興，我也不在乎啊！」

「可是，我們到了這種程度……」

「對，我們到了這種程度，你知道我們現在是怎麼樣的情形嗎？在他母親的跳舞會上，他只和歐琴妮跳了一次，而卡凡爾康得先生卻跳了三次，他甚至沒有注意到。」

「阿爾培・馬瑟夫子爵先生到！」男僕通報道。

男爵夫人急忙站起來。她想到小客廳去通知女兒，但鄧格拉司一把拉住她的胳膊。

「不要去！」他說。

她驚愕地望著他。

基督山好像並沒有注意到這一幕。

阿爾培走進屋來，顯得英俊而快活。

他向大家一一致意，瀟灑地對男爵夫人鞠躬，親熱地向鄧格拉司鞠躬，親切地向基督山鞠躬，隨後他轉臉向著男爵夫人。

「您可以允許我，夫人，」他對她說，「向您詢問鄧格拉司小姐近況如何嗎？」

「她很好，先生，」鄧格拉司趕緊回答，「這會兒她正在小客廳裡跟卡凡爾康得先生一起唱歌呢。」

阿爾培依舊保持著他那平靜和冷漠的態度；也許他內心感到一點憤恨，但他察覺到基督山的目光正在盯著自己。

「卡凡爾康得先生有副很好的男中音嗓子啊，」他說，「歐琴妮小姐是位出色的女高音，再說琴又彈得像泰爾貝格[3]一樣好。他倆合唱一定很好聽。」

「可不是，」鄧格拉司說，「他們兩個配合起來真是美妙。」

這句話直白得使鄧格拉司夫人滿面通紅，阿爾培卻似乎並未注意。

「我的歌也唱得不壞，」年輕人繼續說，「至少我的音樂教師都是這麼說的。哎！難以理解的是，我的嗓子從來無法跟別人的配合起來，跟女高音配合尤其差。」

鄧格拉司微微一笑，像是在說：「那你就去生你的悶氣吧！」

「昨天，」他說，「一定要達到預期的目的，「親王和我女兒真是大受讚賞。您昨天沒去嗎，馬瑟夫先生？」

3. 十九世紀瑞士著名鋼琴家。

「是哪一位親王？」阿爾培問。

「卡凡爾康得親王唄，」鄧格拉司接口說，他堅持用這個頭銜稱呼這個年輕人。

「噢！對不起，」阿爾培說，「我不知道他是親王。噢！卡凡爾康得親王昨天跟歐琴妮小姐一塊兒唱歌了？毫無疑問，那一定令人陶醉，我非常遺憾沒有聽到。不過，說起來您就是邀請了我，我也是沒法去的，因為我得陪馬瑟夫夫人到夏多•勒諾男爵夫人府上去，她家邀請德國人來演唱。」

沉默片刻，他又裝得像沒事人似的。

「我可以向鄧格拉司小姐，」他又說了一遍，「表達一下我的敬意嗎？」

「哦！等會兒，請等會兒，」銀行家止住年輕人說，「您聽到了這支美妙的卡代蒂那了嗎？達，達，達，達，蒂，達，蒂，達，達，真是妙極啦，就要唱完了……再一小會兒：真妙！好極了！好極了！好極了！」銀行家鼓起掌來情緒高漲。

「是的，」阿爾培說，「妙得很，卡凡爾康得親王的演唱最能表現他對他祖國音樂的瞭解。『親王』是您說的，對不對？但即使他現在還不是，將來也很容易達到的。這在義大利很容易。但且回到那兩位可愛的音樂家身上來吧，您得款待我們一次，鄧格拉司先生。別通知他們還有一個外人，您本該請鄧格拉司小姐和卡凡爾康得再唱另一支曲子。聽歌須得躲在一小段距離以外才有趣，不被人看見，也不要看見人，因此不妨礙音樂家，他可以這樣發揮天才的全部本領或者心靈的全部衝動，讓他的精神無拘無束地往來馳騁。」

這一回，鄧格拉司被年輕人滿不在乎的態度弄得不知所措了。他把基督山拉到一邊。

「嗯！」他對伯爵說，「您對我們這位情人有什麼看法啊？」

「天哪！他看上去挺冷淡的，這是明擺著的事啊，可您有什麼辦法呢？您已經許諾過！」

「沒錯，我答應過他，可我答應的是把女兒嫁給一個愛她的人，而不是把她嫁給一個不愛她的人。您看這個人，他冷漠地像大理石一樣，跟他的父親一樣目中無人。要是他有錢，要是他有卡凡爾康得府上的那份家產，那倒還能湊合。對，我還沒問過我女兒，也許她有自己的判斷……」

「哦！」基督山說，「我不知道是不是我的偏愛使我盲目了，可我要對您說，馬瑟夫先生肯定是一位可愛的年輕人，他一定給您女兒幸福，而他遲早會有所成就，因為他父親畢竟很顯赫。」

「哼！」鄧格拉司說。

「您還懷疑什麼呢？」

「我在懷疑他的過去……他的過去可夠貧賤的。」

「但父親的過去跟兒子的未來有什麼關係。」

「哪兒的話，瞧您說的！」

「啊，不要激動。一個月以前，您還覺得這門親事挺好的呢……您得明白，我心裡挺難受。您是在我家裡認識小卡凡爾康得的，但是我並不瞭解他，我對您再說一遍。」

「可我瞭解他呀，」鄧格拉司說，「這就足夠了。」

「您瞭解他？難道您已經對他做過調查了嗎？」基督山問。

「用得著嗎？跟什麼人打交道，不是一眼就能看得出的嗎？首先，他很有錢。」

「這點我肯定不了。」

「他的年金不是由您作保的嗎？」

「擔保五萬利弗爾，不是什麼大數目。」

「他受過極好的教育。」

「哼！」輪到基督山這樣表示了。

「他是精通音樂。」

「所有的義大利人都是音樂家啊。」

「算啦，伯爵，您對這位年輕人可不公平啊。」

「好吧！我承認，我看到，他明知您跟馬瑟夫家有婚約，還要這樣橫插進來，就仗著自己有錢，我太難過了。」

鄧格拉司哈哈大笑起來。

「呵！您真像個清教徒！」他說，「這種事情天天都碰得到的嘛。」

「您可不能這樣毀約，親愛的鄧格拉司先生，馬瑟夫府上挺看重這門親事的。」

「這是真的嗎？」

「的確如此。」

「那麼讓他們來把事情說清楚，您可以給他的父親一個暗示，既然您跟馬瑟夫家人是這樣密切。」

「我？您從哪裡看出來我跟他們關係緊密呢？」

「他們的跳舞會上不是可以很明顯地看出來嗎，伯爵夫人，高傲的美茜蒂絲，目中無人的迦太蘭女人，她竟然挽住您的胳膊在花園裡散步了半個鐘頭？她可是對老朋友也很少開口的。」

「喔！男爵，男爵，」阿爾培說，「您攪得我們都聽不見了，對於您這樣熱衷於音樂的人來說，這是多麼不文明的舉動啊！」

「好啦，別管我了，諷刺先生！」鄧格拉司說。

然後他轉過臉來對基督山說：

「那麼您是不是願意承擔起這一責任跟那位父親談一談？」

「悉聽吩咐。」

「但願這一回，把事情做得明白無誤、一勞永逸。假如他要迎娶我的女兒，讓他明確日期，把他的條件宣佈出來——總之，要麼談妥，要麼談崩。您清楚的——不要再拖拖拉拉。」

「好！我就代您留心一下吧。」

「我不能說我很樂意恭候，但我終究還是在等他。一個銀行家，一定得說話算話的呵。」

說著，鄧格拉司歎了口氣，半小時前，小卡凡爾康得也這樣歎氣。

「好！妙！太棒啦！」這時一曲剛完，馬瑟夫模仿那位銀行家的口吻喝彩。為這一曲完美的彈奏歡呼。

鄧格拉司疑惑地打量阿爾培，這時僕人走來俯身在他耳邊說了幾句話。

「我就回來，」銀行家對基督山說，「請等一會兒，待會兒我或許還有事得跟您談呢。」

說完他就出去了。

男爵夫人趁丈夫不在的當口，推開她女兒的那間小客廳的門，安德里先生本來和歐琴妮小姐一同坐在鋼琴前面，這時他像彈簧一樣站了起來。

阿爾培笑著向鄧格拉司小姐致敬，後者神色如常，同往常一樣冷淡地向他還了禮。

卡凡爾康得顯然很狼狽；他向馬瑟夫鞠躬，馬瑟夫傲慢不遜地還了禮。

接著阿爾培不停地恭維鄧格拉司小姐的嗓音，還說，他聽到剛才她的歌聲便後悔昨天沒有赴約。

卡凡爾康得被晾在了一邊，只好去跟基督山搭話。

「行啦，」鄧格拉司夫人說，「彈琴唱歌和這樣恭維足夠了，現在我們去喝茶吧。」

「來吧，羅茜。」鄧格拉司小姐對女伴說。

大家走進隔壁的客廳，茶早已準備好了。

大家按照英國人的規矩，放好糖，把茶匙留在杯子裡正要開始喝的時候，門又打開了，鄧格拉司走進房間，神色激動。

基督山尤其注意到了這種激動，就用探詢的目光要求銀行家解釋。

「咳！」鄧格拉司說，「我剛收到希臘的回信。」

「噢！噢！」伯爵說，「正是為了這事，僕人是來通報這件事了？」

「正是。」

「奧圖國王近來可好？」阿爾培以最輕鬆的口吻問道。

鄧格拉司斜睨著他，不作回答；基督山撇過頭去，掩飾他臉上憐憫的表情，但那種表情霎時就過去了。

「我們一起走，好嗎？」阿爾培對伯爵說。

「好啊，只要您願意。」伯爵回答說。

阿爾培完全不理解銀行家的目光表達的含義，便轉過身去詢問基督山，後者當然是一清二楚的。

「您看到他是怎麼看我的了嗎？」他問道。

「是的，」伯爵回答說，「難道您認為這目光有什麼特別的意義嗎？」

「我相信是有的，他提到來自希臘的消息指的是什麼？」

「我哪裡知道？」

「我以為，您在那個國家裡是有耳目的。」

基督山笑而不答。

「瞧，」阿爾培說，「他在朝您走過來了，我這就過去恭維鄧格拉司小姐畫的畫兒。在這段時間裡，小姐的父親就有時間同您交談了。」

「如果你想恭維，那還是恭維她的嗓子吧。」基督山說。

「不，那是人人都會說的。」

「親愛的子爵，」基督山說，「您既傲慢又自負。」

阿爾培微笑著朝歐琴妮走去。

這時候，鄧格拉司俯身湊到伯爵的耳邊。

「您給我出了個極妙的主意，」他說，「在『弗南』和『亞尼納』這兩個名稱後面，藏著一整段可怕的歷史。」

「是嗎？」基督山說。

「沒錯，我下回再告訴您吧。不過現在請您把這年輕人帶走吧。現在，我跟他待在一起太難受了。」

「我這兒正要走呢，他會陪我一起走。需要我請他的父親來見您嗎？」

「非常要了。」

「好的。」

伯爵向阿爾培示意了一下。

然後兩人向夫人小姐們鞠躬告辭。阿爾培對鄧格拉司小姐的傲慢態度毫不在意，基督山又對鄧格拉司夫人重提了一下作為銀行家的妻子為了保障自己的前途應採取審慎態度的忠告。

卡凡爾康得先生又掌控了全場。

chapter 77 海蒂

伯爵的馬車剛轉過大街的拐角，阿爾培就轉身朝著伯爵哈哈大笑起來，但笑得有點勉強。

「嗨！」他對伯爵說，「當查理九世在聖・巴索羅謬日進行大屠殺以後[4]，曾向凱塞琳・梅迪契問過一句話，我現在也問您同樣的問題：『我略施小計，您覺得怎麼樣？』」

「你指的是什麼事啊？」基督山問。

「就是我的情敵待在鄧格拉司家裡。」

「什麼情敵？」

「喲！什麼情敵？您的被保護人，安德里・卡凡爾康得先生！」

「噢！別逗了，子爵。我可不是安德里先生的什麼保護人，至少是在鄧格拉司先生身邊的時候。」

「假如那位小夥子也需要您的幫忙，那我就要抱怨您了。幸虧他不要保護。」

「怎麼！你覺著他在向鄧格拉司小姐獻殷勤啦？」

4. 法國國王，一五七二年以聖・巴索羅謬日，即八月廿四日，對新教徒進行大屠殺。

「絕對沒錯。他轉動著色瞇瞇的眼睛，變化著情意綿綿的聲調。他希望向那驕傲的歐琴妮求婚。瞧，我念的是一句詩！以我名譽擔保，這不是我的過錯，跟我一點關係也沒有，我再說一遍：他渴望向驕傲的歐琴妮求婚。」

「只要人家心裡想著的是你，那又有什麼關係呢？」

「請別這麼說，親愛的伯爵。我現在是腹背受敵哪。」

「怎麼，腹背受敵？」

「可不是！歐琴妮小姐對我十分冷漠，而她的那位羅茜・亞密萊小姐呢，壓根兒就不理睬我。」

「沒錯，可是她父親挺喜歡您呀。」基督山說。

「不！他在我的心上刺了一千刀——我承認那只是演悲劇時所用的武器，它不會刺傷人，刀尖會縮回到刀柄裡去，而他卻完全把它當做真的使用。」

「嫉妒也是愛情的流露啊。」

「沒錯，可我並不嫉妒。」

「我是說他，他在嫉妒。」

「嫉妒誰？嫉妒狄佈雷先生嗎？」

「不，嫉妒你。」

「嫉妒我？我敢打賭，不出一個星期，他會把我拒之門外。」

「你想錯了，親愛的子爵。」

「怎麼證明？」

「你要我證明給你看？」

「對。」

「我受委託去請馬瑟夫伯爵先生前來同男爵商談落實婚約的事。」

「誰委託您的？」

「男爵自己。」

「哦！」阿爾培儘量用最溫存的樣子說，「您不會去做的，是嗎，我親愛的伯爵？」

「你又錯了，阿爾培，我既然已經答應了，當然要去說的。」

「唉，」阿爾培歎著氣說，「看來您一定要讓我結婚。」

「我的原則是與人為善。說到狄佈雷，我在男爵夫人那裡沒有見到他。」

「他們吵架了。」

「他跟男爵夫人？」

「不是，跟男爵先生。」

「他察覺到什麼了嗎？」

「哈！這句話問得好幽默啊！」

「您認為他起了疑心？」基督山假裝很天真地說。

「那還用說！您這是打哪兒來的呀，我親愛的伯爵？」

「從剛果吧，如果您希望的話。」

「還不夠遠。」

「我怎麼會知道你們這些巴黎男人是怎麼當丈夫的呀？」

「哎！親愛的伯爵，天下丈夫都是一樣的，您只要把隨便任何國家的一個丈夫研究透了，您就能瞭解這類人。」

「那麼，鄧格拉司和狄佈雷是為什麼吵起來的呢？他們看起來非常和諧一致。」基督山仍是那副天真的樣子。

「啊！您現在想來打聽阿塞絲的秘儀了[5]，而我並不在行。當安德里・卡凡爾康得先生成為那個家庭的一分子的時候，您可以去問他這個問題。」

馬車停住了。

「咱們到了，」基督山說，「現在才十點半，請進來坐吧。」

「樂意之至。」

「我的馬車會送您回家。」

「謝謝，那就不必了，我的車子就跟在後面呢。」

「可不，在那兒呢。」基督山說著跳下車來。

兩人進入宅邸，客廳裡亮著燈，他們走了進去。

「去給我們備茶，培浦斯汀。」基督山說。

培浦斯汀默不作聲地退了下去。轉眼工夫他端著一只備好茶點的托盤進來，托盤裡的東西一應俱全，就跟童話劇裡的食物一樣，像是打地底下冒出來似的。

「說實在的，」馬瑟夫說，「我崇拜您的倒不是因為您的財富——因為或許有人甚至比您更富有，也不完全在於您的智慧——因為博馬舍或許跟您差不多——而是在於您的僕人服侍您的那種方式，不

5. 阿塞絲是埃及神話裡的女神，參加女神的秘儀，據說可以窺測人們的隱私並預知未來，但只有忠實的信徒才能參加此種秘儀。

用說什麼，分秒之間就滿足您的願望。像是在您拉鈴的時候，他們就已猜到您想要的是什麼東西，就像您要的東西都隨時準備著。」

「你說得倒也貼切。他們熟悉我的習慣。比如您會看到：你喝茶時還想要點兒別的什麼嗎？」

「我想抽煙。」

基督山湊近小鈴，在上面敲了一下。

瞬間一扇特設的門打開了。阿里手捧兩支土耳其長管煙筒出現在門口，裡面塞滿上等的土耳其煙絲。

「真是絕了。」馬瑟夫說。

「喔，不，簡單之至，」基督山說，「阿里知道，我平時喝茶或喝咖啡時，一般要抽煙，他知道我剛才吩咐了備茶，也知道我是和您一起回來的，所以他聽見我召他，就猜到了原因，由於他是來自這樣一個國家，那裡是用煙斗來款待客人的，所以他不是拿來一支，而是拿來了兩支煙筒。」

「當然，您的這番解釋很合情合理，可是確實也只有您……哦！等一等，我聽到的是什麼聲音啊？」

說著，馬瑟夫向房門俯身過去，透過門確實傳來像吉他的琴聲。

「沒說的，親愛的子爵，今晚上您對聽音樂是擺脫不掉了，您剛從鄧格拉司小姐的鋼琴那兒逃出來，又陷入海蒂的月琴。」

「海蒂！多迷人的名字！這麼說，除了在拜倫爵士的詩裡，還真有叫這個名字的女人？」

「當然。海蒂這個名字在法國非常少見，可是在阿爾巴尼亞和埃皮魯斯卻是相當普通的。如同你們稱作貞潔啊，純真啊，無邪啊什麼的。像你們巴黎人所說的那樣，這是一種教名。」

「哦！妙極了！」阿爾培說，「我多麼希望我們的法國少女能叫善良小姐，靜默小姐，愛德小姐啊！試想，假如鄧格拉司小姐不像人們稱呼她那樣叫克拉麗·曼麗·歐琴妮，而叫作純潔·謙恭·天真·鄧格拉司小姐，那這樣的名字印在結婚請帖上該多麼美好呀！」

「您真瘋了！」伯爵說，「別這麼大聲說笑，海蒂會聽見的。」

「她會不高興嗎？」

「不會。」伯爵神情倨傲地說。

「她很和氣嗎？」阿爾培問。

「這不能稱之為和氣，這是她的本分——一個女奴是不能對主人生氣的。」

「得了吧！您也別開玩笑了。現在哪兒還有奴隸？」

「當然還有啊，海蒂就是我的女奴。」

「真的，伯爵，您的一切都和旁人不同。基督山伯爵閣下的奴隸！咦，這在法國倒是一種頭銜了。按照您花錢的方式，這個職位至少得值十萬埃居一年。」

「十萬埃居！那個可憐的少女可不止那個數目。她出世時躺在金銀堆上，《一千零一夜》裡所記載的那些財寶和她的一比，就顯得微乎其微了。」

「她真的是個公主？」

「您說對了，而且是她的國度裡最顯赫的一位公主。」

「我早料到了。可是一位顯赫的公主怎麼會變成您的女奴了呢？」

「達翁蘇斯那個暴君怎麼會變成一個小學教師呢？那是戰爭撥弄的結果，我親愛的子爵——是命運的捉弄。」

「她的名字要保密嗎？」

「對別人是的，但對你不是，親愛的子爵，你是我的朋友，如果您答應我不說出去，您不會說出去，是嗎？」

「哦！我憑人格起誓！」

「您知道亞尼納總督的故事嗎？」

「阿里・鐵貝林嗎？毫無疑問，因為我的父親為他效力才富起來的啊。」

「可不是，我把這事兒給忘了。」

「嗯！海蒂是阿里・鐵貝林的什麼人？」

「再簡單不過了，她是他的女兒。」

「什麼！她父親是阿里・鐵貝林？」

「同美麗的凡瑟麗姬所生的女兒？」

「但她真是您的女奴嗎？」

「喔！我的上帝，是的。」

「怎麼會這樣？」

「喔！有一天我路過君士坦丁堡的集市，就把她買下來了。」

「真是神乎其神！跟您在一起，親愛的伯爵，不是在生活，而是在做夢。現在，請您聽我說，我想非常冒昧地向您提出一個要求。」

「請說。」

「既然您平時和她一起出門，既然她可以上歌劇院……」

「怎麼樣呢？」

「我的要求十分的冒昧。」

「您可以向我提任何要求。」

「好吧！親愛的伯爵，請把我介紹給您的公主吧。」

「非常願意。但有兩個條件。」

「我提前接受。」

「第一個條件是您絕不能把這次會面告訴任何人。」

「很好（他伸出手），我發誓。」

「第二個條件是，您不要告訴她，您的父親為她的父親效過力。」

「這一點我也發誓。」

「好極了，子爵，請你記住這兩個誓言！」

「是的。」阿爾培說。

「很好。我信得過您。」

伯爵又在鈴上敲了一下，阿里出現了。

「去通知海蒂，」伯爵對他說，「我要到她房裡去喝咖啡，再告訴她，我要求她同意，給她介紹一個我的朋友。」

阿里鞠躬退下。

「我們說好，你別直接發問，親愛的子爵。如果你想知道什麼事情，就先問我，我會再去問她的。」

「一言為定。」

阿里第三次出現在門口，他撩起門簾，示意他的主人和阿爾培，可以進去了。

「請進吧。」基督山說。

阿爾培用手理一理他的頭髮，捲一捲鬍子，對他自己的儀表感到滿意了以後，就跟隨伯爵走進那個房間；伯爵則重新拿起帽子、戴上手套。阿里像一個前衛似的駐守在門外；而梅多指揮的三個法國侍女保衛著這套房間。

海蒂在屬於她的那一套房間的第一個房間裡等候她的客人，這是作為她的客廳。她的大眼睛因驚訝而睜大著，因為除了基督山以外，這是她第一次接見男人。她坐在房間一角的一張沙發上，按照東方人的習慣，交叉著兩腿。在有條紋的和東方最華貴的刺繡圖案的綾羅綢緞中，築了個安樂窩。她的身邊倚著那只她剛才玩弄的樂器；她的樣子十分令人著迷。

一見到基督山進來，她帶著她所特有的少女和情人的雙重微笑站起來。基督山迎上前去，伸出一隻手給她，她把那隻手捧到她的嘴上。

阿爾培仍然站在門邊，被這未見到過的美麗迷住了，在法國，這種美是無法想像的。「您把誰帶到我這裡來了？」少女用近代希臘語問基督山，「是一位兄弟，一位朋友，一位生疏的相識，還是一個敵人？」

「一位朋友。」基督山用同樣的語言說。

「他的名字呢？」

「阿爾培子爵，就是我在羅馬從強盜手裡救出來的那個人。」

「您要我用什麼語言跟他說話？」

基督山轉過臉去朝著阿爾培。

「你會說近代希臘語嗎？」他問年輕人。

「嗨！不懂，」阿爾培說，「甚至連古代希臘語也不懂，我親愛的伯爵。在荷馬和柏拉圖的學生之中，實在再沒有比我更疏懶，甚至可以說更掉以輕心的學生了。」

「那麼，」海蒂說，從她說的話可以看出她是聽得懂基督山和阿爾培的對話，「如果大人囑咐，我可以說法語或者義大利語。」

基督山考慮了片刻。

「你就說義大利語吧。」他說。

然後他轉向阿爾培說：

「您聽不懂近代希臘語或古希臘語，這真令人遺憾，這兩種語言海蒂都說得好極了。現在這可憐的孩子只能跟您講義大利語了，這樣也許會使你對她產生一種錯覺。」

他對海蒂做了個手勢。

「閣下，」她對馬瑟夫說，「歡迎您的光臨，您同我的老爺和主人一同前來。」這句話是用純粹的托斯卡納土語說出來的，這種柔和的羅馬口音使但丁的語言跟荷馬的語言一樣悅耳。

然後，她轉向阿里，吩咐他去拿咖啡和煙筒來；當阿里離開房間去執行命令的時候，她示意請阿爾培走近來一些。

基督山指了指兩張帆布折凳，他們每人拿一張，拖到一張小桌子前面，桌子上放著曲譜、圖畫和花瓶。

那時阿里拿著咖啡和長煙筒進來了；至於培浦斯汀先生，他被禁止走進這個房間。

阿爾培不肯接過黑奴遞給他的煙筒。

「哦！拿著吧，拿著吧，」基督山說，「海蒂幾乎像巴黎女人一樣文明。哈瓦那雪茄讓她受不了，她不喜歡那難聞的味道。你知道，東方的煙草是一種香料。」

阿里退了出去。

咖啡杯都已經準備好，而且特別為阿爾培準備了一隻糖缸。基督山和海蒂則按照阿拉伯人的方式喝阿拉伯飲料，不加糖。

海蒂的手粉嫩纖巧，她用手指拿起一隻日本瓷杯，帶著天真的愉快舉到她的嘴邊，像一個小孩子吃喝到某種她喜歡的東西似的。

這時兩個女人各自捧著一隻茶盤進來，上面擺滿冰塊和果汁飲料，她們把茶盤放在兩隻特製的小桌子上。

「我親愛的主人，還有您，」阿爾培用義大利語說，「請原諒我這愚蠢的樣子。我弄不清楚了。我是身處巴黎的市中心，我還聽到公共馬車的轔轔聲以及賣檸檬水的小販的丁零噹啷的鈴聲，可是這一刻我覺得好像我已突然來到東方——真正的東方，並不是我以前看到的那種悲慘景象而是我在巴黎城裡夢想的那樣。噢，夫人，假如我能說希臘語，與您的談話，加上我周圍這種仙境似的場面，這一夜將會是我永世難忘的。」

「我對您說義大利語也挺方便，先生，」海蒂平靜地說，「如果您喜歡東方，我會盡力而為，讓您在這裡體會在東方的感受。」

「我和她談什麼話題好呢？」阿爾培悄悄地問基督山。

「愛談什麼就談什麼吧。她的國家、她的青少年時代、她的往事。再不然，如果你願意的話，也可以聊聊羅馬、那不勒斯或者佛羅倫斯。」

「哦！」阿爾培說，「對著一位希臘少女，卻去談平時和巴黎女人談的話題，那就大可不必了。就讓我跟她談談東方吧。」

「好啊，親愛的阿爾培，這個話題最令她愉快了。」

阿爾培面向著海蒂。

「您是幾歲離開希臘的呀，夫人？」他問。

「我當時只有五歲。」海蒂回答說。

「您對您的祖國還有印象嗎？」阿爾培問。

「當我閉上眼睛冥想的時候，我似乎又看見了那裡的一切。人有兩種視力：肉眼的視力和靈魂的視力；肉眼所看到的東西有時會忘記，靈魂見過的東西卻是永遠記得的。」

「您的記憶能追溯到多久呢？」

「我剛會走路的時候，我的母親——她的名字叫凡瑟麗姬，意思是『忠貞』，姑娘抬起頭補充說——「我的母親，就拉著我的手，首先把我們所有的錢都倒進錢袋裡，兩個人都蒙上面紗，然後出去為囚犯募捐，我們邊走邊說『誰捨錢給窮人，就是放債給主』。等到我們的錢袋裝滿了，我們就回到宮裡，對我的父親一字不提，派人送到修道院裡，分發給囚犯。」

「那時您多大？」

「三歲。」海蒂回答說。

「這麼說，從三歲開始您就能記得周圍發生的事情了嗎？」

「全部都記得。」

「伯爵，」馬瑟夫輕輕地對基督山說，「您可得讓夫人給我們講講她的身世。您不許我對她提起家父，但也許她會主動提到呢，您不知道我多麼熱切地希望能從一張如此美麗的小嘴裡聽到家父的名字啊。」

基督山轉臉對著海蒂，眉毛一動，提示她千萬小心他的叮囑，然後就用希臘語對她說：

「講講你父親的遭遇吧，但不要提叛徒和出賣經過。」

海蒂深深地歎了一口氣，明淨的額頭掠過一絲陰影。

「您對她說了些什麼？」馬瑟夫輕輕地問。

「我再次告訴她，您是我的朋友，不要向您隱瞞什麼。」

「那麼，」阿爾培說，「為囚犯募捐就是您最早的記憶了吧。您還記得什麼呢？」

「噢，回憶起來事情彷彿就發生在昨天，我記得我坐在一個湖邊一棵無花果樹的樹蔭底下，顫動的枝葉倒映在湖水裡，好像映照在鏡子裡。我父親靠著最老和枝葉最茂密的大樹坐在墊子上還有我的母親坐在他的腳邊，而我則淘氣地玩弄他那飄垂到胸的白鬍鬚，在他腰帶上，刀柄鑲嵌鑽石的彎刀。這時一個阿爾巴尼亞人走到他面前來，對他說一些事情，我對那些事情並不在意，只聽我父親用同樣的口吻說：『殺』或『赦』字！」

「這可真新鮮啊，」阿爾培說，「由一個少女說出這樣的話，而不是從劇院的舞台上，聽到這樣的事情，我想這絕對不是編出來的。請問，」他問道，「看慣這富有詩意的景致，看慣這神奇的遠景，那您對法國的印象如何呢？」

「我覺得這是個美麗的國家，」海蒂說，「但我見識到的是這個國家真實的一面，因為我是用一個成年女子的眼睛來看它的。相反，我只是用孩子的目光去看我的祖國，它在我的頭腦裡總是籠罩在一片朦朧的氣氛中，時而燦爛輝煌，時而陰森慘澹，把它看成可愛的祖國還是苦難深重的地方，這要取決於我的眼睛。」

「您還這樣年輕！您怎麼受盡磨難呢？」阿爾培說，無法自制地接受了庸俗的見解。

海蒂轉過臉去看基督山，他幾乎難以覺察地歎了一口氣，輕聲地說：

「說下去吧。」

「幼年時最初的記憶會留在頭腦中無法抹去，除了我剛才向您講述的往事以外，我幼年時代的回憶都是傷心的了。」

「說吧，說吧，夫人。」阿爾培說，「我向您保證，我正懷著難以形容的激動心情在傾聽呢。」

海蒂苦笑了一下。

「那麼，您願意聽我敘述其他的那些往事囉？」她說。

「我請求您講吧。」阿爾培說。

「好吧！在我四歲的時候，一天晚上，我突然被我的母親叫醒。我們是在雅尼納宮。我睡在墊子上，她抱起我，我一睜開眼睛，就看見她的眼睛裡滿是淚水。

「她沉默不語，抱起我就走。

「我看見她哭，我也就大哭起來。

「『別出聲，孩子！』她說。

「我從不在意媽媽的安慰或恐嚇，每個任性的孩子都這樣，繼續哭個不停，直到我的悲傷或怒氣發洩完了才肯甘休。但這一次，我母親聲音裡強烈的恐怖使我立即不作聲了。

「她抱著我匆匆地離開。

「這時我看到我們正走下一道寬闊的樓梯。在我們的前面，是我母親的全部女僕，他們背著箱子、包裹、擺飾、珠寶和成袋的金洋，走下同一條樓梯，或者不如說急速奔下去。

「女僕的後面來了一隊二十個衛兵，手持長槍和手槍，身穿希臘立國後的服裝，你們在法國也是知道的。

「請相信我，這是不幸的預兆。」海蒂搖搖頭，對於那個情景的回憶，使她面色蒼白。「這一長串奴隸和婦女睡得迷迷糊糊——或至少在我看來是如此，也許因為我被叫醒後神志不清，所以覺得別人也睡著了。

「一叢叢高大的身影映在樓梯的牆上，那是縱樹火炬顫動地投影在拱頂上。

「『快！』一個聲音在走廊盡頭響起。

「這個聲音傳來就像風吹過麥田一樣人們都像麥子紛紛低下頭。

「而我，我嚇得不停顫抖。

「這是我父親的聲音。

「他走在最後，身上穿著華麗的長袍，手裡握著你們皇帝送給他的那支馬槍。他扶著寵臣西立姆，催促我們向前，像一個牧人趕他那潰散的羊群一樣。

「我父親是歐洲大名鼎鼎的人物，海蒂昂著頭說，『大家都知道亞尼納總督阿里・鐵貝林，土耳其人一看見他就要發抖。』」

聽到她用語氣中透出的難以形容的高傲和尊貴，阿爾培毫無緣故地哆嗦起來；他好像覺得在海蒂那一對明亮的眼睛裡，有某種非常陰森可怖的表情；阿里・鐵貝林那次慘死曾在歐洲轟動一時，她這時像是一個招亡靈的女巫，在喚醒那個滿身血跡的人物的回憶。

「不久，」海蒂說，「我們停下來，走到石級下面的湖邊。我的母親把我緊緊地摟在她那氣息喘喘的胸懷裡。在幾步以外，我看到我父親用不安的目光環視四周。

「湖岸上有四階大理石台階可以通到水邊，在最後一級底下蕩漾著一隻小船。

「從我們所站的地方望出去，我可以看到湖中央有一大堆黑色的東西，那就是我們要去的那座水寨。

「我覺得這座水寨距離很遠，或許是因為當時天色黑暗，看任何東西都很模糊。

「我們踏進那只小船。我記得槳在水中划動無聲無息，當我轉身去細查的時候，才看到槳上裹著我們衛兵的腰帶。

「除了船夫以外，船上只有女僕、我的父親、母親、西立姆和我。

「衛兵依舊留在湖邊，準備掩護我們撤退。他們跪在大理石踏級最底的那一級上，萬一有人追來，可以把其餘那三級當做防禦工事。

「我們的船順風疾速前進。

「『船為什麼走得這樣快呢？』我問我的母親。

「『噓！別出聲，孩子！因為我們在逃跑。』

「我不懂。我的父親為什麼要逃呢——他無所不能，通常是別人一見到他便逃跑，他常常說：

「『他們恨我，可是他們怕我！』

「但這次的確是我的父親在逃亡了。後來他告訴我，亞尼納城的守軍長期服役，疲憊不堪——」

說到這裡，海蒂向基督山投去一個意味深長的眼光。他的目光直接回應她的眼神，接著，少女慢吞吞地講下去，像一個講歷史的人想要掩飾或改編部分事實似的。

「您剛才說，小姐，」阿爾培說，他全神貫注地傾聽這篇敘述，「亞尼納的守軍長期服役，已經疲憊不堪……」

「已經和土耳其皇帝派來捉我父親的那位高乞特將軍講好條件。那時，阿里・鐵貝林派了一個他極其信任的法國軍官去見蘇丹，我父親決定要引退到他早就為自己準備好的棲身之地，即避難處所。」

「關於這位法國軍官，」阿爾培問，「您還記得他的名字嗎，夫人？」

基督山跟少女迅速地交換了眼神，而馬瑟夫完全沒有察覺。

「不，」她說，「我這會兒不記得了。但如果下面我想起來的話，我會告訴您的。」

阿爾培正想說出自己父親的名字，卻看見基督山慢慢地豎起一個手指，示意他別說話。年輕人想起他的誓言，便默不作聲了。

「我們當時就向這座水寨划過去。

「我們所能看到的，只是一座二層樓的建築，牆上刻著阿拉伯式的花紋，露台半浸在湖水裡。

「在底樓下面，一直延伸到島中。有一個很大的岩洞，我的母親、我以及女僕們都被領到裡面去。這個地方藏著六萬隻布袋和兩百隻木桶，布袋裡有二千五百萬金洋，木桶裡裝著三萬磅火藥。

「父親的寵臣西立姆站立在桶旁邊，他就是我剛才向您提及過的那個人。他日夜看守著這裡，槍尖上綁著一支點燃著的火繩，他已接到命令，只要我的父親發出一個信號，就炸掉一切——水寨、衛兵、女人、金洋和阿里・鐵貝林本人。

「我記得很清楚，我們的奴隸知道與可怕的炸藥為鄰以後，整天整夜不住地祈禱、哀號和呻吟。

「我至今仍然看到那個臉色蒼白、眸子烏黑的年輕軍人。不論將來死神在什麼時候召我到另外一個世界裡去，我相信他的神態一定就像西立姆一樣。

「我不清楚我們這樣待了多長時間，在那個年齡，我甚至還不知道時間的意義。有的時候，但這種機會極少，我的父親派人來叫我的母親和我一起到上面的露台上，那時我就會很高興，因為在那個陰氣沉沉的洞窟裡我只能看到奴隸們的哭喪臉和西立姆的火槍。我的父親坐在一個大洞前面，用嚴肅的目光搜索遙遠的地平線，細查在湖面上出現的每一個黑點，我的母親靠在他的身邊，頭枕著他的肩胛，而我則在他的腳邊玩耍，帶著愛誇大事物的童年的驚訝欣賞聳立天際的賓特斯山的懸崖峭壁，那白皚皚、稜角畢露、從蔚藍的湖水上高聳起來的亞尼納堡，以及那一大片暗黑青翠的、遠看以為是依附在岩石上的苔蘚，而實際上卻是高大的樅樹和桃金娘。

「有一天清晨，我的父親派人來叫我們去，我們發覺他十分平靜，但臉色卻比往常更蒼白。

「『勇敢一點，凡瑟麗姬，』他說，『一切都將在今天見分曉，蘇丹的敕令就要達到，我的命運將有定論了。假如我能完全獲赦，我們就可以神氣地回亞尼納去，假如消息不利，我們必須在今天晚上逃走。』

「『但如果他們阻止我們逃走呢？』我的母親說。

「『噢！那你放心好了，』阿里．鐵貝林微笑著說，『西立姆和他的火槍會回答他們的。他們希望我死，但不願意同我一起死去。』

「這些安慰的話不是從我父親的心底裡發出來的，母親用一種歎息回答這種安慰。

「她為他調製他常飲的冰水，因為自從來到水寨裡以後，他就飽受高燒的折磨。她用香油塗抹他的白鬍鬚，為他點燃長煙筒，有時，他一連幾個小時無聊地望著青煙嫋嫋地升向天空。

「忽然間，他做出一個非常突兀的動作，嚇了我一跳。

「然後，他的眼睛盯著前面，沒有調轉過來，一面叫人拿望遠鏡給他。

「我母親把望遠鏡遞給他，當她這樣做的時候，她的臉色看來比她所靠的大理石柱更白。

「我看見我父親的手在發抖。

「『一隻船——兩隻！三隻！』父親低聲地說，『四隻！』

「這時他站起身來，抓起他的武器，我記得，他把火藥倒在幾把手槍的藥池裡。

「『凡瑟麗姬，』他對我的母親說，『這一刻就要決定我們的命運。在半小時內，我們就可以知道皇帝的答覆了。你跟海蒂回到地洞裡去吧。』

「『我不願意離開您，老爺，』凡瑟麗姬說，『假如您死，我就和您一同死。』

「『到西立姆那兒去！』父親喊道。

「『永別了，老爺！』母親聲音低沉，聽命離開，她向他鞠躬告別，像是看見死神已經接近一樣。

「『帶凡瑟麗姬離開！』我的父親對他的衛兵說。

「這時沒人注意到我。我向阿里・鐵貝林跑過去。他看見我張開雙臂向他跑來，就伏下身來，親吻我的額頭。

「噢，那一吻我永遠銘記！那是他給我的最後一吻，它還留在我的額頭上。

「往洞裡走下去的時候，我們透過平台上垂下的葡萄藤，看到湖面上變得越來越大的船隻。最初它們看來像是小黑點，現在它們卻像是在水面上飛掠的鳥兒一樣了。

「在這期間，水寨裡，有二十幾個衛兵坐在我父親的腳邊，躲在一個牆角裡，睜著充血的眼睛，注視著船隊的到來。他們手握著嵌珠母鑲銀的長槍，還有大量的彈藥盒散堆在地面上。我的父親看了看他的錶，焦慮地踱來踱去。

「在最後的一吻以後我離開父親的時候，這就是給我留下最後最深印象的一幕。

「我的母親和我穿過通道走到陰暗的地窖。西立姆仍然堅守崗位，他對我們投來憂傷的微笑。我們拿著坐墊，坐在西立姆的身邊。大難臨頭的時候，忠實的朋友總是相互給予支持的。我那時年齡雖小，卻明白大禍已迫在眉睫。」

關於亞尼納總督臨終時的情形，阿爾培常常聽人談起──卻不是從他父親那兒聽來的，因為他父親從來不提這件事，都是聽外國人談起過。阿爾培看過描寫這次慘死的不同版本的敘述，但那青年女郎的聲音和表情給這一段歷史賦予了新的生命；這種生動的語氣和這首悲愴的哀歌，以難以名狀的魅力和恐怖潛入他的心底。

至於海蒂，這些可怕的回憶似乎在這一刻完全掌控了她，一時之間沉默不語，她一隻手托著頭，好似暴風驟雨中被摧折的花朵。她的目光聽著遠方，彷彿還在凝望天際那蔥蔥郁鬱的賓特斯山蔥綠和亞尼納湖蔚藍的湖水，在她的幻想中，亞尼納湖猶如一面魔鏡，她剛才所描繪的那一幅陰森的畫面似乎清清楚楚地在那裡面反映了出來。

基督山望著她目光中充滿無法言喻的關心和同情。

「接著說吧，親愛的。」伯爵用近代希臘語說。

海蒂抬起額頭，彷彿是基督山響亮的聲音把她從夢中驚醒了，她接著往下說：

「那時是下午四點鐘。儘管外面晴空萬里，我們卻淹沒在徹底的黑暗之中。

「在這裡只有一點孤獨的火光，如同漆黑的天幕中一顆顫抖的星星──那就是西立姆的火槍。我的母親是一個基督徒，她做起禱告來。

「西立姆不時念叨這句祝聖用語：

「『上帝是偉大的！』

「可是我的母親卻依舊抱著一絲希望。在走下岩洞時，她好像覺得看到那個被派到君士坦丁堡去的法國軍官，我父親非常信任他，因為他知道，法國皇帝的士兵一般是高尚豪俠的。她向樓梯走近幾步，聽了一下。

「『他們過來了，』她說，『希望他們給我們帶來的是和平與自由吧！』

「『您擔心什麼，凡瑟麗姬？』西立姆用一種非常溫和而同時又充滿驕傲的口吻說。『如果他們帶來的不是和平，我們就要了他們的命。』

「於是他就揮動他的長槍，使槍上的火繩燃得更熾烈，他那副神態簡直像是古希臘的酒神達俄尼蘇斯一樣。

「我當時的年幼和天真使我對勇氣產生畏懼，我覺得那是凶狠和狂暴的表現，我恐怖地倒退了幾步，想躲避空中和火光中那可怕的死神。

「我母親也有同樣的感觸，因為我覺察到她在發抖。

「『天啊，天啊，媽媽，』我說，『我們快要死了嗎？』

「我的話使奴隸們哭泣和禱告得更厲害了。

「『我的孩子，』凡瑟麗姬說，『願上帝永遠不讓那個令你今天這樣害怕的死神接近你！』

「然後，她又低聲問西立姆：

「『主公給你什麼命令？』

「『假如他派人拿了他的匕首來見我，就是說皇帝不同意赦免他，我就點燃火藥。假如他派人拿來的是他的戒指，就是皇帝寬恕他，我便交出火藥。』

「『我的朋友，』母親說，『當你主公的命令到來的時候，假如他派人拿來的是匕首，下達了命令，這樣的死法叫我們害怕，不要這樣殺死我們母女，就用那把匕首殺死我們，可以嗎？』

「『可以的，凡瑟麗姬。』西立姆平靜地回答。

「突然，我們彷彿聽到外面傳來叫喊聲。我們仔細傾聽——那是喜悅的喊聲。被派往君士坦丁堡的那個歐洲人的名字被我們衛兵喊得震天作響。顯然他已帶來了皇帝的答覆，而且那個答覆是有利的。」

「您記不起那個人的名字了嗎？」馬瑟夫問了一句，希望幫助少女回憶得更準確。

基督山對她做了個暗示，要她不要說話。

「我記不起來了。」海蒂說。

「歡呼聲越來越大，腳步聲也越來越近了。有人走下地洞的台階。

「西立姆準備好他的槍。

「不久，地洞入口透進來的微微發藍的光線中，顯現一個人影。

「『你是誰？』西立姆喝道。『但不論你是誰，我命令你不許再前進一步。』

「『光榮屬於皇帝！』那個人影說。『他完全寬恕了阿里總督，不但饒了他的性命，而且還把財產歸還他。』

「我的母親發出一聲歡呼，把我緊緊地抱在她的懷裡。

「『站住！』西立姆看見她要出去，就說，『你知道我要拿到指環才行呢。』

「『不錯。』我的母親說。於是她跪下來，一面把我舉向天空，一面向上帝為我祈禱。」

海蒂再度中止她的敘述，心情激動得無法繼續講下去，以致她那蒼白的額頭上冒出大滴的汗珠；乾渴的喉嚨再無法發出聲音。

基督山倒了一點冰水給她，用溫和而同時也帶有一點命令意味的口吻說：

「勇敢一點，我的孩子。」

海蒂抹乾她的眼淚，繼續講道：

「這個時候，我們早已習慣於黑暗的眼睛認出總督的那個使者：這是一個朋友。

「西立姆也已認出他。但正直的年輕人只知道一件事——就是服從。

「『是誰派你來的？』他對他說。

「『我以我主公阿里•鐵貝林的名義到這裡來。』

「『假如你是阿里本人派來的，』西立姆喊道，『你知道你得有什麼東西交給我嗎？』

「『知道，』那使者說，『我給你帶來他的戒指。』

「說著，他就一手高舉過頭，顯示那件信物，但相隔的距離太遠了，光線又不充分，西立姆和我們所在的地方無法看清和認出那件信物。

「『我看不見你手裡是什麼東西。』西立姆說。

「你走近些，』那使者說，『或者，我走到你這兒來也可以。』

「『都不行，』那青年軍人回答，『把我要看的東西放在那有光的地方，你往後退，直到我看清為止。』

「『這樣也好。』那使者說。

「他先把那件信物放在西立姆指定的地方，然後退了出去。

「噢，我們的心撲通亂跳，因為我們彷彿看到那的確是只戒指。但那是不是我父親的戒指呢？

「西立姆手裡依舊握住那支燃著的火繩，向洞口走過去，在亮光下容光煥發地彎下腰來，撿起信物。

「『很好！』他看了一下那件信物，說，『這是我主公的戒指！』

「於是他把火繩拋在地上，用腳踩熄它。

「那使者發出一聲歡呼，連連擊掌。聽到這個信號，便突然出現了四個高乞特將軍手下的士兵，西立姆被戳了五刀，倒了下去。這五個人每人都給了他一刀。

「他們簡直沉醉在他們的罪行裡了，儘管還嚇得面孔煞白，但仍在岩洞裡亂竄，看還有沒有別的火種，然後，他們開始把裝金洋的布袋踢來踢去玩耍起來。

「這時，我的母親把我抱在她的懷裡，輕捷地沿著只有我們知道的彎曲小道向前奔去，一直來到亭子的暗梯前。水寨裡的情形混亂得可怕極了。

「樓下的房間裡擠滿了高乞特的兵。那就是說，都是我們的敵人。

「正當我的母親要推開一扇小門的時候，我們聽到總督可怕的、咄咄逼人的聲音。

「母親把她的眼睛湊到板壁縫上，我的眼睛前面正好有一條裂縫，使我可以把房間裡經過的情形看得清清楚楚。

「我父親對那些手裡拿著一份用金粉寫的文件的人說：『你們要怎樣？』

「『這就是把陛下的意願通知你，』他們之中有一個說，『你看見這份聖旨嗎？』

「『我看見的。』」我父親說。

「『那麼念吧，他要你的頭。』

「我父親發出一陣大笑，那種笑聲比恐嚇更可怕，笑聲還沒停下，他的手上的槍就響了兩聲，已打死兩個人。

「衛兵們本來俯伏在我父親的腳下，這時也跳起來開火，房間裡頓時槍聲四起，煙火瀰漫。

「同時，對方也開火了，子彈不停地打穿了我們周圍的木板。

「噢，總督大人，我的父親，在那個時候看來是多麼高貴呀，他手握土耳其大刀，臉上被火藥熏得赤黑的！敵人被他嚇得發抖，即使在那時，他們一見他也還要轉身逃命！

「『西立姆！西立姆！』他喊道，『火的守護者，行使你的責任哪！』

「『西立姆死了！』一個像是從地底下鑽出來的聲音答道：『你完啦，阿里！』

「同時，傳來一下沉重的槍聲，把我父親四周的地板都打破了。

「土耳其兵從樓下透過地板向上開槍，三四個衛兵倒了下去，屍體滿是傷痕。

「我父親怒吼起來，把手指摳進地板上的子彈洞裡，掀起一整塊地板。

「但從這個缺口裡，立刻就射上來二十多發槍彈。就像火山爆發似的，射到壁衣，把壁衣舔了個精光。

「在這種可怕的混亂和嚇人的喊聲中，有兩聲槍響格外地清晰，格外令人撕心裂肺。我嚇呆了，這兩顆子彈使我父親身受重傷，這種可怕的喊聲就是他發出來的。

「可是，他依舊站著，緊緊地攀住一扇窗。我母親奮力地搖動門要出去，以便和他死在一起，但門是反鎖的。

「他的周圍橫七豎八地躺著那些衛兵，痛苦地掙扎著，有兩三個只受輕傷，正努力想從窗口跳出去逃命。同時整個地板咔嚓嚓碎裂下陷。我父親屈下一條腿，這個時候，二十隻手向他伸過來，武裝著長刀、手槍、匕首，二十個人同時落在他一個人身上，我的父親消失在這些惡鬼發射出來的一陣煙火中，真像是地獄在他的腳下裂開了一樣。

「我覺得自己在向地上倒下去，我的母親早已昏倒在地。

海蒂垂下雙臂，痛苦地呻吟著，向伯爵望去，好像是在問他，對她的服從是否感到滿意。

伯爵站起來走到她面前，拉起她的手，用近代希臘語對她說：

「休息一下吧，親愛的孩子，堅強起來，要想到上帝會懲罰叛徒的。」

「這可真是個可怕的故事，伯爵，」阿爾培說，他對海蒂慘白的臉色感到害怕，「我這樣冒失地請她講述這痛苦的經歷，真是太殘忍了。」

「沒關係的。」基督山回答說。

說完，他把一隻手放在少女的頭上。

「海蒂，」他接著說，「她是一個勇敢的少女，時而講講自己的傷心往事可以減輕她心頭的負擔。」

「因為，我的大人啊，」少女急切地說，「這是因為我受過的苦難會使我記起你對我的恩情。」

阿爾培好奇地望著她，因為她還沒有講到他最想知道的一部分，就是她怎麼會成為伯爵的女奴的。

海蒂同時從伯爵和阿爾培兩人的目光中同時看到了這一流露出來的願望。

她繼續說：

「等到母親醒過來的時候，我們正站在土耳其總司令的前面。

「『殺死我吧！』她說，『但是請保持阿里的遺孀的清白。』

「『這種話你不該向我說。』高乞特說。

「『那麼對誰說呢？』

「『向你們的新主人說。』

「『他是誰？在哪兒？』

「『他就在這兒。』

「於是高乞特就指出一個人，他就是那個對我父親的死負有最深罪責的人。」海蒂用一腔悲憤說。

「後來，」阿爾培問，「你們就成了那個人的奴隸？」

「不，」海蒂答道，「他不敢收留我們，所以我們就被賣給一個到君士坦丁堡去的奴隸販子。我們越過希臘，半死半活地到達土耳其的都城。門口圍滿了好奇的人，他們閃開，讓我們過去，但突然間，我母親的眼光接觸到那件吸引他們注意的東西，她慘叫了一聲，倒在地上，指著掛在城門口的一個人頭。

「在那個人頭底下，寫著這樣幾個字——

「『這是亞尼納總督阿里・鐵貝林的頭。』

「我哭泣著試圖想扶起我的母親，但她已經死了！

「我被帶到奴隸市場上，被一個有錢的阿美尼亞人買去。讓我接受教育，給我請教師，當我十三歲的時候，他把我賣給馬穆德蘇丹。」

「我向蘇丹贖回了她，」基督山說，「至於代價，我已經對你說過了，阿爾培，就是跟我裝印度大麻的小盒子配對的那塊祖母綠。」

「哦！您真善良偉大，我的大人，」海蒂吻著基督山的手說，「我能夠屬於你這樣的一位主人，真是太幸運了！」

聽完這一切，阿爾培頭腦發昏。

「把你的咖啡喝了吧，」伯爵對他說，「故事講完了。」

chapter 78 遠方的消息

如果凡蘭蒂見到弗蘭士步履踉蹌，情緒激動地離開諾梯埃先生的房間，也會對他產生憐憫之情。維爾福說了幾句前言不搭後語，就回到他的書房裡，大約兩小時後，他收到一封信，內容如下：

從上午所透露的事件中，諾梯埃・維爾福先生一定已經看出：他的家庭和弗蘭士・伊辟楠先生的家庭聯姻是不可能的了。

弗蘭士・伊辟楠先生覺得維爾福先生似乎早已知道今天早晨所講的那件事，卻沒有告訴他，弗蘭士先生深表震驚。

不論是誰，只要他見到此刻法官被打擊得如此垂頭喪氣，一定會認為法官從未曾預料到事情的發生；確實如此，他怎麼也想不到他的父親竟會如此坦白或冒失到把這樣的一段歷史講出來。公正地說，維爾福始終相信奎斯奈爾將軍或者叫伊辟楠男爵也好——這兩個稱呼都為人們接受——是被人暗殺掉而不是死於公平的決鬥中；因為諾梯埃先生不論對什麼事情都從不顧及他兒子的意見，那件事他始終不曾向維爾福說明過。

這樣一封語氣強硬的信出自一位至今還受人尊敬，溫文爾雅的青年之手，對於像維爾福那樣的人的自尊心來說，無疑是致命的打擊。

他剛進書房沒一會兒，他妻子就進來了。

弗蘭士被諾梯埃先生那麼叫走，使當時在場的人都大為驚訝。以致維爾福夫人單獨跟公證人和證婚人待在一起的處境越來越尷尬。於是維爾福夫人決定也離開一會兒。臨走前她對大家說，她去打聽一下消息。

維爾福先生只是告訴她說，諾梯埃先生向他本人以及伊辟楠先生作了一番解釋，其結果就是凡蘭蒂和弗蘭士先生的婚事告吹。

維爾福夫人很難跟等待著的人做什麼交代，所以她只說諾梯埃先生在開始討論的時候突然昏厥，簽訂婚約自然而然要延後幾天。這雖然是個假消息，但鑒於剛剛發生的前兩樁不幸事件，大家對此仍是震驚不已，他們一言不發地告退。

這當兒，凡蘭蒂真是又驚又喜，她擁抱那個衰弱的老人，因為老人一下子擊斷了她認為無法擺脫的鎖鏈，然後請求讓她回到自己的房間裡去休息一下；諾梯埃用目光示意，准許她這樣做。

但凡蘭蒂一旦獲得自由，卻並沒回到她自己的房間裡去，而是穿過走廊，從小門出去，衝到花園。在這種種接連而來的怪事發生的期間，有一種暗暗的恐懼不斷壓抑著她的心。她覺得摩賴爾隨時可能帶著蒼白的臉色和顫抖的身體出現，來阻止婚約的簽訂，像《拉馬摩爾的新娘》[6]一書中的萊文斯

6. 英國十九世紀小說家司各特的歷史小說。

烏德爵士一樣。

事實上，她來到鐵柵正是時候。瑪西米蘭看到弗蘭士和維爾福先生一同離開墳場，就已料到他們的意圖。便跟蹤而至，他看見弗蘭士進去、出來，然後又帶著阿爾培和夏多·勒諾進去。對他來說，事情已經確定無疑。他急忙趕到他的花園裡去等待消息——深信凡蘭蒂一旦有空，便會跑來見他。

果然正如他所預料的，他從木板縫裡望見那青年女郎一改往日的小心謹慎的態度，徑直地朝他的方向跑來。瑪西米蘭只向她看了一眼，便放下心來；而她所說的第一句話使他的心歡喜得又猛跳起來。

「我們得救了！」凡蘭蒂說。

「我們得救了！」摩賴爾重複說，無法相信這樣的幸福，「是誰救我們的？」

「是我祖父。哦！你一定要好好愛他，摩賴爾。」

摩賴爾發誓要用他整個的靈魂去愛他。這個誓言對他來說發自內心，自然而然，因為他此時覺得只愛諾梯埃如友如父還遠遠不夠——他把老人當做上帝一樣崇拜！

「到底是怎麼一回事？」摩賴爾問，「他用的是什麼好辦法？」

凡蘭蒂本想和盤托出，可突然意識到這事後面隱藏著一段可怕的秘密，並且會牽連好多人。

「等以後，」她說，「我會把一切都告訴你的。」

「什麼時候？」

「等我做了你的妻子以後。」

話題現在已轉入到摩賴爾最喜歡的那一方面，他滿足於眼前的事；他覺得他所知道的這一些消息已足夠使自己欣喜，一天之內能得到這麼多的消息已不算少了。但他要凡蘭蒂答應第二天傍晚再和他相見，才同意離開。

答應了摩賴爾的全部要求，在一小時以前，她幾乎不能相信她不用嫁給弗蘭士，但現在假如有人向她說她能和瑪西米蘭結婚，她當然不會那樣難於相信了。

這當兒，維爾福夫人上樓進了諾梯埃的房間。

諾梯埃帶著往常接待她時那種陰沉而嚴厲的目光看著她。

「先生，」她對他說，「凡蘭蒂婚事告吹的事，顯然不用我來告訴您了，因為事情就在您眼前。」

諾梯埃的臉上沒有一點表情。

「但是，」維爾福夫人繼續說，「有件事您並不知情，先生，那就是我一直在反對這椿婚事，這事我從一開始就是不贊成的。」

諾梯埃望著兒媳婦的神情，等待她的解釋。

「不過現在，既然我已知道您也不滿意這門婚事，既然婚事已經破裂，我倒想來對您說一件維爾福先生和凡蘭蒂都沒法開口的事兒。」

諾梯埃用目光詢問是什麼事。

「我來要求您，閣下，」維爾福夫人繼續說，「由於只有我有這個權利，因為只有我是毫無利益瓜葛的人——我來要求您賜回給您的孫女兒，不是您的愛，因為那是她始終享有著的，而是您的財產。」

諾梯埃的目光一時間顯得有些猶豫。他顯然是想弄明白這個請求的動機，但沒能做到。

「我可以希望，先生，」維爾福夫人說，「您的意願跟我對您的請求是一致嗎？」

「是的。」諾梯埃說。

「既然是這樣，先生，」維爾福夫人說，「就讓我懷著感激和愉快的心情告退吧。」

她向諾梯埃先生鞠躬後離開了。

果然，第二天諾梯埃就派人去請公證人來，宣佈前一份遺囑作廢，重新立了一份，其中申明財產全部留給凡蘭蒂，條件是不得將她與自己分離。

這樣一來大家都傳說：維爾福小姐本來就已經是聖米蘭侯爵夫婦的繼承人，又重新得到了她祖父的歡心，將來每年可以得到一筆三十萬利弗爾的收入。

維爾福家這門婚事破裂時，馬瑟夫伯爵先生已經接待過基督山伯爵的來訪。為了表示對鄧格拉司先生的熱忱，馬瑟夫穿上中將制服，佩戴上他的全部勳章，裝扮好之後，就吩咐備上他最雄壯的馬匹，驅車到安頓大馬路。他叫僕人向鄧格拉司通報，而此時銀行家正在做月底結帳。

近幾個月來，每逢有人在這個時候來拜訪這位銀行家，都不會見到他有好臉色。

所以，鄧格拉司一看見這位老朋友，就擺出一種莊嚴凝重的神氣，四平八穩地坐在扶手椅裡。

馬瑟夫往常非常死板，如今一反常態地，裝出一副笑容可掬、親熱近乎的神態。他心裡確信他的提議對方一定會樂於接受，便不轉彎抹角，單刀直入地說：

「男爵，今天我特地登門拜訪，我們長期以來總是在以前的諾言周圍打轉轉……」

馬瑟夫說這句話時，希望能看到銀行家臉上綻出笑容。他認為銀行家臉色沉沉是由於他一直保持沉默。但是，出乎他的意料，這張臉似乎是變得更加沒有表情、更加冷冰冰了。

這就使馬瑟夫話說到一半的話停住了。

「什麼諾言，伯爵先生？」銀行家問，好像他怎麼也想不起來將軍說的諾言是指什麼事情。

「啊！」馬瑟夫說，「您是一個注重形式的人，我親愛的先生，您提醒我不應該省卻約定俗成的儀式。我請您原諒，但因為我這只有這麼一個兒子，而且又是我生平第一次想給他娶親，這種事我還是個新手，好，我承諾要按規矩辦事。」

於是馬瑟夫站起身，強迫自己面帶微笑，向鄧格拉司深深地一鞠躬，說：

「男爵閣下，我很榮幸地為我的兒子阿爾培・馬瑟夫子爵來向您要求與歐琴妮・鄧格拉司小姐結親。」

但是鄧格拉司並沒有像馬瑟夫所期待的那樣欣然接受這一求婚，反而眉頭緊皺，也沒有請站著的伯爵坐下。

「伯爵先生，」他說，「在給您答覆以前，我必須先考慮一下這件事情。」

「什麼？考慮一下！」馬瑟夫說，他越來越吃驚了，「自從咱們初次談起這樁婚事，已經有八年的工夫，難道這麼長時間您都不曾考慮過這件事情嗎？」

「伯爵先生，」鄧格拉司說，「天天都會有新的情況發生啊，使得本來以為考慮過的事，還要重新考慮。」

「新的情況？」馬瑟夫問，「我簡直莫名其妙，男爵！」

「我是說，先生，在最近兩星期裡發生了某些新的情況……」

「對不起，」馬瑟夫說，「我們不是在故弄玄虛？」

「什麼，故弄玄虛？」

「是的，讓我們直截了當，把事情說清楚。」

「這正是我希望的。」

「您見過基督山先生！」

「我常見到他，」鄧格拉司彈彈胸前的襟飾，說，「他是我的朋友嘛。」

「好吧！您在最近一次見到他時，您對他說，我好像對這件婚事不甚在意，是嗎？」

「有這回事。」

「好吧！現在我來了。我既不是不在意，也不是態度搖擺不定，這您都看見了，因為我已經來催您兌現自己的諾言了。」

鄧格拉司沒有回答。

「難道您這麼快就改變了主意，」馬瑟夫說，「還是您要我主動來向您提親，使我屈尊降貴，就為了讓您開懷一笑嗎？」

鄧格拉司明白，如果讓對話再這樣繼續下去，他的處境會變得很不利。

「伯爵先生，」他改變口吻說，「您對我保留的態度一定充滿了疑慮，我向您保證，我以這種方式對待您，我也付出很大的代價。但相信我，我這樣也是情勢所迫，萬不得已。」

「這些話沒有任何實際的意義，我親愛的先生，」馬瑟夫說。「這些話或許可以滿足一個剛剛結識的人，但馬瑟夫伯爵卻並不是一個您剛認識的人。當他這樣一個人來找老朋友，提醒對方曾經許下的諾言時，假如這個人不能履行他自己的諾言，他就有權利當場要求對方至少給他說出一個充分的理由。」

鄧格拉司心裡有些膽怯，但臉上不肯露出來。馬瑟夫說話的口氣刺痛了他。

「我並不是沒有充分理由的。」他反駁說。

「您這是什麼意思？」

「我的意思是，我有一個很充分的理由，但卻難於開口。」

「可是您要知道，」馬瑟夫說，「我不會滿足於您保持沉默。而且，至少有一件事我已經很清楚了，那就是您要拒絕這門親事。」

「不，先生，」鄧格拉司說，「我暫時不做決定，如此而已。」

「而且您還自以為是，認為我會聽你的出爾反爾，卑躬屈膝地等著您改變心意嗎？」

「那麼，伯爵先生，您不願意等，就當我們從來不曾有過什麼計畫好了。」

伯爵為了抑制住他那通常無法壓制的脾氣，把嘴唇幾乎都快咬出血了，但他明白，目前的情形，引人嘲笑的只能是自己，所以他本來已向客廳門口跨出了幾步，可馬上又改變主意，走了回來。

一片陰雲掠過他的額頭，抹去了額頭上的怒意，留下一種淡然的不安的痕跡。

「嗨，」他說，「親愛的鄧格拉司，咱們是多年的老相識了，因此我們彼此忍讓。您得給我一個解釋，至少總該讓我知道，究竟是出了什麼事兒，我兒子才喪失了您對他的好感。」

「這和子爵沒關係，我能對您說的就只有這些，先生。」鄧格拉司回答說，一看到馬瑟夫的態度軟了下來，他又變得盛氣凌人了。

「那麼這與誰有關呢？」馬瑟夫問道，聲音有點改變了，臉色也蒼白起來。

這一切都被鄧格拉司看在眼裡，他的目光比以往更加堅決地盯住馬瑟夫。

「我不想再作進一步的解釋，為此您應該感謝我才是呢！」他說。

馬瑟夫強忍怒火，使他顫抖不已。

「我有權利而且我也堅決要求您作出解釋。是不是馬瑟夫夫人讓您不快?是不是我財產讓您不滿意，是不是因為我政見不同？」

「跟所有這一切都沒有關係，先生，」鄧格拉司說，「假若是那樣，那就只能怪我自己了，因為我早已瞭解了底細，並且應允婚約。好了，別再追究那個原因了吧。我真的很慚愧使您作這樣嚴格的自我反省。到此為止，請相信我。我暫時擱置這門親事，既不是破裂，也不訂約。不必忙。我的女兒才十七歲，令郎也才二十一歲。在這段期間，隨著時間的流逝，事情會有所進展的。前一天晚上還是晦暗不明的事，明天的陽光會使它清晰明確的。有的時候，說出的一句話或者一天時間的流逝，就會揭穿最殘酷的誹謗。」

「誹謗，這是您說的嗎，先生！」馬瑟夫大聲說，面如土色，「居然有人要誹謗我！」

「伯爵先生，我想咱們別再談這事了。」

「這麼說，先生，我必須心平氣和地忍受這一拒絕？」

「只能如此，我向您保證，拒絕您給我的痛苦與您被拒絕所承受的痛苦一樣多，因為當初是我指望著跟府上攀親的。婚事告吹對未婚妻造成的損害總是比對未婚夫的大。」

「好吧，先生，這事咱們不談了。」馬瑟夫說。

他憤怒地攥手套，走出房間。

鄧格拉司注意到：在這次談話的期間，馬瑟夫自始至終不敢問是不是為了他自己的原因鄧格拉司才取消他的諾言。

當天晚上，他會見了幾個朋友，交談了很久。而最後一個離開銀行家府邸的，還是那位夫人小姐的小客廳的常客卡凡爾康得先生。

第二天早晨，鄧格拉司一醒來就叫人拿報紙，僕人立即拿了進來。他把三四份別的報紙往邊上一推，注目於《大公報》。

這就是波香主編的那份報。

他急忙撕開信封，緊張而匆忙打開報紙，翻過「巴黎大事」版，翻到雜項消息欄，帶著一個惡毒的微笑把目光停留在一段以「亞尼納通訊」開始的消息上。

「非常好！」鄧格拉司在看完那一段消息以後說，「這是一篇關於弗南上校的文章，不出差錯的話，這足夠免去我向馬瑟夫伯爵做任何解釋的必要了。」

同一時刻，也就是說在早上九點的鐘聲敲響的時候，阿爾培・馬瑟夫穿著一身黑衣服，上下鈕子扣得嚴嚴實實，神情激動，語氣生硬地在香榭麗舍林蔭道的宅邸前求見伯爵。

「伯爵先生大約半小時前剛出去。」門房說。

「他帶走了培浦斯汀嗎？」馬瑟夫問。

「沒有，子爵先生。」

「請叫培浦斯汀出來，我有話要跟他說。」

門房進去找那個貼身男僕，一會兒兩人就一起出來了。

「朋友，」阿爾培說，「我請您原諒我的無禮，但我想問您，您的主人真的是出去了嗎？」

「是的，先生。」培浦斯汀回答說。

「對我也是這個回答？」

「我知道主人是很願意見到您，他是不會把您當做普通客人對待的。」

「你說得不錯，我要跟他談一件要事。他會很晚才回來嗎？」

「我想不會，因為他吩咐過十點鐘要備好早餐。」

「好吧，我在香榭麗舍大街上轉一圈，十點鐘我回到這裡。要是伯爵先生比我先到，請告訴他，我請他等我一下。

「我一定會轉告的，先生您只管放心。」

阿爾培讓輕便馬車就停在伯爵府邸門前他剛才下車的地方，自己徒步走去。

當他經過浮維斯巷的時候，他似乎認出了伯爵的馬，就停在高塞射擊房的門口，他走過去，不僅認出了馬車，而且認出了車夫。

「伯爵先生在打靶嗎？」馬瑟夫問這個車夫。

「是的，先生。」車夫回答說。

果然，阿爾培走近打靶場時，聽見幾聲槍響。

他走進靶場。靶場的侍者立在小花園裡。

「對不起，子爵先生，」他說，「請您稍等可以嗎？」

「幹嗎，菲力？」阿爾培問，他是這兒的常客，不明白今天為什麼會被擋住，對此他不明白。

「因為這會兒在打槍的先生喜歡獨自一個人，他從不在別人面前射擊。」

「連你也不讓看，菲力？」

「您這不瞧見啦，先生，我待在傳達室門口。」

「那誰給他裝子彈呢？」

「他的僕人。」

「一個努比亞人嗎？」

「一個黑人。」

「就是他。」

「這麼說，您認識這位爵爺了？」

「我就是來找他的。他是我的朋友。」

「哦！那就是另一回事了。我這就進去通報。」

說著，菲力帶著好奇心走進靶棚。不一會兒，基督山出現在門口。

「請原諒我跟您跟到這兒來了，親愛的伯爵，」阿爾培說，「不過我先得申明這並不是您的僕人的過錯，完全是出於我的冒失。我先到您的府上。僕人告訴我說您已外出，但十點鐘要回去用早餐的。我也就散步，準備等到十點鐘。走著走著，瞧見了您的馬和車子。」

「你對我說這些話，使我產生希望您能和我共進早餐？」

「不，謝謝，我目前正想著早餐以外的事呢，或許我們以後會一起吃一頓，但心情也好不了！」

「你在說些什麼呀？」

「我今天要去決鬥。」

「為什麼啊？」

「當然是跟人算帳啦！」

「對，這我明白，可是為了什麼要決鬥呢？什麼事都可以決鬥，這你也明白。」

「我決鬥是為了榮譽。」

「喔！這可是一件很嚴重的事啊。」

「非常嚴重，我請求您給我施以援手。」

「幫什麼忙啊？」

「請做我的見證人。」

「這是個嚴肅的問題。我們不要在這裡談論，到我家裡去說吧。阿里，拿點水來。」

伯爵撩起袖子，走進靶棚前面的一間小屋，射手們通常都在那裡面洗手。

「您進來呀，子爵先生，」菲力低聲說，「我給您看點稀奇古怪的東西。」

馬瑟夫走進靶棚看見貼在靶子上的不是靶子黑心，而是紙牌。

遠遠望去，馬瑟夫以為那是一副同花順子，因為從A到十點都齊了。

「啊哈！」阿爾培說，「你是在玩牌呀？」

「不，」伯爵說，「我是在做牌。」

「怎麼回事？」

「喔，您瞧見的這些牌原來都是A和兩點，不過我用子彈做出了三點，五點，七點，八點，九點和十點。」

阿爾培走近去看。

的確，子彈在原來印著數字的地方打穿了紙牌，子彈洞代替了數字，行與行距都跟鉛筆事先畫出記號一樣精準。馬瑟夫向靶子走去的時候，半路上還拾到兩三隻燕子，它們是被伯爵打死的，因為它們冒失地飛進了伯爵的手槍射程裡。

「真是絕了！」馬瑟夫說。

「有什麼辦法呢，我親愛的子爵，」基督山用阿里遞上來的毛巾揩著手說，「我總得找點事消磨一下閒置時間啊。請過來吧，我等著你呢。」

兩人登上基督山的雙座轎式馬車，不一會兒，馬車就把他倆載到了三十號的門前。

基督山領著馬瑟夫走進書房，示意他坐下。兩人都坐定了。

「現在，咱們平心靜氣地來談談吧，」伯爵說。

「您瞧，我非常平靜。」

「你要跟誰決鬥呢？」

「波香。」

「是您的朋友！」

「決鬥的對手往往是朋友。」

「那至少總該有個原因吧。」

「我當然有。」

「他對你怎麼啦？」

「昨晚的報紙上，有……喏，你自己看吧。」

阿爾培把一份報紙遞給基督山，伯爵接過去念道：

亞尼納通訊：

我們終於獲悉一件至今不為人知的事實，防衛本市的城堡，是由阿里·鐵貝林總督極其信任的法國軍官弗南出賣給土耳其人的。

「嗯！」基督山問，「您覺得這裡面有什麼情況冒犯您的嗎？」

「什麼！我覺得？」

「是啊。亞尼納的城堡是一個名叫弗南的軍官出賣的，這關您什麼事呢？」

「這關係到家父馬瑟夫伯爵，弗南是他的教名。」

「而且他還在阿里總督麾下服務過。」

「他曾為希臘人的獨立而戰鬥過，污蔑源於此。」

「噢！親愛的子爵，咱們說話可得理智一點啊！」

「我正想如此。」

「那麼請告訴我，弗南軍官和馬瑟夫伯爵是同一個人，這件事法國誰能知道？現在還有誰關心亞尼納，我想亞尼納是在一八二二年或一八二三年被攻陷的吧？」

「這恰恰說明這種奸計的惡毒。他們讓時間過去了這麼久，然後突然間翻出人們早已遺忘的事，借此作為誹謗的資料來玷污我們的好名譽。我要去找波香，這段消息是在他的報紙上出現的，我將堅持要他當著兩個證人的面前聲明更正。」

「波香決不會更正。」

「那麼他就要與我決鬥。」

「不，他不會跟您決鬥，因為他會回答你，這確實是事實，當年在希臘軍隊裡說不定有五十個軍官叫弗南呢。」

「即使如此，我們還是要決鬥。啊！我要讓這一切都見鬼去……我父親，一個如此高貴的軍人，如此顯赫的生涯……」

「波香也許還會說：我們有充分的理由相信，這個弗南跟德・馬瑟夫伯爵先生全然不相干，儘管伯爵先生的教名也叫弗南。」

「我一定要他完全徹底地更正，我決不會滿足於這種解釋！」

「那麼，你執意要讓證人去見他？」

「是的。」

「你錯了。」

「您的意思是說，您拒絕我剛才的要求，不肯幫這個忙囉？」

「唉！你是知道我對決鬥抱什麼觀點的。我在羅馬曾向您闡明過我的觀點，你還記得吧？」

「可是，親愛的伯爵，今早，就是剛才，我還看見您在做一件跟您的觀點很不相稱的事情呢。」

「因為，我的好人哪，因為絕不能固執。假如和傻瓜們在一起，那就必須學會做點兒事。也許什麼時候有個愛冒險的狂熱傢伙無緣無故地向我尋釁。他和我或許也像您和波香那樣並沒有真正值得吵架的理由，但他會為了更加不重要的小事輕易地來找我，他會叫他的陪證人來見我，或是在一個公眾場所侮辱我——噢，我就不得不殺死那個浮躁的傢伙。」

「那麼，您這是承認您自己也有可能決鬥的？」

「當然！」

「好，那麼為什麼您不贊成我去決鬥呢？」

「我沒說你不能決鬥。我只是說，決鬥是件大事情，事先得仔細考慮。」

「他侮辱我父親，他考慮過了嗎？」

「要是他事先沒有仔細考慮，這會兒也承認了，您就不該怨恨他。」

「哦！親愛的伯爵，您實在太寬容啦！」

「你呢，實在太苛刻啦。哎，假定……請你聽仔細了，我們假定……我這麼說你可別動火啊！」

「我聽著呢。」

「我假設報導的事實是真的……」

「一個兒子是無法容忍這樣一個有損他父親名譽的假設的。」

「哎！我的上帝！我們所處的時代，事情無奇不有啊！」

「這正是時代的弊病。」

「您立意要革除時弊嗎？」

「對，只要事情跟我有關。」

「我的上帝！好一個嚴厲的人，親愛的朋友！」

「我就是這麼個人。」

「就連忠告也聽不進了嗎？」

「不，但要是朋友的忠告。」

「你把我當朋友嗎？」

「是的。」

「在您帶著證人去找波香之前，您要瞭解一下情況。」

「向誰瞭解？」

「海蒂。」

「把一個女人牽連進來有什麼用？她能做些什麼？」

「例如，向您證明，您的父親和她的父親的失敗與死去毫無瓜葛，或者這會給您澄清事實，如果您父親真的不幸……」

「親愛的伯爵，我事先跟您提過，我不想做這樣的假設。」

「那麼您反對嘍？」

「我反對。」

「肯定？」

「肯定。」

「好，讓我再提一個建議。」

「好的，但這是最後一個建議。」

「也許您不想聽任何建議了？」

「相反，我請您說出來。」

「您去找波香的時候，不要帶任何人，您一個人去。」

「那是有違習俗的？」

「您的情形本來就和一般的不同。」

「您為什麼要我一個人去呢？」

「因為那樣，這件事情就可以由您和波香自己解決。」

「請您解釋一下。」

「可以。如果波香願意做出更正，至少您應該讓他出於自願去做這件事。在您這方面，結果是一樣的。如果相反，他拒絕了，那時再讓兩個外人知道您的秘密也還不遲。」

「不會是兩個外人，而是兩個朋友。」

「啊，但今天的朋友就是明天的仇敵。」

「哦，什麼話？」

「波香就是一個榜樣！」

「所以您勸我……」

「我勸您得審慎。」

「因此您認為我要獨自一人去找波香？」

「是的。」

「單獨去，而且我可以告訴您為什麼。當您希望一個人的自愛心向您讓步的時候，就必須要避免哪怕只是有想法去傷害他的自愛之心。」

「我相信您說得有道理。」

「啊！那就太令人高興了！」

「我這就單獨去找他。」

「去吧。不過，要是你能不去，那敢情更好。」

「這是不可能的。」

「那就這樣去吧，這總要比你原先的打算好些。」

「但是假如，儘管我小心翼翼，採取了各種方法，但決鬥還是不可避免，那麼您願意當我的證人嗎？」

「親愛的子爵，」基督山一本正經地說，「你想必也知道，在某些合適的時間和地點，我已經為你竭誠地效勞過。但您此次的請求已經超出了我的能力範圍了。」

「為什麼這樣說呢？」

「也許日後你會知道的，在這期間，請您原諒我無法讓您瞭解原因。」

「那好吧。我去找弗蘭士和夏多·勒諾。」

「去找弗蘭士和夏多·勒諾，那再合適不過了。」

「不過，要是我真的決鬥，您一定不會反對教我一兩手劍術和手槍射擊技巧嗎？」

「不，這又是件我無法從命的事情。」

「您可真是個怪人，嗨！那麼您絲毫不想插手了？」

「確實如此。」

「不談了。再見，伯爵。」

「再見，子爵。」

馬瑟夫戴上帽子，走了出去。

他在宅邸門前登上自己的輕便馬車，儘量忍住憤怒，去找波香。波香此刻在他的報館裡。

阿爾培來到了報館門前。

波香的辦公室光線昏暗，滿是灰塵。報館的辦公室都是這樣的。

僕人通報阿爾培·馬瑟夫先生來訪。他讓僕人又報了一遍。他還是無法相信，就大聲說：「請進！」阿爾培出現在門口。波香瞧見真是自己的朋友來訪，驚奇得喊出聲來。而這時阿爾培邁著不穩的步子跨過一卷卷紙張，報紙從辦公室的鑲木地板直到紅方磚地上散得到處都是。

「這兒走，這兒走，親愛的阿爾培，」他邊說邊向年輕人伸出手去，「什麼風把你吹來的？您像大拇指一樣迷了路吧？還是您乾脆要來同我共進早餐呢？設法找一個地方坐吧，那盆天竺葵的旁邊有一張椅子，房間裡只有這張椅子，提醒我世界上除了紙張以外還有別的東西。」

「波香，」阿爾培說，「我這次來是想跟您談談報紙的事情。」

「是嗎，您對我的報紙有什麼想法？」

「我想發一個聲明，一個更正聲明。」

「你，更正什麼？關於什麼事情，阿爾培？可你倒是坐下呀！」

「謝謝。」阿爾培回答時，冷漠正式地點了一下頭。

「把事情說說清楚吧。」

「一條消息，這條消息損害了我家一個成員的名譽。」

「是哪條消息！」波香驚奇地說，「不可能吧。」

「那條亞尼納發來的消息。」

「亞尼納？」

「對，亞尼納。看您的模樣，您當真不知道我的來意了？」

「我憑名譽起誓……巴蒂斯特！昨天的報紙！」波香喊道。

「不用，我給你帶來了。」

波香喃喃地念道：「亞尼納專訊……」

「你得明白，這事非常嚴重。」等波香念完以後，馬瑟夫說。

「那麼，文中提到的這個軍官是您的一位親戚嗎？」編輯部主任問。

「是的。」阿爾培臉上一紅。

「嗯！你要我做什麼？」波香口氣溫和地說。

「我希望，親愛的波香，我希望您更正這個消息。」

波香仔細端詳著阿爾培，流露出寬厚溫存的神情。

「噢，」他說，「這事咱們可得好好談談。因為更正總是一件嚴肅的事情。你先坐下。我再把這幾行看一遍。」

阿爾培坐下了，波香比第一次更加聚精會神地重讀被他的朋友指責為大逆不道的幾行字。

「好！你也瞧見了，」阿爾培語氣很決絕，甚至很生硬地說，「你的報紙侮辱了我的家庭成員，我要求你更正。」

「你……要求……」

「對，我要求！」

「請允許我對你說一句，您可不是什麼議員，談什麼要求呢。」

「我也不想當議員，」年輕人立起身接著說，「我只要求對你昨天發表的一條消息作出更正，並且一定要做到。你好歹也算是我的朋友啊，」阿爾培看到波香也開始抬起高傲的頭，就抿緊嘴唇說，「你好歹也算是我的朋友，您很瞭解我，知道我碰到這種情況是非常固執的。」

「即使你是我的朋友，那麼，馬瑟夫，你剛才的這番話已經使我忘卻了這一點了……得啦，咱們都別發火，或者至少暫時先別發火……您心焦氣躁，心煩意亂，受到傷害……哎，這個叫弗南的是你的什麼親戚？」

「他就是我的父親，」阿爾培說，「弗南・蒙台哥先生，馬瑟夫伯爵，他是一位老軍人，身經二十次大戰，有人想用陰溝裡的爛泥蓋在他高貴的傷疤上。」

「是你父親？」波香說，「那就是另外一回事了。我理解你的憤慨，親愛的阿爾培……讓咱們再念一遍……」說著他又念了一遍這條消息，這回琢磨著每個字的含義。

「可是有什麼地方能讓你認為，」波香問，「報上的弗南就是您父親呢？」

「是這樣的。什麼地方也看不出。可是別人會聯繫呀。正是為了這個緣故，我才要求對這條消息進行更正。」

聽到「我要求」這三個字，波香抬起頭來望了望阿爾培，接著又慢慢地垂下眼睛，他在沉思默想了好一陣子。

「你決定對這條消息進行更正嗎，波香？」馬瑟夫又問道，火氣更大了，雖然他一直控制著。

「是的。」波香說。

「好極了！」阿爾培說。

「但要到我能肯定這條消息報導不實的時候。」

「什麼？」

「是的，這件事情應該加以調查，而且我也會把它調查清楚的。」

「但您看這件事又有什麼要調查的呢，先生？」阿爾培再也按捺不住了，「如果您不相信這指的是我的父親，就請你馬上說出來，要是你認為是他幹的，你也得把你這麼認為的理由說個清楚。」

波香嘴角掛著他那獨特的微笑，望著阿爾培。這種微笑會表達出各種出現在他頭腦中的情愫。

「先生，」他說，「假如你是要到我身上找滿足來的，你應該直截了當地講出來，不必對我談半個鐘頭以來我耐著性子聽完的廢話。難道你這次到我這裡來，是我促成的嗎？」

「沒錯，要是你不肯收回這種無恥的誹謗！」

「等一等。請你不要恐嚇，阿爾培‧蒙台哥先生，馬瑟夫子爵！我不允許敵人的威脅，更不能忍受朋友的威脅。你堅持要我更正這段關於弗南上校的消息——但我可以憑人格向你擔保，這條消息跟我沒有任何關係，你還是要堅持嗎？」

「是的，非得更正不可！」阿爾培說，他的腦子由於情緒激動開始糊塗起來。

「如果我拒絕，你會與我決鬥，是嗎？」波香接著說，語氣仍然很平靜。

「是的！」阿爾培提高嗓門說。

「好吧！」波香說，「親愛的先生，這就是我的回答。這則消息不是我刊登的，我甚至不知道有這則消息。但你所採取的步驟已喚起我對這段消息的注意，這則消息將會保持原樣直至它要麼被更正，要麼被人證實是事實。」

「先生，」阿爾培立起身來說，「那就請讓我的證人來見你吧，你可以跟他們商定選什麼地點和用什麼武器。」

「當然，親愛的先生。」

「那麼，如果你願意在今晚最遲明天，我們會再見面。」

「不，不！什麼時間適當那得由我決定。我有權決定先決條件，因為我是受挑釁的一方——但據我看，時機還沒到。我知道你的劍術很熟練，而我的劍術只是馬虎過得去。你六槍能有三槍擊中靶心黑點——那方面我們差不多相等。我知道我們的決鬥不是遊戲，因為你很勇敢，而我也很勇敢。我不願意無緣無故殺死你或讓我自己被你殺死。現在要輪到我來問你一個問題了。而且毫不含糊。」

「您堅持要作更正，否則，就要殺死我。儘管我已經不止一次地反覆向你說明，而且用我的人格向你擔保，我不知道刊登這則消息的事。而且，我還向你表明，除了你這樣一個唐雅弗似的人物，誰都不可能認出弗南那個名字就是馬瑟夫伯爵。」

「我堅持要作更正。」

「那好！親愛的先生，我同意跟你拚個你死我活，但是我要求三個星期的時間來做準備。在這三個星期之後，你見到我時，我會告訴你：『喔，那條消息是假的，我更正』，或者我會說：『喔，那條消息是真的』，然後就從劍鞘裡拔出劍，或者從槍匣裡掏出槍來，方式由你來選擇。」

「三個星期！」阿爾培喊道，「三個星期對我來說就是蒙羞含辱的三個世紀呀！」

「假如您還是我的朋友，我就會對你說：『耐心點兒，朋友。』假如您已經是我的仇敵，我就會對你說：『這關我什麼事，先生！』」

「好吧，就三個星期，」馬瑟夫說，「可你得記住，三個星期以後，絕不能再有任何拖延，也沒有什麼藉口能使你免於……」

「阿爾培・馬瑟夫先生，」波香也立起身來說，「在三個星期之內──那就是說，二十四法國人把一周視為八天之內──我不能把你摔到窗口外面去，而您只有在那個時候才有權利來攻擊我。今天是八月二十九日，所以約定的時間是在九月二十一日，在那個時間還沒有到達以前──我現在要給你一個紳士的忠告──我們不要像分別鎖著的兩條看門狗那樣狂吠亂叫。」

說完，波香冷漠地對年輕人鞠了一躬，轉身走進裡面的印刷房。

阿爾培怒不可遏，用手杖使勁抽打一堆報紙，打得報紙四處飛散。經過這一番發洩以後，他走了，但在離開以前，他還向印刷間的門口走過去幾次，像是很想進去似的。

阿爾培抽打過對他的沮喪無能為力的無辜的報紙之後，又抽打他的有篷雙輪輕便馬車的駕馬。當他經過林蔭大道的時候，他看見摩賴爾鼻子朝天，目光警覺，手臂甩動得無拘無束。他正走到中國澡堂前面，看來像是從聖・馬丁門那個方向來，要向瑪德倫大道去。

「啊，」馬瑟夫說，「這是一個幸福的人！」

阿爾培的判斷並不錯。

chapter 79 一杯檸檬水

摩賴爾的確是幸福的。

諾梯埃剛才差人請他去，他迫不及待地想弄清請他去的原因，以致他沒有乘坐馬車。而是把他無限多地信心放到自己的兩條腿上而不是馬的四條腿上。因此他急速奔走，從密斯雷路出發，向聖‧奧諾路走去。

摩賴爾一路小跑，那可憐的巴羅斯竭盡全力跟在他的後面。摩賴爾才三十一歲，巴羅斯卻已六十歲了；摩賴爾沉浸在愛情裡，巴羅斯飽受酷熱的折磨。年齡和內心的情境都有很大差別，他們像是一個三角形的兩條邊——在底上分離而在頂端會合。

會合的頂點就是諾梯埃先生，他派人去找摩賴爾並吩咐摩賴爾儘快趕到，可是卻大大地苦了巴羅斯。到來的時候，摩賴爾連氣都沒有喘，因為愛神借了它的翅膀給他；但巴羅斯的愛神早就遠離他了，他汗流浹背。

這位老僕人引著摩賴爾從一扇邊門進屋後，隨手關上了書房的門。不久長裙拖在地板上的窸窣聲表明凡蘭蒂來了。

凡蘭蒂雖然穿著喪服，但是容光煥發，顯得美麗極了。

摩賴爾沉醉在甜蜜的夢裡，幾乎用不著跟諾梯埃先生談話了。但不一會兒就聽到了老人輪椅的滾動聲，諾梯埃先生進屋來了。

摩賴爾對他感謝再三，感謝他對那件婚事的干涉，使凡蘭蒂和他擺脫了絕望的處境，把凡蘭蒂和他從絕望中拯救出來；諾梯埃用一種慈愛的眼光接受了他的感謝。然後摩賴爾用眼神詢問少女，問現在又有什麼新的恩惠要賜給他。凡蘭蒂坐在遠離摩賴爾的地方，她正在膽怯地等待必須要她說話的時機。

諾梯埃的目光也望著她。

「那麼，您是要我把您告訴我的那些話都說出來嗎？」她問。

「是的。」諾梯埃說。

「摩賴爾先生，」於是凡蘭蒂對年輕人說，他注視她，「我的祖父諾梯埃先生有許多事情要對你說，這三天以來，他陸續講述給我。現在他請你來，讓我複述給您聽。那麼，我就開始轉達了。而既然他選中我做他的傳話人，我自當忠於他的信託，絲毫不改變他的原意。」

「哦！我正非常耐心仔細地聽你說呢，」年輕人回答說，「請說吧，小姐，請說吧。」

凡蘭蒂低下了頭，這在摩賴爾看來是個好的預兆。凡蘭蒂只有在幸福時才變得柔弱羞怯。

「爺爺打算離開這座房子，」她說，「巴羅斯正在為他尋找合適的房子。」

「但是你，小姐，」摩賴爾說，「你和諾梯埃先生的快樂是不可分離的——」

「我？」凡蘭蒂打斷他的話頭說，「我決不離開爺爺，我們之間已經達成的約定。我和他住在一起。現在，維爾福先生必須對這個計畫表示同意或拒絕。假如他同意，我就馬上離開。假如他拒絕，我等到成年，再過十八個月就到了，那時我就自由了，擁有一筆屬於自己的財產，而且……」

「而且……」摩賴爾問。

「而且，如果我的爺爺允許的話，我會履行對您的諾言。」

凡蘭蒂說最後這兩句話時聲音輕極了，摩賴爾如果不集中全部的注意力來傾聽，則無法聽到。

「我把您的意思說清楚了嗎，爺爺？」凡蘭蒂插入一句，問諾梯埃。

「是的。」老人表示。

「一旦住到爺爺家，」凡蘭蒂又說，「摩賴爾就可以到這個可親可敬的保護人那裡來看我，我們的心或許單純無知，或者會任性隨性，但已經結成了紐帶，如果這種聯繫顯得合情合理，能夠保證我們的未來是幸福的。（哎，據說被障礙激起熱情的心在風平浪靜時會冷卻下來）那時，您可以向我求婚，我一定等待著。」

「哦！」摩賴爾大聲說，很想像跪在上帝面前一樣跪在老人面前，也想像跪在天使面前一樣，跪在凡蘭蒂面前，「哦！我做了什麼好事，以致能得到這麼多的幸福呢？」

「在那個時候以前，」那青年女郎用鎮定自持的口吻繼續說，「我們要遵守規範和禮儀的約束，執行父母親的意願。凡是不希望最後使我們拆散的友人，我們都得聽從他們的意見。總之，我必須重複這句話，是因為它表明了一切——我們得等待。」

「我發誓不惜一切犧牲接受這句話的約束，閣下，」摩賴爾說，「我向您發誓，我一定去做，不是逆來順受，而且很高興地接受。」

「在這以前，」少女以她純情而嚴肅的口吻繼續說，「不要再魯莽行事，我的朋友，因為從今天起，我認為自己一定將光榮而快樂地委身於你，你當然不願意連累將接受您姓氏的她？」

摩賴爾把他的手按在心上。

諾梯埃溫柔地看著他們倆。巴羅斯是一個可以知道種種經過情形的特權人物，這時待在房間裡，一面揩抹他那光禿的前額上的汗珠，一面向那對年輕人微笑。

「哦！天哪，瞧他有多熱呀，我們的好巴羅斯。」凡蘭蒂說。

「噢！」巴羅斯說，「因為我跑了不少路，小姐。不過我得為摩賴爾先生說句公道話，他比我跑得還要快。」

諾梯埃把目光投向一只托盤，那上面放著一瓶檸檬水和一隻杯子。這瓶檸檬水，諾梯埃在半個小時前喝掉了一部分使瓶子裡空了一部分。

「噢，我的好巴羅斯，」少女說，「您拿去喝吧，因為我看您很想喝個痛快呢。」

「說實話，」巴羅斯說，「我渴得要命，而且我很樂意為您的健康喝一杯檸檬水。」

「那您就去喝吧，」凡蘭蒂說，「一會兒就回來呀。」

巴羅斯端起托盤出去了，因為他出房門時忘了關門，所以屋裡的人看得見他剛走到走廊上就仰起脖子，喝光了凡蘭蒂給他倒滿的那杯檸檬水。

正在凡蘭蒂和摩賴爾當著諾梯埃的面道別的時候，突然，從樓梯上傳來鈴聲。

這是有人來訪的信號。

凡蘭蒂瞧了瞧掛鐘。

「中午十二點，」她說，「今天是星期六，爺爺，這肯定是醫生來了。」

諾梯埃表示說沒錯，一定是他。

「他要來這兒，摩賴爾先生該走了，是嗎，爺爺？」

「是的。」老人回答說。

「巴羅斯！」凡蘭蒂喊道，「巴羅斯，快來呀！」

回答的聲音傳來：「我來了，小姐。」

「巴羅斯會送你到大門口的，」凡蘭蒂對摩賴爾說，「從現在起有一件事您必須記住，就是我爺爺的叮囑，您決不要做出會損害我們的幸福的舉動，不要有任何冒險的行為。」

「我答應過我要等待，」摩賴爾說，「我會等待的。」

這時，巴羅斯進屋來了。

「誰在拉鈴？」凡蘭蒂問。

「阿夫里尼醫生。」巴羅斯這麼回答時，雙腿搖晃站立不穩。

「咦！您怎麼啦，巴羅斯？」凡蘭蒂問。

那個老僕人沒有回答，他用惶恐的目光望著主人，而他那痙攣的手則緊緊地抓住一件傢俱，以便站住。

「他要跌倒了！」摩賴爾喊道。

巴羅斯的身體愈抖愈厲害，臉上肌肉痙攣使臉色也變了，表示一場最嚴重的神經錯亂即將到來。諾梯埃看到巴羅斯陷入這種可憐的狀況，加緊盯住他，目光裡流露出在內心深處動盪不安關懷哀憐的情感。

巴羅斯朝主人走上幾步。

「喔！我的上帝！我的上帝！主啊，」他說，「我這是怎麼啦？……我難受極了……什麼也看不見了。上千隻金針穿過我的腦殼。喔！別碰我，別碰我呀！」

這時，他眼球突出，惶恐不安，頭往後仰，身體的其餘部分開始僵硬起來。

凡蘭蒂發出一聲恐怖的叫喊；摩賴爾上去抱住她，像是要保護她抵抗某種不可知的危險似的。

「阿夫里尼先生！阿夫里尼先生！」她用憋住的聲音喊道。「救命啊！救命啊！」

巴羅斯轉了一個身，倒退三步，然後倒在諾梯埃的腳下，一隻手擱在那個廢人的膝頭上，喊道：

「我的主人哪！我的好主人哪！」

這時，維爾福先生聽到了喊聲，跑到房門跟前。

摩賴爾放開半暈倒的凡蘭蒂，向後退到房間最遠的一個角落裡，躲在一張帷幕後面。

他的臉色蒼白，彷彿看到一條赤鏈蛇突然躥到他的面前，他那驚愕的眼光依舊凝視著那個不幸的受苦者。

諾梯埃焦急和恐怖到極點，他的心靈飛過去救助可憐的巴羅斯；他一向不拿巴羅斯看做一個僕人，而把他當做一位朋友看待。老僕額角上青筋突露，眼眶周圍仍然有生命的肌肉在抽搐，從這些形跡上，可以看出在那活躍有力的腦子和那麻痹無助的肉體之間，正在進行著可怕的鬥爭。

巴羅斯這時面部痙攣，眼睛充血，仰頭躺在地上，兩手敲打地板，相反，僵直的雙腿似乎就要折斷，而無法彎曲。

他的嘴巴旁邊繞著一圈淡淡的白沫，他痛苦地喘著氣。

維爾福瞠目結舌，他一進屋就被眼前的這幅場景震住了，他直愣愣地看著，一時竟驚呆了。

他沒有注意到摩賴爾。

他目瞪口呆地看著，臉色漸漸變得慘白，頭髮根根都豎了起來。

「醫生！醫生！」他猛地衝向門口喊道，「您快來呀！快來呀！」

「夫人！夫人！」凡蘭蒂大聲叫喚維爾福夫人，在奔跑的過程中撞在樓梯的板壁上，「您來呀！快來呀！請把嗅鹽瓶也帶來！」

「怎麼啦？」維爾福夫人那清脆而矜持的嗓音問道。

「哦！快來！快來！！」

「可醫生到底在哪兒？」維爾福喊道，「他在哪兒？」

維爾福夫人慢慢地走下樓來，聽得見樓板在她腳下嘎嘎地作響。她一隻手拿著塊手帕像是在擦臉，另一隻手拿著一隻英國嗅鹽瓶。

她進門後的第一道目光是投向諾梯埃的，除了他的臉上流露出目前情形下的自然而然的激動外，並不能看出他的健康有什麼變化。她的第二道目光射向了那個垂死的人。

她頓時臉色發白，目光幾乎猛地從僕人身上跳回到主人身上。

「看在上帝的分上，夫人，醫生去哪裡了？您看，這是中風，放血或許能救他。」

「他剛剛吃過什麼東西嗎？」維爾福夫人問，對維爾福的問題避而不答。

「夫人，」凡蘭蒂說，「他早飯還沒有吃，上午跑了很遠的路去完成爺爺的吩咐，回來以後只喝了一杯檸檬水。」

「啊！」維爾福夫人說，「為什麼不喝葡萄酒？檸檬水多不合適啊。」

「當時爺爺的那瓶檸檬水就在手邊。可憐的巴羅斯口渴，找到水就喝。」

維爾福夫人打了個寒戰。諾梯埃用無比深邃的目光凝視著她。

「他真不幸啊！」她說。

「夫人，」維爾福說，「阿夫里尼先生在哪兒？我在問您呢！看在老天爺的分上，請回答我！」

「他在看護愛德華，愛德華有點不舒服。」維爾福夫人說，她無法再迴避了。

維爾福衝上樓梯，親自去找醫生。

「給，」年輕婦人把手裡的小瓶遞給凡蘭蒂，「不要擔心，馬上會給他放血。我得先回自己房裡去，我看到血會受不了的。」

說著，她跟在丈夫後面上樓去了。

摩賴爾從剛才躲藏的幽暗角落裡走了出來。剛才維爾福夫婦因為注意力集中在巴羅斯身上，所以都沒瞧見他。

「您快走吧，瑪西米蘭，」凡蘭蒂對他說，「等著我來叫您再來。走吧！」

摩賴爾望一望諾梯埃，徵求他的許可。老人鎮定自若，示意他可以走。

那青年吻了一下凡蘭蒂的手，從暗道出去。

在他離開房間的同時，維爾福先生和醫生從對面的一個門口進來了。巴羅斯甦醒過來，這次發作過去了。他發出一聲低微的呻吟，撐起身來。

阿夫里尼和維爾福扶他躺到一張睡榻上。

「您需要什麼東西，醫生？」維爾福問。

「叫人拿點水和酒精來。您家裡有酒精嗎？」

「有。」

「派人跑去給我弄點松節油和催吐藥來。」

「快去！」維爾福對僕人說。

「現在讓所有的人都退出去。」

「我也要出去嗎？」凡蘭蒂怯生生地問。

「是的，小姐，尤其是你！」醫生口氣堅定地說。

凡蘭蒂驚愕地望了望阿夫里尼先生，吻了吻諾梯埃先生的額頭，便出去了。

等她一出去，醫生就臉色陰沉地把房門關上。

「您瞧，您瞧，醫生，他清醒過來了。這只是一次無關緊要的發作。」

阿夫里尼先生神情陰鬱地笑了笑。

「您感覺怎麼樣，巴羅斯？」醫生問。

「好一些了，先生。」

「您能喝這杯酒精水嗎？」

「我會試試看的，但請別碰我。」

「為什麼啊？」

「因為我覺得，要是您一碰我，哪怕只用手指尖，病又要發作了。」

「喝吧。」

巴羅斯接過杯子，湊到顏色發紫的嘴唇邊上，喝下差不多半杯。

「你哪兒難受啊？」醫生問。

「哪兒都難受，感到全身可怕地痙攣。」

「是不是覺得頭暈，眼睛裡冒金星啊？」

「是的。」

「耳鳴嗎？」

「響得嚇人。」

「什麼時候得的病？」

「剛才。」

「突然發生的嗎？」

「像被雷劈了一樣。」

「昨天或前天你一點都沒有感覺到嗎？」

「沒有。」

「沒有昏睡的感覺嗎，沒有沉重的感覺？」

「沒有。」

「今天吃過什麼東西嗎？」

「沒吃什麼。就只喝了一杯先生的檸檬水，沒別的了。」

巴羅斯用頭指示了一下，指向諾梯埃，諾梯埃雖然坐在他的圈椅裡一動都不能動，卻注視著這幕可怕的情景，不漏掉一個動作，也不說一句話。

「那檸檬水在哪兒啊？」醫生急切地問。

「在樓下的瓶裡。」

「放在樓下什麼地方？」

「廚房裡。」

「要我去把它拿來嗎，大夫？」維爾福問。

「不，您請別走，請留在這，設法讓病人喝完這杯水。」

「那麼檸檬水呢……」

「我親自去拿。」阿夫里尼一縱身，打開房門，衝向下人走的樓梯，差點兒沒把維爾福夫人撞倒——她也正下樓到廚房去。

她喊了一聲。

阿夫里尼甚至沒有留意，他的腦子只有一個想法。他跳下最後的四級樓梯，衝進廚房裡，看見那只玻璃樽還在茶盤上，樽裡還有四分之一的檸檬水。

他像老鷹撲向獵物那樣猛撲了過去。

然後又上氣不接下氣地奔回到他剛才離開的那個房間裡。

維爾福夫人也緩緩地走上通向她臥室的房間。

「就是這個玻璃瓶嗎？」阿夫里尼問。

「是的，大夫。」

「你喝的就是這種檸檬水嗎？」

「我想是的。」

「是什麼味道的啊？」

「苦味。」

醫生往手心裡倒了幾滴檸檬水，就像品酒那樣地吮在嘴裡含了一會兒，然後把飲料吐在壁爐。

「就是它，」他說，「您也喝過一些是嗎，諾梯埃先生？」

「是的。」老人示意。

「您也覺得有這種苦味嗎？」

「是的。」

「喔！大夫！」巴羅斯喊道，「又發作了！我的上帝，主呵，可憐可憐我吧！」

醫生向病人奔過去。

「催吐藥，維爾福，去瞧瞧藥來了沒有。」

維爾福一面衝出去一面大喊：「催吐藥！催吐藥！買來了沒有啊？」

沒有人回答。整座房子籠罩在極度的恐怖之中。

「我需要想辦法把空氣吹進他的肺部，」阿夫里尼朝四下裡望著說，「也許還能防止他窒息。可是不行，毫無辦法！」

「喔！先生，」巴羅斯喊道，「難道您眼看我就這麼死去嗎？哦！我要死了，上帝啊！我要死了！」

「拿支筆來，拿支筆來！」醫生說。

他瞥見桌上有支筆。

他竭力設法想把它插進病人的嘴巴裡去，因為病人痙攣時無法自行嘔吐，他的牙關閉得非常緊，那支筆插不進去。

這次的發作比第一次更猛烈，他從睡榻上滾到地上，痛苦地在地上扭來扭去，醫生只能聽任他忍受痛苦，因為毫無辦法，起身朝諾梯埃走去。

「您感覺怎麼樣？」他急促地低聲問，「還好嗎？」

「是的。」

「胃裡覺得很輕鬆，還是沉甸甸的啊？很輕鬆嗎？」

「是的。」

「就像每個星期天我給您開的藥丸那樣？」

「是的。」

「您的檸檬水是巴羅斯調製的嗎？」

「是的。」

「是您讓他喝的嗎？」

「不是。」

「是維爾福先生嗎？」

「不是。」

「夫人嗎？」

「不是。」

「那麼是凡蘭蒂了？」

「是的。」

巴羅斯發出一聲呻吟，接著又噓出一口氣，使得顎骨嘎吱作響；這兩種聲音吸引了阿夫里尼先生的注意，他離開諾梯埃先生，來到病人那兒。

「巴羅斯，」醫生說，「您還能說話嗎？」

巴羅斯囁嚅著說了幾個含混不清的字。

「努力說句話，我的朋友。」

巴羅斯睜大充滿血絲的眼睛。

「這檸檬水是誰調製的啊？」

「我。」

「你沖好後就端來給主人了嗎？」

「沒有。」

「那麼你把它擱在哪兒了啊？」

「擱在配膳室了，有人叫我。」

「那是誰把它端到這兒來的啊？」

「凡蘭蒂小姐。」

阿夫里尼用手拍拍額頭。「呵，我的上帝！我的上帝！」他喃喃地說。

「醫生！醫生！」巴羅斯喊道，他覺著第三次發作又來了。

「催吐藥到底來了沒有啊？」醫生喊道。

「在這裡調好了一杯。」維爾福一邊回進房間來。

「誰調的啊？」

「跟我一起來的藥房夥計。」

「喝吧。」醫生對巴羅斯說。

「不可能喝了，醫生。太遲啦。我的喉嚨要塞住了！我感到窒息！噢，我的心呀！噢，我的頭！噢，多痛苦呀！我會像這樣難受很久嗎？」

「不，不，我的朋友，」醫生說，「你過一會兒就不再受折磨了。」

「啊！我懂您的意思！」那不幸的人喊道，「我的上帝啊！可憐可憐我吧！」

他叫了一聲，身子往後倒去，猶如遭到雷劈一般。

阿夫里尼伸出一隻手按在他的心口上，將一杯冰水放在他的嘴唇邊。

「怎麼樣了？」維爾福問。

「去告訴廚房裡，讓他們趕快拿點堇菜汁來。」

維爾福馬上跑下樓去。

「您不用害怕，諾梯埃先生，」阿夫里尼說，「我這就把病人帶到另一個房間去放血。說實話，這種發作讓人瞧著是挺可怕的。」說著，他扶住巴羅斯的兩腋，把他拖進隔壁的房間。但他幾乎立刻又回到諾梯埃的房間來，拿起剩下的那點檸檬水。

諾梯埃閉上右眼。

「凡蘭蒂，是嗎？您要找凡蘭蒂？我去告訴僕人把她給您叫來。」

維爾福回樓上來。阿夫里尼在走廊裡碰到他。

「怎麼樣？」維爾福問。

「您來。」阿夫里尼說。

說著，他把維爾福帶進那個房間。

「還是昏迷？」檢察官問。

「他已經死了。」

維爾福倒退三步，握緊雙手，舉過頭頂，望著屍體，充滿同情的神情。

「這麼快就死了。」他望著屍體說。

「沒錯，很快，是嗎？」阿夫里尼說，「但這不應該使您驚訝。聖米蘭先生和夫人都是這麼猝然死去的。喔！在您家裡的人都是死得這麼快的，維爾福先生。」

「什麼！」檢察官用充滿恐懼和驚愕的聲音喊道，「您又提起那個可怕的念頭。」

「我一直在想，先生，一直在想！」阿夫里尼神情莊重地說，「因為這個念頭從沒離開過我。為了讓您確信這次我沒有搞錯，請您聽清楚，維爾福先生。」

維爾福渾身痙攣般地顫抖著。

「有一種毒藥可以殺死人而簡直不留下絲毫明顯的痕跡。我對於這種毒藥知道得很清楚。我研究過它引發的所有症狀，它導致的一切現象。我在那可憐的巴羅斯和聖米蘭夫人的病症上認出了這種毒藥的光顧。這種毒藥，有一種發現它存在的方法。它可以使被酸素變紅的藍色試紙恢復它的本色，它可以使堇菜汁變成綠色。我們沒有藍色試紙，但我剛才問他們要來堇菜汁，現在端來了。」

果然，走廊裡響起了腳步聲，醫生開門從女傭手中接過一隻盛著兩三匙堇菜汁的小杯子，然後把門重又關上。

「看著！」他對檢察官說，檢察官的心撲撲直跳，幾乎可以聽到它的聲音了，「這只杯子裡是堇菜汁，這只玻璃樽裡還剩下一點檸檬水，諾梯埃先生和巴羅斯喝掉了一部分，假如檸檬水是純潔無害的，這種菜汁就能保持它的本色，反過來講，假如檸檬水裡摻有毒藥，菜汁就會變成綠色。您看吧！」

醫生於是慢慢地把玻璃樽裡的檸檬水滴了幾滴到杯子裡，隨即他們看到在杯底形成一團沉澱物；這種沉澱物最初現藍色，然後它從翡翠色變成貓眼石色，從貓眼石色變成綠寶石色。

變到最後這種顏色，可以說它固定下來了。實驗的結果已再無懷疑的餘地。

「可憐的巴羅斯是被『依那脫司』毒死的，」阿夫里尼說，「現在，無論是在法庭面前，還是在上帝面前，我都要這樣回答。」

維爾福沒有作聲，但他將雙臂往上一舉，睜大驚恐的雙眼，精疲力竭地倒入一張椅子裡。

chapter 80 誰是兇手

檢察官看上去就像這間陰森森的房間裡的另一具屍體，但不一會兒，阿夫里尼醫生很快讓他甦醒過來。

「哦！死神進入我的屋子！」維爾福喊道。

「我看是邪惡充滿您家了。」醫生答道。

「阿夫里尼先生！」維爾福喊道，「我簡直沒法告訴您，此刻我都感覺到了些什麼。那是恐懼，是悲痛，是瘋狂。」

「是的，」阿夫里尼用莊重而平靜地口吻說，「可是我認為，現在是我們該行動的時候了，我們應該築起堤壩堵住死亡的激流了。至於我，我覺得自己已經無法把這樣的秘密再保守下去了，我一心希望很快就看到有人出來為社會和受害者伸張正義。」

維爾福用悽楚的目光環視著四周。

「在我家裡，」他喃喃地說，「在我的家裡！」

「來吧，法官，」阿夫里尼說，「您是一個男子漢，作為一個法律的代言人，以徹底的自我犧牲來為自己增光吧！」

「您的話真讓我膽戰心驚，大夫，您是說自我犧牲！」

「我是這麼說的。」

「那麼您是在懷疑誰嗎？」

「我沒有懷疑任何人。死神狂敲您的門，它進來了，它在房子裡遊蕩，它在走動了，從這個房間到那個房間，它並不是漫無目的，而是很有理智。哼！我跟蹤著它的路線，我找出了它行進的痕跡，我採取古人的聰明辦法，探索我的道路，因為我對你們家的友誼和對您的尊敬像是一條雙疊的綁帶蒙住了我的眼睛，嗯——」

「哦！說吧，儘管說吧，大夫，我會拿出勇氣來的。」

「嗯！先生，在您家裡，在您府上，或許在您的家庭中，正在發生可怕的現象，就像每個世紀都要產生這樣一個現象。羅迦絲泰和愛格麗琵娜[7]生在同時只是一個例外，這表明上帝要毀掉罪惡累累的羅馬帝國的憤怒。布倫霍德和弗麗蒂貢第[8]是文化在它嬰兒時代痛苦掙扎的產物，在這個階段，人學會了控制精神，所以即使從黑暗世界裡派來的使者也會受歡迎。所有這些女人都曾經或者仍然年輕漂亮。她們的額頭上曾經開過純潔的花朵，而在您家裡的那個嫌疑犯的額頭上，現在也正盛開著那種同樣的花。」

維爾福哀叫一聲，捏緊雙手，懇求地望著醫生。

7. 西元一世紀時，羅馬皇后愛格麗琵娜借羅迦絲泰之助毒死當皇帝的叔父，以便使其前夫之子尼祿繼位。
8. 布倫霍德是六世紀時歐洲古國奧斯達拉西亞王后，其妹嫁給紐斯特亞王契爾帕里克。契爾帕里克在情婦弗麗蒂貢第挑唆下殺了妻子，布倫霍德為其妹報仇，唆使丈夫向契爾帕里克發動戰爭。契爾帕里克戰敗，但布倫霍德的丈夫也被弗麗蒂貢第派人暗殺。

可是醫生毫不留情地繼續往下說：

「犯罪對誰有利可圖就追查誰，這是一條法學原則……」

「醫生！」維爾福喊道，「唉！醫生，司法機關有多少次讓這句有害無益的話給欺騙了！我沒法說清楚，但我覺得這樁謀殺……」

「嘿！您總算承認這是謀殺了？」

「是的，我承認。有什麼辦法呢？必須承認：但請聽我說下去。但我相信它的目標只在我一身，而不是去世的那幾個人。我疑心在這些古怪的災禍下面隱藏著向我伸來的邪惡之手。」

「噢，人哪！」阿夫里尼憤憤地說，「一切動物中最自負、最自私的動物呀，總認為地球只為他一個人而旋轉，太陽只為他一人而照耀，而死神也只打擊他一個人——等於一隻螞蟻站在一片草尖上詛咒上帝！那些死去的人，難道他們微不足道嗎？——聖米蘭先生，聖米蘭夫人，諾梯埃先生——」

「什麼？諾梯埃先生？」

「是的，您以為這次是存心要害那個可憐的僕人的嗎？不，不，他像莎士比亞劇本裡的波羅紐斯[9]，是一個替死鬼。喝下那瓶檸檬水的本該是諾梯埃先生，按道理來講，本該是他。旁人喝它只是偶然的，儘管死的卻是巴羅斯，而本來預備害死的卻是諾梯埃。」

「那麼我父親怎麼喝了卻沒死呢？」

「有天晚上，在聖米蘭夫人死後，我在花園裡已經對您說過了——因為他的身體已受慣了那種毒藥。最後因為，沒有人知道，連暗殺者也不知道，在過去十二個月來，我曾給諾梯埃先生服木鱉精治

9. 莎士比亞戲劇《哈姆雷特》裡被誤殺的老臣。

療他的癱瘓病。而那個暗殺者卻知道——而且他從經驗中獲得證實——木鱉精是一種劇烈的毒藥。」

「我的上帝！我的上帝！」維爾福擰著自己的胳膊喃喃地說。

「讓我們來觀察一下那個犯罪人的步驟吧：他最先殺死聖米蘭先生——」

「噢，醫生！」

「我敢發誓的確如此。別人告訴我的症狀跟我親眼目睹的情況太相像了。」

維爾福不再爭辯，呻吟了一聲。

「他最先殺死聖米蘭先生，」醫生重複說，「然後是聖米蘭夫人，要得到兩份遺產。」

維爾福擦著額頭淌下的冷汗。

「請您仔細聽著。」

「哎！」維爾福結結巴巴地說，「我在仔細聽呢，一個字也沒漏掉。」

「諾梯埃先生，」阿夫里尼先生繼續用同樣無情的口吻說，「諾梯埃先生曾一度立過一張不利於您，不利於您的家庭的遺囑——要把他的財產去惠助窮人。諾梯埃先生只好被放了，因為從他那裡指望不到什麼。但當他一旦銷毀他的第一張遺囑，重新立了第二張的時候，為了怕他再改變主意，他就遭了暗算。遺囑是前天修改的，您看，時間非常吻合。」

「噢，發發慈悲吧，阿夫里尼先生！」

「沒有什麼可以慈悲的，閣下！醫生在世界上有一項神聖使命，正是為了履行那項使命，他要追溯生命的起源，探索死亡的神秘。當罪惡發生的時候，受到震驚的上帝從罪犯身上移開目光時，那麼醫生就應該把那個罪人帶到法庭上去。」

「求您饒恕了我的女兒吧，先生！」維爾福喃喃地說。

「您看，這是您先說出來的，是您，她的父親，先提到她的名字的！」

「饒恕了凡蘭蒂吧！請您聽我說，這是不可能的。要說她有罪，我寧可相信是我自己有罪！凡蘭蒂有一顆鑽石般的心，她是最純潔的百合花！」

「沒有什麼可以可憐的，檢察官閣下。罪犯擺在面前。寄給聖米蘭先生的一切藥品都是小姐親自包紮的，而聖米蘭先生死了。

「是維爾福小姐準備好了聖米蘭夫人的湯藥，而聖米蘭夫人死了。

「諾梯埃先生每天早晨所飲的檸檬水，雖然是巴羅斯調製的，卻被派走，由維爾福小姐接手端上去，老人平時在早上要喝光這瓶檸檬水，只是出於奇蹟才倖免於難。

「維爾福小姐就是嫌疑犯！她就是罪人！檢察官閣下，我告發維爾福小姐，履行您的職責吧。」

「醫生，我不再抵抗了。我不能再為我自己辯護了。我相信您，但請您發發慈悲，饒了我的命和聲譽吧！」

「維爾福先生，」醫生越來越激憤地答道，「有時我不能再限於愚蠢的、出於人情的審慎界限。假如她只犯一次罪，而我正看到她在籌畫第二件罪惡，我會說：『警告她，責罰她，讓她到一家修道院裡在哭泣和祈禱中度過她的餘生吧。』如果她第二次犯了罪，我會說：『維爾福先生，這種毒藥沒有人知道有解毒劑，它像思想一樣敏捷，像閃電一樣迅速，像霹靂一樣厲害。給她吃這種毒藥吧，把她的靈魂推薦給上帝，這樣來拯救您的名聲和生命，因為她的目標就是您。』我可以想像到她會帶著她那種虛偽的微笑和她那種甜蜜的勸告走近您的枕邊。維爾福先生，假如您不先下手，您就要倒楣啦！假如她只殺死兩個人，我就會那樣說，但她已經見到了三個垂死掙扎的人，欣賞過三個快要死的人，已經接近過三個屍體啦！帶那個罪人上斷頭台去吧！帶上斷頭台去！您在說保全名聲，照我所說的話做，不朽的名譽在等待您了！」

維爾福跪了下來。

「聽我說，」他說，「我沒有您那樣果斷，或是，說得更準確些，假如這次牽累的不是我的女兒凡蘭蒂而是您的女兒梅蒂蘭，您也不會像現在這樣果斷有力。」

醫生的臉色頓時發白。

「醫生，凡是人都是女人生下來的，要忍受一切痛苦和死亡；醫生，我情願受苦，情願等死。」

「當心哪！」阿夫里尼說，「這種死亡……是會姍姍來遲的。說不定要等到它把您的父親、妻子和兒子都奪走以後，最後才到來。」

維爾福激動得一時說不出話來，緊緊地抓住醫生的胳膊。

「請您聽我說！」他喊道，「可憐可憐我，救救我吧……不，我女兒不是罪犯……即使您把我們送上法庭，我還是要說：『不，我的女兒是無罪的，我的家裡沒有出什麼罪案。我不願我家裡發生罪案，因為當罪神走進一座房子的時候，它像死神一樣──它不會獨自來的。』聽著！我被謀害了關您什麼事呢？您是我的朋友嗎？您是人嗎？您有良心嗎？不，您是一個醫生！嗯，我告訴您，不，我的女兒不會被我拖到劊子手的手裡！這種念頭單是想一想就足以殺死我──足以逼得我像一個瘋子似的用我的指甲把自己的心挖出來。要是您搞錯了呢，醫生！假如那不是我的女兒呢！假如有一天，我像幽靈一樣蒼白，來對您說：『劊子手！您殺了我的女兒！』那時又怎麼辦呢？聽著！假如真的發生了那樣的事情，阿夫里尼先生，雖然我是一個基督徒，我也要自殺。」

「那好吧，」片刻靜默過後，醫生說道，「我再等一等吧。」

維爾福瞧著他，彷彿仍然懷疑他的話。

「可是，」阿夫里尼先生語氣緩慢而莊重地繼續說，「假如您的家裡再有人生病，如果您感到自己也遭到了毒手，不要來找我，因為我是不會再來的了。我同意和您分擔這種可怕的秘密，但我不願意羞愧和內疚在我的良心上滋長、蔓延，像您的家裡增加罪惡和痛苦一樣。」

「您要這樣拋下我一個人嗎，醫生？」

「是的，因為我沒法再跟您往前走了，我要在斷頭台下止步。早晚會有新的慘禍來結束這幕可怕的悲劇的。我告辭了。」

「醫生，我求求您啦！」

「這些慘禍令我想起來都噁心，我覺得您這屋子令人厭惡，註定要倒楣。告辭了，先生。」

「一句話，再說一句話，醫生！您可以把這由於您對我挑明了真相而變得可怖的局面都留給我，就這麼一走了事。可是，對這個可憐的老僕頃刻間突然死去，別人會怎麼議論呢？」

「不錯，」阿夫里尼說，「那您送我出去吧。」

醫生先出去，維爾福先生跟在後面；忐忑不安的僕人們待在醫生經過的走廊和樓梯裡。

「閣下，」阿夫里尼對維爾福說，聲音很響，使大家都可以聽得到，「最近幾年，可憐的巴羅斯幾乎不怎麼出門，他以前老是跟著他的主人車馬勞頓地在歐洲東奔西走，局限在扶手椅這種單調的服侍害了他。他的血液太濃了，他的身體已發胖，他的脖子又短又肥，他這次是中風，通知我來太晚了。順便告訴您，」

他壓低了聲音說，「注意把那杯堇菜汁倒在爐灰裡。」

醫生並不和維爾福握手，也沒有重複剛才的話題，就這樣在全家的哀泣和悲歎聲中走了出去。當天晚上，維爾福家的全體僕人在廚房裡聚會，商量了許多時候，然後來向維爾福夫人要求辭工。懇求和增加工錢的提議都留不住他們；無論對方說什麼，他們總是回答說：

「我們非走不可了，因為死神已經進了這座房子了。」

因此不管怎樣懇求他們，他們還是決定要走，同時表示他們很捨不得離開這樣好的主人和主婦，尤其是這樣好心、這樣仁慈、這樣溫文爾雅的凡蘭蒂小姐。

當他們說這幾句話的時候，維爾福望著凡蘭蒂。

她在哭泣。

然後一件怪事發生了：在這一片哭泣聲中，他也望了維爾福夫人一眼，他覺得一絲轉瞬即逝的陰險的微笑掠過了她的薄嘴唇，就像是在一個烏雲四起的天空上從兩片雲塊中間倏忽掠過的流星一樣。

chapter 81

退休的麵包師傅

在馬瑟夫伯爵受了鄧格拉司的冷待，滿心羞憤地離開銀行家的府邸的那天晚上，安德里・卡凡爾康得先生頭髮蜷曲、光可鑒人、髭鬚向上翹著，白手套勾勒出優美的手指，筆直地坐在他的敞篷四輪馬車上，走進安頓大馬路鄧格拉司男爵府的前庭。

他在客廳裡停留不超過十分鐘，就把鄧格拉司拉拖到一扇凸肚窗口前面。他先是以一篇絕妙的序言開頭，講到自從他那高貴的父親離開以後，他生活的磨難；然後他向那位銀行家道謝，說父親走了以後，銀行家一家人像對待兒子一樣接待他；而且正在銀行家的府上他的熱情有了歸宿，而那個歸宿便是鄧格拉司小姐。

鄧格拉司先生極其認真地傾聽著，他期待這番表白已經兩三天，現在終於實現了，他的眼睛裡光芒四射，與他聽馬瑟夫講話時躲躲閃閃，板著臉的那副表情完全相反。

但他還不想立刻就滿足那個青年的要求，而是要提出幾個坦率的問題。

「對您來說現在考慮結婚是不是太早一點兒了，安德里先生？」

「不會，先生，」卡凡爾康得說，「完全不會。在義大利，達官貴人通常都結婚得比較早，這是一種合理的習俗。人生是這樣易於變幻，所以幸福到了手邊，就得一把抓住。」

「現在，先生，」鄧格拉司說，「您這提議使我深感榮幸，姑且假定我妻子和女兒也都能接受，我們跟誰來商議有關的利益問題呢？在我看來，這種要緊的商談，只有做父親的才能為孩子們的幸福談妥有關事宜。」

「閣下，家父是一個極有先見和非常審慎的人。他早就預見到我可能會在法國結婚，所以在他離開的時候，把那些證明我身分的文件都留交給我，並且還留下一封信，一旦我做出符合他心意的選擇，就答應從我結婚的那天起，可以讓我每年有十五萬利弗爾的收入。這筆款子，據我估計，約占家父每年收入的四分之一。」

「我也早有打算，」鄧格拉司說，「我有心給女兒準備五十萬法郎作為嫁妝。再說她是我唯一的遺產繼承人啊。」

「嗯！」安德里說，「您看，一切都會安排妥當的——假如鄧格拉司男爵夫人和歐琴妮小姐不拒絕我的求婚的話。我們每年可以有十七萬五千利弗爾可以支配。假設我能得到侯爵同意，把本金給我而不是利息的話——這不見得就能實現，但還是可能的——我們就把這兩三百萬交給您，而兩三百萬到了一個老手的手裡，至少總可以賺到一個一分利。」

「我一向只給四厘，」銀行家說，「有時甚至是三厘半。可是對我女婿，我給五厘，而且紅利對分。」

「太好了，岳父。」卡凡爾康得說，這句話使他卑賤的本性暴露無遺，儘管他一再作出努力試圖掩飾，但瞬間的流露仍不可避免。但他很快就恢復了常態。

「噢！對不起，先生，」他說，「您瞧，僅僅是希望就使我幾乎發瘋了。要是事情真成了，我還不知要怎麼樣呢！」

「不過，」鄧格拉司說，他並不在意這一番最初與金錢毫不相關的談話，現在迅速轉向了商業談判，「在你的財產之中，有一部分令尊無疑是不能拒絕您的囉？」

「哦？是哪一筆？」青年問。

「來自您母親的那一部分。」

「是的，的確——我從家母奧麗伐・高塞奈黎那兒繼承到一筆財產。」

「那筆財產有多少？」

「噢，」安德里說，「先生，我從來沒想到過這一點，不過至少總也有兩百萬吧。」

鄧格拉司喜出望外，就像一個吝嗇鬼找回一筆散失的財寶，又像即將沉入海底的人在腳底踩到了陸地，而不是就要將他吞沒的深淵。

「嗯！先生，」安德裡邊說邊向銀行家恭順地鞠了一躬，「那我可以希望……」

「安德里先生，」鄧格拉司說，「您不僅可以希望，而且可以確信，您那方面沒有什麼事阻止這件事進行的話，那就說定了。不過，」他想了想又加了一句，「您在巴黎社交圈子裡的那位保護人基督山伯爵先生，他怎麼沒跟您一起來提親呢？」

安德里略微紅了紅臉，可是沒人能夠發覺。

「我就是從伯爵那兒來，閣下，」他說，「不用說，他是一個可愛的人，但他的有些念頭卻古怪得難以想像。他把我估計得很高，他甚至告訴我說，他認為家父會毫不猶豫把本金而不是利息交給我。他同意為我設法辦到這一點。但他向我表示，從他本人來說，他從來沒有做過，也永遠不會向別人提親。但是——我必須為他說一句公道話——他接著又說，假如他生平對自己這種態度曾表示過遺憾的話，那麼就是這一次了，因為他以為這一對婚姻將來一定很美滿。而且，他還告訴我，雖然他不會主動地公開出面，但只要您問他，他總會回答您的。」

「啊！真是太好了。」

「現在，」安德裡帶著他那最可愛的笑容說，「那麼我跟岳父已經談好，還必須跟銀行家談談了。」

「您還有什麼事跟他談呢，啊哈？」鄧格拉司也笑呵呵地說。

「就是後天我就可以從您這兒提取四千法郎了。但伯爵擔心我的正常收入不夠下個月的開支，給了我一張兩萬法郎的支票。您看，這上面有他的簽字，這就足夠可以放心？」

「這樣的支票，」鄧格拉司說，「就是一百萬票面的我也很樂於接受，」他把那張支票放進口袋。「定好時間，您明天什麼時間需要，我的出納就可以帶著一張兩萬四千法郎的支票來拜訪您。」

「那就早上十點吧。對我來說是愈早愈好，因為明天我想到鄉下去。」

「好吧，十點，您還住在王子飯店嗎？」

「對。」

那位銀行家非常準時，表明他辦事分毫不差。第二天早晨，正當那個青年人快要出門的時候，那兩萬四千法郎就交到了他的手裡，於是他就出去了，走時給卡德羅斯二百法郎。

他這次出門主要是為了要躲避這個危險的敵人，所以盡可能地拖到很晚才回來。

但他剛下馬車踏上院子的石子路時，就看到飯店門房站在他面前，手裡拿著鴨舌帽等候他。

「閣下，」那人說，「那個人來過了。」

「哪個人？」安德里漫不經心地問道，彷彿他把這人給忘了似的，其實相反，他記得十分清楚。

「就是閣下吩咐把這點錢給他的那個人。」

「噢！對了，」安德理說，「他是我父親以前的僕人。我給他留下的那兩百法郎，您交給他了？」

「是的，閣下，一點沒錯。」

安德理讓人稱呼他閣下。

「可是，」門房繼續說，「他沒有收下。」

安德里臉色變白了，好在是在晚上，別人沒有注意他的臉色。

「什麼！他不肯收下？」他用有點激動的聲音說。

「是的，他想見見大人，我回答您出去了。他堅持要見您，但最後似乎相信了，就交了這封信給我，他隨身帶來時已經封好了。」

「給我，」安德里說。

他借馬車提燈看了起來：

> 你知道我住的地方。明天早晨九點鐘，我等你來。

安德里仔細檢查那封信，看是否曾被人拆開過，是否有人會偷看信的內容；但這封信的封口嚴嚴實實，不破壞封口是看不到信的內容的。

「好極了，」他說。「可憐的人，真是沒說的！」

他丟下門房，讓他去細細地咀嚼這幾句話，門房可真不知該更尊重這位年輕的主人還是那位老僕。

「快卸下馬，趕快來見我。」安德里對他的馬夫說。

這個青年幾步跳進他的房間，燒掉了卡德羅斯的信，直到化為灰燼。

才事畢，僕人就進來了。

「你的身材跟我一樣，庇利。」他說。

「我很榮幸能回答是的，閣下。」跟班回答說。

「你昨天做了一套新制服？」

「是，大人。」

「我今天晚上跟一個漂亮的小姐有一個約會，我不想讓她知道我的身分和地位。把你那套制服借給我，你的證件也拿來，假如需要的話，讓我必要時能在旅店裡過夜。」

庇利遵命照辦。

五分鐘以後，安德里全身上下打扮好了，離開旅館，沒被人認出來，他叫了一輛雙輪馬車，吩咐車夫駛到洛基旅館。

第二天早晨，走出洛基旅館像走出王子旅館那樣，就是說沒被人認出來，穿過聖•安多尼路，順著林蔭大道走到密尼蒙旦街，在左手第三座房子門口停下來，由於門房不在，他向別人打聽。

「您找誰啊，我的漂亮小夥子？」對面的水果鋪老闆娘問道。

「請問，帕耶丹先生住這裡嗎？我的胖大媽。」安德里說。

「是個退休的麵包師傅嗎？」水果鋪老闆娘問。

「沒錯，就是他。」

「在院裡盡頭，左邊的四樓上。」

安德里照她指的路走上四樓，看見門口有個兔掌形狀的門鈴把手，他沒好氣地拉了幾下，響起了急促的鈴聲。

一秒鐘後，門上的鐵柵框裡出現了卡德羅斯的那張臉。

「嘿！你挺準時啊。」他說。

說著他拔開門閂。

「可不是！」安德裡邊說邊進屋。

他把僕人的鴨舌帽朝前面一扔，但沒有摔到椅子上，帽子落在地上，那頂硬邊的制服帽在地板上骨碌碌地兜了一個圈子。

「行啦，行啦，」卡德羅斯說，「別發脾氣，小傢伙。我想說什麼來著。哦，我可是老惦著你呢，看看我們這頓豐盛的早餐：全是你愛吃的東西，小傢伙！」

安德里的確聞到廚房裡飄來的陣陣香氣，他對於這種氣味倒並非不歡迎，因為他實在很餓了，肥肉和大蒜混合起來，表明是鄉下廚房燒出來的東西；此外，還有紅燒魚的香味，而最強烈的，則是那刺鼻的茴香味。這一切是從兩隻爐子上蓋著的兩隻菜碟和一隻鐵爐上吱吱作響的鐵鍋中散發出來的。

在隔壁房間裡，安德里看見有一隻相當乾淨的桌子，上面擺著兩副餐具，兩瓶酒，一瓶的封口是綠色的，一瓶的封口是黃色的，一隻玻璃樽裡裝著很多白蘭地，一大盤捲心菜葉子很有美感地放在瓷盆上，上面堆著各種水果。

「你覺得如何，我的小傢伙？」卡德羅斯說。「呀，味道很好，啊，當然！你知道，我以前是個廚師，手藝很棒！你還記得你以前常常舔手指頭的那回事嗎？凡是我能燒的菜，你都嘗過，您一定很喜歡吧？」

卡德羅斯一面說，一面繼續剝洋蔥。

「但是，」安德里沒好氣地說，「哼！假如你這次打擾我的目的只是要我來和你吃一頓早餐，那真是見鬼了！」

「我的孩子，」卡德羅斯一板一眼地說，「我們邊吃邊聊。喏，又忘恩負義啦！你不高興見見一位老朋友嗎？我呢，我高興得流淚。」

他的確正在淌眼淚，可誰知道那是歡喜的結果抑或是洋蔥對邦杜加客棧老店東的淚腺刺激產生的效果，沒人說得清。

「閉嘴吧，偽君子，」安德里說，「你，你說你愛我？」

「對，我愛你，不然就讓我見鬼去，我有弱點，」卡德羅斯說，「這我知道，可是我也拿自己沒辦法。」

「這並不妨礙你叫我來，是要算計我。」

「行啦！」卡德羅斯一邊往圍裙上擦那把闊刀，一邊說，「如果不是因為愛你，我就讓你過我這種可憐巴巴的生活了。你想一想。你身上穿的是你僕人的衣服——由此可知你雇著一個僕人。我沒有僕人，不得不自己燒飯。你瞧不起我燒的菜，因為你可以在巴黎酒家或王子旅館的餐廳裡吃飯。嗯，我也可以有一個僕人。我也可以有一輛輕便馬車，我也可以愛到哪兒吃飯就到哪兒去吃飯，為什麼我沒有這樣做呢？因為我不願意使我的小貝尼台多不高興。你得承認，我本來是可以那樣做的吧！」

說著卡德羅斯向安德里投去一道含義非常明確的目光，用以結束他的這番話。

「好吧，」安德里說，「就算你是愛我的吧。可你為什麼一定要我來跟你共進早餐呢？」

「就為了可以看看你唄，小傢伙。」

「為的是看看我，那又何必呢？咱們不是早就把條件都談妥了嗎？」

「哎！親愛的朋友，」卡德羅斯說，「遺囑還可以立追加遺囑呢！但你首先是來吃早飯的，不是嗎？嗯！請坐下，咱們就先吃這沙丁魚配新鮮黃油吧，你看，我還特地為你墊了些葡萄葉在下面呢，小壞蛋。哎！對，你再瞧我的房間，瞧這四把草墊椅子和這些三法郎一張的畫兒。當然，有什麼法子呢，這可不是王子飯店哪。」

「得了吧，你越來越挑剔。你以前說只想當個退休麵包師傅就心滿意足，可現在又不滿足啦。」

卡德羅斯歎了口氣。

「嗯，你還有什麼要說的，你的夢想已經實現了。」

「我要說的是，這個夢想還沒完全實現。一位退休的麵包師傅，我的貝尼台多老弟，應該是挺有錢，他得有年金啊。」

「對啊，你也有年金呀。」

「我有嗎？」

「對，你有，我這不是把你那兩百法郎帶來了。」

卡德羅斯聳聳肩膀。

「接受別人被迫付出的錢，實在丟臉得很，」他說，「而且這筆收入很不穩定，說不定哪天就斷絕了。你看，我不得不省吃儉用，以防你的運氣中斷。呃，我的朋友，就像軍隊裡的隨軍牧師所說的，命運是變幻無常的。我知道你的運氣很好，你這渾蛋，你就要娶鄧格拉司的女兒了。」

「什麼！鄧格拉司的女兒？」

「對，鄧格拉司的女兒！難道我一定得說鄧格拉司男爵的女兒嗎？老實告訴你，貝尼台多伯爵，他可是我的舊相識。假如他的記憶力不那麼壞，他本該邀請我參加你的婚禮。因為他也參加了我的婚禮。是的，是的，參加了我的！當然！那個時候他不是這樣趾高氣揚，他那時只是那好心腸的摩賴爾先生手下的一個小職員。我不止一次同他和馬瑟夫伯爵吃過飯。所以你看，我也認識一些體面的人，如果我想培植一下這些關係，說不定我們還能在同一個客廳裡見面哪。」

「行啦，你嫉妒得簡直浮想聯翩了，卡德羅斯。」

「沒這事，小貝尼台多，我知道自己在說些什麼。或許有一天我會穿上盛裝，坐著馬車來到哪座宅邸門前，吆喝一聲：『請開門！』你還是先坐下吃飯吧。」

卡德羅斯自己就是榜樣，食欲旺盛地大嚼早餐，不停地稱讚他端給客人的每一樣菜。後者只能效仿；他拔開酒瓶塞子，割了一大塊魚以及大蒜和肥肉。

「啊，夥伴！」卡德羅斯說，「看來你跟你以前的旅店老闆合好了！」

「可不，沒錯，」安德里回答說，他這麼個體魄健全的年輕人，胃口暫時壓倒了其他念頭。

「味道好嗎，小無賴？」

「好極了，以至於我不明白，一個人自己做得一手好菜，獨自享受美味為什麼會覺得生活苦呢。」

「你得明白，」卡德羅斯說，「這是因為我的好興致全讓一個念頭給攪了。」

「什麼念頭？」

「就是這種生活全是靠一個朋友在接濟。而我一向都願意自食其力。」

「哦！哦！這有什麼關係呢，」安德里說，「我養得起兩個人，你用不著不好意思。」

「不，真的，信不信由你，每到月底我就覺著心裡很懊悔。」

「善良的卡德羅斯！」

「所以昨天我不肯拿那兩百法郎。」

「是的，你想跟我談談，你確實很悔恨嗎？」

「真的很悔恨，可後來我忽然有了個主意。」

安德里打了個哆嗦。一聽到卡德羅斯有什麼主意，他都會打個哆嗦。

「這滋味可不好受，你瞧，」卡德羅斯接著說，「每個月都得等月底。」

「噢！」安德里冷靜地說，決心要看清他同伴心裡的打算，「人生不就是在等待中過去的嗎？拿我來說吧，我的情形難道比你好嗎？嗯，我很耐心地等待著，不是嗎？」

「是的，因為你所等待的可不只是兩百法郎，而是五六千，或許一萬，或許甚至一萬二千——因為你是一個油滑的傢伙。過去，你老是藏著自己的小錢箱，想瞞過你那可憐的朋友卡德羅斯。幸而這個朋友卡德羅斯的鼻子靈敏。」

「得啦，瞧你又在亂說一氣了，」安德里說，「老提過去的事，這麼嘮叨有什麼好處？」

「啊！這是因為你才二十一歲，總想忘記過去。我已經五十了，要不想也不行呀。說正事吧。」

「就是。」

「我是想說，假如我有你的地位……」

「嗯？」

「我就想實現……」

「什麼！你想實現……」

「是的，我要求預支六個月的錢，藉口買下一個農莊，有了六個月的收入，那時我就可以溜之大吉了。」

「嘿，嘿，」安德里說，「敢情你這主意還真不錯啊！」

「親愛的朋友，」卡德羅斯說，「吃了我的飯菜，聽從我的忠告吧，包你沒錯，省力又省心。」

「嗯！不過，」安德里說，「你為什麼自己不這樣做呢？你為什麼不預支六個月或甚至一年的收入，然後躲到布魯塞爾去呢？你不必裝退休的麵包師，你可以裝成一個破產者，這主意不錯。」

「可是，就這麼一千兩百法郎，你想叫我怎麼退休呀？」

「哎！卡德羅斯，」安德里說，「你可真貪心！兩個月以前你可是都快餓死了。」

「胃口是愈吃愈大的唄，」卡德羅斯說著，既狡猾又凶殘，「另外，」他一邊用那又白又銳利的牙齒咬下一大口麵包，一邊又說，「我還有個計畫。」

卡德羅斯的計畫比他的主意更使安德里吃驚，主意還只是個胚芽，計畫可就要開花結果了。

「聽聽這個計畫，」他說，「這大概是很出色的！」

「當然了？我們離開那個——那個地方的計畫是誰想出來的，嗯？是我，是我設想的，我相信那個計畫就很不壞。因為我們現在已經到了這兒了。」

「我並沒有說你從來不曾想出過一個好計畫，」安德里回答，「還是先讓我們來看看你的計畫吧。」

「嗨，」卡德羅斯繼續往下說，「你能不能想個什麼辦法，自己不用掏一個子兒，就能讓我到手一萬五千法郎。不，一萬五還不夠，做一個有教養的人，沒三萬法郎可不行，是不？」

「不，」安德里口氣生硬地說，「不，我可不行。」

「看起來，你還沒明白我的意思，」卡德羅斯平靜冷漠地說，「我是說不用你掏一個子兒。」

「你還不是要我去偷去搶，搶我的前程，並且我的好運沒了你的也跟著完了，讓人再把咱們送回到那兒去嗎？」

「哦！我嘛，」卡德羅斯說，「把我再抓回去，也無所謂。你得知道，我這人是有點怪。有時候我還挺惦念那些老夥伴的，我跟你不同，你沒有心肝，從來不想再見到他們！」

安德力這回不是打哆嗦，而是嚇得臉色煞白了。

「喂，卡德羅斯，你千萬可別犯傻。」他說。

「哎！沒事，你放心，我的小貝尼台多。不過，幫我想個法子，讓我弄到三萬法郎，你自己呢，不用摻和在裡面，你就讓我來幹好了！」

「好吧！我來看看，讓我想想。」安德里說。

「你暫且把我的月金提高到五百法郎。我心癢癢的，就想雇個傭人！」

「好吧！就給你五百，」安德里說，「不過，對我來說，這負擔可不輕，我的卡德羅斯老兄……你這麼得寸進尺……」

「嘿！」卡德羅斯說，「你的身邊就有取之不盡、用之不竭的寶庫哪。」

安德里就等他的同伴說出這句話了，因為他的眼睛頓時煥發起來，但那種光芒一閃就消失了。

「這倒是真的，」安德里回答說，「我的保護人對我很好。」

「你這位親愛的保護人，」卡德羅斯說，「他每月給你多少？……」

「五千法郎。」安德里說。

「他給你五張一千法郎，而你給我五張一百法郎，」卡德羅斯接著說，「說真的，只有私生子才會交這樣的好運。五千法郎一個月……這麼些錢你怎麼花得完呀？」

「哎，我的上帝！很快就花光了。所以，我也跟你一樣，很想有筆本金呢。」

「有筆本金……對……我明白……誰都想弄到一筆本金啊。」

「我呢，我會有一筆本金。」

「誰給你啊？你的那位親王嗎？」

「對，我那位親王。可是還要等待。」

「等什麼啊？」卡德羅斯問。

「等他去世唄。」

「等你那位親王死掉嗎？」

「對。」

「怎麼會呢？」

「因為他在遺囑裡留給我一筆財產。」

「真的？」

「我以名譽擔保！」

「給你多少？」

「五十萬！」

「就這點，不會吧。」

「的確如此。」

「去你的，不可能！」

「卡德羅斯，卡德羅斯，你是我的朋友吧？」

「怎麼啦！咱倆是生死之交嘛。」

「那好，我告訴你一樁秘密。」

「說吧。」

「可你聽著。」

「哦！當然要守口如瓶。」

「嗯！我想……」

安德里停住口，朝四下裡望望。

「你想什麼啦？……別怕，只有我們倆。」

「我想我找到我父親了。」

「真的父親嗎？」

「對。」

「不是那個卡凡爾康得老先生？」

「不是，因為他已經走了。就像你所說的，是真正的……」

「那麼你真正的父親……」

「嗯！卡德羅斯，他就是基督山伯爵。」

「什麼！」

「沒錯。你明白嗎，事情都在這兒明擺著。可能是他不能公開向我承認，但他讓卡凡爾康得先生來認了我，為此他還給了他五萬法郎。」

「當一回你的老子就有五萬法郎！我呢，只要一半的錢，只要兩萬，一萬五，我也會接受！怎麼，你那會兒就沒想到我啊？忘恩負義的傢伙。」

「我打哪兒知道這事呢？我們在那個地方的時候，事情都安排好了。」

「啊！倒也是。那麼你是說，他在遺囑裡……」

「會留給我五十萬法郎。」

「你肯定？」

「他給我看過，可還有呢。」

「有一個追加遺囑，就像我剛才說的！」

「是這樣吧。」

「那裡邊怎麼說的……」

「他承認了我這個兒子。」

「哦！好心眼的爸爸，熱肚腸的爸爸，蓋了帽的爸爸！」卡德羅斯說著，把一隻盤子拋到半空中，盤子在空中旋轉著，又用雙手把它接住。

「怎麼樣！還說我有什麼秘密瞞著你嗎！」

「沒有，你的信任使你在我眼裡更加有分量了。那麼，你那位伯爵爸爸真的是很有錢，非常非常有錢囉？」

「沒錯。他都不知道自己有多少財產。」

「會有這種事嗎？」

「可不！我看就這麼回事。我隨時可以進出他的府邸。有一天，有一個銀行職員用一只同你的餐巾一樣大小的公事包給他送來五萬法郎。昨天，又有個銀行家給他送來十萬法郎，全是金幣。」

卡德羅斯聽得出了神。他覺得年輕人的話語發出金屬的響聲，他好像聽到了一堆堆金路易滾來滾去的咣啷聲。

「那屋子你進得去嗎？」他直率地問。

「隨時能進去。」

卡德羅斯沉吟了一陣。顯而易見，他的腦子裡轉著什麼不可告人的念頭。

驀地，他大聲說：

「我真想去瞧瞧這一切！那該有多美呀！」

「確實如此，」安德里說，「富麗堂皇！」

「他是住在香榭麗舍大街吧？」

「三十號。」

「對！」卡德羅斯說，「三十號嗎？」

「對，一座孤立的房子，前後有院子和花園，你一定不會認錯的。」

「可能吧。可我在意的不是它的外表，我關心它裡面的東西，比如華麗的傢俱，哼！裡面一定有吧？」

「你去過托伊羅利宮嗎？」

「沒有。」

「嘿！比那還漂亮。」

「哎，安德里，當那個善良的基督山掉下一只錢袋時，他會費心彎腰去撿嗎？」

「喔！我的上帝！用不著，」安德里說，「這座房裡到處都是錢，就像果園裡到處是果子一樣。」

「那麼，你改天把我帶到那裡去。」

「那怎麼行！用什麼名義啊？」

「可也是，可你把我說得都直咽口水了。我非得去看看。我有個辦法。」

「別說傻話了，卡德羅斯。」

「我就當是地板工人到那裡去。」

「屋子裡鋪的全是地毯。」

「哎呀！可憐哪！那我只能想想了。」

「也只能這樣了，相信我吧。」

「至少設法讓我知道這座房子的佈局，我也好想像得實在一點兒。」

「我怎麼形容呢？」

「那是再容易不過的事了。那房子大不大？」

「不大也不小。」

「位置如何？」

「真的，我得要支筆、墨水和紙來畫一個圖樣了。」

「在這兒呢！」卡德羅斯急忙說。

他隨即在一張舊寫字台裡找出一張白紙、一瓶墨水和一支筆。

「喏，」卡德羅斯說，「給我通通畫在這張紙上吧，我的孩子。」

安德裡帶著一絲讓人難以覺察的笑容接過筆，畫了起來。

「正像我告訴你的，前有院子後有花園。瞧見了嗎？就像這樣。」

安德里一邊說，一邊畫上花園、院子和房子。

「圍牆很高嗎？」

「不高，頂多八九尺吧。」

「這可不安全呀。」卡德羅斯說。

「在院子裡，有柑橘栽培箱，草坪和花圃。」

「有逮狼的陷阱嗎？」

「沒有。」

「馬廄在哪呢？」

「在鐵門兩邊，你瞧，就這兒。」

安德里繼續畫著圖。

「咱們來瞧瞧底樓吧。」卡德羅斯說。

「樓下那一層——餐廳、兩間客廳、彈子房，大廳裡有一座樓梯，後面有一座小樓梯。」

「窗呢？」

「窗戶華麗，又大又好看。對，說真的，我看像你這樣的個頭，可以從任何一個窗格中爬進去。」

「既然有這樣的窗戶，為什麼還要裝樓梯呢？」

「那又有什麼呢！氣派唄。」

「那麼百葉窗呢？」

「對，還有百葉窗，不過那是從來不用的。這位基督山伯爵是個怪人，他連晚上也愛看天空！」

「那些僕人，他們睡哪兒啊？」

「喔！他們自己有一座房子。進門右首邊有個挺大的庫房，是用來放梯子的。嗯！庫房樓上就是一排僕人的房間，安裝著鈴，同正門房間連接起來。」

「啊，見鬼！怎麼有鈴！」

「你說這話是什麼意思啊？……」

「噢，沒什麼。我說，這樣安裝鈴，代價昂貴。我問你，這鈴有什麼用啊？」

「以前有條狗，每晚在院裡巡邏，但這隻狗被帶到阿都爾別墅去了，你去過那裡，你知道吧？」

「去過。」

「我呢，昨天還在對他說：『您這樣可太大意了，伯爵先生。因為，當您帶著僕人都上阿都爾去的時候，這個家就空了。』」

「『嗯！』他問，『那麼又怎麼樣呢？』」

「那麼，總有一天有人會來偷您的東西。」

「他怎麼回答啊？」

「他回答說：『嗯，丟點錢財對我有什麼影響呢？』」

「安德里，有一種寫字台是裝有機關的。」

「什麼機關？」

「哦，它會把小偷罩在鐵柵欄裡，還會報警。人家跟我說過，最近的博覽會上就有這玩意兒。」

「他確實有一張桃花心木寫字台，我瞧見鑰匙老是掛在上面。」

「他沒有失竊過？」

「沒有，他的僕人對他都很忠心。」

「這張寫字台大概放著錢吧？」

「或許有吧……我也不知道裡面都有些什麼。」

「它放在哪裡啊？」

「在樓上。」

「那你把樓上也畫下來，小傢伙，就像你給我畫出底樓的平面圖那樣。」

「那很容易。」

說著，安德里重又拿起筆來。

「二樓上，你看，這是候客室和客廳，客廳的右面是藏書室和書齋，左面，一間寢室和一間更衣室。那只值得注意的寫字台就在更衣室裡。」

「這間更衣室有扇窗戶吧？」

「有兩扇，在這裡和那裡。」

安德裡邊說邊在更衣室裡畫上兩扇窗的位置，這間更衣室位於平面圖的一個角上，呈正方形，連著一個更大的長方塊，那是臥室。

卡德羅斯腦子裡盤算開了。

「他常去阿都爾嗎？」他問。

「每星期去兩到三次。比如說，明天他將在那裡度過白天和黑夜。」

「你能確定嗎？」

「他曾請我去那兒吃晚飯。」

「好極了！真是悠閒自在呀，」卡德羅斯說，「城裡有宅邸，鄉下有別墅！」

「這就是有錢人的生活。」

「你明兒去那吃晚飯嗎？」

「大概去吧。」

「你去那兒吃晚飯，晚上就睡在那兒嗎？」

「只要我願意。我在伯爵家裡就像在自己家裡一樣。」

卡德羅斯望著年輕人，像要看到他的心底裡去，好知道他說的是不是真話。但是安德里從袋裡掏出一盒雪茄，取出一支哈瓦那雪茄，安閒地點上煙，開始瀟灑地抽起煙來。

「你什麼時候要這五百法郎啊？」他問卡德羅斯。

「你要有，就現在唄。」

安德里從口袋裡掏出二十五枚金路易。

「是金幣，」卡德羅斯說，「不，謝謝！」

「噢！你瞧不起它。」

「相反，我尊重金幣，但我不要。」

「你可以去兌換的呀，傻瓜，金洋可以多兌五個銅板。」

「對，可接下來那兌換商就會盯上這個卡德羅斯老兄，然後抓住他，他可得說明白，為何佃戶能用金幣來付佃租。別說廢話，小傢伙。給銀幣，乾脆點，不管上面有哪個皇帝老子的頭像都行。人人都能搞到五法郎的錢幣。」

「你得明白，我身邊是不會帶五百法郎的銀幣的。那樣的話我得雇個挑夫了。」

「嗯！那你就交給你那兒的門房，那是個老實人，我會去取的。」

「今天嗎？」

「不，明天。今天我沒空。」

「好吧！就這樣。明天我去阿都爾之前，把錢留下來。」

「你說的話算數吧？」

「當然。」

「因為我要事先雇好一個女僕，你知道。」

「去吧。不過你也該到此為止了，嗯，把我折騰夠了吧？」

「夠了。」

卡德羅斯的臉沉了下來，安德里生怕他又來什麼變化。於是他裝出興致很高，並不在意的樣子。

「瞧你這快活勁兒，」卡德羅斯說，「好像大筆的錢已經到手了！」

「可惜啊，還沒呢……不過，等我弄到手……」

「嗯？」

「嗯！我會記著老朋友的。我只對你說這一點。」

「對，你的記性是夠好的，可不是嘛！」

「你要怎樣？我還以為你要敲詐我呢。」

「我！嗨！瞧你想到哪兒去了！我呀，正好相反，還要給你一個朋友的忠告呢。」

「什麼忠告？」

「就是把你手指上的那只鑽戒留下來。嘿！你難道想讓人家把咱們都逮住嗎？你做這樣的蠢事，是想毀掉我們倆嗎？」

「怎麼會呢？」安德里說。

「怎麼會！你穿著號衣，喬裝打扮成僕人模樣，可手上卻戴著一枚值四五千法郎的鑽石戒指！」

「唷！你估的價還真準啊！你幹嗎不到拍賣行去當夥計呀？」

「我對鑽石還是蠻在行的，我有過鑽戒。」

「你要吹牛就只管吹吧，」安德里說。卡德羅斯生怕這宗新的勒索會叫他發火，相反地安德里順從地交出了這枚戒指。

卡德羅斯湊得很近地察看這枚鑽戒，安德里心裡明白，他這是在檢查切割的稜角是不是完整。

「這是一隻假鑽戒，」卡德羅斯說。

「得了吧，」安德里說，「你開什麼玩笑啊？」

「哎！別發火，咱們試試嘛。」

說著，卡德羅斯走到窗子跟前，用鑽石在窗上劃了一下，傳來玻璃的吱吱聲。

「我承認，」卡德羅斯一邊把鑽戒戴在自己的小指頭上，一邊說，「是我弄錯了。那些弄虛作假的珠寶商真會模仿寶石，弄得人家反倒不敢去偷珠寶店了，這樣一來有一種行當真陷入癱瘓了。」

「嗨！」安德里說，「你現在滿意了？還要我的什麼東西嗎？這件上衣要嗎？這頂帽子呢？既然已經談開了，就儘量說吧。」

「不，其實你還是個好夥伴嘛。我不再挽留你，我的野心就讓我自己想辦法來對付吧。」

「不過小心，在賣這枚鑽石時，可別發生你所擔心的兌換金幣時會發生的事。」

「我不賣，你放心吧。」

「對，至少後天以前別賣。」年輕人在心裡說。

「交好運的小無賴！」卡德羅斯說，「你要得到你的僕人，你的馬、車子，還有未婚妻了。」

「是啊。」安德里說。

「嗨！希望你娶我朋友鄧格拉司的女兒時，能送我件像樣的禮物。」

「別做夢了，那只是你的幻想。」

「嫁妝會有多少啊？」

「我告訴你……」

「一百萬嗎？」

安德里聳聳肩膀。

「就算一百萬吧，」卡德羅斯說，「你能到手的，怎麼也比不上我希望你到手的那麼多哪。」

「謝謝。」年輕人說。

「哦！我可是誠心誠意的，」卡德羅斯補充說，朗聲大笑，「等一等，讓我給你去開門。」

「不用了。」

「一定得要。」

「怎麼啦？」

「因為其中有一個小小的秘密，我認為非常有必要。一把經過葛司柏·卡德羅斯設計改良過的保險鎖，當你成為一個資本家的時候，我會給你造一把一模一樣的。」

「謝謝，」安德里說，「我會提前一星期通知你的。」

他們分了手。卡德羅斯站在樓梯平台上，瞧著安德里走下了三層樓梯，再瞧著他穿過院子。於是他急忙返回房間，小心翼翼地關好門，就像個深思熟慮的建築師那樣，仔仔細細地研究起安德里留給他的那張平面圖來。

「這個可愛的貝尼台多，」他說，「我想他會樂意繼承的，而且這個讓他提前拿到五十萬法郎的人，也總不至於是他最壞的朋友吧。」

chapter 82 小偷夜訪

我們剛才敘述過的那場談話後的第二天，基督山伯爵果然帶著阿里和另外幾個僕人，還有他要試騎的那幾匹馬，去了阿都爾。在前一天他還沒有任何要去的打算，不用說，安德里當然更不得而知了。使他決定前行的重要原因是伯都西奧的返回，因為他剛從諾曼第回來，帶來了房子和單桅船的消息。房子已經買下了，那艘單桅船是在一星期以前到的，現在已停泊在一條小溪裡，手續齊備，船上共有六個船員，可以在接到命令後立即出發。

伯爵誇獎伯都西奧辦事得力，吩咐他隨時準備好可能立即起程，因為他在法國逗留的時間不會超過一個月了。

「現在，」他對伯都西奧說，「我說不定需要在一夜間從巴黎趕到特雷波爾。在這條路上我要安排八個驛站，讓我能在十小時內趕完五十里路。」

「大人曾經提過這種意願，」伯都西奧回答說，「馬匹已經備好了，是我親自買的，全都已安置妥當，地方選的也合適，也就是在一些通常沒人會去的小村莊裡。」

「很好，」基督山說，「我在這兒要待一到兩天，你就照這個日程去安排吧。」

正當伯都西奧要出去吩咐停留期間的相關安排時，培浦斯汀推門進來。他手裡托著的一隻鍍金的銀盤裡面擱著一封信。

「你來這兒做什麼？」伯爵看著他那副風塵僕僕的模樣，問道，「我想我沒叫你來吧？」

培浦斯汀沒有回答，走到伯爵跟前把那封信遞給他。

「重要的急件。」然後他說。

伯爵打開信，念道：

通知基督山先生：今天晚上有人要到他香榭麗舍大道的家裡去，竊取可能放在更衣室寫字台中的文件。伯爵素以勇敢聞名，大可不必請警察局幫忙，否則會嚴重危及通風報信者。伯爵只要躲在寢室的門窗後面，或隱藏在更衣室裡，便能親自給賊人以懲罰。過多的侍從或明顯的防範會阻止那個惡棍的企圖；使基督山先生失去這個認識敵人的機會。寫這封警告信給伯爵的人是碰巧探聽到這個企圖的，假如這第一次的企圖失敗，將來再發生同樣的企圖時，或許他沒有機會再報信了。

伯爵最初的想法是賊黨的一個詭計——是一套大騙法，這個陷阱太明顯，而且指明的危險又並不大，其真實目的在於讓他經歷一個更為嚴重的危險。他原想不顧他那位匿名朋友的勸告——或許正鑒於那個勸告——恰恰要把那封信送到員警總監那兒去，但又一轉念，也許確實是他自己的仇敵，只有自己才能認出來，如果是這樣，那麼還是他獨自對付為妙。就像以前曾經想謀殺他的那個摩爾人的菲埃斯科所幹的那樣。我們都知道瞭解伯爵；他的腦子裡充滿著堅強大膽的意志，總是以過人的毅力完成不可能辦到的事，這些都是毋庸我們再說的了。根據他過去的生活，根據他那種無所畏懼的決心，伯爵在他以往所經歷的種種鬥爭裡獲得了一種難以想像的好鬥的精神，伯爵在他與大自然即上帝、與人世亦可以說是魔鬼的鬥爭中獲得前所未有的享受。

「他們想要的不是文件，」基督山說，「而是我的性命。他們不是小偷，而是刺客。我可不想讓員警總監先生來干涉我的私事。我確實很有錢，這事就別讓他去破費行政開支了吧。」

伯爵召培浦斯汀進來，培浦斯汀把信送來後就從房間出去了。

「你馬上回巴黎去，」他說，「把留在那裡的僕人帶到這兒來。我需要所有的人都到阿都爾來。」

「府裡一個人都不留嗎，伯爵先生？」培浦斯汀問。

「是的，只留下門房。」

「先生您知道的，門房離宅子可是很遠啊。」

「嗯？」

「那就可能整棟房子被劫掠一空，而門房卻聽不到任何響聲。」

「誰會去偷呢？」

「當然是竊賊啦。」

「你是個傻瓜，培浦斯汀先生，就算竊賊把宅子裡的東西都偷光，也不會像不聽從我的安排那樣讓我生氣的。」

培浦斯汀鞠了一躬。

「我的話你可聽明白了，」伯爵說，「把你的同伴，一個不落地全部帶來。但其他一切照舊。你只要把底樓的百葉窗關上就是了。」

「樓上的呢？」

「你知道那是從來不關的。去吧。」

伯爵表示他想獨自進餐，只要阿里一個人侍候他。

他一如既往地泰然自若，有節制地進了餐，然後向阿里做了一個手勢，叫他跟隨他；從小門出去，像散步一樣來到布洛涅大道，好像無意似的踏上到巴黎去的路，在黃昏時候，他發覺自己已經到了香榭麗舍大道三十號對面。

房子陷入一片黑暗，只有門房的臥室裡點著一盞昏黃的孤燈，而正如培浦斯汀所說的，門房和正室之間相距四十步遠。

基督山倚在一棵樹上，用萬無一失胸有成竹的目光探索那兩條小徑和過往的行人，仔細探望鄰近的街道，看有沒有人躲在那兒。這樣過了十分鐘，他確信沒有人暗中監視他。他馬上同阿里一起奔向那扇小門，閃身進入，他有傭人樓梯的鑰匙，挨身進去，從僕人的樓梯走上他的寢室；他不曾掀動一張窗帷，所以連門房都未曾察覺到屋主已經回來，他還以為家中空無一人呢。

一到他的寢室裡，伯爵就示意叫阿里止步，然後他走進更衣室裡，詳細檢查了一番。一切都照常——那張寶貴的寫字台仍在原位，鑰匙依舊插在抽屜上。他把鑰匙轉了兩圈，然後取下鑰匙，回到寢室門口，除掉門上的搭扣，走回寢室裡。

這時，阿里把伯爵所要的武器準備好放在桌上了——那是一支短柄的馬槍和一對像單筒手槍一樣容易瞄準的雙筒手槍。伯爵如此裝備，手裡一下子控制了五個人的性命。

那時約莫是九點半鐘光景。伯爵和阿里匆忙吃了一塊麵包，喝了一杯西班牙葡萄酒，然後基督山移開一塊可移動的嵌板，從這裡他能觀察到隔壁房間的情形。手槍和馬槍就在他的身邊，阿里站在他的附近，手裡握著一把阿拉伯小斧，這種斧頭自十字軍以來就從未改變過。

從和更衣室平行的寢室的窗口裡望出去，伯爵可以看到外面的街道。

兩個鐘頭就這樣過去了。夜黑得伸手不見五指；但阿里憑藉他的野性，而伯爵無疑依靠他先前獲得的目力，依舊能在黑暗中辨別出樹枝的微動。

門房裡的那盞小燈早已熄滅了。

可想而知，如果真的發生預謀的襲擊，那麼，他們應該從下面的樓梯上來，而不會從窗口裡進來。據基督山的意見，那些匪徒所要的是他的性命，而不是他的金錢。因此，他們會攻擊他的寢室，他們必須從後面的樓梯上來，或是從更衣室的窗口裡進來。

他讓阿里守住通樓梯的那個門口，自己則繼續注視盥洗室。

殘廢軍人療養院的時鐘敲打十一點三刻了；西風用潮濕的水汽送來三下陰鬱而顫抖的鐘聲。

當最後一下鐘聲消逝的時候，伯爵好像覺得聽到更衣室那邊傳來一下輕微的響聲。這第一下響聲，或者不如說第一下劃東西的聲音，接著就來了第二下、第三下；當第四下響聲發出的時候，伯爵知道那是怎麼一回事了。一隻堅定而熟練的手正在用一顆鑽石刻劃著玻璃窗的四邊。

伯爵覺得他的心跳變得急促了。**不管人多麼久經考驗，勇敢無畏，儘管事先知道危險的來臨，他們的身體還是會不由自主地顫抖，這就是夢境與現實以及計畫與實行之間的大區別。**

但基督山卻只做了一個手勢通知阿里，阿里立即理解危險是在從更衣室那方面過來，就向他的主人挨近一點兒。

基督山很想弄清他是在同什麼敵人打交道，他們一共多少人。

發出響聲的那個窗口正和伯爵望入更衣室的那個洞口相對。於是他的目光盯住這扇窗戶；他在黑暗中辨別出一個人影緊接著一格玻璃變得模糊不清。像是在外面黏上了一張紙似的；接著，那一方塊玻璃格啦地響了一聲，但並沒有掉下來。一隻手臂從打開的洞口伸進來，摸索長插銷。一秒鐘以後，整個窗子轉開來了，外面進來了一個人。

他只有一個人。

「真是個膽大的傢伙。」伯爵暗自說。

這時，他覺著阿里在他肩膀上輕輕地碰了一下。他轉過身去。阿里對他指指臥室的窗口，這扇窗臨街。

基督山朝這扇窗子走上幾步。他瞭解這個忠僕的感官非常敏銳。果然，他看見大門外還有個人影，那個人正從門影裡走出來，爬到矮牆頂上，好像努力地觀察伯爵家裡的狀況。

「好呀！」他說，「他們是兩個人一夥：一個動手，一個望風。」

他向阿里示意看住街上的那個人，自己回來對付更衣室裡的這個傢伙。

這個劃玻璃窗的傢伙進了屋子，伸出兩條手臂在四周摸索。正在辨別方向。

最後，他似乎把更衣室的情形摸清楚了。這間更衣室有兩扇門，他走了過去，推上兩扇門的插銷。

當他向通往寢室的那扇門走來的時候，基督山以為他會進來，就舉起一支手槍；但他只聽到插銷在銅圈裡滑動的聲音。他這樣做只是為了小心防範。那位午夜的訪客因為不知道伯爵已把搭扣除掉，他以為這樣就像在自己家裡，可以放心大膽地行動了。

這傢伙做完這些後，自認為只有自己一個人在房子裡，就從口袋裡摸出一樣東西，但究竟是什麼東西，伯爵看不清楚，只見他把那樣東西放在一張茶几上，然後徑直向寫字台走去，在鎖孔上摸索了一陣，而出乎他意料之外的，是鑰匙竟沒有在那兒。

但那個闖入者的確是一個心思很周到的人，他帶著各種應急的用具。不久，伯爵聽到鐵器相互摩擦的聲音，就是銅匠老是放在身邊準備開各種鎖的那種鑰匙串，鎖匠來開門時，他們攜帶的就是這種鑰匙，這個玩意兒竊賊們稱之為「夜鶯」，那無疑是因為開鎖的時候它會唱出叮噹夜曲的緣故。

「啊，呀！」基督山帶著一個失望的微笑低聲說：「只不過是一個賊！」

但那個人在黑暗裡卻找不到合適的鑰匙。便求助於放在茶几上的東西，按一按鈕，隨即出現一道昏黃的光，這道光足夠看清東西，金色的光線照亮了那個人的臉和手。

「啊唷！」基督山吃驚地退後一步說，「他是——」

阿里舉起他的斧頭。

「不要動，」基督山低聲說，「放下你的斧頭，我們不必用武器。」

然後他又降低聲音吩咐了幾句，因為伯爵剛才的那聲驚呼雖然很輕，卻已驚動了那個人，他迅速翻出窗外，恢復了以前劃玻璃時的狀態。伯爵剛才所說的話是一個命令：阿里馬上踮起腳尖離開，在放床那邊凹下去的牆上取出一件黑色的長袍和一頂三角帽。這當兒，基督山已經急急地脫掉他的外套、背心和襯衫，露出一件閃閃發光的柔軟的鋼絲背心；穿著它在法國就不必擔心匕首了。最後一件背心大約是屬路易十六國王用的，只是路易十六並沒有因為穿鋼絲背心而保全性命，他怕胸口上挨一刀，而結果卻是他腦袋上被人砍了一斧頭。

這件鋼絲背心不久就被淹沒在一件長大的法衣底下了，伯爵的頭髮也被藏在一頂剃光一圈圓頂的假髮，再加上那頂三角帽，伯爵就立刻變成了一位神甫。

由於那個人沒有再聽見別的動靜，便又抬起身來，當基督山快要化裝完畢的時候，他已直趨到寫字台前面，鎖孔在他夜鶯的探試之下格啦格啦地響起來。

「幹得好！」伯爵低聲說，他對鎖上的那種秘密機關十分有信心，相信那個撬鎖的人雖然聰明，恐怕也未必能知道他有這種設備——「幹得好！你得幹好幾分鐘呢。」於是他走到窗邊。

坐在矮牆上的那個人已經下去了，但還在街上徘徊；但真夠奇怪，他毫不顧忌從香榭麗舍大道或聖・奧諾路過來的行人。他看來只關心伯爵家裡發生的事情；他的一切舉動表明其目的在於觀察更衣室裡發生的情況。

基督山恍然大悟，他的嘴唇上掠過一個微笑。

然後他走近阿里：

「留在這兒，躲在黑暗裡，不論你聽到什麼聲音，不論發生什麼事情，你都不要進來，只有聽到我叫你的名字，你再露面。」

阿里鞠了一躬，表示他已聽懂，而且願意服從。

基督山於是從衣櫃裡拿出一支小蠟燭並點燃，當那個竊賊正在全神貫注地撥弄他的鎖的時候，他靜悄悄地推開門，設法讓手中的燭光集中照在賊的臉上。

門無聲無息地打開，以致那個竊賊竟一點都沒有聽到聲音，但使他驚訝的是：房間裡忽然亮起來了。

他轉過身來。

「噯！晚安，親愛的卡德羅斯先生，」基督山說，「您在這時候上這兒來，究竟是要幹什麼呀？」

「布沙尼神甫！」卡德羅斯喊道。

他不知道怎麼會發生這麼古怪的事，一個人突然出現在這裡，他已經把兩扇門都閂住了，那串不管用的鑰匙從他手中掉了下來，他一動不動地站著，驚呆了。

伯爵走過去站在卡德羅斯和窗口之間，這樣就切斷了竊賊唯一的退路。

「布沙尼神甫！」卡德羅斯重複說，用驚恐的目光盯住伯爵。

「嗯！一點不錯，正是布沙尼神甫，」基督山接口說，「就是他本人，我很高興您還認識我，親愛的卡德羅斯先生。這證明咱倆的記性都挺好，相信我，離咱倆上回見面快有十年了吧。」

這種鎮靜，這種諷意，這種有力的措詞，給卡德羅斯的頭腦以強烈的印象，嚇得他頭暈目眩。

「神甫！神甫！」他喃喃地說，緊握雙拳，牙齒格格地發抖。

「你這是想偷基督山伯爵的東西嗎？」假神甫又說。

「神甫先生，」卡德羅斯一邊喃喃地說，一邊想挨到窗口去，但伯爵無情地擋住了他，「神甫先生，我不知道……我請您相信……我向您發誓……」

「玻璃窗劃破了一格，」伯爵又說，「一盞夜光燈，一串假鑰匙，寫字台的抽屜被撬開了一半——這再清楚不過了！」

卡德羅斯覺得領巾憋得他透不過氣來了，他尋找躲藏的角落，簡直無地自容。

「行啦，」伯爵說，「我看你啊，還是老樣子，謀財害命的傢伙。」

「神甫先生，既然您什麼都知道，您就明白那不是我幹的，而是那個卡康托女人幹的。在審訊的那會兒也是這麼認定的呀，因為我只被判服苦役。」

「看來您又要讓人送回去了，那麼，你上次的刑期已經滿了吧？」

「還沒有，神甫先生，是有人救我出來的。」

「這個人對社會真是貢獻非凡哪。」

「哎！」卡德羅斯說，「可我當初是答應他……」

「這麼說，你是違反諾言了？」基督山截斷他的話說。

「咳！就是，」卡德羅斯很不安地說。

「舊病復發！而那種毛病，如果我沒有搞錯，是會把你帶到格里維廣場[10]去的。算了！算了！劣性難改！這是我國的一句俗語。」

「神甫先生，我是一時昏了頭……」

「所有的罪犯都會這麼說。」

「因為貧窮……」

「住嘴，」布沙尼輕蔑地說，「貧窮可以迫使一個人乞求施捨，或迫使他到一家麵包店門口去偷一塊麵包，但不會到主人不在的房子裡去撬寫字台。再說，當珠寶商蔣尼斯向你買我給你的那只鑽戒的時候，你剛才拿到四萬五千法郎後，又殺死他想要把鑽戒和錢全部拿到手，那也是為了窮嗎？」

「饒恕我吧，神甫先生，」卡德羅斯說，「您已經救過我一次，就再救我一次吧。」

「我沒有勇氣再這樣做了。」

「就您一個人，神甫先生，」卡德羅斯握緊雙手說，「還是帶了士兵在旁邊等著抓我啊？」

「就我一個人，」神甫說，「如果你跟我講實話，我可能還會同情你，由於我心腸軟，也許你還有機會。」

「喔！神甫先生！」卡德羅斯握緊雙手，朝基督山走上一步說，「我說，您真是我的救命恩人啊！」

「你說是有人把您從苦役犯監獄救出來的嗎？」

10.巴黎處決死刑犯的地方。

「對！這是真的，神甫先生！」

「那是什麼人？」

「一個英國人。」

「叫什麼名字？」

「威瑪勳爵。」

「我認得他，如果你騙我，我會知道的。」

「神甫先生，我說的都是實話。」

「那麼這個英國人為你提供保護嗎？」

「不是為我，而是保護一個科西嘉小夥子，他和我鎖在一條鐵鍊上。」

「這個科西嘉小夥子叫什麼名字？」

「貝尼台多。」

「這是個受洗的名字嗎？」

「他沒有別的名字，他從小是個棄兒。」

「那麼，這個小夥子是跟你一起逃走的？」

「是的。」

「怎麼樣的經過呢？」

「我們在土倫附近的聖・曼德做工。您知道聖・曼德吧？」

「知道。」

「哎！趁十二點到一點大夥兒睡午覺的時候……」

「苦役犯還睡午覺！他們真值得同情呢，」神甫說。
「那當然！」卡德羅斯說，「我們也不能老是幹活啊，我們又不是狗。」
「對狗倒是恰當的。」基督山說。
「趁旁人都在睡午覺的時候，我們躲到了一旁，用英國人給我們的銼刀銼斷腳鐐，然後就游水逃跑了。」
「這個貝尼台多現在怎麼樣了啊？」
「我可什麼也不知道。」
「可你應該知道啊。」
「說實話，真不知道。我們在耶爾就各走各的了。」
說著，為了使自己的話顯得更有分量，他又朝神甫跟前邁了一步，神甫在原地一動不動，始終很平靜，但帶著詢問的神態。
「你在說謊！這個人仍然是你的朋友，你或許利用他做同黨？」布沙尼神甫以一種不容抗拒的威嚴的口吻說。
「神甫先生……」
「打你逃出土倫以後，你靠什麼生活呢？」
「我自有辦法。」
「你在說謊！」神甫以一種更有威勢的語調，第三次這麼說。
卡德羅斯惶恐不安地望著伯爵。
「你是，」伯爵接著說，「靠他給你的錢生活的。」

「噯！沒錯，」卡德羅斯說，「貝尼台多成了一位有錢人的兒子。」

「他怎麼會成為有錢人的兒子呢？」

「私生子唄。」

「這位顯赫的有錢佬叫什麼名字？」

「基督山伯爵，就是我們現在待著的這屋子的主人。」

「貝尼台多是伯爵的兒子？」基督山不禁驚愕地問道。

「當然啦！我相信是的，因為伯爵給他找個假爸爸，每月給他四千法郎，並在遺囑裡留五十萬法郎給他。」

「噢！噢！」假神甫說，他開始明白了，「這個小夥子現在用的是什麼名字？」

「安德里•卡凡爾康得。」

「這麼說他就是被我朋友基督山伯爵待為上賓，而且就要娶鄧格拉司小姐的那個年輕人囉？」

「正是他。」

「而你就聽任他招搖撞騙，渾蛋！你不是知道他的底細和他所幹的壞事嗎？」

「你幹嗎要叫我去破壞人家的好事，不讓一個夥伴交上好運呢？」卡德羅斯說。

「你說得對，有責任讓鄧格拉司先生瞭解內情的不是你，而是我。」

「請別這麼幹，神甫先生！……」

「為什麼？」

「因為你這是要奪走我們嘴裡的麵包啊。」

「你認為，為了讓你們這樣的壞蛋有飯吃，我會容忍陰謀詭計，縱容你們去犯罪嗎？」

「神甫先生！」卡德羅斯說著，湊得離神甫更近了。

「我要把一切都說出來。」

「對誰？」

「對鄧格拉司先生。」

「天啊！」卡德羅斯喊道，猛地從背心裡抽出一把打開的刀子，向伯爵的胸口刺去。「您什麼也甭想說了，神甫！」

可是使卡德羅斯大驚失色的是，短刀非但沒有刺進伯爵的胸膛，反而刀尖一彈向自己刺來。

就在這時，伯爵伸起左手一把抓住兇犯的手腕，用力一擰，短刀從他僵硬的手指中間掉了下去。

卡德羅斯發出一聲痛苦的喊叫，但伯爵不管他怎麼叫，繼續扭那匪徒的手腕，直到他的手臂脫節，只見他雙腿跪倒在地，然後面孔撲在地上。

伯爵用腳踩住他的頭，說道：

「我真不知道有沒有人會拉住我，讓我不砸碎你的腦袋，你這渾蛋！」

「啊！發發慈悲吧！發發慈悲吧！」卡德羅斯喊道。

伯爵把腳提了起來。

「起來！」他說。

卡德羅斯爬起身來。

「哦，您的腕力多大啊，神甫先生！」卡德羅斯揉著那條被鐵鉗般的手擰得脫臼的手臂說，「真該死，多大的勁兒啊！」

「住嘴。上帝賜給我力氣來制服像你這樣凶殘的畜生。我是在以上帝的名義行事。你好好記住吧，渾蛋，我現在饒了你，這也是上帝的安排。」

「哎喲！」卡德羅斯疼得直叫。

「拿好這支筆和這張紙，我說，你寫。」

「我不會寫字啊，神甫先生。」

「你撒謊！拿好筆，給我寫！」

卡德羅斯為這種威勢所懾服，坐下來寫道：

> 先生，您所接待並準備把女兒嫁給他的那個人曾是個苦役犯，跟我一起逃出了苦役監，他是五十九號，我是五十八號。
>
> 他名叫貝尼台多，但他卻不知道他的親生父母，也不知道他的家庭如何。

「簽字！」伯爵繼續說。

「您要我死嗎？」

「如果我想要你的命，笨蛋，我早把你拖到最近的警署去了。再說，等到這封信按地址送到時，你大概也沒什麼可害怕的了。簽字吧。」

卡德羅斯簽了字。

「信封上寫：安頓大馬路，銀行家鄧格拉司男爵先生收。」

卡德羅斯寫下地址。

神甫拿起寫好的信。

「現在，」他說，「可以啦，你走吧。」

「從哪裡出去？」

「你從哪裡進來的就從哪裡出去。」

「您是說讓我從這扇窗子爬出去嗎？」

「你不是爬窗很順當嗎？」

「您是想要算計我嗎，神甫先生？」

「笨蛋，你說我還有什麼要算計你的啊？」

「為什麼不讓我從門走？」

「你想去吵醒看門人嗎？」

「神甫先生，請對我說您並不願意讓我死。」

「上帝希望什麼，我就希望什麼。」

「請您發個誓，您絕不趁我爬下去的時候襲擊我。」

「你真是又蠢又膽小！」

「您要拿我怎樣？」

「我倒要問你呢。我曾想讓你過太平的日子，可到頭來你卻成了個行兇殺人犯！」

「神甫先生，」卡德羅斯說，「請最後再試我一次吧。」

「好吧，」伯爵說，「聽著，你知道我是一個信守諾言的人嗎？」

「對的，」卡德羅斯說。

「如果你能平平安安地回到家裡……」

「除了您，我還有什麼可怕的呢？」

「假如你平平安安地回到了家裡，就離開巴黎，離開法國，不論你在什麼地方，只要你安安分分地做人，你會得到一小筆養老金——因為假如你平平安安地回到了家裡，那麼……」

「嗯？」卡德羅斯渾身打戰地問。

「嗯！我就相信上帝寬恕了你，我也就寬恕你。」

「說實話，」卡德羅斯一邊往後退去，一邊結結巴巴地說，「您真讓我害怕！」

「好了，走吧！」伯爵用手對卡德羅斯指指窗口。

卡德羅斯對伯爵仍然不放心，跨出窗口後，站在梯子上。

他渾身發抖，停了下來。

「現在你往下爬吧。」神甫把手臂交叉在胸前說。

卡德羅斯這才明白在這一邊沒什麼可怕的，於是便往下爬去了。

這時，伯爵拿著一支蠟燭走到窗前。這樣，站在香榭麗舍大街上就可以清楚地看到有個人從窗口往下爬，而另一個人在給他照亮。

「您這是幹什麼，神甫先生？」卡德羅斯說，「如果被巡邏隊看到……」

說著，他吹滅了蠟燭。然後他繼續往下爬直到覺得腳踩在花園的泥地上，他才完全放下心來。

基督山回到臥室，從花園迅速往街上一瞥。他先看見卡德羅斯走到花園的牆腳下，把他的梯子靠在牆上，不是放在他翻牆進來的位置，而是換了另一個地方，準備翻牆出去。

然後伯爵向街上望去，看見那個似乎在等待的人也向那裡跑過去，躲在卡德羅斯就要翻出去的那個牆角裡。

卡德羅斯慢慢地爬上梯子，到頂部的幾級梯子時，先把頭探了出去，看街道是否靜寂。他看不見人，也聽不到人聲。

殘廢軍人療養院的時鐘敲了一下。

於是卡德羅斯跨在牆頭上，把梯子抽起來，又把它放在牆外；然後他開始下去，或說得更準確些，準備直接從梯柱上滑下來，這個動作他做得很安閒自在，可見他是個老手兒了。

但一開始滑下去，他就無法中途停止了。滑到一半時，他眼睜睜地看到一個人從黑暗中躥了出來，落地時，他無可奈何地看見一條手臂舉了起來。在他還無法保衛自己以前，那條手臂就已非常猛烈地打擊到他的背上，他放開梯子，喊出一聲：

「救命啊！」

第二下打擊立刻又襲到他的腋下。他倒了下去，一邊喊著：「救命啊！殺人哪！」

當他這樣在地上滾來滾去的時候，襲擊他的人抓住他的頭髮，在他的胸部又刺了一刀。

這一次，卡德羅斯雖然竭力想叫喊，但他卻只能發出一聲呻吟。三股鮮血從他的三個傷口往外流淌，他全身不由自主地打著寒戰。

兇手看到他已不能叫喊，就拉住他的頭髮，提起他的腦袋；他雙眼緊閉，嘴巴歪在一邊。兇手以為他已經死了，放下了他的腦袋，逃之夭夭。

卡德羅斯覺得兇手已經離開，就用手肘撐起身體，用奄奄一息的聲音竭力呼喊：

「殺人啦！我要死啦！救命呀，神甫閣下！救命呀！」

這淒慘的喊聲穿透了濃重的夜空。暗梯門打開了，隨後通花園的小門也打開了，阿里和他的主人拿著燈火奔了過來。

chapter 83 上帝之手

卡德羅斯不斷地慘叫：「神甫先生，救命啊！救命啊！」

「出什麼事啦？」基督山問。

「救救我吧！」卡德羅斯仍在喊，「有人要殺死我！」

「我們來了！挺住啊！」

「哎！完了。您來得太晚了，你們是來看我咽氣的。刺得太深了！流了那麼多血！」

說完他就昏過去了。

阿里和他的主人抓住受傷的人，把他抬進一個房間。進屋以後，基督山讓阿里給受傷者脫掉衣服。然後伯爵查看了一下三處可怕的傷口。

「我的上帝啊！」他說，「您的報應來得真快呀。可是我相信，到時候這來自上天的報應是會更有力的。」

阿里瞧著主人，希望得到進一步的吩咐。

「立刻領檢察官維爾福先生到這兒來，他住在聖・奧諾路。把他帶到這裡來。你出去的時候，順便叫醒門房，叫他去找醫生。」

阿里遵囑離去，只剩下假神甫跟始終昏迷不醒的卡德羅斯待在一起。當這歹徒睜開眼睛時，伯爵正坐在離他幾步遠的地方，以一種憐憫的憂鬱表情注視著他，嘴唇在翕動著，彷彿是在低聲祈禱。

「請個大夫來，神甫先生，去請個大夫來呀。」卡德羅斯說。

「已經去請了。」神甫回答說。

「救命是來不及了，但是他或許可以給我恢復力氣，我要時間來告發他。」

「告發誰？」

「告發殺我的兇手。」

「你認識他嗎？」

「我認識他嗎？對，我認識他，他就是貝尼台多。」

「那個科西嘉小夥子？」

「就是他。」

「你的那個夥伴？」

「對。是他給我畫的伯爵住宅的平面圖，想必是指望我能殺了伯爵，這樣他就成了伯爵的繼承人，要不然就是讓伯爵殺了我，好讓他從此甩開我，於是他在街上等著我，對我下毒手。」

「我差人去請大夫的同時，也差人去請檢察官了。」

「他來不及了，他來不及了，」卡德羅斯說，「我覺著全身的血都要流光了。」

「你要堅持。」基督山說。

他走出房門，五分鐘後又拿著一隻小瓶子回來了。

在伯爵離開的這幾分鐘時間裡，垂死的人睜著那雙呆滯得怕人的眼睛，直勾勾地盯住門口，他本能地猜到救兵會自門而入。

「您快來呀！神甫先生，您快來呀！」他喊道，「我覺著又要昏過去了。」

基督山走了過來，在他發紫的嘴唇上滴了三四滴小瓶裡裝的液體。

卡德羅斯深深地呼了一口氣。

「哦！」他說，「把生命滴進我嘴裡了。再滴一點……再滴……」

「再滴兩滴就會要了你的命的。」神甫回答說。

「哦！但願來個人，我要告發那個壞蛋。」

「你願意我寫下你的供詞嗎？你可以在上面簽個字。」

「對……對……」卡德羅斯說，想到死後能夠復仇，他的眼睛發亮了。

基督山寫道：

我是被科西嘉人貝尼台多害死的，他是土倫苦工船上五十九號囚犯，是我一條鎖鏈上的同伴。

「快些！快些！」卡德羅斯說，「我就快簽不了名了。」

基督山把筆遞給卡德羅斯，他用盡全身力氣簽了名字，又倒回在床上說：

「餘下的請您對他們說吧，神甫先生。您就說，他現在叫安德里・卡凡爾康得，住在王子飯店，還有……喔！喔！我的上帝！我的上帝！我要死了！」

說完，卡德羅斯再一次昏厥了過去。

神甫讓他聞瓶裡逸出的氣味。受傷者又睜開了眼睛。在昏厥中，他仍沒有放棄復仇的希望。

「啊！您會通通說出來的，對嗎，神甫先生？」

「對，我會全都告訴他們，而且還有別的事情。」

「您還要說什麼啊？」

「我要說，這座屋子的平面圖顯然是他給你的，他希望伯爵能殺死你。我要說，他事先寫了封信通知伯爵。我要說，因為伯爵不在家，是我收到了這封信，等候著您來。」

「他會上斷頭台的，對嗎？」卡德羅斯說，「他會上斷頭台的，您要向我保證！我要抱著這個希望死去，這會讓我閉眼。」

「我要說，」伯爵繼續說，「他尾隨著你，一直窺伺著你，當他看見你出了這屋子，他就奔到圍牆的暗角裡躲了起來。」

「這麼說，您是全都看見的啦？」

「請你想起我的話：『要是你能平平安安地回到家裡，我就相信上帝寬恕了你，我也就寬恕你。』」

「可您並沒有警告我呀？」卡德羅斯喊道，竭力想用胳膊把身子撐起來，「您早就知道我一離開這兒就會被殺死，可您什麼都不對我說！」

「對，因為我在貝尼台多的手裡，看見了上帝的判決，我認為違反天意是褻瀆神聖。」

「上帝的判決！不要對我說這個，神甫先生。要是真有上帝的判決，那您比誰都清楚，就不會有的人可以受懲罰，有的人卻逍遙法外。」

「耐心一點！」神甫說，他的口吻使垂危的人發抖，「耐心一點！」

卡德羅斯驚愕地望著他。

「而且，」神甫說，「上帝對世人都是仁慈為懷的，正如他對你也曾是這樣的。上帝先是慈父，然後是法官。」

「啊！那麼您，您是相信上帝的嗎？」卡德羅斯說。

「假使我很不幸，至今仍然不相信上帝，」基督山說，「那麼，今天瞧見你這樣，我也就相信了。」

卡德羅斯痙攣地捏緊雙拳，舉起來朝著天空。

「你聽著，」神甫說，向受傷的人伸出手去，好像要使他相信似的，「你在你的靈床上還拒絕相信上帝，而上帝卻曾為你做過許多事情：他給你康健、精力、正當的職業、甚至朋友，最後是人應該得到的幸福，只要他內心純淨，安於現狀，這種生活就是甜蜜的。他很少賞賜這麼多的恩惠給人，而你非但不想好好利用這些天恩，反而自甘怠惰酗酒，而且你喝醉酒時還出賣了一個最好的朋友。」

「救命啊！」卡德羅斯喊道，「我不需要神甫，我要大夫。說不定我的傷還不是致命的，或許我還死不了，或許大夫還能救活我！」

「您的傷是致命的。要不是我剛才給你滴的那三滴藥水，你早就斷氣了。所以你給我好好聽著！」

「啊！」卡德羅斯喃喃地說，「您這神甫可真怪，不但不安慰垂死的人，反而使他們絕望。」

「你聽著，」神甫繼續說，「當你出賣你的朋友時，上帝並不立刻打擊你，而只給你一個警告。你陷入了貧困，你忍饑挨餓，你半生貪望富貴，其實你可以自食其力。你藉口生活所迫想去犯罪。那時，上帝為你創造了一個奇蹟，借我的手送給你一筆財產，你當時一無所有，這對於不幸中的你來說已經非常可觀了。但當你獲得了那筆意想不到、聞所未聞的意外之財的時候，你又覺得不夠了。你更加貪婪。辦法只有一個，殺人！你成功了。那時，上帝奪掉你的財產，把你送到了世俗的法庭上。」

「不是我，」卡德羅斯說，「不是我起念殺死那個猶太人的，是那個卡康托女人。」

「對，」基督山說，「但這次我不能說上帝是公正的，因為公正的判決應該是處死的，上帝始終仁慈為懷，讓你的法官們聽了你的話後心軟了下來，饒了你一條命。」

「不錯！把我送到苦役監服無期徒刑：好仁慈啊！」

「你當時卻以為那是慈悲的呀，你這該死的渾蛋！當你聽到要忍受終身恥辱時，你那怯懦的、面對死亡就要發抖的心高興得狂跳起來。因為像苦工船上所有的奴隸一樣，你說：『那扇門是通到苦工船上去的，不是通到墳墓裡去的。』而你說對了，因為這扇苦役監的門出乎意料地為你打開了。一個英國人去訪問土倫，他發誓要拯救兩個受罪的人，而他的選擇落到了你和你的同伴的頭上。好運第二次降臨到你的頭上，你又有錢，又得到了安寧。你，你本來命定了要終生過囚徒生活的，卻又可以過和常人一樣的生活了。那時，賤人哪——於是你第三次冒險。你那時的財產甚至比以前更多了，而你說：『這還不夠。』於是你無緣無故、不可原諒地又第三次犯罪。上帝厭倦了，他懲罰了你。」

卡德羅斯眼看越來越虛弱了。「給我水，」他說，「我口渴……燒得難受！」

基督山遞給他一杯水。

「該死的貝尼台多，」卡德羅斯遞還杯子時說，「他卻逃掉了！」

「誰也逃不了，這是我說的話，卡德羅斯……貝尼台多會受到懲罰的！」

「那麼您，您也會受到懲罰的，」卡德羅斯說，「因為您沒有履行教士的職責……您應該阻止貝尼台多殺我的。」

「我，」伯爵說，他的微笑嚇得垂死的人全身冰涼，「你的刀尖不是剛才折斷在保護我胸膛的鋼絲背心上嗎？是的，如果我看到你痛改前非，悔不當初，我或許還會阻止貝尼台多，不讓你被殺。但我發覺你依舊傲慢凶悍，於是我讓上帝的意願大功告成。」

「我可不相信上帝！」卡德羅斯嚷道，「您也不信……您說謊……您說謊……」

「住嘴吧，」神甫說，「因為你要把最後幾滴血都擠出來……喔！你不相信上帝，可是讓你死的卻正是上帝……喔！你不相信上帝，可是上帝卻只要你做一個禱告，說一句話，流一次眼淚，就能寬恕你……上帝能指揮兇手的匕首，使你馬上死於非命……可是上帝給了你一刻鐘時間，讓你悔罪……反省一下吧，你這渾蛋，悔罪吧！」

「不，」卡德羅斯說，「不，我不悔罪。沒有什麼上帝，沒有天意，只有運氣。」

「天意是有的，上帝也是有的，」基督山說，「證據就是你絕望地躺在那兒，一籌莫展，否認上帝，而我富有、幸福，安然無恙地站在你面前，把手合在胸前為你向上帝祈禱，因為儘管你竭力想不相信他，但在心底裡還是相信他的。」

「那麼您到底是誰呢？」卡德羅斯說，用毫無生氣的眼睛盯住伯爵。

「仔細看看我吧。」基督山擎起蠟燭湊近自己的臉說。

「嗯！布……布沙尼神甫……」

基督山掀掉讓他改變容貌的髮套，烏黑的秀髮垂落下來，溫和地護住他蒼白的臉。

「哦！」卡德羅斯驚惶地說，「要不是您的黑髮，我會認為您就是那個英國人，就是威瑪勳爵。」

「我既不是布沙尼神甫，也不是威瑪勳爵，」基督山說，「仔細瞧瞧，想得更遠一些，想你早年的回憶。」伯爵的話聲裡有一種磁性的魔力，使那傢伙衰竭的器官不由得最後一次得到力量。

「哦！」他說，「我以前好像見過您，好像以前認識您。」

「對，卡德羅斯，對，你見過我，對，你認識過我。」

「可您究竟是誰呢？如果您見過我，也認識我，為什麼您讓我死呢？」

「因為誰也救不了你，卡德羅斯，因為傷口是致命的。要是你還有救，我會認為這是上帝最後的仁慈，我以我父親的墳墓向你起誓，我仍然會竭力去救你，讓你悔悟。」

「憑你父親的墳墓！」卡德羅斯說，頓時又變得精神煥發的樣子，抬起身子想仔細看看剛向他發了對一切人來說都是神聖的誓言的人，「哎！你到底是誰啊？」

伯爵一直在注視著卡德羅斯臨終前的每個跡象，他明白，這是迴光返照；他走近垂危的人，用安詳而又憂鬱的目光望著他。

「我是……」他湊在他的耳邊說，「我是……」他的嘴唇略微張開，輕輕地說出一個名字，彷彿伯爵自己害怕聽到這個名字似的。

卡德羅斯本來已經支起身子跪著，這時伸出雙臂，拚命往後退縮，然後又合攏雙手，使盡全身的力氣往上舉起。

「啊，我的上帝，我的上帝，」他說，「原諒我否認了您。您是存在的，您確實是人類在天之父和人世間的法官。主啊，我的上帝，我這麼長久一直沒有認出您！我的上帝，請寬恕我吧！主啊，我的上帝，接納我吧！」說完，卡德羅斯閉上雙眼，發出最後一聲喊叫和歎息，仰面往後倒了下去。

鮮血馬上在狹長的傷口上止住不流了。

他死了。

「一個！」伯爵神秘地說，目光凝定在已被可怕的死亡折磨得變了形的屍體上。

十分鐘後，醫生和檢察官分別由門房和阿里領進來，布沙尼神甫接待了他們，而當時他正在死者身邊祈禱。

chapter 84

波香

有人明目張膽，企圖在伯爵家行竊，在此後的兩星期內成了全巴黎的談話中心。那個人在垂死的時候曾簽署了一份自白書，稱殺害他的人是貝尼台多。警方派出所有的警探，追查兇手的下落。卡德羅斯所有物品包括小刀、隱顯燈、鑰匙串和衣服都保藏在檔案庫裡，只有他的背心卻找不到，屍體則已用車送到屍體陳列所裡等待親屬領取。

只要有人向伯爵問起，他的回答總是：出事時他正在阿都爾別墅，那天正巧有位布沙尼神甫要求在他家裡過夜，在他的圖書館裡查看幾本珍貴的書籍，因此他知道的情況都是從布沙尼神甫那兒聽來的。

只有伯都西奧一聽人提到貝尼台多的名字就面色發白，但誰都沒有理由去注意他的這種變化。

維爾福由於被叫去驗證罪案，已接受了這件案子，並正以他處理一切罪案時同樣的熱忱在做著準備工作。

但已經三個星期，雖然各方搜尋，卻毫無結果，由於鄧格拉司小姐和安德里·卡凡爾康得子爵的婚期日漸接近，社交界已開始忘卻伯爵家的偷竊未遂案以及竊賊被他的同伴所殺的事件。

婚期已經宣佈，那青年人也已在那位銀行家的家裡被視作未來女婿。

子爵曾寫了幾封信去徵求他父親卡凡爾康得老先生的意見，他非常贊成這門婚事，但同時卻表示遺憾，他事務繁忙，不能離開他所在的巴馬，他同意拿出那筆每年可以產生十五萬利弗爾利息的本金。

這三百萬本金，他已同意委託給鄧格拉司去投資。由鄧格拉司打理並投資生息；有幾個人竭力勸告年輕人，要當心他未來的岳父的地位是否穩固，最近，這位銀行家在交易所一再失手，但那青年人心地高貴，不以金錢為念，毫不理會這種種暗示，並從不向男爵提及那些話。

男爵中意安德里・卡凡爾康得子爵。

歐琴妮・鄧格拉司小姐卻並不如此。由於天生憎惡結婚，接受安德里是擺脫馬瑟夫的一種方式。但當安德里步步緊逼時，她便不免向他流露出一種顯然的憎惡。

男爵或許曾覺察到那種態度，可是他只能將這種反感歸之於任性，他聽之任之，視而不見。

波香要求延期的時間快滿了。另外，馬瑟夫現在已體會到伯爵那個勸告的價值，基督山告訴他要息事寧人。誰都不曾留心到關於將軍的那則消息，誰都不曾認出那個出賣亞尼納城的法國軍官就是貴族院裡那個高貴的伯爵。

但阿爾培並不因此而擺脫侮辱感，激怒他的那幾行消息顯然是一種故意的侮辱。此外，波香結束上次會談時的態度在他的心裡留下了一個痛苦的記憶。所以他的頭腦裡依舊存著決鬥的念頭，如果波香不反對的話，他希望向別人，甚至向證人瞞過決鬥的真正原因。

波香自從阿爾培去拜訪他那天起，便再沒有人見到過他，阿爾培每次向人問及他，都回說他不在，要出門幾天。他究竟到哪兒去了，沒人知道。

有一天早晨，阿爾培的貼身跟班喚醒他，通報波香來訪。

阿爾培擦擦眼睛，吩咐僕人請他在樓下的小吸煙室裡稍候，他快速穿好衣服下樓。

他發覺波香在房間裡踱來踱去，一看到他，波香就止步了。

「你親自登門拜訪我，而不是等我今天去見你，我覺得這是個好兆頭，先生，」阿爾培說，「唔，請快告訴我，我是該向你伸出手說：『波香，認錯吧，咱倆還是朋友』呢，還是該乾脆就問一聲『你選擇哪種武器』呢？」

「阿爾培，」波香說，他那憂鬱的臉色使年輕人十分驚訝，「我們先坐下來，慢慢談吧。」

「可我覺得正相反，先生，在我們坐下以前，你得先回答我的問題才是吧？」

「阿爾培，」波香說，「你的問題正好很難回答。」

「為了讓你容易回答，先生，我就再重複問一遍：你想收回前言嗎？是或者不？」

「馬瑟夫，對於一個事關法蘭西貴族院議員、陸軍少將馬瑟夫伯爵先生的榮譽、社會地位和生命的問題，不能只回答是或者不。」

「那麼該怎麼樣呢？」

「就是照我的方法辦，阿爾培，我這樣想：關係到一家人的聲譽和利益時，那麼金錢、時間和疲憊都算不了什麼；『大概如此』這幾個字遠遠不夠有力，只有事實才能判明是否應該和一個朋友做一場致命的決鬥。同一個三年來緊握他的手的人拔劍交鋒，或者向他扣動手槍的扳機，我必須知道我為什麼要那樣做，我必須帶著一顆無愧的心去與他相會，而當一個人必須用他自己的武器救自己生命的時候，是需要抱著這種心境的。」

「好啦，好啦！」馬瑟夫不耐煩地說，「你說這些話是什麼意思哪？」

「意思是我來自亞尼納。」

「從亞尼納回來?你!」

「對，我。」

「這不可能。」

「我親愛的阿爾培，這是我的護照。檢查一下上面的簽署吧——日內瓦、米蘭、威尼斯、的里雅斯特、德爾維納和亞尼納。你能信任一個共和國、一個王國和一個帝國的警察局嗎?」

阿爾培把目光投向護照，又驚訝地抬起頭，投向波香。

「你去了亞尼納?」他說。

「阿爾培，假若你是一個陌生人，一個外國人，一個像三四個月前來尋求滿足而被我殺掉的那個英國人那樣頭腦簡單的貴族，你知道，我才不會這樣自尋煩惱，但我認為對你應該給予這種重視。我往返各用了一個星期，隔離檢疫花了四天，在那兒逗留四十八小時，加起來正巧三星期。我昨天晚上回來，而現在就在這兒了。」

「我的上帝，我的上帝!真是繞來繞去，波香，你幹嗎磨磨蹭蹭地不肯回答我的問題呢?」

「這是因為，說實話，阿爾培……」

「看來你猶豫不決。」

「是的，我不敢說。」

「你怕承認你的記者欺騙了你?噢!丟開你的驕傲吧，波香!承認了吧，波香，你的勇敢是不能被懷疑的。」

「哦，不是那麼回事，」那記者吞吞吐吐地說，「正巧相反——」

阿爾培的臉色可怕地蒼白起來，他竭力想說話，但話到他的嘴唇上便消逝了。

「我的朋友，」波香用關切的口吻說，「請你相信，我要是能向你道歉，我是會很高興的，而且我是真心實意表示歉意的。可是，唉……」

「可是什麼？」

「那條消息是確鑿的，我的朋友。」

「什麼？那個法國軍官……」

「是的。」

「那個弗南？」

「是的。」

「那個出賣主子的叛徒……」

「原諒我對你說的話，我的朋友。那個人，就是你的父親！」

阿爾培狂怒地向波香衝過去，但後者並不準備伸手抗拒，只是用一個溫和的目光約束住了他。

「別忙！我的朋友，」他一面說，一面從他的口袋裡抽出一張文件來，「證明在這裡。」

阿爾培打開那張文件，那是亞尼納四個顯要人物的證明，證明弗南・蒙台哥在阿里・鐵貝林手下服務的時候，曾為兩百萬錢財賣城投降。簽名經領事鑒定過了。

阿爾培腳步踉蹌，頹然跌坐在扶手椅上。

這是不能再懷疑的了——家庭名譽全完了。

因此，痛苦沉默了一會兒，他的心快炸了，脖子上的血管也凸出來，他禁不住眼淚直流起來。

波香懷著真誠的憐憫注視著那哀情激發的青年，走近他的身邊。

「阿爾培，」他說，「現在你可以理解我了？我想親眼看到一切，親自判斷一切，希望所得的結果能有利於你的父親，希望我能為他主持公道。但相反的是，搜集到的情況證實，那個軍官；那個被阿里總督提拔到督軍職位的弗南・蒙台哥就是弗南・馬瑟夫伯爵。於是，想起你認我為友的光榮，我就趕快來見你了。」

阿爾培仍然癱坐在椅子裡，雙手遮住眼睛，彷彿想擋住光線似的。

「我到你這裡來，」波香繼續往下說，「是要對你說，在這個動盪的時代，父輩的過錯不能連累孩子。我們是在革命時期中成長的，而凡是經過這次革命時期的人，很少能不在他軍人的制服或法官的長袍上沾染到一些不名譽的汙跡或血。既然我有了一切證據，阿爾培，既然我掌握了你的秘密，沒有哪一個人再能逼我決鬥，因為你的良心將譴責你，使你感到自己像是一個罪人，但你再也無法向我提出先前要求的事，我卻來向你提出。你願意毀滅我所獨有的這些證據，這些證明書嗎？這可怕的秘密，你要讓它存在於你和我之間嗎？相信我，我絕不對別人講，說吧，你願意嗎，我的朋友？」

阿爾培撲到波香身上，抱住他的脖子。

「啊！多虧你有一顆高尚的心！」他喊道。

「拿去吧！」波香說著把那些文件交給阿爾培。

阿爾培雙手顫抖地抓住文件，捏緊了，揉搓著，想撕掉它們。他渾身發抖，深恐逃走一小片將來再出現到他面前。他走到那支老是燃著準備點雪茄的蠟燭前面，將文件燒個精光。

「親愛的好朋友！」他一面燒那些文件，一面輕輕地說。

「但願這一切如同一場噩夢似的過去吧，」波香說，「就像在燒黑的文件上掠過的最後的火星一樣迅速消失，或者如同從這些沉默的灰燼裡升起的最後一縷青煙一樣飄散吧。」

「對，對，」阿爾培說，「只讓永恆的友誼留存吧，我要跟我的救命恩人保持永恆的友誼，我們世世代代都會將友誼保持下去，並使我永遠記得：我的生命和名譽都出於你的恩賜！因為，如果這樣的事傳了出去，噢！波香呀，我就得毀滅我自己，或是——不，我可憐的母親！因為我不想讓這一打擊也奪走她——我就得逃離我的祖國了。」

「親愛的阿爾培！」波香說。

不久年輕人就失去了這份意外的，或者說虛無的快樂，接著來的，是更大的憂傷。

「嗯！」波香問，「嗳，又怎麼啦，我的朋友？」

「我覺得，」阿爾培說，「我的心碎了。請你聽我說，波香。我父親那白璧無瑕的名聲曾讓我產生的尊敬、信任和驕傲，在頃刻之間就要我拋開這些感情讓我痛苦不堪！噢，波香，波香呀！我現在怎樣接近我的父親呢？我應該不接受他的擁抱，不讓他吻我的額頭，不與他握手嗎？我是一個最不幸的人了。啊，我的母親，我可憐的母親呀！」阿爾培滿眼含著淚花凝望著母親的肖像說，「如果您知道這件事，您一定痛苦萬分！」

「哦，」波香握住他的雙手說，「堅強些，朋友！」

「這則消息是怎麼登在你的報紙上的呢？」阿爾培喊道，「在所有這些事情後面，隱藏著一股我們不知道的敵意，隱藏著一個我們看不見的仇人。」

「嗯！」波香說，「所以你更得堅強些，阿爾培！你的臉上不要露出任何形跡，把你的悲哀包藏在心裡，就像不蘊藏著毀滅和死亡一樣，只有風暴暴發才能知道這個必然帶來死亡的秘密。去吧，我的朋友，蓄養你的精力準備應付那狂風暴雨襲來的時候吧。」

「喔！難道你以為事情還沒結束嗎？」阿爾培充滿驚懼地說。

「我嘛，我不做揣想，但畢竟什麼事都會發生。順便問一下……」

「什麼事？」阿爾培看見波香遲疑著沒把話說出口，就問道。

「你仍然要娶鄧格拉司小姐嗎？」

「在這種時候您怎麼會想到這個，波香？」

「因為，在我的頭腦裡，這樁婚事是成還是吹，跟我們眼前考慮的這件事很有關係。」

「怎麼！」阿爾培臉漲得通紅地說，「你認為鄧格拉司先生……」

「我只想問你，你的婚事進展到什麼程度。嗨！請你別在我的話裡去找我根本沒有的意思，別增加我的話沒有的意義！」

「噢，」阿爾培說，「這樁婚事吹了。」

「那好。」波香說。

隨後，他看到阿爾培的神情又要變得憂鬱起來，就說：

「嗨，阿爾培，如果你相信我的話，我們馬上到外面去，乘車或騎馬在樹林裡兜個圈子，可以讓你散散心。我們再一起回來找個地方吃早飯，然後你去幹你的事，我去幹我的事。」

「好吧，」阿爾培說，「不過我們還是走路吧，我覺得身體上的疲勞會使心裡舒服一些。」

「行。」波香說。

兩個朋友徒步出發，沿著林蔭大道來到了瑪德萊娜教堂。

「哎，」波香說，「既然我們來到了大街上，我們去看看基督山先生吧，也好讓你散散心呢。他這人儘管從來不好提問，卻有一種使對方精神振作起來的奇妙本領。**在我看來，不追根究底的人，才是最善於安慰別人的人。**」

「好吧，」阿爾培說，「就去他的府上，我也喜歡見到他。」

chapter 85 旅行

基督山瞧見兩位年輕人一起來訪，欣喜地叫出聲來。

「啊哈！」他說，「我希望一切都了結、澄清、安排好了？」

「是啊，」波香說，「那些無稽之談已不攻自破了。我反對再提此事。所以，我們不要再說了。」

「阿爾培會告訴您，」伯爵接口說，「我當初就是這麼勸他的。哦，」他又說，「你們看到我度過的這個早晨，我想簡直糟糕透了。」

「您都忙些什麼了？」阿爾培問，「看來像是在整理您的文件？」

「不是的！我的文件一向井然有序，因為我沒有文件，我在整理卡凡爾康得先生的文件。」

「卡凡爾康得先生嗎？」波香問。

「是啊！難道您不知道這是伯爵引薦的一位年輕人嗎？」馬瑟夫說。

「不，我們要講清楚，」基督山回答說，「我沒有引薦任何人，卡凡爾康得先生更不必提了。」

「他還要取我而代之，娶鄧格拉司小姐做妻子呢，」阿爾培努力地繼續說，「想必你也猜得到，我親愛的波香，這使我痛苦不堪。」

「什麼！卡凡爾康得娶鄧格拉司小姐？」波香問。

「咦！你是從天邊回來的嗎？」基督山說，「你，一位報社記者，大名鼎鼎的人物！整個巴黎成天在談的都是這件事啊。」

「伯爵，是您促成這件婚事的嗎？」波香問。

「我？哦！噓，新聞記者先生，快別這麼說！我，老天爺！撮合這樁婚事嗎？不，你太不瞭解我了，相反，我曾盡力反對，拒絕去提親。」

「啊！我明白，」波香說，「是為了我們的朋友阿爾培的緣故吧？」

「因為我的緣故？」年輕人說，「喔！不，沒有這回事！伯爵會給我主持公道，證明事實正好相反，我一直請求他廢除這個計畫，幸虧這個計畫廢除了。伯爵聲明我該感謝的不是他。那好吧，我要像古人那樣，為不知名的神建設一座祭壇。」

「請聽我說，」基督山說，「這事我實在沒出什麼力，我與那位岳父和年輕人沒有什麼關聯。只是歐琴妮小姐，我覺得她似乎對結婚不怎麼感興趣。」

「您是說這樁婚事就要操辦了嗎？」

「哦！我的上帝！是的，沒人聽我的勸。我並不熟悉那青年人。據說他的出身很好，很有錢，但在我看來，這都是傳聞罷了。我向鄧格拉司先生反覆說明這一切，說得到了我自己都厭煩了，但他還是迷著他那位盧卡人。我甚至通知他一種我認為非常嚴重的情況：這個年輕人還是嬰兒時被人調換過，或是被波希米亞人拐去過，或是被他的家庭教師丟失過，對此我不是太清楚，但我的確知道他的父親曾有十年以上不曾見過他的面。在這十年中他的所作所為，只有上帝知道。嗯，這些話鄧格拉司都聽不進去。他們委託我寫信給少校要求證明文件，證明文件是在這兒了。我把這些文件送出去，但像彼拉多《聖經》傳說『流這義人的血，罪不在我，你們承擔吧』一樣，就此不管了。」

「那麼亞密萊小姐呢，」波香問，「您使她失去了學生，她會給您什麼臉色看呢？」

「喔！這我可不太清楚，不過她好像要到義大利去。鄧格拉司夫人對我說起過她，要求我寫幾封介紹信給歌劇院經理。我給瓦萊劇院的院長寫了張便箋，他曾受過我的恩惠。不過，你這是怎麼啦，阿爾培？你看上去垂頭喪氣的，啊，莫非你竟不知不覺地愛上了鄧格拉司小姐？」

「這我自己倒不知道。」阿爾培苦笑著。

波香這時看起牆上的油畫來了。

「反正，」基督山繼續說，「你跟平時不一樣。嗯，你怎麼啦？請說吧。」

「我很頭痛。」阿爾培說。

「嗯！親愛的子爵，」基督山說，「既然這樣，我有屢試不爽的藥建議你使用，我每次碰到有什麼煩惱事的時候，這種藥對我總是有效。」

「什麼藥方啊？」年輕人問。

「換個環境。」

「真的？」阿爾培說。

「沒錯。哦，由於眼下我心緒惡劣，想要換個環境。你願意我們同行嗎？」

「您心情不好，伯爵！」波香說，「為了什麼事呀？」

「呵！瞧你說這話的輕鬆勁兒。要是在你家裡有案子要訴訟，我倒想看看您是什麼樣子！」

「訴訟！什麼訴訟案？」

「哎！就是維爾福先生準備對我那位可愛的刺客立案的那檔事唄，顯然是一個從苦役犯監獄逃跑出來的強盜。」

「噢！對啦，」波香說，「我在報上看到過這事。這個卡德羅斯是個什麼傢伙？」

「看來是個外省人。維爾福先生在馬賽的時候曾聽說過他，鄧格拉司先生也記得曾見過他。因此，檢察官先生非常在意這個案子，員警總監也極感興趣。這，我當然非常感激，由於警察局長的關心，半個月裡，他們把在巴黎和郊區抓住的匪徒全都送來給我看，要我辨認其中有無殺害卡德羅斯的兇手。假如這樣繼續下去，則不出三個月，就沒有一個盜竊案和殺人犯不對我這個家瞭若指掌了。我已決定離開他們，逃避到世界某一個遙遠的角落，同我一起走吧，我能把你帶走，子爵。」

「好哇。」

「那麼說定了？」

「說定了，可是我們去哪兒啊？」

「我對你說了——那裡空氣清新，那裡每一種聲音都使人心境平靜，不管多麼高傲的人，都感到謙卑和渺小。我喜歡那種虛懷若谷的情調——雖然我曾像奧古斯都那樣被人稱為宇宙的主宰。」

「您究竟要到哪裡去？」

「到海上去，子爵，到海上去。你知道，我是個水手。當我還是一個嬰兒的時候，我便是在老海神的懷抱和那美麗的安費德麗蒂的胸懷裡撫慰長大的。我玩耍在這一個的綠披風和那一個的藍長裙。我愛海，把海當做一個情人，我要是長時間見不到大海，就會滿心憂傷的。」

「那咱們去吧，伯爵，去吧！」

「去海上嗎？」

「是的。」

「你接受了?」

「我接受了。」

「那好，子爵，今天晚上會有輛旅行馬車停在我的院子裡，躺在裡面就像躺在床上一樣舒服，那是四匹馬拉的馬車。波香先生，坐四個人也很寬敞，你願意跟我們一起去嗎?來吧!」

「謝謝，我剛從海上回來。」

「怎麼!你剛從海上回來?」

「對，或者說差不多吧。我剛到波羅蜜群島小遊過一次。」

「那也沒關係!再跟我們一起去嘛。」阿爾培說。

「不，親愛的馬瑟夫，你該明白，我拒絕，表示我無法辦到。再說，」他壓低嗓音說，「我得留在巴黎守在報箱邊，哪怕只是為了注意報紙的情況。」

「啊!你真是個好朋友，真是個最好最好的朋友，」阿爾培說，「對，你說得對，波香，請你多留神，仔細看看，盡力發現透露這則消息的敵人。」

阿爾培和波香分手了。兩人最後那緊緊地一下握手，蘊涵著全部不便在外人面前說出口的意思。

「波香真是個不錯的小夥子!」波香走了以後，基督山說，「對嗎，阿爾培?」

「哦!對，他是個心地非常高尚的人，我向您擔保，因此我真心實意喜歡他。不過，現在既然只有我們倆在這兒，雖然我幾乎是無所謂，不過我還是想問一下，我們到底去哪兒呀?」

「去諾曼第，如果你願意的話。」

「好極了。我們可以完全置身在鄉間了，是嗎?既沒有社交，也沒有鄰居。」

「只有我們駕馬疾馳，帶著獵犬打獵，架著船打魚，如此而已。」

「我正想這樣。我這就去告訴家母，然後就來聽候您的吩咐。」

「不過，」基督山說，「您會得到准許嗎？」

「准許什麼啊？」

「你去諾曼第啊。」

「准許？我難道不是自由的嗎？」

「你獨自出門在外，想上哪兒就能上哪兒，這我知道，我在義大利就見到你這樣。」

「可不是嗎！」

「不過，要是跟人稱基督山伯爵的那個人一起去呢？」

「您的記性可不好啊，伯爵。」

「怎麼啦？」

「我不是告訴過您，家母對您極有好感嗎。」

「弗朗斯瓦一世[11]說，『**女人是易變的**，』莎士比亞說，『**女人像是大海裡的一朵浪**。』**前者是一個偉大的國王，後者是一個偉大的詩人，他們都瞭解女人。**」

「對，那是一般的女人。而家母可不是一般的女人，她是一個特別的女人。」

「請您允許一個可憐的外國人無法完全理解貴國語言的一切微妙之處吧？」

「我的意思是說家母輕易不動感情，但一旦動了感情，那就會永遠保持這種感情的。」

「哦！是嗎？」基督山歎了一口氣說，「那你認為她已經賞臉對我有所眷顧，並非全然漠不關心

11. 弗朗斯瓦一世（一四九四至一五四七），法國一五一五年至一五四七年的國王。

了嗎？」

「請聽我說！雖然我已經對您說過，現在我再重複一遍，」馬瑟夫接著說，「您一定是位非常古怪、非常傲慢的人。」

「哦！」

「對，因為您居然引起了家母對您的——我想說那並不是好奇心——而是對您的一種關注。只要我倆在一起，我們就一直談到您。」

「她對你說，要你當心這個曼弗雷德？」

「正相反，她對我說，『馬瑟夫，我相信伯爵生性高尚，你要讓他喜歡你。』」

基督山轉過眼睛去，歎了口氣。「呵！真的嗎？」他說。

「所以，您知道，」阿爾培繼續說，「她不但不會反對我跟著您去旅行，反而會真心地贊成，既然這是跟她天天叮囑我的話正好相符的。」

「那麼好吧，」基督山說，「晚上見。五點鐘在這裡碰頭。我們要在午夜或凌晨一點趕到那兒。」

「怎麼！趕到特雷波爾嗎？……」

「到特雷波爾或者附近的地方。」

「您只要八個鐘頭，就能趕完四十八里路程嗎？」

「是不少。」基督山說。

「您確實是個能創造奇蹟的人，您不光能超過火車，而且比快報速度還快啊。」

「是的，子爵，由於我們還得花七八個小時才能趕到那兒，所以請你務必準時。」

「請放心，在這段時間裡我一定做好一切準備。」

「那麼五點見。」

「五點見。」

阿爾培走了。基督山含笑對他點頭道別，然後靜默一會兒。接著，像是要驅散他這種恍惚狀態似的，他用手抹一抹他的額頭，他走到鈴旁，敲了兩下。

聽到基督山敲的兩下鈴，伯都西奧進了房門。

「伯都西奧，」基督山說，「不是明天，也不是我早先所想的後天，我決定今晚就出發去諾曼第。從現在到五點鐘，時間還很充裕。你去讓人通知第一站的馬夫，馬瑟夫先生和我一起去。去辦吧！」

伯都西奧領命而去，派了一個跑差趕到蓬圖瓦茲去傳達旅行馬車將在六點鐘到達的消息。蓬圖瓦茲站另派一個專差去通知第二站，在六小時之內，在大路上設置的所有驛站都得到了通知。

在起程以前，伯爵到海蒂的房間裡去，告訴她自己要出門去哪裡，家裡由她照管。

阿爾培很守時。這次旅行最初似乎乏味，不久，由於馬車疾馳對身體產生的影響，他的心境變得明朗起來了。馬瑟夫想不到這樣快速。

「說真的，」基督山說，「照你們的驛車那樣，每小時只跑兩里路，還有那條愚不可及的規定，旅客未得允許，不得超越別人。難道一個使性子或是病懨懨的旅客，就有權攔下一串充滿活力、身強力壯的旅客，叫他們寸步難行？我呢，旅行用自己的馬車和馬，避免這種麻煩，是嗎，阿里？」

伯爵伸頭到窗外打了一個呼哨，幾匹馬便像添了翅膀一樣。馬車在這寬闊的石子路上閃電般疾馳過來。每一個人都轉過頭來注視這顆耀目的流星。阿里面帶微笑，連連吹著呼哨，露出潔白的牙齒，粗壯的手捏緊沾上白沫的韁繩，馳馬奔騰，馬的美麗鬃毛在微風中飄浮著。阿里這個沙漠中的孩子如魚得水，在他所掀起的塵霧中，他那烏黑的面孔和閃閃發光的眼睛看來使人想到風沙之精和颶風之神。

「這種由速度引起的快感，」馬瑟夫說，「我從未領略過呢。」說這話時，他額頭上的那最後一抹陰霾也消散了，彷彿他劈開空氣捲走了這些烏雲似的。

「見鬼，您在哪裡找到這種駿馬呢？」阿爾培問，「莫非是專門馴養的嗎？」

「說得不錯，」伯爵說，「六年前我在匈牙利看到一匹快跑出了名的種公馬，就把牠買下了，我不知道花多少錢買下來的，是伯都西奧付的錢。當年牠就有了三十二匹小馬駒。我們今晚檢閱的就是這位父親的全部後代。牠們都一模一樣，黑烏烏的，沒有一個斑點，只是前額上有一顆白星，因為牠是種馬場裡的驕子，配給牠的牝馬是特地挑選的，就像給總督們的寵姬也是挑選過的一樣。」

「妙極了……不過請告訴我，伯爵，這些馬您派什麼用場呢？」

「您也瞧見啦，用來旅行啊。」

「可您並不是經常旅行的呀？」

「等我不需要的時候，就讓伯都西奧把牠們賣掉，他認為可以賣到三四萬法郎。」

「可是歐洲的君主都買不起這些馬呀。」

「那麼他會把馬賣給某個東方普通的大臣，這些大臣會傾囊而出為了買下這些馬匹，然後再去敲詐臣民來裝滿自己的金庫。」

「伯爵，我這會兒有個想法，您願意聽聽嗎？」

「請說吧。」

「我在想，除了您以外，伯都西奧先生大概是歐洲最富有的人了。」

「嗯！你錯了，子爵。我敢肯定說，你就是把伯都西奧的口袋都掏空了，也找不出十個子兒來。」

「怎麼會？」年輕人問，「難道伯都西奧先生是個怪人不成？啊！親愛的伯爵，我得提前提醒您請別跟我說些神乎其神的事吧，否則我就再也不會相信您的話。」

「我從來不說什麼神乎其神的事情，阿爾培。我只談數字和推理，如此而已。現在，你且聽聽這個推理：管家會揩油，那他為什麼要揩油呢？」

「喔！我看那是因為他生性如此，」阿爾培說，「他為揩油而揩油。」

「你錯啦，那是因為他有妻子和家庭，為了自己和家人，他有一些野心勃勃的欲望。同時也為了他不能確定是否可以永遠保持他的職位，希望能未雨綢繆。現在，伯都西奧先生在這個世界上只有孤苦伶仃獨自一個，他可以在我的錢袋裡隨意去用。而且不用告訴我，他有把握他不會丟掉他的職位。」

「他憑什麼這麼有把握？」

「因為我找不到比他更好的管家。」

「您這是循環論證，講來講去都是在說可能性。」

「喔！不，我是十分確定的。對我來說，所謂好僕人，就是我對他掌有生殺予奪權力的僕人。」

「那您對伯都西奧掌有生殺予奪的權力嗎？」阿爾培問。

「是的。」伯爵冷冷地回答。

有些字句可以像一扇鐵門似的關閉一次談話，伯爵的「是的」就是這類詞語。

餘下的旅程就這樣在疾馳中度過，分成八段的那三十二匹馬在八小時內走完了一百四十四里路。

他們在午夜到達一個美麗的花園門前。門房站在大門旁邊，開著大門在等候，他已得到最後一個驛站馬夫的通知。

清晨兩點半鐘，馬瑟夫被帶入他的房間裡，洗澡水和晚餐都已準備妥當。一路上站在馬車後面的那個僕人負責照顧他，坐在馬車前面同來的培浦斯汀則侍候伯爵。

阿爾培洗了澡，用了餐，然後上床。整夜他都在海濤的幽咽聲中睡得很安穩。早晨起來，他走到窗前，打開窗子，走到一個小小露台上：一望無際的大海展現在他面前，在他的後面，是一個環繞在小樹林裡的美麗花園。

在一個小海灣裡，停著一艘兩舷狹窄而帆檣高聳的獨桅船，桅頂上懸著一面旗，旗上有基督山的徽章，上面是湛藍的大海上聳立著一座金山，上頭還有一個十字架，這可能暗示他那使人想起骷髏的名字。上帝使這座山變得比金山更值錢，天主聖潔的血使這卑微的十字架變得神聖了，或是象徵著這個人神秘的往事裡的一段受苦和再生的經驗。獨桅船的四周停著幾艘附近村莊裡漁夫們的漁船，像是卑微的臣僕在等候他們皇后的吩咐。

跟基督山停留的所有地方一樣——哪怕只逗留一兩天，一切都安排得舒適，日子過得很愜意。阿爾培在他的小客廳裡找到兩支槍，以及其他一切打獵的裝具。在樓下的另一個房間裡，藏著英國人捕魚工具——由於英國人富有耐心，而且無所事事，所以他們都是打獵的好手，他們還不曾勸服因循度日的法國漁夫採用那種種巧妙的漁具。

時間就是在打獵捕魚中過去了，基督山在這兩方面都很擅長，他們在林園裡射死了一打野雉，在小溪裡捉到同樣多的鱒魚，在一座面臨大海的亭子裡進了午餐，在書齋裡用茶。

到第三天傍晚，阿爾培因為連日勞累，十分疲倦，躺在窗口附近的一張圈椅裡睡覺。伯爵對那些運動只當做遊戲，現在正在同他的建築師設計一個溫室的平面圖，準備在他的家裡造一間溫室。這時，一匹馬叩擊大路石子的響聲喚醒了年輕人，他抬起頭來。他驚恐地在前庭裡看到了他自己的貼身跟班，他不願僕人跟來，那會使基督山為難。

「弗勞蘭丁來了！」他從扶手椅裡跳起來喊道，「難道是我母親病了嗎？」他朝房門口衝去。

基督山注視他，看見他走近僕人，僕人仍然上氣不接下氣。那僕人從袋裡掏出一個封口的小紙包，紙包裡是一份報紙和一封信。

「這封信是誰送來的？」阿爾培急切地問。

「波香先生。」弗勞蘭丁回答說。

「那麼是波香讓你來的嗎？」

「是的，先生。他把我叫到他家，給了我一筆旅費，讓我租驛馬趕到這兒來，吩咐叫我見到您之前不許停下休息。我一路上跑了十五個鐘頭。」

阿爾培哆哆嗦嗦地拆開那封信，才讀了幾行，他就發出一聲驚喊，顫抖著抓住報紙。

突然地，他的視覺模糊了，他的腿軟了下去，他靠在弗勞蘭丁身上，貼身男僕扶住了他。

「可憐的年輕人啊！」基督山喃喃地說，聲音輕得似乎連他自己也聽不見他在說這些同情的話語，「**俗話說，父輩的過錯要連累到第三代和第四代的子孫。**」

這會兒，阿爾培已經恢復了過來，接著看信，他頭上大汗淋漓。看完後，他把信和報紙都揉成一團，說：「弗勞蘭丁，你的馬還能跑回巴黎嗎？」

「那是匹瘸腿的驛馬。」

「哦！我的上帝！你離開時家裡情況怎麼樣啊？」

「相當平靜。不過我從波香先生府上回去時，看到夫人在流淚。她派人來問我您什麼時候回去。於是我告訴她，我受波香先生的委託正要去找您呢。她一聽這話馬上伸出手臂，像是要不讓我來。但考慮了一下又說：『是的，去吧，弗勞蘭丁，去叫他回來吧。』」

「是的，母親，是的，」阿爾培說，「我這就回來了，您放心，讓污蔑別人的小人見鬼去吧……可是，我得先去告辭一下。」

他回到剛才離開基督山的那個房間裡。

他已然像換了個人一樣，五分鐘的時間已在他的身上造成了一個可悲的改變。他出去時是平常的狀態，回來時聲音變了，帶來一種狂亂的神色，一種氣勢洶洶的目光和一種踉蹌的腳步。

「伯爵，」他說，「多謝您的盛情款待，我本想能多享受幾天，但我必須回巴黎。」

「出什麼事啦？」

「大禍臨頭，請允許我離開，因為這是一樁跟我的生命同等重要的事情。請什麼也別問，伯爵，我求求您，請借給我一匹馬！」

「我的馬廄供你支配，子爵，」基督山說，「可是你騎馬趕回去會累垮的。還是乘敞篷車或是轎車，總之乘輛馬車走吧。」

「不，那樣太耽誤時間了，再說我需要這種疲乏，雖然您擔心我受不了，那會使我心裡好受些。」

阿爾培往前走了幾步，像一個被子彈射中的人那樣轉了個圈，跌倒在門邊的一張椅子上。

基督山沒有看到阿爾培這第二次倒下的樣子。他正在窗口喊道：

「阿里，給馬瑟夫先生備馬！叫他們要快！他有急用！」

這幾句話又使阿爾培振作起來。他奔出門，伯爵跟在他後面。

「謝謝！」年輕人縱身騎上馬背，輕輕地說了一聲：「你也儘快趕回去，弗勞蘭丁。路上換馬要說什麼話嗎？」

「只要你交出你騎的馬，他們就會馬上給你換上另外一匹的。」

阿爾培正想策馬離去，但又打住了。

「或許您會感到我走得突然，失去理智，」年輕人說，「您不知道報紙上的幾行文字為什麼會使一個人變得這麼絕望，好吧！」他說著把報紙一扔，「您看看吧，但要等我走了以後，免得您看見我氣得發瘋。」

就在伯爵撿起報紙的當口，阿爾培把僕人剛在他的馬靴上裝好的馬刺用力朝馬肚上一踢，馬兒吃了一驚，居然還有騎手如此刺牠，於是像箭一樣飛奔起來。

伯爵懷著無限哀憐的心目送年輕人遠去，直到年輕人消失了蹤影，伯爵這才念起下面這則消息：

三星期前，《大公報》曾諷刺亞尼納總督阿里手下服務的法國軍官以亞尼納堡拱手讓敵，並出賣他的恩主給土耳其人的消息；當時，他確實名叫弗南，就像本報可敬的同僚所稱呼的那樣，但此後他已在他的教名上加了一個貴族的頭銜和一個姓氏。

如今他叫馬瑟夫伯爵，並在貴族院裡占著一個座位。

這個被波香慷慨地掩蓋起來的可怕秘密，就這樣像一個全副武裝的幽靈重新出現了；在阿爾培起程到諾曼第去的兩天以後，另一家報紙獲得了消息，發表了這幾行幾乎使那不幸的青年發瘋的消息。

chapter 86 審問

清晨八點鐘，阿爾培像個霹靂似的落到了波香的宅邸。貼身男僕早已得到吩咐，直接把馬瑟夫領到了主人的房裡，波香剛剛洗完澡。

「怎麼樣？」阿爾培對他說。

「怎麼樣！親愛的朋友，」波香回答說，「我正在等你呢。」

「我現在回來了。不用我說，波香，我相信您忠實可靠，心地善良，不會對任何人提這件事——絕對不會的，我的朋友。而且，你派人來找我，就是你關切我的一種證據。因此，不要浪費時間說客套話了，你能不能猜到這個可怕的打擊是從哪兒來的？」

「很快，我幾句話就能告訴你。」

「好吧，不過，我的朋友，您要先把那個卑鄙的叛變過程詳細講給我聽。」

於是，波香對被羞辱和悲痛折磨著的年輕人講了事情的來龍去脈，我們簡明地複述如下。

兩天以前，那段消息在另一家報紙——並不是在《大公報》上——出現，在一張眾所周知、屬於政府管轄的報紙中刊載出來，這就使得事情格外嚴重。波香讀到那段新聞的時候正在用早膳，他立刻派人去叫一輛輕便馬車，不等吃完早餐，就趕到報館去。波香的主張雖然與那家報紙的編輯極端相反，但他仍然是這個編輯的摯友，這原是常有的事。

當他來到編輯的辦公室的時候，那位編輯正在喜形於色地讀報上一篇論甜菜問題的文章，那篇文章大概是他自己寫的。

「嗨！好哇！」波香說，「既然您老兄手裡就捧著報紙，親愛的，我就用不著告訴您，我為什麼趕到這裡來找您了。」

「莫非您碰巧也對甜菜有興趣嗎？」官方報紙的編輯問。

「不，」波香回答說，「我對這個問題毫不關心，我是來談另一件事的。」

「什麼事？」

「關於馬瑟夫的那則消息。」

「哎！對，沒錯。這事可真有些怪，是嗎？」

「我認為你冒著很大的危險，可能會打官司，靠運氣才能贏。」

「絕不會的，我們收到這條消息時還附帶收到所有證實這則消息的資料，我們確信馬瑟夫先生不會向我們抗議。此外，揭露忘恩負義的無恥之徒，也算是對國家的一種效勞。」

波香一時竟變得目瞪口呆了。

「究竟是誰向您提供消息？」他問道。「這件事情是我的報紙最初發動的，由於缺乏證據而不得不有所收斂，其實對揭露馬瑟夫先生這件事，更感興趣的應該是我們，因為他是法國貴族院的一個議員，我們對他持反對態度。」

「哦！我的上帝啊，這很簡單；我們並沒有費心去尋找這個醜聞，相反是它找上門來的，昨天有個來自雅尼那的人到這裡來，帶來那可怕的卷宗，當時我們猶豫不決，是否捲入這場揭發之中，他便向我們宣稱，如果我們拒絕發表，他就會把消息提供給別的報紙。千真萬確，波香，您知道一條重要新聞的價值，我們不會錯過有價值的新聞的。現在這一擊已經很有力地打出手去，其反響甚至會延續到歐洲的邊緣地帶。」

波香知道除了忍氣吞聲以外再沒有別的辦法，就離開報館派人去找馬瑟夫。

但他卻不能把下面這些事情寫在給阿爾培的信裡，因為這些事情是信差離開以後才發生的：就在當天的貴族院裡，往常非常安靜的議員黨團情緒十分激動，動盪的氣氛籠罩全場。每一個人幾乎都比往常到得早，紛紛談論著這個不祥的事件，因為這件事會使大眾的注意力集中到他們這個顯赫機構裡的一個最著名的議員。

有些人在低聲念著這則消息，有些人在發表議論，追述附和這種攻擊的往事。伯爵在同僚中並不惹人喜歡。像一切暴發戶一樣，他以前曾裝出一種過分的倨傲以維持他的地位。老貴族嘲笑他；有才幹的人擯棄他；德高望重的人本能地厭惡他。伯爵陷入了祭壇上的犧牲品似的慘境。一旦被上帝的手指指為犧牲品，人人便都準備好大聲指責他。

只有馬瑟夫伯爵不知道當日所發生的事情。他沒有看到那份登載誹謗消息的報紙，早上，他寫了幾封信，還試騎了一匹馬。

所以他在他一貫的時間到達，仍帶著一種驕橫的神色和傲慢的態度。他下車，穿過走廊，走進大廳，沒有注意庶務人員的遲疑和他的同僚們愛理不理的態度。

會議在他到達半小時前已開始了。

正如上述，伯爵根本不知道發生的事，神態舉止一如既往——但在旁人看來，他的態度和舉止似乎比往常更做作得厲害。此刻他的出現對於嫉妒他榮耀的所有議員來說是莫大的挑釁，以致全體議員都為議院的尊嚴而大表憤慨，有些人認為這是一種失禮，有些人認為這是一種目中無人，有些人則認為是一種侮辱。

顯而易見，整個議院迫不及待要投入到激烈的辯論中。

人人手裡都拿著那份揭露的報紙。但像通常的那樣，每個人都不願意承擔攻擊的責任。最後，一個可敬的貴族，馬瑟夫的知名敵人，帶著莊嚴的神色跨上講台。這表示預期的時間已經到了，議院裡頓時鴉雀無聲；只有馬瑟夫不知道這個一向並不如此受注意的演講者會受到這樣深切重視的原因。

伯爵平靜地聽過開場白。發言者宣稱他有非常重要的消息報告，要求全場一致注意，伯爵對這一段開場白並未予以特別注意。

但當聽到亞尼納和弗南上校的時候，他的臉色就變得這樣可怕的蒼白，以致全場掀起一場騷動，所有的目光都投向了伯爵。

精神上的創傷就有這種特性——它可以被掩蓋起來，但卻絕不會恢復；**精神創傷會永遠痛苦，只要一被觸動，就總是要流血，永遠鮮血淋淋地留在心頭。**

演說在鴉雀無聲的會場裡進行著，只有一陣激動擾亂全場的寂靜，當他開始繼續講下去時，全場又肅靜下來，指控者提出他的顧慮，宣稱他的任務非常艱巨。他說，他之所以要引起一場私人問題的辯論，是為了要保全馬瑟夫先生的名譽和整個議院的名譽。他的結論是要求立即進行一次審查，以便在污蔑之詞來不及擴大之前就加以揭露，借此恢復馬瑟夫先生在輿論界所長期建立的地位。

面對這始料不及的大禍，馬瑟夫神情沮喪，渾身發抖，以致當他帶著一種迷惑的表情環顧全場的時候，只能結結巴巴地說出幾句話，這種膽怯的表情既可以看作是無辜者過分受驚，也可以說是自愧有罪者的表現，這種態度為他贏得了一部分同情，那些真正寬容的人，當他們仇敵的不幸超過他們仇恨的限度時，總是會發生憐憫心的。

主席決意表決，以坐下和起立的方式進行，結果決定應該進行審查。

主席問伯爵需要多少時間來準備他的辯護。

馬瑟夫發覺在這個可怕的打擊以後居然還活著，他的勇氣便恢復了。

「諸位議員，」他答道，「對於此刻那些隱姓埋名，無疑待在暗處的敵人對我進行的打擊，我不能靠時間來反擊的，我必須立刻用一個霹靂來答覆那曾暫時使我嚇了一跳的閃電。但願我用不著做這樣的辯護，而只要拋灑熱血，向我高貴的同僚們證明我不致使他們羞於與我為伍！」

這些話使人產生了一種對被告有利的印象。

「所以，我要求，儘快進行調查，我當把一切必需的資料提供給院方參考。」

「您要指定一個日期嗎？」主席問。

「從今天開始，我聽從議院安排。」伯爵回答說。

主席搖了搖鈴。

「在座各位是否同意，」他問，「這一調查從即日開始嗎？」

「同意！」全場異口同聲地回答。

議院選出了一個十二人委員會來審查馬瑟夫所提出的證據。這個委員會的第一次會議確定在當晚八點鐘，在議院的辦公室裡舉行。假如有必要繼續，便每天晚上八點鐘開會。

這樣決定之後，馬瑟夫要求退席，他得去搜集那些他早就準備著以便應付這種風波的文件，出於他狡黠的難以馴服的個性，他已預料到遲早會掀起一場風暴。

波香把我們現在所敘述的這一件事情詳詳細細地講給那個青年人聽。只不過他的敘述比我們的略勝一籌，不像已經逝去的事物那樣冷冰冰，而是更加生動翔實。

阿爾培渾身戰慄地聽著，有時抱著希望，有時憤怒，有時又羞愧——因為根據對波香的信任，他知道他的父親是有罪的；而他自問，既然他父親有罪，又怎麼能證明自己的清白。

波香遲疑著不再敘述下去。

「後來呢？」阿爾培問。

「後來嗎？」波香重問一句。

「對。」

「我的朋友，你這是要強我所難了。你想聽下去嗎？」

「我一定得知道，我的朋友，我想從你口中而不是從別人口中瞭解後來的情況。」

「好吧！」波香接著說，「準備好鼓足勇氣吧。阿爾培，你現在比任何時候都更需要有勇氣才行。」

阿爾培用手抹抹腦門，來估量自己的勇氣，像一個人在準備防衛生命安全的時候試一試他的盾和彎一彎他的劍一樣。

他感到自己堅強有力，因為他把自己的激動情緒誤認作力量了。

「繼續說吧！」他說。

「到了晚上，」波香繼續說，「全巴黎的人都在期待事情的進展。許多人說，你的父親只有出面才能撲滅那種攻擊；也有人說，伯爵不會露面的；有些人斬釘截鐵地說，他們親眼看見他動身到布魯塞爾去了；甚至有人到警察局去探問，是否當真像傳聞的那樣，伯爵已拿到護照。

「我認識一個年輕的貴族，他也是審查委員之一，我用盡全力要求他給我一個旁聽的機會。他在七點鐘的時候來找我，在大家到來之前，把我託付給一個庶務人員，他把我安排在類似邊廂的地方。我躲在一根圓柱後面，我指望可以從頭至尾看到並聽到即將出現的可怕場面。

「八點整，大家都已到齊了。

「馬瑟夫先生在時鐘敲到最後一下的時候走了進來。他的手裡拿著幾張文件，他的舉止顯得很平靜；一反常態，他的舉止樸實，他的衣著講究而嚴肅。根據古代的軍人裝束，他的上裝一直扣到頸下。

「他的出現產生了一個良好的影響。委員會的態度遠不是惡意的，其中有幾個上前來與他握手。」

阿爾培在聽這些事情的時候，覺得他的心快要爆炸了，在充滿痛苦的心中掠過一絲感激的心情。他很願意能擁抱一下那些在他父親的名譽受到這樣強有力的攻擊的時候還能給他這種敬意的人。

「這時，一個聽差拿了一封信來交給主席。

「『您可以發言了，馬瑟夫先生。』主席拆開信時說。

「於是伯爵開始為自己辯護起來，而我向你保證，阿爾培，他超出常人的雄辯和機智。拿出文件證明亞尼納總督到最後一刻還是對他付以全部信任的，因為他曾委託他去和土耳其皇帝作一次關係生死的談判。他拿出那只戒指，這是命令的標誌，他常常用這只戒指來作為他的信件的印信，阿里總督給他戒指，是為了讓他不論白天或黑夜幾點鐘，甚至可以到後宮，他回來時都能直接去見阿里。不幸，他說，那次談判失敗了，而當他回來保衛他的恩主的時候，他已經死了。『但是，』伯爵說，『阿里總督對我是這樣的信任，甚至在他臨死的時候，他還把他的寵妾和他的女兒托我照顧。』」

聽完這幾句話，阿爾培渾身發冷。海蒂的話便全部都回到了年輕人的腦際，他還記得她述及那個使者和那只戒指時所說的話，以及她被出賣和變成一個奴隸的經過。

「這一段話產生了什麼影響呢？」他急切地問。

「我承認這段話感動了我，同我一樣，委員會的成員大為感動。」波香說。

「這時，主席漫不經心地閱讀那封送來的信，但開頭那幾行就引起了他的注意。他看了又看，然後把目光盯住馬瑟夫先生。

「『伯爵閣下，』他說，『您說亞尼納總督曾以他的妻女托你照顧？』

「『是的，閣下，』馬瑟夫答道，『但是，在這件事中同其他的事一樣，不幸逼迫著我，當我回去的時候，凡瑟麗姬和她的女兒海蒂已失蹤了。』

「『您認識她們嗎？』

「『由於我同阿里有著親密的關係，而且他對我的忠誠給予最高的信任，所以，我有幸見過她們二十多次。』

「『您知道她們後來的下落嗎？』

「『是的，閣下，我曾聽說過她們窮困潦倒，我並不富有，我的生命經常在危險中。我不能去尋覓她們，這是我非常遺憾的。』

主席難以覺察地皺了皺眉頭。

「『諸位，』他說，『你們已聽到馬瑟夫伯爵閣下的解釋了。伯爵閣下，您能提供幾個證人來證實您剛才的那敘述嗎？』

「『唉！不能，閣下，』伯爵答道，『總督周圍的人物，或是他朝廷裡認識我的人，不是死了，就是失蹤不見了。我相信，在我的國人之中，只有我一個人經過了那場可怕的戰爭還依舊活著。我只有阿里・鐵貝林的信件，那時已經呈交在您面前了，我擁有他意志的信物——戒指。最後，我所能提供的最有力的證據，就是：在一次匿名的攻擊以後，並沒有一個證人可以否定我的誠實和我軍人生活的純潔。』」

「會場上響起一陣表示贊同的竊竊私語聲，這時，阿爾培，假如再沒有別的事情發生，只要經過一次表決的手續，你的父親便可以勝利了。

「只剩下投票表決了，這會兒主席說話了：

「諸位，還有您，伯爵閣下，我想，你們大概都會願意聽取一個自稱為非常重要的證人的陳述吧。這個人主動前來作證，而在聽了伯爵剛才的一番話以後，我們不用懷疑，這個證人出場會證明我們的同僚完全清白無辜。這封剛才收到的信就是關於那件事的。你們願意我念給你們聽嗎，還是應該把它擱在一邊，只當沒有那回事？」

馬瑟夫先生的臉色蒼白了，抓住文件的那兩隻手緊緊地捏成了拳頭。

委員會同意念這封信，伯爵默不作聲，不提出任何看法。

「主席讀道：

「主席閣下：我能向審查委員會提供非常確實的資料來證實馬瑟夫中將伯爵在伊皮魯斯和馬其頓的行為。

「主席頓了一頓。

「伯爵的臉更蒼白了。主席用目光探尋眾人。

「『念下去。』四面八方都是這樣說。

主席繼續讀道：

「阿里總督臨終之時我也在場；我看到他是如何死去的，我知道凡瑟麗姬和海蒂的結果。我忠實執行委員會的吩咐，甚至要求賜我作證的光榮。當這封信交到您手裡的時候，我已在外廳等候了。

「『這個證人，或說得更準確些，這個敵人究竟是誰呢？』伯爵問道，誰都聽出來他的嗓音已經大為改變。

「『我們就要知道的，閣下，』主席答道，『委員會願意聽這位證人的陳述嗎？』

「『要聽，要聽。』大家異口同聲地說。

「主席把聽差找來，問他：

「『有人在外廳等候嗎？』

「『有的，先生。』

「『是什麼樣的人？』

「『一個女人，有一個僕人陪著。』

「每一個人都望一望他的鄰座。

「『讓那個女人進來。』主席說。

「五分鐘以後，聽差又出現了。所有的眼睛都盯在門上，甚至我，」波香說，「我同大家一樣不安地等待著。

「在聽差的後面，走進來一個遮著一張大面紗的女人。完全把她的臉遮住了，但從她的身材和她身上的香氣來判斷，她顯然是一個年輕而高雅的女人。如此而已。

「主席要求她揭開面紗，到那時，大家才看到她穿著希臘人的裝束，另外她絕色美貌。」

「啊！」阿爾培說，「是她。」

「什麼，誰？」

「是的，海蒂。」

「你怎麼知道的？」

「喔！我猜出來的。還是請講下去吧，波香。你看見了，我很平靜，也很堅強。我們大概快知道結局了吧。」

「馬瑟夫先生驚恐萬狀地看著這個女人。」波香繼續說。「她的嘴唇快要宣判他的生或死了。對於其他人來說，這場經歷如此奇特，充滿了興味，以致他們現在把伯爵的安危問題看做了一件次要的事情。

「主席做了一個手勢讓年輕女人坐下，但她並沒有坐下。至於伯爵，他已經倒在他的椅子裡了，顯然他的兩腿已經支持不住了。

「『夫人，』主席說，『您給委員會寫信，說可以提供關於亞尼納事件的情況，並聲稱您是一個親眼目擊那些事件的證人。』

「『確實如此！』那陌生女子用一種甜蜜而抑鬱的口吻和那種專屬於東方人的悅耳聲音說。

「『但允許我說，您那時一定還非常年幼。』

「『我那時才四歲，由於這些事件對我來說至關重要，所以沒有一件事情會逃過我的記憶。』

「『那些事情對您是怎樣的關係呢？您是什麼人，以致這個大災難對您產生了如此深刻的印象呢？』

「『那些事情關係著我父親的生死，』她答道。『我是海蒂，是亞尼納總督阿里・鐵貝林和他的愛妻凡瑟麗姬的女兒。』

「兩片紅霞浮上年輕女子的臉頰，融合了自豪與謙遜，她的目光神采奕奕，加上她極其重要的話語，在會場上產生了無法表達的影響。

「至於伯爵，即使一聲驚雷打落到他的腳，也不能使他更惶惑了。

「『夫人，』主席非常恭敬地鞠了一躬答道，『允許我提出一個問題，這個問題不是表示懷疑，而是最後一個問題：您能證明您現在所說的那一番話的真實性嗎？』

「『我能的，閣下，』海蒂說，從她的面紗底下摸出一隻異香撲鼻的小布袋來，『因為這兒是我的出生證明書，由我的父親書寫，並由他的幾個重要官員簽署，還有我的受洗證，因為我的父親同意我可以信我母親的宗教。這張受洗證上有馬其頓和伊皮魯斯大主教的簽署。最後——而這無疑是最主要的——這裡有我和我母親的賣身契，就是那個法國軍官把我們賣給亞美尼亞奴隸商艾爾考柏的賣身契，那個法國軍官在他與土耳其政府的無恥交易中，竟把他恩主的妻子和女兒作為他的一部分戰利品，把她們賣得了四十萬法郎。』

「聽到這樣可怕的指責，伯爵的兩頰泛出青白色，他的眼睛通紅。全場的人則在陰沉的氣氛中聽著這番指責。

「海蒂依舊很鎮定，但她的寧靜卻比別人的憤怒更可怕，她把那張用阿拉伯文寫的賣身契交給主席。

「由於委員會考慮到一些文件是由阿拉伯文、羅馬文或土耳其文寫的，議會叫來了翻譯人員。有一個議員曾在偉大的埃及戰爭中研究過阿拉伯語，這種語言他非常熟悉，在他的監視之下，那譯員高聲讀道：

我，艾爾考柏，一個奴隸商人，奴隸販子兼皇帝陛下的後宮供應商，承認代皇帝陛下從自由貴族基督山伯爵手裡收到一顆價值二千袋錢幣的綠寶石，作為一個十一歲的幼年基督徒奴隸的贖金。這個奴隸名叫海蒂，是已故亞尼納總督阿里・鐵貝林勳爵及其寵妾凡瑟麗姬的女兒。她是七年以前和她的母親由一個替阿里・鐵貝林總督大臣效力，名叫弗南・蒙台哥的歐洲上校賣給我的。但她的母親在到達君士坦丁堡的時候即已去世。

上述的交易由我代表皇帝陛下付出一千袋錢幣。

本約已經皇帝陛下批准，給文地點君士坦丁堡，時間回教紀元一二四七年。

簽字艾爾考柏

「為使此約可信又可靠，應出售主備蓋皇帝御璽。

「在那奴隸商的簽字旁邊，的確有土耳其大皇帝的御璽。

「在監看和讀完賣身契以後，會議室內接著就陷入一種可怕的沉默裡。伯爵完全愣住了。他那呆呆的目光不由自主地盯著海蒂，似乎冒出了火與血。」

「『夫人，』主席說，『我們能向基督山伯爵去調查一下嗎？我相信他現在是在巴黎吧。』

「『閣下，』海蒂答道，『基督山伯爵是我的再生之父，三天前他已去了諾曼第。』

「『那麼，是誰勸您來這裡作證的呢？——當然囉，對於您這個舉動，本庭深表感謝，而且，鑒於您的身世和您的不幸，這樣做完全符合情理。』

「『閣下，』海蒂回答，『我這樣做是出於自尊和悲哀。上帝寬恕我，雖然我是一個基督徒，但我卻老是想為我那顯赫的父親復仇。當我踏上法國的土地，並且知道那奸徒住在巴黎以來，我就在小心地注意著。我隱居在我那高貴的保護人的家裡，我這樣生活是因為我喜歡幽暗和寧靜，因為我能與我的思想和我對過去的日子的回憶一同過生活。基督山伯爵給我慈父般的照顧，而構成人世生活的一切對我都很陌生，我只接受遙遠的聲音。因此，我看每一種報紙、每一種期刊，聽每一部新歌劇。而在這樣注視旁人生活的時候，我知道了今天早晨貴族院裡所發生的事情，以及今天晚上所要發生的事情，於是我就寫了那封信。』

「主席說，『基督山伯爵一點不知道您這樣做囉？』

「『他完全不知道，我甚至擔心怕他會不贊成我現在所做的事情。今天對我來說是美好的一天，』那青年女郎把那火熱的眼睛凝視著天空，繼續說，『今天，我終於找到一個機會來為我的父親復仇了！』

「在整個過程，伯爵始終沉默著。他的同僚們望著他，無疑地對他那被一個女人的芬芳氣息所打破的好景感到有些憐憫。陰森的臉龐此刻寫滿了淒苦的神情。

「『馬瑟夫閣下，』主席說，『你認識這位夫人嗎？她是不是亞尼納總督阿里・鐵貝林的女兒？』

「『不，』馬瑟夫說，『這一切都是敵人的陰謀。』

「海蒂本來用眼睛盯住門口，像是在期待著一個人似的，這時急忙轉過頭來，看到了站著的伯爵，發出了可怕的喊聲：

「『你不認識我？』她說。『哼，幸而我還認識你！你是弗南・蒙台哥，操練我父親軍隊的法國軍官！是你出賣了亞尼納堡！是你受命到君士坦丁堡去和土耳其皇帝談判你恩主的生死問題，可帶回來一個假造的赦免狀！正是你以這道聖旨得到了阿里的戒指，這枚戒指使守火者西立姆聽命於你！是你刺殺了西立姆！是你把我們，我的母親和我，出賣給奴隸商艾爾考柏！兇手！兇手！兇手！你的額頭上還沾著你主子的血呢。看，諸位，大家看！』

「這番話脫口而出，充滿證明事實存在的極大說服力，以致每一隻眼睛都盯到伯爵的額頭上。他自己竟也用手去抹了一抹，彷彿他感到阿里的鮮血還停留在那裡。

「『您確實認定馬瑟夫先生就是這個軍官弗南・蒙台哥嗎？』

「『我確實認得！』海蒂喊道。『噢，我的母親哪！』你曾經告訴我說：『你本來是自由的，你有一個鍾愛你的爹爹，你本來註定要成為一個像王后那樣的人。仔細看看那個人。是他使你成了一個奴隸，是他把你父親的頭顱挑在槍尖上，是他出賣了我們，是他把我們交給那個奴隸商！仔細看看他的右手，那隻手上有一個大傷疤，即使你忘記了他的臉，你也能從這隻手認出他來，奴隸商艾爾考柏的金洋便是一塊一塊地落到那隻手裡去的！』我認不認識他？啊！現在讓他自己來說他是否認出了我吧！

「每一個字都像一把匕首似的戳入馬瑟夫的心，割下他的一片意志力。當她說出最後那一句話的時候，他慌忙把他的手藏在胸懷裡，這隻手上的確有一個大傷疤，他跌回扶手椅裡，陷入悲慘和絕望之中。

「這個場面使與會者的腦子轉悠起來，就像看到在強勁的北風之下從枝幹上脫落的樹葉在飛舞。這一幕徹底改變了全會場人的看法，原本他們對受指控的伯爵還懷有敬意。

「『馬瑟夫伯爵閣下，』主席說，『不要讓自己沮喪。做出回應吧。在本法庭上，正義如上帝一樣至高無上，毫無偏私，本庭絕不會使您橫受敵人的踐踏而不給您一個抗辯的機會。要不要再進一步調查？要不要派兩位議員到亞尼納去？說話呀！』

「馬瑟夫一聲不吭。」

「於是全體議員滿面驚恐，面面相覷。他們知道伯爵的脾氣強橫暴躁，一定要是致命的打擊才會使他喪失為自己辯護的勇氣，才能使這個人放棄自衛。他們期盼著伯爵火山般熾烈的爆發，擊碎眼前呆滯的沉默。

「『那麼，』主席問道，『您決定怎麼樣？』

「『我無話可說。』伯爵低聲說。

「『阿里・鐵貝林的女兒所說的都是實情嗎？』主席說。『那麼，她是一個可怕的證人，面對她的指證，你不敢為自己做無罪辯解嗎？您確實犯下了所控的那些罪行嗎？』

「伯爵環顧四周，那種絕望的神情老虎看了也會心軟，卻不能使法官們繳械。於是，他舉目望向天花板，但立刻又收回那種眼光，彷彿他擔心這座屋頂會突然打開，使他痛苦地看到那被稱為天庭的另一個法庭和那名叫上帝的另一位法官似的。

「接著，他以急促的動作撕開那件似乎要使他窒息的上裝，像一個瘋子似的飛奔出房間。他的腳步聲在走廊裡迴響了一陣，然後傳來他的馬車急速離開的聲音。

「『諸位，』當房間裡恢復肅靜的時候，主席說，『馬瑟夫伯爵閣下是否被證實犯有叛國罪和採用非法手段成為議員罪呢？』

「『是的。』審查委員會的全體委員異口同聲地回答。

「海蒂一直待到會議結束，聽到委員會對伯爵的審判，她並未露出高興或憐憫的表情，將面紗重新戴好，她莊嚴地向委員們鞠了一躬，跨著像女神般尊嚴的步伐離開了會場。」

chapter 87

挑釁

「這時，」波香繼續說，「我趁眾人沉默之機走了出去，並沒有被人看見。那個放我進來的聽差在門口等我，領我穿過走廊，到達一個通沃吉拉路的暗門。我帶著悲喜交加的心情離開了。原諒我，阿爾培，悲是為了你，喜是為了那個高貴的少女竟能這樣為她的父母復仇。是的，阿爾培，不論這次揭露事件源自哪裡，我是說，它可能來自敵人，但這個敵人只不過是上帝的代言人。」

阿爾培一直用雙手抱著頭。這時他抬起那張羞得通紅、流滿淚水的臉來，緊緊抓住波香的手臂。

「朋友，」他說，「我的生命完結了：我不能像你那樣平靜地說上帝給了一個懲罰，我必須去發現究竟是誰在用這種仇恨迫害我，當我遇到他，我就要殺死他，要麼他殺死我。波香，如果蔑視還沒有把您對我的友誼扼殺，那麼我依賴你的友誼來幫助我。」

「蔑視，我的朋友！這不幸的事件怎麼能影響到您呢？不，慶幸的是兒子要為父親的行動負責的不公正的偏見已被忘卻。回顧一下你的生活吧，阿爾培，雖然你的生活才剛剛開始，美麗的夏日黎明會比你生涯的開端更加純潔嗎？不，阿爾培，接受我的忠告吧。你很年輕，你很有錢，離開法國吧。在這尋求刺激和不斷變換口味的偉大的巴比倫，一切不久就會被遺忘的。三四年後你再回來，帶著一位俄國公主做你的新娘，沒有誰會把昨天發生的事情想得比十六年前的事情更重要了。」

「謝謝，我親愛的波香，謝謝你這番話的好意，可是我不能這麼做。我已經把我的願望告訴你了。你明白的，我與這件事情關係密切，我不能採取與你一樣的看法。在你看來是來自天意的事，在我看來卻遠沒有那麼純粹。對於我來說上帝與這件事情毫無關係。也幸而是這樣，我保證，我會找到一個摸得著看得見的人，為我這一個月來的遭遇施以報復，而不會去追尋那虛幻不實的懲惡揚善的天意的使者。現在，我再次重申，波香，我希望回到人類和物質世界，並且如果你還是你所說的是我的朋友，那麼幫助我找到給我重擊的那隻手吧。」

「如你所願吧！」波香說，「如果你一定要拉我回到現實不可，我照辦就是了。如果你要尋找敵人，我就幫你找。而且我也一定要找到他，因為我的名譽幾乎也跟你的一樣，是跟我們能否找到他密切聯繫在一起的。」

「好吧！那麼，波香，你得明白，我立即展開搜索。每一刻的拖延對我都是無限停滯。揭發者還未受到懲罰，他或許希望他不會懲罰。但是，憑我的名譽擔保，如果這樣想，他就是在欺騙自己。」

「嗯！請你聽我說吧，馬瑟夫。」

「哎！波香，看來你已經瞭解了一些情況。瞧，你使我重新振作起來了！」

「我不敢，阿爾培，不過這至少是黑暗中的一絲光線。循著這一些光線，也許我們會發現更確切的內容。」

「快說吧！我急不可耐了。」

「好吧！我把我從亞尼納回來時沒想對你說的那件事告訴你吧。」

「說吧。」

「事情是這樣的，我自然去到當地的大銀行家那裡去打聽情況。我剛提起這件事，甚至還沒來得及說出你父親的名字，他就說：

「『啊！對啦，我猜到你為什麼來了。』

「『怎麼回事，又是為什麼？』

「『因為兩星期前剛有人為同一件事詢問過我。』

「『誰？』

「『巴黎的一位銀行家，與我有信件來往的同行。』

「『他叫什麼名字？』

「『鄧格拉司先生。』」

「是他！」阿爾培喊道，「正是他長期以來嫉恨我的父親。他以主張平民化自居，不能原諒馬瑟夫伯爵被任為貴族院的議員，而這次婚姻又是毫無理由破裂的──對了，一切都是源於那個理由。」

「去調查一下吧，阿爾培，不要毫無根據地發火。去調查吧。假如這是真的……」

「哦！對，如果事情屬實！」年輕人喊道，「他就得為我受到的這些折磨付出代價。」

「你得當心，馬瑟夫，他年紀已經大了。」

「我會尊敬他的年齡就像他尊敬我的家庭一樣。如果我父親冒犯了他，他為什麼不當面攻擊我父親？噢，不，他害怕面對一個男子漢。」

「我不是在指責你，阿爾培，我只是想讓你克制一下，要三思而後行。」

「哦！你不用擔心，再說，你是要陪我一起去的，波香，莊嚴的事情應當得到證人的認可。在今天結束以前，假如鄧格拉司先生是有罪的，他就不能再活，或是我死。嘿！波香，我要以隆重的葬禮為我的榮譽洗刷。」

「既然你已經下定了這樣的決心，阿爾培，就應該立即執行。你不是要去鄧格拉司先生那裡嗎？讓我們即刻就走吧。」

他們差人去叫來了一輛出租輕便馬車。來到銀行家府邸跟前時，只見安德里・卡凡爾康得先生的四輪敞篷馬車和僕人已經在門口了。

「啊！對了，很好！」阿爾培說話聲音低沉而憂鬱，「要是鄧格拉司先生不肯跟我交手，我就殺了他的女婿。卡凡爾康得家的人，總肯決鬥吧。」

僕人去通報年輕人來訪，鄧格拉司想起昨晚的事情，便吩咐不見客。但是已經來不及了，阿爾培跟著僕人進來，聽到銀行家的吩咐，便破門而入，徑直闖到銀行家的書房裡，後面跟著波香。

「嗨，先生！」銀行家喊道，「難道我在自己家裡，我連選擇見誰不見誰的自由都沒有了嗎？我看你是太忘乎所以了。」

「是的，先生，」阿爾培冷冷地說，「在有些情況下，一個人是不能拒絕接見某些人的，除非是由於自身的儒弱，我接受您以此為藉口。」

「那麼，先生，你找我，到底有什麼事情？」

「我想要，」馬瑟夫說著走了過去，假裝沒看見背靠壁爐架站著的卡凡爾康得，「我要求單獨與您面談一次，在一個僻靜的地方，沒有任何人來打擾，十分鐘就足夠了，在那裡談過之後，兩個人中只有一個活著。」

鄧格拉司臉色變得煞白，卡凡爾康得往前挪了一步。阿爾培轉身面對他。

「還有你！」他說，「你願意就一起來吧，子爵先生，你有權前來，你差不多也是這個家庭的一員了。這種約會，只要有人願意接受，我是來者不拒的。」

卡凡爾康得一臉愕然地望著鄧格拉司，銀行家極力振作，起身走到那兩個青年人的中間。阿爾培對安德里的攻擊使他有了一種不同的立場，而銀行家確實希望阿爾培來訪的原因不同於他開始所假定的那個原因。

「嘿！先生，」他對阿爾培說，「假如您因為我最終覺得他比你強而選擇了他，就到這兒來找這位先生吵架的，那我先告訴你，我要讓檢察官來解決這件事。」

「您弄錯了，先生，」馬瑟夫帶著陰鬱的笑容說，「我絕對不是來談婚約的，我找卡凡爾康得先生說話，不過是因為我覺得他曾經有過一剎那的衝動，想插手我們的爭論。噢，不過，您說得也有道理，」他說，「今天我向所有的人挑釁。可您請放心，鄧格拉司先生，您有優先權。」

「先生，」鄧格拉司回答說，他又氣又怕，臉色慘白，「我警告你，當我不幸遇到一隻瘋狗的時候，我會殺了牠，我不僅不會認為自己在犯罪，反而認為是為社會除害。假如你發了瘋，要來咬我，我就要毫不憐憫地殺死你。即使你的父親身敗名裂，難道這是我的錯嗎？」

「對，你這壞蛋！」馬瑟夫喊道，「是你的過錯！」

鄧格拉司往後退了一步。

「我的過錯！」他說，「那你真是瘋了！我，難道我知道希臘的歷史嗎？難道我到那些國家去待過嗎？難道我建議您的父親出賣亞尼納城堡，出賣……」

「住嘴！」阿爾培聲音暗啞地說，「不，不是您直接引起轟動，但是這一切都是您暗中唆使的。」

「我？」

「對，您！消息是從哪裡洩露出來的？」

「我想，你看過報紙也該知道了：從亞尼納唄！」

「是誰寫信到亞尼納去的？」

「寫信到亞尼納？」

「對，是誰寫信打聽我父親的情況的？」

「可我想，每個人都可以寫信到亞尼納去吧。」

「但是只有一個人寫了信。」

「一個人嗎？」

「對！這個人就是您。」

「我確實寫過信。可我想，當一個人要把女兒嫁給一個年輕人時，他是可以打聽一下這個年輕人的家庭情況的。這不僅是一種權利，而且也是一種責任。」

「您寫這封信的時候，先生，」阿爾培說，「並且完全清楚您會得到什麼回音。」

「我？噢！我向你保證，」鄧格拉司用一種很有把握很可靠的口吻喊道，或許不是來自恐懼，而多半是因為他對那個不幸的青年真正感到很關切，「我向您起誓，我從來沒有想過要寫信到亞尼納去。我知道阿里總督的遭難嗎——我知道嗎？」

「這麼說，是有人慫恿您寫的啦？」

「當然啦。」

「有人慫恿過您？」

「對。」

「那人是誰？……說……說呀……」

「唔！這是最簡單的事了。我跟人談到你父親的過去。我說，他起家的由來還不大清楚。那個人問我，您父親是在哪裡發家的？我回答說：『希臘。』他就說：『那麼，寫信到亞尼納去問問吧。』」

「是誰給你這個建議的？」

「嗨！你的朋友基督山伯爵唄。」

「基督山伯爵叫您寫信到亞尼納去嗎？」

「對，所以我就寫了。您想看看我的來往書信嗎？我可以去拿給您看。」

阿爾培和波香彼此對望了一眼。

「先生，」這時，一直還沒有開過口的波香說道，「我覺得您在誣陷伯爵，眼下他不在巴黎，沒法為自己辯解，對嗎？」

「我沒有誣陷任何人，先生，」鄧格拉司說，「我講的是實情，我會當著伯爵的面重複我剛才在你們面前說過的話。」

「那麼伯爵知道您收到的回信的內容嗎？」

「我給他看過信。」

「他知道我父親教名叫弗南，姓蒙台哥嗎？」

「是的，我早就告訴過他了。我做的事換了任何人都會做同樣的事，或許我還比別人做得少了一些。後來，在這封覆信到達後的第二天，你父親在基督山的勸導之下來為你向我的女兒求婚，這件事應該有個了結，我一口回絕，不錯，未作任何解釋，沒有聲張。總之，我為什麼還要再挑起那件事呢？馬瑟夫先生的光榮或恥辱對我有什麼影響呢？這既不會提高也不會降低我的聲譽。」

阿爾培覺得自己的額頭熱了起來，沒有什麼懷疑了。鄧格拉司卑鄙地為自己辯護，他的自信表明即使他沒有說出全部實情，至少有一部分是真的。當然，這絕不是出於自覺，而是出於恐懼。但馬瑟夫所尋求的是什麼呢？他不是要證實究竟是鄧格拉司的罪大還是基督山的罪大；他所尋求的，是一個肯承認侮辱的人，一個肯決鬥的人，顯而易見，鄧格拉司不會決鬥。

此外，以前所忘記或忽略的一切現在都在他的記憶中呈現出來了。基督山已經知道了一切，因為是他買下了阿里總督的女兒，知道了一切，他才勸鄧格拉司寫信到亞尼納去。他早就知道結果，又同意阿爾培表示的願望，去見海蒂，來到她面前，允許談話轉移到阿里去世時的情形，並不反對海蒂的敘述（但當他用希臘語對那個青年女郎說話的時候，無疑地曾警告了她，叫她不要指明馬瑟夫的父親）。而且，他還要求馬瑟夫不要在海蒂的面前提及他父親的名字，最後，當他知道即將要發生轟動的事情的時候，便把阿爾培帶到諾曼第去。這一切無疑是事先計算安排好的，基督山跟他父親的仇敵串通一氣。

阿爾培把波香拉到一邊，把自己的想法都告訴了他。

「您說得有道理，」波香說，「鄧格拉司先生在這件事上，只是做得魯莽、俗氣而已，您應該叫基督山先生作出解釋。」

阿爾培轉過身來。

「先生，」他對鄧格拉司說，「您得明白，儘管我現在告辭了，可事情並沒算完。我還要瞭解你受到的指控是否合理。我這就到基督山伯爵先生的府上去把事情弄個明白。」

說著，他朝銀行家躬了躬身，帶著波香就往外走，對卡凡爾康得不理不睬。

鄧格拉司一直陪他們到大門口，到了大門口，又對阿爾培再三申明他對馬瑟夫伯爵先生並無個人恩怨，所以是不會想去得罪他的。

chapter 88

侮辱

來到銀行家門口，波香讓馬瑟夫停一下。

「你聽我說，」他說，「剛才在鄧格拉司先生家裡我對你說過，你該叫基督山先生解釋，是嗎？」

「對呀，咱們這就去找他。」

「等一等，馬瑟夫。在上伯爵家去以前，你得先考慮一下。」

「還考慮什麼？」

「考慮一下這麼做的嚴重性。」

「會比上鄧格拉司先生家更嚴重？」

「是的。鄧格拉司先生是個愛錢的人，愛錢的人非常擅於計算成本，所以不會輕易決鬥。另外一位卻相反，從各方面看來都是一位紳士。你難道不明白？怕在紳士的外表下藏著一位決鬥能手嗎？」

「我只怕一件事，那就是找到的是個不肯跟我決鬥的人。」

「哦！你放心，」波香說，「那位紳士一定會決鬥，我甚至擔心他太擅長決鬥。你得當心哪！」

「朋友，」馬瑟夫莞爾一笑說，「這我可是求之不得啊。我最幸福的遭遇，就是為父親而斷送性命，這樣我們就都得救了。」

「你的母親會悲傷而死的！」

「可憐的母親！」阿爾培用手捂住眼睛說，「我知道她會的。可是我寧願她這樣傷心死去，也不要她羞愧而死。」

「你決心已定了，阿爾培？」

「是的。」

「那就去吧！但你認為我們能找到他嗎？」

「他說比我晚幾個鐘頭回來的，他一定回來了。」

兩人登上馬車，往香榭麗舍大街三十號而去。

到了目的地，波香想一個人下去，可是阿爾培對他說，這次的情形與一般不同，允許他背離決鬥的禮儀。

年輕人這樣做，完全是出於那個神聖的原因，因此波香除了順從他的一切想法，沒有別的事可做，他同意和馬瑟夫一同進去。

阿爾培從門房一躍跳上階沿。培浦斯汀出來接見他。

「伯爵這時剛回來，但他正在洗澡，不會見任何人。」

「那麼，洗好澡以後呢？」馬瑟夫問。

「大人要用餐。」

「用好餐以後呢？」

「大人還要午睡一個小時。」

「然後呢？」

「然後他要到歌劇院去。」

「你能肯定嗎？」阿爾培問。

「完全能肯定。大人吩咐過在八點整備馬。」

「好極了，」阿爾培說，「這正是我想知道的。」

然後，他轉身對著波香說：「要是你有什麼事要做，波香，請馬上去做吧！如果今晚你有約，就改到明天。你看，我希望你能陪我上歌劇院去。要是你辦得到，請把夏多•勒諾也帶來。」

波香趁這當口跟阿爾培分了手，臨走前說定在差一刻八點去接阿爾培。

阿爾培回到家裡以後，派人去通知弗蘭士、狄佈雷和摩賴爾，說他希望今晚在歌劇院見到他們。

然後他去看望母親。自從昨天的事情以來，就拒絕見任何人，獨自守在她的寢室裡。他發覺她躺在床上，徹底被這次公開羞辱引起的痛苦擊倒了。

阿爾培的出現在美茜蒂絲身上產生了意料之中的效力。她握住兒子的手，號啕大哭。眼淚給了她一絲安慰。

阿爾培默默無言地站在他母親的床邊。從他那蒼白的臉色和緊皺的眉頭上，顯然可以看出他復仇的決心已漸漸軟化了。

「母親，」阿爾培問，「您知道馬瑟夫先生有什麼仇敵嗎？」

美茜蒂絲一陣顫抖。她注意到自己的兒子沒有說「我的父親」。

「我的兒子，」她說，「處在伯爵這樣地位的人，總會暗中有許多仇敵的。況且，你知道，已知的敵人絕不是最危險的敵人。」

「是的，這我知道，所以我才要求助於您敏銳的眼光。母親，您是一個不同尋常的女人，什麼事都瞞不過您的眼睛！」

「你為什麼要對我說這些呢？」

「因為您，比如說，注意到家裡舉辦舞會的那天晚上，基督山先生堅決不在我們家吃任何東西。」

美茜蒂絲渾身打戰地用顫抖的胳膊支起身子來。

「基督山先生！」她喊道，「這跟你問我的問題有什麼關係呢？」

「您也知道，母親，基督山先生差不多算是個東方人，而東方人為了保持復仇的全部自由，是從不在敵人家裡吃喝的。」

「基督山先生！你說他是我們的仇敵，阿爾培？」美茜蒂絲說這話時，臉色已經變得比蓋在身上的被單還要白了，「誰對你說的？為什麼？難道你瘋了吧，阿爾培。基督山先生對我們一直是那麼彬彬有禮，還曾經救過你的命啊。哦！我求你啦，孩子，假如你有這種想法，快把它丟掉吧，如果我要叮囑你什麼，我會說得更進一步，如果我要請求你做什麼事，那就是千萬要好好待他。」

「母親，」年輕人帶著憂鬱的目光接口說，「您要我寬容這個人，是不是有特殊理由？」

「我！」美茜蒂絲喊道，臉頓時漲得通紅，幾乎隨即又變得比以前更加蒼白。

「是的，有理由，而這個理由，」阿爾培說，「就是這個人會不會傷害我們呢？」

美茜蒂絲渾身打顫，用探究的目光盯住兒子的臉。

「你對我這樣講話真是奇怪，」她對阿爾培說，「而且我覺得你抱有某些很古怪的成見。伯爵對你做了什麼事啦？三天以前你還跟他一起在諾曼第，三天前我把他看做最好的朋友，你也一樣。」

一絲自嘲的微笑掠過阿爾培的唇間。美茜蒂絲看見了這絲微笑，出於女人和母親的雙重身分本能地猜出了這一切。但她是審慎而且堅強的，沒有讓自己心頭的紛亂和懼怕流露出來。

阿爾培沒有回答，過了一會兒，伯爵夫人又重起話題。

「你來問我覺得怎麼樣，」她說，「我要坦率地回答你，我的兒子，我覺得很不好。你應該留下來，阿爾培，我需要你人在我旁邊。」

「母親，」年輕人說，「你知道我多麼希望服從你的願望，但一個緊急的重要大事迫使我不得不離開你一晚上。」

「唉！好吧，」美茜蒂絲歎著氣回答說，「去吧，阿爾培，我決不會以孝順的名義約束你。」

阿爾培裝著沒有聽見這句話似的，向母親鞠躬退下。

年輕人剛在身後把房門關上，美茜蒂絲便叫來一個心腹僕人，吩咐他跟在阿爾培後面，處處緊隨阿爾培，然後馬上回來稟告她。隨後，她按鈴讓侍女進來，儘管身體十分虛弱，她還是叫女僕幫她穿上衣服，準備隨時應付可能發生的事情。

那個僕人接下的差使並不難完成。阿爾培回到自己的臥室，穿戴得既莊重又高雅。八點差十分時，波香來了，他見到夏多．勒諾了，後者答應在啟幕前到達劇院正廳前座。

他倆乘上阿爾培的四輪馬車，阿爾培不必隱瞞他到哪裡去，所以高聲吩咐：「去歌劇院！」

他就這麼急匆匆地在啟幕前到了劇場。夏多．勒諾已經在座位上了。波香把事情的原委都告訴過他了，阿爾培無須再對他作任何解釋。兒子決意替父親復仇的行為並不少見，所以夏多．勒諾並不想勸阻阿爾培，僅僅向阿爾培重申聽憑他調遣的保證。

狄佈雷還沒有到，但阿爾培知道他是極難得會錯過一場歌劇院的演出的，阿爾培在劇院裡徘徊，直至開幕，一心想在走廊或者樓梯上遇見基督山。鈴聲催促他回到座位，他回到正廳前座，坐在了夏多・勒諾和波香的中間。

但他的眼睛一直沒離開過兩根廊柱間的那個包廂，在整個第一幕，這個包廂好像始終關閉著。終於，當第二幕剛開演，阿爾培第一百次去看他那塊錶時，那個包廂的門打開了，基督山身穿黑衣服走進包廂，並且靠在欄杆上，觀看劇場。跟在基督山後面進來的是摩賴爾，他用目光在找尋他的妹妹和妹夫，看到他們坐在一個二等包廂裡，向他們點頭示意。

伯爵在環顧正廳的時候遭遇到一個蒼白的面孔和一對氣勢洶洶的眼睛，這雙眼睛似乎竭力吸引他的目光。他認出那是阿爾培，但看到他這樣憤怒和失常，便認為還是不去注意他為妙。從他的舉止誰也猜不透他的思想，他坐了下來，拿出望遠鏡，向別處觀看。

他表面上雖然並沒有去注意阿爾培，但實際上阿爾培卻從未逃出他的視線。當第二幕的帷幕降落下來的時候，他的萬無一失、穩妥可靠的目光盯住年輕人。他看見他和他的兩個朋友離開廳座。

伯爵知道那逐漸接近的風暴將要落到他身上來了。當他聽見自己包廂鎖著的門正在被打開時，儘管此時此刻他仍舊談笑風生與摩賴爾閒聊，但他對那可能發生的事情已充分準備好了。

門開了。

只是在這時，基督山轉過頭去，看到阿爾培臉色蒼白，渾身顫抖地走進來，後面跟著波香和夏多・勒諾。

「嗨！」他喊了一聲，這種親切殷勤的態度，這一態度通常把他的打招呼跟上流社會平庸的客套區分開來，「我的騎士到達目的地了！晚上好，馬瑟夫先生。」

這個人控制情緒的能力特別強，他臉上顯現的真摯完美無缺。

摩賴爾在這當口才記起了子爵給他的那封信，馬瑟夫在信上沒作任何解釋，只是請他晚上來歌劇院。於是他明白要發生一樁可怕的事。

「我到這兒來，不是來交換虛偽的客氣或假情假意來的，」年輕人說，「我是來要求您作出解釋的，伯爵先生。」

年輕人顫抖的聲音好不容易才從咬緊的牙關中間穿過。

「在歌劇院裡作解釋？」伯爵說，他那鎮定的聲音和具有穿透力的目光證明他始終保持著自制力，「儘管我對巴黎人的習俗不是很熟悉，但我相信，先生們通常不是在這裡相互作解釋的。」

「不過，假如有些人躲躲閃閃的，」阿爾培說，「假如別人要求見面，而對方藉口在洗澡、吃飯或睡覺的時候，那就只能在見得到他們的地方找他們說話了。」

「我並不難見到啊，」基督山說，「因為昨天，先生，要是我沒記錯的話，你正在我家裡待著。」

「昨天，先生，」年輕人神情尷尬地說，「我待在您家是因為我還不知道您的真實面目。」

說這幾句話的時候，阿爾培已提高他的聲音，即便是鄰近的包廂和休息室的人也可以聽得到。爭吵聲引得他們紛紛轉過身來，過道裡的人也在波香和夏多•勒諾身後停住了腳步。

「你這是怎麼啦！」基督山說，表面上毫不激動，「你看上去神志有些不大清楚。」

「只要我能明白您的陰險惡毒，且能使您懂得我要報復，我就夠理智了。」阿爾培狂怒地說。

「先生，我一點也不明白您的話，」基督山說，「而且，即使我懂得你在說些什麼，您不覺得您說話的聲音也太高？這裡是我的包廂，先生，只有我有權在這裡提高聲音。請你出去，先生！」

說著，基督山用一個威嚴的命令手勢對阿爾培指了指門。

「嘿！我會讓您從您的包廂裡出去的！」阿爾培說，兩隻痙攣的手把手套使勁地又捏又揉，這一切伯爵都看在了眼裡。

「好了，好了，」伯爵冷靜地說，「你在向我挑釁，我看出來了，但有個忠告，子爵，請好好記住：挑釁是一個壞習慣。吵鬧不是對任何人都合適的，馬瑟夫先生。」

聽到這個稱呼，看到這幕情景的旁觀者之中發出了一陣表示驚異的低語聲。從昨天以來，馬瑟夫這個名字成為每個人議論的話題。

阿爾培立刻懂得了這個暗示，他做了一個動作，想把他的手套扔到伯爵的臉上，摩賴爾及時地捉住他的手，波香和夏多‧勒諾也恐怕這個場面超過了一次挑戰的限度，從後面拖住了他。

但基督山並沒有起身，只是從椅背上斜過身來，僅僅伸出雙手去，從年輕人捏緊的手中抓住潮濕的團皺手套。

「先生，」他以一種令人敬畏的口吻說，「我接受了你想摔過來的手套，我還會用它裹好一顆子彈送還給你的。現在請離開我的包廂，否則我要叫僕人過來，把您趕出去。」

阿爾培退了出去，他的神色迷亂，眼睛冒火，幾乎喪失了知覺。

摩賴爾趁機關上了門。

基督山又拿起他的望遠鏡，看起戲來，彷彿並沒有發生什麼異乎尋常的事。

他有一顆銅做的心和大理石做的臉。摩賴爾俯在他的耳邊對他說：

「您對他做了什麼事啊？」

「我？什麼也沒做，至少對他本人什麼也沒做。」基督山說。

「可是這個古怪的場面總該有個原因吧？」

「馬瑟夫伯爵的那檔子事，叫這個可憐的年輕人感到惱火了。」

「牽涉進去了？」

「他父親的叛逆事實是海蒂告訴貴族院的。」

「其實，」摩賴爾說，「我聽別人說過，可我總不肯相信我瞧見跟您一起到這個包廂裡來過的希臘女奴，就是阿里總督的女兒。」

「這倒是真的。」

「哦！天哪！」摩賴爾說，「我明白這一切了，這個場面是預謀好的。」

「怎麼回事啊？」

「是的，阿爾培寫信給我，要我今晚到歌劇院來。這是為了讓我親眼見證他對您的侮辱。」

「可能是吧。」基督山語氣極為平靜地說。

「那您會對他怎麼樣呢？」

「對阿爾培？」基督山以同樣的語氣說，「我會對他怎麼樣，瑪西米蘭？我要在明天上午十點以前殺死他，就像您在這裡，我握住您的手一樣千真萬確。我對他就是要這麼樣。」

摩賴爾把基督山的手捧在自己的兩手之間，他感到這隻手冰冷、平靜，不由得打了個寒戰。

「啊！伯爵，」他說，「他父親是那麼愛他！」

「別跟我說這些！」基督山第一次做出惱怒的動作，看來他生氣了，「我要讓他嘗嘗苦頭！」

摩賴爾愣愣地把基督山的手鬆開了。

「伯爵！伯爵！」他說。

「親愛的瑪西米蘭，」伯爵打斷他說，「你聽杜普里茲[12]的這一句唱得多美啊：

12. 十九世紀法國著名歌劇演員。

「『噢，瑪蒂爾德！我靈魂的偶像！』

「在那不勒斯的時候，也是我第一個發現杜普里茲，並第一個對他喝彩的。好極了！好極了！」

摩賴爾明白，沒有什麼可說的了，只得作罷。

阿爾培退出時拉起的那道舞台帷幕，不一會兒便又降落了下來。這時有人在急促地敲包廂的門。

「請進。」基督山說，他的嗓音沒有流露出一點激動。

波香出現在門口。

「晚上好，波香先生，」基督山說，彷彿他今天晚上還是第一次見到這位報社編輯似的，「請坐。」

波香鞠了一躬，走進包廂坐下。

「先生，」他對基督山說，「也許您已經注意到了，我剛才是陪馬瑟夫先生一起來的。」

「這就是說，」基督山笑著說，「你們可能剛剛一起吃過飯。我很高興地看到，波香先生，您要比他審慎得多。」

「先生，」波香說，「我承認，阿爾培不應該露出這樣大的火氣，我本人特來道歉。既然我作過道歉，您明白，伯爵閣下，我只是代表我本人道歉的，我還要說：我相信您是個風雅之士，不會拒絕向我解釋一下你和亞尼納的關係。然後，關於那位年輕的希臘女子，我還有些想法。」

基督山用嘴唇和眼睛做了讓對方不要說下去的動作。

「得啦！」他笑著說，「我的全部希望都落空了。」

「怎麼回事？」波香問。

「你當然希望我是一個非常怪僻的人物。在你看來，我是一個勒拉，一個曼弗雷特，一個羅思文勳爵。然後，看到我普通平凡，您就糟蹋您的典型，又要把我塑成一個庸俗的人了。您希望我平庸、平凡，最後，你竟要求我來解釋這一切！真的，波香先生，這太可笑啦。」

「不過，」波香態度倨傲地接口說，「有的時候，正直掌控著……」

「波香先生，」那個怪人打斷他的話說，「能命令基督山伯爵的，就只有基督山伯爵。因此，請不要再提這件事了。我想怎麼做就會怎麼做，而你也可以相信我，波香先生，我總會做得很完美。」

「先生，」年輕人回答說，「對正直的人是不能這麼隨便打發的，名譽需要各種擔保來維護。」

「先生，我就是一個活生生的保證，」基督山表面平靜地說，但眼睛裡放射出咄咄逼人的光芒，「我們兩人的血管裡都有鮮血，我們很想流一點血，這就是我們彼此的擔保。請你把這個回答轉告子爵，並對他說，明天十點鐘以前我就會看到他的血是什麼顏色的了。」

「那麼，」波香說，「我要做的是確定決鬥的細節安排了。」

「這對我完全是無可無不可的，先生，」基督山伯爵說，「因此，用不著為了這點小事來打擾我聽戲。在法國，人們用劍或手槍決鬥。在殖民地，用馬槍決鬥。在阿拉伯，用匕首決鬥。告訴你的委託人，儘管他侮辱了我，我為了將怪癖保持到底，由他來選擇武器，而且不用協商，毫無異議地加以接受，你聽清楚了嗎？什麼都行，甚至用抽籤的辦法也可以，雖然它是愚蠢和可笑的，而我呢，這卻是另一回事，我勝券在握。」

「您真是穩操勝券！」波香用驚愕的目光望著伯爵重複說。

「噯！當然，」基督山微微聳聳肩膀說，「否則，我不會跟馬瑟夫先生決鬥。我要殺了他，一定做到，也必定如此。不過，今晚不要跟我說這些了，告訴我用什麼武器和定什麼時間。我不喜歡拖拉。」

「用手槍，明天上午八點在萬森森林。」波香神情狼狽地說，不知道面對的是一個愛大吹大擂的人，還是個神乎其神的超人。

「好了，先生，」基督山說，「現在事情都解決了，請讓我聽歌劇吧。另外請你轉告你的朋友阿爾培，讓他今晚上別再來了。他做出這種低級趣味的粗暴舉動，只會有損自己。讓他回去睡覺吧。」

波香不勝驚愕地退了出去。

「現在，」基督山轉過臉來對摩賴爾說，「我可以指望你當我的見證人，是嗎？」

「當然，」摩賴爾說，「我聽從您的安排，伯爵。可是……」

「可是什麼？」

「有一點很重要，伯爵，就是我應該知道真正的原因……」

「這麼說，您是拒絕我啦？」

「不是的。」

「真正的原因，摩賴爾？」伯爵說，「那個青年本人也是盲目地在幹，並不知道真正的原因。真正的原因只有上帝和我知道。但我可以向您保證，摩賴爾，瞭解真正原因的上帝會站在我們這一邊。」

「這就夠了，伯爵。」摩賴爾說，「您的另一個證人是誰？」

「在巴黎除了你，摩賴爾，和你的妹夫艾曼紐，我在巴黎不認識任何人能得到這份榮幸。你以為艾曼紐會答應幫我這個忙嗎？」

「我能替他擔保，就像替自己擔保一樣，伯爵。」

「好！那我就不缺什麼了。明天早上七點先到我家來，好嗎？」

「我們一定會來的。」

「噓！開幕了，咱們聽吧。我不能漏掉這歌劇的一個音符。《威廉・退爾》的音樂真是太美了！」

chapter 89 夜

基督山先生按照他的習慣，直到杜普里茲唱完那曲有名的《隨我來》才起身離去。摩賴爾在劇院門口跟他分手，再次確定第二天早上七點整和艾曼紐到他府上的約定。然後，伯爵登上自己的四輪馬車，神色始終那麼安詳，臉上也始終笑容可掬。五分鐘後他回到了自己的府邸。他進門時對阿里說：

「阿里，把那對象牙柄的手槍拿來！」

只要對伯爵有一點瞭解，就不會誤解他說話時的表情。

阿里把槍盒拿來交給他的主人，後者檢查他的武器時的表情正如一個人快要把他的生命託付給一小片鐵和鉛的時候那種關切顯現出來。這些特殊手槍，是基督山專門定制為了在他房間裡練習打靶用的。輕輕一撥，彈丸便會飛出槍膛，而隔壁房間裡誰都不會懷疑伯爵正在如打靶家所說的那樣「手忙」。

他正拿起一支槍，試圖鎖定靶紙鐵板上的目標時，書房的門打開，培浦斯汀走了進來。

但是，伯爵還沒來得及開口，便從打開的門口看到一個戴著面紗的女人，她是隨著培浦斯汀走進這宅子的，此刻在隔壁房間幽暗的光線下可以看清她的身影。

她看見了伯爵手裡握著槍，還看見了桌子上放著兩把劍，便猛地衝了進來。

培浦斯汀用詢問的目光看著主人。伯爵做了個手勢，培浦斯汀退了出去，隨手把房門關上。

「您是誰，夫人？」伯爵對戴面紗的女人說。

陌生女人環顧四周，確定沒有別人在場，便彎下身子，彷彿是要跪下似的，並且合起雙手，用絕望的口吻說道：

「愛德蒙，請別殺我的兒子！」

伯爵往後退了一步，輕輕地喊了一聲，手裡的槍掉在了地上。

「您剛才在叫誰的名字，馬瑟夫夫人？」他說。

「是您的名字！」她大聲說，撩開自己的面紗，「也許只有我一個人還記得你的名字。愛德蒙，來看你的不是馬瑟夫夫人，而是美茜蒂絲。」

「美茜蒂絲死了，夫人，」基督山說，「我已經不認識叫這個名字的人了。」

「美茜蒂絲還活著，先生，而她還記得你，因為當她見到您，甚至還沒有看見您本人，只聽到您的聲音，她便認出了你，愛德蒙，而從那個時候起，她就跟蹤著你的腳步，注意著你，她呀，不需要查找，就知道是誰的手給予馬瑟夫先生沉重的一擊。」

「您是想說弗南吧，夫人，」基督山帶著一種苦澀的譏諷說，「既然我們正在回憶彼此的名字，那就把它們全都回憶起來吧。」

基督山說出弗南這個名字時表現出刻骨的仇恨，以致美茜蒂絲覺得有一股恐怖的寒戰流過她全身的骨骼。

「你也看見了，愛德蒙，我並沒有搞錯！」美茜蒂絲喊道，「我有理由對你說：放過我的兒子吧！」

「您從哪裡聽來，夫人，我恨您兒子？」

「誰都沒有告訴我，但一個母親的視覺比常人敏銳。我明白了一切，今晚我跟著他到了歌劇院，我躲在一個樓下的包廂裡，全都看見了。」

「如果您全都看見了，夫人，那麼您就看見是弗南的兒子當眾侮辱了我。」基督山的語氣平靜得怕人。

「哦！行行好吧！」

「您也看到了吧，」伯爵繼續說，「要不是我的朋友摩賴爾先生抓住他的手，他就會把手套摔到我的臉上來了。」

「請聽我說。我兒子也猜到了是您，他認定是您讓他父親遭到了這場災禍的打擊。」

「夫人，」基督山說，「您錯了：這絕對不是不幸，而是懲罰。打擊馬瑟夫先生的並不是我，而是決意懲罰他的上帝。」

「可您為什麼要去代替上帝呢？」美茜蒂絲喊道，「當他已經忘記過去的時候，為什麼您偏偏還要記得呢？亞尼納和它的總督，跟你愛德蒙有什麼相干？弗南・蒙台哥出賣了阿里・鐵貝林，對您又有什麼傷害呢？」

「所以，夫人，」基督山回答說，「這一切都是那法國軍官和凡瑟麗姬的女兒之間的事情。這和我並無關係，您是正確的，我發誓要復仇，我的復仇對象不是那個法國軍官，也不是馬瑟夫伯爵，而是迦太蘭人美茜蒂絲的丈夫漁人弗南。」

「啊！先生！」伯爵夫人喊道，「命運讓我犯下的這樁過錯，它帶來了多麼可怕的報復啊！有罪的是我，愛德蒙，如果說你得向哪個人復仇的話，那就報復我吧，因為我缺少毅力來面對您的離去和我的孤獨。」

「可是，」基督山喊道，「我為什麼會離開你？你又為什麼會孤獨呢？」

「因為警官把你抓走了，愛德蒙，因為你被關起來了。」

「我又為什麼會被捕？為什麼會坐牢啊？」

「我不知道。」美茜蒂絲說。

「對，您不知道，夫人，至少我也希望是這樣。好吧！我來告訴您。我被抓走了，我被關起來了，是因為在我要和您結婚的前一天，在里瑟夫酒家的涼棚底下，一個名叫鄧格拉司的人寫了這封信，而那個漁人弗南親自把它投入了郵筒。」

基督山走向一張書桌，拉開抽屜取出一張紙，這張紙已經褪去了本來的顏色，墨水跡也變成了鐵銹色，他把這張紙放在美茜蒂絲的眼皮底下。

這就是鄧格拉司寫給檢察官的信，這封信是基督山伯爵化裝成湯蒙佛朗斯公司的代理人，支付給伯維爾先生二十萬法郎的那一天，從愛德蒙・鄧蒂斯的案卷裡抽出來的那封信。

美茜蒂絲驚恐萬分地一行行往下看：

檢察官先生台鑒：鄙人乃王室與教會的朋友。茲稟告有一名叫愛德蒙・鄧蒂斯者，係「法老號」帆船之大副，今晨從士麥那港而來，中途停靠那不勒斯和費拉約港。此人受穆拉特之托，有信託其轉交謀王篡位者，後者覆命他把信轉交巴黎的拿破崙黨人委員會。

逮捕此人時便可得到他的犯罪證據，因為此信不是在他身上，就是在他父親家中，或是藏於「法老號」的船艙裡。

「哦！我的上帝！」美茜蒂絲把一隻手放在汗涔涔的額頭上說，「這封信……」

「是我用二十萬法郎買下來的，夫人，」基督山說，「這還算是便宜的。因為有了它，我今天就可以在您面前證明我是無辜的。」

「這封信的結果是——」

「這您也知道，夫人，就是我被抓起來，但您不知道那次被捕繼續了多久。您不知道，我在離您一里以內的地方待了十四年，在伊夫堡的一間黑牢裡。您不知道，在那十四年中，我每天都要重述一遍我在第一天所作的復仇誓言，但我不知道您已嫁給了誣告我的人，也不知道我的父親已經餓死了。」

「公正的上帝啊！」美茜蒂絲身子晃晃悠悠地喊道。

「在入獄十四年以後，從牢裡出來時才知道的事，於是，我以活著的美茜蒂絲和死去的我父親的名義，發誓要在弗南身上為我自己復仇，於是我復仇了。」

「可你能肯定這件事一定是弗南幹的嗎？」

「以我的靈魂起誓，夫人，就像我告訴您的那樣，就是他做了這一切。而且，可厭的事情並非僅僅如此，身為法國公民，他竟會投到英國人那一邊。祖籍是西班牙，他竟會參加攻打西班牙人的戰爭。為阿里雇用，他竟會出賣謀害了阿里。面對這些事情，您剛看到的信簡直不值一提。一個情人的計謀，這種計謀，嫁給這個男人的女人應該原諒情人的欺騙，但本來要娶她的那個情人卻不會。好吧！法國人沒有向那個叛徒報復，西班牙人沒有槍斃那個叛徒，在墳墓裡的阿里沒有懲罰那個叛徒。而我呢，我也已經被出賣、殺害、投入墳墓，由於上帝施恩，我才從這個墳墓中走出來。上帝為了那個目的派我來，而我現在來了，我來為上帝復仇。」

可憐的女人又低下頭去，把頭埋在了手掌中間。她的腿彎了下去，跪在了地上。

「請你寬恕吧，愛德蒙，」她說，「請為我而寬恕吧，我依然是愛著你的！」妻子的尊嚴戰勝了情人和母親的衝動。她彎下腰，額頭幾乎要觸到地毯。

伯爵衝到她面前，把她扶了起來。

於是，她坐在一張椅子上，望著基督山那剛毅的臉。在那張臉上，憂傷和仇恨依舊還鐫刻著一種威脅的表情。

「不撲滅那當受天罰的一族！」他低聲地說，「叫我不服從上帝，但是上帝激發我去懲罰！不可能，夫人，不可能的！」

「愛德蒙，」不願放棄最後一線希望的可憐母親說，「天哪！當我喚您愛德蒙的時候，您為什麼不喚我美茜蒂絲呢？」

「美茜蒂絲，」基督山重複說，「美茜蒂絲！噢！是的，你說得對！說出這個名字時我還覺得甜蜜，很久以來，這是我第一次這樣清晰地說出這個名字。噢，美茜蒂絲！我曾經帶著憂愁的歎息、痛苦的呻吟和絕望的喘息說出您的名字。在天寒地凍的時候，我曾蹉伏在我黑牢的草堆裡呼喊它。烈日如火，我在牢裡的石板上打滾時呼喊它。美茜蒂絲，我必須要為自己報仇，因為我受了十四年苦——我哭泣和詛咒了十四年，現在我告訴你，美茜蒂絲，我必須要為我自己復仇了！」

伯爵曾這樣熱烈地愛過她，生怕自己會在當年那麼深深愛過的戀人的祈求面前軟下心來，便勾起自己的痛苦回憶，以支撐自己的仇恨。

「報仇吧，愛德蒙！」可憐的母親喊道，「但請你在有罪的人身上報仇。在他身上報仇，在我身上報仇，但不要在我兒子身上報仇吧！」

「聖書上寫道，」基督山答道，「父親的罪將落到他們第三第四代兒女的身上。既然上帝對先知說了這些話，我為什麼要比上帝更慈悲呢？」

「因為上帝擁有時間和永恆，而這兩樣東西是人無法擁有的。」

基督山發出一聲長歎，聽上去猶如淒厲的哀號。他滿把抓住自己漂亮的頭髮。

「愛德蒙，」美茜蒂絲向著伯爵伸出雙手，繼續說，「自從我和你相識以來，我就愛慕你的名字，尊重對你的記憶。愛德蒙，我的朋友，不要迫使我讓我不斷地反映在我心靈之境中的高貴而純潔的形象變得黯然失色。

「愛德蒙，假如你聽到過我向上帝訴說的種種祈禱，那就好了，我多麼希望您還活著，自從我認為您死了，是的，認為您死了以後，唉！我以為你那冰冷的身體已被埋葬在一座陰森的塔底，我以為您的屍體被投入萬丈深淵之底，那些獄卒就把死掉的囚犯扔到裡面。於是我哭了！愛德蒙，除了祈禱和哭泣以外，我還能為您做些什麼呢？聽著，十年來，我每天晚上都做著同樣的一個夢。我曾聽說你企圖逃走，你佔據了另一個囚犯的位置，聽說你鑽進包屍體的布袋裡，聽說你在伊夫堡的頂上活生生地被人擲下去，你落在岩石上粉身碎骨時發出的喊聲，才向裏屍人透露了您原來是冒名頂替，他們又變成了害你的人。

「哦，愛德蒙，我向您發誓，憑我現在懇求您憐憫的那個兒子的生命發誓——愛德蒙，這十年來，我每夜都看到那些人在懸崖的高處擺動著一樣難看的、不為人知的東西。在這十年間，我每天晚上都聽到一種可怕的喊聲把我驚醒，醒來時渾身顫抖冰冷。我也，愛德蒙——噢，相信我——雖然我有罪，噢，是的。我也受夠了折磨！」

「您可曾受過您父親在您離開時去世的痛苦嗎？」基督山雙手插入頭髮裡，喊道，「您見過您所愛的女人向您的仇敵伸出手去，而您在深淵之底奄奄一息嗎？」

「沒有，」美茜蒂絲打斷他的話說，「可是我見到我心愛的人就要成為殺害我兒子的兇手了！」說出這句話時美茜蒂絲帶著極其強烈的痛苦和深深的絕望，基督山聽到這句話，聽到這語氣，不禁迸發出一陣引起喉頭劇痛的啜泣。

獅子被征服了，復仇者被征服了。

「您要怎樣呢？」他說，「讓您的兒子活著？那麼，他會活下去的！」

美茜蒂絲發出一聲喊叫，這喊叫使基督山的眼皮滴出兩滴眼淚；但這些眼淚幾乎立刻就消失了，因為上帝無疑地已派了一個天使來把它們收了去——在主的眼睛裡，這種淚珠是比古西拉和奧費亞[13]兩地最圓潤的珍珠更寶貴。

「哦！」她大聲喊道，抓住伯爵的手，送到嘴邊，「哦！謝謝，謝謝，愛德蒙！現在的你就是我一直夢見的，就是我一直愛著的你。哦！現在我可以對您這麼說了。」

「好在這可憐的愛德蒙，」基督山回答說，「沒有多長時間能夠得到您的愛了。死人將回到墳墓中，幽靈將歸到黑暗裡。」

「您說什麼啊，愛德蒙？」

「我說，既然您命令我死，美茜蒂絲，我必須去死。」

「死！這是誰說的？誰說到死了？死的想法怎麼又回到您的腦子裡了？」

「您想一想，在劇院裡當著全體觀眾的面，當著您的朋友和您兒子的那些朋友面前公開受侮辱——受一個小孩子的挑戰，他會把我的原諒當做勝利來誇耀——您想一想，我怎麼還有臉再活下去

13. 古代盛產金子、象牙和珍珠的地方。

呢?除了您,我最尊重的,美茜蒂絲,就是我自己,就是我的尊嚴,就是使我超越其他人的那種力量,那種力量便是我的生命。您用一個字壓毀了它,我便死了。」

「但是,愛德蒙,既然你寬恕了他,決鬥就不會舉行了。」

「決鬥一定會舉行的,夫人,」基督山神情莊嚴地說,「不過,大地要喝到的不是您兒子的血,而將是我的血。」

美茜蒂絲尖叫一聲,朝基督山衝過去,但頃刻間,她止住了腳步。

「愛德蒙,」她說,「上帝在我們之上,因為您活著,因為我又見到了您,我從心底裡信賴他。在等待向他求助的同時,我相信您說的話。您說過我的兒子會活下去。他會活下去的,是嗎?」

「對,他會活下去的,夫人,」基督山說,美茜蒂絲竟然會這麼鎮靜地接受他為她所做出的視死如歸的犧牲,不再感歎和震驚,對此伯爵很震驚。

美茜蒂絲向伯爵伸出一隻手。

「愛德蒙,」她熱淚盈眶地望著伯爵說,「您是多麼出色啊,您剛才的所作所為是多麼偉大啊,您對一個可憐的命途多舛、多災多難的女人的同情和諒解是那麼崇高!哎!催我衰老是憂慮多過年齡。現在,我不能再以一個微笑或一個眼光使我的愛德蒙想起他曾花過那麼多時間默默凝視的美茜蒂絲了。啊,相信我,愛德蒙,告訴您,我也受夠折磨了,我對您再說一遍,看到生命逝去記憶裡都沒有一件快樂的事,內心沒有一線希望,那是多麼悲哀啊,但這也證明了世上的一切尚未了結。不,一切還沒有結束,我從心裡還存在的一點感覺知道這一點。噢!我再說一遍,愛德蒙,您剛才的所作所為是出色的、偉大的、崇高的!」

「您這麼說了,美茜蒂絲。如果您明白我為您所做的犧牲有多大,您會怎樣說呢?假若那至高無上的主，在創造了世界，澄清了混沌以後，恐怕一位天使會因為我們凡人的罪惡而流淚，因此中止了他的創世工作，假設上帝一切都準備好，揉好了黏土，一切都已欣欣向榮以後，當他正在欣賞他的工作的時候，上帝熄滅了太陽，一腳把世界又踢入到永久的黑暗裡——那時，對於我在此時此刻因喪失生活而喪失的一切，您就能想像出一個大概了，不，不，即使那時您還是無法得到那種概念的。」

美茜蒂絲注視著伯爵，目光中交織著驚訝、仰慕和感激的神情。

基督山用他滾熱的手托起額頭，彷彿單靠他的額頭已經承受不住紛繁的思緒的重負了。

「愛德蒙，」美茜蒂絲說，「我只有一句話要對您說了。」

伯爵苦澀地微笑了一下。

「愛德蒙，」她繼續說，「您會看到，即使我的臉變得蒼白，即使我的眼睛暗淡無光，即使我的美麗變得憔悴，總之，假如美茜蒂絲在外貌上和她自己的不再相像——您將來會知道，她的心依舊像以前一樣。那麼，再會了，愛德蒙。我對上天不再有所要求了。我又見到您像從前一樣高貴和偉大。再會了，愛德蒙，再會了，而且謝謝你！」

但是伯爵沒有搭腔。

美茜蒂絲打開書房的門，走了出去。這時伯爵還沒有回過神來，他陷進一種痛苦而深邃的恍惚狀態之中，他因放棄了復仇，而陷入這種沉思之中。

當馬瑟夫夫人的馬車沿著香榭麗舍大街駛去時，殘廢軍人院敲響了半夜一點的鐘聲，這下鐘聲讓基督山伯爵的頭抬了起來。

「我多傻呀，」他說，「在我決心要為自己復仇的那一天，卻還讓自己的心在胸膛裡跳動，那是多麼愚蠢哪。」

chapter 90 決鬥

美茜蒂絲離去以後，將基督山家裡留在一片昏暗之中。他的思緒包圍著他並且填滿他的內心。他那強有力的頭腦和他的身體都已在極端的疲倦以後陷入微睡狀態。

「什麼！」當燈油和蠟燭都將點盡，僕人們在外廳裡焦急地守候的時候，他對他自己說，「什麼！這座經過長久地籌備，費了無數周折和心思建造起來的建築，只消一句話、吹一口氣就一下子倒坍了？呃，什麼！這個身軀，這個我曾為它費過這麼多心機，這樣引以為自豪，雖然在伊夫堡的黑牢裡我覺得自己是那樣渺小，可我成功地使自己變得如此高大，然而我明天就要變成一堆泥土了嗎？唉！我所惋惜的不是肉體的死亡。生命本原的毀滅難道不是這種休息嗎？一切都趨向這種休息。肉體的安息不是我曾長久盼望，當法利亞在我的黑牢裡出現的時候，我不是正在用痛苦的絕食方法想達到那種目的嗎？死亡是什麼？高一級台階是平靜，高兩級台階或許是寂靜。不，我所惋惜的不是生存，而是由我耐心地策劃、辛勤地構造的那一計畫的毀滅。我以前以為上帝是贊成這些計畫的，那麼實際上他是反對的了！上帝不願它們實現。

「我抬起的這個重負幾乎像世界一樣沉重，我曾肩負了起來，並且以為能負到終點，這是根據我的願望而不是我的力氣來設想的，但實際上它是太沉重了，我不得不在半路上把它放了下來。噢！十四年的絕望和十年的希望把我造成了一個上帝的信徒，難道我現在又要再成為一個宿命論者了嗎？

「天啊，這一切之所以會變成這樣，是因為我原以為死去的心只不過是陷入麻木了，因為它已醒過來又開始跳動，因為一個女人的聲音在我的胸膛裡所激起的痛苦跳動而屈從了！

「可是，」伯爵的思緒無法停歇，越來越陷入於美茜蒂絲所接受的明天的可怕安排的推想之中，「可是，一個心地這樣高貴的女人，不可能這樣自私自利，同意讓精力充沛、生氣勃勃的我被殺死，母愛，或者母性的瘋狂不會使她走到這種地步！有些美德在過分誇大以後便變成了罪惡。不，她會想像出某些動人的場面，她會置身於長劍之間，而在這兒看來是崇高的舉動，到那兒便會變得荒誕可笑。」

當這個思想經過他頭腦的時候，自尊的紅暈浮上了伯爵的額頭。

「荒誕可笑，」他又說，「而那種恥笑將落到我的身上。我被人恥笑！得了，我寧願去死！」

伯爵答應了美茜蒂絲讓她兒子活著，就此已判決了自己明天將遭受厄運，他誇大了第二天預期中的厄運。這樣的自怨自艾終於使伯爵大聲喊叫起來：

「蠢！蠢！蠢！這樣慷慨，讓自己成為這個年輕人槍口下不動的目標。怎麼辦呢？他絕不會相信我的死是一種自殺。可是，為了我的榮譽——這當然不是虛榮，而是一種正當的自尊心——重要的是，讓世人知道，我是自願停止那隻已經高舉起來準備打擊的手臂，這隻手臂對付別人強大有力，然而我卻用它來打擊自己。這是必須的，這是應該的！」

他抓起一支筆，從書桌的一個秘密抽屜裡抽出一張紙來，這張紙是他來到巴黎之後立下的遺囑，他這時所寫的是一種附錄，好讓糊塗的人明白他的死因。

「噢，我的上帝！」他舉眼向天說，「我這樣做，是為了我的光榮，也為了您的光榮。十年來，噢！我的上帝，我把自己看作您的復仇者。而那些壞蛋，像馬瑟夫、鄧格拉司、維爾福這種人，不要讓他們以為他們的敵人已沒有報復的機會。相反，讓他們知道，他們受罰是上帝的命令，只是由於我的意願所起的作用改變了情形。他們雖然在這個世界裡逃避了懲罰，但懲罰卻在另一個世界裡等待他們，他們只是以暫時來交換永恆而已！」

當他像被痛苦喚醒的人又沉入噩夢裡，在陰鬱而猶豫不決的思考中搖擺時，黎明的最初曙光穿進他的窗戶，射到他剛才寫下上帝的最後判斷的那張淡藍色的紙上。

這時是早上五點鐘。

突然，一種輕微的聲音傳到他的耳朵裡，聽來像是一聲窒息的歎聲。他轉過頭來，向四周環顧，看不見人。但那種聲音清晰地重複傳來，以致確信代替了懷疑。

他站起身來，輕輕地打開客廳那扇門，看見海蒂倒在一張椅子上，兩臂垂下，漂亮的蒼白的腦顱往後仰著。她本來是站在門口，準備在伯爵出來的時候見他一面，但睡意戰勝了她的妙齡，她長時間熬夜疲憊之極，就倒在椅子上睡著了。

門打開時發出的響聲並沒有讓海蒂驚醒過來。

基督山帶著一種愛憐的惋惜凝視著她。

「她記得她有一個兒子，」他說，「而我卻忘記了我有一個女兒。」

於是，傷心地搖搖他的頭：

「可憐的海蒂！」他說，「她想見我，和我說話，她擔心某種事情要發生，猜到了某種事情要發生。噢！我不能對她不辭而別，我不能不把她托給一個人就這樣死掉。」

於是他又輕輕地返回原來的位子，接下去寫道：

我把兩千萬遺產贈給我的舊東家馬賽船商比埃爾・摩賴爾的兒子駐阿爾及利亞騎兵隊長瑪西米蘭・摩賴爾，他可以將其中的一部分轉贈給他的妹妹裘莉和妹夫艾曼紐，如果他們認為這多餘的財產不致損害他們的幸福的話。這兩千萬藏在我基督山的岩窟裡，伯都西奧知道那個岩窟的秘密。

假如他還沒有心上人的話，他可以和亞尼納總督阿里的女兒海蒂結婚，那他就將使我如願，我不敢說這是我的遺願，但是我最後的希望。海蒂是我以一個父親的愛撫養長大的，對我來說，她具有女兒的溫情。

這份遺囑已寫明由海蒂繼承我其餘的財產——包括我在英國、奧地利與荷蘭的土地和資金，以及我各處大廈別墅裡的傢俱。除了兩千萬以及給我的僕人們的各種遺贈以外，可能還值六千萬。

他剛寫完最後一行，他身後發出的一下叫聲使他手中的筆掉了下來。

「海蒂，」他說，「你都看見了嗎？」

原來，那少女被照在眼瞼上的陽光弄醒以後，起身走到了伯爵身後，她輕巧的腳步被地毯除去了聲音，所以伯爵沒有聽到聲響。

「哦！我的大人，」她把雙手合在一起說，「您為什麼要在這種時候寫這樣的東西？您為什麼要把全部財產都遺贈給我，我的大人？您是要離開我嗎？」

「我要去旅行了，親愛的孩子，」基督山帶著無限憂愁和溫情的神態說，「如果我遇到不測……」

伯爵住了口。

「怎麼樣？」少女帶著一種威嚴的聲調問，伯爵從來沒有聽見過這種聲調，所以不由得吃了一驚。

「嗯！如果我遇到不測，」基督山接著說，「我希望我的女兒能夠幸福。」

海蒂搖搖頭，憂鬱地笑了笑。

「您是想到死了嗎，大人？」她說。

「這是一種超度的方法，我的孩子，很多智者都這麼說過。」

「如果您要死去，」她說，「就把您的財產遺贈給別人吧，因為，如果您死了……我也就什麼都不需要了。」

說著，她拿起那張紙，撕成四片，扔在客廳中央的地上。這份勇氣對於一個女奴來說是不同尋常的，她用盡了力氣，倒了下來，但這一次不是睡覺，而是昏了過去。

伯爵俯下身去，把她抱起來。看到這美豔的臉變得蒼白，秀目緊閉，那個窈窕的、一動不動的、外表上似乎毫無生氣的身體，他第一次想到：或許她對他的愛並不是一個女兒對一個父親的愛。

「唉！」他萬分沮喪地喃喃說道，「幸福本來是屬於我的。」

他把海蒂一直抱到她的套房裡，把依然昏迷不醒的她交給侍女們去照料。返回書房，這次他趕緊關上房門，把撕掉的遺囑重新抄了一份。

他剛抄完，就聽見一輛輕便馬車駛進院子的聲響。基督山走到窗前，看見瑪西米蘭和艾曼紐跨下車來。

「好，」他說，「正是時候！」

於是，他把遺囑裝進信封，並在封口蓋了三個火漆印。

過了一會兒，他聽見客廳裡響起了腳步聲，便親自去開門。摩賴爾出現在門口。

他提早將近二十分鐘。

「我也許來得太早了，伯爵先生，」他說，「但我坦率地向您承認，我一分鐘也睡不著，我家裡的人也都和我一樣。我需要你勇敢地保證來恢復我自己。」

基督山頂不住這種愛，他不是伸出手去跟年輕人握手，而是張開雙臂去擁抱他。

「摩賴爾，」他動情地說，「今天我感到獲得了一位像你這樣一個人的愛，這一天對我來說是個美好的日子。您好，艾曼紐先生。這麼說，你們兩位都跟我一起去啦，瑪西米蘭？」

「當然！」年輕上尉說，「您還懷疑嗎？」

「如果我錯了……」

「聽我說，昨晚在整個挑釁的過程中，我一直關注著您，而且，整個晚上都在想著您那種鎮定的表情。我對自己說，正義一定是在您一邊，否則，在您的臉上不會顯得這樣令人信賴。」

「可是，摩賴爾，阿爾培是你的朋友。」

「我們只是認識而已，伯爵。」

「你見到我的那一天才第一次見到他嗎？」

「是的，是這樣。可那又怎麼樣呢？要不是您提醒，我還想不起來呢。」

「謝謝你，摩賴爾。」

然後他在銅鈴上敲了一下。

「噢，」他對應聲進來的阿里說，「你讓人把這個信封送到我的律師那兒去。那是我的遺囑，摩賴爾。我死後，你需要知道這份遺囑的內容。」

「什麼！」摩賴爾喊道，「等您死後？」

「哎！難道不應該事事都料到嗎，親愛的朋友？我說，昨天我們分手以後，你又做什麼來著？」

「我到托多尼俱樂部去，那兒，正如我所希望的，我找到了波香和夏多•勒諾。不瞞你說，我是去找他們的。」

「那又為什麼呢，既然事情早就說定了。」

「您聽我說，伯爵，這件事情是很嚴重的，而且無法避免的。」

「您還懷疑嗎？」

「沒有。侮辱是公開進行的，事情已經弄得沸沸揚揚的，大家都知道了。」

「那又怎麼樣呢？」

「嗯！我希望換武器，用長劍代替手槍。您知道，槍子兒是不長眼睛的。」

「你成功了嗎？」基督山懷著一絲別人難以覺察的希望，急切地問道。

「沒有，因為他們知道您的劍術實在太高明了。」

「啊！是誰出賣了我？」

「敗在您手下的那些劍術教師。」

「結果您沒談成嗎？」

「他們斷然拒絕。」

「摩賴爾，」伯爵說，「你見過我用手槍射擊嗎？」

「從來沒有。」

「好吧，我們還有時間，你瞧著。」

基督山拿起美茜蒂絲進門那會兒他握在手裡的那對手槍，把一張梅花A貼在鋼板上，連開四槍，前三槍每槍打掉梅花的一個葉瓣，最後一槍打掉梅花的托莖。

每開一槍，摩賴爾的臉色就白一次。

他查看了基督山用以露這一手絕招的手槍子彈，他看到這跟霰彈幾乎一樣大。

「真是絕了，」他說，「你來瞧，艾曼紐！」

然後，他又轉身對著基督山。

「伯爵，」他說，「看在老天爺的分上，不要殺死阿爾培吧！這個可憐的人還有個母親呢！」

「說得對，」基督山說，「而我呢，我沒有母親。」

伯爵說這話的語氣，使摩賴爾不由得打了個寒戰。

「您是被侮辱的一方，伯爵。」

「當然，你是想說什麼呢？」

「這意味著由您先開槍。」

「我先開槍嗎？」

「喔！這是我跟他們說定，或者不如說是力爭到的。我們對他們讓步也讓得夠多了，他們才做出這個讓步。」

「相隔幾步啊？」

「二十步。」

伯爵唇間掠過一道怕人的微笑。

「摩賴爾，」他說，「請別忘了你剛才看到的情形。」

「所以，」年輕人說，「我只能指望您一時情緒激動失控，只有這樣才能挽救阿爾培。」

「我會激動嗎？」基督山說。

「要不就是您的寬宏大量，我的朋友，像您這樣彈無虛發，所以我想提一個要求，要是我對別人說，可能顯得很可笑。」

「什麼要求啊？」

「打斷他一條胳臂，打傷他，但別打死他。」

「摩賴爾，請您還是聽我說吧，」伯爵說，「我不需要別人敦促我寬容馬瑟夫先生，我可以預先告訴您，馬瑟夫先生會被寬容。他會由他的兩位朋友陪著，安然無恙地回家去的，而我……」

「怎麼！您？」

「喔！那就是另一回事，我會被抬著回家的。」

「怎麼會！」瑪西米蘭氣急敗壞地說。

「正像我對您說的，親愛的摩賴爾。馬瑟夫先生會把我打死的。」

摩賴爾一頭霧水地望著伯爵。

「從昨晚到現在，您究竟遇到什麼事啦，伯爵？」

「像布魯特斯在菲力浦之戰的前夜一樣，幽靈是來找過我。」

「這個幽靈怎麼樣？」

「摩賴爾，這個幽靈對我說，我的時間到了。」

摩賴爾和艾曼紐面面相覷，基督山掏出錶來。

「我們走吧，」他說，「七點零五分，決鬥定在八點整。」

一輛準備停當的馬車等在門口。基督山和兩位見證人上了車。

穿過走廊的那會兒，基督山曾在一扇門前停下並傾聽了一下，瑪西米蘭和艾曼紐很識趣地往前走了幾步，似乎聽到一聲歎息在回答一聲嗚咽。

鐘敲八點時，他們到了約定的地點。

「到了，」摩賴爾從車窗裡探出頭去說，「是我們先到。」

「大人請原諒，」跟著主人一起來的，帶著滿臉無法形容的驚慌之色的培浦斯汀說，「我似乎看到那邊有一輛馬車停在樹下。」

「真的，」艾曼紐說，「我看見有兩個人走來走去，像是在等人。」

基督山從馬車上輕鬆地跳下來，伸手去幫艾曼紐和瑪西米蘭下車。

瑪西米蘭把伯爵的手握在自己的掌心裡。

「好極了，」他說，「我很高興看到擁有這樣的手的人，他的生活是建立在行善的基礎之上。」

基督山拉了一把摩賴爾，可沒把他拉到旁邊，而是拉到他妹夫背後一兩步路遠的地方。

「瑪西米蘭，」伯爵問他，「您有心上人了嗎？」

摩賴爾驚異地望著基督山。

「我不要您說心裡話，親愛的朋友，我只是問您一個簡單的問題。就請回答有或者沒有好了，我只要求您這樣做。」

「我愛著一位少女，伯爵。」

「您很愛她嗎？」

「甚於愛我的生命。」

「唉，」基督山說，「我的又一個希望破滅了。」

接著，他歎了口氣，輕輕地說：

「可憐的海蒂！」

「說實話，伯爵！」摩賴爾大聲說，「要不是我已經很瞭解你，我真會以為您沒那麼勇敢呢！」

「因為我想到我就要離開，而有一個人令我憐惜。來，摩賴爾，一個軍人該不會這樣來評判勇敢吧？我難道留戀生命嗎？我曾在生與死之間過了二十年生活，生死對我有什麼關係呢？而且，不要驚慌，摩賴爾，如果我一時軟弱，也只對著你一個人。我知道世界是一個客廳，我們必須客客氣氣地退出——那是說，要打招呼，而且要付清賭債。」

「好極了，」摩賴爾說，「這話說得精彩。順便問一下，您把自己的槍帶來了嗎？」

「我！有必要嗎？我相信這些先生們會準備的。」

「我去問一下。」摩賴爾說。

「好吧，不過不要判斷，你明白我的意思嗎？」

「哦！您放心吧。」

摩賴爾向波香和夏多・勒諾走去。那兩人瞧見瑪西米蘭在向他們走過去，便也迎上前來幾步。

三個年輕人相互行禮，如果不能說親切，至少彬彬有禮。

「對不起，二位，」摩賴爾說，「可我怎麼沒見到馬瑟夫先生！」

「今天早晨，」夏多・勒諾回答說，「他派人來通知我們，說是直接到這兒跟我們碰頭。」

「哦！」摩賴爾說。

波香掏出錶來。

「八點過五分。沒有遲到很久，摩賴爾先生。」他說。

「哦！」瑪西米蘭回答說，「我並不是這個意思。」

「瞧，」夏多・勒諾插進來說，「有輛車來了。」

果然，一輛馬車沿著一條林蔭大道疾駛而來，他們就站在這條林蔭大道和另幾條大路的岔口上。

「二位，」摩賴爾說，「你們一定帶手槍來了。基督山先生申明他放棄用自備手槍的權利。」

「我們已經預想到伯爵會這樣灑脫的，摩賴爾先生，」波香說，「所以我把我的槍帶來了，那兩支槍我是因為考慮到類似的情況，八九天前剛買下以備不時之需的。武器完全是新的，還沒人用過。你想檢查一下嗎？」

「哦！波香先生，」摩賴爾欠了欠身說，「既然你向我保證馬瑟夫先生根本不熟悉這些武器，您想，您的這番話已經是夠了。」

「二位，」夏多・勒諾說，「這輛駛來的車上，坐的不是馬瑟夫，那是……沒錯！那是弗蘭士和狄佈雷。」

果然，他說的這兩個年輕人朝他們走了過來。「二位，你們怎麼到這裡來了！」夏多・勒諾跟兩人握手說，「是什麼風把你們吹來的啊？」

「因為，」狄佈雷說，「阿爾培今天早上請我們到這裡來。」

波香和夏多・勒諾詫異地相互對望一眼。

「各位，」摩賴爾說，「我想我懂得他的意思。」

「請說出來聽聽！」

「昨天下午，我收到馬瑟夫先生的一封信，請我到歌劇院去。」

「我也一樣。」狄佈雷說。

「我也一樣。」弗蘭士說。

「我們也一樣。」夏多・勒諾和波香說。

「他想讓你們在他挑釁時在場，」摩賴爾說，「而現在他希望我們在他決鬥時都在場。」

「對，」幾個年輕人一齊說，「是這麼回事，瑪西米蘭先生，你應該猜對了。」

「但這樣做以後，」夏多・勒諾喃喃地說，「阿爾培卻還沒來，他已經遲了十分鐘啦。」

「他來了，」波香說，「他騎著馬，瞧，他疾馳而來，僕人跟在後面。」

「太粗心了，」夏多・勒諾說，「騎馬來跟人決鬥！我曾經好一番指點過他！」

「還有，瞧！」波香說，「戴著大領圈，穿上一件敞胸上裝和白背心。怎麼不讓人在肚皮上畫上靶心呢？那樣結束得更快、更方便！」

這時，阿爾培已經到了離這五位年輕人十步開外的前方。他勒住馬，跳下鞍來，把韁繩拋到僕人的手裡。

阿爾培向他們走來。

他臉色蒼白，眼睛紅腫。可見他整夜沒有睡過一分鐘。

他的臉容有一種憂鬱的沉重色彩，這種情緒在他是不多見的。

「各位，」他說，「謝謝你們應邀前來，對這種友情的表示，我不勝感激。」

摩賴爾在馬瑟夫走近來的時候，往後退下了十來步，躲在一邊。

「我說的也包括你，摩賴爾先生，」阿爾培說，「對你我也同樣地感激。走過來吧，我們需要您。」

「先生，」瑪西米蘭說，「您也許還不知道我的身分是基督山先生的見證人？」

「我不確定，但我想到了。可這樣就更好，珍視榮譽的人在這兒愈多，我就愈滿意。」

「摩賴爾先生，」夏托・勒諾說，「你可以告訴基督山伯爵先生，馬瑟夫先生已經到了，我們悉聽他的吩咐。」

摩賴爾走了一步，要去完成這個使命。

與此同時，波香從馬車上取下裝手槍的匣子。

「請等一下，各位，」阿爾培說，「我有兩句話要對基督山伯爵先生說。」

「私下說嗎？」摩賴爾問。

「不，先生，當著大家的面說。」

阿爾培的證人都驚愕地面面相覷。弗蘭士和狄佈雷低聲地交談了幾句，而摩賴爾很高興出現這個意外，他去找到了正在一條寂靜的側道上跟艾曼紐散步的伯爵。

「他要我去做什麼？」基督山問。

「我不知道，但他要求跟您說話。」

「哦！」基督山說，「但願他別再以新的胡鬧來激怒上帝啦！」

「我想他不會這樣做。」摩賴爾說。

伯爵由瑪西米蘭和艾曼紐陪著走上前去。他那鎮定寧靜的表情與阿爾培那張愁容滿面的面孔形成了一個奇特的對比，阿爾培也在走過來，後面跟著那四個年輕人。

阿爾培和伯爵走到彼此相距三步的時候停下，「各位，」阿爾培說，「請再走近些。我希望你們對於我現在有幸向基督山伯爵所說的話，不要漏聽一個字。因為不管我的這番話你們覺得多麼古怪，我有幸要對他所說的話都應該由你們轉述給願意聽的人。」

「請說，先生。」伯爵說。

「先生，」阿爾培的聲音最初有些發抖，但漸漸鎮定下來了，「我曾責備你將馬瑟夫先生在伊皮魯斯的行為揭露出來，因為我認為，不論他有罪到什麼程度，你總沒有權力去懲罰他，但今天，先生，我知道您有這個權力。使我願意原諒你的，不是弗南出賣阿里總督，而是漁夫弗南出賣您，以及那次出賣所引起的那種種幾乎聞所未聞的痛苦。所以我說，而且我公開宣稱，是的，先生，您報復我的父親是正義的，而我，他的兒子，感謝您沒有採取進一步的行動。」

即使一個霹靂打到這群目睹這個意想不到的場面的旁觀者中間，也不會比阿爾培的話使他們更驚詫的了。

至於基督山，他的雙眼帶著無限感激的神情仰望天空。他在羅馬強盜中間已看見過阿爾培那種暴烈的脾氣，然而剛烈的阿爾培怎麼會突然變得如此隱忍，使他感覺驚奇。他猜到這是美茜蒂絲的影響，這時，他才知道昨天晚上她那高貴的心為什麼沒有反對他的犧牲，因為她事先知道這種犧牲是無所謂的。

「現在，先生，」阿爾培說，「假使您以為我的道歉夠了，就請您伸手給我。看來您好像永遠不會犯錯誤，我想，除了您這種罕見的品質外，在一切優秀的品質當中最重要的是能認錯，但這種話只適用於我個人。我只是一個好人，而您卻比世人更好。只有一個天使能拯救我們之中的一個人免於死亡，這個天使已從天上下凡，即使不能使我們成為兩個朋友（那一點，唉！命中註定是不可能的了），至少可以使我們互相尊重。」

基督山眼睛濕潤，胸脯劇烈起伏，嘴巴微微張開，他向阿爾培伸出一隻手去，後者一把抓住它，帶著好似敬畏的情緒緊緊一握。

「各位，」他說，「基督山先生慷慨地接受了我的道歉。我對他行動魯莽之極。魯莽要出錯。我做錯了事情，現在我的過錯已經彌補了。我希望在世人眼中我不是懦夫，我是依照我的良心在做事。但假如任何人對我有了錯誤的意見，」年輕人高傲地抬起頭說，彷彿他是同時在對朋友和仇敵挑戰似的，「我會盡力糾正這種輿論。」

「昨天夜裡發生什麼事了？」波香問夏多・勒諾，「我覺得咱們在這兒尷尬極了。」

「說實在的，阿爾培剛才的所作所為要麼是卑劣的，要麼就是高尚的。」男爵回答說。

「唉！你說，」狄佈雷問弗蘭士，「這算怎麼回事？怎麼！基督山伯爵使馬瑟夫先生身敗名裂，馬瑟夫先生的兒子竟認為那是應該的！要是我的家庭裡發生十次亞尼納事件，我相信自己只會做一件事，而那就是——決鬥十次。」

至於基督山，他低著頭，他的兩臂軟弱無力。在二十四年回憶的重壓之下，他被壓垮了。他沒有想到阿爾培、波香、夏多・勒諾，也沒有想到在場的任何一個人。但他想到了那個勇敢的女人，那個女人曾來乞求她兒子的生命，他也答應向她兒子獻出生命，而她現在則又以洩露一個可怕的家庭秘密來拯救了他的生命。這個家庭秘密足以永遠扼殺年輕人身上那種孝順的情感。

「都是天意啊！」他喃喃地說，「呵！今天我才完全相信，我真是上帝的使者啊！」

chapter 91

母與子

基督山伯爵帶著一種憂鬱而莊重的笑容向五位年輕人躬身告別，跟瑪西米蘭和艾曼紐一起上了車。

決鬥場上只剩阿爾培、波香和夏多・勒諾。

年輕人望著他的兩位證人，這一眼不是膽怯的，看來只像是在徵求他們對他剛才這種舉動的意見。

「嗨！親愛的朋友，」波香先開了腔，不知道他究竟是受了極大的感動呢，或是出於裝腔，「請讓我向你表示祝賀：對於一件這樣令人不快的事，這個結局是任何人無法預料的。」

阿爾培不作一聲，仍沉浸在思索中。夏多・勒諾兀自用他那根有彈性的手杖拍打著自己的馬靴。

尷尬地沉默了一會兒後，他說：「怎麼樣，咱們走吧？」

「好呀，」波香回答說，「只是允許我稍微向馬瑟夫先生祝賀一下。他今天表現得那麼寬宏大量，真是十足的騎士風度……真是罕見！」

「喔！是這樣。」夏多・勒諾說。

「能有這樣大的自制力，」波香繼續說，「可真是了不起！」

「對啊。要是我，就做不到。」夏多・勒諾帶著意味深長的冷淡態度說。

「二位，」阿爾培插進來說，「我想你們並不明白，基督山先生和我之間曾經發生過一樁非常嚴重的事情……」

「我們明白，明白，」波香立刻說，「我們這些在馬路上閒逛的人是無法理解你的英雄行為的，而遲早你就會發覺自己不得不花費畢生的精力向他們解釋。我可以給您一個友誼的忠告嗎？您動身到那不勒斯、海牙或聖・彼得堡去，在這些寧靜的地方的人們更加明智，不會像我們這些巴黎人那麼火爆。在那裡，認真練習射擊，耐心地練劍，學第四種架式和第三種架式；靜靜地、隱姓埋名地在那兒住下來，這樣，幾年以後你便可以風平浪靜地回到法國來了。或許在擊劍練習方面會令人敬重。你說呢，夏多・勒諾先生，我說得可有道理？」

「我完全同意，」那位紳士說，「在嚴重的決鬥像這樣無結果而散以後，只有這條路可走了。」

「謝謝，二位，」阿爾培帶著一個冷淡的微笑說，「我會遵從你們的忠告的，就算你們不給我出這個主意，我的意圖原本也是要離開法國。我同樣感謝你們賞臉來給我當見證人。這一點應該說是已經銘刻在我的心間了，因為我聽到你們剛才說的那番話，就記住了這一點。」

夏多・勒諾和波香面面相覷。兩人得到一個相同的印象：馬瑟夫方才表示謝忱的語氣中有一種很決絕的意味。如果談話繼續下去，處境會變得十分尷尬。

「再見，阿爾培。」波香非常突兀地說道，同時漫不經心地朝年輕人伸出一隻手去，而阿爾培似乎沒有擺脫麻木狀態。

他沒有注意到這隻伸過來的手。

「再見。」夏多・勒諾也說了一句，他的左手握著小拐杖，用右手打招呼。

阿爾培用低得幾乎讓人聽不出的聲音說了句：「別了！」他的目光要明朗些，包含著一首詩。這首詩包含著抑制的憤怒、傲慢的輕視和寬容的莊嚴。

兩個見證人上車離去以後，他保持著紋絲不動，神志沮喪。隨後，猛然間，他拉開僕人縛在小樹上的韁繩，輕捷地跳上馬鞍，朝通往巴黎的路疾馳而去。一刻鐘以後，他回到了海爾達路的宅邸。

下馬的時候，他覺得好像在伯爵臥室的窗幔後面瞥見了父親那張蒼白的臉。阿爾培歎了一口氣，調轉頭，進入自己的那座小樓。

來到室內，他環視四周對所有這些奢華的陳設瞥了最後一眼，自從童年以來，這些陳設使他的生活過得多麼甜蜜和幸福：他望望那些圖畫，圖畫上的面孔似乎在微笑，圖畫上的風景似乎色彩更鮮明了。

他從橡木鏡框裡取出他母親的畫像，把它捲了起來，讓金色的框架變得空蕩蕩，只有個黑洞還在原處。

然後，他整理一下他所有的那些漂亮的土耳其武器，那些精良的英國槍，那些日本瓷器，那些銀蓋的玻璃杯，以及那些刻有「費乞斯[14]」或「巴埃」署名的銅器藝術品；他查看了一下衣櫃，將鑰匙一一插在鎖孔上；打開一隻書桌抽屜，把他身上所有的零用錢，他珠寶箱裡的千百種好玩的珍品都拋到裡面，讓抽屜打開著；他把這所有物品列了一張準確的清單，把這張清單放在桌子最顯眼的地方，在這之前他已把堆滿桌子上的書籍紙張全都拿開了。

他曾吩咐過僕人不許進來，但就在他剛開始做這件事時，那個貼身男僕進屋來了。

「有什麼事？」馬瑟夫問，聲調中憂鬱多於憤怒。

14. 十九世紀法國雕塑家。

「對不起，少爺，」貼身男僕說，「您吩咐過我不許來打擾，這我清楚，可是馬瑟夫伯爵先生剛才派人來叫我去。」

「那又怎麼樣？」阿爾培問。

「沒有得到您的吩咐之前，我不想去見伯爵先生。」

「為什麼？」

「因為伯爵先生想必是知道我陪大人去決鬥場的。」

「有可能吧。」阿爾培說。

「現在他叫我去，一定是為了問我事情的經過。我該怎樣回答呢？」

「照實說唄。」

「我就告訴他說沒有舉行決鬥？」

「你就說我向基督山伯爵先生道了歉，去吧。」

僕人鞠躬退下。

阿爾培於是又繼續寫清單。

當他做完這件工作時，園子裡響起了馬匹的跳躍聲，車輪的聲音震動了他的窗戶。這種聲音吸引了他的注意。他走到窗前，看見父親登上敞篷馬車往外而去。

府邸的大鐵門剛在伯爵身後關上，阿爾培就朝著母親的房間走去。在房門口沒有僕人通報，他徑直往美茜蒂絲的臥室走去。因為目睹了剛才的一幕，並猜到了一切，他心裡難受，便在門口停住了腳步。

像是這兩個人有著同一的靈魂一樣，美茜蒂絲在房間裡做著阿爾培剛才在他自己房間裡所做的事。一切都整理停當了：飾帶，衣服，珠寶，布料，錢，正要往抽屜裡放，伯爵夫人仔細地核對抽屜的鑰匙。

阿爾培看見這些準備工作，就明白了一切，他喊了一聲「母親」，就撲過去抱住了美茜蒂絲。能描摹這兩張面孔的畫家，他一定能構成一幅美麗的圖畫。

其實，這種毅然決然的舉動，阿爾培自己做時並沒覺得害怕，但自己的母親卻讓他驚恐不安。

「您在做什麼？」他問。

「你又在做什麼呀？」她反問。

「啊，母親！」阿爾培喊道，激動得幾乎說不出話來，「您跟我是不一樣的！不，您不能改變我的決心，我現在就是來告別您，我要告別您的家，和……和您。」

「我也一樣，阿爾培，」美茜蒂絲回答說，「我也一樣，我也要走了。說實話，我早就想好要跟我的兒子一起走。莫非我想錯了嗎？」

「母親，」阿爾培語氣堅決地說，「我不能讓您分擔我要面臨的命運。從此以後，我必須過一種沒有爵位和財產的生活，為了開始適應這種艱苦的生活，直到我能自食其力，我必須向朋友借錢度日。所以，我親愛的媽呀，我立刻要去向弗蘭士借一筆小款子來應付目前的需要了。」

「你，我可憐的孩子！」美茜蒂絲喊道，「你要遭苦受罪，要去忍饑挨餓！哦！快別說了，你要摧毀我的一切決心。」

「可是我的決心已經下定了，母親，」阿爾培回答說，「我年輕力壯，我堅信自己的力量。自昨天起，我已知道了意志的力量。唉！親愛的媽，有的人歷盡千辛萬苦，不僅沒有死，而且從蒼天所允許他們的種種快樂的廢墟上，從上帝所給他們的種種希望的碎片上重新建立了他們自己的天地！我知道有這種事，媽，我知道，敵人把他們投入深淵，但他們堅強有力、令人讚歎地爬了起來，他們征服了他們以前的征服者，並懲罰了他們。不，媽媽，從這時候起，我已和過去割斷了一切關係，我什麼也不再接受，甚至不要我的名字，因為你懂得——是不是——您的兒子不能用一個恥辱的姓氏。」

「阿爾培，我的孩子，」美茜蒂絲說，「假如我的心能更加堅強，我也是要給你這番勸告的。當我的聲音保持沉默，你的良心說了話，那麼就聽從它的指引吧。你有朋友，阿爾培，不要斷決和他們的關係。但看在你母親的分上，不要絕望，你的生命還長得很，我親愛的阿爾培，因為你才剛滿二十二歲。而像你這樣一顆純潔的心，的確需要一個白璧無瑕的姓。那麼就用我父親的名字吧，他叫做希里拉。我相信，我的阿爾培，不論你將來從事什麼職業，不久就會使這個名字變得顯赫。那時，我的朋友，讓不幸的過去使你在世界上變得更加光輝，假如事與願違，那麼至少讓我保存著這些希望吧，我只有這種想法，我不會再有前途，我的墳墓就在這幢住宅的門口。」

「我會按您的心願去做的，母親，」年輕人說，「是的，我與您抱有同一個希望，上蒼的憤怒不會追逐我們——您是這樣的純潔，而我又這樣無辜。但既然我們的決心已定了，就讓我們趕快行動吧。馬瑟夫先生離開公館大約有半小時了，正如您所看到的，這是一個很好的機會，可以避免解釋。」

「我準備好了，我的兒子。」美茜蒂絲說。

阿爾培馬上跑到大街上，叫了一輛出租馬車來載著他倆離開家。他記得聖父街上有座小屋是連傢俱出租的，母親在那兒可以有個簡樸、但體面的住處。因此他回來找伯爵夫人。

正當出租馬車停在門口，阿爾培跳下馬車的時候，一個人走到他跟前，交給他一封信。

阿爾培認出是那位管家。

「伯爵的信。」伯都西奧說。

阿爾培接過信，拆開看了起來。

看完以後，他四處尋找伯都西奧，但伯都西奧在年輕人看信的當口，已經消失不見了。

於是，阿爾培眼裡流著淚，心中激動不已，回到美茜蒂絲的房裡，一言不發地把這封信遞給她。

美茜蒂絲念道：

阿爾培：

在向您證明我已知曉您的計畫的時候，我也想向您表明我理解你的高尚舉動。你是自由的，你離開伯爵的家，帶你的母親離開你的家；但且想一想，阿爾培，你的心是高尚而可憐的，你欠她的恩惠太多，無法償還。你自己只管去奮鬥，去忍受一切的艱苦，就別讓她忍受創業時的貧困了；因為今天落到她身上的那種不幸的陰影，她本來也是不應該遭受的，而上帝絕不肯讓一個無辜者為罪人受苦。

我知道你們倆就要離開海爾達路，不帶走任何東西。不必想知道我是如何發覺的，我知道了——那就夠了。

現在，聽我說，阿爾培。

二十四年前，我驕傲而快樂地回到我的故鄉。我有一個未婚妻，阿爾培，一個我熱愛的聖潔少女；而我給我的未婚妻帶來了辛辛苦苦儲積起來的一百五十塊金路易。這筆錢是給她的。我給她準備的；我知道大海是無情的，我把我們的寶藏埋在馬賽的米蘭巷我父親所住的那座房子的小花園裡。

你的母親，阿爾培，很熟悉那座可憐的房子。

不久以前，我路過馬賽，我去看過這座充滿痛苦回憶的屋子；晚上，我拿了一把鏟子在花園角上我埋寶藏的那個地方挖掘。那只鐵箱還在那兒，沒有人碰過它！它埋在一棵美麗的無花果樹樹蔭下的角落裡，這棵樹是我父親在我出生那天種下的。

唉，阿爾培，這筆錢，我以前是準備用來促進我所崇拜的那個女人的安樂和寧靜用的，今天，出於奇特而又令人痛苦的巧合，它仍可以用來做同樣的用途。噢，我本來是可以給那個可憐的女人幾百萬的，但我只還給她這塊黑麵包，那是在我跟我愛著的女人分手之日遺留在我可憐的家裡的，我希望你能領會我的這番用意！

阿爾培，你是一個心地寬大的人，但也許你會被驕傲或怨恨所蒙蔽，如果你拒絕了我，如果你向別人去要我有權給你的東西，我就要說，一個人的父親是受你的父親的迫害經歷饑餓和恐怖而死的，而你竟拒絕接受他向你的母親提供生活費，這樣，你是未免太不夠仁慈了。

信念完了，阿爾培臉色蒼白地佇立不動，等待著母親做決定。

美茜蒂絲用難以形容的目光仰望天空。

「我接受，」她說，「他有權力作這樣的贈與，我當帶著它進修道院去！」

說著，她把信藏在懷裡，挽起兒子的手臂，邁著她自己都想不到的堅定步伐，向石階走去。

chapter 92 自殺

這時，基督山也跟艾曼紐和瑪西米蘭一起回了巴黎城裡。歸途是愉快的。艾曼紐並不掩飾他看到和平代替戰爭時的高興，高聲地闡述他的博愛觀點。摩爾坐在馬車的角落裡，讓他的妹夫去表達他的喜悅。當然，他也滿懷喜悅，但那只從眼神流露出來。車到土倫城柵口，他們遇到了伯都西奧，他一動不動地等候在那兒，像一個站崗的哨兵似的。基督山從車窗探出頭去，跟他低聲地交談了幾句，隨後這位管家就消失不見了。

「伯爵先生，」車子駛近王宮廣場時，艾曼紐說，「請讓我在家門口下車吧，別讓我妻子為我們擔憂。」

「要是現在慶賀勝利不會顯得可笑的話，」摩賴爾說，「我是會請伯爵到我們家去的，但伯爵先生一定也要去安慰一些為他戰慄不安的心靈。所以我們還是離開我們的朋友，讓他繼續趕路吧。」

「等一下，」基督山說，「請不要這樣一下子就讓我少去兩個同伴。艾曼紐，請快回到你可愛的妻子身邊，請您代我向她問候。摩賴爾，請您陪我到香榭麗舍大街。」

「好呀，」瑪西米蘭說，「我正好在那一帶有件事要辦呢，伯爵。」

「要等你吃早餐嗎？」艾曼紐問。

「不用了。」年輕人說。

門又關上了，馬車繼續往前走。

「您瞧，我給您帶來了多好的運氣啊，」車廂裡只剩摩賴爾和伯爵時，摩賴爾說，「您也這樣想吧？」

「想過，」基督山說，「正因為這樣，我才希望你留在我身邊。」

「那真是奇蹟。」摩賴爾繼續說，在回答自己的想法。

「什麼事啊？」基督山說。

「剛才發生的事唄。」

「是啊，」伯爵微笑著回答說，「您說得不錯，摩賴爾，那是個奇蹟！」

「說到底，」摩賴爾接著說，「阿爾培是個勇敢的人。」

「非常勇敢，」基督山說，「我見過他頭上懸著利劍仍然安睡。」

「而我知道他決鬥過兩次，都表現得很出色，」摩賴爾說，「那怎麼理解他今天早上的行動呢？」

「那得歸功於您哪。」基督山笑吟吟地說。

「幸虧阿爾培不是個士兵。」摩賴爾說。

「為什麼啊？」

「在決鬥場上道歉，那怎麼行啊！」年輕的上尉搖著頭說。

「得啦，」伯爵語氣溫和地說，「不要存著庸人的偏見，摩賴爾！你不懂嗎？既然阿爾培是勇敢的，他就不能是一個懦夫，他今天早上的行動，一定有某些理由，所以他這種行為實在是更英勇。」

「當然，當然。」摩賴爾回答說，「不過我還是要像西班牙人那樣說一句：『他今天不如昨天那樣勇敢。』」

「您跟我共進早餐怎麼樣，摩賴爾？」伯爵換了個話題說。

「不行，我十點鐘就得跟您分手。」

「是約人吃早餐嗎？」

摩賴爾笑著搖搖頭。

「你總得有個地方吃飯呀。」

「可是，要是我不餓呢？」年輕人說。

「噢！」伯爵說，「我知道只有兩樣東西會破壞胃口：憂愁——由於我很高興地看到你十分快活，所以這絕不可能——和愛。現在，在聽了你今天早晨告訴我的心事以後，我相信——」

「喔，伯爵，」摩賴爾快活地接口說，「我不否認。」

「您不想把這事對我說說嗎，瑪西米蘭？」伯爵語氣很急切地說，可以看出他興致濃烈，想要瞭解這個秘密。

「今天早晨我已經向您表明過我的心跡了，是嗎，伯爵？」

基督山朝年輕人伸出一隻手去，作為回答。

「好吧！」摩賴爾繼續說，「我的心早已不跟您待在萬森森林裡，它在別的地方，我要去把它找回來。」

「去吧，」伯爵緩緩地說，「去吧，親愛的朋友，不過，如果你遇到障礙，請記得我在這個世界裡還有些權力。我很樂於用那種權力來造福那些我所愛的人。而您，摩賴爾，我愛您。」

「好的，」年輕人說，「像自私的兒童當需要幫助的時候記得他們的父母一樣。我需要您時，我會對您開口的，伯爵，而那個時候或許會來的。」

「好，我記住您的諾言了。那麼再見了。」

「再見。」

這時，馬車到了香榭麗舍大街的宅邸門口，基督山打開車門。摩賴爾跳下車去。

伯都西奧在石階上恭候。

摩賴爾沿著馬里尼大街走遠了，基督山急步走到伯都西奧跟前。

「怎麼樣啊？」他問。

「嗯！」管家回答說，「她馬上離開家。」

「她的兒子呢？」

「他的貼身男僕弗勞蘭丁說他也要走。」

「跟我來。」基督山帶著伯都西奧走進書房，寫了我們上面看到過的那封信，交給這個管家。

「去，」他說，「快送去，派人告訴一下海蒂，說我回來了。」

「我在這兒，」少女說，她聽到馬車的聲音，已經下樓來了，看到伯爵安然無恙地回來，她高興得容光煥發。

伯都西奧退了出去。

她懷著焦慮不安，盼望到伯爵的歸來，海蒂在這一場會見的最初一刻表達了一個女兒找到她心愛的父親和一個情婦看見她鍾愛的情人時的全部喜悅。

誠然，基督山的喜悅雖然從不流露，卻也不比她小。在受過長期的痛苦以後，喜悅對心的作用恰像是甘露對久旱後的土地一樣。心和土地都會吸收那有益的甘露，但絲毫卻不表露在外。不久以前，基督山剛剛明白了一件他長久以來一直不敢相信的事情，就是這世上有兩個美茜蒂絲，就是他還能得到幸福。

他那洋溢著幸福激情的目光，充滿渴望地凝視著海蒂濕潤的眼睛，這時門房霍地打開了。伯爵皺了皺眉頭。

「馬瑟夫先生來訪！」培浦斯汀說道，彷彿說了這句話也就算道過歉了。

伯爵的臉果然豁然開朗。

「是哪一個，」他問，「子爵還是伯爵？」

「伯爵。」

「天哪！」海蒂喊道，「難道事情還沒結束嗎？」

「我不知道是不是結束了，我心愛的孩子，」基督山握住少女的手說，「但我知道，你沒有什麼可害怕的。」

「哦！可他就是那個奸惡的……」

「這個傢伙對我無能為力，海蒂，」基督山說，「只有剛才跟他兒子打交道的時候，那才是危險的。」

「所以，我有多麼擔驚受怕，」少女說，「您是永遠不會知道的，大人。」

基督山笑了。

「我憑我父親的墳墓向你發誓！」基督山把一隻手放在少女的頭上說，「如果出了不幸的事，肯定不會降臨到我頭上。」

「我相信您，大人，就像相信上帝在對我說的話。」少女一邊說，一邊把前額湊給伯爵。

基督山在這純潔而美麗的額頭上吻了一下，這一吻使兩顆心同時跳動起來，一顆是劇烈地跳，一顆是沉著地跳。

「哦！我的上帝！」基督山喃喃地說，「這麼說，您允許我再戀愛一次囉……請馬瑟夫伯爵先生進客廳吧。」他一邊陪美麗的希臘少女走向一座暗梯，一邊對培浦斯汀說。

這次來訪，對基督山來說也許是意料之中的事，但讀者無疑沒有料到，所以需要解釋一下。前文說過，美茜蒂絲也像阿爾培那樣曾開列了一張財產目錄表，當她在整理她的珠寶、關閉她的抽屜、收集她的鑰匙、把所有的東西都收拾得井井有條，她不曾發覺有一個蒼白而陰險的面孔在通走廊的那道玻璃門上窺視。這扇門讓光線投射到走廊裡，在門邊不僅可以偷看，而且可以偷聽。馬瑟夫夫人沒有看見那個人或聽到那個人的聲音，但那個人卻大概已看見和聽到了房間裡的一切。

那個臉色蒼白的人從那道玻璃門走到伯爵的房間裡，用一隻痙攣的手撩開望向前庭那個窗口的窗簾。他在那兒站立了十分鐘，一動不動，一言不發，傾聽著自己心跳的聲音。對他來說，這十分鐘無比漫長。

而就在那個時候，從約會地回來的阿爾培發覺他父親在一道窗簾後面望他歸來，便扭過頭去。伯爵的眼睛張大了，阿爾培粗暴地侮辱了基督山，而不論在全世界哪一個國家裡，這樣的一次侮辱必然會引起一場拚死的決鬥。然而，阿爾培安然無恙地歸來了。那麼基督山伯爵一定遭了報復了。

難以形容的快樂閃光照亮了這張陰險的臉，就像最後一縷陽光即將消失在雲彩裡時的一閃，烏雲不像陽光的溫床，而像陽光的墳墓。

但我們已經說過，他等了很久，始終不見他的兒子到他的房間裡來向他敘述勝利的經過。他的兒子雖然要為父親復仇，在趕去決鬥之前卻不願見父親，這是可以理解的；但當復仇已經成功了以後，他的兒子怎麼還不投到他的懷裡來呢？

就是在這時，伯爵還沒有見到阿爾培，就差人去喚他的僕人來。我們知道，阿爾派已經同意僕人對伯爵實話實說。

十分鐘後，只見馬瑟夫將軍出現在台階上，身穿黑衣黑褲，繫著軍人的領結，戴著黑手套。他顯然事先已有過吩咐，因為他剛走到最後一級台階時，他的車就駛出車庫，在他面前停下。

這時，他的貼身男僕把一件軍呢大衣扔進車廂裡。大衣緊緊裹著兩把劍，顯得硬梆梆的。隨後，僕人關好車門，在車夫身邊坐下。

車夫在敞篷馬車的前座上向後轉過身來等候吩咐。

「到香榭麗舍大街，」將軍說，「基督山伯爵府邸。快！」

馬兒在鞭子抽打下跑得飛快。五分鐘後，它們停在了伯爵府邸的門前。

馬瑟夫先生自己打開車門，沒等車子停穩，就像個年輕人似的跳到旁邊的側道上，拉了鈴，隨即帶著僕人消失在打開的大門裡。

一秒鐘後，培浦斯汀向基督山先生通報馬瑟夫伯爵來訪，基督山在送走海蒂的同時，吩咐讓馬瑟夫伯爵先到客廳。

將軍第三次在客廳裡踱步時，當他回過身來，瞧見基督山已站在門口。

「哎！是馬瑟夫先生，」基督山泰然自若地說，「我還我以為聽錯了呢。」

「沒錯，是我。」伯爵的嘴角由於抽搐得厲害，沒法清楚地吐出聲音來。

「那我倒要請教一下，」基督山說，「我有幸在一大早就見到馬瑟夫先生的原因。」

「今天早晨您跟我兒子有一場決鬥，對吧，先生？」將軍說。

「您已經知道啦？」伯爵回答說。

「我還知道我兒子有充分的理由要跟您決鬥，並盡一切努力殺死您。」

「是的，閣下，他有極充分的理由。但您看，他雖然有那樣充分的理由，他卻並沒有殺死我，甚至他都沒有決鬥過。」

「可他把您看作是導致他父親身敗名裂的罪人，是使我的家庭此刻遭受奇恥大辱的禍根。」

「一點不錯，先生，」基督山帶著那種可怕的安靜神色說，「但這是次要的而不是主要的原因。」

「一定是您向他道了歉，或者對他作了某種解釋吧？」

「我沒有對他作任何解釋，反而是他向我道了歉。」

「您認為為什麼會是這樣呢？」

「可能因為他相信了，在這件事中有一個人罪孽比我更為深重。」

「這個人是誰呢？」

「他的父親。」

「就算是吧，」伯爵臉色變得煞白地說，「可是您得知道，有罪的人不願意別人相信他有罪。」

「我知道……因此我料想到此時此刻發生的事情。」

「您料到了我的兒子是個膽小鬼！」伯爵喊道。

「阿爾培・馬瑟夫先生根本不是膽小鬼。」基督山說。

「一個手裡握著一把劍的人看到一個死對頭在眼前而竟不決鬥，便是一個懦夫！但願他在這裡，我能當面對他講。」

「先生，」基督山冷冷地回答說，「我想不到您是到這兒來向我敘述家庭瑣事的。回去對阿爾培先生講吧，他或許知道該怎麼答覆您。」

「哦！不，不，」將軍回答，笑容剛出現便消失了，「我不是為了那個目的來的。您說得對！我是來告訴您：我也把您當做我的敵人！我來告訴您：我本能地恨您！我覺得我認識您很久了，並且一直憎恨您。總之，既然現在的青年人不肯決鬥，那就只有由我們來幹了……您的意見如何，先生？」

「好得很。所以，我料想到我要遇到的事，正是指您光臨這件事而言的。」

「太好了……您準備好了嗎？」

「我隨時恭候，先生。」

「您知道，我們要決鬥到底，直到我們之中死了一個才甘休？」將軍說，氣得咬緊牙關。

「直到我們之中死了一個才甘休。」基督山伯爵緩緩地點了點頭說。

「那就開始吧，我們用不著什麼見證人了。」

「是的，」基督山說，「這沒有必要，我們相互很瞭解了嘛！」

「正相反，」伯爵說，「我跟您並不認識。」

「唔，」基督山仍用令人絕望的冷淡態度說，「我們且來算算看。您不是那個在滑鐵盧之戰的前一天夜裡開小差逃走的士兵弗南嗎？您不是那個為攻打西班牙的法軍充當嚮導和間諜的弗南中尉嗎？您不是那個背叛、出賣並謀害他的恩主阿里的弗南中將嗎？這幾個弗南聚集在一起，不是變成了法國貴族院議員馬瑟夫伯爵嗎？」

「哦！」將軍喊道，這些話就像烙鐵燙在了他的身上似的，「渾蛋！當你可能快要殺死我的時候，你還要指責我讓我感到恥辱！不，你說得對。我也知道得很清楚，惡鬼，你已深入到往昔的黑暗之中，你，我不知道你憑著哪一種火炬的光，看到了我生平的每一個章節，但我的恥辱比你的恥辱或許更可敬一些，因為你還在用華麗的外衣掩蓋它們。不，不，你瞭解我，這我知道，但我不瞭解你，你這個腰纏萬貫的冒險家。你在巴黎自稱為基督山伯爵，在義大利自稱為水手辛巴德，在馬爾他我不知道你又自稱什麼。但在你千百個名字中，我要知道你的真實名字，以便在我們決鬥的時候，當我把我的劍插進你的心窩的時候，可以直呼你的名字。」

基督山伯爵的臉蒼白了，他的眼睛裡似乎燃燒著一種可以吞噬一切人的火焰。他一個箭步衝向與臥室毗鄰的書房，不到一分鐘，撕下他的領結、上裝、背心，穿上一件水手的短褂和戴上一頂水手帽，從水手帽底下露出他那又長又黑的頭髮。

他就這樣回來，樣子可怕，殘酷無情，把雙手叉在胸前，帶著復仇的火焰氣勢逼人地走向將軍。將軍一點兒不明白他為什麼突然消失不見，只好等待著他，但當再見到他的時候，他的牙齒發起抖來，雙腿無力了下去，他不斷地後退，直到在桌上找到他痙攣的手的支撐點才止住腳步。

「弗南！」基督山對他喊道，「在我千百個名字之中，我只要告訴你一個就可以徹底打倒你！這個名字想必你已經知道了，是嗎？或者不如說你記得起來吧？因為我雖然經過種種憂慮和痛苦，但我今天讓你看到了一個因復仇的樂趣而變得年輕又愉快的面孔，這個面孔，自從你娶了我的未婚妻美茜蒂絲以來，一定是常常在夢中見到！」

將軍頭往後仰，雙手前伸，目光呆滯，默默地注視著這個可怕的顯身。慢慢地靠在牆上，緊緊地貼著牆壁溜到門口，一面退出門口，一面發出陰森森的、哀怨的、撕心裂肺似的叫聲：

「愛德蒙・鄧蒂斯！」

然後，帶著完全不是人類的悲鳴，竭盡全力地拖著身體，走到寬敞的前廳，像醉漢一樣穿過院子，幸好他的僕人及時扶住他，只聽他用一種幾乎難以聽到的聲音說：「回家！回家！」

路上，充足的新鮮的空氣和僕人的關切的目光使他的知覺有所恢復，他又得以集中思路；但那段路程很短，當他快要到家的時候，他的全部痛苦又向他他襲來。

離家還沒幾步遠時，他叫住車夫停下馬車，自己下了車。那座房子的前門大開，一輛出租馬車停在前庭中央，在這樣高貴華麗的一座大廈前面，這是一種異乎尋常的事情。伯爵驚恐地望著這輛出租馬車，又不敢向別人詢問，只是向他自己的房間衝過去。

兩個人正走下樓，他迅速撲進書房，以躲避他們。

那正是美茜蒂絲，在兒子的攙扶下要走出這座房子，離開這裡。

他們與那個不幸的人擦肩而過，後者躲在門簾後面，幾乎感覺到美茜蒂絲的衣服擦到他的身體，和他兒子講話時的那股熱氣，因為阿爾培正巧在這時說：

「勇敢起來，媽！來，這已不是我們的家了！」

話聲消失，腳步遠去。

將軍直起身子，抓緊門簾；他同時被妻子和兒子拋棄，他從胸膛裡發出人類最可悲的嗚咽聲。

不久，他就聽到出租馬車鐵門的關閉聲，接著是車夫的喊聲，然後，笨重的車輪碾壓過車道一個轟鳴聲響過。他衝到臥室窗前，想再一次看看他在世上所愛過的一切。但馬車盡情地前進，美茜蒂絲或阿爾培的臉都沒有在車窗上出現，他們都沒有向那座被捨棄的房子和向那個被拋棄的丈夫與父親投送最後一個告別和留戀的眼光——也就是寬恕的眼光。

在出租馬車的車輪震動著拱門的石子路的同時，屋子裡發出一響槍聲，從一扇被震破的窗口裡，冒出了一縷暗淡的輕煙。

chapter 93 凡蘭蒂

讀者想必猜得到，摩賴爾的約會是什麼內容。

這不，摩賴爾跟基督山分手以後，就慢慢地朝維爾福的府邸走去。說他走得「慢慢地」，這是因為摩賴爾只有半個多小時可以用來走完這五百步的距離。可是他要儘早的與伯爵分手，好有時間獨自思索一下。

他清楚現在是什麼時刻。現在正是，凡蘭蒂在侍奉諾梯埃吃午飯，在這盡孝心的時刻肯定不會受到打擾。諾梯埃和凡蘭蒂跟他約定，每星期讓他去兩次，這就是其中的一次。

他到達時，凡蘭蒂已經在等他了。她不安地，幾乎狂亂地抓住他的手，帶他去見她的祖父。

正如上述，凡蘭蒂這種幾乎達到慌亂地步的焦慮不安，來自馬瑟夫事件在上流社會引起的傳聞，歌劇院裡發生的事大家都已知道。維爾福家沒有人懷疑那件事情將引起一場決鬥。凡蘭蒂憑著女性的本能，猜到摩賴爾將做基督山的陪證人，她深知年輕人聞名遐邇的勇敢和他對伯爵深厚的友誼，她恐怕他不只滿足於會當個證人，而袖手旁觀這場生死較量。

因此可以理解她那麼熱切地詢問詳情，並那麼高興地得到了回答。當凡蘭蒂知道這件事情是以那樣的意外而告終的，摩賴爾可以從他心愛人的眼睛裡看到一種難以言喻的欣喜。

「現在，」凡蘭蒂邊說邊對摩賴爾做了個手勢，讓他坐在老人旁邊，她自己則坐在老人擱腳的那張小矮凳上，「現在，讓我們談一下我們的事。瑪西米蘭，爺爺有一陣子曾經打算離開這座房子，在維爾福先生的宅邸外面另找一套公寓。」

「對，當然知道，」瑪西米蘭說，「我記得這個計畫，而且當時就舉雙手贊成。」

「那好！」凡蘭蒂說，「再舉起您的雙手吧，瑪西米蘭，因為爺爺又提起了這件事。」

「好極了！」瑪西米蘭說。

「你可知道爺爺為什麼要離開這裡嗎？」凡蘭蒂說。

諾梯埃望著凡蘭蒂，用目光示意她不要說，但她並沒有注意到他；她的表情，她的眼光，她的微笑，一切都關注著摩賴爾。

「哦！無論諾梯埃先生是什麼理由，」摩賴爾喊道，「我都贊成。」

「理由完美極了，」凡蘭蒂說，「他說什麼聖・奧諾雷區的空氣對我很不合適。」

「的確如此，」摩賴爾說，「凡蘭蒂，你聽我說，諾梯埃先生也許說得很有道理。近半個月來，我覺得您的身體變壞了。」

「對，是有點兒，沒錯，」凡蘭蒂回答說，「因此爺爺成了我的醫生，由於爺爺無所不知，我對他最信任了。」

「這麼說你真的是病了，凡蘭蒂？」摩賴爾關切地問。

「哦！我的上帝！這不算是病。我只是覺得全身不舒服。我沒有胃口，我覺得我的胃要頂住一場鬥爭，被迫習慣什麼食物似的。」

諾梯埃一字不漏地聽著凡蘭蒂的每一句話。

「您服什麼藥來對付這種症狀怪異的病呢？」

「哦！很簡單，」凡蘭蒂說，「我每天早晨服用一匙羹給我祖父吃的那種藥。我說一匙羹，是說我開始的時候吃一匙羹，現在我吃四匙羹了。爺爺認為這種藥包治百病。」

凡蘭蒂笑了笑，但她的笑容中有一種憂鬱、痛苦的表情。

沉醉在愛情裡的瑪西米蘭默默地凝視著她。她美麗非常，但她的蒼白有一種晦暗的色彩，她的眼睛閃亮發出異常的光芒，而她的雙手，本來像珍珠那樣白的，如今像一雙蠟做的手，天長日久，有種淡黃的色彩滲透過去。

那青年把投在凡蘭蒂身上的目光移到諾梯埃身上。後者正帶著超凡領悟力望著那青年女郎，他也像摩賴爾一樣，看到了一種隱藏的痛苦的痕跡，這種痕跡雖然非常輕微，但卻逃不過祖父和愛人的眼睛。

「不過，」摩賴爾說，「這種藥劑你已經吃到四匙，我想是本來開給諾梯埃先生的吧？」

「我知道這藥很苦，」凡蘭蒂說，「苦到不論我再喝什麼都跟它一個味道。」

諾梯埃以探詢的目光望著孫女。

「對，爺爺，」凡蘭蒂說，「是這樣的。剛才下樓到這兒來以前，我喝了一杯糖水。嗯！我留下一半，這杯水我覺得非常苦。」

諾梯埃臉色發白，示意他有話要說。

凡蘭蒂站起來去找辭典。

諾梯埃帶著顯而易見的焦慮神色注視著她。

的確，血液沖向姑娘的頭部，她的兩頰開始泛紅。

「噢！」她喊道，但還是興奮，「真奇怪，一陣頭暈眼花！是太陽照到我的眼睛了嗎？」

她倚在窗子的長插銷上。

「可現在沒太陽啊，」摩賴爾說，對諾梯埃臉上的表情要比凡蘭蒂的不舒服更惴惴不安。

他奔向凡蘭蒂。

少女笑了笑。

「您放心吧，爺爺，」她對諾梯埃說，「您也放心吧，瑪西米蘭，沒事兒，已經過去了。可是你們聽！我好像聽到院子裡馬車的聲音。」

她打開諾梯埃的房門，跑到過道上的一扇窗子跟前，又飛快地回來。

「對，」她說，「是鄧格拉司夫人和她女兒來看我們。對不起，我要離開了，有人來找我了，或者還是說待會兒見吧，瑪西米蘭先生，請你就待在爺爺身邊，我答應你不留下她們。」

在摩賴爾的注視中，她關上房門，傳來她登上通往維爾福夫人和她的房間的小樓梯的聲音。

等她走後，諾梯埃示意摩賴爾去把辭典拿來。摩賴爾服從了。凡蘭蒂教過他，已迅速習慣去理解老人的意思。

然而，不管他怎麼熟練，還是必須依次按二十四個字母說下來，再把每一個字從字典裡找出來，所以用了整整十分鐘，老人的想法才轉譯成如下這句話。

「去把凡蘭蒂房間裡的那杯水和那個玻璃瓶都拿來。」

摩賴爾立即拉鈴喚僕人進來，另一個僕人已經替代了巴羅斯，摩賴爾以諾梯埃的名義吩咐了他。

過了一會兒，僕人拿著東西回來了。

玻璃瓶和杯子都是空的。

諾梯埃示意他想說話。

「為什麼杯子和玻璃瓶都是空的？」他問，「凡蘭蒂說過她只喝了半杯。」

理解這個新問題又用了五分鐘。

「我不知道，」僕人說，「不過凡蘭蒂小姐的貼身女僕在房裡，說不定是她倒空的。」

「去問她一下。」摩賴爾說，這回他是從諾梯埃的目光中理解他的意思的。

僕人出去以後，幾乎立刻就返回來了。

「凡蘭蒂小姐是經過自己的房間，到維爾福夫人房間裡去的，」僕人說，「她因為口渴，就進屋把杯裡剩下的半杯水喝了。至於玻璃瓶，愛德華先生把它倒空給他的鴨子做池塘了。」

諾梯埃舉眼向天，像是一個賭徒在拚命一搏時候的表情。

從那時起，老人的眼睛便盯住門口，不再離開這個方向。

凡蘭蒂見到的果然是鄧格拉司夫人和她女兒。她倆已被請到維爾福夫人的客廳裡，因為維爾福夫人吩咐要在她的套間裡見她們。因此凡蘭蒂從自己的臥室穿過去。她的房間跟繼母的房間在同一層樓上，兩套房間中間只隔著愛德華的臥室。

兩個女人走進客廳時面無表情，向人預示著她們前來是要報告什麼消息。

在上流社會中，察言觀色是每一個人的本領，維爾福夫人以一本正經地接待她們。

這個時候，凡蘭蒂進來了，同樣嚴肅正式的行了一遍禮。

「親愛的朋友，」男爵夫人說，這會兒兩位少女正彼此拉住對方的手，「我同歐琴妮一起來向您宣佈，我女兒和卡凡爾康得親王最近就要結婚了，我們是最先來通知您的。」

鄧格拉司執意要用親王的頭銜。那位平民出身的銀行家覺得這個頭銜比子爵和伯爵更動聽。

「那麼，請允許我真誠地向你們祝賀，」維爾福夫人回答說，「卡凡爾康得親王殿下看上去是位有許多不同尋常的優點的年輕人。」

「請聽我說，」男爵夫人笑容可掬地說，「對朋友我才說，據我們看來，親王前途無量。他帶有一點異域的風度，法國人一見就認得出他是義大利或德國貴族。但是，他的本性非常仁厚，資質十分敏慧，至於是否門當戶對，鄧格拉司先生認為他的財產非常可觀，這是他的原話。」

「還有，」歐琴妮一邊翻著維爾福夫人的畫冊，一邊說，「您得再加上一句，母親，說您對這位年輕人有一種特殊的喜愛之情。」

「那麼，」維爾福夫人說，「我不需要問您，您是否也有這種喜愛之情？」

「我！」歐琴妮仍以她一貫的那種自恃的態度答道。「噢，絲毫沒有，夫人！我的秉性不願把自己禁錮在家務或者男人的變化無常之中，不管這是怎樣一個男人，我希望成為一個藝術家，追求心靈、身體和思想的自由。」

歐琴妮帶著非常響亮和堅定的嗓音說這番話，以致凡蘭蒂的臉紅起來。她膽怯溫和無法理解這種與女性氣質格格不入的強硬態度。

「何況，」歐琴妮繼續說，「既然我註定要結婚，我應該感謝上帝解除了我與阿爾培先生的婚約，否則，我今天已是一個聲名狼藉的人的妻子了。」

「可不是嘛，」男爵夫人說，那種奇特的坦率有時在貴婦身上能夠看到，這與平民之間的來往時所表現的沒什麼兩樣，「可不是嘛。要不是馬瑟夫猶豫不決，我的女兒就嫁給阿爾培先生啦。將軍自以為很有把握，他甚至來脅迫鄧格拉司先生。我們險些陷入災難之中。」

「可是，」凡蘭蒂怯生生地說，「難道兒子要背負父親的全部恥辱嗎？我覺得阿爾培先生同將軍的所有叛變行為毫無關係。」

「對不起，親愛的朋友，」另一位少女毫不容情地說，「阿爾培先自取其辱，所以理應得到他的一部分恥辱。聽說昨天在歌劇院裡向基督山先生挑戰以後，今天他又在決鬥場上道歉了。」

「這不可能！」維爾福夫人說。

「哎！親愛的朋友，」鄧格拉司夫人帶著上文提過的那種坦率說，「這事千真萬確。我是聽狄佈雷先生說的，道歉時他也在場。」

凡蘭蒂也知道實情，可她卻一聲不吭。她只記得摩賴爾還在諾梯埃先生的房間裡等候她。

由於內心沉沒在自己的思想深處，凡蘭蒂並沒有參加當時的談話。她完全不知道剛才那幾分鐘大家說了些什麼；突然地，鄧格拉司夫人抓住她的臂膀，把她從迷離恍惚狀態中驚醒過來。

「什麼事，夫人？」凡蘭蒂說，鄧格拉司的手指的觸摸，她瑟瑟發抖，就像是觸電了一樣。

「我是說，親愛的凡蘭蒂，」男爵夫人說，「你大概是病了吧？」

「我嗎？」少女說，摸了一下自己發燙的額角。

「是的，去照照那面鏡子。你的臉色一陣白一陣紅，短短一分鐘之內，已經有三四次。」

「是啊，」歐琴妮喊道，「瞧你的臉色有多白！」

「哦！你別擔心，歐琴妮。我像這種狀態已經好幾天了。」

她雖然不善賣巧弄乖，她還是明白這是一個告退的機會，而且，維爾福夫人也幫了她的忙。

「先去休息吧，凡蘭蒂，」她說，「你一定是不舒服了，她們兩位會原諒您的，喝一杯清水，會好些的。」

凡蘭蒂吻了歐琴妮，對已經立起身準備告辭的鄧格拉司夫人行了個屈膝禮，走了出去。

「這可憐的孩子，」等凡蘭蒂走出房門以後，維爾福夫人說，「她讓我感到非常不安，她要得重病我不會驚奇的。」

這時，凡蘭蒂處在一種莫名的興奮中，穿過愛德華的房間，沒有理睬那個孩子的惡言惡語，再穿過她的房間，到達那座小樓梯口。她走下樓梯，當只有三級樓梯未走完的時候，她已經聽到摩賴爾的聲音，這當兒，她的眼前突然一暗，正經僵硬的腳踩不到踏級，她的手無力握住欄杆，整個身子擦著牆壁，從最後三級樓梯上滾了下來，而不是走下來的。

摩賴爾衝到門口，打開門，發現凡蘭蒂躺在地板上。

他閃電般地把她抱在懷裡，放到一張椅子裡。凡蘭蒂睜開了眼睛。

「哦！瞧我多麼笨手笨腳，」她有些狂亂，滔滔不絕地說，「敢情我這是糊塗了？我都忘了還有三級樓梯呢！」

「你恐怕受傷了吧，凡蘭蒂？」摩賴爾喊道，「哦！天哪！天哪！」

凡蘭蒂往四周看看，她看見了諾梯埃眼睛裡流露出來的極度驚恐的神色。

「放心吧，爺爺，」她說著，吃力地笑了笑，「沒關係，沒關係……只是頭暈而已。」

「又頭暈啦！」摩賴爾合緊雙手說，「哦！凡蘭蒂，我求你千萬得當心。」

「沒事，」凡蘭蒂說，「沒事，我對您說過，一切都過去了，不要緊的。現在，聽我告訴你一個消息吧：一個星期內歐琴妮就要結婚，三天以後有一個盛大的宴會，那是訂婚筵席。我們都被邀請了，父親，維爾福夫人和我……至少我是這麼認為的。」

「什麼時候才輪到我們來發出這樣的邀請呢？哦！凡蘭蒂，您對爺爺說的話他總是聽的，請您讓他回答您說快了吧。」

「這麼說，」凡蘭蒂問，「您指望我加快速度，喚起爺爺的記憶嗎？」

「就是，」摩賴爾喊道，「天哪！天哪！您快說呀。只要您還沒屬於我，凡蘭蒂，我總覺得我要失掉您。」

「噢！」凡蘭蒂顫抖了一下道，「噢，真的，瑪西米蘭，對於一個軍官和軍人來說，您太膽小了，因為，一個軍人是從不知道懼怕的呀。哈！哈！哈！」

她的笑聲尖利而痛苦；她的手臂僵硬地抽搐；她的頭仰在椅背上，一動不動了。

那諾梯埃驚恐的叫喊似乎要從他的眼睛裡發了出來。

摩賴爾明白了，要叫人幫忙。

那青年猛烈地拉鈴，那在凡蘭蒂小姐房間裡的女婢和那個代替巴羅斯的男僕同時奔進來。

凡蘭蒂是這樣蒼白，渾身冰涼，毫無生氣，以致他們不必需要什麼解釋，就已感到瀰漫在那座房子裡的恐怖氣氛，於是就飛奔到走廊裡去呼救。

鄧格拉司夫人和歐琴妮那時正走出來，她們還是瞭解到了這片嘈雜混亂的原因。

「我對你們說過的喲！」維爾福夫人大聲說，「可憐的孩子！」

chapter 94 吐露真情

正在這時，從維爾福先生的書房裡，傳來了他的喊聲：

「出什麼事啦？」

摩賴爾趕忙向諾梯埃徵詢意見，後者剛剛恢復了鎮靜，用目光向他指示以前在類似的情況下他曾躲避過的那間耳房。

摩賴爾剛剛來得及拿起帽子，奔進書房，那位檢察官的腳步聲已從走廊裡傳來。

維爾福急步走進房間，朝凡蘭蒂奔去，把她抱在懷裡。

「叫醫生！叫醫生……叫阿夫里尼先生！」維爾福喊道，「不，還是我親自去吧。」

說著，他衝出房門。

摩賴爾從另一間門衝出來。

他的心裡有一件可怕的回憶突然之間被觸動——他想起了聖米蘭夫人去世那一夜醫生與維爾福的那一段對話；凡蘭蒂的這些病症，可怕的程度相對弱一些，但跟巴羅斯臨死前的症狀是一樣的。

同時，基督山的聲音似乎又在他的耳邊響起來，他在不到兩小時前曾說：

「不論你需要什麼，摩賴爾，來找我吧，我有非凡的力量。」

摩賴爾的行動比思想更快，他直奔向梅狄儂路，從那兒折向香榭麗舍大道。

這時候，維爾福先生已經乘著出租輕便馬車趕到了阿夫里尼先生的門前，他把門鈴拉得那麼猛，以致門房驚慌不安地前來開門。維爾福逕自朝樓梯奔去，一句話也不說。看門人認識他，所以沒去攔他，只是對他大聲地說：「在書房裡，檢察官先生，醫生在書房裡！」

維爾福推開門，衝了進去。

「咦！」醫生說，「是您！」

「對，」維爾福隨手關上門說，「對，大夫，這回是我來問您，這兒是不是沒有旁人在了。大夫，我的家是一幢受詛咒的房子！」

「什麼！」醫生表面上冷靜地說，可是內心非常激動，「又有人中風了嗎？」

「是的，醫生！」維爾福用痙攣的手抓住自己的頭髮喊道，「是的！」

阿夫里尼的目光飽含深意：「我早就警告過您了。」

然後下面的話緩慢地從嘴唇裡發出：

「這次輪到您家裡的哪一位了？又是哪一個受害者在上帝面前證明我們軟弱了？」

維爾福的心頭湧起一陣悲愴的嗚咽，他走近醫生，抓住他的胳膊。

「凡蘭蒂！」他說，「這回是凡蘭蒂！」

「您的女兒！」阿夫里尼既痛苦又吃驚地喊道。

「您看到了吧，您弄錯了，」法官喃喃地說，「去看看她吧，到她的病床邊去，請求她原諒對她有過的懷疑吧。」

「您每次來告訴我，」阿夫里尼說，「總是已經太遲了。沒關係，我們去看看，我們快點，先生，仇敵在襲擊您的家，我們一點時間也不能再浪費了。」

「哦！這回，大夫，我不會再被您責備軟弱了。這回，我會弄清楚誰是兇手，讓他受到懲罰。」

「在思考為她復仇之前，我們先設法救活她吧，」阿夫里尼說，「走吧。」

把維爾福載到這兒來的那輛輕便馬車，又載著由阿夫里尼陪伴的他疾駛而去。而與此同時，摩賴爾拉響了基督山府邸的門鈴。

伯爵在書房裡，正在急速地閱讀伯都西奧匆匆拿進來的一封信。

聽到來訪的是兩個小時前跟他分手的摩賴爾先生，伯爵便抬起頭來。

摩賴爾，也和伯爵一樣，在那兩小時之內顯然曾受過不少考驗，因為年輕人離開他時嘴角上掛著笑容，此時卻驚慌失措。

伯爵立起身來，快步走到摩賴爾跟前。

「出什麼事了，瑪西米蘭？」他問道，「你臉色蒼白，滿頭大汗。」

摩賴爾是倒在一張扶手椅裡，而不是坐下來的。

「是的，」他說，「我匆忙跑來，是要跟您談談。」

「您家裡人都安好嗎？」伯爵關切地問道，其感情的真摯是任何人都看得出的。

「謝謝，伯爵，」年輕人說，他明顯地難以啟齒，不知從何說起，「是的，我們全家都很好。」

「那就好。不過您是有事要對我說吧？」伯爵接著說，他越來越感到不安了。

「是的，」摩賴爾說，「我是剛從一座死神闖入的房子裡出來，徑直跑著來見您。」

「那您是從馬瑟夫先生府上出來嗎？」基督山問。

「不是，」摩賴爾說，「馬瑟夫先生府上有人死了？」

「將軍剛剛對準腦袋開槍自盡了。」基督山回答說。

「哦！多可怕的不幸！」瑪西米蘭喊道。

「對伯爵夫人來說不是，對阿爾培來說也不是，」基督山說，「一個死掉的父親或丈夫比受恥辱要好——血洗清了恥辱。」

「可憐的伯爵夫人！」瑪西米蘭說，「我最同情的就是她，這麼一位高貴的女性！」

「也同情同情阿爾培吧，瑪西米蘭。因為請您相信，他是伯爵夫人的好兒子。話說回來，您跑來找我有事，您剛才是這樣說的。您是有事要我為您效勞嗎？」

「是的，我需要您，也就是說，我像一個瘋子一樣，相信您像上帝一樣能拯救我。」

「儘管說吧！」基督山回答說。

「哦！」摩賴爾說，「我實在不知道是不是可以向世人的耳朵洩露一樁這樣的秘密，但命運逼迫我這樣做，需要迫使我這樣做，伯爵。」

摩賴爾遲疑地打住了話頭。

「您相信我是愛您的嗎？」基督山說著，雙手親切地握住年輕人的手。

「噢，您鼓勵了我！而這裡有一樣東西告訴我，」他用手按在心上說，「我對您不應該有秘密。」

「您說得對，摩賴爾，上帝在對您的心說話，而您的心在轉告您。告訴我它說了些什麼話。」

「伯爵，您能讓我派培浦斯汀去打聽一個您認識的人的消息嗎？」

「我本人都悉聽你的吩咐，更何況我的僕人呢。」

「哦！要是我得到她好不了的確切消息，我也活不下去了。」

「要我拉鈴喚培浦斯汀進來嗎？」

「不，我自己去跟他說。」

摩賴爾走出去叫來培浦斯汀，低聲對他說了幾句話。那位貼身男僕跑著出去了。

「嗯！行了嗎？」看到摩賴爾重又出現，基督山問。

「是的，這樣我就稍微安心一點了。」

「您知道我在等著您哪。」基督山笑吟吟地說。

「是的，我這就告訴您。有一天晚上，我在一個花園裡，在一叢樹木的掩蓋下，誰都沒有疑心我在那兒。有兩個人從我身邊經過，請允許我暫時隱去他們的名字，他們在低聲交談，我很關注他們的談話，想要聽到他們的話，所以他們的話我一個字都沒有漏過。」

「你蒼白的臉色和渾身打戰的身體告訴我，這預示著有件悲慘的事，摩賴爾。」

「噢，是的，非常悲慘，我的朋友！在位於這座花園的房子中，剛才死了一個人。談話的那兩個人當中，一個是那座房子的主人，一個是醫生。可是，房子的主人透露了他的擔心和痛苦，因為在一個月內，這已是死神第二次進入那座被一個絕滅天使當做毀滅對象的房子了。」

「噢！噢！」基督山凝視著年輕人說，一邊用一個令人難以覺察的動作把椅子轉過一些，使自己置於陰暗處，而讓光線直接照在瑪西米蘭的臉上。

「是的，」摩賴爾繼續說，「死神在一個月內光顧了這個家。」

「那醫生如何回答？」基督山問。

「他回答說……他回答說這並不是一種自然死亡，必須歸因於……」

「是什麼？」

法律了。」

「是的，我親愛的伯爵，我確實聽到了。那醫生還說，如果再發生同樣的事情，他就一定要訴諸法律了。」

「真的？」基督山說，輕輕咳嗽了一聲，他在極度激動時，總用咳嗽來掩飾臉紅、蒼白或者聚精會神，「瑪西米蘭，你當真聽到那樣說的嗎？」

「是毒藥！」

基督山聽到這番話時神情安靜，至少在表面上如此。

「嗯！」瑪西米蘭說，「死神又進行了第三次打擊，而房主和醫生卻保持沉默。死神現在或許在做第四次打擊了。伯爵，我既然知道了這個秘密，我到底應該怎樣辦呢？」

「親愛的朋友，」基督山說，「您看來是在敘述一個我們大家心裡都清楚的故事。您聽到這場談話的那幢房子，我也知道，或者至少我知道類似的一幢房子──在那座房子裡，有一個花園、一個主人、一個醫生和三次意想不到的突然死亡。那麼，請看著我，我不曾親耳聽到這番心腹話，卻跟您一樣瞭解這一切，可我並不感到良心上有什麼不安。不，這不關我的事。你說，一位絕滅天使似乎已把那座房子當做毀滅的對象。那麼，誰告訴您，那不是理所應當發生的事實呢？不要去注意那些理應發生的事情。如果在這座房子裡徘徊的是上帝的正義之神，而不是上帝的憤怒之神，瑪西米蘭，你就掉轉臉去，讓正義之神行使他的職責吧。」

摩賴爾打了一個寒戰。伯爵的態度上帶著某種哀傷、莊嚴和可怕的神情。

「而且，」他繼續說，聲調明顯地在改變，簡直可以說，於之前判若兩人，好像不是從同一個人的嘴裡說出來的──「而且，誰說它會再來呢？」

「它已經來了，伯爵！」摩賴爾喊道，「就為這，我才跑來找您的呀。」

「嗯！你要我做些什麼呢，摩賴爾？難道說，你心血來潮地要我去通知檢察官先生嗎？」

基督山說出最後這句話時咬字清晰，聲音響亮，摩賴爾不禁驀地立起身來喊道：

「伯爵！您知道我說的是哪家，對嗎？」

「知道得十分清楚，我的好朋友，我可以說得清清楚楚，一一念出他們的名字，來證明這一點。有一天晚上您走進維爾福先生的花園，而根據您的敘述，我猜那定是在聖米蘭夫人去世的那天晚上。您聽到維爾福先生和阿夫里尼先生談論聖米蘭先生和侯爵夫人的死。阿夫里尼先生說，他相信他們兩人都是中毒死的，您是心地高尚的人，您反覆在內心責問自己，想弄清事實，想知道是否要透露這個秘密，還是保持沉默。我們現在不是在中世紀了，親愛的朋友，現在已不再有宗教秘密法庭或良心裁判所。你跟那些人有什麼關係呢？正如斯特恩[15]所說的：『良心呵，你跟我有什麼關係？』我親愛的，假如良心睡著，就讓它繼續睡下去；假如它們失眠，就讓他們變得臉色蒼白吧。為了上帝的愛，平平靜靜地生活吧，既然沒有什麼悔恨妨礙你睡著的話！」

一種深切的痛苦表情呈現在摩賴爾的臉上，他一把抓住基督山的手。

「可是它又發生了！我對您說。」

「嗯！」伯爵說，驚異於這種執著，他不懂這是為了什麼，只是更急切地望著他，「讓它重新開始吧。那是一個阿特拉斯族[16]的家庭，上帝已判了他們有罪，他們就會遭到懲罰。他們都將像孩子用紙牌搭成的東西，吹一口氣就會依次倒下那樣消失，即使他們有兩百個之多。三個月以前，是聖米蘭先生，兩個月以前聖米蘭夫人，不久以前，是巴羅斯，今天將是老諾梯埃或年輕的凡蘭蒂。」

15. 十八世紀英國小說家。
16. 希臘神話中受到天罰，自相殘殺的一族人。

「您都知道？」摩賴爾驚恐地喊道，基督山不由得也嚇了一跳，「您都知道，但您隻字不提！」

「它跟我有什麼關係？」基督山無所謂地答道。「難道我認識這些人？我要失去這一個去挽救另一個？哼，不，因為在罪人和犧牲者之間，我沒有偏愛。」

「可是我，我！」摩賴爾悲痛地哀號著，「我愛她呀！」

「你愛誰？」基督山直跳起來，一把抓住摩賴爾舉向天空的雙手，大聲喊道。

「我愛得神魂顛倒——我像一個願意以生命的血去替代她一滴眼淚的男子那樣愛她——我愛凡蘭蒂・維爾福，此刻有人謀害她！您可明白？我愛她，而我請問上帝和您，我怎樣才能救她？」

基督山發出一聲只有那些聽到過一隻受傷的獅子吼聲的人才能想像得出的喊叫。

「不幸的人哪！」他喊道，輪到他扭動著雙手了，「你愛凡蘭蒂！愛那個受詛咒的家族的女兒！」

摩賴爾從不曾見過這樣一種表情，他從沒見過這樣可怕的、炯炯發光的目光。即使在戰場上，在阿爾及利亞激烈搏鬥的夜間，當不幸的槍火在他四周交織著時，也絕沒有晃動著更陰森森的火花。

他驚恐地退後了幾步。

至於基督山，在這一陣感情爆發之後，他閉上了眼睛，彷彿被內心的閃電擊得頭暈目眩。一剎那間，他已這樣有力地控制住自己；他那猛烈地起伏的胸膛平息了下去，就像烏雲掠去以後，冒著泡沫和洶湧波濤消弭在陽光中一樣。

這種沉默、掙扎和自制大約繼續了二十秒鐘。

然後，伯爵仰起他那蒼白的面孔。

「瞧，」他說，「我親愛的朋友，有些人面對上帝呈現在他們面前的可怕景象要麼假裝強硬，要麼冷漠無情，上帝多麼善於懲罰他們的無動於衷啊。我，一個無情而好奇的旁觀者。我，曾冷眼注視著這個悲劇的進行。我，在秘密的保護之下（而秘密對有錢有勢的人是很容易保守住的），像一個惡作劇的天使那樣嘲笑著人們所犯的罪惡，輪到我感到被蛇咬了，而且咬的是心臟，可是我一直看著這條蛇蜿蜒向自己爬來！」

摩賴爾發出一聲喑啞的呻吟。

「夠了，夠了，」伯爵繼續說，「這樣的怨艾已經夠了。你要像個男子漢，要堅強，要充滿希望，因為我在這兒，因為我守護著你。」

摩賴爾悲傷地搖著頭。

「我對您說要有希望！您明白我的意思嗎？」基督山喊道，「要記得：我從來不撒謊，也從不受人欺騙。現在是中午，瑪西米蘭，感謝上天您在中午來而不是在晚上或明天早晨來！仔細聽好我要對您說的話，摩賴爾！現在是中午，要是凡蘭蒂現在沒有死，她就不會死了。」

「哦！天哪！天哪！」摩賴爾喊道，「我離開她時她已經奄奄一息了。」

基督山把一隻手按在自己的額頭上。

誰知道在那個充滿著可怕的秘密的腦子裡，在想些什麼呢？

只有上帝才能瞭解光明之神或黑暗之神對這無情而又人道的頭腦說些什麼呢？

基督山又一次抬起頭來，這一次，他的臉已經像剛醒來的孩子那樣平靜了。

「瑪西米蘭，」他說，「安心回家去吧，我不允許您越雷池一步，不要採取任何步驟，不要在您的臉上透露出一絲憂愁。我會送消息給您的。去吧。」

「噢，伯爵，您這樣鎮定自若，令我害怕。難道您有起死回生的力量？難道您是超人？難道您是一位天使？難道您是上帝嗎？」

面對任何危險，這個年輕人都不曾退卻，在基督山面前卻帶著無法形容的恐怖發起抖來了。

但基督山帶著既憂鬱又柔和的微笑望著他，以致瑪西米蘭覺得自己眼含淚水。

「我的力量還是很大的，我的朋友，」伯爵回答說，「好了，我需要一個人待一會。」

基督山對他周圍的一切都有一種特別的控制力，摩賴爾甚至不想擺脫這種控制力。他緊緊地握了握伯爵的手走了。

他在門口站著等待培浦斯汀，他剛看到這個僕人出現在梅狄儂路的拐角，大步跑過了回來。

這時，維爾福和阿夫里尼也急匆匆地趕回到了府邸。他們走進屋裡時，凡蘭蒂仍昏迷不醒，醫生開始檢查病人，這種情況本來就要求他檢查得非常仔細，由於他瞭解秘密，他更加深入地進行觀察。

維爾福急切地注視著醫生的眼神和嘴角，等待著檢查的結果。諾梯埃的臉色比少女更蒼白，而且他比維爾福更渴望知道解救的辦法。所以他也在等待，臉上現出一種睿智、敏感的表情。

終於，阿夫里尼慢吞吞地說：

「她竟然還活著。」

「竟然？」維爾福喊道，「哦！醫生，您說的是個多可怕的字眼喲！」

「是的，」醫生說，「我不得不重複。她竟然還活著，這使我感到很吃驚。」

「那麼她有救了？」做父親的問。

「是的，既然她還活著。」

那時，阿夫里尼的眼光遇到了諾梯埃的注視，醫生注意到那目光閃爍出異乎尋常的快樂和非常豐富的想法。

他讓那青年女郎坐回到椅子上，她的嘴唇是這樣蒼白，幾乎難以跟面孔的其他部分分辨開來。然後他一動不動地站著，望著諾梯埃，後者似乎已預料到他所做的一切。

「先生，」這時阿夫里尼對維爾福說，「請去把凡蘭蒂小姐的貼身女僕叫來。」

維爾福他一直捧著女兒的腦袋，這時他放開手，親自跑去叫那個女僕。

維爾福剛關上房門，阿夫里尼就往諾梯埃跟前走去。

「您有事要對我講嗎？」他問。

老人意味深長地眨了一下眼睛。讀者記得，這是他使用的唯一的肯定表示。

「對我一個人說嗎？」

「是的。」諾梯埃表示說。

「那好，我和您單獨待一會兒。」

這時維爾福進來了，後面跟著那個貼身女僕，女僕後面跟著維爾福夫人。

「我親愛的孩子怎麼啦？」她喊道，「她從我房間出去時，就說是不舒服，可我沒想到有這麼嚴重啊。」少婦淚水盈眶，帶著一個親生母親才有的那種憐愛的表情走近凡蘭蒂，握住少女的一隻手。

阿夫里尼繼續望著諾梯埃，他看到那老人瞪大的雙眼，面頰泛白而顫抖，腦門上冒出汗珠。

「啊！」他順著諾梯埃目光的方向望去，落在維爾福夫人的臉上，不由自主地喊出了聲來。這時維爾福夫人一再地說：「這可憐的孩子，她躺在床上會好受些。來，法妮，我們把她抱到床上去。」

阿夫里尼先生看到這一建議能提供他與諾梯埃單獨待在一起的機會，便贊同說那是最好的辦法；但他強調沒有他的吩咐不可以給她任何東西。

她們抬著凡蘭蒂走了；她已甦醒過來，但不能行動，也幾乎不能說話，這次發作使她周身的骨骼都抖鬆了。然而她還是對祖父瞥了一眼，打個招呼，似乎她們把她的靈魂抬走了。

阿夫里尼跟著病人出去，開了一張藥方，吩咐維爾福乘一輛輕便馬車親自到藥劑師那兒去配藥，親自拿來後，他在他女兒的房間裡等他。

他重新叮囑不要讓凡蘭蒂吃東西，他又回到諾梯埃的房間裡，小心地關上房門，確定沒有人在竊聽，便說：「嗯，您對於您孫女兒的病，知道一點什麼嗎？」

「是的。」老人表示說。

「請聽我說，我們的時間不多，我來問您，您來回答吧。」

諾梯埃表示他已經做好了回答的準備。

「您已預料到了凡蘭蒂今天出事嗎？」

「是的。」

阿夫里尼想了一下，然後走近諾梯埃。

「請原諒我下面要對您說的話，」他接著說，「但我們目前的處境，任何一點跡象都不應該放過。您是看到可憐的巴羅斯怎麼死的吧？」

諾梯埃抬頭望天。

「您知道他是怎麼死的了？」阿夫里尼問，把手按在諾梯埃的肩上。

「是的。」老人回答。

「您認為他是自然死亡嗎？」

類似笑那樣的表情浮現在諾梯埃毫無生氣的嘴唇上。

「那麼，您曾經想到過巴羅斯是被毒死的？」

「是的。」

「您認為致命的毒藥是為他準備的嗎？」

「不。」

「現在您是否認為，原來想打擊另一個人，結果打在巴羅斯身上的那隻手，今天又落在了凡蘭蒂身上？」

「是的。」

「這麼說，她也要死？」阿夫里尼問道，深邃的目光凝視著諾梯埃的臉。

他等待著看這句話對老人所產生的影響。

「不！」他帶著一種即使最聰明的推測者見了也會感到迷惑的得意的神氣回答。

「那麼您抱著希望？」阿夫里尼驚奇地說。

「是的。」

「您希望什麼呢？」

老人表示他無法回答。

「啊！對，是的。」阿夫里尼喃喃地說。

隨後他重又轉過臉去對著諾梯埃。

「您是希望，」他說，「那個兇手會厭倦而停手嗎？」

「不。」

「那麼，您是指望毒藥對凡蘭蒂不起作用嗎？」

「對。」

「我並沒有告訴您，」阿夫里尼說，「說是有人想毒死她吧？」

老人用眼睛表示，他對這一點深信不疑。

「那麼，您希望凡蘭蒂逃脫死亡嗎？」

諾梯埃把他的眼光堅定地盯著一個地方。阿夫里尼順著那個方向望過去，發覺他的眼光原來盯在他每天早晨服用的那只藥瓶上。

「噢！噢！」阿夫里尼說，突然想到一個念頭，「您早就想到……」

諾梯埃沒來得及等他講完。

「對。」他說。

「讓她能抗衡毒藥嗎？」

「對。」

「所以您就讓她逐漸適應……」

「對，對，對。」諾梯埃說，很高興自己的想法被人瞭解了。

「事實上，您聽我說起過，我給您的藥裡含有木鱉精的吧？」

「對。」

「而讓她習慣了那種毒藥，是想抵消毒藥的效果嗎？」

諾梯埃表示出同樣的得意而興奮的神情。

「您確實做到了！」阿夫里尼喊道，「沒有那一步預防措施，凡蘭蒂今天就沒命啦。她會無藥可救，悲慘地死去。那毒藥分量非常重，但她只是昏厥過去而已。這一次，至少凡蘭蒂是不會死的了。」

不同尋常的喜悅使老人的眼睛神采奕奕，他帶著無限感激的表情抬起眼睛望著上天。

這時，維爾福回來了。

「喏，醫生，」他說，「這是您要的藥。」

「這藥水是當著您的面配製的嗎？」

「是的。」檢察官回答說。

「藥沒有離開過您的手？」

「沒有。」

阿夫里尼拿起藥瓶，倒了幾滴藥液在手心裡，嘗了嘗味道。

「好，」他說，「咱們上樓到凡蘭蒂的房間去吧，我會吩咐每一個人，您一定監督好，維爾福先生，不允許任何人出差錯。」

當阿夫里尼在維爾福的陪伴下回到凡蘭蒂的房間裡去的時候，一位舉止嚴肅、談吐鎮定堅決的義大利神甫租下了維爾福先生隔壁的那座房子。

那位新房客寫了一張三年、六年或九年的租約，並遵照業主的規則，預付了六個月房租。上文說過，這位新房客是位義大利人，自稱為琪亞柯摩•布沙尼先生。

chapter 95 父與女

在上一章中我們已經看到，鄧格拉司夫人母女前來正式通知維爾福夫人，歐琴妮・鄧格拉司小姐和安德里・卡凡爾康得先生的婚事將在近期內舉行。

這一正式的舉動表明或者看似表明，這件大事的相關方面人士都已下定決心。但在作這個宣佈以前，還曾發生過一幕我們讀者必須瞭解。讓我們在時間上向後退一步，回到馬瑟夫伯爵自殺的那天早晨，來到那個金碧輝煌的漂亮客廳裡。這個客廳是它的主人鄧格拉司男爵先生引以為榮的。

在那間客廳裡，約莫在早晨十點鐘，那位銀行家在那兒踱來踱去；已經有幾分鐘了，臉上露出深思而顯然不安的表情，他望著每一扇門，一聽到響聲便止住腳步。

他終於失去了耐心，叫來了他的貼身僕人。

「依脫尼，」他說，「去看看歐琴妮小姐為什麼要我在客廳裡等她，問問她為什麼叫我等了這麼久。」發火以後，男爵稍許平靜了一些。

依脫尼不久就來回話。

「小姐的婢女告訴我，」他說，「小姐快要梳妝完畢了，馬上就到。」

鄧格拉司點點頭，表示很滿意。他對外界和下人總愛裝出一副好好先生和軟弱的父親的形象。這是他在這幕喜劇裡所扮演的角色之一。他扮演的這副面孔似乎對他很合適，正如在古代的戲劇中，有些父親的假面具，右嘴唇是向上揚起的，帶笑的，而左嘴唇耷拉著，一副哭相。

我們必須儘快說明，在內心，那副笑嘴笑臉常常無法掩蓋那刻板的面孔。這樣，在大部分時間裡，好好先生消失了，讓位於粗暴的丈夫和專制的父親。

「那傻丫頭既然有話跟我說，為什麼不到我的書齋裡來呢？而且她有什麼話要對我說呢？」

在他的腦袋裡第二十次轉悠著這個惴惴不安的想法時，客廳門打開，歐琴妮走了進來。她穿一條黑色緞子長裙，頭髮仔細梳過，而且戴著手套，彷彿要去聽義大利歌劇。

「哦！歐琴妮，到底有什麼事哪？」做父親的喊道，「為什麼到這莊嚴的客廳裡來？在我的書房裡談不是挺好的嗎？」

「您說得很有道理，先生，」歐琴妮回答說，一面向父親示意，他可以坐下，「因為您一下提出了兩個問題，概括了我們這場談話的全部內容。我這就一一回答，同習慣的規律相反，先來回答第二個問題，因為那個問題比較簡單。閣下，我之所以選擇客廳作為我們會面的地點，是為了要避免一位銀行家的書齋裡的那種讓人反感的印象和影響。那些帳冊，不管燙金多麼華貴，那些像堡壘的大門那樣鎖得嚴嚴的抽屜，那一捆捆不知來自何處的鈔票，以及那些從英國、荷蘭、西班牙、印度、中國和秘魯寄來的一疊疊信件，一般來說會對做父親的頭腦產生奇怪的作用，使他忘記世界上還有比社會地位和他往來商行的建議更應關切和更神聖的事情。所以我選擇了這間客廳，在這裡，您可以在華麗的框架裡看到您的肖像、我的肖像、我媽媽的肖像，笑口盈盈，非常幸福，以及各種各樣的田園風光和牧場景色，我很重視外界影響的力量。或許，尤其面對著您，這是一種錯誤，但假如我沒有一點幻想的話，我就不成其為藝術家啦。」

「很好，」鄧格拉司先生回答說，他不動聲色地聽著這一番長篇大論的演講，但一個字都沒有聽進去，正如那些城府很深的人一樣，專心致志一心要從說話人的思想中尋找自己的思路。

「那麼，第二點已經說明白了，」歐琴妮說，說話時像男子那樣鎮定自若，她的手勢和話語都有這種特點。「或許差不多說明白了，因為您看來已滿意那一番解釋。現在我們回到第一點上。您問我為什麼要求作這次談話，我可以用一句話答覆您，閣下，我不願意嫁給安德里•卡凡爾康得子爵。」

鄧格拉司從扶手椅裡一躍而起。猛然受到這麼一個打擊，他不由得向著上天同時抬起了眼睛和舉起了雙手。

「我的上帝啊，對，先生，」歐琴妮接著說，她仍然是那樣鎮靜，「您很驚訝，我看得很清楚，自從籌畫這件卑劣的婚事以來，我根本沒有表示過一點點反對，不錯，我老是等機會反對那些不徵求我意見的人和使我討厭的事情，表示我坦率而堅決的意志。但這一次，我的寧靜和消極並不是因為在等待機會，它是從另外一種來源來的，它來源於一種希望，作為聽話和孝順的女兒，來自……我一直想順從。」說到這裡，那少女發紫的嘴唇露出一個淡淡的微笑。

「怎麼樣？」鄧格拉司問。

「嗯！先生，」歐琴妮接著說，「我迫使自己竭盡全力這麼做，到頭來已經筋疲力盡了，可是時機已經到來，我發覺儘管我已經作了種種努力，我還是覺得沒有辦法服從。」

「可是說到底，」鄧格拉司說，他的頭腦遲鈍，又被之前那種無情的邏輯力量嚇得無法思考，女兒的冷靜表明了她的深思熟慮和剛毅的意志，「拒絕的原因，歐琴妮，這原因到底是什麼呢？」

「原因嘛，」少女接著說，「嗯！並不是因為那個人比旁人更醜、更笨或更令人討厭。不是那樣，安德里·卡凡爾康得先生從外貌上講，他無可挑剔甚至可以算是一個非常好的模特兒。也不是因為他比別人更加不能打動我的心——那只是一個女學生的理由，我認為我已經超過了那個階段。真正的原因是我實在沒有愛過一個人，閣下，您是知道的。因此，我看不出為什麼在沒有任何必要的情況下，我要以一個永久的伴侶來困住我的一生。一位先哲不是說『**不要去尋求你不需要的東西**』，而另一位先哲不是也說『**以你本身的一切為滿足**』嗎？甚至可以用拉丁語和希臘語說出的這兩個警句。前一句，我相信，是費陀[17]說的，後一句，是庇阿斯[18]說的。嗯，我親愛的爹爹，在生活的沉舟裡——因為生活永遠是我們希望的沉舟——我把無用的行李扔到海裡，只是如此而已。我保持著自己的意志，自願地過徹底的獨身生活，因此也可以完全保持自由。」

「孩子你真是不幸啊！」鄧格拉司臉色蒼白地喃喃說道，因為他根據長期的經驗，他這次猝不及防地遇到的障礙是不可逾越的。

「不幸，」歐琴妮接著說，「您說我不幸！先生？絕不是的，那種歎息據我看似乎是裝模作樣。相反，我是幸福的人，因為我要問您，我現在還缺少什麼？人家都說我長得美，這使我在哪裡都會受到歡迎。我喜歡得到熱情的接待，因為當他們以笑臉相迎的時候，我就覺得周圍的人就顯得沒有那樣醜了。我頭腦還算聰明，反應很敏銳，這可以讓我把從一般人生活裡所能找到的優點吸收到我自己的生活裡，正如猴子砸碎綠色的核桃，取出果仁來吃一樣。我很富有，因為您是法國最富有的人之一，我是您的獨生女兒，而您絕不會頑固不倫到聖·馬丁和拉加蒂劇院舞台上的那些父親的那種程度，不會因為他們的女兒生不出外孫女兒就剝奪她的繼承權。而且，有先見之名的法律已剝奪了您完全不讓我

17. 西元前五世紀希臘預言家。
18. 西元前六世紀希臘所謂七賢之一。

繼承財產的權利——我之所以要提出這一點，因為這也是一種強迫我嫁人的力量。所以正如我目前的狀況，又美麗，又聰明，又有錢，而像喜劇裡所說的那樣，還有一點才能，而且富有，這就是幸福，閣下，您為什麼要說我不幸呢？」

鄧格拉司看到他女兒那種笑容滿面，氣勢高傲的腔調，便無法壓抑怒氣時表現激烈動作和叫喊，但他僅僅喊了一聲。在他女兒那種詢問的凝視之下，面對著那兩條露出問話表情的美麗的黑眉毛，他謹慎地回過身，馬上平靜下來，被謹慎的鐵腕控制住了自己的激動情緒。

「是啊，我的女兒，」他微笑著回答說，「你的自我表白是十分準確的，只除了一點，我的女兒。我暫且不想告訴你是什麼事，我寧願讓你自己去瞭解。」

歐琴妮望著鄧格拉司，驚異得難以理解她引以自傲的那些長處竟有一項受到了異議。

「我的女兒，」銀行家繼續說，「你已經把你的心意徹底地向我講明了，像你這樣的一個女兒，一旦下定決心永不出嫁，主宰這種決心的想法是什麼。現在輪到我來向你說明一個像我這樣的父親，是出於什麼動機才決定要讓女兒嫁人的。」

歐琴妮欠了欠身，但不是像聽話的女兒那樣聆聽，而像是一個準備展開辯論的對手。

「我的女兒，」鄧格拉司繼續說，「當一個父親要他的女兒選擇一個丈夫的時候，他希望她嫁人，一定是有原因的。如同你剛才所說的那樣，有的父親執著迂腐的想法，也就是想傳宗接代。我可以坦白地告訴你，我可沒有這個弱點，家庭之樂對我並無誘惑力。我可以向女兒承認這點，我知道她相當明白事理，能理解這種無所謂的態度，不會把它視作一種罪名。」

「好極了，」歐琴妮說，「咱們有話就直說吧，先生，我喜歡這樣。」

「哦！」鄧格拉司說，「當時機合適的時候，我是可以像你一樣坦率的，雖然這並不是我一貫的作風。我講下去。我向你提議結婚，這並不是為了你，因為老實講，我一點沒有想到你。你贊成坦白，我希望現在可以滿足了。我需要你儘早嫁給這個丈夫，是出於眼下我正實施商業聯合的考慮。」

歐琴妮變得不安起來。

「這是事實，我向你保證，並且你一定不要生我的氣，因為是你逼我這樣坦白的。對像你這樣的一個藝術家，我不願意作詳細的數字說明，你不也怕進我的書齋嗎，你害怕得到令人不快和違反詩意的印象和感受。

「但就在那間銀行家的書齋裡，就在你昨天完全自願地進來向我討那每月數千法郎零用錢的地方，你必須知道，我親愛的小姐，一個不願意結婚的年輕人能從那裡學到很多實用的東西。譬如說，在那兒——你無須懷疑，我在客廳裡也要這樣告訴你——一個人就可以學到：一位銀行家的信用，是他的靈魂和生命。信用之於他，正如呼吸之於身體一樣。基督山先生有一次曾在這一點上對我講過一番話，使我終生難忘。在我的書房可以瞭解到，隨著信用消失，身體變成屍體。這就是那位有幸做一個女藝術家之父的銀行家不久就必然要遭遇到的情形。」

可是，歐琴妮在這一打擊下並沒有委頓下去，反而把腰板挺得更直了。

「破產了！」她說。

「你算說對了，我的女兒，用詞準確，」鄧格拉司邊說邊用指甲在胸口畫著，他那嚴峻的臉上仍然保持冷酷而機警的人的那種笑容。「破產！你說對了。」

「啊！」歐琴妮說。

「對，現在，這個正如悲劇詩人所說的『充滿著恐怖的秘密已經揭露了』。

「現在，我的女兒，怎樣才能減少這個不幸對你的影響呢？我這樣說不是為了自己，而是為了你。

「哦！」歐琴妮喊道，「閣下，假如您以為您所宣佈的災禍會使我感歎自己可悲的命運嗎？您只是一位蹩腳相士。」

「我破產！這對我有什麼影響呢？我不是還有我的天才嗎？我難道不能像巴斯達[19]、馬里邦[20]和格里契[21]那樣，不管您有多少財產，在您不給我嫁妝的情況下也大有所為嗎？當您給我那可憐的一萬二千法郎一年的零用錢的時候，總要帶著不高興的臉色，還要責備我浪費，有那麼一天，用不著您那一年十萬或十五萬利弗爾，我會自己賺取，拿到那筆錢，我不必感激旁人，只要感激自己就足夠了，我同時還會得到喝彩、歡呼和鮮花。而假如我沒有那種天才——您的微笑向我證明您很懷疑我的能力，我不是還有我所熱愛的獨立嗎？我認為獨立可以代替一切的寶藏，甚至可以代替我求生的本能。

「不，我並不為我自己擔憂——我總是可以有辦法的。我的書，我的筆，我的鋼琴，所有並不貴重的東西，所有可以獲得的東西，仍然屬於我。您或許以為我會為鄧格拉司夫人擔心。您又在欺騙自己了，要麼是我全盤猜錯，要麼是我媽媽未雨綢繆，完全能應付威脅著您的災難，這場災難不會波及到她。她很能照顧她自己——至少，我希望如此——而她並沒有因為照顧我而分了心，因為，感謝上帝，她給了我完全的獨立，藉口我熱愛自由。

「噢，不，閣下，我從孩提時代起，由於經常受著不幸的威脅，我對世事都非常瞭解，以致不幸在我身上起不到應有的作用。從我能記憶的時候起，我就不曾被任何人所愛——真糟，這導致我不愛任何人——這卻未嘗不是一件幸事！現在，您知道我的心意了吧。」

19. 十八世紀義大利高音歌劇演員。
20. 十九世紀法國高音歌劇演員。
21. 十九世紀義大利高音歌劇演員。

「那麼，」鄧格拉司說，他氣得臉色煞白，但那並不是父愛受到傷害的緣故，「那麼，小姐，你堅持要加速我的破產了？」

「您破產！」歐琴妮說，「我加速您的破產！您這是什麼意思？我不明白。」

「你不明白還好，這樣我還有一線希望跟你解釋。請你聽我說。」

「我在聽著呢。」歐琴妮說，全神貫注地盯著她的父親，做父親的不得不作出努力，才不會在女兒的逼視下垂下眼睛。

「卡凡爾康得先生要娶你，」鄧格拉司繼續說，「而你倆一結婚，他就會把他帶給你的三百萬聘金委託給我的銀行。」

「噢！好得很！」歐琴妮不屑一顧地說，一面撫平手套。

「你以為我會讓你們這三百萬賠本？」鄧格拉司說，「別怕。根本不會，這三百萬至少可以用賺一千萬。我從另外一位銀行家，我的同行那兒得到一條鐵路的承股權，這是當前可以令人一夜致富的唯一機會——工業，目前巴黎人投資於鐵路，正如以前投資於野貓橫行的密西西比河流域的土地一樣有利。據我計算，目前擁有一條鐵路的百萬分之一的股權，正如以前在俄亥俄河兩岸擁有一畝未開墾的土地一樣。這是一種抵押投資——你看，這是一種進步，因為你所投資的錢至少可以換到十磅、十五磅、二十磅或一百磅的鐵。嗯，我要在一星期內投放四百萬股票，這四百萬，我答應你可以獲得一分或一分二的利息。」

「但前天我來見您時，先生，您一定記得精楚，」歐琴妮接著說，「我看見您進賬，這是你們的行話，是嗎？我看見您進賬了五百五十萬。您甚至還把那兩張寶貝支票拿給我看，當時您很驚愕，一張巨額支票居然沒有像閃電一樣，使我眼花。」

「是的，但那五百五十萬並不是我的，而僅僅是別人對我信任的一種證據。我這個平民化銀行家的頭銜使我獲得了慈善機構信任，那五百五十萬是屬於他們的。已往，我可以毫不猶豫地動用那筆款子，但眼下大家知道我遭到重大損失，正像我對你說過的那樣，我的信用受到損害。那筆存款隨時可能被提取，假如我拿它來另做他用，我就會給自己帶來一次可恥的倒閉。我並不鄙視倒閉，請相信我，不過一定要是能使人發財的倒閉，而不是傾家蕩產的倒閉。現在，要是你與卡凡爾康得先生結婚，而我有了那三百萬，或許只要旁人以為我就要有了那三百萬，我的信用便恢復了，我的財產在一兩個月以來陷入了難以想像的命運在我腳下開掘的深淵，也會重新確立。你聽明白了嗎？」

「聽得非常明白。您把我抵押了三百萬，不是嗎？」

「數目越大，就越使人高興。這樣可以讓你知道自己的身價。」

「謝謝。還有一句話，另外一句閣下，您能不能答應我：您可以隨意利用卡凡爾康得先生即將帶來的這筆結婚財產的數目，而不去動用那筆款子？這不是出於我的自私，而是我的細心。我很願意幫助您重建您的財產，但我卻不願和您同謀，造成別人破產。」

「可是我已經跟你說了，」鄧格拉司喊道，「有這三百萬……」

「您認為，先生，不去動用這三百萬，您也能擺脫困境嗎？」

「希望如此吧，但一定舉辦婚禮，以鞏固我的信用。」

「您答應在我簽訂婚約後就給我的五十萬法郎嫁妝，您能付給卡凡爾康得先生嗎？」

「從市政廳回來，他就會拿到這筆錢。」

「很好！」

「什麼，很好？你這是什麼意思啊？」

「我是說，您要的只是我的簽字，就得讓我絕對行動自由，是嗎？」

「絕對如此。」

「那麼，很好，正像我對您說的，先生，我準備嫁給卡凡爾康得先生。」

「你有什麼計畫？」

「哎！這是我的秘密。要是我在知道您的秘密後就把我的秘密也告訴您，那我還有什麼優勢？」

鄧格拉司咬咬自己的嘴唇。

「那麼，」他說，「你準備去做幾次絕對必不可少的正式拜訪了？」

「是的。」歐琴妮回答說。

「還有三天就要在婚約上簽字了？」

「是的。」

「那麼，輪到我對你說『很好』了！」說著，鄧格拉司拉起女兒的一隻手，用雙手把它握住。奇怪的是，在握手時，做父親的不敢說一句「謝謝，我的孩子」；做女兒的則連一個笑臉也不肯賞給父親。

「會談結束了吧？」歐琴妮立起身來問。

鄧格拉司點了點頭，他再也無話可說了。

五分鐘以後，亞密萊小姐的手指下又響起鋼琴的樂聲，鄧格拉司小姐唱起了苔絲狄蒙娜的詠歎調。一曲唱罷，艾蒂安進來向歐琴妮通報，馬車已經備好，男爵夫人正等她一起外出訪客。我們已經看到了這兩位女士拜訪維爾福家的情況，她們出來後繼續進行拜訪。

chapter 96 婚約

上一幕發生三天以後，也就是在歐琴妮・鄧格拉司小姐和被銀行家執意稱作親王的安德里・卡凡爾康得預定將於婚約上簽字的當天，下午五點鐘光景，基督山伯爵屋前小花園裡吹來一陣清風，所有的樹葉為之一動，伯爵正準備要出去，他的馬等候他時踢彈著地面，車夫約制著馬，已在他的座位上等候了一刻鐘。正當這時，我們見過幾次的那輛漂亮的輕便馬車急速駛向門口，安德里・卡凡爾康得先生穿戴筆挺，滿面春光，彷彿他即將娶上一位公主。

他以通常那種熟悉的口吻打聽伯爵身體可好，然後輕捷地躥上二樓，在樓梯頂上遇到了伯爵。看到年輕人，伯爵止住了腳步。至於安德里，他正在向前衝，而當他一旦向前衝的時候，是什麼都擋不住他的。

「哎！您好，親愛的基督山先生！」他對伯爵說。

「啊！安德里先生！」這一位半帶戲謔地回答說，「您好嗎？」

「就像您看見的，好極了。可是我目前面對的事情千頭萬緒，正要跟您商量呢，但您是要出去還是剛回來？」

「我要出去，先生。」

「那麼，為了不耽擱您的時間，如果您願意，我可以坐在您的車裡，湯姆趕著我的車，跟在我們後面。」

「不，」伯爵說，臉上的微笑讓人難以察覺地透露出輕蔑，他可不想被人看見他和這個青年人在一起，「不，我更願意在這裡接待您，我親愛的安德里先生。我們在屋子裡談天比較好些，這樣車夫就不會聽到我們談話了。」

於是，伯爵走進二樓的一個小客廳裡坐下交叉起兩條腿，示意年輕人也坐下。

安德里做出一副最快活的神情。

「您知道，親愛的伯爵，」他說，「今晚會舉行訂婚儀式，九點鐘就要在我岳父家簽訂婚約了。」

「噢！是嗎？」基督山說。

「怎麼！難道這事兒算是新聞？鄧格拉司沒有把這個隆重的儀式通知您嗎？」

「噢，通知過的，」伯爵說，「昨天我接到過他的一封信，但我記得時間還沒有確定啊。」

「有這可能。岳父一定以為不用說大家都知道了。」

「嗯！」基督山說，「那麼，你很幸福嘍，卡凡爾康得先生。你的這門親事是一次最合適不過的聯姻。再說，鄧格拉司小姐又很漂亮。」

「可不是嘛！」卡凡爾康得用一種極其謙遜的語氣回答說。

「尤其是她還很有錢。」基督山說。

「她非常有錢，您這麼相信嗎？」年輕人重複說。

「當然，聽說鄧格拉司先生至少隱瞞了自己的一半財產。」

「他承認有一千五百萬到兩千萬。」安德里說，眼睛裡射出欣喜的光芒。

「這還不算，」基督山補充說，「還有他就要做的一樁投機生意呢，這種生意已出現在美國和英國，但在法國是全新的。」

「是的，是的，我知道您在說什麼，鐵路，他剛剛中標，對嗎？」

「一點不錯！照一般的看法，他在這筆生意上至少可以賺進一千萬。」

「一千萬！您這麼認為嗎？真是太妙了。」卡凡爾康得說，聽到這些金屬般的叮噹響聲，他陶醉了。

「還沒說，」基督山接著說，「他的全部財產將來都要歸您，這是很公平的，因為鄧格拉司小姐是一位獨生女兒。再說，您自己的財產，據令尊告訴我，幾乎也和您的未婚妻相等。金錢的事情就說到這兒吧。您知道嗎，安德里先生，這件事您辦得十分巧妙。」

「可不是，可不是，」年輕人說，「我天生就是一個外交家。」

「嗯！他們會讓你進外交界的。您知道，外交這東西是無師自通的。這是一種本能……這麼說，您的心已經被俘虜了嗎？」

「說實話，恐怕是。」安德里模仿法蘭西戲院裡杜朗特或梵麗麗回答阿爾西斯提的那種腔調答道。

「她愛您嗎？」

「難道不是嗎？」安德裡帶著揚揚得意的神態說，「因為她肯嫁給我。不過，有一點很要緊，我們可別忘了。」

「哪一點啊？」

「就是我在這件事上得到了神奇幫助。」

「呣！」

「千真萬確。」

「是時勢造成的嗎？」

「不，是您。」

「是我？得了吧，親王，」基督山說，故意強調這個頭銜，「我能為你做什麼呀？難道就憑你的姓氏、社會地位和你的品德，還不夠嗎？」

「不，」安德里說，「不。不承認也沒有用，伯爵先生，我堅持認為一個像您這樣的人的地位，要比我的姓氏、我的社會地位和我的品德更有用。」

「您完全弄錯了，閣下，」基督山說，他明顯感到年輕人陰險和狡猾，也明白他的話的含義，「我只是在確定了令尊的地位和財產以後才給予您保護。我以前從來沒有見過您和您大名鼎鼎的生身父親。歸根結底，究竟是誰使我有幸認識你們的呢？是我的兩個好朋友，威瑪勳爵和布沙尼神甫。我為什麼要成為您的——不是保證人，而是——保護人呢？是您父親的名望，因為令尊在義大利名聞全國，極受人的尊崇。以個人來說，我並不瞭解您。」

伯爵冷靜自如的溫和態度使安德里知道他這時已被一隻比自己更有力的手所控制，而且這種控制不容易掙脫。

「啊！」他說，「那麼家父真的是有一筆很大的家產囉，伯爵先生？」

「看來是這樣，先生。」基督山回答說。

「您知道他答應給我的結婚費用到了嗎？」

「我已經收到通知書了。」

「那麼，」想了一會兒過後，他說道，「我對您就只剩一個請求了，即使您聽了不高興，您也能理解的。」

「請說。」基督山說。

「憑藉我的好運，我已認識了許多知名的人物，而且眼下我有一大群朋友。但是，既然我要在巴黎舉行盛大的結婚典禮，我應該得到一個顯赫人物的支持。父親不在場，應該有一位有地位的人把我領到祭壇前面。家父確實來不了巴黎了，是嗎？」

「他上了年紀，渾身是傷。據他說，每次出外旅行都難受得要死。」

「我明白。嗯！我是來對您提出一個請求的。」

「對我嗎？」

「是的，對您。」

「什麼請求啊？我的上帝！」

「就是代替我父親的位置。」

「啊，我親愛的先生！什麼！在我有幸跟您做過那麼多的接觸以後，您竟會這樣不明白我的為人，請求我做這樣的事情？」

「要我借五十萬給您吧，儘管這樣是不可能的事，我以名譽擔保，您也不會使我感到這樣可惱。我記得我曾經告訴過您，在參與世事方面，尤其道義上的支持，基督山伯爵從來都是疑慮重重，說得更多一點，這是東方人的迷信。」

「我在開羅、士麥拿、君士坦丁堡都有藏嬌的迷宮，可是我為人主持一次婚禮嗎——絕沒有！」

「這麼說，您是拒絕我了？」

「斷然拒絕，哪怕你是我的兒子，哪怕你是我的兄弟，我也照樣拒絕。」

「啊！是嗎！」安德里失望地喊道，「那可怎麼辦啊？」

「您有一大群朋友，剛才你自己說過的。」

「我說過，可是把我引薦給鄧格拉司先生全家的是您哪。」

「絕不是！讓我們來明確一下事實吧。我只是請您到阿爾都跟他一起吃晚飯，上他家去是您自己的事。見鬼，這是截然不同的。」

「是的，可是我的婚事呢！您幫過……」

「我！完全沒有，我請您想一想。請回憶一下當您來向我提出這個要求的時候，我是怎樣回答您的。噢，我是絕不會為別人促成婚事的，我的親王，這是我的原則。」

安德里咬咬自己的嘴唇。

「可您，」他說，「至少要來觀禮吧。」

「全巴黎的人都去嗎？」

「哦！當然囉。」

「那好，我跟所有的巴黎人一樣，也會去的。」伯爵說。

「您肯在婚約上簽字嗎？」

「喔！我看不出有什麼不妥當的地方，我的固執還沒有到這一步。」

「既然您不肯再多給我點面子，我只得滿足這一點了。不過最後還有一句話，伯爵。」

「是什麼啊？」

「是個主意。」

「當心，主意比效勞更糟。」

「喔！給我出個主意可並不會牽連您什麼呀。」

「那你說吧。」

「我妻子的嫁妝是五十萬利弗爾。」

「鄧格拉司先生向我宣佈過這個數目。」

「我是應該收下這筆錢呢，還是應該讓它留在公證人那兒呢？」

「一般來說，想讓事情辦得體面就該這樣：在簽訂婚約的時候，你們男女雙方的律師約定一個聚會的時間，或在第二天，或在第三天。然後，他們交換兩份結婚時帶來的財產清單，各給一張收據。然後，在舉行婚禮的時候他們把錢交給您，因為那時您是一家之主了。」

「我這樣問，」安德裡帶著一點掩飾不住的憂慮說，「是因為我記得聽我岳父說起過，他想把我們的財產投資在您剛才提到的傳說紛紛的鐵路事業上。」

「嗯！」基督山接著說，「大家都認為這是一種好方法，這可是一樁能讓你的本金在一年裡翻三倍的大生意。鄧格拉司男爵先生是個好父親，而且挺會算計的。」

「這就行了，」安德里說，「一切都挺好，但是您的拒絕，刺傷了我的心。」

「那您只能把它歸咎於在這類情形下的自然而然的顧慮吧。」

「好，」安德里說，「就按您的想法去辦。晚上九點見。」

「晚上見。」

安德里抓住伯爵的手握了一下，出門跳上自己的敞篷馬車揚長而去。當握手的時候，基督山曾略作抗拒，他的嘴唇蒼白起來，但他保留著一絲出於禮節的微笑。

距離九點前那四五個鐘頭裡，安德里乘著馬車四處拜訪，努力地吸引他剛剛提到的那些人，衣著華麗地來到銀行家的府上，這些人為鐵路股票許諾的豐厚利潤而神魂顛倒，而鄧格拉司剛剛拿到承股權。

當晚八點半鐘，在那間大客廳，與客廳相連的走廊，還有樓下的另外三間客廳裡，都擠滿了芳香撲鼻的人群。他們並不是被事件本身感召而來，他們的到來是出於對新奇事物的熱愛。一位院士曾說：上流社會的夜會等於是名花的集合，它會吸引輕浮的集合、饑餓的蜜蜂和嗡嗡嚶嚶的雄蜂。

客廳裡燈燭輝煌。所有格調低劣的傢俱裝飾所炫耀的財富都在燈光下熠熠生輝。

歐琴妮小姐的服飾文雅樸素，身著一件合體的白綢長袍。她唯一的裝飾品是一朵半掩在她那黑如烏玉般的頭髮裡的白玫瑰，這些就是她的全部裝束，哪怕是最小的首飾都沒有。

她的打扮雖然顯示少女稚氣的羞怯，她的眼睛裡卻流露出一種與之相反的自恃的神氣。

在距她不遠的地方，鄧格拉司夫人正在與狄佈雷、波香和夏多•勒諾閒談。狄佈雷是由於這隆重的儀式才進入了這幢房子，但像大家一樣，他並沒有得到任何特權。

鄧格拉司先生身處一群財政部官員和與財政部有關的人士中間，正在向他們解釋一種新的稅收原則，何時政府形勢所迫，把他召進部裡，將有用武之地。

安德里挽著一個歌劇院常見的那種十足的花花公子，因為他需要顯得大膽，表現出悠然自得，正在得意揚揚地向同伴解釋他未來的生活計畫，描述憑著他那每年十七萬五千利弗爾的收入，他將怎樣向巴黎時髦社會介紹新的時尚。

人群潮水般不停地湧動，像是一道由藍寶石、紅寶石、翡翠、貓眼石和金剛鑽所組成的渦流一樣。像以往一樣，越是年老的婦女越是濃妝豔抹，越是醜陋的女人越是執著地自我炫耀。要是人群中有一顆美麗的水仙，或一朵甜蜜的玫瑰，你得努力搜索才能找到，她一定會被一個戴頭巾的母親或者插著極樂鳥羽毛的姑母藏在角落裡。

在這喧鬧的人群中，隨時可以聽到司閽的聲音，通報一位金融巨頭、軍界要員或文學名士的姓名。於是人堆裡出現一陣輕微的騷動，迎接這個名字。

雖然每個人有權利想要引起人潮翻動，有多少名字都迎來了冷漠或輕蔑的嘲笑！

當那只金面大時鐘上的針指到九點，當那機械思想的鐘錘敲打九下的時候，司閽報出了基督山伯爵的名字，人群彷彿受到電擊一樣，全場的人都把他們的視線轉向門口。

伯爵穿著黑衣服，一如既往的簡單典雅。他的白背心勾畫出他的寬闊而高貴的胸脯；黑色的衣領異常醒目，襯在他毫無光澤的蒼白臉色上格外突出。一條極其精細的金鏈是他全部的飾品，拖在他的白背心上簡直令人難以覺察。

人群在門口彙聚成一圈。

伯爵一眼就看到了在客廳一端的鄧格拉司夫人，在客廳另一端的鄧格拉司先生，以及在他對面的歐琴妮。

他首先向男爵夫人走過去，她這時正在與維爾福夫人交談（維爾福夫人是獨自來的，因為凡蘭蒂始終不舒服）。人們自動為伯爵打開通道，他不用繞道，從男爵夫人走向歐琴妮，用非常急速而含蓄的詞句向她道賀，以致這位驕傲的女藝術家不得不表示驚奇。

亞密萊小姐就在她的身邊，她感謝伯爵這樣好意地為她寫了給義大利劇院的介紹信，她說，她打算立即加以利用。

完成了這三項社交責任以後，基督山停下來，帶著少數人才有的表情環顧四周，像是在說：「我做了應做的事情，現在讓別人來行使他們的職責吧。」

安德里本來在隔壁房間裡，這時也被基督山到達引起的騷動感染，走來向伯爵致意。

可是伯爵已被包圍得水泄不通，大家都希望與他講話，少言寡語、從不說廢話的人常常遇到這種情況。

這時，雙方的律師到了，他們把文件安排在那張簽字用的桌子上；那是一張描金的桌子，四條桌腿雕成獅爪形，桌面上鋪著繡金的天鵝絨台毯。

兩位律師一個坐下來，一個站著。

就要宣讀那份來參加這個典禮的半數巴黎人都要簽字的婚約了。

大家各就各位，女士們圍成圓圈，先生們的位置則是不固定的，互相議論著安德里的緊張不安、鄧格拉司先生的全神貫注、歐琴妮的從容自若以及男爵夫人在處理文件這類重要大事情時的雍容敏捷的態度。

婚約是在鴉雀無聲中宣讀的。但婚約剛一讀完，那幾間客廳裡便更加嘈雜起來；這些炫目的數位，供兩個年輕人在未來生活中使用的這幾百萬，那些陳列在一個大房間裡的禮物以及那位未來新娘的鑽石，所有這些在全場人群的心中召起無限羨慕或嫉妒。

鄧格拉司小姐的魅力在青年人的眼中已達到頂峰。在此刻她的光輝勝過太陽。

至於太太小姐們，毫無疑問，她們雖然嫉妒那幾百萬，但心裡卻以為她們自己的美麗可以不必用金錢來點綴。

安德里受到朋友的擁抱、祝賀、奉承，開始相信他做的夢已變為現實，幾乎歡喜得頭腦發昏。

律師莊嚴地拿起筆，高舉過他的頭，說：

「諸位，婚約就要簽字了。」

按照儀式，第一個簽字的是男爵；然後是老卡凡爾康得先生的代表；然後是男爵夫人；男爵夫人之後，才是婚約上的所謂未婚夫婦。

男爵首先拿起筆簽字，然後是代理人。

男爵夫人扶著維爾福夫人走近來。

「親愛的，」她一面說，一面接過筆來，「難道這不是一件惱人的事情嗎？一件意想不到的事情，就是為了上次基督山伯爵幾乎險遭不測的那件謀殺案和偷竊案，竟然使維爾福先生不能出席。」

「真的！」鄧格拉司說，他的語氣像是在說，「哼，我根本不在乎！」

「我的上帝！」基督山走上前來說，「我真擔心是我在無意中造成維爾福先生不能出席。」

「怎麼！您，伯爵？」鄧格拉司夫人一邊簽字一邊說，「要真是這樣，您可得當心啊，我永遠不能寬恕您的呀。」

安德里豎起了耳朵。

「但那不是我的錯，」伯爵說，「就像我將努力向您證明的那樣。」

大家饒有興趣地聽著，平時極少開口的基督山快要說話了。

「您記得，」伯爵在最沉的寂靜中說，「到家裡來偷東西的壞蛋是死在了我家裡的，他是離開我家時死的，據說是被他的同夥殺死的，是嗎？」

「我記得，」鄧格拉司說。

「嗯，為了檢查他的傷口，他的衣服被脫了下來，扔在一個角落裡，後來由法院方面的警官把它拿去了，法院機關拿走了上衣和褲子，存在訴訟檔案保管室裡，但他們卻漏下了一件背心。」

安德里臉色發白，向門口退去。他看到一塊烏雲出現在天際，他覺得這塊烏雲裹挾風暴即將來臨。

「嗯！這件背心今天才被發現，上面滿是血跡，心臟處有一個洞。」

女士們發出一聲喊叫，有兩三個好像要暈倒的樣子。

「僕人拿那件背心給我看。誰也無法琢磨出這件破衫是從哪裡弄來的，只有我想到了，這可能是受害者的背心。我的僕人在檢查這令人傷心的遺物時，摸到口袋裡有一張紙，抽出來一看，原來是一封寫給您的信，男爵。」

「給我？」鄧格拉司喊道。

「對！我的上帝！對，給您。這封短信沾滿血跡，我好不容易從血跡下看出您的名字。」基督山在一片驚訝聲中回答說。

「可是，」鄧格拉司夫人驚恐不安地瞧著自己的丈夫，問道，「這怎麼會妨礙維爾福先生前來赴會呢？」

「那很簡單，夫人，」基督山接下去說，「那件背心和那封信都是所謂確鑿的證據。信和背心，我都送到檢察官那裡去了。您知道，我親愛的男爵，遇到罪案，依法辦理是最妥當的了，那或許是一種攻擊您的陰謀。」

安德里直勾勾地望著基督山，溜進了第二間客廳。

「有可能，」鄧格拉司說，「這個遇害的人以前不是個苦役犯嗎？」

「是的，」伯爵回答說，「他曾經是苦役犯，名叫卡德羅斯。」

鄧格拉司的臉略微泛白。安德里離開第二間客廳，進了前廳。

「哎，大家請簽字啊，請繼續簽字啊！」基督山說，「我發覺我這番敘述使大家激動不安，男爵夫人和鄧格拉司小姐，我請求你們原諒。」

剛簽過字的男爵夫人把筆交還給律師。

「卡凡爾康得親王殿下，」公證人說，「卡凡爾康得親王殿下，您在哪兒啊？」

「安德里！安德里！」好幾個年輕人的聲音連接喊道，他們都已經跟這位顯貴的義大利人熟稔到可以直呼他教名的程度了。

「去把親王請來，對他說輪到他簽字了！」鄧格拉司對一個僕人喊道。

與此同時，與會人的惶恐不安，擁進大廳，像是一個可怕的妖怪已進屋來要吞食某一個人似的。他們的後退、驚惶和喊叫的確是有理由的。

一個軍官在客廳的每一個門口派了兩個兵看守，他自己則跟在一個胸佩綬帶的警官後面向鄧格拉司走過來。

鄧格拉司夫人發出一聲尖叫，暈厥了過去。

鄧格拉司以為他們的目標是他自己（有些人的良心是永遠不安寧的），在他的賓客面前展露出一個恐怖的面孔。

「有什麼事嗎，先生？」基督山迎著警長走過去，問道。

「各位，」這位執法的警官不去回答伯爵，「誰叫安德里・卡凡爾康得？」

從客廳的四面八方發出驚愕的聲音。

大家紛紛尋找，相互詢問。

「那麼，這個安德里・卡凡爾康得究竟是什麼人啊？」鄧格拉司幾乎神志錯亂地問道。

「一個從土倫監獄逃出來的苦役犯。」

「他犯了什麼罪啊？」

「他被指控，」警長以冷漠的嗓音說，「殺害了同一鏈條上的夥伴，名叫卡德羅斯的人。被告在他從基督山伯爵家裡逃出來的時候殺害了他。」

基督山迅速環顧四周。

安德里已經不見了。

chapter 97 去往比利時

那一隊意外地出現的士兵以及之後被當眾宣佈的事實，在鄧格拉司先生的客廳裡製造了一個混亂的場面；不久，寬敞的公館裡客人都走空了，人們迅速逃離這裡，像是逃離瘟疫或霍亂一樣的快。在幾分鐘之內，人人爭先恐後，從每一道門口，每一座樓梯上，每一個出口退出去，因為在這種狀況之下，普通的慰藉是無用的，這便是一個人在遇到災難時，最好的朋友們感到非常苦惱的原因。

在銀行家的大廈裡，鄧格拉司在自己的書房裡接受軍官的盤問並提供證詞，鄧格拉司夫人則躲在她那間我們已經熟悉的閨房裡嚇壞了，歐琴妮帶著傲慢的神態和鄙視的嘴唇，隨同她那不可分離的同伴羅茜・亞密萊小姐退回到她房間裡去了。

在這些為不同利益而激動的各種人物當中，只有兩個人值得我們的注意，那兩個人便是歐琴妮・鄧格拉司小姐和羅茜・亞密萊小姐。

前面提到過，那位未婚妻走開的時候帶著傲慢的神態、鄙視的嘴唇以及一位發怒的女皇的那種態度，身後跟著女伴，比她還激動，臉色也更加蒼白。

到了房間裡以後，歐琴妮閂上房門，而羅茜則倒在一張椅子上。

「哦！天哪！天哪！太可怕了，」年輕的女鋼琴家說，「誰能料想得到喲？安德里·卡凡爾康得先生竟然是個……殺人犯……逃犯……苦役犯！」

歐琴妮扭曲著嘴唇擠出一絲微笑。

「真的，我是命中註定，」她說，「逃得過馬瑟夫，卻逃不過卡凡爾康得！」

「喔！這兩個人可不一樣，歐琴妮。」

「住嘴。那兩個人都是無恥的東西，我很高興能從憎恨他們向前邁進一步——我鄙視他們。」

「我們怎麼辦呢？」羅茜問。

「還做我們本該三天之前做的……走唄。」

「這麼說，即使不結婚了，你還是要走嗎？」

「聽著，羅茜！我痛恨上流社會的這種生活，循規蹈矩、極其刻板、非常有規律的生活。我始終希望、盼望和渴慕的，是一位藝術家的生活，自由獨立，只依靠自己，只從屬於自己。還要留下！為了什麼？為了一個月之後的出嫁嗎？而且，嫁給誰呢？或許是狄佈雷先生，那是一度曾經提出過的。不，羅茜，不！今天晚上的意外事件可以作我的藉口。」

「你多麼堅強和勇敢啊！」羸弱的金髮女子對棕髮的同伴說。

「難道你還不瞭解我嗎？好了，嗯，羅茜，咱們談談自己的事情吧。旅行馬車……」

「幸好三天前就買下了。」

「你讓馬車駛到我們上車的地點了嗎？」

「是的。」

「我們的護照呢？」

「在這兒！」

歐琴妮以慣常的自信神態，打開一張紙念道：

「萊翁・亞密萊先生，年二十歲；職業，藝術家；特徵，黑髮黑眼；旅伴，妹一人。」

「好極了！誰幫你弄到這張護照的？」

「當我去向基督山伯爵討羅馬和那不勒斯劇院經理的介紹信的時候，順便提到作為女人出門旅行的擔心。他十分懂得我的顧慮，便答應我的要求為我弄到了一份男人的護照。我接到這張東西的兩天以後，用我自己的手加上『同他的妹妹一起旅行』。」

「嗯！」歐琴妮快活地說，「那咱們只要收拾行裝就行啦！我們在簽訂婚約的今天晚上，而不是在婚禮之夜遠走高飛。就這點差別。」

「你再好好考慮一下吧，歐琴妮。」

「哦！我已深思熟慮過了。我已聽厭了月終的報告以及西班牙公債和海地公債的起落。我不要這些，羅茜，你明白，我需要空氣，自由，婉轉的鳥啼，倫巴第的平原，威尼斯的運河，羅馬的宮殿，那不勒斯的海灣。我們還有多少錢，羅茜？」

被問的少女從一隻鑲嵌螺鈿的寫字台裡拿出一隻皮夾，打開後點出二十三張鈔票。

「兩萬三千法郎。」她說。

「我們的珠寶鑽石至少也值那麼多，」歐琴妮說。「我們很有錢哪。有了四萬五千法郎，在兩年之內我們就可以生活得像公主一樣。或者四年之內生活得相當舒適體面。

「在半年之內——你憑你的樂器，我憑我的歌喉——我們便可以把我們的資金增加一倍了。來，你保管錢，我保管珠寶箱。假如我們之中不幸有一個人失落了她的財寶，還有另外一份財寶可用。

來，收拾提包，我們趕快吧，收拾提包！」

「你是一個真正的英雄，歐琴妮！」

於是兩位少女風風火火地把所有她們認為用得著的旅行用品一股腦兒地塞進一隻大箱子裡去。這件事辦完以後，歐琴妮用隨身帶著的鑰匙打開一個衣櫃，拿出一件紫色綢面的旅行棉斗篷。

「瞧，」她說，「你看我什麼都想到了。有了這件斗篷，你就一點也不會冷了。」

「那你呢？」

「哦！我嗎，我從來不覺得冷，這你是知道的。況且穿上這些男人的服裝……」

「你就在這兒穿嗎？」

「當然。」

「來得及嗎？」

「完全不用擔心，膽小鬼。那些僕人滿腦子想的盡是那樁大事情呢。而且，大家考慮到我大概傷心絕望，所以把自己鎖在房裡也是可以理解的，是吧？」

「不用擔心，不錯，你使我安心了。」

「來，幫我一下。」

從她取出已經披在亞密萊小姐肩頭上的那件披風的衣櫥抽屜裡，她又拿出一套男人的衣服來，從高幫皮鞋到禮服，還取出一大堆衣服，裡面都是必需的東西，並無一件多餘的什物。

於是，歐琴妮穿好高幫皮鞋和長褲，打好領結，扣好背心，穿上一件凸顯她美麗身材的上裝。動作異常敏捷，足見她這不是第一回自如地穿上異性服裝了。

「哦！太好了！真的太好了，」羅茜以讚美的目光望著她說，「可是這頭美麗的黑髮，這些惹得所有那些夫人小姐們發出嫉妒的讚歎的髮辮，在男人帽子底下還能保持我看到的風采嗎？」

「你瞧著吧。」歐琴妮說。

她左手抓住那蓬鬆的頭髮——她那細長的手指幾乎不能全部抓住——右手拿起一把長剪刀，刀刃在濃密閃光的長髮中發出吱吱聲，那少女把身體向後一仰，同上裝分割開來，那一把豐盛美麗的頭髮便都落到她的腳下。

然後，她抓住前瀏海，也把它剪掉。她毫不遺憾，相反，在宛若黑檀木一樣漆黑的眉毛下，她的眼睛射出比往常更生動的光芒。

「喔！多好的頭髮！」羅茜惋惜地說。

「哎！我這樣不是更好一百倍嗎？」歐琴妮大聲說，一邊撫平那些散亂的鬈髮，這個髮型已經完全像男人的了，「難道你不認為這樣更美嗎？」

「喔！你很漂亮，仍然很漂亮！」羅茜喊道，「現在，我們去哪兒呢？」

「到布魯塞爾去，假如你願意的話，這是最近的邊境。我們可以到布魯塞爾，列日，埃克斯・拉夏佩勒，然後溯萊茵河上達斯特拉斯堡。我們將橫越瑞士，經聖・哥塔進入義大利。你看行嗎？」

「行啊。」

「你還在看什麼啊？」

「我在看你。真的，你這副裝扮挺可愛。有人會說你帶著我私奔呢。」

「見鬼！他們算說對了。」

這兩個少女，本來誰都以為自己會痛哭流涕——一個是為了她自己，一個是為了她的朋友——都大笑起來，她們清除了準備逃走時所留下的每一絲痕跡。

然後，兩個正在潛逃的女子吹滅燈燭，四下張望著，仔細傾聽著，伸長了脖子，打開梳妝室的門，從一道側梯走下到前庭裡。歐琴妮走在前頭，用一隻手拉著提包的一端，後面的亞密萊小姐則用雙手拉著提包的另一端。

前庭裡空蕩蕩的，時鐘正敲十二點。門房還亮著燈。

歐琴妮輕輕地走過去，看到那個老頭兒正酣睡在他那個小房間的一張圈椅裡。她回到羅茜那兒，提起那只擱在地上的旅行提包，於是兩個少女借著牆壁投下的陰影，來到拱門。歐琴妮把羅茜藏在門廊的一個角落裡，萬一門房湊巧醒來，他也只能看到一個人。然後，她走到那盞照亮前庭的燈光底下，

「開門！」她儘量壓低嗓音喊道，一面敲著玻璃窗。

門房正如歐琴妮所預料的那樣站起來，甚至走前幾步想認出究竟是誰要出去，但看到一個青年男子用他的馬鞭不耐煩地拍擊著他的皮靴，便立即開了大門。

羅茜像一條蛇似的從半開的門裡溜出去，輕捷地向前跳了幾步。歐琴妮接著也出去，她表面上很鎮定，雖然她的心多半要比往常跳得快一點。

一個腳夫經過，她們叫他提箱子，告訴他提到維克多路三十六號，然後那兩個青年女郎跟在他的後面走。腳夫的出現安了羅茜的心。至於歐琴妮，她是強壯得像一個猶蒂絲[22]或一個狄麗拉[23]一樣。

三個人來到指定的地點。歐琴妮吩咐腳夫放下提包，給了他一些錢打發他走開，然後輕敲那座房子的百葉窗。

22. 古代用計殺死敵將、解救危城的一個猶太女人，事見《聖經》。
23. 《聖經》中大力女子。

歐琴妮所拍擊的那扇百葉窗裡住著一個洗衣服的小婦人，她曾在事先得到通知，還沒有睡下，打開了門。

「小姐，」歐琴妮說，「請去叫看門人把旅行馬車拉過來，再讓他到驛站去找兩匹馬來。這五個法郎是給他的辛苦費。」

洗衣女工的目光中充滿吃驚的表情。但因為說好她可以拿到二十個路易的，所以她一句話不說。

一刻鐘過後，看門人把驛站的馬車夫和驛馬都帶來了，轉眼間，馬兒都套上了車，看門人則用繩子和墊塊把箱子固定在馬車上。

「這是護照，」馬車夫說，「咱們上哪條路，年輕的先生？」

「去楓丹白露的那條路。」歐琴妮用近似男性的嗓音回答說。

「哎！你說什麼呀？」羅茜問。

「我這是故布疑陣，」歐琴妮說，「我們雖然給了這個女人二十個路易，但她也許會為四十個路易出賣我們。等上了大街，我們再走另外一個方向。」

「你總是對的，歐琴妮。」音樂教師坐在她女友的旁邊。

一刻鐘過後，馬車夫拐上正道，一路甩著響鞭駛出了聖馬丹城門。

「啊！」羅茜鬆了一口氣說，「我們已經出巴黎了！」

「對，親愛的，誘拐幹得乾淨俐落。」歐琴妮回答說。

「對，可是沒用暴力。」羅茜說。

這些話，消失在車輪碾過通往拉維萊特的大路的轔轔聲裡了。

鄧格拉司先生就此失去了他的女兒。

chapter 98 鐘瓶旅館

現在，且讓鄧格拉司小姐和她的女友坐車駛往布魯塞爾而去，回到那個可憐的安德里・卡凡爾康得的身邊，他在飛黃騰達的半道上不幸栽了個大跟頭。

安德里先生雖然年輕，卻是足智多謀。

憑藉他的機智，客廳裡一響起嘈雜聲，他便逐步挨向門口，穿過兩三個房間，終於溜之大吉。

可是我們不該忘記講述這樣一個情況，就是：在他所穿過的兩個房間中，有一間裡面陳列著那位未來新娘的嫁妝——包括一盒盒的鑽石、喀什米爾羊毛披巾、威尼斯花邊、英國面紗，還有各種各樣誘人的東西，只要提起它們的名字就會使少女們高興得手舞足蹈。

在經過這個房間的一剎那，安德里不僅展示了自己機智敏銳，更體現了他的未雨綢繆，因為他順手便偷走了陳列的首飾中最值錢的一件。

得到了這一份意外收穫以後，安德里便懷著一顆較輕鬆的心跳出窗口，溜出憲兵的包圍。

他高大挺拔，肌肉強壯有力，好像古代的武士或是斯巴達人一樣。他漫無目的地奔跑了一刻鐘，只有一個想法，就是要趕快離開他知道一定會遭逮捕的那個地方。

經過蒙勃蘭克路以後，他憑藉著盜賊具有的躲避阻礙本能，他發覺自己已到了拉法葉特路的盡頭。

他跑得氣喘吁吁，上氣不接下氣，只好在那裡站住了。

這是個僻靜的所在。一邊，是那曠大的聖・拉柴荒原，另一邊，是那黑沉沉的巴黎。

「我要被逮住了嗎？」他自問，「不，如果我比敵人更有活動能力，就不會被抓住，我的平安就是個速度問題。」

這個時候，他看見有一輛單人馬車停在波尼麗街口。車夫百無聊賴地吸著煙，正要把車子駛回到對面的聖・但尼街口去，不消說，他平時就停在那裡。

「喂！朋友！」貝尼台多喊道。

「什麼事，先生？」車夫問。

「你的馬累不累？」

「累不累！噢，是的，牠可累壞啦！整整一天牠什麼事也沒幹！跑了短短的四次，二十幾個銅板，合起來一共只有七個法郎，這就是我今天的全部收入，而我卻得付十個法郎給車行老闆。」

「你願意在七法郎以外再多得這二十法郎嗎？」

「當然願意，先生！二十法郎，這可不是小數目。該做什麼呢？說吧。」

「小事一樁，只要你的馬不累就行。」

「我跟您說，只要知道該去哪兒，牠會跑得像風一樣快。」

「去盧夫勒。」

「噢！知道。出果子酒的地方？」

「一點不錯，我只希望追上我的一個朋友，我明天要和他一同到塞凡爾鎮去打獵。他原本要坐在馬車裡等我直到十一點半。現在是午夜，他一定是等得不耐煩，先走了。」

「也許是吧。」

「那麼，你願意追上他嗎？」

「好嘞。」

「假如在我們到達布林歇的時候你還不曾追上他，我給你二十法郎，假如到羅浮還追不上，就給三十。」

「可要是追上了呢？」

「那就四十！」安德里說，他先猶豫了一下，但考慮到答應他毫無兌現諾言的風險。

「行！」車夫說，「請上車吧。駕！」

安德里上了車，輕便馬車迅捷地穿過聖德尼區，沿著聖馬丹區一路駛去，出了城門，駛上茫無盡頭的拉維萊特的郊區車道。

他們是沒有可能趕上那個想像中的朋友的，可是安德里時常向路上的行人和尚未關門的小客棧，詢問一輛由栗色馬所拖的綠色輕便馬車可否經過；由於在通往倍斯灣的大路上，有許多輕便馬車來往，而十分之九的輕便馬車又是綠色的，所以他不斷獲得新的消息。

人們總是回答剛看到這輛馬車經過；它只在前面五百步，二百步，一百步；最後他們終於追上它了，但不是這一輛。

有一次，單人馬車越過一輛由兩匹驛馬拖著疾馳的四輪馬車。

「啊！」卡凡爾康得對他自己說，「假如我有了那輛四輪馬車，那兩匹善奔的驛馬，尤其是，那輛馬車上所帶的護照，那就妙極啦！」

他唉聲歎氣。

那輛雙人馬車裡正載著鄧格拉司小姐和亞密萊小姐。

「快！快！」安德里說，「我們一定要趕上他。」

於是那匹可憐的馬自從離開城柵就不曾停歇，拚命地奔跑，周身熱氣騰騰地跑到羅浮。

「毫無疑問，」安德里說，「我是追不上我的朋友了，還可能把你的馬累死，因此，還是儘早停下來吧。這兒是三十法郎，我到紅馬旅館去住一夜，我會在頭一班馬車上找到座位，搭上這輛馬車。晚安，朋友。」

於是安德里把六枚五法郎的銀幣放到那個人的手裡，靈巧地跳到路上。

車夫高高興興地把錢揣進兜裡，返回到去巴黎的路上。安德里假裝向紅馬旅館走去。但他只在旅館門外站了一會兒，聽著那輛馬車消失在遠處的聲音，又繼續啟程，以堅定的腳步步行了六里路程。

他休息了一會兒；這裡一定是離他說過要去的塞凡爾鎮不遠了。

安德里停下來不是因為疲倦，而是要做一個決定，執行一個計畫。

他不能利用驛車，那必須要有護照。

他也不能留在瓦茲區，這裡是法國最無法躲藏、受監視最嚴的省份之一，像安德里這樣的一位犯罪專家，知道要在這一帶隱匿起來是不可能的事。

他在一道土牆旁邊坐下來，捧起頭，沉思起來。

十分鐘以後，他抬起頭來，他已經做出決定。

他逃出來時從候見室抓來一件外套，套在舞會服裝上面；他把外套一側沾滿塵土，走進塞凡爾鎮，用力拍擊鎮上那間唯一的小客棧的門。

客棧老闆打開了門。

「我的朋友，」安德里說，「我騎馬從蒙特豐泰納到桑利斯去，我的坐騎脾氣糟透了，閃了一下，把我摔出了十步開外。我今晚得趕回貢比涅去，不然我家裡會非常擔心的。您有馬出租嗎？」

每家客店，好歹總有匹馬的。

塞爾瓦爾的客店老闆叫來照管馬廄的夥伴，吩咐他去給「追風」備鞍。又叫醒了他七歲的兒子，讓兒子坐在那位先生的後面，到達目的地後再把馬騎回來。

安德里給了老闆二十法郎，掏錢的時候，還有意讓一張名片掉在了地上。

那張名片是屬於他在巴黎咖啡館認識的一位朋友的，因此安德里離開以後，客棧老闆拾起從他口袋裡掉下來的名片，便認為他把他的馬租給了家住聖•多明尼克街二十五號的馬倫伯爵：這是名片上的姓名和住址。

追風走得並不快，但步子均勻。用了三個半鐘頭，安德里走完了到貢比涅的二十七里路，鐘鳴四點的時候，他已到了公共驛車的終點。

貢比涅有一家旅館很是不錯，在那裡住過一回的人便記憶猶新。

安德里從巴黎騎馬出遊的時候常常在那兒逗留，他想起了這家旅店。他認準了方向，借著路燈的光看到了招牌，便掏出他身邊所有的小錢，打發了那個孩子，然後去敲門。一面在心裡盤算：現在還有三四個鐘頭的時間，最好是用一次甜蜜的睡眠和一頓豐富的晚餐來加強自己抵抗明天的疲勞。

來開門的是個夥計。

「我的朋友，」安德里說，「我在聖•波耳斯用了晚餐，原本打算搭一輛午夜經過的便車，可我像一個傻瓜似的迷了路，在森林裡走了四個鐘頭。給我弄一個向天井的漂亮的小房間，再給我拿一盆冷雞和一瓶波爾多酒來。」

侍者毫不疑心，安德里說話時鎮定自若，嘴上叼著雪茄，雙手插在外套袋裡，穿著體面，下巴光滑，皮靴雪亮，他看上去是一個歸家很晚的人，如此而已。

當侍者為他準備房間的時候，旅館老闆娘起來了，安德里笑容可掬地與她搭話，問他是否能住第三號房間，因為他上次來貢比涅也是住在那個房間裡。不巧的是，三號房間已由一個與妹妹同遊的年輕人住下了。

安德里現出很失望的樣子，但旅館老闆娘向他保證，給他預備的第七號房間佈局跟與第三號房間完全一樣，他也就滿意地接受了，便一面在壁爐旁邊烤暖他的腳，一面與老闆娘閒談尚蒂伊最近賽馬的情形，一直到夥計來向他稟報，他的房間準備好了。

安德里認為鐘瓶旅館那些朝向天井的房間漂亮，是完全有理由的，鐘瓶旅館的院子有三重門廊，酷似劇院的大廳，兩旁的廊柱上盤纏著素馨花和鐵線蓮，像天然的裝飾一樣輕巧。

端上來的雞很新鮮，酒是陳年的妙品，壁爐的火溫暖明亮，安德里驚奇地發覺他自己的胃口竟完全不受意外事物的影響，十分的良好。

之後他上床，幾乎馬上入睡，這對於二十歲左右的小夥子來說再平常不過了。

但我們不得不承認，安德里本來是會滿懷心事，但他卻沒有。

他已經想好一個非常安全的計畫，這個計畫使他安全無虞。

天不亮他便起身，分毫不差地償清了帳單，離開旅館，來到森林，藉口寫生，他將雇用當地的一個農夫為他服務，讓他給自己弄到一套伐木者的衣服和一把斧頭，脫下華麗的衣服，穿上伐木工的衣服；然後，他將把雙手塗滿泥巴，把頭髮的顏色變一變，用他的舊夥伴教給他的方法配製的顏料染黑皮膚，白天睡覺，晚上行路，只在必要的時候才到有人煙的地方去買一塊麵包，就這樣他穿越一座座森林，到達最近的邊境。

一旦越過了邊境，安德里便準備把他的鑽石賣掉換成錢，加上他老是帶在身邊以備不時之需的那十張鈔票，他還可以有五萬利弗爾左右，他達觀地覺得形勢比較樂觀。

而且，他指望著鄧格拉司一家把精力放在清除這件事的影響上。

完美的計畫，再加上疲倦，使安德里睡得這樣香甜。

為了讓自己及時醒來，他開著百葉窗，但他謹慎地閂了房門，把出鞘的尖刀放在床頭櫃上，他知道這把刀鍛造精良，從不離身。

早晨七點鐘左右，一縷溫暖而燦爛的陽光照到安德里的臉上，喚醒了他。

凡是思維正常的頭腦總是由一個主導的思想控制，就是臨睡前的最後一個念頭和醒來時的第一個念頭。安德里幾乎還不曾睜開眼睛，這個主導的思想便控制了他的思維，並且在他的耳邊輕輕地說，他睡得太久了。

他從床上一躍而起，奔到窗口。

一個憲兵正在天井裡走過。

「怎麼會有憲兵？」安德里暗自思忖。

突然，他馬上有了答案，基於是讀者大概已經注意到的他那特有的邏輯方式：

「一個憲兵出現在旅館裡，這沒什麼可大驚小怪的；不過我還是把衣服穿好為妙。」

於是那青年人迅速地穿起衣服來，他在巴黎過著上流社會生活的那幾個月，他的僕人給他效勞也沒有他現在自己穿衣服這樣快。

「好！」安德里一面穿衣服，一面想說，「我等著他走掉，然後我就可溜了。」

這樣想著安德里已穿上皮靴、打好領結，他躡手躡腳地來到窗口，第二次掀起麻紗窗簾。

不但第一個憲兵依舊在那兒，他在發覺第二個穿黃藍白三色制服的人站在樓梯腳下——他下樓唯一的一座樓梯——而第三個則騎著馬，手裡握著火槍，看守著他唯一可以出走的那個臨街的大門。

這第三個憲兵的出現尤其有決定的作用，因為他的前面圍起來半圈好奇的人，有效地阻塞了旅館的進口。

「糟糕！他們是來找我的！」這是安德里的第一個念頭。

年輕人的臉色發白，他心慌意亂左顧右盼。

他的房間，像這一層樓所有的房間一樣，只有明擺著的一條走廊通到外面。

「這下完啦！」這是他的第二個念頭。

的確，一個處於安德里這種景況的人，一旦被捕就是等於監禁、審判和處死——毫無寬恕地立即執行。他痙攣地用雙手緊緊抱住頭。在那短暫的期間，他幾乎嚇得發瘋。

很快，從他腦際中相互撞擊的雜亂思緒中，冒出一個有一絲希望的想法，他那失血的嘴唇和蒼白的臉頰上隱隱透出一個微笑。

他環視四周，在壁爐架上看見了他所搜索的目標，那是筆、墨水和紙。

他用筆蘸上墨水，竭力控制住手，在筆記本的第一頁上寫下這幾行字：

我沒有錢付帳，但我不是一個不忠實的人：我留下這支飾針作為抵押品，它的價值十倍於我的花費。我趁天亮之前的時候就逃走了，因為我很難為情。

於是他從領結上除下夾針，壓在那張紙上。

然後，他不讓房門繼續緊閉，走過去拔開門閂，甚至半打開門，像是他離開房間時，忘記關門似的；他抹掉地板上的足跡，躲進壁爐，動作敏捷，就像慣於做這種事的那種人，開始順著空煙囪往上爬；他只有這一條路還可以期待逃脫。

正在這個時候，安德里所注意到的那第一個憲兵已跟著警察局的執事官走上樓來，他們由看守著樓梯底下的第二個憲兵做後盾，第二個憲兵可能也在等待看守在大門口的那個憲兵的支援。

安德里這次遭遇憲兵的前情，是這樣來的：

天剛亮，緊急急報向四面八方發送消息；每個市鎮幾乎立刻收到通知，當局於是行動起來，派出憲警去追捕殺死卡德羅斯的兇手。

貢比涅是一個警衛森嚴的市鎮，有地方行政官吏、憲兵和員警，所以急報一到，他們便立刻開始活動，而鐘瓶旅館是鎮上的第一家大旅館，自然要從它開始進行。

而且，據在鐘瓶旅館隔壁市政府門口站崗的哨兵的報告，當天晚上確有幾個旅客入住。

早晨六點鐘下班的哨兵甚至還記得，他在剛上班時，也就是說四點零幾分，一個青年人和一個小孩子合騎著一匹馬到來。那個青年在打發了那孩子與馬以後，就去敲鐘瓶旅館的門，旅館開門讓他進去，然後又關上門。

警方便懷疑正是這個深夜抵達的年輕人很可疑。

那個青年不是別人，就是安德里。

所以，警察局的執事官和那憲兵——他是一位團長——便向安德里的房間走過去。看見這扇門半開著。

「噢，噢！」憲兵團長說，他經驗豐富，對於犯人的戰略深有經驗，「開著門是一個壞兆頭！我情願發現它門得緊緊的。」

的確，桌子上的那張小紙條和夾針證實，或者不如說加強了憲兵團長的判斷，安德里逃走了。我們說「加強」，是因為那位憲兵團長經驗豐富，只看到一個證據決不會使他放棄懷疑。

他環視屋內，翻一翻床，掀動帳幃，打開櫃門，最後停在壁爐前面。

由於安德里小心謹慎，他所過之處在灰燼中沒有留下任何痕跡。

但這畢竟是一個出口，而在那種狀況下，每一個出口都需要嚴格檢查。

憲兵團長派人去拿一些麥稈來，塞滿壁爐，就像要點燃臼炮那樣，然後點火。

火劈劈啪啪地燒起來，立刻濃煙滾滾，順著煙道升上去；但煙囪裡卻並沒有如他們預期的那樣有犯人掉下來。

這是因為安德里從小就在社會上打拚，經驗比得上一個憲兵，哪怕這個憲兵已晉升到團長這令人尊敬的等級；他預料到有這一場火攻，所以已爬到屋頂上，蜷縮在煙囪旁邊。

他一度以為自己已經逃過一劫，因為他聽到那憲兵團長大聲對那兩個憲兵喊道：

「他不在這裡啦！」

他悄悄探出頭去，看到兩個憲兵不但不像通常那樣，一聽到這樣宣佈便退走，反而緊密防範起來。現在輪到他來向四周觀望了。他的右邊是市政府，一座十六世紀的大廈，像陰森森的城牆矗立在他的旁邊。隨時會有人從樓頂窗口望下來細察下面屋頂上的每一個角落猶如從山頂上鳥瞰山谷一樣。而安德里預見到隨時會有一個憲兵的頭顱從那些窗口裡探出來。

一旦被發覺，他就完了，因為在屋頂上追逐是沒有倖免的機會的。所以他決定下去，不是從他上來的原路，而是從另一條相同的路下去。他用目光尋找沒有冒煙的煙囪，爬到那兒以後，他就神不知鬼不覺地消失到那煙囪口裡了。

在這同時，市政府樓頂的一扇小窗猛烈地被推開，憲兵團長的頭露了出來。那顆頭紋絲不動地待了一會兒，像是那座建築物上的石雕裝飾品一樣，然後，在一聲失望的長歎以後，那顆頭消失了。

憲兵隊長就像他所代表的法律一樣平靜而莊重，投到他身上來的那千百句問話置之不理，重新走入鐘瓶旅館。

「怎麼樣？」那兩個憲兵問。

「嗯！小夥子們，」憲兵團長回答說，「這個罪犯的確是今天早上僥倖逃走了。可是我會派人到維萊•科特雷和諾瓦榮的森林裡去搜尋，那時一定能把他逮回來的。」

那可敬的長官剛才用憲兵團長所特有的那種抑揚頓挫的腔調說完這幾句話，這時，這旅館的院子裡響起一下拖長的驚恐的喊聲，伴隨著一連串的鈴聲。

「啊，這是什麼聲音？」憲兵團長喊道。

「這個遊客可能是個急性子，」旅館老闆說，「在幾號房間？」

「在三號。」

「快跑去，夥計！」

這時，又響起了叫聲和鈴聲。

夥計跑了起來。

「站住，」憲兵團長阻止夥計說，「依我看，這個打鈴的人要的不僅僅是店裡的夥計，我們派一個憲兵去給他效勞。三號房間住的是什麼人？」

「昨晚乘旅行馬車來的那個年輕人和他的妹妹，他要了一個雙鋪的房間。」

鈴聲第三次響起，充滿惶恐不安。

「隨我來，警長先生！」憲兵團長大聲說，「跟我來，緊緊跟上。」

剛才的事情是這樣的：

安德里非常熟練地下降到煙囪三分之二的地方，但到了那裡以後，他的腳踩空了，雖然雙手使勁攀住，他還是帶著比他所願意的更大的速度和聲音落到房間裡。如果房間沒有什麼人，那倒也沒什麼，不幸的是房間裡卻住著人。

兩個女人睡在一張床上，這響聲把她們驚醒了。

她們把眼睛向發出聲音的地方一望，看見了一個男人。

是兩個女人之中金黃頭髮的那位發出了這可怕的喊聲，聲音響徹整幢房子；另外那一個則搶住那條拉鈴的繩帶，用盡全力猛拉。

誰都可以看出，安德里是厄運不斷。

「行行好！」他臉色慘白喊叫著，並沒有去看對方。「別喊啦，救救我吧！我並不想傷害你們。」

「安德里，那個殺人犯！」兩個女人中的一個喊道。

「歐琴妮！鄧格拉司小姐！」卡凡爾康得喊道，他從慌亂變成驚呆了。

「救命啊！救命啊！」亞密萊小姐大喊道，從歐琴妮僵住的手中奪過拉鈴的繩子，比她的女伴更加使勁地拉起鈴來。

「救救我吧，他們在追我！」安德里雙手合在胸前說，「行行好，可憐可憐我吧，別把我交出去！」

「已經太晚了，他們上樓了。」歐琴妮回答說。

「嗯！把我藏起來，你可以說你們是無緣無故地覺得害怕。打消他們的懷疑，就能救我的命。」

那兩位小姐緊緊地靠在一起，用床單緊緊地裹住她們的身體，對這哀求的聲音表示沉默，恐懼和厭惡充斥著內心。

「嗯，好吧！」最後歐琴妮說，「就從你進來的那條路出去吧，壞蛋，快走，我們什麼也不說。」

「他在這兒，他在這兒！」房門口有個聲音喊道，「他在這兒，我瞧見他了！」

原來那憲兵團長把他的眼睛湊在鑰匙孔上，已看見安德里站在那兒哀求。

槍托猛烈的一擊震開了鎖，接著的兩下打掉了門閂，碎裂的門倒在房間裡。

安德里奔到別一扇通走廊的門前，打開門想衝出去。

兩個憲兵端著火槍等在那兒，向他瞄準。

安德里頓時站住，身體微微後仰，臉色蒼白，手裡緊緊地捏住那把無用的小刀。

「快逃哇！」亞密萊小姐喊道，隨著恐懼心理的減退，憐憫之心又回到她心中，「快逃哇！」

「要不就自殺！」歐琴妮說，那種口吻和姿態，就像古羅馬供奉女灶神的貞女，用拇指命令競技場中勝利的角鬥士結果倒在地上的對手一樣。

渾身打戰的安德里，帶著一個鄙夷不屑的笑容望著少女，這個笑容表明他那腐敗的頭腦已經無法理解這種崇高而冷酷的榮譽感了。「要我自殺！」他把小刀一扔，說，「為什麼自殺？」

「你自己不是說了嗎！」鄧格拉司小姐喊道，「他們會判你死刑，把你當做罪大惡極的犯人立即處決！」

「呵！」卡凡爾康得把雙臂叉在胸前說，「一個人總有些朋友啊。」

憲兵團長抽出軍刀拿在手裡，向他走去。

「行啦，行啦，」卡凡爾康得說，「把軍刀插進鞘裡去吧，老兄。用不著這樣興師動眾，我已經投降了。」說著，他伸出雙手等著上手銬。

兩位少女恐怖地望著這種可怕的變化——上流社會的男子剝下了表皮，露出監獄裡犯人的真面目。

安德里轉向她們，帶著無恥的笑容問道：

「你有什麼口信帶給令尊嗎，鄧格拉司小姐？因為我多半還是要回到巴黎去的。」

歐琴妮雙手遮住面孔。

「噢，噢！」安德里說，「不必難為情，我不會怨恨您坐著驛車追趕我。我不是幾乎做了你的丈夫了嗎？」

安德裡帶著這種嘲弄出去了，讓兩個潛逃在外的少女去忍受羞愧的痛苦和看熱鬧的群眾的評論。

一小時以後，她們都穿戴著女子的打扮跨進她們的四輪馬車。

旅館已經關上了大門，免得閒人張望；但當大門重開的時候，她們卻仍得從兩排帶著發光的眼睛和竊竊私語的好奇的旁觀者之中擠出去。

歐琴妮關上百葉窗，她雖然看不見，卻還能聽得到，譏笑聲一直傳到她的耳朵裡。

「噢！為什麼世界不是一片曠野呢？」她一面這樣悲歎，一面倒入亞密萊小姐的懷抱裡，她因惱怒而目光閃爍，正如尼祿王希望羅馬世界有一條頸子，以便他一擊把它斬斷時的情形一樣。

第二天，她們停車在布魯塞爾法蘭達旅館的門口。

從前一天起，安德里被拘禁在衛兵室裡。

chapter 99 法律

我們已經知道，鄧格拉司小姐和亞密萊如何順利地改裝和逃亡，原因是當時每一個人都忙於他或她自己的事情，無暇顧及旁人。

正當銀行家額角上掛著汗珠，面對倒閉這個幽靈，計算著負債表的巨額數字之時，男爵夫人一時之間似乎已被她所受的那個打擊所壓倒，但很快她便去找她的老顧問呂西安・狄佈雷去了。

男爵夫人確實指望辦成這門婚事，這樣她才可以最終擺脫監督責任，面對個性像歐琴妮這樣的一位少女，她的教養工作是不會不令人感到麻煩的；要維持家庭默契的等級關係，一個母親必須繼續不斷地在智慧和在品德方面做一個典範，才會被她的女兒所鍾愛。

但鄧格拉司夫人卻懼怕歐琴妮的壑智和亞密萊小姐的影響。她發現過女兒投向狄佈雷的輕蔑的目光，那種表情似乎表示她知道她的母親與那位部長的私人秘書之間種種神秘的情感關係和金錢關係。男爵夫人還看出，歐琴妮對狄佈雷的厭惡絕不僅僅是因為他是她父母失和與家庭流言的一個來源，還因為她把他乾脆列入兩腳動物的範疇，屬於迪奧熱奈斯試圖不再稱之為人，而柏拉圖用婉轉說法稱之為沒有羽毛的兩腳動物。

不幸的是，在這個世界裡，每一個人都有自己看待事物的方式，因此他們無法與旁人得到同樣的見解；鄧格拉司夫人按照自己的思想感到歐琴妮的婚事告吹令人無比惋惜，不但是因為這一段好姻緣可以保證她孩子的幸福，也因為這件婚姻可以使她得到自由。

所以她來到狄佈雷寓所去。但狄佈雷，像其他的巴黎人一樣，在目擊了那幕簽約場面和那幕場面上所發生的醜事以後，已急忙回到他的俱樂部裡，在那兒和幾個人閒談那件大事；在這個號稱世界之都的極其喜歡散布流言蜚語的城市裡，眼下這件大事成了四分之三的人的話題。

當鄧格拉司夫人一襲黑衣，戴著長面紗，不顧狄佈雷的貼身僕人再三聲明他的主人不在家，執意走上通往狄佈雷的房間那道樓梯的時候，狄佈雷正忙著在反駁一位朋友的觀點；這個朋友努力要說服他，在發生了這可怕的轟動場面之後，作為那個家庭的朋友，應該與鄧格拉司小姐和她的兩百萬結婚。

這期間，鄧格拉司夫人戴著面紗，心中煩亂，在綠色小客廳的兩隻花籃中間等候，這些花是她早晨派人送來的，而我們必須承認，狄佈雷曾非常小心地親自加水和插瓶，那種仔細使可憐的女人原諒了他的不在。

到十一點四十分時候，她終於厭倦了等待，回家去了。

某一類的女人在有一點上很像那些活潑輕佻的女工，她們通常不會在過了午夜以後回家。男爵夫人回到那座大廈去的時候，像歐琴妮離開那座大廈時同樣的小心；男爵夫人回到府上那種小心翼翼，恰似歐琴妮離開時那樣左右提防。她輕手輕腳地上樓，心裡揪緊，回到跟歐琴妮的臥室連接的房間。她是這樣害怕引起流言，在這方面她是可憐又可敬的——她堅定女兒的無辜和她對家庭的忠誠！

她在回到自己房間以前在歐琴妮的門口聽了一聽，然後，聽到沒有聲音，她想進去，但門是在裡面閂住了的。

鄧格拉司夫人認為晚上那場可怕的刺激已使她筋疲力盡，她已上床睡著了。

她叫女僕來問。

「歐琴妮小姐，」貼身女僕回答說，「是跟亞密萊小姐一起回房間的。然後她們一塊兒喝了茶，她們讓我離開，說是不再需要我了。」

這個貼身女僕退出來以後，就一直待在樓下。而且跟大家一樣，她以為兩位小姐就在她們房裡。鄧格拉司夫人於是放心地上床休息；她的身體雖然躺在那裡，思緒卻轉到那件事上。隨著她思想的逐漸深入，訂婚場面就越來越清晰。這不僅是一件醜聞，而且是一場鬧劇。這不僅是一件羞恥，而且是一場公開的侮辱。

然後，男爵夫人又想起：當可憐的美茜蒂絲因她的丈夫和兒子受到同樣的嚴重的打擊時，她卻完全沒有憐憫之情。

「歐琴妮完了，」她對自己說，「我們所有人也完了。這件事一旦傳播開來，我們便羞愧得無地自容啦。因為在我們這個社會裡，有些讓人成為笑柄的事情，就好比無法治癒的創口，永遠血淋淋地不會痊癒。」

她喃喃地說，「上帝造就了歐琴妮這種古怪的性格，常常使我心驚肉跳！」

於是她的眼光轉向天空，在那兒，神秘的上帝在安排一切，有時把缺陷、甚至惡習變成幸福的事。然後，她那像在空中翱翔的鳥兒那樣的思想，又落到卡凡爾康得身上。

那個安德里是一個壞蛋、一個強盜、一個兇手，但這個安德里在從他的言談舉止來判斷他即使沒有受到完備的教育，也接受過中等的教育。從外表上看，他似乎有極大的財產，是名門貴族的子弟。

她怎樣才能使自己走出這困境呢？向誰尋求幫助才能擺脫這種嚴峻的處境呢？

剛才她去找狄佈雷，帶著一個女人求助於她所愛男子的那種本能，但狄佈雷只會給她一些忠告；她應該去找比他更強有力的人去訴說。

男爵夫人於是想到維爾福先生。

但使她的家庭遭受這次不幸的，可正是維爾福呀，不是他派人逮捕卡凡爾康得嗎？他曾無情地這樣做，彷彿這是一個與他毫不相干的家庭一樣。

可是，仔細想一想，那位檢察官不是一個絕情的人。這是一個恪盡職守的法官，一個正直而堅定的朋友，他粗暴而堅決地在潰瘍的地方割了一刀；他不是劊子手，而是外科醫生，讓世人都看到鄧格拉司一家的聲譽跟這個墮落的年輕人的無恥行徑被分割開來，免得那個被棄於社會的青年人做他們的女婿。

維爾福是鄧格拉司的朋友，他既然這樣做，別人就不會設想，檢察官事先知道情況，而且縱容安德里的任何行動。

所以，仔細一想，男爵夫人覺得維爾福的舉動似乎是以他們相互的利益為出發點的。

但檢察官的鐵面無私也應該表現得足夠了；她明天去見他，即使他不致失職，她至少可以讓他從寬處理。

她將要帶他追憶過去，她將使他想起那些有罪的但卻是快樂的日子來幫助她的懇求。維爾福先生會靈活處理這件事情，或至少他將把他的警戒轉移到另一個方向，聽任安德里逃走，只以所謂缺席審判罪犯的形式追查罪行。

這樣勸服自己後，她安然入睡了。

第二天上午九點，她從床上起身，並不拉鈴喚她的女僕人，也不讓人知道她已起床，她穿好衣服，像昨天那樣樸素，然後跑下樓梯，走出大廈，走到普羅旺斯路，叫了一輛出租馬車，駛到維爾福先生的家裡去。

最近一個月來，這座受天詛咒的房子外表陰沉，似乎發生了鼠疫。有些房間關得緊緊的，只是偶然開一下百葉窗，讓空氣流進去。這時便會看到一個僕人驚恐的樣子出現在這個窗口，但那扇窗立刻又關攏，像是一塊墓碑關閉了一座墳墓一樣；鄰居們會互相低聲說：

「難道我們今天還要看到從檢察官先生的家裡再抬出一口棺材來嗎？」

鄧格拉司夫人一看到那座房子淒涼的外表，便不由得打了一個寒戰。她從那輛出租馬車上下來，雙腿無力，走近關閉的大門，拉了拉鈴。

門鈴發出一種遲鈍重濁的聲音，像是它也已感染到抑鬱的氣氛似的；它接連響了三次，門房才出來開門，也只打開了一條縫，剛能讓他的話聲被聽到。

他看見一位太太，一位高雅時髦的太太，但大門繼續像差不多關閉著一樣。

「請開門！」男爵夫人說。

「夫人，請問您是誰？」看門人問。

「我是誰？你當然知道我是誰。」

「我們現在誰也不認識了，夫人。」

「你是瘋了，我的朋友！」男爵夫人喊道。

「您從哪兒來啊？」

「哦！這太過分了。」

「夫人，這是命令，請您原諒。您的名字？」

「鄧格拉司男爵夫人。你見過我總有二十次了吧。」

「可能的，夫人。現在，您有什麼事嗎？」

「哦！你多麼古怪！我要告訴維爾福先生，他的下人太無禮了。」

「夫人，這不是無禮，這是小心提防。要是沒有阿夫里尼先生的關照，或者不是有事要找檢察官先生，誰都不得進入這幢房子。」

「那好！我有事要找檢察官先生。」

「是急事嗎？」

「你應該看得出來，因為我並沒有返回車中。夠了！這是我的名片，拿去給你的主人吧。」

「夫人等我回來嗎？」

「對，去吧。」

看門人又關上門，讓鄧格拉司夫人待在街上。

男爵夫人並沒有等候很久，只一會兒，大門重又打開，這次開到足以能讓男爵夫人通過了，她進去以後，門又關上了。

進了院子，門房一面看住大門那邊，他從衣袋裡掏出個哨子，吹了一下。

維爾福先生的貼身男僕出現在台階上。

「請您原諒這個老實人，夫人，」他一邊朝男爵夫人迎上前來，一邊說，「主人明確吩咐過他，維爾福先生也讓我轉告夫人，他這樣做實在是出於不得已。」

前庭裡有一個供應日常用品的商人，也是這樣小心翼翼地放他進來的，有人在檢查他的商品。

男爵夫人踏上台階，她覺得自己已強烈地感受到周圍這種慘澹的氣氛。她在男僕的帶領下，來到法官的書房，而她的嚮導始終盯住她。

鄧格拉司夫人雖然滿心想著來拜訪的目的，但這些下人們對她的態度是這樣的不恭，以致她首先開始抱怨起來。

但維爾福抬起他那被悲哀壓低的頭，帶著苦笑凝視著她，於是她的怨言消失在嘴唇上。

「請原諒我的僕人，我不能就此橫加指責他們，」他說，「他飽受懷疑，因此也變得格外多疑。」

「這麼說，」她說，「您也正被愁悶困擾嗎？」

「是的，夫人。」檢察官回答說。

「那麼您同情我嗎？」

「由衷地同情，夫人。」

「您知道是什麼事促使我來訪嗎？」

「您來跟我談談您新近的遭遇，對嗎？」

「是的，先生，一樁可怕的災難。」

「您的意思是說一次不幸的遭遇。」

「一次不幸的遭遇！」男爵夫人喊道。

「哎！夫人，」檢察官以他那種沉著冷靜的態度回答說，「我把不可彌補的事才說成災禍。」

「哎！先生，難道您以為人家會忘記……」

「任何事都會煙消雲散的，夫人，」維爾福說，「您女兒還可以再結婚的，不在今天，就在明天，不在明天，就在一星期後。我想，您不至於留戀歐琴妮小姐的未婚夫吧。」

鄧格拉司夫人望著維爾福，他的這種近於冷嘲的鎮靜口吻，使她驚呆了。

「我見到的是一位朋友，是嗎？」她用充滿痛苦而莊重的口吻問。

「您知道是的，夫人。」維爾福回答說，但在說出這句話的同時，他的臉頰微微地泛紅了。的確，這種保證使他想到另外的事情，而不是此刻使男爵夫人和他掛心的事。

「好吧！那麼，」男爵夫人說，「您就別這麼冷淡吧，親愛的維爾福。以朋友而不是法官的身分對我說話吧。當我感到極其痛苦的時候，請別來對我說我應該快活些之類的話。」

維爾福鞠了一躬。

「最近幾個月來我有了一個很壞的習慣，」他說，「每當我聽見有人提到災禍的時候，我便想起自己的災禍，於是我便不由自主地要在我的腦子裡作出一個對比。比起我的災禍，您的只是一件不幸。因此，比起我悲慘的處境，您的境況似乎還是可羨慕的了。但這樣說使您不愉快，我們就不談了吧。你剛才說，夫人——」

「我來找您，我的朋友，是為了從您這兒瞭解一下，」男爵夫人說，「那個騙子的案子現在進行得怎麼樣了？」

「騙子？」維爾福說，「看來，夫人，減輕某些事，又誇大另一些事，這肯定是您事先就想好的主意。安德里•卡凡爾康得先生，或者說貝尼台多先生，難道只是個騙子嗎？您錯了，夫人，貝尼台多先生是個不折不扣的殺人兇手。」

「先生，我不否認您的更正的準確性。但您越是嚴厲地懲罰這個壞蛋，我的家庭蒙受的打擊也就愈嚴重。暫時忘掉他吧，別去追捕他，讓他逃走吧。」

「您來晚了，夫人，通緝令已經發下去了。」

「嗯！如果抓住他……您說他們會抓住他嗎？」

「我希望是的。」

「要是他們抓住了他，聽我說，就把他關在監獄裡吧。」

檢察官表示否定。

「至少把他關到我女兒嫁出去再說吧。」男爵夫人又接著說。

「不行，夫人，要依法判決的。」

「即使為我也不行嗎？」男爵夫人半開玩笑半嚴肅地說。

「對任何人都如此，」維爾福回答說，「對我同對別人一樣。」

「啊！」男爵夫人輕輕喊了一聲，但沒有接下去說明剛才脫口而出的這聲感歎究竟是什麼意思。

維爾福用能穿透別人思想的目光望著她。

「是了，我理解您的意思，」他說，「您是指外界所散佈的那些可怕的謠言，說什麼三個月來我家接連不斷地死人，認為凡蘭蒂的倖免一死是一個奇蹟。」

「我沒那樣想。」鄧格拉司夫人急忙說。

「是的，您是這樣想的。夫人，這也是可以接受的。因為您不想這些還能想什麼呢，您低聲自言自語：瞧您這麼對罪犯窮追不捨的，您倒說說看，為什麼在您周圍發生的罪行您都置之不理？」

男爵夫人臉色發白了。

「您心裡是這麼想的，對嗎，夫人？」

「嗯！我承認。」

「那麼我來回答您。」

維爾福把他的圈椅向鄧格拉司夫人拖近一些，然後，他兩手靠在桌子上，用比往常更為沉著的聲音說：「那些罪人之所以未受懲罰，是因為沒人知道他們是誰，我們擔心把無辜的人當做罪犯來打擊，但當罪人被發現的時候，」說到這裡，維爾福把他的手伸向他桌子對面的一個十字架，「當他們被發現的時候，我以活著的上帝起誓，夫人，不論他們是誰，他們就得死！現在，夫人，現在，我發過誓並將信守誓言，您還敢要求我寬恕那個壞蛋嗎？」

「啊！先生，」鄧格拉司夫人說，「您能肯定他真的像人家所說的那樣罪行嚴重嗎？」

「聽著，這是他的檔案：『貝尼台多，十六歲時因偽造鈔票罪被判處苦役五年。如您所見，這個青年人本來還是有指望的，但是最初做逃犯，然後又做一個暗殺犯。」

「這可憐蟲的出身是怎麼樣的呢？」

「咳！那誰知道！一個流浪兒，一個科西嘉人。」

「沒有人認識他嗎？」

「那個從盧卡把他帶來的男人呢？」

「也是個像他一樣的詐騙犯唄，或許是他的同謀。」

「從來沒有。我們不知道誰是他的父母。」

男爵夫人把雙手合在胸前。

「維爾福！」她用最甜蜜、最溫柔的音調叫道。

「看在上帝分上！夫人，」檢察官堅決而又嚴厲地回答，「看在上帝分上！請不要再為一個罪犯來向我求情吧。

「我是什麼呢？我就是法律。法律可有眼睛來看您的愁容嗎？法律可有耳朵來聽您那甜蜜的聲音嗎?法律有記憶來實施您溫情的想法嗎?不,夫人,法律已發出命令,一旦法律發號施令,它就要打擊。

「您也許說,我是一個有生命的,不是一部法典,是一個人,不是一部書。看看我,夫人,看著我的周圍。人們可曾把我看做兄弟?他們可曾愛我嗎?他們可曾寬容我嗎?他們照顧過我嗎?有誰要求過寬恕維爾福先生呢?不,夫人,他們打擊我,老是打擊我!

「您是女人,就像一條美人魚,您老是用那種迷人的眼光盯著我,使我想到我應該慚愧嗎?嗯,就算是吧,為您所知道的事臉紅,或許,或許為別的事臉紅!

「我自己雖然有罪,雖然我的罪或許比旁人更深重,從那時起,我剝掉別人的衣服,想找到潰瘍之處。我始終在揭發他們,我可以進一步說,當我發現那些人類的弱點或邪惡的證據時,我感到高興,感到勝利。

「因為我確認了每一個犯了罪的人,我打擊了每一個罪犯,我就似乎得到了一個活的證據,證明我不是一個可怕的例外。唉,唉,唉!整個世界都是奸惡的。讓我們加以證實並打擊惡人吧!」

維爾福說最後幾句話時,神情激昂而狂熱,這賦予了他的話一種冷酷的雄辯力。

「可是,」鄧格拉司夫人說,想再作最後一次努力,「您不是說過這個年輕人是個流浪兒,是沒人認領的孤兒嗎?」

「那就更糟,或是,那就更妙,上帝把他塑造成這樣,這樣就不會有誰為了他哭泣。」

「這是欺凌弱者,閣下。」

「殺人的弱者!」

「他的惡名會影響我的家庭。」

間，讓大家淡忘。」

「死神不是也在光顧我的家嗎？」

「噢，閣下，」男爵夫人喊道，「您對旁人毫無憐憫！那麼，我告訴您，旁人也不會憐憫您的！」

「讓他去吧！」維爾福說，氣勢洶洶地向上舉起手臂。

「假如這個可憐蟲被抓住的話，至少請把他的案子拖到下次開庭再審理吧。我們還有六個月的時間，讓大家淡忘。」

「不，」維爾福說，「罪狀已準備好了。現在還有五天時間，五天已超過我的要求。再說，夫人，您不明白我也需要淡忘嗎？當我夜以繼日地工作的時候，有時我便遺忘了過去一切的往事，就像死人那樣幸福：這比痛苦好受些。」

「先生，他已經逃走了。就讓他逃走吧——行動不力是一個可以原諒的過失。」

「可是我對您說過，已經太遲了！天亮時已經發出快報，此刻……」

「先生，」貼身男僕走進來說，「這份內務部急報是一個龍騎兵送來的。」

維爾福一把抓過急報，急切地啟封。鄧格拉司夫人嚇得直打哆嗦，維爾福則高興得哆嗦。

「抓住了！」維爾福喊道，「他在貢比涅給抓住了，事情了結啦！」

鄧格拉司夫人臉色蒼白，冷冷地站了起來。

「告辭了，先生。」她說。

「再見，夫人。」檢察官一面回答，一面帶著一種近乎是愉快的態度送她到門口。

然後，他回到他的桌子前面。

用右手拍著那封信說：「妙，我已經有了一件偽造鈔票案，三件搶劫案和兩件縱火案。我只缺一件謀殺案，現在有了。開庭有好戲了！」

chapter 100 幽靈現身

正如檢察官對鄧格拉司夫人所說的那樣，凡蘭蒂還沒有復原。她十分疲憊，必須臥床休息。而在她自己的房間裡，從維爾福夫人的講述中，她瞭解到我們所敘述的種種怪事——歐琴妮的出走，安德里・卡凡爾康得（或說得準確些，貝尼台多）的被捕，以及他的被控謀殺罪。

但凡蘭蒂是如此虛弱，別人的敘述無法起到在她健康時會起到的作用。的確，她的腦子裡只有一些虛幻的想法；沒有明確的形式，而且混雜著古怪的念頭和轉瞬即逝的幻象，這些幻象出現在她覺得不舒服的腦子裡，或者在她眼前掠過，甚至不久一切便都消失，讓人感到恢復全部力量。

在白天，由於諾梯埃老人在場，凡蘭蒂的感官還相當清晰，因為諾梯埃叫人搬他到他孫女兒的房間裡來，經常陪伴著她，像慈父般地看守著她。維爾福從法院回來以後，也常常來陪伴他的父親和女兒度過一兩個鐘頭。

六點鐘，維爾福回到他的書齋裡；八點鐘，阿夫里尼先生來到，帶來為少女準備的夜間藥劑，諾梯埃先生那時就被帶走。

然後她由一個醫生選定的護士一直守候到十點鐘或十一點鐘，等到凡蘭蒂睡著以後才離開。當她下樓的時候，她把凡蘭蒂的房門鑰匙交給維爾福先生。這樣，要進入病人的房間，只能穿過維爾福夫人和愛德華的房間。

摩賴爾每天早晨來拜訪諾梯埃，以便打聽凡蘭蒂的消息，而說來奇怪，摩賴爾的不安看來日益減輕。

第一，凡蘭蒂雖然依舊受著神經興奮的干擾，但情況逐日好轉；第二，摩賴爾失魂落魄地跑到基督山家裡時，伯爵告訴他，假如她兩小時內不死，就可以得救。

現在，四天過去了，而凡蘭蒂依舊還活著。

上述的神經興奮纏著凡蘭蒂，在她睡覺——說得更準確些是在她醒來後那種半醒半睡狀態中——也不放過她。在夜的寂靜中，在壁爐架上那盞乳白色燈罩所射出來的昏暗光線下，正是在這種昏暗光線和夜晚的寧靜中，她看到這些前來光顧病人房間的，被寒熱用抖動的翅膀所搧動的幻影掠過。

首先，她好像看見她的繼母來威脅她，然後，摩賴爾張著兩臂向她跑來；有的時候，看到跟她平時生活幾乎無關的人，例如基督山；在這種迷糊狀態中，甚至傢俱都會移動。這種狀態一直繼續到早晨三點鐘左右，那時，沉沉的睡意攫住了少女，直至天明。

在凡蘭蒂得知歐琴妮出走和貝尼台多被捕當晚，維爾福、諾梯埃和阿夫里尼相繼離開後，她的思想紛亂不堪，時而想想她自己的處境，時而想想她剛才聽到的那些事情。十一點已敲過了。那護士把醫生所準備的飲料放在病人伸手能及的地方，鎖上房門，離開來到配膳室中，瑟瑟發抖地聽著僕人們的議論，腦子裡充塞著悲慘的故事；那些故事，在最近三個月來是檢察官家裡談話的主題。這時，在那間小心地鎖住的房間裡，發生了一件意想不到的事情。

護士離開已有十分鐘了。

凡蘭蒂在忍受著每夜必來的高燒，有一個小時的時間在幻景和虛像又難以控制地出現在眼前。她的腦子因不斷地重現同樣的想法或產生同樣的幻象而筋疲力盡。

那盞孤燈射出無數的光芒，每一條光芒都在她那混亂的幻想裡變成某種奇特的形狀，突然地，在那搖曳的燈光下，凡蘭蒂似乎看到，位於壁爐旁邊一個凹進去的牆角的書房的門慢慢地開了，但她卻無論如何聽不到門鏈轉動的聲音。

在以往，凡蘭蒂一定會抓住那條懸在床頭的絲帶，拉鈴求援，但在她所處的情況下什麼也不能使她吃驚。她的理智告訴她，她所見的種種景象都只是她昏迷狀態中的產物。而更使她確信的是：夜晚出現的所有幽靈在每天早上都沒有留下絲毫痕跡，它們隨著白天來臨而消逝。

門後面出現了一個人影。

但她已經習慣種種幻象，所以並不為之驚惶，只是定睛凝視，希望能看出是摩賴爾。

那個人影向床邊走過來，然後停住腳步，顯出在聚精會神地傾聽。

在這個時候，一縷光線掠過那個午夜訪客的臉上。

「不是他！」她喃喃地說。

於是她等待著，正像夢中常見的那樣，這個人要麼消失，要麼會變成別的人。

可是，她依舊能感覺到自己的脈搏，而且覺得它跳得很厲害，她記得驅散這種幻象的最好的方法是喝一口藥水，凡蘭蒂向醫生抱怨過這種興奮，為了使她鎮靜下來而專門配置的藥水十分清涼，因為那種用來減輕她的發燒的飲料似乎可以刺激她的腦子，使她暫時減少一些痛苦。

所以凡蘭蒂就伸手去拿那只玻璃杯，但她那顫抖的手臂剛伸出床外，幻象動作更加急迫，又朝床邊走近兩步，而且來得這樣接近，以致她似乎覺得可以聽到他的呼吸和感覺到他那隻手的壓力。

這回，是現實的感覺超過了幻象，她開始相信自己是真正醒著，這樣一想，她不禁打了一個寒戰。她所感到的那種壓力是要阻止她的手臂。她便慢慢地把手縮回來。

她目不轉睛地望著那個人影；況且她覺得這個人影好像是來保護她，而不是來威脅她，她看見他拿起那只玻璃杯，朝燈光走去，同時舉起杯子，像是要測驗它的透明度。

這似乎還不夠。這個人，或者不如說這個幽靈，因為他的腳步是這樣的輕柔，根本聽不到聲音——在玻璃杯裡倒出一匙羹來，喝了下去。凡蘭蒂極為驚愕地看著眼前發生的事。

她期待那種幻象會突然消失，出現另一種幻景；但這個人非但沒有像幽靈一樣消逝，反而又走到她的前面，用一種急切的聲音說：「現在喝吧。」

凡蘭蒂發抖了。這是第一次她的幻象中人對她說話，她幾乎要驚喊起來。

那個人把他的一隻手指掩在她的嘴唇上。

「基督山伯爵！」她輕輕地說。

凡蘭蒂對於這幕出現在眼前的場面的真實性顯然已經確之無疑；她驚恐地瞪大眼睛，兩手發抖，她急忙拉毯子裹緊身體。然而，基督山在這種時候出現在她房裡，他神秘的、奇異的，不可解釋地穿牆而入，在她那混亂的理智當然覺得是不可能的。

「不要叫人，不要驚惶，」伯爵說，「不要讓一絲疑惑的閃光或不安的陰影停留在心中。凡蘭蒂，站在你面前的這個人，這一次不是幽靈，是你夢想中最慈愛的父親和最可敬的朋友。」

凡蘭蒂無法回答。她聽到的聲音使她驚恐不安，這個聲音向她證明她房間裡的確有人存在，她不敢與之對話；但她眼睛傳遞出的資訊好像在問，「如果您的意圖是純潔無邪的，為何您到這裡來呢？」

聰明的伯爵完全懂得那青年女郎腦子裡的種種思想。

「請聽我講，」他說，「或者看看我吧，看看我的這雙眼睛佈滿血絲，面色比任何時候都蒼白。這是因為這雙眼睛已有四天晚上不曾合攏了，連續四夜我不停地看護著您，保護著您，為瑪西米蘭保護和保全你。」

血液急速湧向凡蘭蒂的臉頰，因為伯爵剛才所說的那個名字驅散了她的全部惶恐。

「瑪西米蘭！」她喊道，她覺得這個名字多麼溫柔啊，便再重複一遍——「瑪西米蘭！那麼他把一切都告訴你了嗎？」

「都說了。他對我說，您的生命就是他的生命。我答應他說，您會活下去的。」

「您答應他了，讓我活著嗎？」

「是的。」

「但，先生，您剛才說到過守夜呀、保護哇。那麼您是醫生啦？」

「是的，而且是上天此刻能給您派來的最好的醫生，請相信我吧。」

「您說您為我守夜？」凡蘭蒂不安地問，「在哪兒啊？我怎麼沒看見您。」

伯爵朝書房那邊伸出手指。

「我躲在那扇門後面，」他說，「那個房間與隔壁的房子相連，我已租下那座房子。」

凡蘭蒂帶著又害羞又驕傲的神態調轉目光，又帶著極端的恐懼喊道：

「閣下，我想您擅自闖入人家是有罪的，您所說的保護倒極像是一種侮辱。」

「凡蘭蒂，」他說，「在漫長的守夜中，我關注的只是那些來看您的人、給您吃的食物和給您服用的飲料，只要我覺得這些飲料很危險，我就像剛才那樣進來，倒空您的杯子，以一種有益健康的飲料代替那毒藥，我的飲料非但不會引起別人給您安排的死亡，而且可以使生命在您的血管裡循環不息。」

「毒藥！死亡！」凡蘭蒂喊道，她覺得自己又產生幻覺了，「您在說什麼？先生？」

「噓！我的孩子，」基督山一邊說，一邊又把手指放在她嘴唇上，「我是說毒藥。是的，我也說到了死亡，但先要喝下這個（伯爵從衣袋裡拿出一個小瓶，把裡面裝著的紅色液體倒了幾滴在杯子裡）。您把這喝了以後，夜裡就什麼也別喝了。」

凡蘭蒂伸出手去。但這隻手還沒碰到玻璃杯，就又驚恐地縮了回來。

基督山端起杯子，自己喝下半杯，然後遞給凡蘭蒂。凡蘭蒂帶著笑容把剩下的都喝了下去。

「哦！是的，」她說，「我辨認出了這種味道，我每夜都在喝這種飲料，它清醒我的精神，使我的頭腦平靜一些。謝謝，先生，謝謝。」

「所以你這最近四天晚上還能活下來。凡蘭蒂，」伯爵說，「但我，我是怎麼熬過來的？噢，我曾忍受了多少痛苦的時間啊！當我看見那致命的毒藥倒進你的杯子裡，當我渾身顫抖心煩時，恐怕我來不及把它倒掉就被你喝下去的時候，我忍受了怎樣的痛苦啊！」

「您說，先生，」凡蘭蒂恐怖之至地問，「您忍受著可怕的煎熬，看見致命的毒藥倒進我的杯子裡？可是您既然看見毒藥倒進我的杯子，想必也看見了那個倒毒藥的人吧？」

「是的。」

凡蘭蒂支撐身體，坐了起來，把繡花的細麻布拉上遮住她那比雪還蒼白的胸膛，那個胸膛上依舊還潤濕著發燒時所出的冷汗，現在則又加上了恐怖的冷汗。

「見到那個人了嗎？」少女重複問道。

「是的。」伯爵又說一遍。

「您告訴我的事情真可怕，閣下。您讓我相信的事真夠惡毒的！想在我父親的家裡——在我的房間裡——在我的病床上——來謀害我？噢，離開我吧，閣下！您在引誘我的良心！您在褻瀆神聖的仁慈！這是不可能的，這是不能夠的！」

「難道您是第一個遭到這隻手打擊的人嗎？您不曾看見聖米蘭先生，聖米蘭夫人，巴羅斯都倒了下去嗎？假如諾梯埃先生不是在最近這三年來繼續服藥，由於習慣了毒藥而抗拒了毒藥，對他起了保護作用，他早就成為了其中一個受害者了。」

「哦！我的上帝啊！」凡蘭蒂說，「就為這個緣故，爺爺要讓我也喝點他的藥水嗎？」

「這種藥水，」基督山喊道，「有一種乾橘皮的苦味，對不對？」

「對，我的上帝，對！」

「哦！這樣我就完全明白了，」基督山說，「諾梯埃也知道這兒有一個人在下毒——或許也知道那個人是誰。」

「他在幫助您，幫助他心愛的孩子抵抗毒藥，由於您開始適應了，這毒藥便減弱了效力。這就是為什麼您在四天以前中了一種立即致死的毒藥以後，居然還能活到現在的緣故——我最初很不明白。」

「這個兇手，這個殺人犯，到底是誰啊？」

「現在我來問你：難道夜裡您沒有見過有人走進您的房間嗎？」

「看見過的。我常常看見人影經過我的身邊，這些人影走近、離開、消失，但我以為那是我發燒時所見的幻象，真的，當你進來的時候，我一直認為要麼我處於昏迷之中，要麼我在做夢。」

「這麼說，您不知道那個要害死您的人是誰了？」

「不知道，」凡蘭蒂說，「為什麼有人想要我死呢？」

「您就會知道誰要害您了。」基督山說，一邊側耳細聽。

「怎麼回事？」凡蘭蒂問，恐怖地向四下望去。

「因為今天晚上您既沒發燒也沒有神志不清，相反今天晚上您完全是清醒的，午夜的鐘聲已經敲響了，這是兇手行動的時刻。」

「我的上帝！我的上帝啊！」凡蘭蒂一邊說，一邊用手去抹額頭沁出的汗珠。

午夜的鐘聲確實在緩慢而又悲哀地敲響著，簡直可以說，一聲聲銅錘的撞擊聲似乎就是敲在少女的心上。

「凡蘭蒂，」伯爵繼續說，「鼓起您的全部勇氣，壓抑住您的心跳，把您的聲音阻擋在喉嚨口，假裝睡著，那麼您就可以看見了。您看見的，會看見的！」

凡蘭蒂抓住伯爵的手。

「我好像聽見有聲音，」她說，「您快走吧！」

「再見，待會兒見吧！」伯爵回答說。

然後，他帶著憂鬱而又慈愛的笑容，踮起腳尖退回到書房那兒，以致少女的內心充滿了感激之情。

不過，他在關上書櫥以前，又轉過身來。

「千萬不要動，」他說，「也不要出聲，讓那人以為您是睡著了，否則在我趕來之前，您就被人殺死了。」

說完這句可怕的叮囑以後，伯爵就消失在門後。門悄無聲息地關上了。

chapter 101
赤鏈蛇

房間裡只剩凡蘭蒂一個人了。比聖·羅爾教堂略慢的兩隻大鐘在遠處敲出了午夜的鐘聲。靜謐中只傳來幾聲馬車的轔轔聲。這時，凡蘭蒂把注意力，全部集中在了房裡的那只掛鐘上。鐘擺滴答滴答地計著秒。

她開始計算秒針的走動，發覺它比自己的心跳要慢得多。可是她依舊不敢相信，有人希望她死。為什麼會有人那樣希望呢？為了什麼目的呢？她做過什麼壞事會給她招來一個仇敵呢？

她當然無法入睡。

頭腦中重壓著一個可怕的念頭——就是，世界上有一個人曾企圖來謀殺她，而且馬上又要來嘗試一次。

假如這個人因毒藥幾次失效而放棄使用，像基督山所說的那樣，求助於兇器，那如何是好！假如伯爵來不及來救她，那可怎麼辦呢？如果她死到臨頭，那如何是好，假如她永遠不能再見到摩賴爾，那怎麼得了呢！

想到這個念頭，凡蘭蒂臉色蒼白，周身冷汗，凡蘭蒂正要抓住鈴繩呼救。

但她好像在門背後看到了伯爵發亮的眼光，這眼光使她心羞愧，一想到它，不禁默默地自問，如何來感謝伯爵敢於洩露秘密的友情，她感激涕零，無法報答他的自我犧牲和熱情。

二十分鐘，極長的二十個分鐘，便這樣過去了，然後又過去了十分鐘，時鐘終於敲打半點了。

就在這時，指甲難以覺察地刮著書房門木頭的聲音，告訴她伯爵仍在注意，並警告她也同樣注意。的確，對面，愛德華的房間的方向，傳來了地板震動的聲音。她留心傾聽，屏住自己的呼吸，直到幾乎要窒息；門的把手咔嚓一聲，門順著鉸鏈打開了。

凡蘭蒂本來是用手肘撐著身子的，這時急忙倒到床上，用手臂遮住她的眼睛。

然後，她渾身顫抖，緊張激動，她的心在恐懼中跳動不已。

有一個人走到床前，拉開帳子。

凡蘭蒂集中精力，裝出均勻的呼吸，表示她是寧靜地睡著。

「凡蘭蒂！」一個聲音輕輕地說。

姑娘抖動起來，顫抖從內心席捲全身，但並不回答。

「凡蘭蒂！」那個聲音又說。

同樣沉默；凡蘭蒂是承諾絕不醒來的。

於是一切歸於寂靜。

凡蘭蒂只聽到一種液體倒進她剛才喝空的那只杯子裡發出的幾乎覺察不出的響聲。

於是她冒險張開眼皮，從她的手臂底下望出去。

她看見一個穿白衣服的女人正把一隻瓶子裡的液體倒入杯子裡。

在這短暫的時間內，凡蘭蒂可能屏住了呼吸，或者動了一下，因為那個女人忽然停止傾倒的運作，走到床邊來俯視，要確認是否真的睡著了。是維爾福夫人！

一看出是她的繼母，凡蘭蒂禁不住打了一個寒戰，使床也動了一下。

維爾福夫人立即後退到牆邊，那兒，隔著帳子，她靜靜地留心觀察凡蘭蒂最輕微的動作。

凡蘭蒂想起基督山那可怕的警告；她似乎看到那只手拿的不是細頸藥瓶，而是一把又長又鋒利的刀，刀在閃爍著。然後，她聚集起全部剩餘的力量，強迫自己重新閉上眼睛；在平時是非常容易控制的感官職能，這時卻幾乎成了不可能做到的事情，強烈的好奇心拚命要撐開眼睛來知道事實。

在寂靜的夜裡維爾福夫人聽到只有凡蘭蒂發出那均勻的呼吸聲，便放心地重新從帳子後面伸出她的手，繼續把瓶子裡的東西傾倒到杯子裡。

然後她轉身離開了，沒有發出任何響聲，以致凡蘭蒂並不知道她已離開房間。

她只看見那隻手臂縮了回去——那隻潔白渾圓，屬於一個二十五歲的年輕美貌的女人的手臂，但它卻傾注著死亡。

維爾福夫人只在房間裡逗留了一分半鐘，在那期間，凡蘭蒂的經歷卻難以描述。

指甲刮書房門的響聲，把少女從這種酷似麻木的呆癡狀態中喚醒過來。

她掙扎著抬起頭。

那扇門又無聲地打開，基督山伯爵又出現了。

「怎麼樣！」伯爵問，「您還懷疑嗎？」

「哦，我的上帝！」少女喃喃地說。

「您看見了嗎？」

「哎呀！」

「您認出來啦？」

凡蘭蒂發出一聲呻吟。「是的，」她說，「可我沒法相信。」

「那麼您寧願去死，而且讓瑪西米蘭也死去嗎？」

「我的上帝！我的上帝！」少女幾乎是神經錯亂地重複說，「難道我不能離家逃命嗎？」

「凡蘭蒂，那只為您傾注死亡的手將追逐你到天涯海角，您的僕人將受金錢的籠絡，死神會喬裝打扮成各種面孔。即使你喝清泉裡的水，吃樹上摘下來的果子，您也會中毒。」

「可您不是說過，爺爺的小心提防使我能抵抗毒藥了嗎？」

「那只能對付一種毒藥，卻無法抵抗大劑量的毒藥。她會變換毒藥或者增大劑量的。」

他拿起玻璃杯，用嘴唇抿了一下。

「瞧，」他說，「她已經這樣做了。這不再是木鱉精而是那可汀了！我可以從溶解它的酒精味上辨出它的存在。假如您喝了維爾福夫人倒在你杯子裡的東西，凡蘭蒂，凡蘭蒂，您就完了。」

「我的上帝！」少女喊道，「為什麼她要至我於死地？」

「怎麼！您的溫柔善良真的使您無法理解罪惡嗎？凡蘭蒂？」

「不，」少女說，「我可從來沒有傷害過她呀！」

「可是您有錢，凡蘭蒂。可是您有二十萬利弗爾的年金，您奪走了她兒子二十萬利弗爾的年金。」

「怎麼會呢？那是我的財產又不是她的，那是我的外公外婆留給我的呀。」

「沒錯，正是為了這個原因，聖米蘭先生夫婦才會去世；也正是為了這個原因，自從諾梯埃先生讓您成為他的繼承人以後，他就完蛋了；正是為了這個原因，現在才要輪到您死——因為您的父親會繼承您的財產，再由您獨生子的弟弟從他的手裡繼承到那筆財產。」

「愛德華，可憐的孩子！她犯下這些罪行都是為了他嗎？」

「哎！您總算明白了。」

「啊！我的上帝！但願這一切不要又輪到他啊！」

「您真是個天使，凡蘭蒂。」

「可是我爺爺，後來她怎麼會允許他還活著呢？」

「她考慮到您死後，除非被剝奪繼承權，財產自然而然會屬於您的弟弟，所以那個罪惡是沒有必要的，做了就傻瓜了。」

「這樣的計謀，竟然都是在一個女人的腦子裡想出來的！哦，我的上帝！我的上帝！」

「請回想一下比魯沙波士蒂旅館的涼棚和穿棕色大衣的那個人，您的繼母曾問他『托弗娜毒水』？嗯，從那個時候起，那個惡毒的計畫就漸漸在她的腦子裡清晰起來了。」

「哦！先生，」溫柔的少女淚流滿面地喊道，「我知道了，如果真是這樣，我就註定要死了。」

「不，凡蘭蒂，不會的，因為我已預知他們的陰謀，不，既然我們的敵人露了馬腳，她就已經失敗了。不，您要活下去，為了付出愛也為了得到愛，凡蘭蒂——你可以幸福地活下去，並且將幸福帶給一顆高貴的心，但要得到這一點，您必須聽我安排。」

「您吩咐吧，先生，我得怎麼做？」

「你應該服下我給你的藥。」

「哦！上帝為我作證，」凡蘭蒂喊道，「假如我只是一個人，我寧願讓自己去死！」

「您不要相信任何人，哪怕是您的父親也不要相信。」

「我父親跟這可怕的陰謀是不相干的，是嗎，先生？」凡蘭蒂把兩手合在一起說。

「對，但您父親非常瞭解司法指控，您的父親應該有所懷疑，發生在他家的這些人的死絕不是自然產生的。本來應該是他來看守您，應該由他來佔據我的位子，他本應倒空這只杯子，他本應起來反對兇手。以魔鬼對付魔鬼！」他在大聲說完上面的那些話後，輕輕地說了最後那句話。

「先生，」凡蘭蒂說，「我會盡一切努力活下去的，因為世上只有兩個人非常愛我。我要是死了，他們也會死的：那就是我爺爺和瑪西米蘭。」

「我會像照看您一樣地去照看他們的。」

「好吧！先生，我聽您的吩咐，」凡蘭蒂說。隨後她又把聲音壓得很低地說：「哦，我的上帝！我的上帝！我要遇到什麼事呢？」

「不論怎麼樣，凡蘭蒂，不管遇到什麼事，都不必驚慌。如果您很痛苦，失去聽力、聽覺和觸覺，也絲毫不要慌張，即使您醒來的時候自己不知道在什麼地方，還是不要怕——即使您發覺自己躺在墳墓裡或棺材裡，那時您得自己安慰自己，心裡想，『有個朋友，有個父親，有個希望我和瑪西米蘭幸福的人在照看著我！』」

「哎喲！多可怕的絕境啊！」

「凡蘭蒂，您願意揭露你繼母的陰謀嗎？」

「我情願死一百次！哦！是的，我情願死！」

「不，您不會死的，請答應我，無論您遇到什麼情況，你不會自怨自艾，都要抱有希望，好嗎？」

「我會想著瑪西米蘭的。」

「您是我心愛的孩子，凡蘭蒂。只有我能救您，我會救您的。」

凡蘭蒂帶著極端恐怖合攏她的雙手，因為她覺得這是需要勇氣的時候了，於是開始祈禱起來；當她在這樣斷斷續續地祈禱的時候，忘了她白皙的肩膀沒有披上紗巾，只有她的長髮，可以看到她的心房在睡衣的精細花邊下跳動。

基督山輕輕地把手放在那青年女郎的手臂上，把天鵝絨的毯子拉來蓋到她的喉部，帶著一個慈父般的微笑說：

「我的孩子，請相信我會盡心盡力，像您信任上帝的慈善和瑪西米蘭的愛情一樣。」

凡蘭蒂對他投以萬分感激的目光，就像一個在床幔下的孩子那麼柔順。

伯爵從背心口袋裡摸出那只翡翠小盒子，打開金蓋，取出一粒豌豆般大小的藥丸放在她的手裡。

凡蘭蒂接著那粒藥丸，注視著伯爵。在這個大膽的保護人的臉上，有一種神聖莊嚴和權威的光芒。凡蘭蒂顯然在用目光詢問他。

「是的。」他回答說。

凡蘭蒂把藥丸放進嘴裡，咽了下去。

「現在，我要暫時跟您告別了，我的孩子，」他說，「我要儘量睡一會，因為您已經得救了。」

「你去吧，」凡蘭蒂說，「無論發生什麼事情，我向您保證，我不會害怕。」

基督山久久地注視著少女，在伯爵給她那粒那可汀的藥力的作用下，漸漸入睡。

於是他拿起那只杯子，把四分之三的溶液倒在壁爐裡，算是凡蘭蒂喝掉的，把杯子仍放回到桌子上；然後，他走回書房那道門，臨去以前向凡蘭蒂投去一個告別的眼光，凡蘭蒂已像一個躺在上帝腳下的純潔的天使那樣放心地睡著了。

chapter 102 凡蘭蒂

夜明燈繼續在凡蘭蒂房間的壁爐上燃燒著，耗竭了那浮在水面上的最後幾滴油；燈罩裡透出一片淡紅色的光澤，明亮的火焰發出最後的光芒；這種光芒，雖然本身沒有生命，卻常常被人用來比擬人類在臨死前那一陣最後的掙扎。陰慘慘的乳白色的光，照在白色的床幔和少女的被毯上。

街上的一切雜訊都已停止，整個房間陷入可怕的寂靜。

這時，愛德華的房門開了，一張大家都熟悉的面孔映在房門對過的鏡子裡，那是維爾福夫人的面孔，她是來觀察那藥水的效力的。

她先是站在門口聽了一會兒，在那個淒涼的房間裡，現在只剩了燈花的響聲，然後她悄悄地朝床頭櫃走去，查看凡蘭蒂的杯子是否已經喝空。

如前所述，杯子裡還剩著四分之一的藥水。

維爾福夫人把它倒在爐灰裡，又攪動了一下爐灰，好讓液體被吸收得更快一些；然後她小心地洗刷那只玻璃杯，用她的手帕抹乾，把它放回到床頭櫃上。

如果有人在這時向房間裡張望，便能看到維爾福夫人滿心疑惑地盯著凡蘭蒂，並慢慢走近床邊。

那昏暗的光線，深邃的寂靜，這可怕的富有詩意的夜色，而尤其是她自己的良心，這一切綜合起來產生了一種恐懼的感覺，讓這位下毒者不敢去看自己的作品。

最終，她鼓起勇氣，拉開床幔，低頭看向枕頭上，全神貫注地凝視著凡蘭蒂。

沒有呼吸的跡象；那張開的牙齒已不再有氣呼出來；那蒼白的嘴唇已不再抖動；她的眼睛淹沒在似乎滲透到皮下的紫色水汽中，眼球鼓在眼皮上，形成更白的突出的一團，長長的黑睫毛在蠟似的、已經無光澤的皮膚上形成輻射狀。

在維爾福夫人的凝視中這個靜止的面孔似乎還帶著明顯的表情；然後她壯起膽子揭開被蓋，把手按在那青年女郎的胸膛上。胸膛停止不動，已經冰冷。

她只感覺到自己手指上的脈搏，她哆嗦了一下，收回她的手。

凡蘭蒂的一隻手臂垂出在床外——那樣一隻美麗的手臂，似乎是由一個雕刻師塑造出來的；但前臂似乎因為痙攣而略微有點變形，手臂形狀完美，但有點僵直，而且手指叉開，撐在桃花心木上。手指甲也已發青。

維爾福夫人拋卻了所有的疑慮，一切都已過去，她的最後一件可怕的作品終於大功告成。

房間裡再沒有別的事情做了，所以這個下毒者偷偷地退出去，她擔心腳在地毯上發出響聲；但當她退走的時候，她依舊拉開著帳子，雙眼不可抗拒地被吸引在神秘的死亡場面中。死者沒有腐爛，而僅僅是一動不動，這很神秘，還沒有令人厭惡。

時間在流逝，維爾福夫人無法鬆開床幔，它像屍布一樣，懸在凡蘭蒂的頭頂上。她在遐想，犯罪的遐想，也許是悔恨。

正當那時，燈花又啪地爆了一下。

那個聲音把維爾福夫人嚇了一跳，她打了一個寒戰，鬆開手放掉帳子。

就在這時，夜明燈熄滅了，整個房間陷入在可怕的黑暗裡。

在這片黑暗中，掛鐘恢復了生氣，響起四點半的鐘聲。

那下毒者頓時驚恐萬分，摸索到門口，滿懷著恐懼到達她的房間。

黑暗持續了兩個鐘頭；然後，漸漸地，一片淡白的光從百葉窗裡爬進來，逐漸射進房間，越來越強烈，使器物傢俱染上顏色，顯出形狀。

大約在這個時候，樓梯上響起了那護士的咳嗽聲，那女人手裡拿著一隻杯子走進房來。

一個父親和一個情人，第一眼就足以判斷一切——凡蘭蒂已死了；但在這個受雇傭的人看來，凡蘭蒂只是睡著了。

「好啊！」她走到床頭櫃前面說，「她已喝了一部分藥水，只剩三分之一了。」

於是她走到壁爐前面生起了火，雖然她剛才起床，卻還想用凡蘭蒂的睡眠所提供的機會，倒在一張圈椅裡再打一個瞌睡。

時鐘敲響八點鐘，使她驚醒。

她驚奇她的病人竟睡得這樣長久，那隻依舊垂在床外的手臂使她驚懼，她向凡蘭蒂走過去，這時才第一次注意到那失血的嘴唇。

她想把少女的手臂拉回身體旁邊，但那隻手臂僵硬得可怕，絕瞞不過一個護士。

她大叫一聲，然後奔到門口喊道：「救命啊！救命啊！」

「什麼，救命！」阿夫里尼先生在樓梯下面應聲說。

「什麼，救命！」維爾福的聲音喊道，他從書房裡急匆匆地奔出來，「大夫，您聽到喊救命的聲音了嗎？」

「是的，是的。上去吧，」阿夫里尼回答說，「快上樓到凡蘭蒂的房間裡去。」

不過，還沒等醫生和父親趕到，待在同一樓層的房間或走廊裡的僕人們已經進來，他們瞧見凡蘭蒂臉色灰白，一動不動地躺在床上，都紛紛向上天舉起雙手，就像突發眩暈似的搖晃著身子。

「去叫維爾福夫人！去叫醒她！」檢察官喊道，他彷彿不敢進去。

可是那些僕人並不服從他的命令，兀自只管望著阿夫里尼先生，他已經進了屋，奔到凡蘭蒂身邊，把她抱在懷裡。

「這一個也完了！」他把凡蘭蒂放回床上喃喃地說，「哦，上帝啊，上帝啊，您什麼時候才會對此感到厭倦呢？」

維爾福衝進屋裡。「您說什麼，上帝哪！」他向上天舉起雙手喊道，「醫生……醫生……」

「我說凡蘭蒂死了！」阿夫里尼以一種莊嚴的聲音回答說，在這莊嚴裡面有著一種可怕的意味。

維爾福先生倒了下來，似乎他的雙腿斷了那樣，把他的頭埋在被毯裡。

聽到那醫生的呼叫和那父親的哭喊，僕人們惶恐不安，低聲詛咒著紛紛躲避。只聽見他們的腳步聲奔下樓梯，穿過長廊，衝入前庭，這就是整個過程，最後嘈雜聲消失了。一個接著一個，他們都已逃離這座受天詛咒的房子。

此刻，維爾福夫人披著睡衣掀開門簾，在門檻上站了一會兒，她的神態像是在詢問情況，並竭力想流出幾滴眼淚，可是它們都不聽指揮。

突然間，她向前走了一步，更確切地說往前一跳，手臂伸向桌子。

她看見阿夫里尼正仔細地檢查那只她確信在晚上已經倒空的杯子。

杯子裡竟然還有三分之一藥水，正和她倒在爐灰裡的一樣多。

即使凡蘭蒂的幽靈出現在那下毒者的面前，她也不會感到那樣驚惶。

還是她倒在凡蘭蒂杯子裡的藥水顏色，凡蘭蒂喝的就是這種藥水；阿夫里尼先生那樣小心地在檢查，這種毒藥就絕不能瞞過他的眼睛。這一定是上帝所作的奇蹟，不管兇手如何小心謹慎，還是留下了犯罪的痕跡和證據來指證罪行。

這時維爾福正把頭埋在靈床的被毯之中，看不到維爾福夫人恐怖女神似的釘在原地，阿夫里尼為了要更清楚地檢查杯子裡的東西，便走到窗前，用手指尖伸進去蘸了一滴來嘗。

「啊！」他喊道，「不再用木鱉精了，我來看看那是什麼！」

於是他奔到凡蘭蒂房間裡一隻由碗櫃改成的藥櫥前面，從一隻銀盒裡取出一小瓶硝酸，在溶液裡倒了幾滴，乳白色的液體便立刻變成血紅色。

「啊！」阿夫里尼喊道，他的聲音裡夾雜著一位法官揭破實情時的恐怖和一個學生解決了一個問題時的喜悅。

維爾福夫人頓時暈頭轉向，她的眼前最初是火花亂迸，後來變成漆黑一片；她搖搖晃晃地摸著門，然後就不見了。

一會兒以後，遠處傳來身體跌倒在地板上的聲音。

可是沒人在意。女護士顧著看化學分析，維爾福依舊沉浸在悲哀裡。

只有阿夫里尼用他的眼睛跟隨著維爾福夫人，並注意到她匆匆地跑出門去。

他拉開愛德華房門口的門簾，向維爾福夫人的房間裡望，他看到她直挺挺地躺在地板上。

「去幫助維爾福夫人，」他對護士說，「維爾福夫人摔倒了。」

「那麼凡蘭蒂小姐呢？」女護士吃驚地問。

「凡蘭蒂小姐不需要照看了，」阿夫里尼說，「因為凡蘭蒂小姐已經死了。」

「死了！死了！」維爾福極其傷心地呻吟道，悲哀到極點，尤其因為這種悲哀對這副鐵石心腸是一種全新的、陌生的、沒有經歷過的感情，所以他的悲哀比別人更可怕。

「什麼！死了？」另外一個聲音喊道，「凡蘭蒂死了？」

兩個男人同時轉過身去，只見摩賴爾臉色蒼白，神情激動而可怕地站在門口。

事情是這樣的：

摩賴爾像往常一樣準時地，越過諾梯埃先生房間的小門。與往常不同的是，門竟是開著的；不用拉鈴他走了進去。他在廳裡等了一會兒，想叫一個僕人來引他去見諾梯埃先生。

但沒有一個人回答他，因為，僕人都從這幢房子裡逃走了。

摩賴爾沒有特別感到不安的理由，基督山已答應他凡蘭蒂不會死，至今這諾言得到忠實地履行。伯爵每天晚上給他消息，那些消息在第二天早晨就被諾梯埃證實。

但他覺得這種寂靜令人不解，他一次又一次地叫人，還是沒有人答應。

於是他決定上樓去。

諾梯埃的房間也像其他的房間一樣房門大開。

他所看見的第一件事情是那老人照常坐在他的圈椅裡；老人張大的眼睛似乎表示著一種內心的恐懼，那種表情更從他那蒼白的臉色上得到了證實。

「您好嗎，先生？」年輕人問，內心不安起來。

「好！」老人眨著眼睛表示，「好！」但他的臉上卻表示出更大的不安。

「您在擔心，」摩賴爾繼續說，「您需要一點什麼？您要我拉鈴去喊僕人來嗎？」

「是的。」諾梯埃表示。

摩賴爾拚命拉鈴，但他拉斷了繩子也沒有用，不見有人來。

他轉過身去朝著諾梯埃。老人的臉上越發顯得蒼白，也越發顯得焦躁不安了。

「天哪！天哪！」摩賴爾說，「為什麼沒有人來呢？這屋裡有誰病了嗎？」

諾梯埃的眼睛似乎就要從眼眶迸出來。

「您怎麼啦？」摩賴爾繼續說，「您的樣子真怕人。凡蘭蒂！是凡蘭蒂……」

「是的！是的！」諾梯埃表示說。

瑪西米蘭張嘴想說什麼，但他發不出任何聲音。他搖晃了一下，靠在壁板上。

然後他朝房門伸出手去。

「是的，是的，是的！」老人接著表示說。

瑪西米蘭奔到小樓梯跟前，只兩跳便穿越過去，因為諾梯埃的目光似乎在對他喊：

「快呀！快呀！」

才一分鐘工夫，年輕人就穿過了好幾個空蕩蕩的房間，他終於來到凡蘭蒂的房間。

他無須推門，門是大開著的。

他聽到的第一個聲音是一聲啜泣。他好像看透過雲霧似的，看到一個穿黑衣服的人跪著，埋在亂糟糟的一堆白色床幔中。一陣可怕的恐懼釘住了他。

那時，他聽到一個聲音宣稱：「凡蘭蒂已經死了！」而另一個聲音像回聲似的重複說：

「死了！死了！」

chapter 103 瑪西米蘭

維爾福立起身來，讓人撞見他這麼痛哭流涕，他幾乎感到有些難為情了。二十五年來他從事的這門可怕的職業，已經使他失去了人類的感情。他的眼神最初恍惚不定，最後盯住摩賴爾。

「您是誰，閣下，」他問道，「您難道不知道陌生人是不能這樣進入一幢死神居住的房子嗎？」

「走，閣下，走吧！」

可是摩賴爾依然佇立不動，他無法把目光從凌亂不堪的床上和躺在床上那張煞白的臉組成的可怕景象上移開。

「出去，您聽見了嗎！」維爾福喊道，阿夫里尼則走上前去把摩賴爾往外拖了。

瑪西米蘭注視著屍體，然後用眼光慢慢地向房間四周掃射了一遍，最後把眼光落在那兩個男人身上。最終還是找不到話來回答，儘管無數的陰鬱想法在腦子裡互相撞擊，便雙手插在頭髮裡出去了，他那種神志不清的態度使維爾福和阿夫里尼暫時忘記當前最關切的那件事情，互相交換了一個眼光，像是在說：

「他瘋了！」

可是不到五分鐘工夫，樓梯在一種特別的重壓下呻吟起來。摩賴爾以超人的氣力，抬著諾梯埃的圈椅，把他抬到二樓。

走到樓梯上，他把圈椅放到地板上，急速地把輪椅一直推進凡蘭蒂的房間。

這一切都是在瘋狂的衝動下完成的，那青年的氣力這時驟然增加了十倍。

更加可怕的事發生了，諾梯埃被摩賴爾推近以後，他的臉向凡蘭蒂的床湊過去，他的臉上表示出他心裡的全部意思，他的眼睛代替了其他器官的作用。

那個蒼白的面孔和燃燒著的眼光在維爾福看來像是一個可怕的幽靈。

他每每同父親接觸總要發生可怕的事情。

「看看他們都做了什麼！」摩賴爾喊道，他一隻手仍按在已經推到床邊的輪椅的背上，另一隻手伸向凡蘭蒂，「您瞧，爺爺，您瞧！」

維爾福往後退了一步，驚訝地瞧著這個年輕人，他幾乎不認識這個人；卻管諾梯埃叫爺爺。

這時，那老人的整個靈魂似乎已聚集在他的眼睛裡；他脖子上的血管膨脹起來，一種淡藍的色彩就像透過癲癇患者的皮膚的那種顏色，覆蓋住他的脖子、面頰和雙鬢。他內心的全部緊張只缺乏一聲喊叫來表達出來。

而那聲喊叫從他的五竅裡發了出來——無聲的喊叫，就顯得格外可怕，沉默的悲傷，就顯得格外令人斷腸。

阿夫里尼急忙走到老人跟前，給他吸入一種強烈的興奮劑。

「先生！」這時摩賴爾抓住癱瘓老人僵硬的手喊道，「他們問我是什麼人，有什麼權力到這兒來。哦，這您都是知道的，請您告訴他們！請您告訴他們吧！」

年輕人的聲音淹沒在嗚咽聲中。

至於老人，他直喘著粗氣，胸脯劇烈地起伏。他的這種躁動不安的神態，簡直會使人想到臨終前的樣子。

終於，眼淚從諾梯埃的眼眶裡流了下來，比無淚嗚咽的年輕人要暢快得多。他垂下眼瞼，閉上了眼睛。

「告訴他們，」摩賴爾用憋住的聲音又說，「告訴他們我是她的未婚夫！

「告訴他們，她是我高貴的愛人，是我在這世上唯一的愛人！

「告訴他們，告訴他們，告訴他們，這個屍體是屬於我的！」

年輕人再也承受不住自己憤怒的力量，沉重地跪倒在床前，手指痙攣地勾屈著，場面非常可怕。

阿夫里尼不忍再看這幕動人的情景，轉過身去；維爾福也不再追問下去，凡是對於一個人共同愛的人，像一股磁力把我們推到一起，維爾福就受這股磁力的吸引，走過去伸出一隻手給那青年。

但摩賴爾視若無睹，他已抓住凡蘭蒂那隻冰冷的手，他哭不出來，只是呻吟著，咬著床單。

在這段時間裡，房間裡只有啜泣聲、歎息聲和祈禱聲。但有一種響聲超越了這一切，這就是諾梯埃那爆發性的呼嚕呼嚕的呼吸聲，每一次呼吸似乎都可能會破壞他胸膛裡某種生命的源泉。

維爾福的自制力勝過旁人，有那麼一段時間把自己的位置讓給了瑪西米蘭，現在他終於開口了。

「閣下，」他對瑪西米蘭說，「你說你愛凡蘭蒂，你和她訂有婚約。我卻對此一無所知，可是我，我作為她的父親，我原諒你的所作所為，因為我看到，你的悲傷是巨大的、真實的、真摯的。

「而且，我自己也相對悲傷，憤怒已無法在我心裡容身。

「但是你看，你所希望得到的那位天使已離開了這個世界，她的心已經不會愛別人了，此刻她只熱愛上帝。向傷心的遺體作一次最後的告別，閣下，最後一次拿起你曾期望得到的手，然後永遠與她分別了吧。凡蘭蒂現在只需要神甫來為她祝福了。」

「您錯了，先生，」摩賴爾跪起一條腿來喊道，他的心裡感到一陣他從未經歷過的劇痛，「您錯了，凡蘭蒂這樣無辜地死了，但她不但需要一位神甫，而且也需要有人為她報仇。

「您，維爾福先生，派人去請神甫，我呢，我就是這個為她報仇的人。」

「您這是什麼意思，先生？」維爾福喃喃地說，摩賴爾這種突如其來的囈語，叫他不禁發抖。

「我是說，」摩賴爾接著說，「您肩負著雙重使命，先生。做父親的悲痛已經足夠了，但願檢察官開始履行職責。」

諾梯埃的眼睛射出光芒，阿夫里尼走了過來。

「先生，」年輕人說，在場的人的面目情感都看在眼裡，「我知道我在說什麼，您同我一樣知道我在說什麼。」

「凡蘭蒂是被謀害死的！」

維爾福垂下了頭，阿夫里尼又往前走了一步，諾梯埃點頭表示同意。

「可是先生，」摩賴爾又說，「在如今這個時代，一個人因殘暴的手段而離開這個世界，那是一定要追究她死的原因的，即使那人不是像凡蘭蒂這樣一個年輕、美麗、可愛的人。檢察官閣下。」

摩賴爾情緒更加激動，「沒有情面可講。我向你報案，追尋兇手是你的責任！」

那青年人復仇的眼睛詢問著維爾福，檢察官則用目光時而央求諾梯埃，時而央求阿夫里尼。

但在醫生和他父親的眼睛裡，他找不到同情，而只看見一種像瑪西米蘭同樣堅決的表情。

那老人表示說：「是的！」

阿夫里尼說：「一定的！」

「閣下，」維爾福說，力圖對抗這三重意志，並克制自己的激動，「閣下，你弄錯了，這兒沒有人犯罪。是命運在打擊我，上帝在煎熬我。想起來挺可怕的，但沒有謀殺人。」

諾梯埃的眼睛像要冒出火來似的，阿夫里尼張開嘴想說話。

摩賴爾伸出他的手臂，阻止他發言。

「我對您說，這裡有人在謀殺！」摩賴爾說，他的聲音雖然已低了一些，但毫未喪失那種可怕的抑揚頓挫的聲調：

「我告訴您，四個月來這是第四個受害者。

「我告訴您，那兇手在四天以前就企圖用毒藥奪取凡蘭蒂的生命，由於諾梯埃先生採取了小心措施，才沒有得逞。

「我告訴你，現在毒藥已更換了，或是加重了一倍劑量，而這一次，他成功了。

「我告訴你，您和我一樣對這一切瞭若指掌，因為這位先生曾以醫生和朋友的雙重資格事先警告過你。」

「哦！您一定是神志不清了！先生。」維爾福說，他明知被困卻在無謂地掙扎。

「我神志不清？」摩賴爾喊道，「好吧！我請阿夫里尼先生來主持公道。」

「問問他，閣下，問他是否記得，在聖米蘭夫人去世的那天晚上，在這座房子的花園裡，他跟您說了什麼。那時，您和他兩人，以為旁邊沒有人，你們談論那次的慘死，關於那件事，您像剛才那樣推諉於命運，不公正地歸罪於上帝，而你的推諉只造成了一件事情——就是殺死了凡蘭蒂。」

維爾福和阿夫里尼互相對視。

「是的，是的，回想一下當時的情景吧，」摩賴爾說，「你們以為是私下說說，沒有人會聽見，但卻落到我的耳朵裡。不錯，在目擊維爾福先生故意漠視他親戚的被害以後，我應該向當局去告發他，那麼，甜蜜的、可愛的凡蘭蒂呀，我不會再像以前那樣做幫兇了！我要做代您報仇的人了。這第四次謀殺是明目張膽的，人所共見。假如您的父親不理您，凡蘭蒂，那麼我——我向您發誓——我就要去追尋那個兇手。」

這一次，自然的力量終於憐憫起這個快因悲傷和憤怒而爆裂開來的強壯體格的人，摩賴爾的話在喉嚨裡塞住了；他號啕大哭起來；那久久不聽指揮的眼淚從他的眼睛裡湧了出來；他癱軟下去，哭著又跪倒在凡蘭蒂的床邊。

這時，阿夫里尼開口了。

「我也一樣，」他用一種低沉的聲音說，「我也是，我要求站到摩賴爾先生一邊，要求伸張正義，因為我一想到我怯懦的好意助長了罪惡，就感到非常難過！」

「哦，天哪！天哪！」維爾福神情沮喪地喃喃說道。

摩賴爾抬起頭來，看見老人的眼睛，這雙眼睛射出異乎尋常的光芒。

「噢，」他說，「瞧，諾梯埃先生想說話了。」

「是的。」諾梯埃表示說，正因為這位癱瘓老人的所有官能都集中到了他的目光裡面，所以這種目光的表情就越發顯得可怕了。

「您知道兇手是誰嗎？」摩賴爾說。

「是的。」諾梯埃表示說。

「您要告訴我們？」年輕人喊道，「大家聽著！阿夫里尼先生，讓我們大家聽著！」

諾梯埃帶著一個抑鬱的微笑望著那不幸的摩賴爾——這種用眼神表示的甜蜜微笑曾多少次使凡蘭蒂感到幸福。然後老人神情專注。

然後，在與聽者的目光相對以後，他又望向門口。

「您要我出去嗎，先生？」摩賴爾傷心地喊道。

「是的。」諾梯埃表示說。

「哦！哦！先生，對我發發慈悲吧！」

老人的目光堅定地盯住門口。

「那至少我還可以回來的吧？」摩賴爾問。

「是的。」

「就我一個人出去嗎？」

「不。」

「我應該帶走誰？是檢察官先生嗎？」

「不。」

「醫生嗎？」

「是的。」

「您想單獨跟維爾福先生留下嗎？」

「是的。」

「他能懂得您的意思嗎？」

「是的。」

「哦！」維爾福說，他意外地慶幸，詢問在私下進行。「哦！請放心，家父的意思我完全能懂的。」

他帶著我們所說的那種高興的表情說這幾句話的時候，牙齒都不受控制地相互撞擊。

阿夫里尼扶住摩賴爾的胳膊，把年輕人領到了隔壁的客廳。

這時，整幢房子籠罩在一片比死更深邃的沉寂中間。

一刻鐘過去了，終於傳來踉蹌的腳步聲，維爾福出現了，在阿夫里尼和摩賴爾——前者在沉思，後者在痛苦——待著的房間門口。

「你們來吧！」維爾福說。

說著，他把兩人帶到諾梯埃的輪椅跟前。

摩賴爾認真觀察著維爾福。

檢察官臉色青白，大滴汗珠滾下他的臉頰。一隻羽毛筆由於緊握而扭曲，被撕得粉碎。

「二位，」他聲音發哽地對阿夫里尼和摩賴爾說，「二位，請你們用名譽擔保，把這可怕的秘密埋在心底！」

兩人都吃了一驚。

「我懇求你們……」維爾福繼續說。

「可是，」摩賴爾說，「那個罪犯……那個殺人犯……那個兇手呢！」

「請放心，先生，正義會得到伸張，」維爾福說，「家父把罪犯的名字告訴了我。家父也像你一樣渴望報仇，但家父像我一樣，懇求你們保守犯罪的秘密。是這樣嗎，父親？」

「是的。」諾梯埃斷然表示說。

摩賴爾流露出恐懼和懷疑的表情。

「哦！」維爾福一邊喊道，一邊拉住瑪西米蘭的胳膊，「哦！先生，你瞭解我的父親是個堅定不移的人，現在既然他請求你這樣做，那就是說，他知道凡蘭蒂的仇是一定能不折不扣地報成的。

「是這樣嗎，父親？」

老人示意是的。

維爾福繼續往下說。

「他知道我已向他許下諾言。放心吧，二位，在三天內，我請求你們給我三天，這比司法機關對我的要求時間要少，我就要用即使最勇敢的心看了也要發抖的手段，向那謀殺我的孩子的人報仇。」

「是這樣嗎，父親？」

說完，他咬牙切齒，握緊老人麻木的手。

「他的許諾會兌現嗎，諾梯埃先生？」摩賴爾問道，而阿夫里尼用目光尋找答案。

「會的。」諾梯埃表示說，目光中有一種陰森的欣喜表情。

「所以，二位，」維爾福把阿夫里尼和摩賴爾的手拉在一起說，「發誓吧，你們會照顧我家的名譽，讓我來報仇雪恥，好嗎？」

阿夫里尼把頭撇轉在一邊，說了一聲非常微弱的「是」；但摩賴爾掙脫他的手，沖到床上，在凡蘭蒂那冰冷的嘴唇上吻了一下，然後帶著蟄伏在絕望中的靈魂拖長的呻吟聲逃走了。

前面已經說過，全體僕人都已逃走了。

所以維爾福先生只好請求阿夫里尼先生主持一切喪事手續。在大城市裡死了人必然帶來很多的麻煩，尤其死亡者有如此的可疑情況。

諾梯埃先生不肯離開他的孫女兒，沒人能勸動他，他的眼淚默默地滾下他的兩頰，這種無言的痛苦和沉默的絕望看了真使人可怕。

維爾福退回到他的書齋裡，阿夫里尼則出去找市政府雇用的醫生，他的職責是驗屍，被人恰如其分地稱為「死醫生」。

一刻鐘以後，阿夫里尼先生帶著他的助手回來了。臨街的幾扇大門早已關上；而由於門房已與其他的僕人一同逃走，是維爾福本人來開門。

他引著兩位醫生上樓但他走到樓梯頂上就止步；他沒有勇氣再走進那個死人的房間。

所以兩位醫生自己走進那個房間。

諾梯埃仍坐在床的附近，像那具屍體一樣的蒼白、沉默和靜定。

那「死醫生」帶著無動於衷的表情走進去，這是他半生跟屍體打交道的習慣，揭開那張蓋在臉上的床單，微微地張開她的嘴巴。

「哦！」阿夫里尼歎著氣說，「可憐的女孩，她是死了。你可以走了。」

「對。」那個醫生極其簡潔地回答說，放下覆蓋住凡蘭蒂面孔的床單。

諾梯埃發出一陣陣嘶啞的喘氣聲。

阿夫里尼轉過身來，那老人的眼睛閃閃發光，醫生明白懂得他希望再看一看他的孩子。他把老人推到床邊，當他的同伴把他那幾隻接觸過死人的嘴唇的手指浸在氯化鈣溶液裡的時候，他發現這張平靜而蒼白的臉酷似睡著的天使的臉。

老人眼睛裡所出現的那一滴眼淚表示了他對醫生的感謝。

「死醫生」那時已把他的驗屍報告放在桌子角上；這個重要的手續完成以後，便仍由阿夫里尼陪他出去。

維爾福聽到他們下樓的聲音，又來到書房門口。

他用幾句話謝了那位醫生，然後轉過去對阿夫里尼說：

「現在，」他說，「請個神甫吧？」

「您想特地指定一位教士來為凡蘭蒂祈禱嗎？」阿夫里尼問。

「不，」維爾福說，「就近找一位好了。」

「是有一位義大利的善良的神甫，」那個醫生說，「他前一陣剛搬到您隔壁來住。我順便去請他過來好嗎？」

「阿夫里尼，」維爾福說，「那就麻煩您陪這位先生一起走吧。

「請把大門鑰匙帶上，您可以隨意出入。

「您把神甫請來以後，再負責把他帶到我那可憐的孩子的房間去吧。」

「您要跟他說話嗎，我的朋友？」

「我只希望獨自待著。您可以原諒我的吧，是嗎？教士理應懂得各種痛苦，包括一位父親的悲哀。」

說著，維爾福先生遞給阿夫里尼一把鑰匙，最後一次向陌生的醫生致意，然後就回到自己的書房裡工作起來了。

對有些人來說，工作是一切痛苦的良藥。

兩位醫生下樓來到街上時，瞧見一個身穿長袍的教士站在隔壁房子的門口。

「這就是我對您說起的那位神甫。」死醫生對阿夫里尼說。

阿夫里尼走過去見神甫。

「先生，」他說，「有位不幸的父親，就是維爾福檢察官先生，剛剛失去了他的女兒，不知能否請您前去幫助他一下。」

「啊！先生，」神甫帶著很明顯的義大利口音回答說，「是的，我知道，他家死了人。」

「那麼，我就無須向您說明了，您知道他冒昧地請您去做什麼了。」

「我正要去自薦，先生，」神甫說，「去盡我們的職責是我們的本分。」

「那是位少女。」

「是的，這我知道，我從僕人那裡瞭解到，我看到他們逃離這幢房子。我知道她叫凡蘭蒂，我已經為她祈禱過了。」

「謝謝，謝謝，先生，」阿夫里尼說，「既然您已經開始履行您的聖職了，那就請繼續下去吧。請去坐在死者的身邊祈禱，沉浸在喪事的悲痛中的這家人會非常感謝您的。」

「我這就去，先生，」神甫回答說，「而且我敢說，誰的祈禱也不會有我這麼虔誠。」

阿夫里尼攙住那神甫的手，不去打擾維爾福，把神甫領到凡蘭蒂的房間裡，那個房間並無變動，殯儀館的人要到傍晚才來收屍。

當神甫進去的時候，諾梯埃以搜索的眼光望著他的眼睛；不消說，他似乎從中看到了某種特殊的東西，因為他要繼續留在那個房間裡。

阿夫里尼把死人，同時也把活人託付給了神甫，神甫答應盡力為凡蘭蒂祈禱和看顧諾梯埃。

神甫莊重地開始祈禱，顯然是為了他在履行這種神聖的使命時免得受人打擾，所以阿夫里尼一離開，他便走過去，不僅閂上了醫生出去的那道門，而且也閂上了通往維爾福夫人房間的房門。

chapter 104

鄧格拉司的簽字

第二天早晨，天空烏雲密佈。

埋屍工人把下葬前的準備工作在這裡就做完了，屍體裹在一塊包屍布裡，顯得十分陰森。而不論人們怎樣論述死的平等，這塊包屍布卻是一個最後的證據，證明死者在生前生活的奢華。這塊包屍布是那青年女郎在兩星期前買來的一幅美麗的白葛布。

那天晚上，執行這種任務的那兩個人已把諾梯埃從凡蘭蒂的房間搬到他自己的房間裡，同預料的相反，老人離開孩子的屍體時並沒有什麼困難。

布沙尼神甫一直守候到天亮，黎明時，他回到自己的家，沒有驚動任何人。

阿夫里尼在早晨八點鐘左右回來。他還要去諾梯埃的房間，遇到維爾福，醫生便與他同去。

他們發覺他在一張當床用的大圈椅裡，享受著一場寧靜的睡眠，似乎面帶微笑。

他們倆驚訝地在門口停住腳步。

「瞧，」阿夫里尼對正在望著熟睡的父親的維爾福說，「大自然善於使最強烈的悲痛平息下來。當然誰也不會說諾梯埃先生不愛他的孫女兒，可是他照樣睡著了。」

「是啊，您說得很對，」維爾福神色驚訝地回答說，「他睡著了，可這真是挺奇怪的。因為平時他心裡稍微有些不痛快，就會徹夜不眠的。」

「悲傷已經把他壓垮了。」阿夫里尼說。

他倆若有所思地回到檢察官的書房。

「瞧，我不曾睡過，」維爾福朝著阿夫里尼指了指那張一絲不亂的床說，「悲傷沒有壓垮我，我已有兩夜沒睡，但看看我的書桌。看看我在這兩天兩夜裡面寫了多少東西。我仔細研究這份檔案，已草成了控告兇手貝尼台多的起訴狀。噢，工作！工作！工作是我的熱情，我的愉快，我的喜悅！只有你才能打倒我的悲傷！」

說著，他痙攣地抓住阿夫里尼的一隻手。

「您需要我做什麼嗎？」醫生問。

「不，」維爾福說，「但請您十一點鐘再來一下。中午十二點要……要運走……天哪！我可憐的孩子！我可憐的孩子！」

檢察官又變成了常人，舉目望天，歎了一口氣。

「您要去大廳接待來客嗎？」

「不，我有一個堂弟，我請他來負責料理喪事。我，我還要去工作，醫生。當我工作的時候，就一切都忘掉了。」

果然，醫生還沒走過門口，檢察官便又工作起來了。

阿夫里尼在大門口遇見維爾福所提及的那個堂弟，這個人在故事裡以及這個家庭裡不足一提，是那種自出生以來就只求為他人所用的人物之一。

他謹慎守時，穿著一身黑衣服，手臂上纏著一條喪禮上用的紗帶，來到堂兄家裡時擺出一副莊重的面孔，他可以隨時在需要的時候保持這副面具。

到十二點鐘，喪車駛入那鋪著石板的前庭，聖・奧諾路上便擠滿了一群遊手好閒的人，百姓對富人的歡樂和喪事都渴望瞭解，他們像去看一位公爵小姐的婚禮同樣熱烈地跑去看一次大出喪。

客廳裡漸漸擠滿了人，最先來的是讀者的一部分老相識──狄佈雷、夏多・勒諾和波香，然後是司法界、文學界和軍界的領袖人物；因為維爾福先生是巴黎社會名流──這，一部分固然是由於他的社會地位，但更重要的，還是由於他個人才幹的力量。

那位堂弟站在門口接引賓客。

必須指出的是，看到他這樣一張冷漠的臉，他也像賓客們一樣無動於衷，而不是像一位父親，一位兄長，一個愛人那樣扮出一副哀傷的面孔或勉強擠出幾滴眼淚。對於那些非親非故的人來說，這真叫人大大鬆了一口氣。

凡是認識的人都在用目光打招呼，並且三五成群聚在一起。

其中有一個小團體的組成者是狄佈雷、夏多・勒諾和波香。

「可憐的女孩！」狄佈雷也像其他人一樣先對這場喪事言不由衷地說上幾句，「可憐的女孩！這麼有錢，這麼漂亮！夏多・勒諾，才多久啊……至多就不過三四個星期以前吧，我們來簽訂婚約，結果沒簽成？」

「的確想不到。」夏多・勒諾說。

「您認識她嗎？」

「我在馬瑟夫夫人家的舞會上跟她交談過一兩次，我覺得她很迷人，儘管神情有點憂鬱。她的繼母去哪兒了，你知道嗎？」

「她跟接待我們的這位尊貴的先生的夫人在一塊兒待著。」

「這是個什麼樣的人？」

「哪一位？」

「就是接待我們的這一位。是位議員嗎？」

「不是，」波香說，「我天天要見到那些尊敬的議員，我不認識他的面孔。」

「這條噩訊，您的報紙登了嗎？」

「提是提到了，文章不是我寫的。真的，我真不確定維爾福先生看了那篇文章是否會高興，因為它說，如果在別的地方這樣接連四次死了人，而不是在檢察官先生家裡，他就會對這件事情感到更大的興趣了。」

「還有，」夏多・勒諾說，「為家母看病的阿夫里尼醫生說，他情緒非常沮喪。」

「可您在找誰呢，狄佈雷？」

「我在找基督山先生。」年輕人回答說。

「我上這兒來的路上，在大街上遇見過他。我猜他快離開巴黎了，他要上他的銀行家那兒。」波香說。

「上他的銀行家那兒？他的銀行家不就是鄧格拉司嗎？」夏多・勒諾問狄佈雷。

「我想是的吧，」那位機要秘書略微有些尷尬地回答說，「但這裡不僅僅基督山先生沒來。摩賴爾我也沒看見哪。」

「摩賴爾！他也認識這家人嗎？」夏多・勒諾問。

「我記得別人只給他介紹過維爾福夫人。」

「沒關係，他大概要來的，」狄佈雷說，「今天晚上談論些什麼？就是這件喪事，這是今天的新聞。但是，噓！我們的司法部長來了。他會認為必須對那個哭哭啼啼的堂弟發表一篇小小的講話。」說著，這三個年輕人走到靠近門口的地方，準備洗耳恭聽司法部長的那番小小的演說。

波香沒說錯，他應邀來參加葬禮，中途遇見過基督山，那一位正坐車向安頓大馬路的鄧格拉司府邸而去。

銀行家從窗子裡看到伯爵的馬車駛進院子，他帶著和藹而憂鬱的臉容迎上前去。

「嗯！伯爵，」他伸手給基督山說，「我想您是來向我表示同情的吧，說實話，我家遭到了不幸。當我看見您的時候，我正在自己問自己：究竟我是否希望傷害那可憐的馬瑟夫一家人，假若我曾那樣希望，那麼諺語所謂『誰存心不良，誰有惡報』那句話就說對了。唉！我憑人格擔保，不！我並沒有希望馬瑟夫遭禍。或許對於他這個同我一樣出身微賤的人來說，他有點高傲，我們倆一樣，一切都靠自己，但人人都有缺點。啊！請看，伯爵，請看看我們這個年齡的人——您不屬於那個階段，您還是一個年輕人——我們這個年齡的人今年非常倒楣。譬如我們的清教徒檢察官，維爾福先生，他剛才失掉了他的女兒，而事實上他的全家幾乎都已死光，馬瑟夫已身敗名裂地死了，我呢，被那個貝尼台多大壞蛋弄得成為笑柄，而且……」

「還有什麼嗎？」伯爵問。

「唉！您還不知道嗎？」

「又有什麼不幸？」

「我女兒……」
「鄧格拉司小姐怎麼啦？」
「歐琴妮離開我們出走了。」
「哦！天哪！您在說什麼呀！」
「說的是實話，親愛的伯爵。天哪！您沒有妻子兒女是多麼幸福啊！」
「您這麼認為嗎？」
「哎！我的上帝！」
「您說歐琴妮小姐……」
「她無法容忍那個壞蛋對我們的羞辱，要求允許她外出旅行。」
「她走了嗎？」
「前天的晚上走的。」
「跟鄧格拉司夫人一起嗎？」
「不，跟一位親戚……不過，我親愛的歐琴妮，我們等於失去她啦，因為我瞭解她的性格，我懷疑，她是不會再回法國來了！」
「有什麼辦法呢，我親愛的男爵，」基督山說，「對於全部家產就只有孩子的窮人來說，家庭煩惱是不堪忍受的，但對一位百萬富翁，那些痛苦卻是可以忍受的。哲學家說得好：說什麼有許多事金錢能給人寬慰，有實踐經驗的人總是給予駁斥。假如您承認了這貼萬應靈丹的效力，您應該是非常容易寬慰的了——您是金融界的國王，是一切力量的交叉中心點！」
鄧格拉司瞟了伯爵一眼，想看看他是在取笑他還是認真的。

不到。」

「可不是，」他說，「事實上，如果財富能給人帶來安慰，我是理應得到慰藉的——我很富有啊。」

「富有極了，親愛的男爵，您的財富就像金字塔。即使有人想摧毀它，也未必敢。即使敢，也辦不到。」

鄧格拉司對伯爵這種信賴別人的善良報以微笑。

「這一來我倒想起來了，」他說，「您剛才進門的那會兒，我正在簽署五張小小的憑單。我已經簽了兩張，您肯允許簽署其餘三張嗎？」

「請便，親愛的男爵，請便。」

片刻的沉默，只聽見銀行家的羽毛筆在沙沙作響，基督山則抬頭在看天花板上描金的圖案。

「是西班牙債券，」基督山說，「海牙債券，還是那不勒斯債券啊？」

「都不是，」鄧格拉司自負地呵呵笑著說，「是給持有人的支票，由法蘭西銀行支付的支票。噢，」他又說，「伯爵，假如我可以稱為金融界的國王的話，您就應該稱為金融界的皇帝了，可是，您見過每張價值一百萬的紙片嗎？」

基督山接過鄧格拉司驕矜地遞給他的這五張紙片，彷彿要掂量一下似的，然後念道：

總經理台鑒，請在本人存款名下按票面額付一百萬整。

——鄧格拉司男爵

「一，二，三，四，五，」基督山數道，「五百萬！喲！就跟您說的一樣，克雷絮斯陛下！」

「我就是這樣做生意的。」鄧格拉司說。

「那好極了，尤其是如果這筆款子能付現錢的話，當然我對此並不懷疑。」

「確實付現錢。」鄧格拉司說。

「有這種信用真不錯，真的，只有法國才有這樣的事情。五張小紙片就等於五百萬！親眼看到才相信。」

「您不相信嗎？」

「不是。」

「可您說話的口氣……好，讓您高興一下。帶我的職員到銀行裡去，您就會看見他留下這些紙片，帶著同等數目的現金出來。」

「不，」基督山說著，把五張紙片折了起來，「真的不用，事情太奇怪了，我會親自試驗一下。我預定在您這兒透支六百萬。我已經提用了九十萬法郎，所以您還欠我五百一十萬法郎，我就拿了這五張紙片吧，只因為看到了您的簽名，我才把它們看作支票，而這是一張我收足六百萬的收條。這張收條是我事先準備好的，因為必須告訴您，我今天需要用錢。」

說著，基督山一手把五張紙片放進衣袋，一手把收據遞給銀行家。

即便有個晴天霹靂炸響在鄧格拉司腳跟前，也不會使他這樣嚇得癱倒。

「什麼！」他結結巴巴地說，「什麼！伯爵先生，您的意思是要拿那筆錢嗎？對不起，對不起！但這筆錢是我欠收容院的——這筆存款我答應今天上午支付。」

「啊！」基督山說，「這就是另一回事了，我並不是非要這幾張支票，換一種方式付給我吧。我是出於好奇才拿走這些支票的，希望我可以對人家說：鄧格拉司銀行可以無須準備就毫不遲延地付我五百萬。效果非常出色！這是您的支票，我對您再說一遍，換一種方式付給我。」

說著，他把那五張票據遞給鄧格拉司，後者急忙伸手來抓，像是一隻禿頭鷹從籠子裡伸出利爪來要奪回旁人想拿走的食物一樣。

他突然改變了主意，強迫自己保持鎮定。

然後，一個微笑漸漸地展開在他那失態的面孔上。

「當然，」他說，「您的收據就是錢嘛。」

「哦！我的上帝，可不是嗎！要是您在羅馬，憑我的收據，湯姆生・弗倫奇銀行就會付款給您，而且是順順當當地付款。」

「對不起，伯爵先生，對不起。」

「那麼我可以收下這筆錢了？」

「是的，」鄧格拉司答道，一面擦拭髮根冒出的汗珠，「請收下，請收下。」

基督山把這五張紙頭放在袋裡，臉上那種無法形容的表情似乎在說：

「好吧！考慮一下。要是後悔，現在還來得及。」

「不，」鄧格拉司說，「不。您一定留下我簽署的支票。您知道，銀行家辦事最講究手續。我本來是預備把這筆錢付給收容院，覺得不支付給收容院，就像是搶了它的錢似的！原諒我。」

他哈哈大笑起來，不過是有些神經質。

「不用客氣，」基督山態度優雅地回答說，「那我收下了。」

說著，他把這些憑單放進錢袋裡。

「不過，」鄧格拉司說，「我們還有十萬法郎沒有結清呢。」

「哦！小事一樁，」基督山說，「銀行手續費大概差不多也要這個數目，您不必付了，我們兩清了。」

「伯爵，」鄧格拉司說，「您此話當真嗎？」

「我從來不跟銀行家開玩笑。」基督山回答，神態認真得不顧禮節。

說完，他就向門口走去，正在這時，貼身男僕通報說：

「收容院出納主任波維勒先生到。」

「哎唷，」基督山說，「我來得正是時候，趕上拿您的簽字憑單了，否則大家要你爭我搶了。」

鄧格拉司的臉又一次變白了，他趕緊跟伯爵告別。

基督山跟波維勒先生客客氣氣地相互打了一個招呼，後者站在候見室，伯爵離開以後，波維勒先生便立刻被引入鄧格拉司的房間。

伯爵注意到那位出納主任的手裡拿著一個公文夾，他那往常極其嚴肅的臉上便現出一個轉瞬即逝的微笑。

他在門口找到他的馬車，立刻向銀行駛去。

這時候，鄧格拉司壓抑住激動，去迎接出納主任。

不用說，他的唇邊裝模作樣地掛著親切的微笑。

「您好，我親愛的債權人，」他說，「我敢打賭，來找我的是位債權人。」

「您猜對了，男爵先生，」波維勒先生說，「我是代表收容院來的。寡婦和孤兒們通過我來向您要那五百萬。」

「有道是孤兒最惹人憐嘛！」鄧格拉司開了句玩笑說，「可憐的孩子啊！」

「因此我以他們的名義來了，」波維勒先生說，「您想必已經收到我昨天的來信了？」

「是的。」

「我今天把收據帶來了。」

「親愛的波維勒先生，」鄧格拉司說，「請您的寡婦和孤兒們發發慈悲，多等候二十四個小時，因為基督山先生，就是您剛才瞧見，從這兒出去的那位……您瞧見他了，是嗎？」

「是的，怎麼樣呢？」

「嗯！基督山先生剛才把他們的五百萬給帶走了！」

「這是怎麼回事啊？」

「伯爵在我的銀行擁有一個無限透支戶頭，是羅馬湯姆生・弗倫奇銀行介紹來的，他剛才來找我，馬上要提五百萬的款子，我就開了一張銀行支票給他。我的資本都存在銀行裡，您明白，要從董事先生那裡同一天提取一千萬，我擔心他會覺得不可思議。」

鄧格拉司微笑著說，「而在兩天之內，那就不同啦。」

「得了吧！」波維勒先生滿腹狐疑地說，「剛才出去的那位先生拿了您五百萬嗎？他剛才出去時還跟我打了招呼，倒像我也認識他似的。」

「您不認識他，可他說不定卻認識您。基督山先生交友極廣。」

「五百萬！」

「他的收據在這兒。請您像聖多馬[24]一樣：親眼看看，親手摸摸吧。」

德・邦威爾先生拿過鄧格拉司遞給他的那張紙，念道：

24. 聖多馬，宗教傳說他是十二「聖徒」之一，曾懷疑耶穌復活。後人將他比喻為多疑的人。

茲收到鄧格拉司男爵先生五百一十萬法郎，此筆款項他可隨時向羅馬的湯姆生・弗倫奇銀行支取。

「的確不錯！」這一位說道。

「您一定知道湯姆生・弗倫奇銀行吧？」

「知道，」波維勒先生說，「我曾和它有過一筆二十萬法郎的交往。但此後我就沒聽說過它了。」

「那是歐洲最有信譽的銀行之一。」鄧格拉司一邊說，一邊把他剛從波維勒先生手裡拿回來的那張收據漫不經心地往辦公桌上一扔。

「他僅僅在您的銀行裡就有五百萬嗎？哎喲！那這位基督山伯爵一定是個大富豪啦？」

「老實說，我不知道他是什麼人，但他有三封無限透支的委託書——一封給我，一封給羅斯希爾德，一封給拉費德。而您看，」鄧格拉司漫不經心地補充說，「您看，他把十萬法郎留給我當做手續費，算是給我的傭金。」

波維勒先生表示出讚賞之情。

「以後我要去拜訪他一次，」他說，「讓他給我們一點慈善捐款。」

「哦！這您是十拿九穩的，僅僅佈施一項，他每月就用到二十萬法郎以上。」

「那太好了。另外，我還要向他引用一下馬瑟夫夫人和她兒子的例子。」

「什麼例子啊？」

「他們把全部財產都捐給了濟貧院。」

「什麼財產？」

「他們的財產，也就是已故馬瑟夫將軍的財產唄。」

「他們為什麼這麼做呢？」

「他們不願意要這樣卑劣地得來的財產。」

「那他們以後靠什麼為生呢？」

「母親到外省隱居，兒子去從軍。」

「哎呀呀，」鄧格拉司說，「真叫人於心不安！」

「昨天我剛把他們的捐贈登記造冊。」

「他們的全部財產有多少？」

「喔！不算很多，一百二三十萬法郎吧。不過，我們還是再來談談那五百萬吧。」

「好哇，」鄧格拉司非常自然地說，「看來，您是急於要拿到這筆錢了？」

「是的，我們明天就要查點帳目。」

「明天！剛才您為什麼不說？但明天等於一個世紀！幾點鐘開始查點啊？」

「兩點。」

「那您中午十二點派人來取錢吧。」鄧格拉司臉上掛笑地說。波維勒先生居然不想多費什麼口舌！他點點頭，擺弄著皮包。

「哎！我想到了，」鄧格拉司說，「您還有個好辦法。」

「你要我怎麼做？」

「基督山先生的收條等於就是錢，拿它到羅斯希爾德或拉費德的銀行裡去，立即可以兌換。」

「即使在羅馬才能兌現的收條也行嗎？」

「那當然，不過您要拿出五六千法郎當做利息。」

財務主任嚇得倒退一步。

「天哪！不，我寧可等到明天。您的主意還是不錯的！」

「對不起，剛才我以為，」鄧格拉司厚顏無恥地說，「我以為您有一筆小小的缺額要填補呢。」

「啊！」出納主任說。

「聽著，這是顯而易見的。可要真是那樣，也就只好做點犧牲了。」

「上帝保佑！不必了。」波維勒說。

「那麼就明天。是不是，我親愛的財務主任？」

「對，明天。一言為定？」

「嘿！請您相信我！中午派人來，銀行事先會得到通知。」

「我親自來。」

「那敢情好，我又能有幸跟您見面了。」

兩人握手。

「順便問一句，」波維勒先生說，「我在大街上遇到了不幸的維爾福小姐的出喪行列，可您不去送葬嗎？」

「不去，」銀行家說，「自從出了貝尼台多那件事後，我也成了大家的笑柄，所以我退避三舍。」

「呵！瞧您說的，那樁事情裡您有什麼錯呀？」

「請聽我說，親愛的財務主任，像我這樣名譽沒有任何污點的人，總是很敏感的。」

「人們都很同情您，請相信這一點，尤其是，人們都很同情鄧格拉司小姐。」

「可憐的歐琴妮！」鄧格拉司深深歎了一口氣說，「您知道她要進修道院了嗎，先生？」

「不知道。」

「唉！可惜這是千真萬確的事。那件事情以後的第二天，她就已經帶著一個她所認識的修女離開巴黎。她們已到義大利或西班牙去尋找一座教規非常嚴格的修道院去了。」

「哦！太可怕了！」

感歎一聲過後，波維勒向做父親的表示深切慰問，然後告辭。

但是他剛剛出去，鄧格拉司便做了一個很富於表情的姿態，只有看過弗列德里克扮演羅伯・馬克[25]的人才能想像出這個姿態是什麼樣子，他大聲說：

「傻瓜！」

他把基督山的收據塞進一隻小皮包。

「就明天上午來吧，」他又說，「中午我已經遠離巴黎了。」

他門上房門落上鎖，倒空他所有的抽屜，收拾了約莫五萬法郎的鈔票，某些文件他散了一地，有的則放在顯眼的地方，然後開始寫一封信，信封上寫著「鄧格拉司男爵夫人啟」。

「我今天晚上親自去放在她的桌子上。」他低聲地說。

最後，他從抽屜裡拿出一張護照，說：

「好！有效期還有兩個月。」

25.《羅伯・馬克》是一八三四年前後在巴黎流行的一個喜劇。

chapter 105 公墓

波維勒先生確實曾在路上遇到過那支陪送凡蘭蒂去最後歸宿地的送殯行列。天空烏雲密佈，昏暗沉悶，雖然風算溫和，但足以吹掉樹上殘存的黃葉，吹動它們在滿街的人群頭頂盤旋。

維爾福先生是一個真正的巴黎人，他認為只有拉雪茲神甫墓地才配得上接受一個巴黎家庭的屍體，他覺得其他墓地都是鄉下墓園，而拉雪茲神甫墓地才是有教養的死者的聚集場所。所以他在那兒買下了一塊墳地，他的前妻一家的所有成員迅速地佔據了那座高聳的建築。墓碑的正面刻著「聖米蘭暨維爾福兩家之墓」，這是可憐的麗妮——凡蘭蒂的母親——臨終時所表示的願望。

所以送葬的行列就從聖・奧諾路向拉雪茲神甫墓地前進。要從巴黎橫穿而過，經過神廟區，就此離開郊外的馬路，到達墓地。五十多輛私家馬車跟在二十輛喪車後面，而在馬車後面，還跟著五百多個步行的人。

隊伍的最後都是青年男女，他們把凡蘭蒂的死當做是一個晴天霹靂。不管本世紀社會氣氛多麼冰冷，當代生活多麼單調乏味，仍不能阻止他們前去，以紀念那美麗、純潔、可愛，在這如花之年夭折的少女。

隊伍走出巴黎，只見一輛四匹馬駕轅的馬車飛馳而來，這四匹馬的腿健壯有力，驀地停住，馬車裡的人正是基督山。

伯爵從車子裡出來，混在步行跟隨的人群裡。

夏多・勒諾看見他，便立刻從他的四輪馬車上下來，去和他走在一起。波香也離開自己的那輛輕便馬車。

伯爵全神貫注地在人叢的空隙裡觀望，誰都看得見，他是在找人。他終於洩氣了。

「摩賴爾在哪兒？」他問道，「二位可知道他在哪兒嗎？」

「我們在死者家裡時已經互相問起過他，」夏多・勒諾說，「因為我們今天誰也沒見過他。」

伯爵不說話，但仍然不停地向四處尋找。

送葬隊伍終於來到了墓地。

基督山那銳利的目光向樹叢裡探望；很快，他便安下心來，因為他看見一個人影在紫杉樹間溜過，基督山無疑認出了他要尋找的人。

在巴黎這座繁華的大都市裡喪葬場面是大家所瞭解的。長長的白色的墓道上散佈著黑色的人影，天地一片寧靜蕭條，只有斷裂的樹枝和墳墓四周的籬笆發出的響聲擾亂這片寂靜，然後神甫發出那種低沉的單調的誦經聲，夾雜著這裡那裡從花束中發出的嗚咽，在花朵下可以看見有個女人沉浸在痛苦中，雙手合十。

基督山所注意的那個人影急速地繞過亞比拉和艾綠伊絲[26]的墳墓後面，挨近到柩車的馬頭旁邊，跟著扛棺材的人一同到達指定的埋葬地點。

每個人都把注意力放在墳墓上。

基督山卻只關注那個避開眾人的身影。

伯爵兩次離開行列，想看看這個人的手是否在尋找藏在衣服下面的武器。

當行列停止的時候，大家認出摩賴爾的身影。他的上裝一直扣到頷下，臉色慘白，帽子被痙攣的雙手揉皺了，站到一塊可以俯視墳墓的高地上，斜靠著一棵樹，以便不漏掉即將進行的喪儀的任何細節。

一切進展得井井有條。某些人，跟平常沒什麼兩樣，他們都是比較不易動情的人，發表了一些談話——或是哀悼逝者的夭折，有的還推論到她父親的悲傷；有一個非常聰明的人還說，這個青年女郎曾幾次向她的父親為那些即將受法律之手懲處的罪犯乞求寬恕；最後他們想方設法轉用馬萊布寫給杜佩里埃的詩歌，用盡了華麗的比喻和哀婉的和諧複合句。

基督山什麼也沒聽見，而且什麼也沒看見，或者更準確地說，只看見了摩賴爾，如果有誰能夠洞悉他的內心，就會像伯爵一樣清楚在摩賴爾安靜的外表下隱藏著令人不安的情緒。

「瞧，」驀然間波香對狄佈雷說，「那不是摩賴爾嗎？他這是在那兒幹什麼呀？」

說著，他倆又叫夏多・勒諾看他。

「瞧他臉色有多蒼白！」夏多・勒諾說著打了個寒戰。

26. 指法國神學家亞比拉（一〇七九至一一四二）和他所戀愛的少女艾綠伊絲。

「他冷成這樣了。」狄佈雷說。

「不是的，」夏多・勒諾慢悠悠地說，「我看哪，他是心裡難過。瑪西米蘭是個多愁善感的人。」

「得了吧！」狄佈雷說，「他似乎不認識維爾福小姐。這可是你自己說的。」

「這沒錯。可是我記得在馬瑟夫夫人家的舞會上，他跟她跳過三次舞。你知道的，伯爵，在那次舞會上，你多麼引人注目。」

「不，我不這麼認為，」基督山回答說，他根本沒在意在對誰講話或是講些什麼事，專心一意地在監視摩賴爾，摩賴爾似乎已激動得呼吸都停止了。

「演說結束了，再會，諸位。」伯爵說。

他示意要離開，之後便消失在人群中，沒有人看見他究竟是到哪兒去了。

葬禮結束，來賓們都回到巴黎去。

只有夏多・勒諾四下張望尋找摩賴爾，但當他在觀察伯爵的去向的時候，摩賴爾已離開他所站的地方，夏多・勒諾已找不到摩賴爾，便去追上狄佈雷和波香。

基督山走進一個矮樹林，躲在一個大墳墓後面，暗中觀察著摩賴爾的微小動作；後者果然漸漸地走近那座現在已經無人注意的墳墓。

摩賴爾慢慢地、意識模糊地環顧四周，當他的目光離開基督山所躲藏的那個地方的時候，伯爵便走到離他十步以內，卻依舊不曾被他發覺。

摩賴爾跪了下來。

伯爵向摩賴爾又走近幾步，身體前傾，眼睛張得大大地凝視著，膝蓋彎曲，彷彿一看到表示就要衝上去似的，一面繼續挨近摩賴爾。

摩賴爾將額頭一直彎到石頭上，然後雙手抓住柵欄，低聲說道：

「噢，凡蘭蒂呀！」

這幾個字刺穿了伯爵的心，他走上去，扶住那青年人的肩頭，說：

「是你，親愛的朋友，我正在找你。」

基督山原來預料他會衝動起來，又是斥責，又是非難，但他估計錯了。因為摩賴爾回過頭來，看上去很平靜：「您知道我在祈禱。」

伯爵用懷疑的目光把年輕人從頭到腳打量了一番。

看完之後，他明顯地放下心來。

「要我陪您回巴黎嗎？」他說。

「不用，謝謝。」

「您想做什麼呢？」

「請讓我祈禱。」

伯爵順從地退開，但他只是退到一旁，注視著摩賴爾的每一個動作。摩賴爾終於站起來，拂去膝頭的灰塵，然後頭也不回地朝巴黎方向走去。

他慢慢地順著羅琪里路走。

伯爵不坐馬車，相距一百步，尾隨著摩賴爾。瑪西米蘭過河，經林蔭大道折入密斯雷路。

摩賴爾回到家五分鐘以後，伯爵便敲開了他家的大門。

裘莉站在花園的進口，她全神貫注地看著庇尼龍師傅，庇尼龍認真對待自己的園丁職業，正在為孟加拉玫瑰插枝。

「啊，基督山伯爵！」她喊道。他每次拜訪密斯雷路的時候，這個家庭裡的每一個人便都會表現得如此愉快。

「瑪西米蘭剛回來，是不是，夫人？」伯爵問。

「是的，我似乎看到他走過去了，」少婦說，「要不要去叫艾曼紐來呀？」

「對不起，夫人，我得到瑪西米蘭的房間去，」基督山說，「我有件極其重要的事要跟他說。」

「那就請上去吧。」她說，帶著迷人的微笑一直目送他消失在樓梯口。

基督山奔上那座從樓下通到瑪西米蘭房間去的樓梯；奔到樓梯頂以後，他留神傾聽，沒有發出任何聲音。

像許多獨家住的老屋一樣，這兒的房門是裝著玻璃格子的。

不過，這扇玻璃門上沒有鑰匙，瑪西米蘭把自己鬥在房間裡，房間裡的情形無法看到，因為一道紅色的門簾遮住了門後的一切。

伯爵由於緊張臉上顯出強烈的紅暈，在這個冷漠無情的人的身上，這是不同尋常的激動徵象。

「我怎麼辦呢？」他不安地說。

他想了一會兒。

「我拉鈴嗎？不，宣佈一位客人來訪的鈴聲只會加速瑪西米蘭實行他此刻的決心，鈴聲之後便會響起人們無法承受的另一種聲音。」

基督山渾身發抖，決心下得如同閃電一樣迅速，他用手肘去擊打一格玻璃，玻璃頓時粉碎；然後他挑起門簾，看見摩賴爾伏在書桌上寫東西，但聽到玻璃格破碎的聲音，他便從座位上跳起來。

「沒事，」伯爵說，「真是太對不起了，親愛的朋友！我滑了一下，胳膊肘撞在了你的門玻璃上。

既然已經碎了，我就順便到您的房間走走。不用勞駕了，不用勞駕了。」

於是伯爵從打碎的玻璃門伸進手臂，打開了門。

摩賴爾立即站起身來，神情不快地向基督山走去，但他並不是想迎接伯爵，而是想阻止他進來。

「要說呢，這還是你的僕人的錯，」基督山揉著胳膊肘說，「你家的地板像鏡子一樣光閃閃。」

「您受傷了嗎，先生？」摩賴爾不動神色地問。

「我相信沒有。可你在幹什麼哪？在寫東西嗎？」

「我？」

「您的手指上沾著墨水。」

「是的，」摩賴爾回答說，「我是在寫東西，儘管我是軍人，有時也寫寫東西。」

基督山在房間裡走了幾步。瑪西米蘭不得不讓他走動，只好步步跟隨。

伯爵舉目四顧。

「你還把手槍放在文具旁邊！」他指著擱在書桌上的武器對摩賴爾說。

「我要外出旅行。」瑪西米蘭回答說。

「我的朋友！」基督山語氣充滿親切溫和。

「先生！」

「我的朋友，我親愛的瑪西米蘭，請不要做出倉促的決定！」

「我，決定倉促？」摩賴爾聳聳肩膀說，「請問，旅行怎麼會是倉促的決定呢？」

「瑪西米蘭，」基督山說，「我倆都把偽裝揭掉吧。」

「您不要用勉強的平靜來騙我，我也不要再對您裝出那種兒戲式的關懷。您可以懂得，像我剛才那樣撞破玻璃窗，觸犯了一個朋友獨自在房間裡的隱私，您應該明白，我做出那樣的事，一定是我懷著真正的不安，或是，是因為心裡有一種可怕的確定的想法。摩賴爾，您是想毀滅您自己！」

「嗨！」摩賴爾打了個哆嗦說，「您怎麼會產生這種想法呢，伯爵先生？」

「我說您想自殺！」伯爵用同樣的語氣說，「這就是證據。」

說著，他走到書桌跟前，掀開年輕人遮在一封剛開始寫的信上的白紙，把信拿在手裡。

摩賴爾衝過去，要從他手裡奪回信。

但是基督山料到了他會這麼做，用他強有力的手抓住摩賴爾伸過來的手臂。就像鐵鍊止住彈簧往前彈一樣止住他，搶在他前面。

「您瞧，您這還不是想要自殺嗎！摩賴爾，」伯爵說，「這就是證據！」

「好吧！」摩賴爾說，他的表情又從凶猛變為平靜，「那麼，就算這樣，就算我決定把槍口對準自己，誰可以阻止我？誰敢來阻止我？當我說：我的全部希望已撲滅，我的心已破碎，我的生命已熄滅，我周圍只有悲哀和厭倦，大地變成灰燼，每一個人的聲音都傷害我；當我說：讓我死是慈悲，假如我活下去，我就會失去理智，我就會發瘋；來，閣下，告訴我，當我說了這一番話以後，當您看到我帶著憂傷，含著從心底流出來的眼淚說出這番話時，還有誰會來對我說：『你錯了。』還有誰會來嘗試阻止我逃脫苦境！告訴我，閣下，難道你有那種勇氣嗎？」

「是的，摩賴爾，」基督山說，語氣的平靜恰好跟年輕人激動的神情形成一種奇特的對比，「是的，我有這樣的勇氣。」

「您！」摩賴爾懷著越來越強烈的憤怒和指責的表情，高聲地說，「當我本來可以通過出色的行動，通過異乎尋常的決心救活她，或至少可以看著她死在我懷裡的時候，您用虛假的希望來欺騙我，用空洞的諾言來鼓勵和安慰我。您，您假裝無所不知，無所不能。您扮演著，更確切地說假裝扮演上帝的角色，卻連給一個中毒的少女服解毒藥劑的能耐都沒有！啊！說老實話，閣下，假如您不是使我看了覺得可怕的話，您簡直會引起我的可憐！」

「摩賴爾……」

「是的，您剛才說要我揭掉偽裝。好吧！您滿意了吧，我把它放下了。」

「當您在墳場裡跟我說話的時候，我還是回答了您的問話，因為我的心腸軟弱，當您到這兒來的時候，我讓您進來。但既然您得寸進尺，既然您到我這個用來結束生命的房間裡來激怒我，既然您又來折磨我，我本來以為受盡了各種折磨，那麼假裝做我的恩人的基督山伯爵呀，人間天使的基督山伯爵呀，您可以滿意了，您目睹一位朋友的死吧。」

摩賴爾狂笑著又一次衝向手槍。

基督山臉色白得像失去了生命，但瞪著發光的眼睛用手按住手槍，對著那個失去理智的人說：

「我再對您說一遍，您不能殺死您自己。」

「您還要阻止我！」摩賴爾回答，最後一次衝過去，但像之前一樣，在伯爵的鐵腕面前，他的努力是徒勞的。

「我就是要阻止您自殺！」

「可是您到底是誰，居然肆意對自由的會思想的人實行專制的權力！」瑪西米蘭喊道。

「我是誰？」基督山重複說。

「你聽著：我是這世上唯一有權對您說這話的人：『摩賴爾，我不願您父親的兒子在今天死去！』」

說著，基督山交叉著兩臂，崇高地、莊嚴地、神般地向那青年迎上去，年輕人不由自主地被伯爵近乎神聖的表情所征服，退縮了一步。

「您幹嗎要提到我的父親？」他囁嚅著說，「為什麼要回憶起我的父親，擾亂我眼前的心緒？」

「因為當您的父親像您今天這樣要毀滅他自己的時候，救他性命的，就是我。那時，他想結束自己的生命，就像您今天想自殺一樣。因為送錢袋給您的妹妹，送法老號給老摩賴爾先生的，就是我。因為我是愛德蒙‧鄧蒂斯，曾讓還是孩子的您坐在我膝頭上嬉戲。」

摩賴爾驚奇得喘不過氣來，他搖搖晃晃地又倒退了一步；然後，他力氣全無，大喊一聲，跪倒在基督山腳下。

突然，在他優秀的秉性中產生了一種突發的、完全更新的意念：他又立刻爬起來，躥出房外，衝向樓梯口，在樓梯頂上放開嗓子大喊：

「裘莉，裘莉！艾曼紐！艾曼紐！」

基督山也想衝出房門，但瑪西米蘭寧死也不鬆手，竭力拉住房門阻止伯爵出去。

聽見瑪西米蘭的喊聲，裘莉、艾曼紐和幾個僕人都神色慌張地奔了過來。

摩賴爾握住他們的手，打開房門。

「跪下！」他聲音嗚咽哽塞地喊道，「快跪下！他就是我們的恩人，就是我們父親的救命恩人！他就是……」

他幾乎說出：「他就是愛德蒙‧鄧蒂斯！」

伯爵抓住他的胳膊制止了他。

裘莉向伯爵的手撲去，艾曼紐像抱一位守護神那樣地抱住了他。摩賴爾又一次跪了下去，用額頭去碰地板。

那時，那個鐵石心腸的人覺得他胸膛裡湧起衝動；從喉嚨到眼睛噴出一股烈火；他垂頭哭泣起來。一時之間，在這個房間裡，只聽見崇高的眼淚和嗚咽織成的音樂會，即便是上帝最愛的天使，大概也覺得和諧動聽。

裘莉激動的情緒仍舊無法平靜，她衝出房間，奔到樓下，跑進客廳，揭開水晶罩，取出米蘭巷無名氏所贈送的那只錢袋。

這當口，艾曼紐哽咽著對伯爵說：「哦！伯爵先生，您怎麼能這樣忍心呢？您常常聽我們談起我們的無名恩人，看到我們以萬分感謝和敬愛的心情回憶他，您怎麼竟能這麼久不把您的真相告訴我們呢？噢，這對我們是太殘酷了，而且，我幾乎可以說——對您自己也太殘酷了！」

「請聽我說，我的朋友，」伯爵說，「我可以這樣稱呼您，因為您不知不覺做了我十一年的朋友，這個秘密的揭露，是由一件您不知道的大事引出來的。

「上帝是我的證人，我本想把這個秘密一生都埋在我的心底，但您的內兄瑪西米蘭用一種暴烈的舉動逼我講了出來，我相信他對這種舉動已經後悔了。」

說完以後，他瞥見瑪西米蘭仍跪在地上，但把頭斜過去靠在一張扶手椅上。

「請您注意照看他。」基督山低聲地添上一句，一邊意味深長地在艾曼紐的手上按了一下。

「這是為什麼？」年輕人驚訝地問。

「我不能告訴您。但請你注意照看他。」

艾曼紐巡視房間，看見了摩賴爾的那對手槍。

他驚恐地凝視著手槍，慢慢地舉起手來指給基督山看。

基督山點點頭。

艾曼紐朝著手槍走上一步。

「隨它放那好了。」伯爵說。

於是他向摩賴爾走過去，抓住他的手，剛才震撼了年輕人的心的強烈激動，已被目瞪口呆的神情取代。

裘莉回來了，雙手捧著那只絲帶織成的錢袋，兩滴閃光的快樂的淚水，宛如兩滴朝露從她的臉頰流下來。

「這是珍貴的紀念品，」她說，「可您千萬別以為，當我知道恩人是誰以後，我對它就會不像以前那樣珍惜了。」

「我的孩子，」基督山回答說，他的臉紅了，「允許我拿回那只錢袋吧。既然你們已經知道了我，我只希望你們心裡時時紀念我就行了。」

「哦！」裘莉把錢袋貼在胸口上說，「不，不，我求您啦。因為有一天您也許會離開我們。因為總有一天，很不幸，您要離開我們，是嗎？」

「您猜對了，夫人，」基督山含笑回答說，「一星期後，我就要離開這個國家，因為在這裡，那麼多本該受到上天報應的人卻生活得很幸福，而我的父親卻在饑愁交迫中去世。」

當宣佈他要離開的時候，伯爵用眼睛盯著摩賴爾，發覺「我就要離開這個國家」這幾個字並不曾把他從昏沉狀態中喚醒過來。他明白，必須要為消除他的朋友的悲痛作最後一次努力，便握住艾曼紐和裘莉的手，像一個父親那樣用溫和而威嚴的口吻說：

「我的好朋友，請讓我單獨跟瑪西米蘭待在這兒。」

對裘莉來說，這倒可以使她帶走那件珍貴的紀念品，因為基督山不要提起它。

她趕緊拉起丈夫就走。

「我們出去。」她說。

伯爵和摩賴爾留在屋裡，摩賴爾像尊雕像似的，一動不動。

「啊，」伯爵情緒激動地用手指碰碰他的肩膀說，「您終於恢復男子漢的本色了嗎，瑪西米蘭？」

「是的，因為我又開始感到痛苦了。」

伯爵的額頭蹙了起來，看起來有點無法決策。

「瑪西米蘭！瑪西米蘭！」他說，「縈繞在你心頭的那個念頭，不是一個基督徒所應有的態度。」

「哦！您放心，朋友，」摩賴爾說，他抬起頭，對著伯爵笑了笑，笑容中卻包含著一種無法形容的哀愁，「我不會再次試圖自殺。」

「這麼說，」基督山說，「就再用不著武器，再也不會絕望了。」

「用不著了，我已找到一種比子彈或小刀更好的東西來治療我的悲哀。」

「可憐的失去理智的人……你有什麼辦法？」

「我有悲痛，它會帶走我的生命。」

「朋友，」基督山跟他同樣憂鬱地說，「請聽我說。

「以前有一天，在像您一樣絕望的時候，我曾下過像您一樣的決心，像您一樣想自殺；以前有一天，您的父親在同樣絕望的時候，也希望殺死他自己。

「假如當您的父親舉起手槍對準他自己的頭顱的時候，當我在監獄裡推開那三天不曾進口的食物的時候，有人來對他或對我說：

「『活下去，這一天總會到來，您會得到幸福，您會讚美生活！』——不論那些話是誰說的，我們聽了總會現出懷疑的微笑或感到難以相信的痛苦，您父親擁抱您時，他曾多少次讚美生活呀！我自己也曾多少次——」

「喔！」摩賴爾打斷伯爵的話喊道，「您僅僅失去了您的自由。我的父親只不過失去了財產。而我，我失去了凡蘭蒂。」

「看看我，摩賴爾，」基督山莊嚴地說，這種莊嚴的態度有時使他看起來是這樣的偉大和這樣的具有說服力，「看看我，我的眼睛裡沒有眼淚，血管裡也沒有寒熱，心臟也不因憂傷而沉鬱地跳動，但我看見您悲傷欲絕——您，瑪西米蘭，我是把您當做我自己的兒子一樣愛惜的。嗯，這不是在告訴您：悲哀也像生命一樣，總是有一些值得懷念的東西可以令您忍受過去的嗎？如果我懇求您，如果我要您活下去，摩賴爾，那是因為我相信，將來有一天，您會感謝我保全您的生命的。」

「天哪！」年輕人喊道，「天哪！您在對我說什麼呀，伯爵？小心！或許您從來沒有戀愛過吧？」

「您真是個孩子！」伯爵回答說。

「我是指愛情，」摩賴爾說，「我，您知道，我是指像我這樣的戀愛。您看我長大成人之後就入了伍。我到二十九歲還不曾墮入過情網，因為我到那時為止所感受到的情愫都不應冠以愛情的名字。嗯，在二十九歲的時候，我遇見了凡蘭蒂，在兩年的期間內，我愛上了她，在兩年的期間內，在這顆像一本書一樣為我打開的心靈中，我看到了上帝親手寫下的做女子和做妻子的美德。

「伯爵，擁有了凡蘭蒂將是一種無限的、空前的幸福，一種在這個世界上太大、太完整、太超凡的幸福。因為這個世界沒有把她賜給我，伯爵，對您說實話吧，失掉了凡蘭蒂，世界所剩給我的就只是絕望和淒涼了。」

「我對您說過，不要放棄希望，摩賴爾。」伯爵又說了一遍。

「那麼小心，我也再說一遍，」摩賴爾說，「您這是想要說服我，而一旦您說服了我，您就可能會使我喪失理智，因為您這樣做是讓我相信了我還能再見到凡蘭蒂。」

伯爵笑了笑。

「我的朋友，我的父親！」摩賴爾大聲說，十分興奮，「我第三次再聲明：小心一點呀，因為您在我身上所使用的權力使我有點驚慌了。您在說話以前先斟酌一下字眼兒，因為我的眼睛又生氣勃勃，我的心重新振奮起來，復活了。小心一點，不然您就要使我相信世間真有神的天使了。

「假如您吩咐我掘起那埋葬睚魯之女的墓石，我就會服從您。如果您用手示意我行走在波濤上，我就會行走在波濤上，小心哪，因為我是會服從的。」

「不要放棄希望，我的朋友。」伯爵又重複了一遍。

「唉！」摩賴爾說，情緒頓時從亢奮的高峰跌進了憂傷的低谷，「唉！您在嘲笑我，您的做法就像善良的母親，更確切地說，就像那些用甜言蜜語去平息孩子的痛苦的自私母親，因為孩子的哭喊使她們感到煩惱。

「不，我的朋友，我要您小心是錯的。不，絲毫不用擔心，我將把它埋在我心的深處，我會使這悲傷變得非常隱晦、秘密，甚至使您不必憐憫我。

「別了！我的朋友！別了！」

「正相反，」伯爵說，「從此刻起，瑪西米蘭，你必須在我身邊跟我一起生活，寸步也不離開我。一星期內我們就要把法國拋在身後。」

「您仍然對我說要抱有希望嗎？」

「我對您說要抱有希望，因為我知道治癒您的方法。」

「伯爵，假如那是可能的話，您將使我比以前更傷心了。您以為這次打擊的結果只產生了一種普通的悲哀，您可以用一種普通的方法——改換環境——來醫好它。」

摩賴爾搖頭表示懷疑和不以為然。

「您讓我對您怎麼說好呢？」基督山說，「我對自己的許諾是很有信心的，讓我試驗一下。」

「伯爵，您只能是把我臨終前的痛苦拖得更長久些罷了。」

「這麼說，」伯爵說，「您心靈如此的脆弱，竟沒有力量給您的朋友幾天時間進行試驗囉？

「來吧！您可知道基督山伯爵能力的範圍？

「您可知道他能掌控多大的人間權力嗎？

「您可知道他有足夠的信心，他可以從上帝那兒獲得奇蹟？上帝說，人有信心，可以移山。

「我期望的這個奇蹟，您等待著它出現吧，不然——」

「要不然……」摩賴爾重複說。

「要不然，您可得留神，摩賴爾，我就認為您忘恩負義。」

「請給我一點同情吧，伯爵。」

「我對您是這樣地同情，瑪西米蘭，聽我說，我非常同情您——假如我不能在一個月以內醫好您，按天算，按小時算，請記住我的話，摩賴爾，我就把一支實彈手槍放在您的面前，另外再給您一杯最厲害的義大利毒藥，請相信我，超過了殺死凡蘭蒂的那種毒藥。」

「您答應我了嗎？」

「是的，因為我是個男子漢。因為，正如我告訴過您的，我自己也曾經想死過。而且，就是在不幸已經遠離我以後，我甚至常常幻想長眠的美妙樂趣。」

「喔！您真的答應我了嗎，伯爵？」瑪西米蘭陶醉地大聲喊道。

「我不只是答應您，而且對您起誓。」基督山伸出一隻手說。

「以您的名譽保證，在一個月之內，假如我還不曾寬懷，您就讓我自己處理我的生命，不管我做什麼事，您都不能說我忘恩負義？」

「在一個月內，按天算嗎，瑪西米蘭，在一個月內，按小時算，那個時間和日期是神聖的，瑪西米蘭。我不知道您是否還記得：今天是九月五日。

「十年前的今天，您的父親想死，我救過他。」

摩賴爾抓住伯爵的手吻著。伯爵任憑他這麼做，彷彿他意識到，這樣的崇拜他是受之無愧的。

「一個月以後，」基督山繼續說，「我們會彼此坐在桌前，桌上放著精良的武器，您可以死得痛快，但是，在您這方面，您必須答應我在那個時間以前絕不自殺。」

「哦！我也向您起誓！」摩賴爾喊道。

基督山把年輕人摟在胸前，長久地摟著他。

「現在，」他對年輕人說，「從今天開始，您跟我住在一起。您就住海蒂的那套房間裡。至少我的女兒可以由我的兒子來代替。」

「海蒂！」摩賴爾說，「海蒂怎麼樣啦？」

「她昨天晚上動身走了。」

「離開您走了嗎？」

「等我同她會合……您準備一下，就到香榭麗舍大街去找我，不要讓人看見我離開這裡。」

瑪西米蘭低下頭，像個孩子或者聖徒似的，照著他的吩咐做了。

chapter 106 分享財產

阿爾培和馬瑟夫夫人選定聖・日爾曼路一座房子的二樓做他們的臨時寓所，二樓另外由一套完整的小公寓組成，它的租戶是一個非常神秘的人。

門房從來不曾看見過這個人的面孔，儘管他也進進出出，因為在冬天，他的下頷老是埋在一條馬車夫在寒冷的夜晚所使用的大紅圍巾裡，而在夏天，當他經過門房小屋要被人看見時，他總是在擤鼻涕。不可不說是與一般的慣例相反的是：這位先生並沒有受監視，據說他隱姓埋名是為了掩飾自己的高貴身分，不允許遭受無禮的干涉的，他的微服秘行絕對受人尊敬。

他來去的時間相當有規律，儘管偶爾或早或晚。但不管冬天還是夏天，他約莫在四點鐘的時候到他的這套公寓來，但從不在那兒過夜。

在冬天，到三點半鐘的時候，管理這個小房間的謹慎的僕人便來生起爐火；在夏天，每到這個時間那個僕人便把冰塊端上來。

到四點鐘，正如我們說的，那位神秘人物便來了。

二十分鐘以後，一輛馬車在門前停下，一個身穿黑色或深藍色衣服，總是戴著一大幅面紗的女人從車上下來，像影子似的經過門房，毫無聲息地用輕捷的腳步奔上樓梯。從來沒有人問她來找誰。

她的長相就像那個神秘人物的一樣，那兩個門房也完全不知道的。在首都分佈極廣的門房行會中，大概也只有這兩個門房能這樣謹慎識禮了。

不用說，她走到二樓就止步。然後，她用一種古怪的方式拍拍門，門打開了，再嚴嚴實實地關上，全部情況就到此為止。離開那座房子的時候也像進來的時候同樣小心。

那位婦人先出去，出去的時候也總是戴著面紗，登上馬車，馬車時而消失在這條街的街角，時而消失在另一條街，然後，約莫在二十分鐘以後，那位紳士也就裹在圍巾裡或用手帕遮著臉離開。

在基督山拜訪鄧格拉司的第二天，也就是凡蘭蒂葬禮的那一天，神秘人物在十點鐘左右進來，並不是像通常那樣在下午四點鐘左右進來。

幾乎同時，並不像平時留有的間隔，一輛出租馬車到來，那戴面紗的婦人匆匆地從車子上下來奔上樓去。

門開了，但在它還沒有關好以前，那婦人就喊道：

「噢，呂西安！噢，我的朋友！」

「嗯！出什麼事了，親愛的？」被戴面紗的女人由於慌張或倉促而洩露出名字來的那個男人問道，「告訴我，什麼事？」

「我的朋友，我能依靠您嗎？」

「當然，您很清楚。」

「可是，到底出什麼事啦？」

「今天早上您的信讓我惶恐不安。」

「你寫得那麼倉促、那麼潦草，啊，快說出來要麼讓我放心，要麼就讓我大吃一驚！」

「呂西安，出大事情啦！」那女人用探究的目光注視著呂西安說，「鄧格拉司先生昨晚出走了。」

「出走！鄧格拉司先生出走了！」

「他到哪兒去了？」

「我不知道。」

「什麼！你不知道？他一去不回了嗎？」

「昨晚十點鐘，他的馬車把他送到卡蘭登城柵，那兒有一輛驛車在等待，他和他的跟班走進驛車，吩咐車夫趕到楓丹白露去。」

「嗯！那您剛才怎麼說……」

「等一等，我的朋友。他留給我一封信。」

「一封信？」

「對，您念吧。」

說著，男爵夫人從袋裡掏出一封已經拆封的信，遞給狄佈雷。

狄佈雷看信之前遲疑了一下，像是在猜測那封信的內容，又像是在考慮：不論那封信的內容如何，他決定事先先拿一個主意。他的念頭無疑地在幾分鐘之內就決定了，因為他看起信來。

這封在鄧格拉司夫人心中引起惶恐不安的信內容如下：

我忠實的夫人！

狄佈雷不假思索地停了一下，望望男爵夫人，她連眼白都紅了。

「念吧！」她說。

狄佈雷繼續念道：

當您接到這封信的時候，您已不再有一個丈夫了！噢！不必過分衝動地惶恐不安，您喪失他，只是像你喪失您的女兒一樣；我的意思是，我已走在離開法國的三四十條道路中的一條之上。

我這樣做應該向您作一番解釋，由於您能完全理解我的話，我就來說給您聽聽。

所以，聽著：

今天早晨，有人來向我提取五百萬，那筆提款我給了，另一筆同樣數目的款子幾乎緊跟而來，我把這位債權人延約到明天，今天，我動身就是為了避免明天過分難堪的局面。

您懂得這一番理由了吧，我最寶貝的妻子。

我說：

您懂得這種理由，因為你對於我的事情是像我自己一樣熟悉。您甚至比我瞭解得更清楚，因為在我那一度非常可觀的財產中，足足有一半我不知去向，而那一部分財產，夫人，我確信您是知道得非常清楚的。

因為女人有萬無一失的本能，能通過代數計算來解釋，她們創造了奇蹟；但是我，我只懂得我自己的數字，一旦這些數字欺騙我的時候，我便一無所知。

可您奇怪我這次垮台的迅速嗎？

我的金條突然化為烏有，您有點炫目嗎？

我呢，我承認，我只看到火焰，讓我們希望您可以從灰堆中找到一點金子。

懷著這個寬慰的念頭，我離開了您，夫人和最審慎的妻呀，我的良心並不因拋棄您而對我有絲毫的責備。您還有您的朋友，和那我已經提及過的灰堆，更幸運的是，我急於把自由歸還給你。

關於這一點，夫人，我必須再寫幾句解釋的話。

我曾經乞求您致力於我們家庭的幸福和我們女兒的歡樂，我達觀地閉攏我的眼睛，但既然您已把那個家庭變成一片廢墟，我也不願意做另一個人發財的基礎。

我娶您時您有錢，但名譽並不光彩。

原諒我說得這樣坦白，由於我這番話可能只是說給我們倆聽的，我看我似乎並無斟酌字眼的必要。

我增大了我的財產，在過去十五年中，它繼續不斷地增加，這份財產不斷擴大，直至我不明白、也不理解的災禍降臨，弄得我傾家蕩產，但我可以坦白地宣稱，關於這場災禍，我並無絲毫錯誤。

您，夫人，您僅僅致力於擴大自己的財產，我相信您已經成功了。

所以，我現在離開您的時候，仍讓您處於我娶你時的境況，有錢而名譽不大光彩。

告別了！

從此刻起，我也準備要為自己打算了。

請相信我非常感謝您給我作出的、我就要仿效的榜樣。

您非常忠誠的丈夫
——鄧格拉司男爵

狄佈雷艱難地念著這封長信時，男爵夫人的目光始終停留在他的臉上。儘管眾所周知，他的自制力很強，但臉上仍然有一兩次變了顏色。

念完以後，他慢慢地把信重新折好，又陷入沉思。

「嗯？」鄧格拉司夫人帶著很容易理解的憂慮不安，問道。

「嗯，夫人？」狄佈雷機械地重複說。

「看了信，您有什麼想法嗎？」

「很簡單，夫人，這封信使我想到，鄧格拉司先生出走時是有所猜疑的。」

「不錯。可是您要對我說的就這些嗎？」

「我不明白您還要我說些什麼。」狄佈雷冷冰冰地說。

「他走啦！真的走啦！永遠不回來啦。」

「哦！」狄佈雷說，「不要這樣認為，男爵夫人。」

「他不會回來啦。我知道他的性格，凡是從他的利益出發下定的決心，他是絕不改變的。

「如果他認為我還有用，他會把我帶走。他丟下我在巴黎，那是因為我們的分離可以有助於他的目標。因此，這次分手是不可挽回的，我永遠自由了。」鄧格拉司夫人依然帶著懇求的表情接著說。

可是狄佈雷並不回答，聽任她的目光和其中所包含的思緒焦急不安地向他探詢著。

「怎麼！」她終於說，「您不回答我，先生？」

「我只想問您一個問題：您打算怎麼辦？」

「我正要問您呢。」男爵夫人心頭怦怦直跳地回答說。

「哦！」狄佈雷說。「您在讓我出主意嗎？」

「是的，我是要您給我出個主意。」男爵夫人說，心裡揪緊了。

「那麼，既然您要我出個主意，」年輕人冷冷地回答說，「我就勸您也去旅行。」

「旅行！」鄧格拉司夫人喃喃地說。

「當然囉，正如鄧格拉司先生所說的，您有錢，完全自由。據我的意見，在鄧格拉司小姐婚約的二次破裂和鄧格拉司先生失蹤的雙重不幸以後，暫時離開巴黎絕對是必要的。」

「您必須使外界以為你遭了遺棄，而且貧苦無依，因為人們不會原諒破產者的妻子生活闊綽、家裡豪華。您只要在巴黎逗留兩星期左右，對大家一再說，您被拋棄了，把這次遺棄的細節講給您最要好的朋友聽，她們會在上流社會傳播。然後您可以離開您的房子了，您留下您的首飾，放棄您法定的繼承權，人人便會讚美您對債務的清償，對您有口皆碑。

「他們知道您遭了遺棄，就也會以為您很窮苦，因為只有我一個人知道您的真實經濟狀況，並準備作為正式的合夥人跟您清算帳目。」

男爵夫人嚇呆了，她臉色蒼白地聽著狄佈雷說出這番話來，他說這番話時是那麼鎮靜和冷漠，她不禁聽得又恐怖又絕望。

「被遺棄！」她重複說，「哦！真的是被遺棄啊……對，你說得有理，沒有人懷疑我被拋棄。」

那個如此驕傲、如此癡情的女人所能回答狄佈雷的，就只不過這一句話了。

「可是您有錢，甚至非常有錢。」狄佈雷說著，掏出錢袋，把裡面的幾張紙攤在桌子上。

鄧格拉司夫人不可能像他這樣做，她正在竭力抑制她內心的狂跳和約束那快要迸放出來的眼淚。終於，自尊心在男爵夫人身上占了上風；即使她不曾完全控制住她那激動的心情，至少她不曾掉下一滴眼淚。

「夫人，」狄佈雷說，「我們合作了大約半年。您拿出一筆十萬法郎的本錢。我們的合夥事業是在四月裡開始的。在五月裡，我們開始展開業務。在一個月中賺了四十五萬法郎。在六月裡，利潤達九十萬。七月裡，我們又增加了一百七十萬法郎。那，你知道，就是做西班牙公債的那個月。在八月裡，我們在月初虧損三十萬法郎，但當月十五日我們又補了回來，而且我們終於報了仇。現在，在我們的賬上——我昨天把我們從合夥第一天起到昨天為止的賬結了一結——一共賺了二百四十萬法郎，那就是說，我們每人一百二十萬。

「現在，夫人，」以經紀人的鎮定和可恨的作風查閱他的筆記本，「這筆錢另外還有八萬法郎的利息在我手裡。」

「但是，」男爵夫人打斷他說，「這利息是怎麼回事，因為你從來沒有拿這筆錢去生息啊？」

「我要請您原諒，夫人，」狄佈雷冷冷地說，「我是得到您的允許才這麼做的，我已經利用了這項特權。所以，除了您供給我作第一筆本錢的十萬法郎以外，您還可以分到四萬利息，加起來，您的部分一共是一百三十四萬法郎。

「嗯，夫人，為了小心起見，我在前天已把您的錢提了出來。您瞧，兩天的時間不算長，可以說，我預料到隨時會被叫去同您結帳。您的錢都在那兒，一半是鈔票，一半是支票。

「我說『那兒』是因為我認為我的家裡不夠安全，律師也不夠謹慎，房地產本身比公證人更會張揚，尤其是，因為您沒有權利保存屬於您丈夫的任何東西，所以我把這筆錢——現在是您的唯一財產——保存在那只衣櫃裡面的一隻錢箱裡，而為了更加可靠起見，我親自將錢放了進去。

「現在，夫人，」狄佈雷首先打開衣櫃，然後打開錢箱，繼續說，「現在，夫人，這兒是八百張一千法郎的鈔票，你看，像是一本裝訂好的畫冊；此外，我還加上一筆二萬五千法郎的股息，還有一筆不小的差額，我想，大概還有十一萬法郎嚴重計算錯誤。這是給我的銀行家見票即付的支票一張，他，因為不是鄧格拉司先生，支票會支付的，您大可放心。」

鄧格拉司夫人麻木地拿了那支票、股息和那堆鈔票。

這一大筆財產攤在桌子上只有很少一點東西。

鄧格拉司夫人帶著無淚的眼睛和那起伏不定的、包藏著激動的情緒的胸膛把鈔票放入她的錢袋裡，把股息和支票夾入她的筆記本裡，她站在那裡，臉色蒼白，沉默不語，等待一句溫柔的話來安慰她變得這樣富有。

但她空等了一場。

「現在，夫人，」狄佈雷說，「您有了一筆很可觀的財產，相當於六萬利佛爾的年收入，這筆收入，對於一個至少在一年之內不能在這兒立足的女人，可是筆很大的數目了。

「您以後可以任意行事了，還不說您要是感到入不敷出，夫人，看在過去的面上，您可用我的，我準備好提供給您，哦！我很願意把我全部所有的都——借給您。」

「謝謝，先生，」男爵夫人回答說，「謝謝。您知道，您給我的那筆錢，對一個從現在起至少在一個相當長的時間裡不打算在社交界露面的可憐女人來說，已經是太多了。」

狄佈雷驚訝了一下，但很快就恢復了常態，做了一個手勢，如用最客氣的話，這個手勢可以表達為這個意思：「那就隨您的便吧！」

那時，鄧格拉司夫人或許還抱著某種希望，但當她看到狄佈雷那種漫不在意的姿勢，看到伴隨這個姿態的斜睨目光，那深深的一鞠躬，以及鞠躬後那種意義深長地沉默時，她抬起了頭，打開房門，既不憤怒，也不發抖，但也毫不猶豫地奔下樓梯，不屑向一個能這樣離開她的人作一聲最後的告別。

「唔！」狄佈雷等她走了以後說，「想得倒美。她可以待在家裡讀讀小說，不想在交易所投機，就想玩紙牌。」

說著，他拿著小本子，很仔細地把剛才付出的那筆款項劃去。「我還剩下一百零六萬法郎，」他說，「多可惜啊，維爾福小姐死了！這個少女各方面都合我意，我本來可以娶她的。」

他依照慣例，他很冷靜地等鄧格拉司夫人走了二十分鐘以後，才動身離去。

這二十分鐘裡，狄佈雷一直在算帳，錶放在他身旁。

勒薩日劇中那個惡作劇的角色阿斯摩狄思——假如勒薩日不在他的傑作裡首先把他創造出來，凡是有冒險精神的、富有想像力的作家，都會創造出這個人物——阿斯摩狄思愛掀開屋頂窺探內部情形，假如在狄佈雷算帳的時候，揭開聖・日爾曼路那座小房子的屋頂，也就會看到一幕奇特的情景。

在狄佈雷和鄧格拉司夫人平分二百五十萬的那個房間的隔壁房間裡，也住著我們認識的房客，他們在剛剛敘述的事件中起著相當重要的作用，而且我們以後還要很關切地敘述他們中的兩個人。

這個房間裡住著美茜蒂絲和阿爾培。

最近幾天來，美茜蒂絲改變了許多——這並不是說她不再顯露倨傲奢華的排場，跟各種身分的人形成明顯對照，在樸素的服裝下使人認不出她，因為即使在她有錢的時候，她也從不做華麗的打扮，也並不是由於她已陷入窘困的環境以致無法掩飾窮苦的外貌。不，美茜蒂絲的改變，表現為她的眼睛不再閃閃發光，她的嘴唇不再微笑了，她那以前富於機智的流利的談吐現在變得躊躇猶豫了。

並不是貧困使美茜蒂絲思想枯竭，她並不是缺乏勇氣來忍受貧窮。

美茜蒂絲從她以前優越的地位降低到她現在所選擇的這種境況，就像從燈火通明的客廳遽然來到黑暗裡，她宛如一個皇后，被從宮殿貶到茅屋，要節衣縮食，她既不能習慣那種她自己勉強放在桌子上的泥碗，也不能習慣那種代替床鋪的下等草褥。

那個美麗的迦太蘭人和高貴的伯爵夫人已失掉了她那高傲的目光和動人的微笑，因為她看周圍的東西時，只看到令人心酸的物品。牆壁上糊著那種打經濟算盤的房東為了不容易顯出灰塵而選用的灰色的紙張，方磚地沒有鋪地毯，傢俱令人注目，使人看到想擺闊氣的那種寒酸，的確，一切都使那一對看慣了精美高雅的東西的眼睛看了不舒服。

馬瑟夫夫人自從離開她的府邸以後，就住在這兒，面對這永恆的孤寂，她頭昏腦漲，有如來到深淵邊緣，可是，看到阿爾培經常注意著她的臉色並辨察她的情緒，她只好強迫自己在嘴唇上裝出呆板的微笑，這種微笑與她以前眼睛裡常帶著的那種甜蜜的光彩四射的表情對照起來，似乎只像是一種反射的光。那就是說，是沒有溫暖的感染力。

至於阿爾培，他則心情煩悶，很不自在，過去豪華的習慣使他難以適應他現在實際的生活。假如他想不戴手套出去，他的一雙手便顯得太白了，假如他想徒步在街上走，他的皮靴似乎太亮了。

可是，這兩個高貴而聰明的人，被母子之愛緊密地結合在一起，終於能夠不發一言而相互瞭解，他們無須像朋友之間那樣先得經過初步的嘗試階段才能達到開誠相見，而開誠坦白在這種狀況下是極其重要的。

阿爾培終於能對他的母親這樣說而不致使她臉色發白：

「媽，我們沒有錢了。」

美茜蒂絲從不曾真正體驗過窮苦是何物，她在年輕的時代常常談到貧窮，但這絕不是一回事，因為在「需要」和「必需」這兩個同義詞之間，有著很大的區別。

住在迦太蘭村的時候，美茜蒂絲需要各種各樣的東西，但她從不缺少某些東西。只要漁網不破，他們就能捕魚；而只要他們的魚能賣錢，他們就能買線來織新的網。

再說，那個時候她沒有了朋友，只剩一個與物質生活無關的愛人，便只會想到自己，人人都會想到自己，只有自己。

那時候她手頭所有的雖不多，但她還能十分豪爽地安排開銷；現在她有兩份開銷得應付，而手頭卻一無所有。

冬天快到了。在這個四壁空空、已經很冷的房間裡，美茜蒂絲並沒有生火——她，她以前是慣於享受融融的爐火，從大廳到寢室都暖烘烘的。她眼下連一朵可憐的山花也沒有，她以前的房間像是一間培植珍貴的外國花的溫室。

她還有她的兒子。

出於可能誇大的責任的熱情，他們曾經一直保持在高度亢奮狀態裡，這是或者被誇大了的對於責任心的支持。

但是興奮和熱情一樣，有時會使我們無視人世間的實情。

但興奮已平靜下來了，他們覺得自己不得不從夢境回到現實。

在耗盡了理想精神之後，必須談論實際。

「母親，」就在鄧格拉司夫人走下樓去的那個當口，阿爾培說，「我們來算算還有多少錢好嗎？我知道得出總數，好以此來建立我的計畫。」

「但總數是零。」美茜蒂絲苦笑說。

「不，母親，首先，總數是三千法郎，我打算用這三千法郎，過上令人羨慕的幸福生活。」

「我的孩子！」美茜蒂絲歎著氣說。

「唉！我的好母親，」年輕人說，「我很難過用您的錢用得太多了，今天才知道它們的價值。

「您看，三千法郎是一筆大款子。我要用這筆錢創建一個詳細的計畫。」

「話是這麼說，我的兒子，」可憐的母親接著說，「但首先我們真的要接受這三千法郎嗎？」美茜蒂絲紅著臉說。

「可我想，這事是說定了的，」阿爾培語氣很堅決地說，「由於我們沒有錢，我們就更應該接受，您知道，它是埋在馬賽米蘭巷一所小房子的花園裡的。

「用兩百法郎，我們倆就可以到馬賽了。」

「兩百法郎！」美茜蒂絲說，「你都想好了，阿爾培？」

「噢，這方面，我已向公共驛車站和輪船公司調查過了，錢已計算清楚。

「您可以乘雙人驛車到夏龍——您瞧，媽媽，我用三十五法郎就讓您像王后一樣。」

阿爾培於是拿起一支筆寫道：

雙人驛車三十五法郎
從夏龍到里昂，乘汽船六法郎
從里昂到阿維尼翁，仍乘汽船十六法郎
從阿維尼翁到馬賽七法郎

沿途零用五十法郎
總計一百一十四法郎

「就算一百二十法郎好了吧，」阿爾培笑著說，「您看我們還是很寬裕的，是不是，母親？」

「可你呢，我可憐的孩子？」

「我！您難道忘記了我給自己留下了八十法郎嗎？」

「母親，年輕人是不必太舒服的。再說我知道出門旅行是怎麼回事。」

「和你的貼身男僕一起坐自家的馬車。」

「不管怎麼說，我還是知道的吧，母親。」

「那好！就算是吧，」美茜蒂絲說，「可是那兩百法郎在哪裡呢？」

「兩百法郎就在這兒，而且另外還有兩百。」

「噢，我把我的錶賣了一百法郎，錶鏈上的小飾物賣了三百法郎。」

「瞧我運氣有多好！掛件賣了錶的三倍價錢。多餘的東西總是累贅！」

「所以我們有錢了。您一路上只用花費一百一十四個法郎，而您帶著二百五十法郎上路。」

「可是我們還欠著旅館老闆的錢呢？」

「那三十法郎，從我的一百五十法郎裡付給他就是了。」

「這是恰當的。而且，既然嚴格地說我一路上只要花八十法郎，所以您瞧，我的錢是綽綽有餘的。」

「但還不止這些。」

「您瞧這是什麼，母親？」

於是阿爾培摸出一本嵌金搭扣的小筆記本——這是他剩下的一件過去的心愛之物，也許是那些常常來敲他那扇小門的神秘的蒙面女郎之一送給他的一件定情的信物——阿爾培從這本筆記本裡抽出一張一千法郎的鈔票。

「這是什麼？」美茜蒂絲問。

「一千法郎唄，母親。哦！千真萬確。」

「這一千法郎是從哪兒來的啊？」

「您聽我說，母親，千萬別太激動。」

說著，阿爾培立起身，走過來抱吻母親的雙頰，然後站在那兒凝望著她。

「媽，您不能想像在我的心裡你是多麼的美！」那青年懷著深摯的母子之愛激動地說，「說實話，您是我見過最漂亮的、最高貴的女人！」

「親愛的孩子——」美茜蒂絲說，她強忍著在眼角往上湧的淚水，但終究沒能忍住。

「說實在的，您遭逢不幸，我對您的愛就要變成崇拜了。」

「只要有我的兒子在，我就不是不幸的。」美茜蒂絲說，「只要有我的兒子在，我就絕不會不幸。」

「啊！是這樣，」阿爾培說，「但考驗就要開始了，母親？您記得我們是怎麼說定的嗎？」

「我們說定過什麼事情嗎？」美茜蒂絲問。

「是的，我們說好了您要住在馬賽，而我則動身到非洲去，我要為現在所使用的姓氏取得它應有的權利，以代替我所拋棄的姓氏。」

美茜蒂絲歎了口氣。

「嗯！母親，我昨天已經去應徵駐阿爾及利亞的騎兵聯隊了，」年輕人有點羞愧地垂下眼睛，甚至他自己都不知道他這種自卑的偉大。「更確切地說，我覺得我的身體是我自己的，我有權利賣掉它。昨天我頂替了一個人。

「像俗話所說，我賣掉了自己，我想不到自己能賣到那樣多的錢，」那青年人竭力想微笑，「那就是說，賣了兩千法郎。」

「這一千法郎就是從這樣來的嗎……」美茜蒂絲渾身打戰地說。

「是總數的一半，母親。另外一半在一年內付清。」

美茜蒂絲帶著一種無法形容的表情舉眼向天，而眼淚，直到那時為止還被抑制著的，可是現在流滿雙頰。

「這是用血換來的呀！」她喃喃地說。

「是的，如果我犧牲的話，」阿爾培笑著說，「但我可以向您保證，媽，我有堅強的意志要保護我的身體，我從來不曾像眼下這樣感到求生的渴望。」

「上帝呀！上帝呀！」美茜蒂絲說。

「再說，為什麼您以為我一定會給打死呢？

「母親！拉摩利薩可曾被殺嗎？姜茄尼可曾被殺嗎？

「皮杜[27]可曾被殺嗎？

「難道我們認識的摩賴爾犧牲了嗎？

「想想看，媽，當您看到我穿著一套繡花制服回來的時候，請想想您會多麼高興啊！

---

27. 以上三人均為當時侵略阿爾及利亞等非洲土地的法國將軍。

「我宣稱：我打算大展身手，我選擇那個聯隊只是為了名譽。」

美茜蒂絲竭力想笑，但結果是歎了一口氣。這個聖潔的母親明白，她讓兒子一個人承擔犧牲的全部重負是不對的。

「嗯，」阿爾培接著說，「您明白了吧，母親。我們已經穩穩當當有四千多法郎可以歸您用了。有了這四千法郎，您能安逸地生活兩年。」

「你是這麼想的嗎？」美茜蒂絲說。

伯爵夫人脫口而出的這句話，充滿了悲哀，所以阿爾培很懂得它真正的意義。他感到心縮緊在一起，便拉過母親的手，溫柔地說：

「是的，您會活下去的！」

「我會活下去的！」美茜蒂絲喊道，「不過你不會走，是嗎，我的孩子？」

「母親，我還是要走的，」阿爾培用一種平靜而堅決的口氣說，「您很愛我！不會讓我在您身邊遊手好閒、一無是處的，而且，我已經簽了約了。」

「按照你的意願去做吧，我的兒子。而我，我會按照上帝的意願去做的。」

「我並非按自己的意志行事，媽，而是理智——是必需。我們倆處在絕境之中，是嗎？生命對你有什麼意義？毫無可留戀的。生命對我有什麼意義？沒有了您，我也生無可戀了，請相信這一點。因為如果沒有您，我向您發誓，在我懷疑我的父親，拋棄他的姓氏的那一天，我就不會再活著的了。嗯，假如您答應我繼續保持希望，我就可以活下去，假如您讓我來照料您的未來的幸福，您就使我力量倍增。那時，我就去見阿爾及利亞總督，他有一顆高貴的心，而且是一個道地的軍人。我將把我悲慘的身世告訴他。我求他不時照看我，如果他守約，對我發生了興趣，那麼，在六個月之內，要是不戰死在沙場，我就是一個軍官了。假如我成了一個軍官，您的命運便就有了依靠，因為那時我就有錢夠兩個人用的了，我們倆的新姓氏也會成為我們的驕傲，因為這也將是您的新姓氏。假如我被殺了——嗯，那麼，親愛的媽媽，您願意的話也可以死去，而我們的不幸終於也可以結束了。」

「好的，」美茜蒂絲回答，目光高貴動人，「你說得有理，我的兒子。讓我們向那些注視著我們，等待著按我們的行動來評判我們的人證明，我們至少是值得同情的。」

「不要抱有悲傷的念頭，親愛的母親！」年輕人喊道，「我向您發誓說，我們是……說得更正確些，我們將來是很快樂的。您是一個既充滿睿智又能忍辱負重的女人，我則改變習慣，而且希望能不動情感。一旦到了部隊裡，我就會有錢，一旦住進鄧蒂斯先生的房子，就會平靜下來，我們試試看吧，媽媽，我求求您。」

「好的，我們試試吧，我的兒子，因為你是應該活下去，應該得到幸福的。」美茜蒂絲回答說。

「那麼，母親，我們眼下的財產就這樣安排了吧，」年輕人又說，裝出輕鬆自在的樣子，「我們今天就可以動身。像說好的那樣，我來給您定位子。」

「那你呢，我的兒子？」

「我在這兒再住幾天，這是剛開始分手，我們需要逐漸適應。我要去弄幾封介紹信，瞭解非洲的情況，我會在馬賽跟您碰頭的。」

「好吧！那就這樣，我們走吧！」美茜蒂絲一面說，裹上她帶來的唯一圍巾，而碰巧它是一條珍貴的黑色的喀什米爾羊毛圍巾。「我們動身吧！」

阿爾培匆匆地收拾好文件，拉鈴付清他欠房東的三十法郎，然後把手臂伸給母親，走下樓梯。

有一個人走在他的前面，這個人聽到一件綢衣服的窸窣聲，便轉過頭來。

「狄佈雷！」阿爾培喃喃地說。

「是您，馬瑟夫！」那秘書說，在樓梯上站住。

好奇心戰勝了他那想掩飾真面目的願望，而且，他已被人認出來了。

在這幢不為人知的樓裡遇見年輕人，他確實覺得有趣，阿爾培的不幸事件曾在巴黎轟動一時。

「馬瑟夫！」狄佈雷重複說。

隨後，他在昏暗的光線下瞧見了馬瑟夫夫人還顯得很年輕的身材和那塊黑面紗。

「喔，對不起，」他微笑著說，「我先走了，阿爾培。」

阿爾培知道狄佈雷在想什麼。

「母親，」他轉過臉去對美茜蒂絲說，「這位是內政部秘書狄佈雷先生，我以前的一位朋友。」

「什麼！以前的！」狄佈雷囁嚅地說，「這是什麼意思啊？」

「我這麼說，狄佈雷先生，」阿爾培接著說，「是因為如今我已經沒有朋友，而且也不應該有朋友了。我非常感謝您還肯認我，先生。」

狄佈雷重新走上兩級樓梯，伸出手去跟對方緊緊地握了一下。

「請你相信，親愛的阿爾培，」他儘量帶著激動的神情說，「請您相信，我對您遭遇的不幸表示深切的同情，並且願意盡我所能隨時為您效勞。」

「謝謝，先生，」阿爾培笑了笑說，「不過我們雖然遭遇了不幸，卻還是有錢，不需要別人的幫助。而且我們就要離開巴黎了，付掉旅費之後，我們還能剩下五千法郎。」

血沖上狄佈雷的太陽穴，他的筆記本裡夾著一百萬呢，不管這個精確的頭腦如何缺乏詩意想像，但他不能不想到：這座房子裡出現的兩個女人，一個活該名譽掃地，她在她的披風底下帶著一百五十萬離開，卻還覺得自己窮得不行，另一個是遭受了不公平的打擊，但她卻崇高地忍受她的不幸，只有那麼幾個錢，卻還覺得很富足。

這種對比使他彬彬有禮的應酬手段顯出了狼狽相，實例所說明的哲學使他迷惑了。他喃喃地說了幾句一般的客套話，便奔下樓梯。

那天，部裡的職員，他的下屬受了他一天的氣。

但晚上他擁有了一座美輪美奐的住宅，坐落在瑪德倫大道上，每年有五萬利弗爾的收入。

第二天，狄佈雷正在簽署房契的時候——那是說，在下午五點鐘左右——馬瑟夫夫人親熱地擁抱了一下她的兒子，跨進公共驛車，車門在她進去以後便關上了。

這時，在拉費德運輸公司的院子裡，中二樓每張寫字台上方都有一扇拱形窗，有個人躲在其中一扇窗的後面。他看見美茜蒂絲坐進驛車，他看見驛車開動，他看見阿爾培退回去。

於是，他用手按住他那佈滿著疑雲的額頭。

「唉！」他歎道，「我搶走了這些可憐的無辜者的幸福，我怎樣才能把幸福還給他們呢？上帝幫助我！」

chapter 107 獅穴

在福斯監獄的一個專門區域囚禁著危險而殘暴的犯人，那個區域稱為聖・伯納院。囚犯用他們直白有力的語言稱之為「獅穴」，大概是因為這裡面的囚徒常用他們的牙齒去咬鐵柵，有時也咬到看守的緣故。

這是獄中之獄。這裡的牆壁比別處的牆壁厚一倍。每天都有一個獄卒仔細檢查粗大的鐵柵，這些獄卒是特意挑選出來的。從他們那種魁偉的身材和冷酷的表情上，可以看出選擇他們是為了通過威懾力量和機敏來鎮住受他們管制的犯人。

這一部分的四周的圍牆都是極高的牆頭，太陽只有在當空的那一刻才照得到它，像是太陽也不願意多看這一群精神和肉體的怪物似的。從起床開始，生命線在司法機構鋒利的鍘刀之下的犯人，像幽靈一樣憂心忡忡、驚恐不安，臉色蒼白，在地面上躑躅。

聖・伯納院有它自己專用的會見室，那是一個長方形的房間，中間隔著兩道筆直的柵欄，柵欄之間保留著三尺寬的距離，來訪者只能握到囚犯的手，或者遞給他一樣東西。這是一個陰森、潮濕，甚至是令人恐怖的地方，尤其是當我們想到這兩道鐵柵之間那種可怕的談話的時候。

儘管這個地方令人膽寒，但對那些來日無多的囚犯來說，它卻像是一個天堂，他們離開獅穴以後，幾乎都是被送到聖•傑克司城柵巴黎槍決死刑犯的地方或苦工船或獄中隔離室去的！

在這樣一個陰森濕冷的院子，一個青年人雙手插在口袋裡在那兒走來走去。他已在獅穴的居民間引起了很大的好奇心。

要不是他的衣服被撕爛了，那剪裁講究的服裝，會讓人覺得他是一個風雅之士，那套衣服並不曾穿舊，精細而柔軟光滑的衣料，在犯人的小心整理之下，未破的那一部分不久便恢復了它的光澤，他竭力要使它變成一件新衣服。

那犯人對自己身上那件白葛布的襯衫也照料得仔細，但自從他入獄以來，襯衫的顏色卻已改變了很多了，他還用繡著姓氏開頭和家族徽章的手帕角擦著他那光亮的皮靴。

獅穴裡的幾個居民饒有興味地，在觀察這個囚犯的講究的衣服。

「瞧，親王在打扮自己哪。」一個竊賊說。

「他長得非常英俊，」另一個竊賊說，「要是有把梳子、有點髮蠟，他就能把那些戴白手套的先生都比下去了。」

「他的衣服肯定是新的，他的皮靴真亮。我們有了這樣時髦的同伴，真是臉上有光，那些憲兵真不要臉。竟然嫉妒地把這樣一件衣服撕爛了！」

這種讚美雖令人厭惡，但聽見它的人似乎在品味頌揚或頌揚引起的飄飄然的感覺，他不再聽下去了，站起身來。

整理好衣服，走近食堂邊門，有個看守靠在那裡：

「喂，先生，」他對這獄卒說，「請借給我二十法郎，很快就會還您的，跟我打交道，包您不會吃虧。要記得：我的父母財產有幾百萬呢，可您只有幾塊銀幣。來，我求求您，借二十法郎給我，我要住一間自費單間牢房，再讓我去買一套睡衣，一天到晚穿著上裝和皮靴真受不了！而且，先生，這件上裝怎麼配給卡凡爾康得親王穿呢！」

那個獄卒把背對著他，聳了聳肩膀。聽到這種讓人忍俊不禁的話，他居然連笑也不笑一下。這是因為他聽這種話聽得多了，更確切地說，他總是聽到這一類話。

「呵，」安德里說，「你可真是個鐵石心腸的人，我會叫你丟掉飯碗的。」

聽了這句話看守轉過身來，這一回他放聲大笑了起來。

這時，囚犯們湊近過來，圍成了一個圓圈。

「我告訴您，」安德里繼續說，「有了那筆可憐的錢，我就可以弄到一件上裝和一個房間，以便體面地接待我天天盼望的貴客來訪。」

「說得對！說得對！」囚犯們附和說，「……可不是嘛！誰都看得出他是個體面人。」

「好吧！你們去借給他二十法郎吧，」獄卒說，他換了個姿勢，用另一邊強壯的肩膀靠在門上，「難道你們對一個同伴還吝嗇這份人情嗎？」

「我可不是這些人的同伴，」年輕人傲慢地說，「請別侮辱我，您沒有這個權力。」

盜賊們面面相覷，發出沉悶的埋怨聲，一場暴風雨已在這高貴的囚犯頭上聚集起來了，這場暴風雨主要的倒不是他自己的話惹起來，而是那看守的態度促成的。

看守因為確信風浪太高的時候他可以壓平下來，便聽任囚犯們的埋怨聲逐漸升高，以便作弄一下這個討厭的伸手借錢的傢伙，而且，在長日無聊中，這也可以供他作一種消遣。

盜賊們已經迫近安德里了，有些人嘴裡喊著：

「用鞋打他！用鞋打他！」

那是一種殘酷的舉動，方法是用一隻釘鐵掌的破鞋來毆打有辱體面的同伴。

另外一些人建議用「釘包」──那是另一種遊戲，就是用手帕包住沙泥、石子，如果有的話包銅錢，這些殘忍的傢伙將這沙包亂打受刑者的肩膀和腦袋，就像飛來流星一樣。

有些人則說：「讓我們用馬鞭子把那位漂亮先生抽一頓！」

但安德里轉過身去，對他們眨眨眼睛，用舌頭鼓起面頰，並撅起他的嘴唇，發出幾聲響聲。這種聲音不用語言也能讓犯人們明白，盜賊沉默下來。

這是卡德羅斯教他的暗號。

他立刻被他們認為是自己人了，手帕包摔掉了，鐵掌鞋回到了那個領頭者的腳上。可以聽到有幾個聲音在說，這位先生是對的，他有權利可以隨心所欲地打扮，囚犯們表示需尊重別人的思想自由。

暴亂平息下去了。看守對於這幕場面是這樣的驚愕，他開始搜查安德里的身體，把獅穴裡的居民的態度改變歸之於比迷惑更有作用的表示。

安德里雖然抗議，但並不抗拒。

突然間，小門外面傳來一聲叫喊。

「貝尼台多！」一個巡官喊道。

獄卒鬆開了他的犯人。

「有人叫我？」安德里說。

「到會見室！」那個聲音喊道。

會客室確實有人要見他，真該像安德里本人那樣驚歎不已。因為，自從跨進福斯監獄以來，那狡猾的青年便保持著最堅忍的沉默，不像旁人那樣到處寫信向人求援。

「顯而易見，」他對他自己說，「我是有一個強有力的人保護著，一切事情都向我證明了這一點——那突然到來的運氣，我克服一切困難的輕而易舉，一個意想不到的家庭和一個送上門來的光輝的姓氏，像雨點一樣落在我身上的黃金，我幾乎要結上一門最顯赫的親事。不幸的是我一時疏忽，我的保護人不在，毀了這一切，但我絕不會永遠如此。當我自以為已墮入深淵的時候，那隻暫時離開的手又會伸出來把我救出去的！

「我何必要冒險採取魯莽的舉動呢？或許我會因此而失去保護人。他有兩種方法可以把我從這種窘境裡解救出來，他可以用賄賂為我設計一次神秘地逃走，不然，他可以用黃金收買我的法官。等待時機再說話和行動，直到我確定他已完全拋棄我的時候，那時——」

安德里已經想好了一個計畫，可以說是很巧妙的計畫。那不幸的青年勇於進攻，拙於防守。普通監獄樣樣缺少，他都忍受過，可是，漸漸地，天性顯露了，他不肯忍受污穢、饑餓和襤褸的生活。他覺得時間太漫長似乎沒有盡頭。

正當他處在這種百無聊賴的境況中的時候，視察的聲音喊他到會見室裡去了。

安德里感到自己的心快樂地怦怦跳。法院裡的檢察官不會來得這樣早，獄醫則不會來得這樣遲，因此，這是意想不到的來訪。

到了會見室柵欄後面以後，安德里那突然因驚奇所張大的眼睛看見了伯都西奧先生那副淺黑而聰明的面孔，後者也帶著驚訝和痛苦觀察著鐵柵、上閂的門和在相互連接的鐵條後面移動的黑影。

「啊！」安德里大為感動地說。

「你好，貝尼台多！」伯都西奧用深沉而洪亮的嗓音說。

「您！是您！」年輕人說，驚慌失措地舉目四望。

「你不認識我啦，」伯都西奧說，「可憐的孩子！」

「輕一點嘛！」安德里說，他知道這兒的牆壁聽覺很靈的，「天哪，你別說得這麼響啊！」

「你想跟我單獨談，」伯都西奧說，「是不是啊？」

「哦！是的。」安德里說。

「那好。」說著，伯都西奧一邊把手伸進衣袋，一邊向看守示意，在玻璃門後可以看到這個看守。

「請看一下吧。」他說。

「這是什麼東西啊？」安德里說。

「把你帶到一個房間去，安排讓你跟我單獨談談的命令。」

「哦！」安德里說，高興地跳了起來。

緊接著，他馬上在心裡思忖道：「還是我那位無名的保護人！他真的沒有忘記我！要竭力保守秘密，因為我們就要到一個沒有外人的房間裡去談話了。我懂了——伯都西奧是我的保護人派來的。」

看守和一位上司談了一會兒，然後打開鐵門，領安德里到二樓上的一個房間裡。安德里已不再感到快樂。

房間的牆上刷著石灰，這是監獄裡的習慣，它色彩明亮，在囚犯看來非常亮堂，雖然它的全部傢俱只包括一隻火爐、一張床、一把椅子和一張桌子。

伯都西奧坐在椅子上，安德里朝床奔去，看守退了出去。

「喂，」管家說，「你要跟我說些什麼啊？」

「您呢？」安德里說。

「你先說吧……」

「哦！不。既然是您來找我，當然您有不少話要對我說囉。」

「嗯！那麼好吧，你繼續不斷地在作惡，你搶劫，你還殺人。」

「哼！如果您讓我到這個特殊的房間裡是為了說這種事，您大可省掉那種麻煩。這種事情我都知道了。但有些事情我還不知道。假如您高興的話，還是從那些事談起吧。誰派您來的？」

「喔！你太性急了，貝尼台多先生。」

「是嗎？但開門見山。廢話乾脆少說，誰派您來的？」

「沒人派我來。」

「你怎麼會知道我在監獄裡的啊？」

「我早就在策馬馳騁於香榭麗舍大街上那個趕時髦、不可一世的人身上認出你來了。」

「噢，香榭麗舍大街！啊，啊！正如常言所說的：我們是攪在一塊兒啦。香榭麗舍大街！來，我們來談一談我的父親吧！」

「那麼我是誰啊？」

「您嗎，正直的先生，您是我的繼父……但我想，我在四五個月裡面花掉的那十萬法郎，可不是您給我的吧。不是您給我造出一個義大利的貴族父親，我混入社交界，到阿都爾去赴宴——我現在覺得還好像在與巴黎最出色的那些人物一起吃東西，那些人物中有一位檢察官，眼下他對我會非常有用，我沒有跟他聯繫真是大錯特錯了——可不是您給我介紹的吧，現在，秘密敗露，大禍臨頭，大概也不會是您肯花一兩百萬來保我出去的吧？來，說呀，我可敬的科西嘉人，說呀！」

「你要我說什麼？」

「您剛才說到了香榭麗舍大街，我尊敬的養父。」

「嗯？」

「嗯！香榭麗舍大街上，住著一位非常非常有錢的先生。」

「你在他家裡偷過東西殺過人，是不是啊？」

「我想是的。」

「基督山伯爵先生嗎？」

「您說對了。嗯，我是不是要衝進他的懷抱裡，緊緊地抱住他，像他們在舞台所做的那樣哭喊『爹爹，爹爹』呢？就像皮克塞雷庫[28]先生所說的那樣？」

「別開玩笑，」伯都西奧板著臉回答，「這個名字不是讓人在這兒隨便亂說的，你別太放肆了。」

「呵！」安德里說，對伯都西奧態度的莊嚴有點不知所措，「為什麼不能說呢？」

「因為叫這個名字的人是蒙上帝厚愛，決不會做一個像你這樣壞蛋的父親。」

「哦！別說得這麼好聽……」

「如果你不小心，好戲還在後面呢！」

「您這是在恫嚇我！……我不怕……我會說出去……」

「你以為你是在跟你這類微不足道的人打交道嗎？」伯都西奧說話的口氣非常平靜，他的眼光是這樣的堅定，以致安德里的靈魂都發抖了。「你以為你是在跟你這樣的按老規矩行事的蹲苦役監的大壞蛋或者天真的、容易上當受騙的人打交道嗎？貝尼台多，你已經落入一隻可怕的手裡了，這隻手很

28. 法國戲劇家，作品有《維克托或森林的孩子》、《巴比倫廢墟》。

想搭救你，可別錯過了！別去玩弄那隻手，它是暫時退在一邊的霹靂，假如你要阻撓它的行動，它可能又會重新撿起這霹靂。」

「我的父親……我要知道誰是我的父親……」執拗的年輕人說，「假如我不免一死，我就死好了，但我要瞭解清楚。醜聞會對我怎樣？正像記者波香所說的那樣。你們這些大人物雖富有百萬，但碰到醜聞總要損失一些東西。來，究竟我的父親是誰？說吧，我的父親是誰？」

「我就是來告訴你這件事的。」

「啊！」貝尼台多喊道，雙眼快樂得閃閃發光。

正在這時，門打開了，那個獄卒對著伯都西奧說：

「對不起，先生，預審法官在等著犯人呢。」

「這是最後一次過堂，」安德里對可敬的管家說，「……讓討厭的傢伙見鬼去吧！」

「我明天再來。」伯都西奧說。

「好！」安德里說，「憲兵先生，我聽候你們吩咐……噢！親愛的先生，請您留十來個埃居在保管室裡，好讓他們給我買些我需要的東西。」

「會照辦的。」伯都西奧說。

安德里伸手給他，但伯都西奧仍把手插在袋裡，只是將裡面的銀幣敲得叮噹響。

「我也就是這個意思唄！」安德里說，他竭力想笑，但被伯都西奧古怪的鎮定完全懾服了。

「我會搞錯嗎？」他一面低聲說著，一面跨進那被稱為「雜拌籃」的長方形的鐵柵車裡。「不要緊，我們瞧著吧！那麼，明天！」他轉過去對伯都西奧說。

「明兒見！」管家回答說。

chapter 108 法官

我們記得，布沙尼神甫曾單獨跟諾梯埃待在凡蘭蒂過世的房間裡；他們兩人為少女守過靈。或許是神甫在宗教上的勸導，或許是由於他那種親切慈愛的態度，或許是由於他那種富於說服力的勸誡，總之，諾梯埃的勇氣是恢復了，他同教士談完話之後，先前的絕望一掃而光，諾梯埃身上的一切都表現出極大的隱忍和平靜。凡是那些知道他深愛凡蘭蒂的人，無不感到驚奇。

自從凡蘭蒂去世的那天早晨以來，維爾福先生一直沒有去見過他的父親。整個家徹底變了樣。他用了一個新的跟班，諾梯埃也換了一個新的僕人。有兩個女僕伺候維爾福夫人。事實上，從門房到車夫，全都是新來的僕人，他們隔斷了他們之間本來已經夠冷淡的聯繫。大審在兩三天內就將開庭，維爾福關在自己的房間裡，帶著狂熱的激情準備控告謀害卡德羅斯的兇手的公訴狀。這件事情就像跟基督山伯爵有關的所有事件一樣，在巴黎上流社會引起很大的轟動。證據當然並不確鑿有力，只有監獄裡的逃犯所留下的幾個字，他可能因舊恨宿怨，借此來誣告他的同伴。但檢察官的感覺倒是清晰明確，最終確立了這個可怕的信念。他確信貝尼台多是有罪的，他想從那種困難的勝利中獲得一種自私的喜悅來略微刺激他那冰冷的心。

維爾福希望把這件謀殺案排為大審中的第一件案子，他持續不斷地工作，促使案子就要預審了。他不得不比以前更嚴密地隱藏自己，以躲避那無數向他來討開庭那天的旁聽證的人。

可憐的凡蘭蒂去世迄今只有幾天，家裡的悲傷還恍如隔日，這位父親是那樣嚴肅地盡自己的責任，也就是說投身於他能消除憂傷的唯一消遣中，沒人感到奇怪。

維爾福和他的父親只見過一次，那是在伯都西奧第二次去訪問貝尼台多之後，後者知道他父親的名字的後一天。當時，法官疲憊不堪，下樓來到花園，在無情的想法壓抑之下顯得陰沉、佝僂，他就像塔根王[29]截斷最高的罌粟花一樣，用他的手杖敲斷走道兩邊玫瑰樹上垂死的長枝，這些枝椏在一季以前雖曾開出燦爛的花朵，但現在則似乎已像魔影一樣。

他已不止一次走到花園盡頭，就是那個面臨荒廢的園圃的鐵柵邊，他總是由同一條路徑返回，邁著同樣的步履，以同樣的動作散步。他偶然轉眼向屋子裡望去，因為他聽到了他兒子喧鬧的嬉笑聲，他的兒子每逢星期日便從學校裡回來，到星期二才離開他的母親回學校。

當維爾福向屋子裡望去的時候，他看見諾梯埃先生坐在一扇打開著的窗子後面，他坐在扶手椅裡讓人推到窗前，在那兒享受落日的餘暉。太陽最後的光芒還能產生一些溫暖，這時正照射在那盤繞在陽台四周的爬牆類植物的枯萎的花上和紅色的葉子上。

老人的目光聚集在維爾福無法看真切的一點上面。他的目光是這樣地充滿著仇恨、殘酷和暴躁，以致那懂得這個面孔的一切表情的維爾福急忙轉出他所走的那條小徑，想看看這執著的目光究竟落在誰的身上。

於是，他看見：在一大叢幾乎落光了葉子的菩提樹下，維爾福夫人坐在那兒，手裡拿著一本書，

29. 羅馬的第五朝國王。

她時時中止閱讀，或是向她的兒子微笑一下，或者把皮球扔回給他，而兒子固執地從客廳把皮球投擲到花園裡。

維爾福的臉色蒼白了，他懂得老人的意思。

諾梯埃繼續望著那同一的目標，突然間，他的眼光從那妻子轉移到丈夫的身上，於是維爾福本人要忍受這令人震駭的目光的打擊了，因為那種眼光雖然已改變了它的目標和意義，但卻絲毫不影響咄咄逼人的力量。

維爾福夫人並不知道這交換的怒火在她頭上掠過，那時正拿住她兒子的球，向他表示要用一個吻來換取。愛德華懇求了好一會兒，因為母親的一吻大約不夠補償他取得這皮球的麻煩，但是，他終於決定了，從窗口跳到一叢金盞草和延命菊中間，汗流滿面地向他的母親奔過來。維爾福夫人抹掉他臉上的汗，在他的前額上吻了一下，讓他一手拿著球，一手拿著糖果奔回去。

維爾福在看不見的引力的吸引下，就像鳥兒被蛇所吸引那樣，走進屋子。當他向屋子走過去的時候，諾梯埃的目光跟隨著他，他的眼睛看來是火一般的明亮，以致維爾福被這團怒火灼燒到心裡。在那種急切的目光裡，可以讀出一種深刻的譴責和一種可怕的威脅。然後，諾梯埃舉眼向天，彷彿要他的兒子記起一個遺忘的誓言。

「很好，閣下，」維爾福在下面答道，「很好，請再忍耐一天，我說的話是一定要做的。」

聽了這幾句話，諾梯埃好像平靜了，他的眼睛放心地轉到另一個方向。

維爾福猛力拉開那件似乎要窒息他的大衣，用他那隻青白色的手在額上抹了一下，走進他的書齋。夜清冷而寂靜。這幢屋子裡的人像平常一樣上床休息，只有維爾福一直工作到早晨五點鐘，重新審閱檢察官昨天晚上所錄的最後的預審口供，編纂證人的陳述詞，把他的公訴狀修飾得更為明晰，這是他生平提出的最強有力和組織得最巧妙的公訴狀之一。

第二天是星期一，是大審開庭的日子。維爾福看到蒼白的昏暗的曙光出現了，淡藍色的光線使紅墨水勾畫的線條倍加醒目。那位法官只在燈光將熄的時候睡了一會兒。燈花的爆裂聲喚醒了他，他發覺他的手指像浸在血裡一樣的潮濕和青紫。

他打開窗，一大條橙色的帶子橫亙在遠方的天空中，把那在黑暗裡高聳著的白楊橫截為二。在栗子樹後面的苜蓿園裡，一隻百靈鳥衝向天空，唱出嘹亮的晨曲。

那被朝露所潤濕的空氣使維爾福的頭腦一陣清晰。

「今天，」他有力地說，「今天，只要是有罪的地方，那個握著法律之刀的人就必須打擊下去。」

他的目光不由得去尋找諾梯埃房裡那扇突出的窗戶，昨天他在那裡看見了老人。

窗簾垂下。

可是，他父親的印象在他的腦子裡是這樣的生動，以致他對那關著的窗戶說起話來，彷彿窗子打開，他在窗口還看到咄咄逼人的老人。

「是的，」他低聲說，「是的，放心吧。」

他的頭垂到胸口，他在這種姿勢之下在書齋裡踱來踱去，然後他自己倒在一張沙發上，不是為了打個盹，而是想放鬆因疲倦、因工作過久、因寒冷徹骨而僵硬的肢體。

漸漸地，大家都醒來了，維爾福從他的書齋裡接二連三地聽到了那組成一個家庭生活的聲音——門戶的開關聲，維爾福夫人召喚侍女的鈴聲，孩子初醒的喊聲。像他這種年紀，起床時通常是高高興興的。

維爾福也拉鈴，他的新跟班給他拿來了報紙和一杯巧克力。

「你拿給我什麼東西？」維爾福問。

「一杯巧克力。」

「我沒要過啊，是誰這麼關心我？」

「是夫人。她告訴我，先生在這件謀殺案中肯定要說許多話，需要精力充沛。」

於是那跟班就把杯子放在離沙發最近的那張桌子上——那張桌子，像其他的桌子一樣，也堆滿了文件——然後離開房間。

維爾福望了杯子一會兒，然後，突然用一個神經質的動作端起它，一口喝乾了杯子裡的東西。簡直可以說，他希望這杯飲料是致命的，說他在尋求死來解脫他履行一種比死更難過的責任。然後他站起來，帶著一個令人不忍目睹的微笑在房間裡踱來踱去。

巧克力是無毒的，維爾福先生沒有感到任何不適。

午餐的時間到了，但餐桌上沒有維爾福先生。跟班又進來。

「夫人吩咐提醒先生，」他說，「十一點鐘剛敲過，中午要開庭。」

「嗯！」維爾福說，「還有呢？」

「夫人已經穿戴整齊，準備停當，想問一下她是不是陪先生一起去。」

「去哪兒？」

「法院。」

「去幹什麼？」

「夫人說她很想旁聽這次開庭。」

「哼！」維爾福以一種幾乎使那僕人感到害怕的語氣說，「她想去旁聽嗎？」

僕人往後退了一步說：

「如果先生想獨自前往，我就去告訴夫人。」

維爾福沉默了一會兒，用指甲搔弄他那蒼白的臉頰。像烏木般黑黝黝的鬍子很顯眼。

「去告訴夫人，」最後他說，「我有話要跟她說，請她在房間裡等著我。」

「是，先生。」

「去了回來就給我刮臉、換衣服。」

「馬上就來。」

貼身男僕果然出去不久就回來，他給維爾福刮臉，幫他換上一身莊重的黑色衣服。

然後，等事情都做完以後，他說：

「夫人說她等著先生一穿好衣服就過去。」

「我這就去。」

說著，維爾福腋下夾著卷宗，手裡拿著帽子，朝妻子的房間走去。

他在門口暫停一會，抹一抹他那潮濕的蒼白的額頭。

然後他走進房間。

維爾福夫人正坐在一張長榻上，不耐煩地翻閱幾張報紙和一些小冊子，年幼的愛德華在他母親還未讀完這些小冊子前就撕著玩。她穿著出門的衣服，她的帽子放在身邊一張椅子上，手上戴著手套。

「啊！您總算來了，先生，」她說話的語氣自然而平靜，「天哪！瞧您的臉色多蒼白啊，先生！您工作了一整夜嗎？剛才您為什麼不跟我們一塊兒用早餐？嗯！您帶我去，還是我跟愛德華待在家？」

我們看見了，維爾福夫人連珠炮似的提了好幾個問題，想讓維爾福回答。可是維爾福先生對所有的問題都像一尊塑像那樣保持冷漠和沉默。

「愛德華，」維爾福用威嚴的目光盯住孩子說，「到客廳去玩，我要跟你母親說話。」

維爾福夫人看到這樣冰冷的舉止，這堅決的語氣，這古怪的開場白，不禁打了一個寒戰。

愛德華抬起頭來，望著母親，發覺她並未認可那個命令的表示，便開始割他那些小鉛兵的頭。

「愛德華！」維爾福先生粗暴地喊道，孩子不由得在地毯上跳了起來，「你沒聽見嗎？出去！」

這種對待非常少見，孩子站直了，臉色發白，但不知道究竟是由於憤怒還是由於恐懼。

他的父親走到他那兒，抓住他的手臂，在他的前額上吻了一下。

「去吧，」他說，「我的孩子，去吧！」

愛德華走出去了。

維爾福先生走到房門跟前，在他身後閂上了門。

「啊，我的上帝！」少婦一邊說著一直看到丈夫的心靈深處，露出一個微笑。接著，她的臉上綻出一個笑容，但維爾福那張鐵板的臉，使她的笑容在半道上便凝住了，「究竟什麼事？」

「夫人，你平時用的毒藥放在哪兒？」法官字字清晰、單刀直入地說，他站在妻子和門的中間。

維爾福夫人這時的情緒，猶如百靈鳥看到鷂鷹在牠的頭頂上漸漸縮小緊迫的飛行圈一樣。

維爾福夫人面如土色，從她的胸腔裡發出喑啞的、撕裂的聲音，這既不是喊聲，也不是歎息。

「先生，」她說，「我……我不懂你的意思。」

在第一陣恐怖的激發中，她已從沙發上站起來，而在第二陣更強烈的恐怖中，她又倒回到坐墊上。

「我是問您，」維爾福用平靜鎮定的聲調又說，「您用來毒死我岳父聖米蘭先生，毒死我的岳母、巴羅斯和我女兒凡蘭蒂的毒藥藏在什麼地方？」

「啊！先生，」維爾福夫人雙手合在胸前喊道，「您這是在說什麼呀？」

「現在不是要您問話，而是要您回答。」

「是回答丈夫還是回答法官？」維爾福夫人期期艾艾地說。

「回答法官，夫人！回答法官！」

那個女人的慘白的臉色，目光惶恐不安，渾身抖動，看了令人實在可怕。

「啊，閣下！」她吞吞吐吐地說，「啊，閣下。」她只能說出這幾個字。

「您還沒有回答，夫人！」可怕的審問官喊道。

他帶著比憤怒還要嚇人的微笑又說：「那麼，不錯，您並不否認！」

她不由得渾身一震。

「您無法否認！」維爾福又說，向她伸出一隻手，像是要憑法院的名義去捉她似的。「你狡詐地幹了這幾件罪行，但只能騙過被愛蒙住雙眼的人。自從聖米蘭夫人去世的那天起，我就知道我的家裡住著一個下毒犯。阿夫里尼先生警告了我。巴羅斯死後，上帝寬恕我，我的疑心落到一個天使的身上！即使沒有出現犯罪的地方，我的懷疑也不斷地在我的內心點燃警惕的火炬。但自從凡蘭蒂死後，我腦子裡一切不確定的疑念都消除了，夫人，不單是我，別人也是一樣。所以，您的罪，有兩個人知道，受到幾個人的懷疑，不久便要公開了，而正如我剛才所告訴您的，夫人，對您說話的不再是丈夫，而是法官。」

少婦用雙手掩面。「啊，先生！」她囁嚅著說，「我求您，不要去相信表面的現象！」

「您是個膽小鬼？」維爾福用一種鄙夷不屑的口氣喊道，「我早就確定，下毒犯總是膽小鬼。而您，曾經喪心病狂地親眼看著被您下毒的兩個老人和一個少女在您面前死去，您會是膽小鬼嗎？」

「先生！先生！」

「您，」維爾福愈說愈激動了，「您能一分鐘一分鐘地計算四個人臨死時痛苦的時間，您，以驚人的靈巧來準確地安排惡毒的計畫，調配劇毒的飲料，您會是膽小鬼？既然您把一切事情計算得這樣清楚，那麼，難道您忘記計算一件事情——就是您的罪行大白會導致您的什麼結局嗎？噢，這是不可能的！您一定藏起了一些最見效、最可靠、最致命的毒藥，以便使您逃脫那等待著你的懲罰。您是那樣做了的吧，我至少希望如此。」

維爾福夫人扭曲著自己的雙手，跪倒在地上。

「我知道……我知道，」他說，「您招認了。可是在法官面前才招認，在最後一刻才招認，在沒法再抵賴的時候才招認，這種招認絲毫不能減輕罪犯應得的懲罰。」

「懲罰！」維爾福夫人喊道，「懲罰！先生，您已經說了兩遍了？」

「正是。您以為因為您犯了四次罪就可以逃避了嗎？難道您認為您的丈夫執掌司法，您自己就可以逃避懲罰嗎？不，夫人，不！斷頭台等待著下毒犯，不論她是誰，除非，正如我剛才所說的，這個下毒女人沒有想周全，為她自己保存著幾滴最致命的毒藥。」

維爾福夫人發出一聲狂叫，一種可怕的、無法遏制的恐怖神情佈滿了那張變了形的臉。

「哦！不用擔心斷頭台，夫人，」檢察官說，「我不願使您身敗名裂，因為這也會使我名聲掃地。不！假如您懂得我的意思，您就知道您不會死在斷頭台上。」

「不，我不明白。您到底想說什麼？」這個完全嚇壞了的可憐女人吃吃地說。

「我想說，首都首席檢察官的妻子不會以她的恥辱去玷污一個清白無瑕的名譽，不能一下子使她的丈夫和孩子名聲掃地。」

「不會的！哦，不會的！」

「好吧，夫人！這將是您要做的一件好事，我感謝您做出這個好行動。」

「您感謝我！為了什麼？」

「為了你剛才說的話。」

「我說什麼啦？我昏了頭了，我弄糊塗了，天啊！天啊！」

她頭髮蓬亂，嘴角吐著泡沫，站起身來。

「夫人，您還沒有回答我剛進門時提的那個問題。您平時用的毒藥放在哪兒，夫人？」

維爾福夫人朝天舉起雙臂，痙攣地捏緊了手。

「不，不，」她大聲喊道，「不，您是不希望看到這樣的！」

「我所不希望看到的，夫人，是您要死在斷頭台上，您明白了嗎？」維爾福回答說。

「哦！先生，發發慈悲吧！」

「我所希望的是正義得到伸張。我到這個世界上是為懲罰而來的，夫人，」他帶著一種火焰熊熊的眼光說，「換了任何別的女人，哪怕是王后，我也要把她交給劊子手，但我對您是仁慈的。對您，我說，夫人，您不曾保留幾滴那種最可靠、最致命、最見效的毒藥嗎？」

「哦，饒了我吧，先生，讓我活下去！」

「您是個膽小鬼！」維爾福說。

「想想我是您的妻子喲！」

「您是一個下毒犯！」

「看在上帝的份上……」

「不！」

「看在您曾經給過我的愛情的份上！……」

「不，不！」

「看在我們的孩子的份上！哦！為了我們的孩子，讓我活下去！」

「不，不，不！我對您說，要是我留下您一條命，或許有一天您也會像殺死別人那樣殺死他。」

「我——我殺死我的孩子！」那迷惑的母親向維爾福衝過去說，「我殺死我的！哈！哈！哈！」

一陣可怕的魔鬼般的狂笑結束了那句話，又變成激烈的喘氣聲。

維爾福夫人倒在了丈夫的腳邊。

維爾福挨近她。「您好好想想吧，夫人，」他說，「假如在我回來的時候，正義還不曾滿足，我就親口告發您，親手來逮捕你！」

她傾聽著，氣喘吁吁，沮喪頹唐，只有她的眼睛還活著，那對眼裡射出燒毀她本身的可怕火焰。

「聽明白我的話，」維爾福說，「我現在上法院，要求對一個殺人犯判處死刑。假如我回來的時候發現您還活著，你今天晚上就要去睡在拘留所裡了。」

維爾福夫人歎息了一聲，神經鬆弛下來，她俯伏在地毯上。

檢察官似乎產生了一些憐憫心，他望著她不那麼嚴厲了，向她鞠了一躬，緩慢地說：

「永別了，夫人！永別了！」

那一聲「永別了」像劊子手的刀一樣打擊到維爾福夫人身上。她昏了過去。

檢察官出去時，把門鎖了兩圈。

chapter 109 庭審

法院和上流社會所說的貝尼台多事件，在當時產生了極大的轟動。他時常出現於巴黎咖啡館、凱德大馬路和布洛涅大道，所以在他短暫的顯赫時期中，那別樣的卡凡爾康得已獲得了不少相識。這個犯人在上流社會和苦役監生活的不同經歷為各種報紙刊登；凡是認識卡凡爾康得王子的人，對於他的命運都感到一種抑遏不住的好奇心，他們決心不惜一切去看看坐在被告席上的、殺死了同一條鎖鏈上的同伴的貝尼台多先生。

在許多人眼中，貝尼台多即使不是法律的一個犧牲品，至少也是法律的一個過失。他的父親卡凡爾康得先生曾在巴黎露過面，人們期待著他重新出現，保護他名噪一時的兒子。那些不知道他初次在基督山伯爵家裡出現的人們，那時他曾穿綠底繡黑青蛙外套，對於他那種莊嚴的姿態和紳士的風度卻都留下很深刻的印象。必須說，每當他一言不發和不計算錢財時，他儼然是一個完美無缺的貴人。

至於被告本人，許多人都留有這樣的印象，他是這樣和藹、這樣漂亮和這樣豪爽，以致他們寧願相信這次不幸是顯而易見的陰謀復仇，因為在這個世界裡，一筆大財富常常會引起一個敵人的暗中怨恨和嫉妒。

這樣一來，每一個人都急忙去聽審——有些是去看熱鬧的，有些是去表達不滿的。從早晨七點鐘起，鐵門旁就排起了隊，在開庭前一小時，法庭裡便已擠滿了那些獲得特許證的人。

在重大案件審理的日子，在開庭前，更多是在休庭後，旁聽的大廳就像一個大客廳，那兒許多人是互相認識的，他們互相談話，而當他們中間隔開著太多的律師、旁觀者和憲兵的時候，他們就用暗號來交流。

這是一個晴朗的秋日，有時能給我們補償夏天匆匆離去或早早結束的損失。維爾福先生在日出時所看見的那些雲層都已像耍魔術似的消失了，呈現出九月裡最溫和與最燦爛的一天。

波香正在向四面八方環顧，他是無冕國王之一，所以每一個地方都有他的寶座。他看見了夏多・勒諾和狄佈雷，他們剛剛得到一個員警優待，使本應坐在前面的員警同意坐在他們後面，以免擋住他們。那可敬的副警長，本來認識部長的秘書和這位新發財主，便答應特別照顧這兩位高貴的旁聽者，甚至讓他們去看波香，答應給他們留住位子。

「啊！」波香說，「咱們都來看那位老朋友了。」

「哎！天哪，可不是嗎，」狄佈雷回答說，「好一個親王！這些義大利親王真是見鬼！」

「這傢伙有但丁給他寫的家譜，他的家族在《神曲》之中也有提到呢！」

「該上絞刑架的貴族。」夏多・勒諾冷冷地說。

「他會被判死刑，是嗎？」狄佈雷問波香。

「哎！我親愛的，」報紙編輯回答說，「我認為那個問題應該由我們來問您哪，您比我們更瞭解辦公室的情況。您昨天晚上可曾在部長的家裡見到審判長嗎？」

「見到了。」

「他對您說了些什麼？」

「一定會使你們大吃一驚。」

「啊！那就快說吧，親愛的朋友，我有好久沒聽到這種驚人的新聞了。」

「嗯！他告訴我說，人們把貝尼台多看成精明狡猾的奇才，奸詐詭譎的巨人，實際上只是一個非常愚蠢的下等流氓，他死後，連做頭骨結構的解剖分析也不值得。」

「啊！」波香說，「可是他演親王還演得挺不錯呀。」

「在您看來是那樣，您憎惡那些不幸的王子，很高興看到他們舉止猥瑣，但在我則不然，我可以本能地辨別一位紳士，就像一個能分辨文章的警探那樣，不管怎樣都能揭露出是否屬貴族所有。」

「這麼說，您是向來不相信他這個親王頭銜的囉？」

「親王的頭銜？我相信……親王的氣質？不相信。」

「不錯啊，」狄佈雷說，「我可以肯定地告訴您，對別人而不是對您，他還有一套……我在幾位部長的府上都見過他。」

「啊！對，」夏多‧勒諾說，「這一下，你們的部長們總算領教這些親王了！」

「您剛才這句話很精彩，夏多‧勒諾，」波香哈哈大笑地回答說。「言簡意賅，我請您允許讓我用在我的評述中。」

「用吧，親愛的波香先生，」夏多‧勒諾說，「用吧，我給您這個句子，讓它物盡其用。」

「不過，」狄佈雷對波香說，「既然我跟審判長談過話，那您想必也跟檢察官談過話囉？」

「瞧你說的，這一星期來，維爾福先生根本就沒露面。這是自然的事：發生了一連串奇怪的家庭傷心事，現在又加上女兒死得那麼蹊蹺……」

「死得蹊蹺！您這是什麼意思，波香？」

「喔！行啦。您裝聾作啞，藉口這一切發生在穿袍貴族之家。」波香一邊說，一邊把單片眼鏡擱在眼睛上，使勁想把它夾住。

「我親愛的先生，」夏多・勒諾說，「允許我告訴您：使用單片眼鏡，懂得還不夠狄佈雷的一半呢。教教他吧，狄佈雷。」

「瞧，」波香說，「我沒有搞錯。」

「什麼？」

「那是她。」

「哪個她呀？」

「據說她已經離開巴黎了。」

「歐琴妮小姐？」夏多・勒諾問，「她已經回來了嗎？」

「不，是她的母親。」

「鄧格拉司夫人嗎？」

「得了吧！」夏多・勒諾說，「這不可能；她女兒出走才十天，丈夫破產才三天哪！」

狄佈雷的臉微微紅了起來，朝波香的目光方向看去。

「得了吧！」他說，「那只是一位戴面紗的貴婦人，一個陌生的貴婦，一個外國公主，或許就是卡凡爾康得的母親。但您剛才在談一個非常有趣的題目，波香。」

「我嗎？」

「對，您說凡蘭蒂死得挺蹊蹺。」

「啊！是的，不錯。不過，為什麼維爾福夫人沒來這兒呢？」

「這位可憐的好太太！」狄佈雷說，「她一定在忙於給醫院提煉藥水，或為她自己和朋友製造化妝品。你們知道，每年僅這項消遣，據說要花掉兩三千銀幣。我很高興看見她，因為我非常喜歡她。」

「可我，」夏多・勒諾說，「我討厭她。」

「為什麼？」

「我也不知道。我們為什麼愛？又為什麼恨？我出於本能憎惡她。」

「或者說是憑一種直覺吧。」

「也許是吧……但言歸正傳，波香。」

「好吧！」波香接著說，「你們諸位不想知道為什麼在維爾福府上人死得這樣頻繁嗎？」

「您真是多才有趣！」夏多・勒諾說。

「親愛的，這話出自聖西門的書上吧。」

「可這事兒出在維爾福先生的府上。我們還是來說這件事吧。」

「就是！」狄佈雷說，「我承認，我密切注視著三個月來始終掛著喪幔的這個人家。前天，提起凡蘭蒂，夫人還跟我談到這幢房子呢。」

「哪位夫人啊？……」夏多・勒諾問。

「當然是部長夫人！」

「喔！對不起，」夏多・勒諾說，「因為我平時從來不去部長府上，我把機會留給親王們。」

「真的，以前你只是漂亮，眼下你可變得火焰直冒了，可憐可憐我們吧，不然你就要像朱庇特那樣燒死我們啦。」

「我不說話了，」夏多・勒諾說，「可真見鬼，可憐我吧，不要反駁我了。」

「得啦，咱們還是正經往下說吧，波香。我對你們說了，夫人昨天問起我這件事了。請您告訴我吧，我再去告訴她。」

「好吧！二位，如果說維爾福府上人死得這樣頻繁，我還是要用這個詞，因為他家有個兇手！」

兩個年輕人都打了個寒戰，因為他倆的腦子裡都已經不止一次地有過這個念頭。

「兇手是誰？」他們問。

「小愛德華。」

聽者所爆發出來的一陣大笑絲毫未擾亂那個說話的人，他繼續說：

「是的，諸位，小愛德華這個與眾不同的孩子已經像大人一樣殺人了。」

「你是開玩笑吧？」

「絕對不是，昨天我雇用了一個從維爾福先生府上出來的僕人。你們聽仔細了。」

「我們聽著呢。」

「我明天就要辭掉他，他的食量是這樣的大，要彌補他在那座屋子裡嚇得不敢進食的損失。嗯！據說，那個孩子有一瓶藥水，他隨時用它來對付他所不喜歡的那些人。最初是聖米蘭夫人遭了他的厭惡，所以他就把他的藥水倒了三滴——三滴就夠了。然後是那勇敢的巴羅斯，諾梯埃爺爺的老僕人，因為老僕越來越粗暴地對待你們認識的那個可愛淘氣鬼。那可愛的孩子給他倒了三滴藥水。可憐的凡蘭蒂也是這樣，她並沒有錯待他，但是他嫉妒她，他給她倒三滴藥水，於是她像別人一樣完蛋了。」

「你在給我們說什麼鬼故事啊？」夏多・勒諾說。

「對，」波香說，「一個荒唐的故事，是不是？」

「荒唐之至。」狄佈雷說。

「哎！」波香說，「您不相信我？嗯，您可以去問我的僕人，更確切地說，去問明天不再伺候我的那個人，那座屋子裡的人都是那樣說。」

「可是那瓶藥水，它在哪兒？是什麼藥水？」

「嗨！那孩子把它藏起來了唄。」

「那他是從哪兒找到的呢？」

「從他母親的實驗室裡。」

「她母親的實驗室裡有毒藥嗎？」

「這叫我怎麼回答呢？您簡直像一個檢察官似的在審問我啦。我只是在重複別人講給我聽的話，如此而已。我讓你們自己去問，此外我就無能為力了。那個可憐蟲嚇得什麼都不敢說。」

「這種事真叫人難以置信啊。」

「不，親愛的，這並不難以相信！您看見去年黎希留路的那個孩子嗎？他趁其他男孩和女孩睡著時，把一枚針戳到他們的耳朵裡，以殺死他們來取樂。我們的下一代是非常早熟的！」

「我親愛的，」夏多・勒諾說，「我可以打賭，您講給我們聽這些話，您連一個字也不相信！但我沒有看見基督山伯爵，他為什麼不來？」

「他對什麼都感到厭煩，」狄佈雷說，「再說，他這會兒恐怕也未必願意拋頭露面，他受到卡凡爾康得家族的欺騙。看起來是這麼回事，那一老一小是帶著一封偽造的債權信來見他的。所以他有十萬法郎押在親王封地上。」

「順便問一句，夏多・勒諾先生，」波香說，「摩賴爾近況如何？」

「說真的，」這位紳士說，「我去他府上三次，可根本見不到摩賴爾。不過他妹妹看上去並不怎麼擔心。她安之若素地告訴我，她這兩三天裡也沒見到過他，但她確信他一切都好。」

「哦！我想起來了！基督山伯爵是不會上法庭來的。」波香說。

「為什麼？」

「因為他是這齣戲裡的演員。」

「他也殺過人嗎？」狄佈雷問。

「不是，正相反，他是他們想暗殺的目標。你們知道：卡德羅斯先生是在離開他家裡的時候被他的朋友貝尼台多殺死的。您知道，就是在他家裡找到了那件背心，裡面藏著阻止簽訂婚約的那封信。你們看見那件背心了嗎？作為物證，血跡斑斑地放在桌子上。」

「哎！行了。」

「噓！二位，法官進來了，我們還是回到各自的位子上去吧！」

法庭裡發出一陣騷動聲，那位副警長向他的兩個被保護人有力地招呼了一聲：「喂！」司儀出現了，用博馬舍時代已經使用的那種刺耳的聲音喊道：

「開庭了，諸位！」

chapter 110 起訴書

在莊重的寂靜中法官入座，陪審官也入座，維爾福先生是眾人矚目的對象，而且幾乎可說是大家崇拜的對象，他坐在圈椅裡，用安然的目光掃視四周。

每一個人都驚奇地望著那張莊重嚴厲的面孔，做父親的哀傷似乎絲毫沒有改變他的無動於衷，大家看到一個人竟能這樣斬斷人類喜怒哀樂的情緒，不禁產生一種恐怖感。

「法警！」審判長說，「帶被告。」

聽到這句話，大家的注意力更集中了，所有的目光都盯在貝尼台多將要進來的那扇門上。

不一會兒，這扇門就打開，被告出現了。

在場的人都得到同樣的一個印象，他的面目表情清楚地被大家讀懂。

他的臉上毫無使人心臟停止跳動或使人臉色蒼白的那種激動的情緒。他的雙手姿態優美，一隻手按住他的帽子，一隻手放在他那白背心的開口處，手指一點不顫抖，他的目光平靜，可以說炯炯有神。走進法庭以後，年輕人的目光便開始掃視法官席和旁聽席，然後讓他的凝視停留在審判長和檢察官的身上。

安德里的旁邊坐著那法院指定的辯護律師，因為安德里自己並未請律師，他似乎認為這是無關緊要的小事。那是一個年輕人，淺黃頭髮，比犯人激動百倍。

審判長宣佈讀起訴書，那份起訴書，我們知道，是維爾福那枝鐵面無私的靈巧的筆草擬出來的。宣讀時間很長，換作其他案件的審判會使人無法忍受，大家的注意力不斷地傾注到安德里的身上，安德里則以斯巴達人那種不在乎的神氣忍受著那種注視。

維爾福或許從未有過這樣簡潔和雄辯的筆觸。罪行以最鮮明的色彩表述：犯人以前的生活，他的變化，他從童年以來的連續犯罪，這一切，檢察官都是用盡人類頭腦裡所能有的全部才智寫出來的。

僅憑這開場的起訴，就徹底毀掉了貝尼台多在眾人心裡的形象，只等著法律作出具體的懲罰。

安德里對那接連提出來的罪名並不加以注意。維爾福先生時時留神打量他，無疑地在向他實施他慣用的種種心理攻勢，檢察官常常有機會對被告做出這種研究。但他雖然目不轉睛地凝視那被告，卻始終不能使他垂低他的眼睛。無論檢察官的目光多麼專注和深沉。

宣讀終於完畢了。

「被告，」審判長說，「你的姓名？」

安德里站起身來。

「請原諒，審判長先生，」他以清晰的嗓音說道，「看來，您要採取一種我一一做答的提問次序。我要求允許我與眾不同——而且不久就可以證明我的要求是正當的。我懇求您允許我在回答的時候遵從一種不同的程序，當然，我仍會回答所有的問題。」

審判長驚訝地望著陪審團，陪審員們則望著檢察官。

在場的人都十分震驚。而安德里顯得絲毫不為所動。

「你的年齡？」庭長問，「這個問題你願意回答嗎？」

「對這個問題，我將作出回答。對所有其他的問題，我也都將一一作出回答，審判長先生，但是輪到時才能回答。」

「你的年齡？」法官重問一遍。

「二十一歲，說得更確切些，過幾天就要滿二十一歲了，因為我出生在一八一七年九月二十七日晚上。」

維爾福先生正在做筆記，聽到這個日期抬起了頭來。

「你出生在什麼地方？」庭長繼續問道。

「在巴黎近郊的阿都爾。」貝尼台多回答說。

維爾福先生第二次抬起頭來看著貝尼台多，彷彿他在看美杜莎的眼睛，臉色變得刷白。

而貝尼台多卻掏出一塊繡著花邊的細麻布手帕，很瀟灑地輕輕按了按嘴唇。

「你的職業？」庭長問。

「我起先是一個故弄玄虛的人，」安德里說，他的語氣是再平靜不過的，「後來我成了竊賊，最近我當了兇手。」

法庭裡到處爆發出憤慨的低語聲，更確切地說是混合著憤慨和驚訝的聲音。法官們也似乎呆住了，陪審官現出厭惡的表示，想不到一個時髦人物竟會採取這樣無恥的自嘲態度。

維爾福先生用手壓住他的額頭，他的額頭最初發白，然後轉紅，熱得燙手。他猛然站起來，像茫然失措一樣環顧四周，他要透一透氣。

「您是在找什麼東西嗎，檢察官先生？」貝尼台多帶著最殷勤的笑容問道。

維爾福先生一聲不吭，重又坐下，或者說跌倒在他的椅子上。

「被告，現在你願意說出你的姓名了嗎？」庭長問，「你把自己的各種罪行說成職業，一一歷數時擺出一副出人意料的模樣，如此地炫耀種種罪行——不論從人道上講或從道義上講，法院方面都將判處嚴厲的懲罰——這大概就是你延遲宣佈你的姓名的原因吧，你想以爵位襯托這個姓名。」

「太神了，審判長先生，」貝尼台多以最優美的語調彬彬有禮地說，「您真是看穿了我的心思。我請求您顛倒提問的順序，就是出於這個目的。」

大眾的驚奇已達到最高點。在被告的話裡再也沒有誇口，也沒有恬不知恥。興奮的群眾等待著那必然會從黑雲深處來的雷聲。

「好吧！」審判長說，「你的名字？」

「我無法把我的名字告訴你，因為我自己也不知道，但是我知道我父親的名字，我可以把他的名字告訴你。」

一陣痛苦的暈眩使維爾福看不見東西。可以看到大粒大粒的汗珠從他的面頰上流下來，落在他用痙攣的顫抖的手所抓住的紙上。

「那就說出你父親的名字吧。」審判長接著說。

大家都在等待，甚至聽不到呼吸的聲音。

「我的父親是個檢察官。」安德里鎮靜地回答說。

「檢察官？」庭長驚愕地說，並沒有注意到維爾福的臉上出現的大驚失色，「檢察官！」

「是的，而且既然您要知道他的名字，那我就告訴您：他叫維爾福！」

旁聽席上由於對法庭的尊敬感而抑制了這麼久的激動情緒，現在像雷鳴似的從每一個人的胸膛裡爆發出來了。群眾對那屹立不動的貝尼台多喊叫、辱罵、譏誚、舞臂揮拳、口沫四濺，憲兵跑來跑去，以及趁混亂吵鬧之際粉墨登場的那一部分雜遝的人發出的譏誚聲，而這現象繼續了五分鐘才恢復了肅靜。在剛才那片喧鬧聲中，可以聽見庭長在大聲喊道：

「被告，你在戲弄法院嗎？在眼下社會風氣堪憂的時代，你將要顯示你超出常人的罪惡嗎？」有幾個人趕去照顧那幾乎已倒在椅子裡的維爾福先生，勸慰他，鼓勵他，對他表示熱忱和同情。法庭裡的秩序重新建立起來了，除了一個地方，那裡有不少人騷動不安，竊竊私語。據說有一位太太剛才昏了過去，他們給她吸了嗅瓶，她已醒過來了。

在這場騷亂中，安德里把笑吟吟的臉轉向大廳。過後，他以一種頗為優雅的姿勢，把一隻手撐在被告席的橡木欄杆上。

「諸位，」他說，「但願我沒有侮辱法庭，面對這些可尊敬的聽眾，不要引起徒勞的轟動。他們問我的年齡，我說了。他們問我是在哪兒生的，我答覆了。他們問我的姓名，我說不出，因為我的父母遺棄了我。我無法講出我自己的姓名，因為我根本沒有姓名，我只能說出我父親的名字。現在，我再說一遍，我父親名叫維爾福先生，而我很願意來證明這一點。」

年輕人的聲調裡有著一種確信、信念和毅力，這種情感使大廳的喧鬧聲歸於沉寂。一時，所有的眼睛都轉移到檢察官身上，檢察官一動不動地坐著，像是一個霹靂已把他擊成了一具屍體似的。

「諸位，」安德里用手勢和聲音讓大家安靜下來，繼續說，「我上面說的話，是應該向諸位提出證據並作出解釋的。」

「可是，」被激怒的審判長大聲說，「你在預審中說過你叫貝尼台多，是個孤兒。你把科西嘉看做你的故鄉。」

「那是我隨便說說的，目的是為了可以使我發表剛才那個莊嚴的宣佈，不然我一定會受阻止。

「我現在再說一遍，我是在一八一七年九月二十七日晚上在阿都爾降生的，我是檢察官維爾福先生的兒子。現在，您要我說出詳細情節嗎？我這就一一告訴您。

「我降生的地點是芳丹街二十八號，在一個掛著紅緞窗帷的房間裡。我的父親把我抱在他的懷裡，對我的母親說我死了，就把我包在一張繡有一個『H』字和一個『N』字的餐巾裡，抱我到後花園，把我活埋了。」

全場的人眼看被告愈說愈自信，而維爾福先生卻愈聽愈驚惶，所有人身上都打了一個冷戰。

「你是如何知道這些詳細情況的？」審判長問。

「請聽我說，審判長先生。在我父親把我埋掉的那個花園裡，那天夜裡溜進一個人，他對我父親恨之入骨，長久以來便伺機報復，那天晚上，他躲在一叢樹木裡，他看見我的父親正在把一樣東西埋在地裡，就在這個時候衝上去刺了他一刀，以為這件東西是件寶物，他挖開地面，發覺我還活著。那個人抱我到育嬰堂裡，在那兒，我被編為五十六號。三個月以後，他的嫂嫂從洛格里亞諾趕到巴黎來，把我認作他的兒子，領走了我。

「所以，你們看，我雖然生在巴黎，卻在科西嘉長大。」

法庭裡陷入一片寂靜，鴉雀無聲，要不是千百個胸膛在不安地跳著，大廳簡直像是空蕩蕩的。

「請繼續說下去。」審判長的聲音響了起來。

「當然，」貝尼台多繼續說，「撫養我的那些人很愛我，我本來可以和那些好人過快樂的生活，但我那乖戾的本性超過了我繼母竭力灌輸在我心裡的美德。我在作惡中長大，直到犯了罪。有一天，當我在詛咒上帝把我造得這樣惡劣，給我註定這樣一個命運的時候，我的繼父對我說：

「『不要褻瀆神明，倒楣的孩子！因為上帝在賜你生命的時候並無惡意。罪孽來自於你父親，而不是你！是他給了你這種命運，死時必下地獄，如發生奇蹟，你還活著，那就勢必陷入苦難。』

「自從那次以後，我不再詛咒上帝，而是詛咒我的父親了。為了這個原因，我才說了令你們責備我的那一番話，因此我才引起法庭為此顫動的轟動。假如這一番話加重了我的罪名，那麼請懲罰我，如果我說服了您：自從我落地的那天起，我的命運就悲慘、痛苦和傷心，那麼請憐憫我。」

「那你的母親呢？」庭長問。

「我母親當時以為我死了，她是無罪的。我不願知道我母親的名字，我不瞭解。」

正當那時，在那已昏厥一次的那個貴婦人為中心的人群中間發出一聲尖銳的喊叫，以嗚咽結束。原來那個貴婦人現在陷入一種劇烈的歇斯底里狀態了。當她被扶出法庭的時候，遮住她的面孔的那張厚面紗掉了下來，鄧格拉司夫人的真面目被認出了。

儘管維爾福緊張得難受，耳內嗡嗡震響，腦子亂得發狂，他還是認出了她，猛地站了起來。

「證據！證據！」庭長說，「被告，你得記住。這一連串駭人聽聞的指控，是必須有最確鑿的證據才能成立的。」

「證據？」貝尼台多笑著說，「證據，您要我拿出證據來嗎？」

「是的。」

「好吧！請先看看維爾福先生，再來向我要證據吧。」

所有的人都轉過去看檢察官，千百道目光聚集在他身上，他踉踉蹌蹌地走到法庭中心，頭髮散亂，臉上滿是指甲抓的痕跡。

全場驚奇的低語聲此起彼伏，持續不斷。

「他們問我要證據呢，父親，」貝尼台多說，「你要我拿出證據嗎？」

「不，不，」維爾福先生聲音發哽，結結巴巴地說，「不，不用了。」

「什麼，不用了？」審判長喊道，「您這是什麼意思？」

「我的意思是說，」檢察官喊道，「在落在我身上的致命重壓下，我掙扎是徒勞的，諸位，我看出，我是落到一個復仇之神的手裡了！無須證據，這個年輕人剛才說的字字句句都是實情。」

全場瀰漫著一種像預示某種困難即將降臨的那種陰森沉寂，大家打了一個驚慌的寒戰。

「什麼！維爾福先生，」審判長喊道，「你難道神志不清了嗎？你的理智還在不在？可以想像，這樣離奇、這樣始料不及、這樣可怕的指控擾亂了您的腦子啊。來，恢復您的理智吧。」

檢察官搖了搖頭。他像發高燒的人那樣，上下牙齒格格地打戰，但他的臉色卻是死人一樣的慘白。

「我沒有喪失理智，先生，」他說，「只不過身上難受，這可以想像得出。那個青年所控告我的罪，我全部承認，從此刻起，我悉聽下任檢察官的處置。」用低沉和壓抑的聲音說完這番話以後，他踉踉蹌蹌地向門口走去，一個法庭上的警官機械地打開了那扇門。

全場人都被這番揭露和招認驚得啞口無言，這一場揭發和承認使半月來轟動巴黎社會的那一連串可怕的事件達到了最高峰。

「諸位，現在退庭，」審判長說，「本案延期到下次開庭辦理。案情當另委法官重新審查。」

至於安德里，他依舊很泰然自若，更引人注目，他在憲兵的護送下離開法庭，憲兵們不由自主地對他產生了一些敬意。

「嗯！你有什麼想法，老兄？」狄佈雷問那個法警，一邊往他手裡塞了一個路易。

「有可能酌情減刑。」這個法警回答說。

chapter 111

抵罪

稠密的人群相互擁擠，但維爾福先生卻只見他的前面閃開著一條路。他所經受的創傷令人肅然起敬，即使在歷史中最惡劣的時期，群眾總是最先對受苦者表示同情的。有人會在騷動中被仇人刺殺，但罪犯在受審問的期間，卻極少受到侮辱。

所以維爾福安然地通過了法院裡的旁聽者和軍警。走遠了，他承認自己有罪，卻因他的痛苦受到保護。

在某些情形之下，人類是憑藉本能而不是理智來理解事物的；在這種情況下，最偉大的詩人的衝動會讓他發出最憤怒和最自然的喊聲。大家把他的表情當做一種完美的語言，而且有理由以那種語言為滿足，尤其是當那種語言符合實際情形的時候。

此外，很難描述維爾福離開法院時的麻木和激動混合的狀態。這種狀態使得每一次脈搏的跳動都帶著狂熱的興奮，每一條神經都緊張，每一條血管都鼓起，他身體的每一部分似乎都受著一種不同的痛苦，因此把他的痛苦增加了一千倍。

維爾福任由習慣引領著，順著走廊一直走，他甩開他法官的長袍——並不是因為理應如此，而是因為長袍在他肩上如令人不堪忍受的重負，像是披著枷鎖走在滿是荊棘的路上。

他踉踉蹌蹌地走到道賓路，看見他的馬車，搖醒那瞌睡著的車夫，便親自打開車門，跌坐在座墊上，向聖・奧諾路指了一指，馬車便開動了。

災難終於全部降臨在他的頭上，這個重荷把他壓垮了。他並不曾預計後果，他並沒有去衡量那些後果，他只是直覺地感到它們的重壓。他不能像一個冷酷的兇手估量一項眾所周知的條文那樣，衡量與他有關的法律。

他在靈魂的深處想到了上帝。

「上帝呀！」他呆呆地說，並不知道他自己在說些什麼，「上帝呀！上帝呀！」

在剛才發生的災難中只看到上帝。

馬車輪急速地滾動著。在車上坐著也無法安心的維爾福覺得有一樣東西頂住他。

他伸手去移開那樣東西，那原來是維爾福夫人遺落在車子裡的一把扇子。這把扇子喚醒了他回憶，這記憶像是劃過夜空的閃電。

他想起了他的妻子。

「噢！」他喊道，像是一塊熾熱的鐵穿進他的心裡一樣。

在過去這一小時內，他滿心只有自己的不幸。突然在他的腦子裡又出現另外一個面孔，一個同樣可怕的面孔。

他的妻子！他曾像一個鐵面無私的法官那樣對待她，他曾判處她死刑，而她，受著悔恨的重壓，受著恐怖的鞭打，掉進恥辱的深淵，這種恥辱是他以自己純潔無疵的品德所具有的說服力激起的。她，一個無力抵抗法權的可憐弱女子，此刻她或許正準備死去！

自從她被判罪以來，已過去一個鐘頭了。在這個時候，她無疑地正在回憶她所犯的種種罪惡，她正在要求饒恕她的罪，或許她在寫一封卑躬屈膝的信，跪下哀求她品德高尚的丈夫給予原諒，她希望得到原諒以便安然死去！

維爾福又慘痛和絕望地呻吟了一聲。

「啊！」他歎道，在馬車的緞子上扭來扭去，「那個女人只是因為跟我結合才會變成罪人！我傳播罪惡，而她染上了犯罪，像傳染到傷寒、霍亂和瘟疫一樣而已！可是，我卻懲罰了她！我竟敢對她說：『懺悔吧，死吧！』噢，不！不！她可以活下去。她可以跟隨我。我們可以逃走，離開法國，逃到世界的盡頭。我竟然對她提起斷頭台！偉大的上帝！我怎麼竟敢說那句話！噢，斷頭台也在等著我呢！是的，我們將遠走高飛，我將向她承認一切，每天我將自慚形穢地對她說，我也曾犯過一次罪！噢，真是老虎和赤鏈蛇的結合！噢，真配做我這個丈夫的妻子！她一定不能死，我的卑鄙可以抵消它的卑鄙。」

於是維爾福猛力敲開車廂前面的窗口。

「快點！快點！」他喊道，使車夫在座位上嚇了一跳。

恐懼驅動馬兒飛一般地跑回家去。

「是的，是的，」隨著接近家，維爾福反覆地說，「是的，那個女人一定不能死，她必須懺悔，她必須撫養我的兒子，我那可憐的孩子，在我的家裡，除了那死不了的老人以外，就只剩下他一個人了。她愛兒子，正是為了他，她才無所不為。永遠不該對一個愛自己孩子的母親的心失去希望。她會懺悔的。她犯下的罪不會有任何人知道，那些罪惡是在我的家裡發生的，雖然現在已受大家注意，但隨著時間的流逝會被忘記的，或是，假如還有少數幾個仇人記得，唉，我就把那些罪加到我自己頭上來好啦。我再多加兩三重罪有什麼關係？我妻子會得救，席捲金銀而去，尤其是帶走我的兒子。她可以活下去，或許還可以活得很幸福，因為她的愛都集中在她孩子身上，她的兒子不會離開她。這樣，我就做了一件好事，我的心就可以減輕些負擔。」

於是檢察官覺得他的呼吸比較自由一些了。

馬車停在公館院子裡。

維爾福從踏板跳到台階上，他的僕人看到他回來得這麼快很是驚訝。他在他們的臉上看不出異樣的表情；誰也沒吭聲。僕人站在旁邊讓他過去，如此而已。

他從父親的門前經過，門沒有關嚴，透過門縫他似乎看到兩個身影。但他對跟父親待在一起的那個人毫不擔心，他的不安指引他繼續走去。

「好，」他說，一面登上通往他妻子和凡蘭蒂空房間的樓梯平台，「好，這兒沒有什麼變化。」

於是他關攏樓梯口的那扇門。

「一定不能讓人來打擾我們，」他說，「我要自由地跟她說話，詛咒我自己，說——」

他走到門口，握住那水晶門柄，門柄應手而轉。

「沒有鎖！」他低聲說，「那很好。」

於是他走進愛德華睡覺的那個小房間，因為那孩子白天雖然到學校裡去，卻每晚回家，他的母親絕不答應與他分開。

他的目光迅速掃視那房間。「不在這兒，」他說，「她一定在臥室。」

他衝到門口，門閂著。他瑟瑟發抖地站住了。

「愛蘿綺絲！」他喊道。

他好像聽到一件傢俱的移動聲。

「愛蘿綺絲！」他再喊道。

「是誰？」他呼喚的那個女人的聲音問道。

他覺得這個聲音比平時要微弱得多。「開門！開門！」維爾福喊道，「是我！」

可是，儘管他在請求，儘管他發出不安的聲調，她仍然不開門。

維爾福一腳踹開了門。

維爾福夫人站在通往小客廳的門口直挺挺地站著，臉色慘白，五官收縮，目光嚇人地凝視著他。

「愛蘿綺絲！愛蘿綺絲！」他說，「你怎麼啦？你說話呀！」

這個少婦把她僵直發青的手朝他伸去。「已經照辦了，先生，」她帶著喉嚨沙啞的格格聲說，「你還想要怎麼樣呢？」說完，她直挺挺地倒在了地毯上。

維爾福撲上前去，抓起她的手。這隻手痙攣地捏緊著一隻金蓋的小玻璃瓶。

維爾福夫人死了。

維爾福嚇得要命，退到門口，眼睛死死地盯在屍體上。

「我的兒子！」他猛然間喊道，「我的兒子在哪兒？愛德華！愛德華！」

他衝出房間喊道：「愛德華！愛德華！」

他呼喊這個名字的語氣是如此慘痛，以致僕人們都奔了上來。

「我的兒子！我的兒子在哪兒？」維爾福問，「帶他離開房間，別讓他看見⋯⋯」

「愛德華少爺不在下面，先生。」貼身男僕回答說。

「他一定在花園裡玩。快去看看！快去看看！」

「不，先生。大約半小時前夫人把她的兒子叫走了。愛德華少爺進了夫人的房間，之後就一直沒下來。」

維爾福的額頭上爆出一片冷汗，他的腳在地板上跌跌撞撞，他的腦子裡充滿了一片紛亂的念頭。

「在維爾福夫人的房間裡？」他害怕地說。

於是他便一手抹著額頭，另一隻手扶住牆壁，慢慢地走回去。

回到房裡就必須再見到那個不幸女人的屍體。

要呼喚愛德華，他的聲音就要迴盪在已是墳墓的房間裡。說話似乎像在破壞墳墓的沉寂。

維爾福覺得他的舌頭已經僵硬了。

「愛德華！」他口吃地說，「愛德華！」

那孩子並不回答。聽僕人說，孩子進了他母親房裡，沒有出來過，他又會在哪兒呢？

他踮著腳趾走上去。

維爾福夫人的屍體橫躺在通向寢室的門口，愛德華必定待在那個小客廳裡，那個屍體似乎攔住入口，眼睛一動不動地張大著，嘴唇上掛著可怕而神秘的譏諷表情，彷彿守著門口。

從那打開著的門口望去，可以看見小客廳的一部分，可以看見一架直立鋼琴和一張藍緞的沙發。

維爾福前移兩三步，看見他的孩子躺在沙發上。

無疑是睡著了。

不幸的人心中激起一陣喜悅的衝動，一線光明似乎透入那絕望的黑暗深淵。

他只要跨過那屍體，走進小客廳，抱起他的孩子，遠走高飛就得了。

維爾福不再是原來的那個人，他現在是一隻受傷將死的老虎，他的牙已在最後的痛苦中磨碎了。

他不再怕現實，他只怕鬼。他縱身一跳，便跳過屍體，彷彿要越過燃燒的火盆。

他把孩子抱在他懷裡，摟他，搖他，喊他，孩子一句話也不回答。他急切地去親那孩子的臉頰，那個臉頰是冰冷慘白的。他撫摸孩子僵硬的屍體，他用手去按孩子的心臟，但那心已不再跳動了。

那孩子死了。

一張折攏的紙從愛德華的胸部落下來。

維爾福像遭了雷擊似的跪下來，孩子從他麻木的手臂中滑出來，在地板上滾到他母親的身邊。

維爾福拾起那張紙，認出是他妻子的筆跡，便急切地流覽了一遍。

內容是這樣的：

> 你知道我是一個好母親，因為我是為了我兒子的緣故才變成一個罪人的。
> 一個好母親不能留下兒子而去。

維爾福不再相信他的眼睛，他不再相信他的理智。他向那孩子的屍體爬過去，帶著母獅凝視死去的幼獅的專注神情再次觀察愛德華。

於是他的胸膛衝出一聲慘烈的喊叫。

「上帝！」他說，「一切都是上帝的安排！」

那兩個死者嚇壞了他。他對兩具屍體襯托下的寂靜感到無比恐懼。

直到那時為止，他始終由他的腦力、他的憤怒、他的絕望，以及曾激起提坦們闖入天庭、埃阿斯向蒼天挑戰的那種悲痛支持著。

痛苦壓得維爾福無法抬頭，他站起身來。他攏一攏他那被驚汗所潤濕的頭髮，決定去找他的父親，他，維爾福從未對任何人表示過憐憫，他在精神虛弱之中需要找一個人傾訴自己的不幸，他要找一個人來對之哭泣。

他走下我們所熟悉的那座小樓梯，來到諾梯埃的房間。

維爾福進來時，諾梯埃正以他的衰弱所能允許的最大限度的親切地傾聽著布沙尼神甫講話，布沙尼神甫則仍像往常一樣的冷淡和平靜。

維爾福見到那神甫，不由用手抹一抹他的額頭。往事在他的腦子裡甦醒，就像憤怒掀起了浪濤，那要比別的浪濤更為洶湧。

他記得他曾在阿都爾晚餐以後去拜訪過他，也記得神甫曾在凡蘭蒂去世的那天到這座房子裡來過。

「您在這兒，先生！」他說，「可是您怎麼好像總是伴隨死神一起來的呢？」

布沙尼轉過身來，看到法官神色巨變，眼露凶光，他知道開庭的場面已經完成了，但他不知道其餘情況。

「我曾經來為您的女兒的遺體祈禱過。」布沙尼回答說。

「那您今天又來做什麼呢？」

「我來對您說，您的債已經還得差不多了，從現在起，我要祈禱上帝像我一樣對您施以仁慈。」

「天哪！」維爾福說著往後退去，臉上露出驚恐萬分的表情，「這不是布沙尼神甫的聲音！」

「不是。」

神甫脫下頭套，搖晃著頭，他那黑色的長髮不再受到約束，便垂落至肩，罩住他剛毅的臉。

「您是基督山先生！」維爾福神色驚慌地喊道。

「還不全對，檢察官先生，再好好想想，往遠處想想。」

「這個聲音！這個聲音！我在哪裡第一次聽見的？」

「你是在馬賽第一次聽到的，在二十三年以前，你與聖米蘭小姐舉行婚禮的那一天。查一查你的文件吧。」

「您不是布沙尼？你不是基督山？你是那個無情的躲在背後的死敵！我在馬賽錯待了你。噢，真是不幸！」

「是的，你說對了，正是這樣，」伯爵把雙臂交叉在寬闊的胸前說，「想想吧，仔細想想！」

「但我怎樣錯待了您？」維爾福喊道，他的思緒已處在理智和神經錯亂混同的邊界，在已不是夢幻但還沒有甦醒的迷霧中飄盪，「我怎樣錯待了您？那麼告訴我吧！說呀！」

「你陷我於可怕的死地，你殺死了我的父親，你剝奪了我的自由、愛情和幸福。」

「你是誰，你到底是誰？天哪！」

「我是那被你埋在伊夫堡黑牢裡的一個鬼魂。上帝給這個終於走出墳墓的靈魂戴上了基督山的假面，用金銀珠寶遮蓋著他，使你直到今天才能認出他。」

「啊！我認出你了，我認出你了！」檢察官說，「你是……」

「我是愛德蒙・鄧蒂斯！」

「你是愛德蒙・鄧蒂斯！」檢察官一把抓住伯爵的手腕喊道，「那麼，你跟我走！」

於是他拖基督山往樓上走。後者不知道發生了什麼事情，只是驚愕地跟著他走，不知道檢察官要將他帶到哪裡，心裡也料到已發生了某種新的災禍。

「瞧！愛德蒙・鄧蒂斯，」他邊說邊把妻子和兒子的屍體指給伯爵看，「瞧！你瞧哇，這是你復仇的結果……」

基督山看到這種可怕的情景，他的臉色蒼白了；他明白他已超過了復仇的許可權，他已不再能說「上帝助我，上帝與我同在」那句話了。

他帶著一種無法形容的悲哀表情撲到那孩子的屍體上，撐開孩子的眼睛，摸一摸他的脈搏，然後抱著他衝進凡蘭蒂的房間，鎖上雙重鎖。

「我的孩子！」維爾福喊道，「他把我孩子的屍體搶走了！哦！該死！壞蛋！你不得好死！」

他想跟著基督山去，但像在夢中那樣，他感到雙腳被釘在了原地。他雙眼圓睜，像是要從眼眶裡突出來似的。他緊抓自己胸膛上的肉，直到他的指甲上染了血；雙鬢處的血管由於腦子興奮而膨脹起來，他的腦子像火燒般地熱。這種狀態繼續了幾分鐘，直到理智結束了混亂。

然後，他發出一聲高喊，伴隨著長時間地哈哈大笑，衝下樓梯去了。

一刻鐘以後，凡蘭蒂房間的門打開了，基督山伯爵走了出來。

他帶著一種遲鈍的眼光和一顆沉重的心，臉色蒼白，這張平時如此沉靜和高貴的臉的表情讓悲傷徹底改變了。

他的臂彎裡抱著那個無法挽救的孩子。

他跪下一條腿，虔敬地把他放在他母親的旁邊，讓他的頭擱在她的胸脯上。

然後，他立起身，走出房間，在樓梯上，他遇到一個僕人。

「維爾福先生在哪兒？」他問這僕人。

僕人沒有作聲，朝花園那邊伸出手指。

基督山奔下樓梯，向所指的那個地點跑過去，看到維爾福手裡拿著一把鐵鍬，四周圍著他的僕人，正在瘋狂地挖掘泥土。

「這裡也沒有，」他說，「這裡也沒有。」

他換了個地方繼續挖了起來。

基督山走近他，用一種幾乎可以說是謙卑的語氣對他低聲說：

「先生，您失去了一個兒子。可是……」

維爾福打斷了伯爵的話。他既沒有聽，也聽不懂他的話。

「哦！我會找到他的，」他說，「您怎麼說他不在這裡也是枉然，但我會找到他的，即使我得永遠這樣挖掘也不要緊！」

基督山恐懼地往後退去。

「哦！」他說，「他瘋了！」

彷彿他擔心這幢該詛咒的房子的牆壁要坍塌在他的身上似的，他衝到街上，第一次開始懷疑是否有權利做他所做的那些事情。

「噢，夠啦，夠啦，」他喊道，「讓我去救了那最後的一個吧。」

一進他的家，他就遇到摩賴爾，摩賴爾在香榭麗舍大街的這座公館裡躑躅，就像一個幽靈等待上帝安排他何時返回墳墓。

「你準備一下吧，瑪西米蘭。」伯爵帶著一個微笑說，「我們明天離開巴黎。」

「您在這兒沒有事情要做了嗎？」摩賴爾問。

「沒有了，」基督山答道，「上帝希望我不要做得太過分！」

chapter 112 起程

不久前接連發生的幾件事使全巴黎的人議論紛紛。艾曼紐和他的妻子在他們密斯雷路的小房子裡帶著自然的驚奇談論著馬瑟夫、鄧格拉司和維爾福那三個接連而來的意外突兀的禍事。

在瑪西米蘭的一次來訪時，他傾聽他們談話，或者說是看著他們談話，而自己沉浸在習以為常的無動於衷之中。

「說真的，」裘莉說，「我簡直覺得這就像一場夢，艾曼紐。這些人，在昨天還是那樣富有，那樣快樂，他們在發家致富、飛黃騰達的盤算中，忘記了給邪惡之神一份，而那邪惡之神，像貝洛童話裡那些奸惡的小妖精一樣，因為不曾被邀請去參加婚禮或受洗典禮，她們便立即出現，對自己被置諸腦後進行報復。」

「真是禍不單行！」艾曼紐說，他想到了馬瑟夫和鄧格拉司。

「多麼難以忍受的痛苦！」裘莉說，她想到了凡蘭蒂，但憑著女性的直覺，她不願在哥哥面前說出凡蘭蒂的名字。

「假如這是上帝在懲罰他們，」艾曼紐說，「那是因為仁慈博愛的上帝，無法在這些人的過去中，找到減輕罪惡的東西，他們是罪有應得的。」

「你這樣下結論不是太輕率了嗎，艾曼紐？」裘莉說，「當我的父親手裡握著槍準備自殺的時候，如果有人像你現在這樣地說：『這個人活該受罪』，這個人不是說錯了嗎？」

「是的，但上帝沒有讓父親受到懲罰，正如他不許亞伯拉罕犧牲他的兒子一樣。對那位族長，像對我們一樣，他派了一位天使來捉住了死神的翅膀。」

他的話還沒說完，便響起了鈴聲。

這是看門人通知有客來訪的信號。

幾乎就在同時，客廳的門打開了，基督山伯爵出現在門口。

兩個年輕人不約而同地發出一聲欣喜的叫喊。

瑪西米蘭抬起頭來，但立刻又垂了下去。

「瑪西米蘭，」伯爵說，他裝作沒注意到自己的來訪在主人身上引起的反應，「我是來找您的。」

「找我嗎？」摩賴爾說，彷彿如夢初醒。

「對，」基督山說，「不是約定了我帶您一起走，而且我還提醒過您做好準備的嗎？」

「我到這裡來，」瑪西米蘭說，「是來跟他們告別的。」

「您要去哪兒啊，伯爵先生？」裘莉問。

「先去馬賽，夫人。」

「去馬賽？」兩個年輕人齊聲說。

「對，而且我要帶你們的哥哥一起去。」

「咳！伯爵先生，」裘莉說，「請把他治癒以後再還給我們吧！」

摩賴爾轉過身，掩蓋他的尷尬。

「這麼說，你們也看出他很痛苦了？」伯爵說。

「是的，」少婦回答說，「我擔心他厭倦了跟我們生活在一起。」

「我會讓他去散散心的，」伯爵說。

「我準備好了，先生，」瑪西米蘭說，「別了，我好心的朋友們！別了，艾曼紐！別了，裘莉！」

「怎麼！別了？」裘莉喊道，「您就這樣馬上動身，不做準備，連護照都沒有嗎？」

「拖延只能增加分離的悲傷，」基督山說，「而瑪西米蘭，我相信他一定早就把東西都準備好了——我事先關照過他。」

「護照我有了，箱子也收拾好了。」摩賴爾用平靜而單調的口吻說。

「很好，」基督山笑著說，「由此可見優秀的軍人做事就是利索。」

「你們這就要離開我們，」裘莉說，「馬上就走嗎？您不給我們一天、一小時的時間？」

「我的馬車等在門口，夫人。我得在五天內趕到羅馬。」

「可是瑪西米蘭不去羅馬吧？」艾曼紐說。

「伯爵把我帶到哪裡，我就去哪裡，」摩賴爾帶著憂鬱的笑容說，「還有一個月，在此期間我是屬於他的。」

「哦！天哪！他怎麼這樣說，伯爵先生！」

「瑪西米蘭一路陪著我，」伯爵帶著他那使人安心的親切態度說，「放心把你們哥哥交給我吧。」

「別了，妹妹！」摩賴爾重複說，「別了，艾曼紐！」

「這麼冷淡無情真讓我難過，」裘莉說，「哦！瑪西米蘭，瑪西米蘭，你一定有事瞞著我們。」

「啊！」基督山說，「你們會看到他快快活活，高興地笑著回來的。」

瑪西米蘭對基督山瞥了一眼，那眼神幾乎是蔑視的，而且幾乎是憤怒的。

「我們走吧！」伯爵說。

「在您走以前，伯爵先生，」裘莉說，「請允許我改天告訴您……」

「夫人，」伯爵拉住她的兩隻手，打斷她的話說，「您到時告訴我的話一定不如現在我在您眼睛裡看到的，我的心完全懂得您心裡的思想。像那些傳奇小說裡的恩人一樣，我在臨走以前本來不應該再來看你們，但這種美德超過了我的力量的忍受程度，因為我只是一個軟弱空虛的人，因為別人快樂而溫柔的淚眼令我舒坦。現在我要走了，允許我自負地對你們說，別忘記我，我的朋友們，也許你們可能永遠見不到我了。」

「再也見不到您了！」艾曼紐喊道，而兩顆大大的眼淚則沿著裘莉的臉頰淌了下來，「再也見不到您了！這麼說，離開我們而去的不是一個凡人，而是一位天使，這位天使在人間出現是為了造福於人，然後再回到天上。」

「別這麼說，」基督山急切地說，「別那麼說，我的朋友們。天使永遠不做壞事，欲甘休處便甘休。命運並不比他們更有力，而是他們的力量勝過命運。不，艾曼紐，我只是一個人，您的讚揚不當，您的話是褻瀆神明的。」

他親吻裘莉的手，裘莉縱身撲進他的懷抱，他把另一隻手伸給艾曼紐。然後，他毅然決定離開這座房子，離開這個幸福溫柔的窩，他做了個手勢，讓自從凡蘭蒂去世以來一直那樣被動、木訥寡言、垂頭喪氣的瑪西米蘭跟在他身後。

「請讓我哥哥重新得到歡樂吧！」裘莉俯在基督山耳邊說。

基督山握了一下她的手，就跟十一年前在通往老摩賴爾書房的樓梯上握她的手時一模一樣。

「您一直相信水手辛巴德嗎？」他笑吟吟地問她。

「哦！是的。」

「那好吧，您放心地安睡，把一切都託付給上帝吧。」

正如上述，驛車在等候。四匹強壯的馬已在不耐煩地蹬踏地面。在階沿腳下，則站著那滿頭大汗的阿里，他好似跑了長路趕來。

「嗯，」伯爵用阿拉伯語問他，「你到那位老人屋裡去過了嗎？」

阿里表示是的。

「你像我關照的那樣，把信攤開在他面前了？」

「是的。」阿里畢恭畢敬地說。

「他說什麼了，或者不如說，他有什麼表示嗎？」

阿里走去站在光亮的地方，以便他的主人可以清晰地看到他，機靈而又忠誠地模仿出老人的臉容，像諾梯埃要說「是」時那樣的閉攏他的眼睛。

「好，他答應了，」基督山說，「我們動身吧！」

他剛說出這些話，車子便開動了，馬蹄在石板路上擊出一片火花。瑪西米蘭一言不發坐在角落。

半小時以後，車子突然停住了，原來伯爵剛才把那條從車子裡通出去綁在阿里手指上的絲帶拉了一下。那個努比亞人立刻下來，打開車門。

黑夜繁星閃爍，他們已到達維兒殊山的山頂上，從那個高處望出去，巴黎像是一個黑色的海，閃爍著千千萬萬點燈火，活像閃著銀光的波浪——但這些浪頭實在比那些海洋裡騷動不息的波浪更喧鬧、更激奮、更多變、更凶猛、也更貪婪。這些浪頭從不平靜下來，像大洋上的浪濤一樣。總是相互撞擊，總是浪花飛濺，總是在吞噬。

伯爵獨自站著，他的手揮了一揮，車子便向前走了幾步。

他雙臂交叉在胸前，沉思了一會兒，他的腦子猶如一座熔爐，各種各樣從沸騰的深淵湧現出來，攪亂世界的思想，就在這座熔爐裡熔化、扭動和成形。他那銳利的目光注視著這個為熱心的宗教家、唯物主義者和嘲世主義者所同樣注意的現代巴比倫的時候，他垂低頭，合攏手，像做祈禱似的說道：

「偉大的城市啊，我進入你的城門不滿六個月。我相信是上帝的精神在引導著我走進來，再勝利地把我帶出來。我這次到你的城牆裡來，其中的秘密原因，我只向他一個人吐露過，只有他才有力量能看穿我的心思。只有上帝才知道：我在離開你的時候，既沒有帶去驕傲也沒有帶去仇恨，但並不是沒有帶去遺憾，只有上帝知道我沒有運用它給我的力量去為我自己，為無謂的事忙碌。噢，偉大的城市呀！在你那跳動的胸膛裡，我找到了我所尋覓的東西，我是一個堅忍的礦工，我深深地掘入你的內臟，剷除了其中的禍害。現在我的工作完成了，我的使命終止了，現在你不再能給我痛苦或愉快了。別了，巴黎！別了！」

他的目光如同黑夜的精靈，掃視著廣袤的原野，他用手抹一抹他的額頭，走進馬車，車門一關，不久就消失在斜坡的另一邊，掀起一陣塵土、發出轔轔聲。

車子行駛了兩里路，兩人一直沒說話。摩賴爾在冥想，基督山在看著他冥想。

「摩賴爾，」最後伯爵說道，「您後悔跟我走了嗎？」

「不，伯爵先生。可是離開巴黎……」

「如果我認為幸福在巴黎等待著您，摩賴爾，我當然會讓您留在那兒的。」

「凡蘭蒂安息在巴黎。離開巴黎，我就又一次失去了她。」

「瑪西米蘭，」伯爵說，「我們失去的朋友不是葬在地下，而是深深地埋在我們的心裡，這是上帝安排的，他們會永遠陪伴著我們。我呢，有兩個朋友總是這樣伴隨著我——一個給了我這個身體，一個給了我智慧。他們的精神活在我的身上。我每當有疑問的時候就與他們商量，如果我做了點什麼好事，我就得歸功於他們的好忠告。問問您的心聲吧，摩賴爾。您問問它，究竟您是否應該繼續給我看那個憂鬱的面孔。」

「我的朋友，」瑪西米蘭說，「我的心聲非常悲哀，我只能聽到哀泣。」

「衰弱的頭腦總是這樣的，一切東西看出去都像是隔著一層黑紗似的。心靈有自己的視野，你的心靈是陰暗的，所以你所看到的未來只是一片黑暗險惡的天空。」

「或許您說得對。」瑪西米蘭說。

說完，他又陷入了沉思。

伯爵發揮他非凡的能力，使旅途以驚人的速度完成，一路之上大城市影子般地掠過，那被最初的秋風吹得左右搖擺的樹木像巨人般地向他們瘋狂地迎面衝來，接近他們之後，樹木便迅速逃逸而去。第二天清晨，他們到達夏龍，在那兒，伯爵的汽船已在等待他們。一會兒也沒耽擱，馬車便被抬到船上，兩位旅客也立即登船。

那艘汽船是特造的快船，簡直像印第安人的獨木舟。它那兩隻划水輪猶如翅膀一樣推動船身，使船像一隻鳥兒似的在水面上滑行。摩賴爾也不會感覺不到這種在空氣中急速穿過的快感，有時，吹動他頭髮的風兒似乎要暫時撥開他額角上的愁雲。

兩位旅客與巴黎之間距離愈去愈遠，伯爵的身上也愈發現出一種幾乎非人類所能有的寧靜的氣氛，簡直像一個遊子重返故國。

不久，馬賽進入眼簾了——它充滿著生命和活力撲面而來，那是居住著泰爾和迦太蘭族後裔的馬賽，馬賽存在年代越久便越充滿活力。一看到那圓塔、聖‧尼古拉堡和那磚塊砌成的碼頭，強有力的記憶便攪動了他們的內心，他們倆兒時都曾在那裡嬉戲過。

他們懷著同樣的心緒踏上卡尼般麗街。

一艘大船正要開赴阿爾及爾，船上洋溢著一片起程前常有的那種匆忙喧鬧。乘客和他們的親戚們群集在碼頭上，朋友們互相親切而傷心地告別，有些在哭泣，有些訴說著傷心話，形成了一種令人感動的情景，即使對於每天目睹這種情景的人也為此刻動情，但這卻不足以打擾瑪西米蘭自踏上碼頭以來就在他腦子裡奔騰的思潮。他一踏上碼頭寬大的石板，便想起一件往事。

「瞧，」他拉住基督山的胳膊說，「就在這兒，當年法老號進港時，我父親就站在這兒。您就是使他擺脫了死亡和恥辱的那個耿直的人，就在這裡他投入我的懷裡。我現在還覺得我的臉上沾著他那溫熱的眼淚，但那時並不只有他一個人流淚，因為許多旁觀的人也都哭了。」

基督山微微笑了笑。

「我當時在那兒。」他指給摩賴爾看一條街的轉角。

正說著，就在他所指的那個方向，傳來一聲痛苦傷心的呻吟，一個女人正在向那即將起錨的船上的一個旅客揮手。基督山注視著她，要不是摩賴爾的眼光這時正注視在船上，他就很容易注意到伯爵的激動。

「哦！天哪！」摩賴爾喊道，「我沒看錯！那個揮手致意的年輕人、那個身穿軍裝的年輕人，就是阿爾培．馬瑟夫！」

「對，」基督山說，「我也認出他了。」

「怎麼會呢？您是朝對面的方向看的呀。」

伯爵笑了笑，他不想回答別人的問題時便是這副表情。

他又往那個戴面紗的女人望去，但她已經在街角消失了。

這時，他轉過身來。

「親愛的朋友，」他對瑪西米蘭說，「您在這裡有什麼事要做嗎？」

「我要到父親的墳前去大哭一場。」摩賴爾聲音低沉地說。

「那好，您去吧，就在那兒等我。我到那兒跟您碰面。」

「您要跟我分手嗎？」

「是的……我，我也要做一次虔誠的拜訪。」

摩賴爾讓他的手落入伯爵向他伸出來的那隻手裡，然後帶著一種難以形容的哀傷表情垂著頭離開伯爵，移步向城東走去。

基督山停在原地望著瑪西米蘭走遠，直至消失，然後他慢慢地向米蘭巷走過去，去尋找一所小房子，那所小房子，本書的前半部想必已使讀者們對它相當熟悉了。

它依舊屹立在那兩旁夾列著菩提樹的林蔭大道（無事的馬賽人最愛到這兒來散步）的後面，垂掛著葡萄藤寬大的綠簾，在南方烈日曬黃的石板上，縱橫交錯著發黑的、皸裂的老樹幹。兩級石階被人們的腳步磨損，它通向由三塊木板所拼成的門，那扇門，儘管每年修理，卻從來沒有抹過油灰和上過油漆，早已露出裂縫，只在每年霉季到來的時候才又合成一塊。

這座房子外表雖然老朽，但卻還很美麗動人。雖然外表寒酸，卻給人一種溫馨的感覺。它實在和老鄧蒂斯以前住在這兒的時候並沒有兩樣，但那老人只住閣樓，而伯爵現在則已把整幢房子都交給美茜蒂絲支配。

伯爵看見船開走後離開的那個戴著長面紗的女人，就走進這棟房子裡，她剛走進去，關上門，基督山便在街角出現了，所以他幾乎一見她便又失去了她的蹤跡。

他非常熟悉那些磨損的台階，他比誰都更清楚如何用一枚大頭釘撥開裡面的插銷來打開那扇風雨剝蝕的門。因此，他像一個朋友，一個主人，不用敲門，不用通知，就走了進去。

在一條磚塊鋪成的甬道盡頭有一個小花園浴在陽光裡，充滿著溫暖。美茜蒂絲就在花園指定的地方找到了那筆款子，由於伯爵的深謀遠慮，使這筆款子保存了二十四年。站在門口的階沿上就可以看見花園裡的樹木。

伯爵在踏進那座房子的時候聽見一聲幾乎類似啜泣的歎息；這聲歎息引起了他的注意，他向那歎息聲所來的方向望過去，那兒，在一個素馨木架成的涼棚底下，在那濃密的枝葉和紫色的細長花朵的下面，他看見美茜蒂絲坐著，低垂著頭在哭泣。

基督山向前走了幾步，小石子在他的腳底下發出聲響。

美茜蒂絲抬起頭，看見一個男人站在她的面前，便發出一聲恐怖的喊叫。

「夫人，」伯爵說，「我無法帶給您幸福，但我能給您安慰。您肯把它們當做是一個朋友對你的安慰嗎？」

「我確實非常不幸，」美茜蒂絲回答說，「孤零零地活在世上……我只有一個兒子，可是他也離開我走了。」

「他做得很對，夫人，」伯爵說，「他心地高尚，他懂得這個道理，每個人對祖國都要有貢獻，有些貢獻他們的天才，有些貢獻他們的勤勉，有些獻出了他們的血，有些獻出了他們的腦力，都是為了同樣的原因。待在您身邊，他的生命便會變得一無是處，精力白白地浪費掉，他將無法分擔你的憂慮。他會因為毫無作用而怨恨萬分。與厄運奮鬥，他將增加他的精力和名譽，把逆境變為順境。讓他去為你建築前途吧，因為我敢說，他勝券在握。」

「哦！」那可憐的女人哀傷地搖著頭說，「你所說的那種順境，我從心坎裡祈禱上帝發慈悲賜給他，可是我享受不到了。我自身和周圍有許多東西毀掉了，以致我感到行將就木。你很好心，伯爵，把我帶回到我曾經快樂過的地方。人是應該死在他曾經有過快樂的那個地方的。」

「唉！」基督山說，「夫人，您的話使我內心感到淒苦和灼燒，尤其是當我想到您是有理由恨我的時候，就更是如此了。是我引起了您的不幸。您為什麼要憐憫我，為什麼不譴責我呢？您這樣只有使我感到痛苦……」

「恨你，責備您——您，愛德蒙？難道要痛恨和責備那個饒恕我兒子生命的人？因為當初殺死馬瑟夫先生引以為傲的兒子是您不可避免、殘忍的企圖，是嗎？噢，仔細瞧瞧我，看您能不能發現我有什麼類似責備的神氣。」

伯爵抬起眼睛，注視著美茜蒂絲。她欠起身子，把雙手伸給他。

「哦！瞧瞧我吧，」她繼續以一種無限憂傷的語氣說道，「現在我的目光不再有光彩了，這不再是我對著鄧蒂斯微笑的時代了，以前，我曾到這兒來，向那在他父親所住的閣樓窗口等待我的愛德蒙・鄧蒂斯微笑，從那時起，許多痛苦的日子過去了。在我和這段時間當中就像一個無法跨越的深淵。詛咒您，愛德蒙！恨您，我的朋友！不，我所責備的是我自己，我所恨的是我自己！噢，我這可憐的人哪！」她緊扭著雙手，舉眼向天喊道。「我受了怎樣的懲罰呀！我一度擁有虔敬、純潔和愛。這三種幸福能產生天使，我是個卑劣的人，我不得不懷疑上帝的仁慈了！」

基督山向她走上一步，默默地向她伸出手去。

「不，」她輕輕地縮回自己的手說，「不，我的朋友，請別碰我。您饒恕了我，但在遭您報復的那些人之中，我是最有罪的人。他們或是出於仇恨，或是出於貪欲，或是出於私愛，我呢，我出於怯懦而行動。他們想獲得，我呢，我害怕了。不，不要握我的手，愛德蒙，您想說一些親切的話，我看得出的，但別說了吧。留給別人吧，我不配再得到這些話。瞧，」於是她抬起頭，讓他看到她的整個面孔，「瞧，悲慘命運使我的頭髮變得花白，我的眼睛曾流過那樣多的眼淚，以致眼睛四周已出現了一圈紫色，我的額頭已出現了皺紋。您，愛德蒙，卻正巧相反，您依舊還年輕、漂亮、威風，那是因為您有信念，那是因為您有力量，那是因為您從未懷疑過上帝的仁慈，他支持您經過了歷次風險。我呢，我很怯懦，我否認上帝，上帝拋棄了我，我變成了這樣。」

美茜蒂絲說這些話時淚如雨下，痛苦的回憶讓這個女人心都碎了。

基督山拿起她的手，恭敬地吻了一下。但她感到這個親吻沒有熱情，彷彿伯爵吻的是一位聖女的大理石雕像的手。

「有些人，」她繼續說，「一次過失就會毀壞終生的幸福。我原以為您死了，我本該死去。我為何要在心裡永遠地哀悼您呢？只是使一個三十九歲的女人看來像一個五十歲的老太婆而已。為什麼，在認出了您以後——而那時只有我一個人認出您——為什麼我只能救我的兒子一個人呢？我不是也應該拯救那個雖然有罪但卻已被我接受為丈夫的那個人嗎，不管他的罪有多麼大？可是我卻讓他死了！我能說什麼呀？噢，慈悲的天！是我自己的膽怯、冷漠和蔑視促成了他的死，而沒有想到，也不願想，他是為我而背信棄義、出賣恩主的。我陪我的兒子走了這樣遠的路有什麼好處呢？因為我現在還是捨棄了他，因為我讓他獨自走了，因為我把他送到了非洲那塊折磨人的土地。噢，我告訴您，我是下賤怯懦的！我棄絕了情義，像所有背叛教義的人一樣，我把不幸帶給了我周圍的人！」

「不，美茜蒂絲，」基督山說，「不，不要貶低自己。你是一個心靈高貴的女人，是你的悲哀軟化了我的心。在我背後，有著隱而不見、無人知曉和憤怒的上帝，我只是上帝的代理人，他不願意攔阻我那已經開始發出來的致命的打擊。我以那位過去十年來我每天俯伏在他腳上的上帝作證，我本來願意為你犧牲我的生命，還有那與我的生命不可分割的種種計畫。但是，我可以很自傲地說，美茜蒂絲——上帝需要我，我就活下來了。觀察過去，觀察現在，並極力猜測將來，然後再說我究竟是否只是神的工具。最恐怖的不幸，最可怕的痛苦，被那些愛我的人遺棄，受到不瞭解我的人的迫害，這就是我生命的第一個時期。

「然後，突然地，從囚禁、孤獨、痛苦中，我被恢復了光明和自由，擁有了一筆聞所未聞的絕大的財產，除非我瞎了，我本該想到上帝給我送來這筆財產是為了執行偉大的計畫。從那時起，我就把這筆財產看做一種神聖的託付。從那時起，我再也不想得到那種生活。從那時起，可憐的女人呀，我就不再想到那種你曾一度分享到它的甜蜜的生命。我不曾得到一小時的安靜——一次都沒有。我感到自己受到驅趕，就像一片火雲掠過天空，去燒毀那些該詛咒的城市。像那些富於冒險精神的船長要去實行某種充滿著危險的航程一樣，我準備糧食，裝載武器，積累攻擊方法，我用最劇烈的運動磨煉我的身體，用最痛苦的考驗磨煉我的靈魂。我訓練我的手臂殺人，訓練我的眼睛觀看最殘酷的痛苦，訓練我的嘴巴對最可怖的情景微笑。我從本來善良、信賴人、漫不經心，變成愛報復、不外露、凶狠——或說得更貼切一些，變得像命運一樣的無情。然後我踏上那條打開在我面前的道路。我克服了每一種障礙，達到我的目標，擋住我道路的人活該倒楣！」

「別說了！」美茜蒂絲說，「別說了，愛德蒙！相信我，只有那個一開始就認識您的她才是瞭解您的，但是，愛德蒙，認出您、瞭解您的人，您在路上遇到了，您像砸碎玻璃一樣砸碎她，她本該讚賞您，愛德蒙！像我與過去之間存在著一條鴻溝一樣，在您，愛德蒙，與其餘的人類之間，也存在著一道深淵。我可以坦白地告訴您，把我心目中您和其他男子比較，始終是最使我痛苦的一個因素。因為世界上沒有人比得上您，跟您相像，現在向我告別吧，愛德蒙，讓我們分手吧。」

「在我離開您以前，您有什麼要求嗎，美茜蒂絲？」基督山問。

「我只要求一樣東西，愛德蒙。那就是希望我的兒子能夠幸福。」

「請向唯一掌握著人的生命的上帝祈禱，請求他讓您的兒子免於一死吧。只有上帝掌握著人的生死。除此之外，他的一切我都會負責的。」

「謝謝，愛德蒙。」

「可是您呢，美茜蒂絲？」

「我嘛，我什麼都不需要。我像是生活在兩座墳墓之間。一座是愛德蒙‧鄧蒂斯的，我是在很久很久以前就失掉他的。我愛他。這句話從我憔悴的嘴唇說出來已經不合適，但它是我心裡所寶貴的一個記憶，即使以世界上一切的東西來交換，我也不願意喪失它。另外那座墳墓是死在愛德蒙手裡的那個人的，我贊成殺死他，但我必須為死者祈禱。」

「您的兒子會幸福的，夫人。」伯爵重說了一遍。「那麼我就心滿意足了。」

「可是……嗯……你怎麼辦呢？」

美茜蒂絲憂鬱地笑了笑。

「要說我在這兒能像舊時的美茜蒂絲那樣以勞力換取我的麵包，那當然不是真話，說了您也不會相信。我只會祈禱，但不需要工作。您埋下的那一小筆錢，在您指出的地方找到了，那筆錢已足夠維持我。關於我的謠言大概會很多，猜測我的職業，談論我的生活態度，但那沒有什麼關係，這是上帝、您和我之間的事。」

「美茜蒂絲，」伯爵說，「我可不是責備您，但您放棄馬瑟夫先生積聚起來的全部家產，實在是一種過分的犧牲，因為其中一半理應是您節儉和考慮周密才得來的啊。」

「我知道您要提出什麼建議，可是我不能接受。愛德蒙，我兒子不會同意的。」

「因此，我小心謹慎，不會為您做得不到阿爾培・馬瑟夫先生贊成的事。我當親自去詢問他的心意。但假如他願意接受我的貢獻，您會毫不猶豫地仿效他嗎？」

「您知道得很清楚，愛德蒙，我已經不再是一個理智的人了，我已沒有了信念。我已被那許多衝到我頭上來的驚風險濤弄糊塗了，我已變成聽天由命、聽任萬能的上帝擺佈，像是一隻落在大鷹的巨爪裡的燕子一樣。我活著，因為我命中註定還不應該死。如果牠給我援助，這是因為牠願意這樣，我會接受的。」

「您得當心哪，夫人，」基督山說，「崇拜上帝不能這樣！上帝希望我們理解祂，也希望我們對祂的權力提出異議，祂正是為此給了我自由意志。」

「可憐的人呵！」美茜蒂絲喊道，「請別對我這麼說吧。如果我相信了上帝會給我自由意志，我還有什麼力量擺脫絕望呢！」

基督山的臉色稍稍有些變白，低垂頭，對她那樣深沉的悲哀感到有點畏縮。

「您不願同我道別嗎？」他說著向她伸出手去。

「我當然要對您說再見，」美茜蒂絲說，她神色莊重地向他指了指天空，「並向您證明，我還懷著希望。」

美茜蒂絲用她瑟瑟發抖的手在伯爵手上輕輕地碰了一下，就衝上樓梯，在伯爵眼裡消失不見了。

基督山於是慢慢地走出這座屋子，踏上回港的路。

但是，美茜蒂絲雖然坐在以前老鄧蒂斯所住的那個房間的小窗前面，卻並沒有看到他的離開。她的目光在遠處搜索把她兒子載往大海的帆船。

但她那溫柔的聲音卻仍不由自主地在輕輕地說：

「愛德蒙！愛德蒙！愛德蒙！」

chapter 113 往事

伯爵與美茜蒂絲分手離開那座房子，滿心戚然，他也許再也不會見到她了。

小愛德華的死使基督山心裡產生了很大的變化。經過漫長艱辛的路程他終於到達了復仇的頂峰，他卻在頂峰的那一邊看到了懷疑的深淵。

不僅如此，他與美茜蒂絲剛才的那一番談話在他的心裡喚醒了許多許多的回憶，他覺得他必須與那些回憶搏鬥。

像伯爵這樣性格堅毅的人不會長時間處於這種憂愁狀態中。那種憂愁的狀態對於普通的頭腦來說是一種刺激，促使它們產生一些新思想，卻能扼殺有才智的頭腦。他想，他要是有理由來自責，那麼在他的計算中一定出現了錯誤。

「我本不該如此欺騙自己。」他說，「我在用一種錯誤的眼光回顧往事。什麼！」他繼續說，「難道在過去的十年內，我走在一條錯誤的道路上嗎？難道我預計的結果是一個錯誤的結果嗎？難道一小時的時間就足夠向一位建築師證明：寄託著他的全部希望的傑作，如果不是實現不了的，至少也是違背神的意念的嗎？

「我不能讓自己接受這種念頭，它會使我發瘋的。我現在之所以憂慮不滿是由於我對過去的認識不夠準確，往事正如我所去過的地方，隨著我們走遠，我們經過的地方變得模糊不清，我的情形像是一個在睡夢裡受傷的人，他感覺到那個傷口，卻不記得是怎麼受傷的。

「那麼，來吧，你這個獲得重生的人，你這個豪侈的浪子，你這個醒著的夢遊者，你這個萬能的幻想家，你這個無敵的百萬富翁！再次回顧你過去那充滿饑餓和悲慘的生活吧，再次回顧那命運驅迫你、或不幸引導你、或絕望接受你的地方吧。在這面鏡子中反映出太多的鑽石、黃金，基督山伯爵正是想從這面鏡子裡找到鄧蒂斯。藏起你的鑽石，埋掉你的黃金，遮蓋你的顯赫，變富為窮，從自由人再變成囚犯，從復活人再變成死屍吧！」

基督山在這樣的沉思中走在凱塞立街上。二十四年前的一天夜裡，他被一言不發的憲兵押走時，正是經過這條街。這些房子如今充滿喜氣和活力，可那一夜卻是陰森淒涼，關門閉戶，無聲無息的。

「可是，它們就是當年的那些房子，」基督山喃喃地說，「只是現在不是黑夜而是大白天，是太陽照亮了這個地方，使這一切顯得生機勃勃。」

他沿著聖•洛朗街向碼頭走過去，來到燈塔那兒，他就是在這個地方上船的。一艘裝著條紋布篷的遊艇正巧經過。基督山向船老闆招呼了一下，後者馬上態度殷勤地划過船來，他一定是嗅出了有意外之財，才這樣甘願效勞。

天氣極好，非常適合出遊。鮮紅的、光芒四射的太陽正慢慢落入水中。海面光滑得像玻璃一樣，只有當魚兒為了逃避天敵的追擊而躍出水面時，海面才泛起漣漪；在地平線的邊際，可以看見那些回到馬地古去的漁艇和開赴科西嘉或西班牙的商船，他們像海鷗一樣潔白優美。

儘管彩霞滿天，儘管這些漁船線條優美，儘管金光浴滿景色，緊裹在他的大氅裡的基督山卻只能想到那次可怕的航程。那次可怕航行中所有的細節意義在頭腦中展現。迦太蘭村那盞孤獨的燈光；初見伊夫堡猛然覺悟到他們要帶他到那兒去時的那種印象；想縱身跳下海去時跟憲兵的搏鬥；馬槍槍口抵在他額頭時那種冷冰冰的感覺——這一切都在他眼前成了生動而可怕的現實。

就像夏天被曬乾的泉水那樣，只有秋天的雲彩積聚起來時，才重又漸漸地變得潮濕，伯爵也覺得心裡漸漸地充滿了那以前幾乎壓毀愛德蒙・鄧蒂斯的痛苦。

從此以後，他再也不會看見絢麗的天空，再也不會看見輪廓優美的漁船，再也不會看見熾熱的光芒；天空似乎遮著黑幕，那龐大的伊夫堡似乎像是一個死敵的幽靈。

抵岸了。

伯爵本能地退縮到船尾，以致船夫不得不用迫切敦促的口吻說：「先生，我們到岸啦。」

基督山記得：就在這個地點，就在這塊岩石上，他被看守們粗暴地拖走了，他被刺刀頂撞推搡著走上那個斜坡。

這一段旅程鄧蒂斯在當時覺得非常長；但基督山卻覺得它非常短。每一槳，隨著浪花激起千千萬萬個想法和往事。

自從七月革命以來，伊夫堡裡便不再用來關押犯人。有一個哨所防止走私，在堡上派了一隊看守。一個嚮導等在門口，他負責引導訪客去參觀這個恐怖的遺跡。

雖然伯爵熟悉堡上的各個部分，但當他走進那個拱形的門廊，當他走上那座黑洞洞的樓梯，當他來到自己要求參觀的黑牢，他的額頭現出慘白色，他由心裡產生了一種冰冷的感覺。

伯爵詢問是不是還留下王政復辟時代的舊獄卒；但他們都已退休了，或轉行去做另外的差事了。那個嚮導只是在一八三〇年來的。

嚮導把他帶到那間曾經屬於他的黑牢。

他又看見了那一片掙扎著從那狹窄窗口穿進來的昏暗光線。他又看到放床的地方。但那張床早已搬走了，床後的牆腳下有幾塊新的石頭，表明這是以前法利亞長老所掘的那條地道的出口。

基督山覺得他的四肢發抖，他拿過來一張木凳，坐了下來。

「關於這座城堡，除了米拉波[30]給毒死的故事以外，還有些什麼故事嗎？」伯爵問，「這些陰森森的地方真令人難以相信是用來關押活人，關於它們有沒有什麼傳說嗎？」

「有啊，先生，」嚮導說，「就說這間地牢吧，獄卒安東莞就給我說過一個故事。」

基督山不由一陣戰慄。這個安東莞就是以前看管他的獄卒。他幾乎已經忘掉他的名字和面容了，但一聽到他的名字，他便想起了他——他那滿是絡腮鬍子的臉，他那棕色的短褂和他的鑰匙串。他彷彿又聽到鑰匙的叮噹聲。

他轉過頭去，以為安東莞正從走廊的陰影中走來，由於嚮導手中燃燒的火把亮光，陰影顯得格外濃重。

「先生想聽我講這個故事嗎？」嚮導問。

「是的，」基督山說，「請講吧。」

他把手放在胸前，想壓抑住劇烈的心跳。聽別人敘述自己的往事，真使他感到不寒而慄。

「請講吧。」他又說了一遍。

「這間地牢裡，」嚮導接著往下說，「很久以前住著一個囚犯，一個看起來非常危險的人，而且他

---

30. 十八世紀法國大革命時代的政治家，在伊夫堡被他的政敵用毒藥毒死。

特別有心計，所以就更加危險了。那時候，這座城堡裡還關著另一個犯人。這個人倒不凶，他是個可憐的教士，是個瘋子。」

「啊！是的，瘋子，」基督山重複說，「他怎麼個瘋法？」

「他老是說，誰給他自由，他就把幾百萬財寶都給他。」

基督山舉眼向天，但看不見天空，在他和穹蒼之間，隔著一道石頭屏障。他想，在那些法利亞向他們獻寶的人的眼睛和寶庫之間，也有一道石頭屏障，它也許並不比眼前的這一道更薄。

「犯人彼此能見面嗎？」基督山問。

「哦！不行，先生，這是明令禁止的。可是他們躲過了獄卒，挖了一條地道，連通兩間黑牢。」

「兩人中間，是誰挖的這條通道呢？」

「哦！當然是那個年輕人囉，」嚮導說，「年輕人工於心計，身體強壯，而長老則已年老衰邁。再說，他的頭腦也糊塗瘋癲，不可能想出這個念頭。」

「這些睜眼的瞎子啊……」基督山喃喃地說。

「不管怎麼說吧，」嚮導繼續說，「那個青年人掘了一條地道，至於是用什麼挖掘的，沒人知道，但他總之是掘成功了，那邊還留有痕跡可以證明。您看到了嗎？」

「啊！真的沒錯！」伯爵用激動得變輕的聲音說。

說著，他把火把湊近牆壁。

「結果呢，兩個犯人就可以相互來往了。這樣有多長時間？沒人知道。不過，後來有一天那個年老的生病死掉了。您猜那個年輕的怎麼做的？」嚮導打住話頭說。

「你說吧。」

「他搬走那具屍體，讓屍體睡在自己的床上，臉朝牆壁；然後他走進那間空的黑牢裡，塞住那進口，鑽進裝屍體的那只布袋裡。您能想像這樣的念頭嗎？」

基督山閉上眼睛，似乎又體驗到因屍體而變得冰冷的粗布碰到他面孔時所覺到的那種感觸。

嚮導繼續說：「他是這樣計畫的：他以為他們是要把死人埋在伊夫堡，因為他猜到不會花錢給囚犯買棺材，所以他打算用他的肩胛頂開泥土。但不幸，伊夫堡的一個習慣打亂了他的計畫。他們從不在這裡埋葬死人，只是給死人腳上綁上一顆很重的鐵球，然後拋入海裡。那次就是這樣做的：那個青年人從懸岩頂上被拋了下去。第二天人們在他的床上找到了真正的屍體，全部真相都明白了，因為拋屍體的那兩個人在那時講出他們之前不敢講的一件事情，這就是正當犯人屍體被拋到空中時，他們曾聽到一聲尖聲的喊叫，但屍體一沉到水裡，那聲喊叫便消失了。」

伯爵呼吸急促，汗水從他的額頭往下流，焦慮和痛苦揪緊著他的心。

「不！」他喃喃地說，「不！我所感到的懷疑和動搖只是健忘，現在我的心又變得渴望復仇了。」

「那麼這個犯人，」他問，「此後再也沒有聽說過他嗎？」

「沒有，當然沒有。您知道，兩者必居其一——他不是平跌下去便是豎跌下去，假如從五十尺的高度平跌下去，他立刻會震死。」

「您剛才說在他腳上綁了一隻鐵球：他會豎跌下去。」

「假如豎跌下去，則腳上的重量就會拉他到海底，這個可憐的人就永遠待在那了！」

「那麼你同情他嗎？」

「可不，我挺同情他，雖說他死在海裡也算是咎由自取了。」

「您這是什麼意思啊？」

「據說這個不幸的人是海軍軍官，是被當做拿破崙分子給關進來的。」

「的確，」伯爵喃喃地自語，「這是上帝的意願讓你浮現在波濤與火焰之上！那可憐的水手只活在講述他故事的那些人的記憶裡。人們在爐火旁傳述著他的可怕的故事，當講到他從空中被吞入海底裡的時候，便使人發生一陣寒戰。」

「他們不知道他的名字嗎？」伯爵提高嗓音問道。

「噢！知道的，」嚮導說，「可不是？他們就知道他叫三十四號。」

「維爾福啊，維爾福！」基督山輕輕地說，「當我的幽靈讓你無法安眠的時候，多少次你本該想到這件事。」

「先生還想繼續參觀嗎？」嚮導問。

「是的，尤其是很想去看一下那個可憐長老的房間。」

「噢！那個二十七號嗎？」

「對，那個二十七號。」基督山重複說。

說著，他彷彿又在耳邊聽到了當他問法利亞長老名字時，神甫隔著牆壁喊叫這個號碼的聲音。

「請跟我來。」

「請等一下，」基督山說，「我還想再好好地看看這間牢房。」

「正好，」嚮導說，「我正好忘記帶那間牢房的鑰匙了。」

「那您去拿吧。」

「我把火把給您留下。」

「不用，請帶走吧。」

「那麼您就要待在黑暗裡了。」

「我在黑暗裡也能看見東西。」

「嗨，就跟他一樣。」

「他是誰呀？」

「那個三十四號唄。聽人說啊，他習慣於黑暗，連黑牢最暗的角落裡的一根針都能看見。」

「他是花了十年工夫才練到那種地步的啊。」伯爵心裡想道。

嚮導帶著火把出去了。

伯爵沒說錯。他在黑暗中待了幾秒鐘，便像在大白天裡一樣，能看清所有的一切。

他周圍四顧，徹底認清了他的黑牢。

「對，」他說，「這是我常坐的那塊石頭！那是我的肩頭在牆上所留下的印子，這是有一天我想在牆上撞碎額頭，留下來的血跡。噢，那些數字！我記得多麼清楚啊！這是我有一天用它來計算我父親和美茜蒂絲的年齡的，想知道我再見到父親時他是否還活著，是否美茜蒂絲還能不嫁人。在那次計算以後，我曾有過短暫的希望。我卻沒有計算到饑餓和負情！」

於是伯爵發出一聲苦笑。他在虛幻中看到了他父親的葬禮和美茜蒂絲的婚禮。

在黑牢的另一面牆上，有幾個字映入他的眼簾，這些仍然呈白色的字在發綠的牆上十分顯眼。

「噢，上帝呀，」他念道，「保全我的記憶吧！」

「噢，是的！」他喊道，「那是我臨終的唯一祈求，我那時不再祈求自由，而祈求記憶。我怕自己發瘋，忘了一切。噢，上帝呀，您保存了我的記憶！我全部想起來了，我感謝您！我感謝您！」

這時，火把的亮光照映在牆上。那個嚮導往下走來。

基督山走到他的跟前。

「請跟我來，先生。」嚮導說。

嚮導並不上樓，而是領著伯爵從一條地道走到另一間黑牢的門口。

在那個地方，另一群畫面又衝到伯爵的腦子裡。

第一件東西就是畫在牆上的子午線，正是依靠它，長老計算出時間，然後他又看到那可憐的犯人死時所躺的那張破床。

這些東西非但沒有讓伯爵感受到在他自己的牢裡的那種悲哀，反而使他的心裡充滿了一種柔和的感激的情緒，感激的情感充溢他的心房，兩滴眼淚奪眶而出。

「瘋長老就是關在那兒的，先生，年輕人是通過那邊來見他的，」嚮導指著那仍未填塞的洞口。「根據那塊石頭，」他繼續說，「一位有學問的先生考證出那兩個犯人大概已經互相往來了十年。這兩個可憐的人在這十年一定是十分難熬的時間。」

鄧蒂斯從口袋裡摸出幾枚金路易，遞給這個雖然不認識自己，卻已經第二次對自己表示同情的人。

這個嚮導收下了，他本來以為這是幾枚普通的硬幣，可是湊在火把的亮光下一看，他看到了這位參觀者給他的錢的價值。

「先生，」他說，「您弄錯了。」

「怎麼啦？」

「您給我的是金幣啊。」

「是啊。」

「您想給我金幣？」

「對。」

「那我真的可以收下，而不必感到不安嗎？」

「對。」

嚮導驚訝地望著基督山。

「而且是正派地賺來的。」伯爵就像哈姆萊特那樣說。

「先生，」嚮導簡直不敢相信自己的好運氣，「先生，我實在不明白您為什麼要這麼慷慨大方。」

「很容易理解，我的朋友，」伯爵說，「我也當過水手，大概您的故事使我比別人更受感動。」

「那麼，先生，」嚮導說，「既然您這麼慷慨，我也該回敬您一點東西才是。」

「您要給我什麼呢，我的朋友？貝殼，草編工藝品？那就不必了，謝謝啦。」

「不，先生，不是的，是跟剛才的故事有關係的一樣東西。」

「真的嗎！」伯爵急切地喊道，「究竟是什麼東西呢？」

「請聽我說，」嚮導說，「事情是這樣的：我有一陣自己在尋思，在一個犯人住了十五年的牢房裡，總能找到一點東西。所以我就開始敲打牆壁。」

「啊！」基督山喊道，想起了長老確實有兩個藏東西的地方。

「找哇找哇，」嚮導繼續說，「我發現床頭旁邊的牆壁和壁爐爐膛下面敲上去都像裡面是空的。」

「噢，」基督山說，「噢。」

「我撬開石頭，發現……」

「一條繩梯和一些工具嗎？」伯爵喊道。

「您是怎麼知道的啊？」嚮導驚訝地問。

「我並不知道，我是猜的，」伯爵說，「通常在犯人藏東西的地方，一般都能找到這類東西。」

「對，先生，」嚮導說，「是一條繩梯，還有些工具。」

「您還保存著嗎？」基督山喊道。

「不在了，先生。我把它賣給遊客了，遊客對這些東西很感興趣，但我還留有一樣東西。」

「什麼東西啊？」伯爵急不可耐地問道。

「我留著寫在長布條上一部書。」

「哦！」基督山喊道，「您還留著這本書嗎？」

「我不知道這是不是一本書，」嚮導說，「可這東西我確實留著。」

「去給我找來，我的朋友，快去，」伯爵說，「那也許就是我預想中的東西，您就放心吧。」

「我跑去拿，先生。」說完，嚮導往外就走。

伯爵於是在那張死神使它變成一座祭台的床前跪下來。

「噢，我的再生之父哇！」他歎道，「您給了我自由、知識和財富，您，像天上的神一樣，能分辨善惡——如果在墳墓深處我們的殘骸聽到還生活在世上的人的聲音便發抖，假如人死後的靈魂還能重訪我們曾經生活和受苦的地方——那麼，高貴的心呀！崇高的靈魂呀！我以您給我的父愛和我對您的孝敬的名義，求求您通過一句話、一個手勢、一個顯示，移去我心中剩餘的懷疑吧，那種懷疑假如不變成滿足，是會變成悔恨的。」伯爵垂低他的頭，兩手合在一起。

「拿來了，先生！」他身後有個聲音說。

基督山打了一個寒戰，站起身來。

嚮導遞給他一卷布片，那些布片上寫滿法利亞長老的全部知識寶藏，這就是法利亞長老關於義大利王國的巨著。

伯爵急搶過來，他的眼光立刻落到題銘上，他讀道：

主說：你將拔掉龍的牙齒，將獅子踩在你的腳下。

「啊！」他喊道，「這就是回答啊！謝謝，我的父親，謝謝！」

他從衣袋裡掏出一隻小錢夾，裡面有十張一千法郎的鈔票。

「喏，」他說，「把這只錢夾拿去吧。」

「您把它給我了嗎？」

「是的，條件是：我走了以後您才能打開看。」

他把剛找到的珍貴的紀念品揣在懷裡，對他來說，這紀念品是最值錢的寶物，疾步走出地牢，出城堡回到了遊船上。

「返回馬賽！」他說。

當他離開的時候，他用眼睛盯住那座陰森森的牢獄。

「該死，」他喊道，「那些關我到那座痛苦的監獄裡去的人！該死，那些忘記我在那裡的人！」

當他再經過迦太蘭村的時候，伯爵轉頭去，用披風裹住頭，輕聲呼喚一個女人的名字。

已經勝利完成了任務，伯爵兩次戰勝了懷疑。

他用一種溫柔地幾乎近於愛戀的聲音所呼喚的那個名字是海蒂。

上岸後，基督山向公墓走去，他知道在那兒能尋找到摩賴爾。十年以前，他也曾虔敬地在這個墓園裡尋找一座墓，但是沒有找到。他，帶著千百萬錢財回法國來的他，卻不能找到他那餓死的父親的墳墓。老摩賴爾的確曾在那個地點插過一個十字架，但十字架早已倒了，掘墳的人已經把它燒毀，就像掘墓工處理倒在墓園裡的朽木一樣。

這位那可敬的商人就幸運得多了。他死在孩子們的懷裡；他們把他埋在先他兩年逝世的妻子身邊。兩大塊大理石上刻著他們的名字，並排躺在一塊小墳地上，四周圍著欄杆，四棵松柏蔽日。

摩賴爾正斜靠在一棵柏樹上，兩眼茫然地盯著墳墓。他的悲哀是這樣的深切，他完全沉浸其中。

「瑪西米蘭，」伯爵對他說，「不要看這裡，要看那裡！」說著，他向摩賴爾指指天空。

「死者是無所不在的，」摩賴爾說，「當您讓我離開巴黎時，不是這樣對我說過的嗎？」

「瑪西米蘭，」伯爵說，「您在途中要求我讓您在馬賽待幾天。您依然抱有這希望嗎？」

「對我，早就無所謂有什麼希望了，伯爵。可是我覺得，在這兒等要比在別處等好受些。」

「那也好，瑪西米蘭，因為我離開您時也帶走了您的誓言，對不對？」

「哦！我會忘記的，伯爵，」摩賴爾說，「我會忘記的！」

「不！您不會忘記的，您首先是個看重名譽的人，摩賴爾，因為您已經發過誓，也因為您還要重新發誓。」

「啊，伯爵，可憐可憐我吧！伯爵，我已經夠不幸的了。」

「我認識一個比您更加不幸的人，摩賴爾。」

「這不可能。」

「唉！」基督山說，「**這是我們可憐的人類自以為是的一個方面，每一個人都以為他自己比那在他身旁哭泣呻吟的人更痛苦。**」

「還有誰比失去唯一的心上人更不幸呢？」

「請聽我說，摩賴爾，」基督山說，「注意聽我下面所講的這些話。我認識一個人，他也像您一樣，曾把他全部幸福的希望寄託在一個女人身上。這個人很年輕，有一個他熱愛的老父親，一個他所戀慕的未婚妻。他快要和她結婚了，可是，命運是無常的，要不是上帝後來表明，在它來說一切都是導致無限的統一體的一個方法而已，那麼這種無常是會使人懷疑上帝的仁慈的，命中的一場波折奪去了他的愛人，奪去了他所夢想的未來（因為在他的盲目中竟忘了他所能看到的只是目前而已），把他埋在一間黑牢裡。」

「哦！」摩賴爾說，「關在地牢裡，過一個星期，過一個月，過一年也就出來了。」

「他待了十四年，摩賴爾。」伯爵把手按在年輕人的肩膀上說。

瑪西米蘭戰慄了一下。

「十四年。」他喃喃地說。

「十四年，」伯爵重複說，「在那個期間，他有過許多絕望的時候。他也像您一樣，認為他自己是最不幸的人，想要自殺。」

「嗯？」摩賴爾問。

「嗯！在危急時刻，上帝借助他身邊的人傳送意旨，因為上帝已不再創造奇蹟。最初，他大概並沒有在那個人身上認出上帝無窮的仁慈，因為蒙著淚水的眼睛不會立刻看清東西，但最後他有了耐心，等待時機。有一天，他神奇地離開了那座牢獄，變得有錢有勢，幾乎像個神。他第一件事是去找他的父親，但他的父親已經死了。」

「我的父親也死了。」摩賴爾說。

「對，但你的父親是在您的懷抱裡去世的，他有錢，受人尊敬，享受過快樂，享足了天年。而他的父親卻是貧窮絕望而死，懷疑上帝。當他的兒子在十幾年以後來找他的墳墓時，他的墳穴已失蹤了，沒有一個人能說，『那顆深切愛過你的心在那邊長眠在上帝的懷裡』！」

「哦！」摩賴爾說。

「所以他是一個比你更不幸的兒子，摩賴爾，因為他甚至都不知道自己父親的墓在哪裡。」

「可是，」摩賴爾說，「他還有他的戀人。」

「您錯了，摩賴爾。這位少女……」

「她死了嗎？」瑪西米蘭喊道。

「比這更糟，她變了心，嫁給一個迫害她未婚夫的人了。所以，您看，摩賴爾，他是一個比你更不幸的情人。」

「這個人，」摩賴爾問，「上帝可曾給他安慰？」

「上帝至少給了他寧靜。」

「這個人還能幸福嗎？」

「他這麼希望，瑪西米蘭。」

年輕人的頭又垂到了胸前。

「您得到了我的諾言，」他在沉默片刻過後說，一邊把手伸給基督山，「但您得記住……」

「十月五日，摩賴爾，我在基督山島等您。四日那天，一艘遊艇會在巴斯蒂亞港等您，船名叫歐羅斯號。您向船老大通報姓名，他會將您送到我身邊。這事就這麼說定了，是不是，瑪西米蘭？」

「說定了，伯爵，我會照做的。但您要記住十月五日……」

「孩子，您會知道什麼是男子漢的承諾……我已經對您說過二十次了，到那一天，如果您還要想去死，那我是會幫您去死的，摩賴爾。再見了。」

「您同我告別嗎？」

「是的，我在義大利有點兒事情。我單獨留下您，讓您獨自同不幸搏鬥，去跟上帝派來把選民帶到他腳下去的搏擊長空的神鷹爭鬥。該尼墨得斯的故事並不是神話，瑪西米蘭，它是一個比喻。」

「您什麼時候出發？」

「即刻就走，汽艇在等著我，一小時內我便要遠離您。您願意送我到港口嗎，摩賴爾？」

「我悉聽您的吩咐，伯爵。」

「擁抱我吧。」

摩賴爾把伯爵一直送到港口。黑煙囪裡已在噴像鵝絨似的白色水蒸氣。汽船不久就開航了，一小時後，正如伯爵所說的，這白煙翎飾顯現在東方的天際，被初升的夜霧遮住，幾乎看不清了。

chapter 114 佩皮諾

就在那艘汽船消失到摩琴岬後面的同時，一個人正經過阿瓜本特小鎮，他乘著驛車從佛羅倫斯前往羅馬。他的驛車急行，快速趕路，可並沒有引起別人的懷疑。

這人穿著一件外套，更確切些地說，是一件緊身長外套，一路上已弄得骯髒破舊，但它顯露出一條依舊還鮮明燦爛的榮譽團軍官的緞帶，可表明在他外套下面的上裝上還佩著一枚勳章，從這兩樣標誌，以及從他對車夫說話的腔調看，此人理應被看做是法國人。另外還有一點可以證明他是來自這個世界語言[31]的國家的，就是，他只知道樂譜上用作術語的那幾個義大利字，像費加羅的嘴裡老說「goddam」[32]一樣，這些字能代替任何特殊語言的一切奧妙。

當馬車上坡的時候，他就對車夫大喊「加快」。

當他們下坡的時候，他就喊「稍慢」。

凡是走過那條路的人，都知道佛羅倫斯經阿瓜本特到羅馬，途中有眾多的小山！

31. 這時指法語當時流行於歐洲各國。
32. 法國最流行的外國字之一；十五世紀時　法國人叫英國人為goddam.

這兩個詞使聽到的人頗感趣味。

車到勒斯多塔，從這裡可以看到羅馬，一般旅客到這裡總會表露出熱情的好奇心，站起身來去看那最先闖入眼簾的聖・彼得教堂的圓頂，人們在看清別的景物之前，首先能看到的就只是這座教堂。但這位旅客卻沒有這種好奇心。不，他只是從口袋裡摸出一隻皮夾，從皮夾裡抽出一張折成兩疊的紙片，打開來看，然後又折好，那種聚精會神令人肅然起敬，他說：

「好！我還有它呢。」馬車從波羅門進城。向左轉，在愛斯巴旅館門口停下來。

我們的老相識派里尼老闆恭恭敬敬地在門口迎接那位旅客。

那位旅客從車上下來並吩咐給他預備一頓豐富的午餐，同時打聽湯姆生・弗倫奇銀行的地址。這是一問就知道的，因為湯姆生・弗倫奇銀行是羅馬最有名的銀行之一。

它就在聖・彼得教堂附近的銀行街上。

在羅馬和所有地方一樣，一輛驛車的到達是一件大事。

十個年輕的閑漢，赤腳露肘，一手按著屁股，另一隻手優雅地彎到頭上，凝視著那旅客、驛車和馬；這些城裡的遊手好閒的青年跟五十來個在教皇轄地閒逛的人湊在一起，台伯河有水的時候，這些人就從天使橋的高處往河裡吐唾沫，漾出漣漪來以此取樂。

但羅馬的閑漢和流民比巴黎的幸運，他們懂得各國語言，尤其是法語，因此他們聽到那旅客吩咐要一個房間，一頓午餐，後來又詢問湯姆生・弗倫奇銀行的地址。

結果是：當那位生客帶著一個嚮導離開旅館的時候，有個人從這群好奇的人當中走出來，未被那旅客發現，也顯然未遭到嚮導的注意。此人跟在外國人後面，離得很近，就像巴黎的警探那樣機敏。

那個法國人急於要到湯姆生・弗倫奇銀行去，他等不及馬車來便上路了，馬車可在半路上趕上接他，或到銀行門口去等他。

他比馬車先到銀行。

那法國人走進去，留下他的嚮導在外廳裡，後者馬上跟兩三個沒有產業、更確切地說樣樣都幹的職業閑漢聊起來。在羅馬的銀行、教堂、廢墟、博物館和劇院門口，總是有這些職業閑漢在那兒的。跟蹤者也走進銀行，法國人敲一敲內門，走進第一個房間，跟隨他的影子也是如此。

「經理先生在嗎？」法國人問。

一個一本正經地坐在第一張寫字桌旁的高級職員做了個手勢，有個僕役站了起來。

「您是哪一位？」那僕役問，準備向外國人迎上前去。

「鄧格拉司男爵先生。」這位旅客回答說。

「請隨我來。」僕役說。

一扇門打開了，僕役和男爵消失在這扇門裡面。尾隨鄧格拉司進來的那個人在長凳上坐下等著。在以後的五分鐘內，那職員繼續寫字，那個坐下的人保持沉默，紋絲不動。然後，當那職員的筆停止在紙上移動的時候，他抬起頭來，確定房間裡只有兩個人。

「嘿！嘿！」他說，「你來啦，佩皮諾？」

「來了！」對方簡潔地回答。

「你在這個大人物身上聞到油水的味兒了嗎？」

「我們已經先得到消息，這傢伙不值一文。」

「這麼說，你知道他要上這兒來幹什麼了，你這個愛管閒事的人。」

「沒錯，他是來提款的。不過，我還得弄清楚提款的數額。」

「待會兒我會告訴你的，老弟。」

「很好。不過別像那天一樣，給我弄個假情報來啊。」

「瞧你說的，你說哪一個？是說前不久從這兒取走三千埃居的那個英國人嗎？」

「不是，那傢伙身上確實有三千埃居，而且我們找到了這筆款子。我是說那個俄國親王。」

「怎麼啦？」

「怎麼啦！你對我們說是三萬利弗爾，可我們只搜到兩萬二。」

「你們搜得太馬虎。」

「是羅傑・范巴親自動手搜的。」

「這樣的話，他說不定是還債了……」

「一個俄國人會還債嗎？」

「要不就是花掉了。」

「這倒是有可能。」

「一定是這樣，現在我得去看一下了。可不能讓那個法國人在我弄清楚數目之前就辦完手續。」

佩皮諾點點頭，從他的口袋裡拿出一串念珠來開始低聲地祈禱，而職員則消失在僕役和男爵進去的那扇門後。

十分鐘以後，那職員滿面光彩地回來了。

「怎麼樣？」佩皮諾問他的朋友。

「注意，注意！」那職員說，「數額可大著呢。」

「五百萬到六百萬，對不對？」

「對呀。你知道這數額嗎？」

「寫在基督山伯爵大人的一張收據上。」

「你認識這位伯爵嗎？」

「而那筆數目，他們給他開定居頭，任他在羅馬、威尼斯和維也納提取？」

「一點不錯！」那職員喊道，「你怎麼這麼清楚？」

「我告訴過你，我們事先得到消息了。」

「那麼，你幹嗎還要來問我啊？」

「為的是確認一下他是不是我們要找的那個人。」

「就是他，沒錯……五百萬。一筆可觀的數目，佩皮諾？」

「對。」

「我們這輩子也甭想有這麼多錢啊。」

「不過至少，」佩皮諾冷靜地回答說，「有我們一份的。」

「噓！他來了。」

職員又提起筆，佩皮諾拿起念珠。當門打開時，一個在寫，一個在祈禱。

鄧格拉司喜形於色地走出來，銀行經理親自送他出來，一直送到大門口。

佩皮諾跟在鄧格拉司後面出了門。

馬車如約在門口等候。嚮導拉開車門，這是個很會巴結的人，什麼事情都肯做。

鄧格拉司像一個二十歲的青年似的跳進車子。

嚮導關上門，跳上去坐在車夫旁邊。

佩皮諾搭在車子後面。

「閣下想去看看聖彼得大教堂嗎？」導遊問。

「去做什麼……」男爵回答說。

「當然是參觀啦。」

「我不是到羅馬來遊覽的，」鄧格拉司大聲說，隨後他帶著貪婪的笑容低聲地對自己說，「我是來提款的。」他的確摸一摸皮夾，皮夾裡剛才已裝進一封信。

「那麼閣下要去……」

「旅館。」

「派里尼旅館。」導遊對車夫說。

馬車在行家的駕馭下飛奔起來。

十分鐘過後，男爵回到了旅館的房間，佩皮諾則在旅館門外的長凳上坐下來，他與本章開始時提及的那些閑漢之一咬耳說了幾句話，後者便拔腿飛奔，朝通往朱庇特殿的那條路一口氣跑下去。

鄧格拉司很疲倦了，睡意襲來，便上床休息，把他的皮夾塞在他的枕頭底下。

佩皮諾悠閒無聊，便和閑漢們玩骰子，輸了三個埃居，然後，為了安慰自己起見，喝了一瓶奧維多酒。

鄧格拉司儘管睡得很早，但第二天早晨卻醒得很遲，他有五六夜都沒睡安穩了。有時甚至根本沒有睡覺的時間。他吃早餐，胃口大開，然後，正如他所說的，他無心流覽這座不朽之城的美景，便吩咐在中午給他備好驛馬。

但鄧格拉司可沒有計算到警察局那種麻煩的手續和驛站站長的懶惰。

驛馬到兩點鐘才來，嚮導三點鐘才拿來簽好的護照。

這一切準備已在派里尼老闆的門口引來一大群閒散的人們圍觀。

這些人之中當然不會少了那些職業閑漢。

男爵得意揚揚地穿過這些看熱鬧的人，有誰稱他為「大人」，便可得到一枚五分銅幣。

由於鄧格拉司是個十分大眾化的人物，直至那時為止，只滿足於被人稱做男爵，大人這個稱呼使他感到有點受寵若驚，便撒了十幾個銅板給那群人，那群人為了想再多得十幾個銅板，立刻改稱他為「殿下」。

「走哪條路啊？」驛車夫用義大利話問。

「去安科納省的大路。」男爵回答說。

派里尼老闆翻譯了這一問一答，隨即馬車就疾駛而去。

鄧格拉司準備先到威尼斯，在那裡取出一部分錢，然後赴維也納，在那裡取出其他的錢。

他準備在維也納久住下來，因為他聽說那是個極盡享樂的城市。

馬車在羅馬城郊剛駛過三里路程，夜色就開始降臨了。鄧格拉司事先沒想到會動身得這麼遲，否則他會留下來。他問車夫還有多少時間才能到下一個城鎮。

「聽不懂。」車夫回答說。

鄧格拉司點了點頭，意思是說：「很好！」

馬車繼續向前走。

「我在第一站就停下來，」鄧格拉司對他自己說。

昨天晚上，他心滿意足地睡了一夜，他現在還保存著那種自滿的情緒。他懶洋洋地躺在講究舒適的英國馬車裡，由四匹好馬拖著疾駛。他知道離換馬站已只有二十里路。一個這樣幸運地破產的銀行家，究竟要做些什麼呢？

鄧格拉司花了十分鐘時間想著他留在巴黎的妻子，對他那和亞密萊小姐一同出門的女兒又想了十分鐘，另外十分鐘，他想到了他的債主，又想到了如何花他的錢，然後，因為沒有東西可想了，他便閉攏眼睛，睡著了。

時而，一下比較猛烈的顛簸使他睜開眼睛，他總是感到異樣的速度穿過點綴著破殘的引水道的羅馬郊外，這些引水道，遠看像化為花崗石的巨人擋住他們的去路。但這天晚上天氣很冷，天空陰暗，而且在下雨，一個旅客半睡半醒、閉上眼睛待在坐墊上，實在比伸頭到窗外，去問一個只能回答「Non Capisco（聽不懂）」的車夫要舒服得多。

所以鄧格拉司繼續睡覺。心想他到換馬站的時候一定會醒來的。

馬車停了。鄧格拉司思忖，他終於達到了他翹首期盼的目的地。

他張開眼睛向窗外望出去，滿心以為他已到了一個市鎮或至少到了一個村莊裡，但他只看到一間破爛的獨屋，有三四個人像鬼影似的在那兒走來走去。

鄧格拉司在驚奇之下推開車門；但一隻強有力的手把他推回來，車輪便滾動了。

男爵一驚之下，徹底清醒了。

「喂！」他對車夫說，「喂，親愛的！」

這兩個義大利字眼男爵也是在聽他的女兒和卡凡爾康得對唱時學來的。

但對方並沒有答覆。

鄧格拉司只好打開了玻璃窗。

「喂，我的朋友，」他伸頭到窗外說，「我們是到哪兒去呀？」

「頭縮進！」一個莊嚴而專橫的聲音伴隨著一個威脅的姿勢回答。

鄧格拉司心想，這句話的意思一定是「頭縮進去」！可見他的義大利語進步很快。

他服從了，但心裡卻充滿不安，而且那種不安不斷增加。

他的眼睛在黑暗中敏銳起來，強烈的激動在最初的一刻便會傳送這種能力，後來便由於緊張而變得麻木。**在我們未曾驚慌的時候，我們對外界的一切看得很正確，當我們驚慌的時候，外界的一切在我們眼中都有了雙重意義，而當我們已經嚇慌了的時候，我們除了麻煩以外，便什麼都看不見了。**

鄧格拉司看見一個披著披風的人在右邊的車窗旁驅趕著馬。

「是憲兵！」他喊道。「怎麼會？法國當局已把我的情形發急報給教皇了嗎？」

他決定要擺脫這種不安。

「你們帶我到哪兒去？」他問道。

「把頭縮進去。」以前那個聲音還是用氣勢洶洶的口吻回答。

鄧格拉司轉向左邊。

另一個人騎著馬奔馳在左邊車窗旁。

「一定是的了！」鄧格拉司說，額頭上直冒出汗來，「我是被捕了。」

於是他便往背墊上一倒，這回不是為了睡覺，而是為了思考。

不久，月亮升起來了。

於是他看見了那龐大的水道，就是他以前看見過的那些花崗石的鬼怪；路上他已經注意到這一點，只是以前它們在他的右首邊，而現在則已在他的左首邊。

他明白了，馬車掉轉了回來，正在把他帶回到羅馬去。

「噢，倒楣！」他喊道，「他們一定已弄到了我的引渡權。」

馬車繼續以可怕的速度奔馳。一小時在驚恐中度過，他們所經過的每一個地點都顯示他們是在走回頭路。終於，他看見一片黑壓壓的龐然大物，眼看馬車就要撞上去；但車子一轉彎，那個東西便已落在後面了，這不過是環繞羅馬的圍牆。

「喔！喔！」鄧格拉司喃喃地說，「我們不是回城裡去，這就是說不是司法機關逮捕我。仁慈的上帝啊！且慢，要是他們是……」

他不寒而慄。

他想起了阿爾培・馬瑟夫，那位年輕的子爵，在他快要當鄧格拉司夫人的女婿和歐琴妮的丈夫的那會兒，對她們母女講的那些關於羅馬強盜的有趣故事，在巴黎幾乎難以置信。

「說不定他們就是強盜！」

他喃喃地說。正當那時，馬車行進在比沙石更堅硬的路面上。鄧格拉司大膽向路的兩邊望了一眼，看見兩邊都是一式的紀念碑，他的思想本來落在馬瑟夫的敘述上，如今回想起各種細節，他確信自己已踏上了阿匹愛氏路左邊。

在一塊像山谷似的地方，他看見有一個圓形凹陷的建築物。

那是卡拉卡勒競技場。

聽到右邊車窗騎馬的那個人的一句話，馬車便停住了。

同時，左邊的車門打開了。

「下來！」一個聲音命令說。

鄧格拉司立即下車。他不會講義大利語，但他已能聽懂了。

他半死不活地四周望望。

四個人把他圍在中間，這還沒把那個車夫算進去。

「跟著走！」其中有一個人一面說，一面走下一條離開阿匹愛氏路的岔道。

鄧格拉司一言不發，跟著嚮導走，也無須回頭去看另外那三個人是否跟在他的後面。可是，他似乎覺得他們每隔相當的距離站著一個人，像哨兵似的。

這樣走了十分鐘，其間鄧格拉司跟嚮導也沒說一句話，最後，他發現自己已介於一座小丘和一叢長得很高的雜草之間；有三個人站著，一聲不響，形成一個三角形，而他是那個三角形的中心。

他想說話，但他的舌頭不肯動。

「往前走！」是那個嚴厲和專橫的聲音說。這一回鄧格拉司更加明白了。無論是聲音還是動作，他都明白了，因為他後面的那個人非常粗魯，把他一推，以致他撞到嚮導的身上。

這位嚮導就是我們的朋友佩皮諾，他在雜草叢中行走著，穿過一條只有蜥蜴或黃鼠狼才認為是一條大道的小徑。

佩皮諾在一塊岩石跟前停下腳步，這塊岩石遮在一棵樹下，好像一隻半開半閉的眼睛，小夥子一轉身便像童話裡的妖精似的不見了。

緊隨著鄧格拉司後面那個人用聲音和動作催促銀行家照樣做。毫無疑問，這個破產的人已落入羅馬強盜手裡。

鄧格拉司像是一個介於兩種危險狀況之間的人，恐懼給了他勇氣，他身前的大肚子也沒有阻擋他鑽進這羅馬近郊的石縫裡。他閉上眼睛閃身進去。

當他觸到地面的時候，他張開眼來。

道路雖然很寬，但四周黑漆漆的。佩皮諾點燃一支火把，他現在已到了自己的地方，就不用再小心翼翼遮遮掩掩了。

另外那兩個人也跟著鄧格拉司下來，充當他的後衛。鄧格拉司只要一停步，他們便推搡他。他們沿著一條平緩的下坡路走到一處陰森可怖的十字路口。四周挖出層層疊疊的墓穴，散佈在一塊塊白石中間，就像是骷髏上黑洞洞的大眼睛一樣。

一個哨兵啪的一聲把馬槍轉握在左手裡。

「誰？」哨兵問。

「自己人，自己人！」佩皮諾說，「頭兒在哪裡啊？」

「在那裡，」哨兵說著，指了指肩後一個大廳模樣的大岩洞，裡面的燈光通過拱形的大門照到過道上來。

「一條大魚，頭兒，一條大魚！」佩皮諾用義大利話說。

說著，他拎著鄧格拉司的外衣領子，把他拉到朝一處像門的開口處，進了洞口就是那個首領作為起居室的大廳。

「就是這個人嗎？」首領問，他剛才正在聚精會神地讀普盧塔克寫的《亞歷山大大帝傳》。

「就是他，頭兒，就是他。」

「很好，讓我瞧瞧。」

隨著這聲頗為無禮的命令，佩皮諾遽然將火把湊近鄧格拉司的臉，鄧格拉司嚇得直往後躲，生怕自己的眉毛給燒掉。

這張驚慌失措的臉上滿是蒼白和驚恐。

「這個人很累了，」首領說，「帶他上床去睡吧。」

「哦！」鄧格拉司心中暗想，「那張床大概是牆壁空洞裡的一具棺材，這睡眠就是死亡，在黑暗中閃閃發光的匕首會要了我的命。」

正是這位首領，阿爾培・馬瑟夫曾發現他在讀《凱撒歷史回憶錄》，而鄧格拉司現在看見他在研究《亞歷山大傳》。他的話驚醒了他的同伴，他們從大廳四角用枯葉或狼皮鋪成的床上仰起身來。

那位銀行家發出一聲呻吟，跟在嚮導的後面，他既未懇求也未哀叫。他已不再有精力、意志或感覺；他在別人的催促下茫然地走著。

他的腳探索到台階，明白前面有一道樓梯，他機械地提起他的腳，向上走了五六步。於是他的面前打開了一扇矮門，他低下頭，以免撞傷額角，走進一個從岩石裡挖出來的小房間。這個小房間很乾淨，但是光禿禿的，雖然深埋在地下，卻很乾燥。

一疊乾草上面覆蓋著山羊皮，堆在房間角落裡，這就是床了。鄧格拉司一看見那張床，臉上頓時發光，以為那是一種安全的象徵。

「噢，讚美上帝！」他說，「這是一張真的床！」

這是一小時來，他第二次提到上帝。這在他來說是十年來不曾有過的事。

「到了。」嚮導說。

說完，他把鄧格拉司往小房間裡一推，在他身後把門關上了。

門閂嘎的一響——鄧格拉司成了囚徒。

而且，即使沒有門閂，他也必須做聖彼得，以天使為嚮導，才能從警衛森嚴的聖・西伯斯坦陵墓裡逃出去。至於這群強盜的首領，我們的讀者一定已認出是那鼎鼎大名的羅傑・范巴。

鄧格拉司也已認出他；當阿爾培・馬瑟夫在巴黎講到這個強盜的時候，鄧格拉司並不相信他的存在，可是現在鄧格拉司不僅認出了他，而且認出了這個單人房間，馬瑟夫也曾經被關在裡面，這個地方大概是特地留給外客用的。

這些記憶給鄧格拉司心中添了幾分歡喜，使他的心境平靜下來。既然強盜們沒有馬上殺死他，他相信他們根本不會殺害他。

他們捉他來的目的是為了要錢，而既然他身邊只帶著幾塊金路易，他相信他們一定會放他出去。

他記得馬瑟夫的贖款好像是四千埃居。由於他看起來身分比馬瑟夫重要得多，他把自己的贖款定為八千埃居。

八千埃居相當於四萬八千利佛爾，而他現在卻有五百零五萬法郎在身上。

擁有這筆錢，便能化險為夷。

因為還沒有先例把一個人的贖金定為五百零五萬法郎，所以，他相信自己不必破費很多錢就可以離開這個地方。他躺到他的床上，在翻了兩三次身以後，便像羅傑・范巴所讀的那本書中的主角那樣寧靜地睡著了。

chapter 115 羅傑·范巴的菜單

與鄧格拉司所害怕的那種睡眠不同，我們每一次睡覺總是要醒過來的。

鄧格拉司也醒了。

他是一個睡慣了綢床單，看慣了天鵝絨的壁幃和嗅慣了檀香味的巴黎人，卻在一個石灰岩的石洞裡醒來，這顯然並不令人愉快。

觸摸到山羊皮的褥子時，鄧格拉司竟以為自己夢到了薩莫伊埃德人或拉波尼人。

但在這種情形之下，一秒鐘便足以將最強烈的懷疑變成確信無疑。

「是的，是的，」他自言自語，「我的確是落在阿爾培所說的那批強盜手裡了。」

他的第一個動作是深呼吸，以便瞭解自己究竟是否受傷了。這種方法他是從《唐吉訶德傳》裡學來的，他生平並非僅僅唯讀過這一本書，可是他只記住這本書的一些情節。

「不，」他說，「他們並沒殺掉我，也沒打傷我。或許他們偷了我的財物？」

於是他雙手往口袋裡摸去。口袋裡的東西絲毫未動；一百路易，這是他從羅馬到威尼斯的旅費，就放在他的長褲口袋裡，而在他的外套口袋裡，他找到了那只裝著五百零五萬法郎支付券的小皮夾。

「奇怪的強盜！」他想，「他們留下了我的錢袋和皮夾。正如我昨天晚上所說的，他們要勒索我，向我要贖金。啊！我的錶還在這兒！讓我來看看是什麼時間了。」

鄧格拉司的錶是鐘錶名匠勃里古的傑作，昨天上路之前他特意上好發條，現在指標正指在五點半鐘上。假如沒有這支錶，鄧格拉司就完全不知道時間，因為陽光是不能到達這間地窖裡來的。

要向強盜提出條件嗎，還是耐心等待他們主動找來？後面這個辦法似乎最穩當，所以他就等著。他一直等待到十點鐘。

在這期間，一個哨兵守著他的門。八點鐘的時候，哨兵換了一次班。

鄧格拉司於是想看看是誰在看守著他。

他注意到從那扇關閉得不甚嚴密的門板縫中，有幾縷燈光透進來，他走近一條門縫，正巧看見那個強盜在喝白蘭地酒，那種酒，因為裝在一隻皮囊裡，發出的氣味令鄧格拉司非常討厭。

「啐！」他發出了一聲，躲回到地窖最遠的那個角落裡。

到十二點鐘，喝白蘭地的人被另一個哨兵代替，鄧格拉司想看看這個新監護人，便又走近門去。

這是一個身材高大的強盜，大眼睛，厚嘴唇，塌鼻子，他的紅頭髮像蛇似的披散在他的肩頭上。

「啊，啊！」鄧格拉司喊道，「這個傢伙真像是一個吃人的妖魔，但是我太老了，啃不動，是不好吃的粗肉。」由此可以看出，鄧格拉司依舊還有夠多的活力來開玩笑。

正當那時，像是要證明自己不是一個吃人的妖魔似的，那人從他的乾糧袋裡取出一些黑麵包、黃油和大蒜，開始狼吞虎嚥地大嚼起來。

「見鬼，」鄧格拉司從門縫裡注視著強盜的那頓午餐說，「見鬼，我真不明白怎能吃這樣的垃圾！」

於是他退回去坐在他的羊皮上，那羊皮又使他想起了剛才的那種酒味。

但鄧格拉司這樣做是枉然的，本能的奧秘是無法解釋的，對於一個饑餓的胃，即使最粗劣的食物也包含著某種不可抗拒的吸引力。

鄧格拉司當時覺得他自己的胃空了起來，漸漸地，他覺得那個人不那麼醜了，麵包沒有那樣黑了，黃油也比較新鮮了。

甚至那樣粗俗的大蒜——令人討厭的野蠻人的食物——也使他想起了以前當他吩咐廚子準備雞湯時連帶端上來的精美小菜。

他站起身，敲一敲門。

那強盜抬起頭來。

鄧格拉司看出他聽到了，敲得更響。

「幹什麼？」這強盜問。

「喂！喂！我的朋友，」鄧格拉司用手指在門板上敲得咚咚響，「我覺得也該給我吃點東西了！」

但不知道究竟是因為他聽不懂話，還是因為他不曾接到過關於鄧格拉司的用餐問題的命令，那巨人並不回答，只是繼續吃他的午餐。

鄧格拉司覺得他的自尊受了傷害，他不再和這個野蠻人打交道，便重新躺在羊皮上，默不作聲。

又過了四個鐘頭，另一個強盜來和那巨人換班。鄧格拉司感到胃部抽搐得難以忍受，他慢慢地站起來，又一次把他的眼睛湊在門縫上，認出了他那個聰明的嚮導的臉。外面的確是佩皮諾，他準備以最舒服的方式完成職責。他面對門坐著，兩腿之間放著一隻瓦盆。

瓦盆裡裝的是鹹肉煮豌豆，瓦盆旁邊還有一小筐韋萊特里葡萄和一瓶奧維多酒。

佩皮諾無疑個美食家。

看到這講究的準備，鄧格拉司頓時口水直流。

「好吧，」他對自己說，「我來看看他是否比那一個容易溝通！」

於是他輕輕地拍拍門。

「來了！」佩皮諾喊道，他因為時常在派里尼老闆的旅館裡進出，已經熟習法語，甚至慣用語。

他真的來開門。

鄧格拉司立刻認出他就是那個在路上用凶惡的態度對他吆喝「頭縮進去」的那個人。但現在不是報復的時候，相反他擺出最親熱的面孔和最甜蜜的微笑：

「對不起，閣下，但他們難道不準備給我東西吃嗎？」

「怎麼！」佩皮諾喊道，「閣下竟然也餓了？」

「竟然餓了，說得妙，」鄧格拉司喃喃地說，「我都整整二十四個小時沒吃東西了。」

「是的，先生，」他提高聲音接著說，「我餓了，而且餓得挺厲害呢。」

「這麼說閣下是想吃東西了？」

「如果可能，馬上吃。」

「小事一樁，」佩皮諾說，「在這裡想吃什麼就會有什麼。當然，得付現錢，就跟所有誠實的基督徒國家裡一個樣兒。」

「這沒問題！」鄧格拉司喊道，「說實話，儘管把人關押起來，但至少是該讓人家吃飽飯啊。」

「哎！閣下，」佩皮諾說，「這裡可不是這樣的。」

「這不合理，」鄧格拉司說，他想用和藹的態度把這看守籠絡住，「但我也不計較了。好吧，叫人給我拿吃的來吧。」

「馬上，閣下。您想吃什麼？」

說著，佩皮諾把手裡的瓦盆放在一個位置上，讓香味直接往鄧格拉司的鼻孔裡鑽。

「您吩咐吧。」他說。

「你們這裡有廚房？」銀行家問。

「瞧您說的！我們有廚房嘛！完美的廚房！」

「還有廚師嗎？」

「一流的！」

「好吧！來個雞吧，或者魚，野味，管它呢，什麼都行。」

「閣下只管吩咐就是。您要一隻雞是吧？」

「對，來隻雞吧。」

佩皮諾立起身來，使足勁兒喊了一聲：「給閣下來隻雞！」

他這句話的回聲還在甬道裡迴響不絕，一個俊美、高挑的年輕人已經走來，他頭頂著一隻銀盤走過來，銀盤裡放著一隻雞，也不用手去扶。

「簡直像在巴黎咖啡館。」鄧格拉司喃喃地說。

「雞來了，閣下。」佩皮諾說著，從小強盜手裡接過銀盤，放在一張蟲蛀的桌子上，這張桌子，一張木凳和鋪著羊皮褥子的床，就是這間地牢裡的全部家當。

鄧格拉司要一副刀叉。

「來了，閣下。」

佩皮諾邊說邊把一把鈍口的小刀和一把黃楊木的叉子遞給他。

鄧格拉司一手拿刀，一手拿叉，準備切那隻雞。

「對不起，閣下，」佩皮諾說著，把一隻手搭在銀行家的肩上，「這兒得先付錢後吃，否則出去時可能會不高興……」

「嘿嘿！」鄧格拉司對自己說，「這就不像巴黎了，我剛才倒沒有想到他們或許會敲我的竹杠！不過，就擺擺闊氣吧。我常聽人說義大利的東西便宜，一隻雞在羅馬大概值十二個銅板。」

「拿去吧！」他說，將一枚路易拋給佩皮諾。

佩皮諾撿起那枚路易，鄧格拉司把刀向雞伸過去。

「等一下，閣下，」佩皮諾說，站起身來。

「等一下，閣下還沒付清錢呢。」

「我早就知道他要敲我一筆的。」鄧格拉司喃喃地說。

然後，他決心要對付這種行為，他問：「唔，就這麼隻雞，我還欠您多少錢啊？」

「閣下付過一個路易了。」

「一隻雞一個路易還不夠？」

「可不是，不夠。」

「好……說吧！說吧！」

「閣下現在只欠我四千九百九十九個路易了。」

聽到這個天大的笑話，鄧格拉司睜大了眼睛。

「啊！真有趣，」他喃喃地說，「確實很有趣。」

說完，他又想開始切雞。可是佩皮諾用左手捏住他的右手，另一隻手伸向鄧格拉司。

「給錢吧。」他說。

「什麼！你在開玩笑吧？」鄧格拉司說。

「我們從來不開玩笑，閣下，」佩皮諾說，神情嚴肅得像個教友會教徒。

「什麼，這隻雞要值十萬法郎！」

「閣下，您都想像不到在這該死的岩洞裡養雞有多難啊。」

「行了！行了！」鄧格拉司說，「說實話，我感到著非常滑稽可笑。不過我餓了，快讓我吃吧，喏，再給您一個路易，我的朋友。」

「那麼只欠四千九百九十八個路易了，」佩皮諾說，保持同樣冷漠，「我們會耐心等您付清的。」

「哦！要說這個嘛，」鄧格拉司說，對堅持同他開玩笑感到氣惱，「你們休想。你給我見鬼去吧！你還不知道自己是在跟誰打交道呢。」

佩皮諾做個手勢，年輕的侍者便伸出兩隻手，靈巧地拿走了雞。鄧格拉司往鋪羊皮的床上一躺；佩皮諾關好門，又吃起他的肥肉片燴豆子來了。

鄧格拉司雖然看不見佩皮諾，但強盜的牙齒響聲清楚地說明他在做什麼。他一定是在吃東西，而且吃得很響，像那些沒有教養的人一樣。

「粗人！」鄧格拉司說。

佩皮諾假裝沒有聽到，頭也不回，繼續慢條斯理地吃東西。

鄧格拉司覺得他的胃似乎穿了底了。他不能知道他是否還能再填滿它。可是他耐心又等了半個小時，那半個鐘頭在他是像一世紀那樣的悠久。

他再次站起身來，走到門口。

「來，閣下，」他說，「別讓我再挨餓了，想要我怎樣，快告訴我吧。」

「不過，閣下，還是請說您究竟要我們怎麼辦吧……您只管吩咐，我們會照辦的。」

「那麼，先把門打開吧。」

佩皮諾打開門。

「我要，」鄧格拉司說，「見鬼！我要吃東西！」

「您餓了嗎？」

「你早就知道我餓了。」

「閣下想吃什麼呢？」

「來一塊乾麵包吧，既然在這該死的洞裡一隻雞那麼貴。」

「麵包！好的。」佩皮諾說。

「嗨！上麵包了！」他喊道。

那小夥子端上來一小塊麵包。

「拿去！」佩皮諾說。

「多少錢啊？」鄧格拉司問。

「四千九百九十八路易。已經預付過兩個路易了。」

「什麼，一塊麵包要十萬法郎嗎？」

「十萬法郎。」佩皮諾說。

「可一隻雞也只收十萬法郎呀！」

「我們不按菜單而按固定價供應飯菜。不管吃多吃少，不管吃十個菜還是一個菜，全是一個價。」

「還要開這種無聊的玩笑嗎？我的好人哪，這可是太蠢，太荒謬啦！馬上告訴我，您想讓我餓死，這很快就會做到。」

「不，閣下，是您自己在想找死。付錢就有吃的。」

「你讓我拿什麼付錢啊，蠢貨？」鄧格拉司惱怒地說，「你以為一個人口袋會放上十萬法郎嗎？」

「您口袋裡有五百零五萬法郎，閣下，」佩皮諾說，「夠您吃五十隻十萬法郎的雞，還有五萬可以吃半隻。」

鄧格拉司打了一個寒戰。他終於清醒了過來：這仍是一個玩笑，但他終於明白是什麼意思了。他知道那個玩笑並不如他先前所想像得那樣愚蠢。

「來，」他說，「假如我付了你十萬法郎，你可心滿意足，我可以隨意吃了嗎？」

「當然！」佩皮諾說。

「可我怎麼個給法呢？」鄧格拉司稍稍鬆了口氣說。

「這很簡單，您在羅馬銀行街的湯姆生•弗倫奇銀行裡開有戶頭，開一張四千九百九十八路易的支票給我，銀行家會給我們付錢的。」

至少鄧格拉司想表現得富有誠意。他接過佩皮諾遞給他的筆和紙，寫了一張取款憑單，簽了字。

「給您，」他說，「這是當場可以取款的憑單。」

「這是您的雞，給您。」

鄧格拉司歎著氣開始割那隻雞。他覺得數目這樣大，這隻雞看上去更瘦了。

至於佩皮諾，他把那張紙仔仔細細看了一遍，放進袋裡，又繼續吃他的肥肉片燴豆子去了。

chapter 116 饒恕

第二天，鄧格拉司又覺得餓了。這個岩洞的空氣不知為什麼如此讓人胃口大開。那囚徒本來打算他這天可以不花什麼錢的，他很會打算，他在地窖的角落裡藏起了半隻雞和一塊麵包。

但剛才吃完東西，他就覺得口渴了，這一點出乎他的預料。

他與他的口渴一直奮鬥直到他的舌頭黏住他的上顎。

於是，他無法抗拒燒灼著他的烈火，他大喊起來。

守衛的打開門，那是一張新面孔。

他覺得還是與他的老相識做交易比較好一些，便要他去叫佩皮諾。

「我來了，閣下，」強盜出現時說，那種殷勤在鄧格拉司看來是好兆頭，「您有什麼吩咐嗎？」

「要喝點什麼。」這個囚徒說。

「閣下，」佩皮諾說，「您知道，在羅馬附近這酒可貴著呢。」

「那就給我喝水吧。」鄧格拉司說，他極力想避開對方的這一擊。

「哦！閣下，水比酒更稀罕。天氣這樣乾旱！」

「唉，」鄧格拉司說，「看來我們又要老套路了。」

他的臉上保持著微笑，希望把這件事情當做一次玩笑，但感到汗水濡濕了雙鬢。

「來，我的朋友，」看到他的話並沒有在佩皮諾身上引起什麼反應，他又說，「請您給我一杯酒，您會拒絕我嗎？」

「我已經對您說過了，閣下，」佩皮諾神情嚴肅地回答說，「我們這兒是不零賣的。」

「嗯！那好，給我一瓶。」

「一瓶什麼啊？」

「最便宜的。」

「都是一樣的價錢。」

「什麼價錢啊？」

「每瓶兩萬五千法郎。」

「說吧，」鄧格拉司用一種極端痛苦的口吻喊道，「就說你們要搶光我的錢，那比這樣一口一口地吞吃我還更痛快些。」

「沒準兒，」佩皮諾說，「頭兒可能是這樣打算的。」

「頭兒！誰是頭兒啊？」

「就是前天我們領您去見過的那個人唄。」

「他這會兒在哪兒呀？」

「就在這兒。」

「讓我見見他。」

「這個容易。」

一會兒工夫，羅傑・范巴就站在鄧格拉司面前了。

「您要見我嗎？」他問囚徒。

「您，先生，是把我帶到這裡來的人的首領嗎？」

「是的，閣下。」

「您到底要我付多少贖金？說吧。」

「您身上的那五百萬就夠了。」

鄧格拉司感到可怕的痙攣在撕裂他的心。

「我以前雖有極大的財產，」他說，「現在卻只剩下這一筆錢了。如果您奪走了，那就奪走我的生命吧。」

「我們得到的命令是不准傷害您的性命，閣下。」

「誰給你們下的命令啊？」

「那個我們服從的人。」

「你們服從某個人嗎？」

「是的，服從我們的頭兒。」

「可我以為你就是頭兒啊？」

「我只是這些人的頭兒。但是另外有個人是我的頭兒。」

「那個頭兒也服從別人嗎？」

「是的。」

「誰？」

「上帝。」

鄧格拉司沉吟了一會兒。

「我不明白你的意思。」他說。

「有可能。」

「是那個頭兒讓你們這樣對待我的嗎？」

「是的。」

「他這樣做的目的是什麼？」

「我不知道。」

「我的錢袋會被掏空的啊。」

「多半會吧。」

「好，」鄧格拉司說，「您要一百萬嗎？」

「不行。」

「兩百萬呢？」

「不行。」

「三百萬……四百萬……啊，四百萬？條件是你放我走。」

「值五百萬的東西幹嗎只收四百萬呢？」范巴說，「銀行家閣下，這是重利盤剝，要不然我倒弄不懂了。」

「那就都拿去！通通都拿去，我在對你說呢！」鄧格拉司喊道，「殺死我吧！」

「喏，喏，您平心靜氣一點兒吧。您會刺激你的血液循環，而血液循環的加速，會增加您的胃口，每天吃掉一百萬。還是經濟一點兒吧。」

「要是我不付給你們又怎麼樣啊！」鄧格拉司惱怒地說。

「那麼，您就得挨餓。」

「就得挨餓？」鄧格拉司臉色發白地問。

「有可能。」范巴冷冷地回答說。

「可你說過你們不想殺我的？」

「是的。」

「可您想讓我餓死？」

「那是另一回事。」

「嗯，那麼，渾蛋！」鄧格拉司喊道，「我要使您卑鄙的計畫落空！我情願馬上就死！你們可以拷打我、虐待我、殺死我，但你們再也得不到我的簽字了！」

「悉聽尊便，閣下。」范巴說。

說完，他就退出了這間牢房。

鄧格拉司怒不可遏地往羊皮床墊上一躺。

這些是什麼人？那個不露面的頭兒又是誰，他究竟想要如何對付他？為什麼旁人都可以出了贖金就釋放，唯有他卻不能這樣辦呢？

噢，是的，這些殘酷的敵人既然用這種不可理解的手法來迫害他，那麼，死亡，迅速的暴死，可算是一種報復他們的好方法。

但是死？

或許鄧格拉司漫長的一生中這是第一次想到死，同時又害怕死，對他來說，這一刻終於來臨了。這時，他的目光停留在一個毫不留情的幽靈身上，這個幽靈深藏在每個人的內心中，隨著每一下心跳都在對他說：「你要死了！」

鄧格拉司像一頭被追逐的膽怯的野獸。最初是逃跑，然後是絕望，最後，憑著絕望所刺激出來的力量，有時也能逃脫。

鄧格拉司構思一個逃脫的方法。

但是牆壁是岩石，地窖唯一的出口處有一個人坐在那兒看書，在這個人的背後，可以看到全身武裝的身影在來回巡視。他那不簽字的決心保持了兩天，兩天以後，他出了一百萬買食物。

強盜招待了他一頓豐盛的晚餐，拿走了他那一百萬法郎的支票。

從這時起，那不幸的囚犯索性聽天由命了。他吃夠了苦頭，不願再受罪，什麼要求他都可以答應了，像他有錢的時候那樣大吃大喝地享受了十二天以後，他算一算帳，發覺他只剩五萬法郎了。

一種奇怪的反應發生了。他失去了五百萬，卻想盡力挽救留下來的五萬法郎。他寧願再過痛苦的生活，絕不肯放棄那筆錢。他有一線瀕於瘋狂的希望。早就把上帝拋在腦後的他，如今卻有了這樣的想法，上帝有時會顯現神蹟，岩洞可能會下沉，教皇的巡官或許會發現這個該死的洞窟，把他釋放出去，那時他就還可以剩下五萬法郎，五萬法郎足以阻止一個人餓死。他祈禱讓他保存這筆錢，在祈禱時他哭了。

三天就這樣過去了，在這三天裡面，即使他的心裡並沒有上帝，至少也不斷掛在他的嘴上，有時，他說起胡話來，他彷彿看見一個老人躺在一張破床上。

那個老人也已餓得奄奄一息了。

到第四天，他已不再是一個人而是一具活的屍體了。前幾餐落在地下的麵包屑已經被撿乾淨了，他開始吞下滿是塵土的草席。

然後他懇求佩皮諾，像懇求一個守護神似的要求給他東西吃，他出一千法郎向他買一塊麵包。

但佩皮諾對他毫不理睬。

到第五天，他掙扎著摸到地窖的門口。

「你難道不是基督徒嗎？」他支撐著跪起來說，「你想謀害一個在上帝面前是你兄弟的人嗎？」

「哦！我當年的朋友，當年的朋友們啊！」他喃喃地說。

他的頭往下沉。

隨後，他帶著一種絕望的神情直起身來。

「頭兒！」他喊道，「我要見頭兒！」

「我在這兒！」范巴即刻出現在他面前說，「您還想要什麼啊？」

「拿了我最後的這些錢，」鄧格拉司語不成聲地說，交出他的皮夾，「讓我住在這個洞裡吧。我不再要求自由，我只要求讓我活下去！」

「你受夠折磨了嗎？」范巴問。

「哦！是的，我痛苦，我痛苦極了！」

「但有人比你受的苦還多。」

「我不相信。」

「有的！想想那些活活餓死的人吧。」

鄧格拉司想到了他在昏迷狀態時所見的那個躺在床上呻吟的老人。他透過這可憐房間的窗戶看到那個老人在床上呻吟。

他以額撞地，也呻吟起來。

「是的，」他說，「雖有人比我受過更大的痛苦，但他們至少還可以算是殉道者。」

「您懺悔了？」一個低沉而莊嚴的聲音說，鄧格拉司聽得頭髮根都豎了起來。

他那衰弱的眼睛竭力想辨別外界的事物，他看到強盜身後一個身影裹著披風、隱沒在石壁柱陰影中。

「我該懺悔什麼呢？」鄧格拉司囁嚅著說。

「懺悔您做過的壞事！」那個身影說。

「哦！是的，我懺悔！我懺悔！」鄧格拉司喊道。

說著，他用瘦骨嶙峋的拳頭捶自己的胸口。

「那麼我就寬恕你。」那人甩掉披風，往前走上一步置身在亮處。

「基督山伯爵！」鄧格拉司說，恐怖使他的臉變得更加蒼白，比剛才的饑餓和痛苦更加厲害。

「你錯了。我不是基督山伯爵。」

「那您是誰啊？」

「我就是那個被你出賣和污蔑的人。我是您辱沒了他的那個未婚妻的人。我是您當做墊腳石飛黃騰達的人，我是您逼得他父親餓死的那個人，他本來也已判決你該死於饑餓，可是他饒恕了你，因為他也需要寬恕。我就是愛德蒙•鄧蒂斯。」

鄧格拉司大喊一聲，俯身撲在地上。

「起來，」伯爵說，「你的生命是安全的。你的另外兩個同夥卻沒有這種運氣，一個瘋了，一個死了。留著你剩下的那五萬法郎吧，我送給你了。至少你從醫院騙來的五百萬，已經由無名氏歸還醫院了。

「現在你吃喝吧。今天晚上你是我的客人。

「范巴，這個人吃飽以後，放他自由。」

伯爵走開的時候，鄧格拉司依舊俯伏在地上，當他抬起頭來的時候，他看到一個人影消失在過道裡，經過的時候，兩旁的強盜都對他鞠躬。

遵照伯爵的指示，范巴請鄧格拉司大吃了一頓，給他義大利最好的酒和果品，然後把他送上驛車，再放他在路上，讓他靠著一棵樹幹。

他在樹下待了一整夜，不知道自己身在何處。

天亮時他看到自己在溪水旁邊；他口渴了，踉踉蹌蹌地向小溪走過去。

當他俯下身來飲水的時候，他發覺他的頭髮已完全白了。

chapter 117

十月五日

晚上六點鐘左右；一片紅褐色霧籠罩到蔚藍的海面上；透過這片雲霧，秋天的太陽灑出它那金色的光芒。

白天的炎熱已逐漸減退了，拂面的微風，彷彿是大自然在中午溽熱的午睡後甦醒過來的呼吸；一陣爽神的微風沿著地中海的海岸吹拂，把夾雜著清新的海的氣息的花草香味到處播送。

在這個從直布羅陀到達達尼爾，從突尼斯到威尼斯的浩瀚無垠的大海上，一艘遊艇整潔、漂亮地在黃昏的輕霧中滑行。它恰如天鵝迎風展翅，或在水面遊弋。它前進得很迅速，而同時又很優美，在它的後面留下一條發光的水痕。

光芒四射的落日逐漸消失在西方的地平線下；但像是要證實神話家的幻想似的，它那沒掩藏好的光芒洩露出來逗留在每一個波浪的浪尖上，似乎說明火神去藏在海神安費德麗蒂的懷抱裡，但她用湛藍的披風藏不住她的情人。

海面上的風雖然還不夠吹亂一個少女頭上的卷髮，但那艘遊艇卻行進得很迅速。

一個高個子、青銅膚色、睜大眼睛的人站立在船頭，他用一對睜大著的眼睛看他們漸漸接近一片黑壓壓的陸地，那塊陸地呈圓錐形地矗立在萬頃波濤之中，像是一頂碩大無朋的迦太蘭人的帽子。

「這就是基督山島嗎？」這位旅客用一種抑鬱的聲音問道，遊艇聽他安排行進。

「是的，閣下，」艇長回答說，「我們馬上就到了。」

「我們到了！」旅客低音重複聲音憂鬱。

隨後他輕輕地加上一句：

「是的，那就是港灣。」

說完，他又陷入了沉思，流露出一種比眼淚更憂傷的苦笑。

幾分鐘後，可以看到陸地上有一片閃光，隨即消失，一聲槍響也幾乎同時傳到了遊艇上。

「閣下，」艇長說，「島上發信號了，您想親自答覆嗎？」

「什麼信號啊？」他問。

艇長伸手指指島上，只見島的一側有一縷白濛濛的孤煙正在嫋嫋地消散。

「噢！對，」他像剛從夢中醒來似的說，「給我吧。」

艇長遞給他一支裝好火藥的馬槍。他接過來，慢慢地舉起，朝天開了一槍。

十分鐘過後，水手收起船帆，離小港口五百英尺時，拋下錨去。

小艇已經放到水面上，艇裡有四個船夫和一個舵手。那旅客走下小艇，他沒有坐在為他鋪上藍色坐毯的船尾，卻叉起兩臂站著。

船夫們等待著，他們的槳半舉在水面外，像是鳥兒在滴乾牠們的翅膀似的。

「走吧。」那旅客說。

八支槳一齊划入水面，沒有濺起一點水花。然後小艇迅速滑行。

不一會兒，他們就到了一個天然形成的小港灣裡。船底觸到了海灘的細沙。

「閣下，」舵手說，「請騎在這兩個水手的肩膀上，他們把您抬上岸。」

那青年做了一個不在乎的姿勢答覆這種邀請，抬腿跨出艇外，沒入水中，水浸濕了他的腰帶。

「哦！閣下，」舵手喃喃地說，「您不該這麼做，主人會責怪我們的。」

那青年繼續跟隨著那在前面探步的水手向前走。

約莫走了三十步以後，他們登上陸地了。年輕人在乾燥的地上蹬了幾下腳，然後四面觀望，想找一個人為他引路，因為天氣已經漆黑了。

正當他轉過身去的時候，一隻手落到他的肩頭上，有個聲音令他戰慄。

「晚上好，瑪西米蘭，」這個聲音說，「你很準時啊，謝謝你！」

「是您，伯爵，」年輕人高聲說，動作看似很高興的樣子，同時用雙手緊緊握住基督山的手。

「對，你瞧，我也像你一樣地守約。您身上都濕了，我親愛的朋友，我得像凱麗普索對德勒馬克[33]所說的那樣對你說，你必須得換一換你的衣服了。來，我已為你準備了一個住處，到了那兒，你會忘掉疲勞和寒意的。」

基督山看見摩賴爾回過頭去，像在等什麼人。

年輕人吃驚地看到，他沒有給船家付船錢，他們已經一言不發地走掉了，他甚至已經聽到了小划子划回遊艇的槳聲。

「啊！對，」伯爵說，「你在找你的水手嗎？」

---

33. 典出荷馬名著《奧德賽》：凱麗普索是住在奧癸其亞島上的女神，德勒馬克船破落海，被救起，收留在她的島上。

「當然，我還沒付他們錢，他們就走了。」

「別去管這事了，瑪西米蘭，」基督山笑吟吟地說，「我曾和航海業中的人約定：無論是貨物還是到我島上來旅遊的人，接送一律免費。用文明國家裡所用的時髦話來說，我與他們之間是有『協定』的。」

摩賴爾驚訝地望著伯爵。

「伯爵，」他說，「您現在跟在巴黎時不一樣了。」

「不一樣？」

「是的，在這裡您笑容滿面。」

基督山的臉色一下子變得憂鬱起來。

「您讓我回憶起往事做得很對，瑪西米蘭，」他說，「見到您，對我來說是一種幸福。可我忘了，所有的幸福都是過眼雲煙啊。」

「哦！不，不，伯爵！」摩賴爾又抓住他的朋友的雙手，喊道，「您應該笑，您應該幸福，請笑吧。您應該快樂，應該用無所謂的態度來向我證明：只有對忍受痛苦的人來說，生活才是可惡的。噢，您是多麼慈祥仁愛呀！您假裝出這種高興的樣子來鼓勵我的勇氣。」

「您錯了，摩賴爾，」基督山說，「我確實很幸福。」

「那麼您忘了我，更好！」

「為什麼這麼說呢？」

「對，正如比武的勇士在走進角鬥場以前對羅馬皇帝所說的那樣，我也要對您說：『即將死去的人向您致意。』」

「您的痛苦還沒有減輕些嗎？」基督山帶著奇異的目光問道。

「哦！」摩賴爾目光中充滿苦澀地說，「難道您真的以為我能那樣嗎？」

「請聽我說，」伯爵說，「您懂我的意思，是嗎？您不能把我看做一個普通人，一個言不及義、廢話連篇、嘮嘮叨叨的人。當我問您是否已經感到寬慰的時候，我是以一個能洞悉心底秘密的人的資格來對您說的。嗯，摩賴爾，讓我們一起深入到您的內心，探索您的心靈吧。難道使您身軀像受傷獅子一樣跳動的痛苦仍然存在？難道您的渴望只有到墳墓裡才能熄滅？難道是這種使人捨生求死的悔恨的空想在起作用嗎？難道是勇氣耗盡，愁悶把要照耀的希望之光抑制？難道是記憶的喪失，導致您欲哭無淚嗎？噢，親愛的朋友，假如是這樣的話，假如您不再能哭泣，假如您那冰凍的心已經死掉，如果您只信賴上帝，只仰望天國，那麼就把我們的心靈賦予的、含義過分狹隘的詞句放到一邊，瑪西米蘭，您是感到寬慰了，別再抱怨吧。」

「伯爵，」摩賴爾用既柔和又堅決的聲音說，「請您聽我說，我的人雖還在人間，但我的思想卻已升到天上。我來到您的身邊，是為了在朋友的懷抱中死去。世界上的確還有幾個我所愛的人。我愛我的妹妹，我愛她的丈夫。但我需要別人為我張開強有力的臂膀，在我臨終時對我微笑。我的妹妹會滿臉淚痕地昏倒過去，我不忍心看到她那種痛苦的樣子。艾曼紐會搶掉我手上的武器，嚷得滿屋子都聽見他的喊聲。您，伯爵，我得到您的諾言，您不是凡人，假如您沒有這個肉身的話，我會稱您為神，您甚至可以溫和親切地領我到死神的門口，是不是？」

「我的朋友，」伯爵說，「我還有一點疑慮。您是不是因為太軟弱了，所以才這麼以炫耀痛苦來作為自己的驕傲的？」

「不，您瞧，我很正常，」摩賴爾伸手給伯爵說，「我的脈搏像平常一樣跳得很平穩。不，我覺得我已到達目的地，我不願意再向前走了。您要我等待和希望，唉，作為不幸的哲人，您知道自己做了什麼事了嗎？我已等待了一個月，那就是說，我痛苦了一個月！我曾希望（人是一種可憐的動物）、我曾希望——希望什麼？我說不出來——一件神奇的事情，一件荒謬的事情，一件奇蹟。只有上帝說得出，上帝把人們稱之為希望的這種瘋狂混入了我們的理智中。是的，我曾等待，是的，我曾希望，伯爵，而在我們這一刻鐘的談話中，您無意中上百次折磨我的心，使它破碎，因為您所說的每一個字證明我並沒有希望。噢，伯爵！我將寧靜地、安適地去睡在死神的懷抱裡！」

摩賴爾說最後幾句話時情緒非常激動，令伯爵不寒而慄。

「我的朋友，」摩賴爾看見伯爵不作聲，就繼續往下說，「您把十月五日定作要求我延緩的最後期限……我的朋友，十月五日到來了。」

摩賴爾掏出懷錶。

「現在是九點鐘，我還有三個鐘頭要活。」

「那好吧，」基督山回答說，「您跟我來。」

摩賴爾機械地跟著伯爵往前走，他們走進岩洞時，摩賴爾還沒有發覺。

他覺得他的腳觸到了地毯，一扇門開了，各種馥鬱的香氣包圍了他，明亮的燈光使他感覺晃眼。

摩賴爾遲疑地不敢前進，他擔心四周宜人的環境使他變得輕弱。

基督山輕輕地拉了他一把。

「噢，」他說，「古代的羅馬人被他們的皇帝尼祿王判死的時候，他們就在堆滿著鮮花的桌子前面坐下來，吸著玫瑰和紫堇花的香氣從容赴死，我們利用剩下的三個小時，難道不是理所當然的嗎？」

摩賴爾笑了笑。

「隨您的便吧，」他說，「反正總是死——脫離生命也就是忘卻、休息、擺脫生命，因此也擺脫痛苦。」

他坐了下來，基督山坐在他對面。

他們是在我們以前所描寫過的那間神奇的餐廳裡，那兒，石像頭上所頂的籃子裡，是永遠盛滿著水果和鮮花的。

摩賴爾朦朦朧朧地望著這一切，也許他視而不見。

「讓我們像男子漢那樣地談談吧。」他說，目光停在伯爵的臉上。

「請說吧！」伯爵答道。

「伯爵，」摩賴爾說，「您將人類知識集於一身。您使我感到，您是從一個比我們這個世界更聰明和更進步的地方來的。」

「您說的也有幾分道理，摩賴爾，」伯爵說，他的苦笑使他顯得非常俊美，「我是從一個叫做痛苦的星球上來的。」

「您告訴我的一切，我都相信，並不去追問它的意義。證明是您讓我活下去，我就活到現在，您要我希望，我幾乎也希望了。所以我膽敢問您——您像是曾經歷過死亡——死是不是痛苦的？」

基督山帶著無法描繪的柔情望著摩賴爾。

「是的，」他說，「是的，假如您用暴力去打破那固執地求生的軀殼，這很難受。假如您用一把匕首插進您的肉裡，要是您用毫無理智、總是要亂竄的子彈洞穿您一碰就疼的腦袋，您當然會痛苦，您將在一種可憎的方式下脫離生命，但在您痛苦絕望的時候，卻感到生命勝過昂貴地換來的長眠。」

「是的，我理解，」摩賴爾說，「死亡就跟生命一樣，也有它的苦與樂的秘密。關鍵是一般人不知道這種秘密。」

「正是這樣，瑪西米蘭。死，按照我們處理它的方法的好壞，要麼是一個像奶媽那樣溫柔地搖晃著我們的朋友，要麼是一個把我們的靈魂從肉體中強拉出來的敵人。將來有一天，當世界的歷史更悠久，當人類能夠控制大自然的一切毀滅力來造福人類，當人類，像你剛才所說的那樣，掌握了死亡的秘密，那時，死就會像在你愛人的懷抱裡沉沉睡去一樣的甜蜜和安逸了。」

「假如您想死的話，伯爵，您想這樣死去的，是嗎？」

「是的。」

摩賴爾向他伸出手去。

「我現在明白了，」他說，「現在我明白了，為什麼您要同我約會在這裡，在這個孤島上，在大海中，在地底下宮殿裡——這個地底下宮殿是個使法老也嚮往的墓地。」

「那是因為您愛我，是不是，伯爵？因為您愛我極深，要給我一次您剛才所說的那種死——一種沒有痛苦的死，一種可以允許我合攏雙手，聽到自己呼喚著凡蘭蒂的死。」

「對，您猜對了，摩賴爾，」伯爵說，「這正是我本意。」

「謝謝，想到明天我就不再痛苦，我這可憐的心裡感到甜滋滋的。」

「那麼您什麼都不留戀了嗎？」基督山問。

「是的。」摩賴爾回答說。

「連我也不想了嗎？」伯爵很動感情地問。

摩賴爾那對明亮的眼睛暫時黯淡了一下，然後又閃耀出不同尋常的光輝，一滴大淚珠滾下他的臉頰，劃出銀色的一道。

「怎麼！」伯爵說，「您還留戀人間，而您卻要去死！」

「哦！我求求您，」摩賴爾以一種虛弱的聲音喊道，「什麼也別再說了，伯爵，別延長我的痛苦了！」

伯爵以為摩賴爾的決心動搖了。

這種一時的想法，使他身上那種在伊夫堡已經壓下去一次的、可怕的懷疑又被點燃了。

「我一心想把幸福歸還給這個人，」他暗自想道，「我要把這種補償來抵消我所造成的災禍。現在，如果我搞錯了，如果這個人的不幸還不夠悲慘，還不配享受我即將給他的幸福，唉！那麼，由於我只有重新塑造出善才能忘卻惡，將何以自處呢？

「您聽我說！摩賴爾，」他說，「我知道，您的痛苦是巨大的，可是您還相信上帝，您大概不願意拿靈魂的解脫來冒險吧。」

摩賴爾苦笑著。

「伯爵，」他說，「您知道，我已經沒有做詩的熱情了，我可以向您發誓，我的靈魂早已不屬於我了。」

「請聽我說，摩賴爾，」基督山說，「您是知道的，我在這世上沒有任何親人，我一向把您看做我的兒子。嗯！為了拯救自己的兒子，我會犧牲我的生命，更何況財產呢。」

「您到底想說什麼啊？」

「我想說，摩賴爾您之所以想脫離生命，是因為您不明白，有了一大筆財產還要靠生命才能獲得一切享受。摩賴爾，我的財產差不多有一萬萬，我把它給了您。有了這樣的一筆財產，您可以達到每一種願望。您有雄心嗎？所有的職業都向您敞開大門。翻天覆地，顛倒陰陽，甚至犯罪也不要緊——但要活下去。」

「伯爵，您是對我保證過的，」摩賴爾冷冷地說，一邊掏出懷錶來，「現在已經十一點半了。」

「摩賴爾！您在我家，當著我的面，想著這件事嗎？」

「那麼，請您讓我走吧，」瑪西米蘭變得很陰鬱地說，「要不然，我就要認為您對我的愛不是為了我，而是為了您自己了。」

說著，他立起身來。

「好吧，」基督山說，聽到這句話，他的臉豁然開朗，「您執意要死，摩賴爾，什麼也勸不住您。對！您的苦難是那麼深重，您自己也說了，只有奇蹟才能治癒您的痛苦。坐下來，摩賴爾，再等一會兒。」

摩賴爾聽從了。伯爵站起身來，用一支懸在他的金鏈上的鑰匙打開一隻碗櫃，從碗櫃裡取出一隻雕鑲得很美麗的銀質小箱子，箱子的四角雕塑著四個曲著身子的女人，酷似容貌悲哀淒切的女像柱，這是憧憬天國的天使象徵。

他把這只箱子放在桌子上，然後打開箱子，取出一隻小小的金樽，一按密紐，樽蓋便飛了開來。這只樽裡裝著一種半固體的油質的東西，但因為樽上裝飾著金子、翡翠、紅寶石和藍寶石，映得樽裡五彩繽紛，很難分辨這種物質的顏色。

它有著天藍色、鮮紅色、金色的閃光。

伯爵用一隻鍍金的匙羹把這種東西取了一點兒，把它遞給摩賴爾，並用堅定的眼光盯住他。

於是可以看到這種物質是暗綠色的。

「這就是您要的東西，」基督山說，「也是我答應過給您的東西。」

「趁我這會兒還活著，」年輕人從基督山手裡接過小匙說，「我要說我從心底裡感謝您。」

伯爵拿起第二把勺子，在金盒裡舀了第二勺。

「您要幹什麼，朋友？」摩賴爾抓住他的手問道。

「噢，摩賴爾，」基督山微笑著對他說，「我相信——上帝寬恕我——我也像您一樣地厭倦了生命，既然有這樣一個機會——」

「別動！」年輕人喊道，「哦！您，您在這個世界上有所愛也被人所愛，您抱著希望的信念——噢，別跟從我的榜樣，在您，這是一種罪。永別了，我的高貴和慷慨的朋友，永別了，我會把您為我所做的一切去告訴凡蘭蒂的。」

說完，他把伸向伯爵的左手按住對方的手，緩緩地，毫不遲疑地吞下，更確切地說品味著基督山給他的神秘物質。

這時，兩人都沉默了。啞巴阿里小心地拿來煙管和咖啡以後便退了出去。

大理石塑像手裡擎著的燈逐漸黯淡下來，摩賴爾覺得房間裡的香氣似乎也沒有以前那樣強烈了。

基督山坐在他對面的陰影裡，摩賴爾只看見伯爵的眼睛炯炯發光。

一種強有力的鬱悶壓倒了那青年，他的手漸漸放鬆，物體不知不覺地失去了形狀和色彩，他那迷亂的視覺似乎看見牆上出現了門和門簾。

「朋友，」他說，「我覺著我在死了，謝謝。」

作了一次最後的努力想伸出他的手，但那隻手卻無力地垂到在他的身邊。

然後，他似乎覺得基督山在那兒微笑，不是有時像能揭穿他心裡的秘密的那種奇怪可怕的微笑，他是懷著父親對胡鬧的小孩子那種善意的憐憫在微笑。

同時，伯爵的身體似乎擴大了，伯爵幾乎增加一倍的身材映照在紅色的帷幔上，他那烏黑的頭髮掠到後面，傲然地站立在那裡，像是一位在末日審判時懲惡的天使一樣。

摩賴爾軟弱無力地倒在圈椅裡，一種微妙的麻痹感滲入到每一條血管裡，他的腦子裡呈現出變幻莫測的念頭，如同萬花筒裡充滿了新圖案。

他軟弱無力地、奄奄一息地失去了對外界事物的知覺。他彷彿扯滿了帆，進入所謂死亡這一陌生境界之前的模糊的虛妄狀態中。

他渴望再緊握一次伯爵的手，但他自己的手卻絲毫不能動彈，他想說出最後的道別，但他的舌頭沉甸甸地固定在他的喉嚨裡，就像一塊石頭封住墳墓一樣。

他那無神的眼睛不由自主地閉攏了。但在眼皮的後面一幅生動的畫面展現開來，儘管他自以為包裹在黑暗中，他還是能夠看見。

那是伯爵，他剛才開了一扇門。

隔壁的寢室裡——或說得更準確些，是一座神奇的宮殿——立刻有一片燦爛的燈光射進摩賴爾自願承受臨死痛苦的客廳裡來。

這時，他看到在客廳門口，在兩個房間的交界上，走來一個絕色的美女。

她臉色蒼白，帶著甜蜜的微笑，像是一位化解仇恨的慈愛天使一樣。

「難道是天堂在我的面前打開了嗎？」那個垂死的人想道，「這個天使活像我失去的安琪兒。」

基督山把那青年女子的注意力引到摩賴爾奄奄待斃的那張圈椅上。

她合攏雙手，嘴上掛著微笑，朝摩賴爾走去。

「凡蘭蒂！凡蘭蒂！」摩賴爾從他靈魂的深處喊道。

但他的嘴唇卻發不出聲音來。他的全部精力似乎都已集中在那種內心的激動上，他歎息了一聲，閉攏了他的眼睛。

凡蘭蒂向他衝過去。

他的嘴唇又動了幾動。

「他在喊您，」伯爵說，「他在睡眠中叫您，您曾經把自己的命運寄託在他的身上，而且死神想把你們分離。但幸而有我在，我戰勝了死神。從此以後，凡蘭蒂，你們在人世間一定永遠不能再分離，因為他曾衝進死的領域裡去尋找您。沒有我，你們都已死了，我使你們兩個重歸團圓。但願上帝感激我救了這兩條性命！」

凡蘭蒂抓住基督山的手，在一種無法抑制的喜悅的衝動下，將手舉到自己的嘴唇上。

「哦！您感謝我吧，」伯爵說，「哦！請您不厭其煩地再對我這麼說，再告訴我是我使您們得到幸福的吧！你不知道我是多麼需要確信這一點啊。」

「哦！是的，是的，我全心全意地感謝您，」凡蘭蒂說，「假如你懷疑我這種感激的誠意，噢，去問海蒂吧！去問問我那親愛的姐姐海蒂吧，因為自從我們離開法國以來，她便老是和我談論您，使我耐心地等候這個快樂的日子。」

「您喜歡海蒂？」基督山帶著一種無法掩飾的激動問道。

「哦！真心喜歡她。」

「嗯！請聽我說，凡蘭蒂，」伯爵說，「我想求您做件事。」

「我！天哪！我能有這樣的榮幸嗎？」

「是的，您剛才把海蒂稱作您的姐姐：讓她做您真正的姐姐吧，凡蘭蒂。把您以為得之於我的東西全部償還給她。請您和摩賴爾好好保護她，因為（伯爵的聲音就要消失在喉嚨裡），因為從今以後她在這世界上就是孤苦伶仃的一個人了……」

「孤苦伶仃的一個人！」伯爵身後有個聲音重複道，「為什麼啊？」

基督山轉過身去。

海蒂站在那兒，臉色蒼白而冷峻，渾身僵直地望著伯爵。

「因為明天，海蒂，你就自由了，那時你就可以在社會上取得你應有的地位——因為我不願讓我的命運使你的命運也黯然無光。你是一位王子的女兒！我把你父親的財富和名譽都送回了你。」

海蒂變得臉色煞白，張開白皙的手，就像祈求上帝保護的聖女那樣，用一種含淚的嘶啞聲音喊道：「這麼說，大人，您要離開我了嗎？」

「海蒂！海蒂！你還年輕，你很美。把我的名字也忘掉吧，去過幸福的生活吧。」

「好的，」海蒂說，「我會執行您的命令的，大人，我會忘掉您的名字，去過幸福的生活的。」說著，她往後退下一步，準備離去。

「哦！上帝呵！」凡蘭蒂喊道，一面把摩賴爾麻木的腦袋托在自己的肩上，「您難道沒看見她的臉色這麼白，您難道不明白她有多麼痛苦嗎？」

海蒂帶著淒慘的神情對她說：「他為什麼應該懂得呢，我的妹妹？他是我的主人，而我是他的奴隸，他有權一無所見。」

聽到這種一直鑽到他心底的聲音，伯爵不寒而慄，他的眼睛遇到了那青年女郎的眼睛，承受不了那灼熱的目光。

「噢，天哪！」他喊道，「難道我的懷疑是正確的嗎？海蒂，你留下我會幸福嗎？」

「我還年輕，」她溫柔地回答說，「我愛著您永遠為我安排得這麼甜美的生活，我不想去死。」

「意思是，假如我離開你，海蒂……」

「我就會去死，大人，是的！」

「難道說你愛我嗎？」

「哦，凡蘭蒂，他竟問我是不是愛他！凡蘭蒂，就請你告訴他，你是不是愛瑪西米蘭吧！」

伯爵感到他的胸脯在擴張，他的心在膨脹，他張開他的兩臂，海蒂大喊一聲，衝進他的懷抱。

「噢，是的！」她喊道，「我愛你！我愛你像人們愛一位父親、兄弟和丈夫一樣！我愛你像我的生命一樣，你對我來說是最美、最好和最偉大的人！」

「那麼，願一切都如你所望吧，甜蜜的天使呀。上帝激勵我向我的敵人復仇，並使我獲勝，我看得很清楚，上帝不肯讓我以苦修生活來結束我的勝利。我本想懲罰自己，上帝卻要寬恕我！那麼愛我吧，海蒂！誰知道呢？或許你的愛會使我忘記那一切我不願意記得的事情。」

「你一個人在那兒說些什麼呀，大人？」那少女問。

「我在對自己說，海蒂，你的一句話比二十年漫長的經驗給了我更多的啟示，我在這個世界裡現在只有你了，通過你，我與生活連接了起來；通過你，我能忍受痛苦；通過你，我能得到幸福。」

「你聽見他說的話嗎，凡蘭蒂？」海蒂喊道，「他說有了我，他能忍受痛苦！可我，為了他是願意獻出自己生命的喲！」

伯爵靜靜地想了一會兒。

「難道我隱約看到真理了嗎？」他說，「但不論這究竟是補償或是懲罰，總之，我接受了我的命運。來，海蒂，來吧！」

於是他用手臂挽住那青年女郎的腰，和凡蘭蒂握了握手，便進去了。

在此後的一小時內，凡蘭蒂喘著氣，默默無聲，目光專注，守在摩賴爾身邊，終於，她覺得他的心跳動了，難以覺察的氣息透過他的雙唇，一陣宣佈生命回來的輕微的寒戰通過那青年的全身骨骼。然後他的眼睛張開來了，但是目光呆滯，起初好像狂亂，然後視覺恢復了，而隨著視覺的恢復，煩惱又來了。

「噢！」他用絕望的口吻喊道，「伯爵欺騙了我，我還活著。」於是他伸手到桌子上，抓起一把小刀。

「最親愛的！」凡蘭蒂帶著她那種可愛的微笑喊道，「醒一醒，看看我呀。」

摩賴爾發出一聲大喊，他欣喜若狂，充滿懷疑像被美妙的幻象弄得目眩神迷，跪倒在地……

第二天早晨，在天色破曉的時候，凡蘭蒂和摩賴爾手挽著手在海邊散步，凡蘭蒂在敘述基督山如何在她的房間裡出現；怎樣向她披露一切；他如何說明那件罪惡的始末；最後，又怎樣奇蹟般讓她起死回生，一面讓別人以為她已死去。

他們是發覺了岩洞的門開著，所以從洞門裡出來的。最後的幾顆夜星依舊在那淡青色的晨空上爍爍地發光。摩賴爾在一堆岩石的半明半暗中看到一個人，正在等待他們打招呼，想走過來，他把那個人指給凡蘭蒂看。

「啊！那是賈可布，」她說，「遊艇的艇長。」說著，她做了個手勢，招呼他過來。

「您有話要告訴我們嗎？」摩賴爾問。

「我這兒有封伯爵的信要交給您。」

「伯爵的信！」兩個年輕人同時輕輕地喊道。

「是的，請念吧。」

摩賴爾打開信，念道：

我親愛的瑪西米蘭：

岸邊為你們停泊著一艘斜桅小帆船。賈可布會帶你們到里窩那去，在那兒，諾梯埃先生正在等待他的孫女兒，在她隨您到祭壇之前，他能先為你們祝福。我的朋友，凡是這個岩洞裡的一切，我在香榭麗舍大街的房子，以及我在的黎港的別墅，都是愛德蒙•鄧蒂斯贈給他老主人摩賴爾的兒子的結婚禮物。維爾福小姐想必樂意分享其中的一半，因為，她的父親現在已成了一個瘋人，她的弟弟跟他的母親一起已於九月死去，而我要求她把她從她父親和她弟弟那兒繼承來的那筆大財產贈給窮人。

摩賴爾，告訴那個要跟您白頭偕老的天使，請她時時為一個人祈禱，那個人，像撒旦一樣，一度曾自以為可與上帝匹敵；但他帶著基督徒的謙卑承認，最高權力和無限智慧只存在於上帝之手。或許那些祈禱可以融解掉他心裡所感到的悔恨。

至於您，摩賴爾，這就是我對待您的行為的全部秘密。世界上沒有快樂或痛苦；只有一種狀況與另一種狀況的比較，只是如此而已。唯有經歷過苦難的人才能感受無上的幸福。摩賴爾，我們必須經驗過死的痛苦，才能體會到生的快樂。

活下去，並且生活美滿，我心靈珍視的孩子們！永遠不要忘記，在上帝揭露人的未來以前，人類的一切智慧是包含在這四個字裡面的：

「等待」和「希望」。

——你的朋友基督山伯爵

愛德蒙・鄧蒂斯這封信使凡蘭蒂第一次知道她父親瘋了和她弟弟死了，在讀這封信的時候，她的臉色蒼白起來，胸中吐出痛苦的歎息，淚水默默地從她的臉頰往下流，淚水雖然無聲，但痛苦並未因此而減少一分。她的幸福是付出很昂貴的代價的。

摩賴爾焦急不安地朝四下裡望望。

「其實，」他說，「伯爵實在是太慷慨了。就算只有我那點微薄的財產，凡蘭蒂也會很滿足的。伯爵在哪兒呢，我的朋友？請把我們帶到他那兒去吧。」

賈可布伸出手，指著天際。

「怎麼！您這是什麼意思？」凡蘭蒂問，「伯爵在哪兒？海蒂在哪兒？」

「瞧！」賈可布說。

兩個年輕人沿著水手指的方向望去。在遠方那分隔開天空和地中海的深藍色的線上，他們看見了一片白帆，小得就像海鷗的翅膀。

「他走了！」摩賴爾喊道，「他走了！再會，我的朋友，我的父親！」

「她走了！」凡蘭蒂喃喃地說，「再會，我的朋友！再會，我的姐姐！」

「有誰知道，我們還能不能再見到他們呢？」摩賴爾拭著眼淚說。

「我的朋友，」凡蘭蒂說，「伯爵不是告訴我們，人類的智慧就包含在這兩個詞裡面：

『等待』和『希望』！」

經典新版世界名著：18

基督山恩仇記(下)【全新譯校】

作者：〔法〕大仲馬
譯者：赫易 / 王琦
發行人：陳曉林
出版所：風雲時代出版股份有限公司
地址：10576台北市民生東路五段178號7樓之3
電話：(02) 2756-0949
傳真：(02) 2765-3799
執行主編：劉宇青
美術設計：吳宗潔
行銷企劃：林安莉
業務總監：張瑋鳳

初版日期：2021年1月
版權授權：鄭紅峰
ISBN：978-986-352-918-7

風雲書網：http://www.eastbooks.com.tw
官方部落格：http://eastbooks.pixnet.net/blog
Facebook：http://www.facebook.com/h7560949
E-mail：h7560949@ms15.hinet.net
劃撥帳號：12043291
戶名：風雲時代出版股份有限公司

風雲發行所：33373桃園市龜山區公西村2鄰復興街304巷96號
電話：(03) 318-1378
傳真：(03) 318-1378
法律顧問：永然法律事務所 李永然律師
北辰著作權事務所 蕭雄淋律師

行政院新聞局局版台業字第3595號 營利事業統一編號22759935

定價：480元

國家圖書館出版品預行編目資料

基督山恩仇記 / 大仲馬著；赫易, 王琦譯. -- 臺北市：風雲時代出版股份有限公司, 2020.12 冊； 公分
譯自：Le Comte de Monte-Cristo
ISBN 978-986-352-918-7 (下冊：平裝).--

876.57 109017997